九州文库

天门进士诗文选

崇渊题

第一卷

李国仿　校注

九州出版社
JIUZHOUPRESS

图书在版编目（CIP）数据

天门进士诗文选．第一卷／李国仿校注. －－北京：
九州出版社，2023.3

ISBN 978－7－5225－1261－7

Ⅰ．①天… Ⅱ．①李… Ⅲ．①中国文学—古典文学—
作品综合集 Ⅳ．①I212.01

中国版本图书馆 CIP 数据核字（2022）第 191754 号

天门进士诗文选．第一卷

作　　者　李国仿　校注
责任编辑　沧　桑　蒋运华
出版发行　九州出版社
地　　址　北京市西城区阜外大街甲 35 号（100037）
发行电话　（010）68992190/3/5/6
网　　址　www.jiuzhoupress.com
印　　刷　唐山才智印刷有限公司
开　　本　710 毫米×1000 毫米　16 开
印　　张　28.5
字　　数　397 千字
版　　次　2023 年 3 月第 1 版
印　　次　2023 年 3 月第 1 次印刷
书　　号　ISBN 978－7－5225－1261－7
定　　价　98.00 元

序

焦知云[*]

　　天门,古称竟陵,位于湖北中部富饶的江汉平原。历史悠久,地灵人杰。经济繁荣,文化璀璨。

　　曾闻奇特之功,必赖奇特之人;有奇特之人,必创奇特之业。天门这处风水宝地上,如今真有一位奇特之人,他就是我的老乡李君国仿。教坛的耕耘,政界的磨砺,他一直保持着一种不忘初心的赤子情。他早有凌云志,胸中怀乡愁,总想为弘扬天门的历史文化作奉献。一路走来,他终于独具慧眼,选择了天门进士文化作为一项重要的文化工程,开始了对进士诗文的探寻、考证和汇编之旅。

　　进士诗文史料,并不是集中陈列于一馆,也不是汇总收藏于一库,而是零星分散于各地。近三年来,李君认准目标,放开视野;不畏劳苦,不惜财力。四处奔波,广搜博集。守望的理念,痴迷的境界,求实的精神,执着的定力,展现得淋漓尽致。

　　从地方志书中探源。这是掌握史料的第一要径。于是他查阅了清康熙版《景陵县志》《弋阳县志》《湖广通志》《安陆府志》,乾隆版《天门县志》、道光版《天门县志》及有关镇乡志等,获得的原始资料颇丰。

　　从相关专集中淘宝。他风尘仆仆地远赴国家图书馆、中国第一历史档案馆、浙江图书馆和湖北图书馆等馆,从丰富的馆藏中,查阅到了《六臣注文选》和《皇明七山人诗集》等20多部诗文专集,收获了诸多的宝贵史料。

　　从古代碑刻中觅珍。有关天门进士的碑刻史料,或藏于馆室,或载于文集,或嵌于寺壁,或立于荒野。这些古碑似乎与李君颇有缘分,经他于天门市内外广泛搜寻,所得碑文竟达35篇之多,增彩添辉,填补了史缺。

　　从名家族谱中拾遗。他千方百计地寻觅到了皮日休、鲁铎、周嘉谟、李登、谭元春、程飞云、龚廷飏、蒋立镛等名人家谱,从中获得的真实史料具有绳愆纠谬的

---

　　[*] 焦知云,湖北天门人。1966年毕业于华中师范学院中文系。历任天门县县长、荆门市副市长、荆门市人大常委会副主任。长期以来,研究历史文化,被誉为"荆楚拓碑第一人"。著作有《荆门碑刻》《荆门碑刻拓片选集》《荆门墓志》《焦知云诗词选》《云山履痕》和《荆门探古》,丛书:《荆门古碑》《荆门古寨》《荆门古桥》《荆门古名胜》等。个人传略被收入《中国当代文艺家辞典》和《中国当代诗词艺术家大辞典》等辞书。本序为2018年版《天门进士诗文》而作。

价值,还原了历史的本来面目。

史料汇集后,经过一番裁云镂月,考证鉴别。解题注释,数易其稿。倾注了李君心血的皇皇巨著《天门进士诗文》庄严面世。

这是一扇展示进士文化亮点的知识窗。隋炀帝大业二年(606年)始建进士科,后经唐宋元明清,至光绪三十一年(1905年)废科举兴学校,历时1300年。在中国历史上,分科目选拔人才的科举制度对政治、经济、文化、思想和民俗产生了广泛深刻的影响。科举考试中最高一级为殿试,明清的殿试后分为三甲:一甲三名赐进士及第,通称状元、榜眼、探花;二甲赐进士出身;三甲赐同进士出身。进士是科举的终点,仕途的起点。有关殿试名次、答卷对策、琼林盛宴、雁塔题名、进士名碑、仕途官衔、诗文修养、社会贡献和传说佳话等进士文化的内涵在书中得以彰显,可谓开了一扇聚焦进士文化知识的新窗口。

这是一卷荟萃天门进士精英的群贤谱。天门进士姓名可考者115人,书中收录了诗文的70多位进士中,有胡聘之、周嘉谟、程德润、陈所学、吴文企、周树模、龚燮、谭元礼、程大夏、邹曾辉、胡承诏等名宦,鲁铎、李登、程飞云、邵如耑、李兆元、龚学海等循吏,皮日休、李维桢、钟惺、蒋立镛等鸿儒。他们建功立业,彪炳青史。群贤的品德和风采洋溢于诗文的字里行间。这一道独特的亮丽风景线,是天门的骄傲。

这是一部启迪学子成才报国的教科书。一首诗词,就是一位进士心灵的写照;一篇宏文,就是一位进士情怀的表白;全书的诗文,就是几十位进士人生的记忆、成才的记录。进士文化是传统文化的组成部分,值得学子们学习借鉴;进士先贤的道德风范,值得学子们敬仰效仿,努力使自己成为建设中国特色社会主义事业的优秀人才,为实现中华民族伟大复兴的中国梦而贡献力量。

西江遇陆子,万美入歌声。进士逢高手,舞台融古今。

上述我见,是为序!

2017年10月9日于咏梅山馆

凡　例

选文　本书所辑,主要是天门进士撰写的诗文联,也有进士传略、墓志以及相关诗文联。多录自古籍、碑刻。诗文传世多的,尽可能选代表作,选与国家大事相关的,选与天门相关的,选不同题材、不同体裁的。传世少的,则有见必录。同一诗文出现在不同的文集中,则一般选进士文集中的,选版本年代久远的。

原文中的作者自注、原书编者夹注部分用“【】”标出,由本书编者增补的注音、注释部分用“（）”标出。

文字　采用简体字。个别繁体字,对应的简体字难以凸显它的古意,如“於戏”（呜呼）、“穀旦”（谷旦）,保留繁体字。

原文缺页、缺字或难以辨识处,字数不清的以省略号代替,字数确凿的以“□”代替。

整理原文时,对部分错字、异体字做了校订。

排列　按当今的书写、阅读习惯排列。排列时忽略古籍、碑刻空格、提行、顶格的格式,忽略作者之名小一号的格式。

诗文排列,以文从人。诗在前,文置后。

主体部分,诗文排序,依据进士登科时间。同榜进士,依据名次。父子进士、兄弟进士,则按父子、兄弟次序排列。同一进士,大体上按撰写时间排序;时间不明确的,按题材、体裁排列。天门进士为天门进士撰写的碑版传记,附于传主名下。为方便读者阅读、查询,特将作者传略置于文前,将部分进士墓志、进士文集序、进士家族资料,附于进士名下、文后。

诗、曲、铭等韵文不分行排列。

附录部分,凡引用的注明出处,注者编辑的不署名。

目录标题中括号内的人名为注者所加,以方便读者识别。标题中的书名号从略。

题解　注明选文出处、写作背景,解释标题疑难词语。

注释　注释以释文为主,兼顾校字、注音、释意、释典、释史、释物等。注释条文总录于全篇之后。

1. 注释标注符号置于标点前,韵文中的标注符号置于偶句或韵脚标点前,以使读者在阅读时保持视觉上的整体感。

2. 容易读错的字,在注释时以汉语拼音标注,附在所注字的后边,一般用括号标出。

3. 部分难懂的词,仅仅简述其义,往往显得不够完整。注者引经据典,是为了说明来龙去脉,或者是增加旁证。有些词难以查询出处和含义,或有文字脱落导致难以理解,姑且存疑,或注明"疑为""当为",或注明"待考"。

4. 注释以实词为主,虚词为辅;以词语为主,句子为辅。

5. 注释一个句子中的几个词,篇幅略长的,一般分行排列,意在方便查询,防止视觉上前后粘连。

6. 注释中地名表述依据通用工具书,多数不涉及当今区划调整、地名变更。

7. 所录诗文,语言通俗者不作注释;篇幅过长或文辞晦涩者录以备览,注释阙如。作为附录的进士碑传,选择几篇注释。

8. 为方便随手一翻的读者,注者对不同篇章重复出现的难懂的词,重复注释。反复出现而又释文冗长的科举名词,集为《部分科举名词汇释》附后。

目　录
CONTENTS

说明:目录标题中括号内的人名为注者所加,以方便读者识别。标题中的书名号从略。带有"*"的为基于《天门进士诗文》的增补篇目。

刘虚白

四库全书本《唐摭(zhí)言·卷四·与恩地旧交》第4页记载："刘虚白与太平裴公尝同砚席。及公主文,虚白犹是举子。试杂文日,帘前献一绝句,曰……"(本书编者按:绝句原文即《献裴坦》。下同)

周祖谟主编、中华书局1992年版《中国文学家大辞典·唐五代卷》第208页记载："刘虚白,竟陵人。开成末,与裴坦同席砚。累试不第。大中十四年,裴坦以中书舍人权知礼部贡举,刘虚白犹是举子,试杂文日,于帘前献一绝句云……即于是年登进士第。性嗜酒,有诗云:'知道醉乡无户税,任他荒却下丹田。'后不知所终。《全唐诗》卷四九五录其诗一首、断句一联。事迹见《唐摭言》卷四、《唐诗纪事》卷六〇等。"

献裴坦

二十年前此夜中,一般灯烛一般风。不知岁月能多少,犹著麻衣待至公[1]。

题解

本诗录自四库全书本《唐摭言·卷四·与恩地旧交》第4页。

裴坦:字知进。唐宣宗时,历职方郎中、礼部侍郎、江西观察使、华州刺史。僖宗乾符元年(874年)拜相,擢中书侍郎、同中书门下平章事。数月后卒于相位。

注释

[1]麻衣:旧时举子所穿的麻织物衣服。唐代衣服的颜色,表示一个人的身份、地位,不允许随意换服色。举子没有功名,他们都身穿白色麻衣。

皮日休（著名文学家）

周祖譔主编、中华书局 1992 年版《中国文学家大辞典·唐五代卷》第 155 页记载：皮日休（834?—883?），字逸少，后字袭美，襄阳竟陵（今湖北天门）人。出身贫寒，初隐居鹿门山，自称"鹿门子"。嗜酒，癖诗，又自号"醉吟先生""醉士"。咸通七年（866 年），射策不第，退于肥陵，编其诗文为《皮子文薮》。八年（丁亥，867年），登进士第。翌年游苏州。十年（869 年），苏州刺史崔璞辟为军事判官。与陆龟蒙等结为诗友，唱酬颇多。陆龟蒙编唱和联句诗为《松陵集》。后入京为著作郎，迁太常博士，又出为毗陵副使。黄巢起义，入黄巢军。广明元年（880 年）十二月，随军入长安，授翰林学士，约卒于中和三年（883 年）。日休为晚唐著名诗人及散文家，与陆龟蒙齐名，世称"皮陆"。小品文如《鹿门隐书》更为后人所称道。鲁迅曾称皮、陆等之小品为唐末"一塌糊涂的泥塘里的光彩和锋芒"（《小品文的危机》）。所著颇多。今存《皮子文薮》一〇卷、《松陵唱和集》一〇卷。（本书引用时有删节）

皮日休、陆龟蒙等撰，王锡九校注，中华书局 2018 年版《松陵集校注·第一册》第 6 页云：皮日休（834?—883?），复州竟陵（今湖北天门）人，曾隐居襄阳（今湖北襄阳市）鹿门山。字逸少，后字袭美，自称鹿门子，自号醉士、醉吟先生、间气布衣。晚唐诗人、散文家。

橡媪叹

皮日休

秋深橡子熟，散落榛芜冈[1]。伛伛黄发媪，拾之践晨霜[2]。移时始盈掬，尽日方满筐[3]。几曝复几蒸，用作三冬粮[4]。山前有熟稻，紫穗袭人香[5]。细获又精舂，粒粒如玉珰[6]。持之纳于官，私室无仓箱[7]。如何一石余,只作五斗量[8]。狡吏不畏刑,贪官不避赃[9]。农时作私债,农毕归官仓[10]。自冬及于春,橡实诳饥肠[11]。吾闻田成子,诈仁犹自王[12]。吁嗟逢橡媪,不觉泪沾裳[13]。

题解

本诗录自四库全书本《文薮·卷十》第8页。

橡媪(ǎo):拾橡子的老妇人。

注释

[1]橡子:橡树(又名栎树)的果实,苦涩难食。

榛(zhēn)芜冈:灌木野草丛生的山冈。

[2]伛伛(yǔ):特指脊梁弯曲,驼背。

黄发:老年人发白转黄,故云。

[3]移时:过了好一会儿。

盈掬:满把。

[4]曝(pù):晒。

三冬:冬季三月,即冬季。

[5]紫穗:名贵水稻紫金箍,稻穗呈紫色,有香气。

袭人香:指稻香扑鼻。

[6]细获:仔细地收割、拣选。

精舂:精心地用杵臼捣去谷粒的皮壳。

玉珰:玉制的耳坠。这里用以形容米粒的晶莹圆润。

[7]持之纳于官,私室无仓箱:意思是,全数纳官后,颗粒不存。仓箱:装米的器具。大者称仓,小者称箱。

[8]石(dàn):容量单位,十斗为一石。

[9]不避赃:犹言公然贪赃。

[10]农时作私债,农毕归官仓:谓州县官吏以官粮充作私粮,在农忙粮荒之际放出,又在收获之后收回,利用大小斗等手段盈利谋私,一部分归回官仓,另一部分则归于己。

[11]诳(kuáng)饥肠:橡子不是粮食,只能勉强充饥,哄骗饿着的肚子。

[12]吾闻田成子,诈仁犹自王:我听说田成子所行虽然伪善,但因为多少对老百姓还有些好处,所以他的后代能够自立为齐王。田成子:春秋时齐国宰相田常,他为了收买人心,曾以大斗借出粮食,以小斗收进,故民众拥护他。后来他的子孙取得了齐国的王位。诈仁:假仁。

[13]吁嗟(xū jiē):表示有所感触的嗟叹词。

奉和鲁望渔具十五咏·种鱼

皮日休

移土湖岸边,一半和鱼子[1]。池中得春雨,点点活如蚁[2]。一月便翠鳞,终年必赪尾[3]。借问两绶人,谁知种鱼利[4]?

题解

本诗录自四库全书本《御定全唐诗·卷六百十一》第3页。

奉和:谓做诗词与别人相唱和。

鲁望:陆龟蒙,字鲁望。

种鱼:养鱼。

注释

[1]移土湖岸边:移土湖边造作养鱼的水池。

鱼子:鱼卵。

[2]春雨:指池中小鱼游动,泛起点点小波纹,犹如春雨的雨点。

点点活如蚁:池中小鱼点点跃动,犹如蚂蚁一般。

[3]翠鳞:翠色鳞片。为鱼的代称。

终年:整年。

赪(chēng)尾:红色的鱼尾。

[4]两绶人:佩戴两条绶带的人。指高官显贵。典自"两绶金赏"。西汉重臣金日磾(dī)长子金赏,年八九岁时即嗣父为侯,佩两绶。后用为咏少年贵盛之典。绶:古代官员系印纽的丝带。

汴河怀古(二首)

皮日休

万艘龙舸绿丝间,载到扬州尽不还[1]。应是天教开汴水,一千余里地无山[2]。

尽道隋亡为此河,至今千里赖通波[3]。若无水殿龙舟事,共禹论功不较多[4]。

题解

本诗录自四库全书本《御定全唐诗·卷六百十五》第10页。

汴河:即通济渠。隋炀帝时,发动河南、淮北百余万人开挖了名为通济渠的大运河,运河的主干中在汴水的一段,习惯上也称汴河。

注释

[1]万艘龙舸(gě)绿丝间,载到扬州尽不还:指隋炀帝杨广游览扬州时被部将宇文化及杀死。龙舸:即龙舟。皇家使用的以龙造型的船。

[2]一千余里:通济渠长一千三百余里。

[3]尽道隋亡为此河,至今千里赖通波:都说隋朝灭亡是因为这条河,但直到今天南北运输仍然要依靠它。通波:谓水相通。

[4]若无水殿龙舟事,共禹论功不较多:如果没有三次千艘龙舟南游的事,隋炀帝开运河的功劳应该和治水有功的大禹差不多。水殿:帝王所乘的豪华游船。共:同,与。论功:比功。较:唐人俗语,犹言"减"。

送从弟皮崇归复州

皮日休

羡尔优游正少年,竟陵烟月似吴天[1]。车螯近岸无妨取,鲊艒随风不费牵[2]。处处路傍千顷稻,家家门外一渠莲。殷勤莫笑襄阳住,为爱南溪缩项鳊[3]。

题解

本诗录自四库全书本《文薮·卷十》第15页。

从弟:堂弟。

复州:北周武帝置,治所在建兴县(隋改为沔阳县)。隋大业初改为沔阳郡。唐武德五年(622年)改为复州,治所在竟陵县(今天门)。贞观七年(633年)又移治沔阳县。天宝元年(742年)改为竟陵郡。乾元元年(758年)改为复州,辖竟陵、沔阳、监利。宝历二年(826年)移治竟陵县(五代晋天福初改为景陵县)。南宋端平三年(1236年)移治沔阳镇。元至元十三年(1276年)改为复州路。皮日休在世时,复州州治竟陵。

注释

[1]优游:悠闲自得。

烟月:指山水景物。

吴天:指苏南浙北地区。吴:泛指江苏省南部和浙江省北部一带。

[2]车螯(áo):一种蚌。

舴艋(zé měng):小船。

[3]殷勤:表祈使,犹言千万。

为爱南溪缩项鳊:原文为"为爱南游缩颈鳊",据清道光元年(1821年)版《天门县志·卷之五·形势》第2页改。

缩项鳊(biān):鳊鱼。

道院迎仙

皮日休

百尺丹台倚翠华,洞门迢递隔烟霞[1]。雨中白鹿眠芳草,松下青牛卧落花[2]。幽谷月明浮紫气,瑶池水暖伏丹沙[3]。抛书亦欲寻真去,安得相从一饭麻[4]?

题解

本诗录自明嘉靖二年(1523年)版《湖广图经志书·卷之十一》第11页。清康熙三十一年(1692年)版《景陵县志·卷之六·风土志》第36页称:皮日休有《道院迎仙》,后人凑成《十景》,不可不辨。

道院:道士居住的地方。

注释

[1]丹台:仙境,道家语。神仙居住的地方。

翠华:原指用绿色羽毛装饰着的旗,古时为帝王的仪仗。此处当理解为"翠微"。指青山。

迢递:高峻貌。

[2]白鹿眠芳草:唐代刘威《赠道者》:"闲寻白鹿眠瑶草,暗摘红桃去洞天。"白鹿:古代常以白鹿为祥瑞。

青牛:老子的坐骑。古代传说,老子曾乘青牛到西方游历,途经函谷关赴流沙而终未返回。

[3]丹沙:即朱砂。矿物名。色深红,古代道教徒用以化汞炼丹,中医作药用,也可制作颜料。

[4]寻真:寻求仙道。

相从:相随。

饭麻:以麻籽为食。语出《盐铁论·卷四·毁学第十八》:"包丘子饭麻蓬藜,修道白屋之下。"

茶中杂咏序

皮日休

案:《周礼》酒正之职,辨四饮之物,其三曰浆[1]。又浆人之职,供王之六饮——水、浆、醴、凉、医、酏,入于酒府[2]。郑司农云[3]:"以水和酒也。"盖当时人率以酒醴为饮,谓乎"六浆",酒之醨者也,何得姬公制[4]?《尔雅》云:"槚,苦荼[5]。"即不撷而饮之,岂圣人纯于用乎[6]?草木之济人,取舍有时也。

自周已降,及于国朝茶事,竟陵子陆季疵言之详矣[7]。然季疵以前,称茗饮者,必浑以烹之,与夫瀹蔬而啜者无异也[8]。季疵之始为《经》三卷,由是分其源、制其具、教其造、设其器、命其煮[9],俾饮之者,除痟而去疠,虽疾医之不若也[10]。其为利也,于人岂小哉!余始得季疵书,以为备矣[11]。后又获其《顾渚山记》二篇,其中多茶事。后又太原温从云、武威段碻之,各补茶事十数节,并存于方册[12]。茶之事,由周至于今,竟无纤遗矣[13]。昔晋杜育有《荈赋》[14],季疵有《茶歌》,余缺然于怀者,谓有其具而不形于诗[15],亦季疵之余恨也。遂为《十咏》,寄天随子[16]。

题解

本文录自四库全书本《松陵集·卷四》第22页。本文为皮日休与陆龟蒙唱和诗之序。后人刻印陆羽《茶经》时,多以本文为序。

注释

[1]案:同"按"。引用论据、史实开端的常用语。

周礼:儒家经典之一。西汉以前称《周官经》或《周官》。是记载周朝设官分职和纲纪的政典。

酒正:周朝酒官,天官冢宰之属官。职掌宫廷造酒、用酒。

四饮:指清、医、浆、酏四种饮料。

浆:淡酒。也指酒。

[2]浆人:《周礼》官名。

醴(lǐ):一种汁渣混合的浊酒,其味甘甜,较醪(láo)稍薄。

凉:西周镐(hào)京王室"六饮"中第四种饮料,即汉代的冷粥。

医:西周镐京王室"六饮"中第五种饮料。以醴(甜酒)与酏(薄粥)调和成的饮料,或以酏(薄粥)酿制的饮料。醴比较浊,医用粥酿制,比较清。

酏(yí):古代用黍米酿成的一种甜酒。亦指酿酒用的稀粥。

酒府:先秦官署名。掌王宴饮之酒。

[3]郑司农:指郑众。郑众,字仲师,开封人。东汉章帝时任大司农。

[4]醨(lí):薄酒。

姬公:指周公姬旦。

[5]尔雅:训诂学著作。我国第一部词典。

槚(jiǎ):茶的别称。

苦茶(tú):指茶。郭璞:"今呼早采者为茶,晚取者为茗,一名荈,蜀人名之苦茶。"郝懿行:"今'茶'字古作'荼'……至唐陆羽著《茶经》,始减一画作'茶',今则知茶不复知荼矣。"

[6]撷(xié):采摘,摘取。

圣人纯于用:周公这样的圣人纯粹讲求实用。

[7]降:下。表示从过去某时到现在的一段时期。

竟陵子陆季疵:陆羽,一名疾,字鸿渐,又字季疵,号东冈子、竟陵子,自称桑苎翁。著《茶经》三卷。竟陵:天门古称。

[8]称茗饮者,必浑以烹之:称述的饮茶之事,一定是将茶叶与水烹煮后一起吃掉。

瀹(yuè)蔬而啜(chuò):煮菜汤喝。瀹:以汤煮物。啜:吃,饮。

[9]分其源:区分茶叶的产地。

制其具:记叙制茶的器具。

教其造:教人制茶的方法。

设其器:教人设置茶具。

命其煮:教人煮茶的方法。

[10]俾(bǐ):使。

痟(xiāo):头部酸痛的一种疾病,

发于春天。

疠：疠气，又称疫疠之气、毒气、异气、戾气或杂气。传染性很强。

疾医：周代专科医生之一。

[11]备：齐备，完备。

[12]瘯：音 xì。

方册：同"方策"。指典籍。

[13]纤遗：细微的遗漏。

[14]杜育：字方叔，襄城邓陵人，杜袭之孙。西晋人，累迁国子祭酒。

荈（chuǎn）：茶的老叶，即粗茶。

此处指茶。

[15]缺然于怀者：心中感到缺憾的。

有其具而不形于诗：有茶具却没有人用诗歌将茶具描写出来。形于诗：化用白居易《霓裳羽衣歌》诗句"我爱霓裳君合知，发于歌咏形于诗"。形：摹写，描绘。

[16]天随子：亦省称"天随"。陆龟蒙的别号。

酒箴（并序）

皮日休

皮子性嗜酒，虽行止穷泰[1]，非酒不能适。居襄阳之鹿门山，以山税之余，继日而酿，终年荒醉[2]，自戏曰"醉士"。居襄阳之洞湖，以舴艋载醇酎一瓶[3]，往来湖上，遇兴将酌，因自谐曰"醉民"。於戏[4]！吾性至荒，而嗜于此，其亦为圣哲之罪人也[5]。又自戏曰"醉士"，自谐曰"醉民"，将天地至广，不能容醉士、醉民哉？又何必厕丝竹之筵、粉黛之座也[6]。

襄阳元侯闻醉士、醉民之称也，订皮子曰[7]："子耽饮之性，于喧静岂异耶？"皮子曰："酒之道，岂止于充口腹、乐悲欢而已哉？甚则化上为淫溺，化下为酗祸[8]。是以圣人节之以酬酢，谕之以诰训[9]。然尚有上为淫溺所化，化为亡国；下为酗祸所化，化为杀身。且不见前世之饮祸耶？路鄈舒有五罪，其一嗜酒，为晋所杀[10]。庆封易内而耽饮，则国朝迁[11]。郑伯有窟室而耽饮，终奔于驷氏之甲[12]。栾高嗜酒而信内，卒败于陈鲍氏[13]。卫侯饮于籍圃，卒为大夫所恶[14]。呜呼！吾不贤者，性实嗜酒，尚惧为鄈舒之傪[15]，过此吾不为也，又焉能俾喧为静乎[16]？俾静为喧乎？不为静中淫溺乎？不为酗祸之波乎？既淫溺酗祸作于心，得不为庆封乎？郑伯乎？栾高乎？卫侯乎[17]？盖中性，不能自节，因箴以自符[18]。”箴曰：

酒之所乐，乐其全真。宁能我醉，不醉于人[19]。

题解

本文录自四库全书本《文薮·卷六》第5页。

箴：古代一种文体，以告诫规劝为主。

注释

[1]穷泰：困厄和显达。

[2]山税：对山区征收的税捐。

荒醉：沉湎于酒。

[3]舶艏(sù)：舟。

醇酎(zhòu)：味厚的美酒。

甔(dān)：坛子一类的瓦器。

[4]於戏(wū hū)：亦作“於熙”，犹“於乎”。感叹词。就是“呜呼”用于吉祥或没有悲伤的情况下的另一种写法。

[5]圣哲：指超人的道德才智。亦指具有这种道德才智的人。并亦以称帝王。

[6]厕：杂置，参与。

[7]元侯：指重臣大吏。

订：订正。

[8]淫溺：迷恋沉溺。多指酒色。

酗祸：酗酒惹祸。

[9]酬酢(zuò)：饮酒时主客互相敬酒，主敬客称酬，客还敬称酢。泛指应酬。

诰训：训诰。《尚书》六体中训与诰的并称。训乃教导之词，诰则用于会同时的告诫。

[10]路酆(fēng)舒有五罪，其一嗜酒，为晋所杀：据《左传·宣公十五年》，晋国因为赤狄潞氏的执政者酆舒杀害晋景公的姐姐，而兴兵攻伐潞氏，灭掉了这个部族。主张征伐的伯宗说：酆舒有五罪：“不祀，一也。耆酒，二也。”

[11]庆封易内而耽饮，则国朝迁：据《左传·襄公二十八年》，齐国左相庆封专国政，喜欢打猎，嗜好喝酒，把政权交付给儿子庆舍，就带着他的妻妾财物迁到卢蒲嫳(piè)家里，交换妻妾而喝酒。几天以后，官员们就改到这里来朝见。易内：互换妻妾。

[12]郑伯有窟室而耽饮，终奔于驷氏之甲：据《左传·襄公三十年》，郑大夫伯有终日在地下室饮酒，后为郑国贵族驷带所灭。

[13]栾高嗜酒而信内,卒败于陈鲍氏:据《左传·昭公十年》,齐惠公的后代栾氏、高氏都嗜好酗酒,相信妇人的话而与许多人结仇,势力比陈氏、鲍氏强大,最终败于这两家。

[14]卫侯饮于籍圃,卒为大夫所恶:据《左传·哀公十七年》,卫庄公在籍圃建造了一座刻有虎兽纹的小木屋,造成了,要寻找一位有好名誉的人与他在里边吃第一顿饭。最终为大夫所恶。籍圃:指籍田中种植果木瓜菜的园地。

[15]僇(lù):同"戮"。杀戮。

[16]俾:使。

[17]卫侯乎:原文无,据别本补。

[18]中性:内心、性情。

自符:让自己符合自订的箴言。

[19]酒之所乐,乐其全真。宁能我醉,不醉于人:意思是,饮酒的乐趣在于恰到好处,保全天性。即使醉酒也以不妨害他人为原则。全真:保全天性。

读司马法

皮日休

古之取天下也以民心,今之取天下也以民命[1]。唐虞尚仁,天下之民从而帝之[2]。不曰取天下以民心者乎[3]?汉魏尚权,驱赤子于利刃之下[4],争寸土于百战之内,由士为诸侯,由诸侯为天子,非兵不能威,非战不能服[5]。不曰取天下以民命者乎?由是编之为术【六韬也[6]】。术愈精而杀人愈多,法益切而害物益甚[7]。呜呼!其亦不仁矣。蚩蚩之类,不敢惜死者[8],上惧乎刑,次贪乎赏。民之于君,由子也[9]。何异乎父欲杀其子,先给以威,后啖以利哉[10]?孟子曰:"'我善为阵,我善为战',大罪也[11]!"使后之君于民有是者,虽不得土,吾以为犹土焉[12]。

题解

本文录自四库全书本《文薮·卷七》第1页。朱东润主编、上海古籍出版社2002年版《中国历代文学作品选·中编·第一册》收录本文。

司马法:古代著名兵书。旧题春秋时齐国人司马穰苴(ráng jū)作,但据《史记·司马穰苴列传》载,战国时齐威王令齐国诸大夫整理古司马兵法,而附穰苴兵法于其中,定名为《司马穰苴兵法》,后来简称《司马法》。《司马法》实非穰苴专著,乃为古兵法的合编本。

注释

[1]民命:民众的生命,人命。

[2]唐虞:尧舜。

尚仁:崇尚仁德。

帝之:奉之为帝。

[3]不曰:岂不是。

[4]尚权:崇尚权力。

赤子:婴儿。比喻百姓,人民。

[5]威、服:以威力慑服。

[6]由是编之为术:谓用兵和作战有了经验,就把它编成兵法。此处不是专指《司马法》,是泛指一般兵书。

六韬也:原文中三字为夹注。六韬:兵书名。旧题周吕望撰。分文韬、武韬、龙韬、虎韬、豹韬、犬韬六卷。

[7]法:兵法,战术。

切:切合实际。

[8]蚩蚩之类:敦厚之人。此处指被征参战的百姓。

惜死:怕死。

[9]由子:如同儿子。由:通“犹”。

绐(dài):同“诒”。谎骗。

啖(dàn):拿利益引诱人。

[11]“我善为阵”三句:语出《孟子·尽心下》。孟子主张仁政,反对战争。这里他引用一个好战君主的话,并认为善战是一种罪过,应该受到惩罚。善为阵:善于用兵布阵。

[12]使后之君于民有是者,虽不得土,吾以为犹土焉:如果后来的人对百姓有这样的用心,虽得不到天下,却得到了天下的人心。

犹土焉:与获得土地一样。土:土地。指天下。

皮子世录

皮日休

皮子之先,盖郑公之苗裔,贤大夫子皮之后[1]。在战国及秦时,无谱牒可考[2]。自汉至唐,其英雄贤俊在位者,往往有焉。

前汉时,名容者,以善为容,官至大夫[3]。后汉时,名巡者,为太医令[4]。三国时,无闻焉。晋朝,名初者,为襄阳太守。名京者,为贤处士[5]。宋朝[6],名熙祖者,与徐广论议。苻王世,名审者,为坚侍郎[7]。后魏世,名豹子者,为魏名将。子道明,袭爵。弟喜,为使持节侍中[8],都督秦、雍、梁、益诸军事,大将军,仇池镇将[9],假公如故。喜以战守之功,累加勋爵,后转散骑常侍、安南将军、豫州刺史[10],卒于承宗爵。喜弟双仁,冠军将军[11],仇池镇将。北齐时,名景和者,以功大,官封王。名延宗者,为黄门侍郎[12]。隋朝,名子信者,为刺史。至于吾唐,汩汩于民间[13],无能以文取位。唯从祖翁讳瑕叔,举进士,有名。以刚柔不合时,受蜀聘,为幕府,累官至刺史。从翁讳行修,明经及第[14],累官至项城令。以盗不发,贬州掾[15],卒。

时日休之世,以远祖襄阳太守子孙,因家襄阳之竟陵,世世为襄阳人。自有唐以来,或农竟陵,或隐鹿门,皆不拘冠冕[16],以至皮子。

呜呼！圣贤命世,世不贱,不足以立志;地不卑,不足以立名[17]。是知老子产于厉乡,仲尼生于阙里[18]。苟使李乾早胎[19],老子岂降？叔梁早胤[20],仲尼不生。贤既家有不足为,立大功,致大化,振大名者,其在斯乎[21]？

题解

本文录自四库全书本《文薮·卷十》第16页。

皮子世录:皮日休世系简介。

宋代孙光宪《北梦琐言》云:"皮日休,先字逸少,一字袭美,襄阳之竟陵人。"宋代王谠(dǎng)《唐语林》也称皮日休为"襄阳之竟陵人"。宋代祝穆《方舆胜览·复州寺观》载,紫极观有皮日休读书堂。

钟惺《将访苕霅(tiáo zhá)许中秘迎于金闾导往先过其甫里所住有皮陆遗迹》诗云:"鸿渐生竟陵,茶隐老苕霅。袭美亦竟陵,甫里有遗辙。予忝竟陵人,怀古情内挟。"

吴履谦编、清道光丙申(1836年)版《竟陵文选》收录皮日休《茶中杂咏序》,文后按语云:"去横林二三里,有皮河。居人多皮姓,传为袭美故里。唐时流寓襄阳,遂为襄人。亦如李大泌之为京山人也。"

皮日休研究专家、中山大学李福标《〈四库全书·皮子文薮〉提要指误》云:皮日休在《皮子世录》(附于《皮子文薮》后)中提及其籍贯时说:“时日休之世, 以远祖襄阳太守之子孙, 因家襄阳之竟陵, 世世为襄阳人。”这话颇含混,以致后人弄不清他到底是襄阳(今湖北襄樊市) 人还是竟陵(今湖北天门县)人。《北梦琐言》卷二、《郡斋读书志》卷四、《唐诗纪事》卷六四、《唐才子传》卷八等就都说是襄阳人。然皮日休《鲁望昨以五百言见贶(kuàng),过有褒美。内揣庸陋, 弥增愧悚。因成一千言,上述吾唐文物之盛, 次叙相得之欢, 亦迭和之微旨也》(简称《鲁望昨以》) 诗曰:“粤予何为者,生自江海壖(ruán)。骙骙(ái)自总角,不甘耕一廛(chán)……遂与袯襫(bó shì)著,兼之簦(tái)笠全。风吹蔓草花,飒飒盈荒田。”这是他一家力农于竟陵的明证。而《送从弟皮崇归复州》诗中“殷勤莫笑襄阳住,为爱南溪缩头鳊”等语更可以见出他对故乡竟陵的深厚感情。据《元和郡县图志》卷二一, 竟陵乃襄阳道下复州的属县而已,与襄阳相距约六百二十里或五百七十里。《四库全书》沿袭陈说而不加辨以致误。又, 谓皮日休“居”鹿门山亦误。其实皮日休是“隐”于鹿门山而已,《鲁望昨以》诗明确谈到了他从家乡来到鹿门山隐居一事。其著名的《鹿门隐书》就是在鹿门山隐居时写就的(该文原载《图书馆工作与研究》2006 年第 5 期第 78 页)。

李吉甫撰、四库全书本《元和郡县志 · 卷二十三》第 1 页“山南道”记载:山南道首府在襄州,襄州为襄阳节度使理所,辖襄州、邓州、复州、郢州、唐州、随州、均州、房州。复州州治竟陵,辖竟陵、沔阳、监利三县。所以皮日休说:“因家襄阳之竟陵, 世世为襄阳人。”

注释

[1]皮子之先,盖郑公之苗裔、贤大夫子皮之后:我的先祖,是周宣王弟姬友的后裔、贤大夫子皮的后代。

苗裔:子孙后代。

子皮:春秋时郑国人。又称罕虎,属“七穆”之一罕氏。子展之子。郑简公二十二年(前 544 年),继父位为郑执政。

[2]谱牒:记述氏族、家族世系的书籍。

[3]善为容:容指文礼,谓行礼如仪,不失其度。

[4]太医令:古代医官职称。指掌管医事行政的官员。

[5]处士:古时称有才德而隐居不仕的人。

[6]宋朝:指南朝刘宋王朝。

[7]苻王:苻坚。

[8]持节:官员或使臣外出时持有皇帝授予的节杖,以示其威权。

侍中:官名。秦始置,两汉沿置,因侍从皇帝左右,出入宫廷,与闻朝政,逐渐变为亲信贵重之职。

[9]都督:统帅,督察。

大将军:高级武官名。

仇池:郡名。在今甘肃成县洛谷镇。

[10]散骑常侍:官名。在北魏时职掌讽议。

[11]冠军将军:将军名号,为武散官。

[12]黄门侍郎:官名。西汉时郎官在宫门之内供事,称黄门郎或黄门侍郎。东汉时成为专职,或称给事黄门侍郎,负责侍从皇帝、传达诏命。

[13]汩汩于民间:指埋没在民间。

[14]明经:唐代科考取士,以经义取者为明经,以诗赋取者为进士。

[15]州掾(yuàn):太守的属官。

[16]不拘冠冕:指不出仕为官。

[17]命世:著名于当世。多用以称誉有治国之才者。

世不贱、地不卑:前后互文。指社会地位不低贱。

立名:树立名声。

[18]厉乡:老子出生地。

阙里:春秋时孔子住地。在今山东曲阜城内阙里街。孔子曾在此讲学。

[19]李乾:相传为老子父。

[20]叔梁:叔梁纥(hé)。孔子之父。孔子三岁,叔梁纥卒。

早胤(yìn):早得子。

[21]贤既家有不足为:意思是,当今还没有使皮家成为贤德之家的人。既:其。不足:不满意。

大化:广远深入的教化。

斯:指作者自己。

张　徽（福建转运使兼知福州）

　　曾枣庄主编、中华书局 2004 年版《中国文学家大辞典·宋代卷》第 460 页记载:"张徽,字伯常,景陵(今湖北天门)人(明嘉靖《沔阳志》卷一七)。熙宁初,为福建转运使兼知福州(道光《福建通志》卷三九)。与祖无择等有歌诗唱和,其《凤山阁》诗'山势转来双径曲,水声分去一川斜。丹青隐映林间焙,黑白微茫石上畲'之句,描绘江南山水之胜。著有《沧浪集》等(《沔阳志》卷一七),今已佚。《全宋诗》卷五一六录其诗九首。"

闻龙学平昔曾游颍川西湖有诗以寄之

张　徽

　　河势横斜带地形,碧油丹旆昔常经[1]。驿名未改风尘黑,碑字犹存雨藓青。荐福【寺名】园林僧杳渺,撷芳【亭名】洲渚妓娉婷[2]。汝南一值贤人降,分野于今占德星[3]。

题解

　　本诗录自四库全书本《龙学文集·卷十一·名臣贤士诗一十六首附》第 3 页。"【 】"内文字为自注。

　　龙学:宋龙图阁直学士的略称。此处指祖无择。祖无择,字择之,上蔡人。北宋官吏。英宗治平二年(1065 年),加龙图阁直学士,权知开封府,进学士,知郑州、杭州。神宗即位,入知通进银台司。王安石恶之,遂贬为忠正军节度副使,后知信阳军。

　　颍川:秦置郡。汉沿置。治所阳翟,即今河南禹县。

注释

[1]碧油丹旆(pèi):此处以节度使的仪仗借指祖无择。

碧油:碧油幢。青绿色的油布车帷。南齐时公主所用,唐以后御史及其他大臣多用之。熊士鹏《竟陵诗选》作"碧旈"。

丹旆:丹旌,赤色旌旗。原文为"具旆",据《永乐大典·卷之二二六三·福建西湖》、熊士鹏《竟陵诗选》改。

常经:通常的行事方式,常规。

[2]杳渺:指幽深晦秘之境。

娉(pīng)婷:姿态美好貌。

[3]汝南:古政区名。本秦陈郡地。西汉高帝四年(前203年)析陈郡颍河中下游以西地置。治所在上蔡县(今上蔡县西南)。

分野:与星次相对应的地域。古以十二星次的位置划分地面上州、国的位置与之相对应。就天文说,称作分星;就地面说,称作分野。

德星:古以景星、岁星等为德星,认为国有道有福或有贤人出现,则德星现。

送龙学和寄王元之郎中

张　徽

未持双节去朝元,玉陛犹虚待从班[1]。龟洛旧游天直上,鸡林新句海中间[2]。品流有日归陶冶,隐逸无时奉宴闲[3]。鹤驭仙游何处所? 轩皇冠剑在桥山[4]。

题解

本诗录自四库全书本《龙学文集·卷十一·名臣贤士诗一十六首附》第3页。标题下注"是时龙学在西京"。

龙学:参见前诗题解。

王元之:王禹偁(chēng),字元之,济州巨野(今属山东)人。太宗太平兴国八年(983年)进士。北宋名臣,著名诗人。

西京:五代晋、北宋以河南府(今洛阳)为西京。

注释

[1]双节:唐代节度领刺史者出行时的仪仗。

朝元:古代诸侯和臣属在每年元旦贺见帝王。

玉陛:帝王宫殿的台阶。

班:班列。朝班的行列。

[2]龟洛:典自"洛龟呈瑞"。此处指洛阳。《周易》上说:黄河出八卦、洛水出天书的时候,圣人就会降临。

鸡林:典自"句传鸡林""诗传鸡林"。白居易的诗流传甚广,鸡林(即古代新罗,今朝鲜)商人来唐贸易时,也尽力搜集他的诗,回国卖给其国相。后以此典称人诗文优美,传播广远。

[3]品流:指品格相类的人。

宴闲:谓日常生活。

[4]鹤驭仙游:死的婉称。

轩皇冠剑:黄帝轩辕氏的帽子和佩剑。

桥山:相传黄帝死后,葬于桥山,其地在今陕西黄陵县西北。

送程给事知越州

张　徽

琐闱宫接凤凰巢,蔼蔼青云器业高[1]。一代后先书惠化,三朝中外主风骚[2]。阜安广粤新城郭,慑伏幽燕旧节旄[3]。元相台楼何处是?蓬莱山压海波涛[4]。

题解

本诗录自傅璇琮主编、1992年版《全宋诗·第九册》第6276页。

程给事:程师孟(1009—1086年),字公辟,吴(今苏州)人。仁宗景祐元年(1034年)进士。历知南康军、楚州、洪州。入判三司都磨勘司,出为江西转运使,知福州。神宗熙宁六年(1073年),知广州。九年(1076年),入为给事中,判都水监。出知越州、青州,致仕。

注释

[1]琐闱宫接凤凰巢:用凤凰巢于"琐闱",来比喻贤臣在朝。琐闱:有雕

饰的门,指宫门。也借指宫廷。

蔼蔼青云:形容志向远大。蔼蔼:盛多貌。青云:喻远大的抱负和志向。

器业:功名事业。

[2]惠化:旧谓地方官为人所称道的政绩和教化。

中外:朝廷内外。

[3]阜安广粤:使广粤民众安居乐业。

慑伏幽燕:使幽燕民众因畏惧而屈服。

节旄:本指出使时持的节杖,以竹为节,节上饰以牦牛尾。(宋)节度使别称。

[4]元相:指丞相。以其居群官之首,故称。元:首。

凤山阁

张 徽

举头何处认京华,凤阁层层出乱霞[1]。山势转来双径曲,水声分去一川斜。丹青隐映林间焙,黑白微茫石上畬[2]。遇兴每须穷日夕,槛边修竹砌边花[3]。

题解

本诗录自傅璇琮主编、1992年版《全宋诗·第九册》第6277页。

凤山阁:位于福建省建瓯市东峰镇凤山。这里有宋北苑御茶园遗址。

注释

[1]京华:京城的美称。因京城是文物、人才汇集之地,故称。

乱霞:色彩斑斓的霞光。乱:霞光变化多姿,令人眼花缭乱。

[2]隐映:不清楚地显现,时隐时现。

焙:茶焙。唐宋制茶时用于烘茶工序的设施。

畬(shē):刀耕火种的山地。

[3]遇兴:触物兴怀。由于某景物触动而产生某种情怀。

砌:台阶。

惠应庙

张　徽

一家终日在楼台,弈局斜兼画卷开[1]。幽鸟影穿红烛去,寒蟾光落素琴来[2]。钓丝暮惹苹间浪,篆石春浮藓上埃[3]。三数寺通溪畔路,好寻僧借度时杯[4]。

题解

本诗录自傅璇琮主编、1992 年版《全宋诗·第九册》第 6277 页。

惠应庙:位于福建省邵武市水北镇大乾村,隋末唐初始建,祀隋泉州太守欧阳椎。

注释

[1]一家:一人。

弈局:指称围棋盘。弈:下棋。局:棋盘。

[2]幽鸟:隐藏的鸟儿。

寒蟾:指月亮。传说月中有蟾,故称。

素琴:不加装饰的琴。

[3]篆石:印石。

[4]三数:表示为数不多。

度时杯:渡时杯。疑指僧人杯渡的木杯。晋宋时僧人杯渡(亦作杯度),不知姓名。相传其常乘一木杯渡河,因号曰杯渡。

宿猿洞和程师孟韵

张　徽

月上高台云半屏,洞门休唤夕阳肩[1]。巍冠不整跏趺坐,秋楮斓斑数点星[2]。

题解

本诗录自傅璇琮主编、1992 年版《全宋诗·第九册》第 6277 页。

注释

[1] 扃(jiōng)：关闭。

[2] 跏趺(jiā fū)："结跏趺坐"的略称。本指佛教中修禅者的坐法。泛

指静坐、端坐。

斓斑：色彩错杂鲜明貌。

宿猿洞

张　徽

洞天虚寂翠屏欹，心迹萧然万物齐[1]。无奈宿猿嫌宿客，夜深犹拥乱云啼。

题解

本诗录自傅璇琮主编、1992 年版《全宋诗·第九册》第 6277 页。

注释

[1] 洞天：道教称神仙的居处，意谓洞中别有天地。后常泛指风景胜地。

虚寂：犹清静，虚无寂静。

翠屏：形容峰峦排列的绿色山岩。

欹(qī)：通"倚"。斜倚，斜靠。

万物齐：万物浑然一体。

宿猿洞再和程师孟韵

张　徽

入林休顾小猿惊，寿酒交持石外亭[1]。刺使尊崇上卿月，主人高隐少微星[2]。只因避雨投松盖，屡为障风夹桧屏。笑语林猿能解意，

往来应不限岩扃[3]。

题解

本诗录自傅璇琮主编、1992 年版《全宋诗·第九册》第 6277 页。

注释

[1]交持:一作"交酬"。交酬:持杯相互敬酒。

[2]上卿:古官名。周制天子及诸侯皆有卿,分上中下三等,最尊贵者谓上卿。

高隐:隐居。

少微:本星座名。称处士。

[3]岩扃(jiōng):山洞的门,借指隐居之处。

诗句录

张　徽

其一:云蒸洞穴秋成雨,泉落庭除夏结冰。

其二:晓塔影分山店北,暮钟声落海门西。

题解

黄仲昭编纂、明弘治庚戌(1490 年)版《八闽通志·卷之七十五·寺观·福州府长乐县》第 17 页记载,福建长乐县灵峰寺,寺有石洞,张徽诗:"云蒸洞穴秋成雨,泉落庭除夏结冰。"

梁克家编纂、四库全书本《淳熙三山志·卷第三十六·寺观类四·僧寺·福清县》第 8 页记载,黄蘗(bò)塔院,清远里。太平兴国元年(976 年)置。运使张徽诗云:"晓塔影分山店北,暮钟声落海门西。"

陶　铸（湖南宪司经历）

清康熙三十一年（1692年）版《景陵县志·卷之十·人物志·进士》第5页记载："陶铸，字希声。致和己巳进士及第。授大祝，后改国子助教，转湖南宪司经历。"（陶铸及第年应为"天历二年己巳"）

京山庙学记

陶　铸

夫子之道与天地相为悠久[1]。自契元王敬敷五教于尧舜之世[2]，太乙成汤日新盛德[3]，微子象贤统承先王，其所由来固已远矣[4]。吾夫子复以至圣之德，垂范百王。其庙貌之严，享祀之盛[5]，宜其永世无穷也。在当世见而知之者，若颜、曾、闵、冉以下七十二子，羽翼圣道者至矣[6]。嗣而缉熙者，则有子思、孟子与大儒左邱明、公羊高、谷梁赤等[7]，或以传道，或以阐经，以至于宋之九贤、我朝之许先生[8]，总而为从祀者百有五。上自国学以及郡邑[9]，凡有庙貌者皆列祀之。

京山在汉为新市，李唐始为县以隶郢[10]。县故有庙学，而两庑从祀阙[11]。至元丁丑[12]，始于荆门州学得画像。县尹贾侯泰亨至[13]，以为画不庄，不称瞻仰，乃命工改塑像。而廊庑狭隘，弗克尽容[14]。至正五年春，县尹沈邱泰侯伯颜不花下车之初[15]，首与教谕周德、孙义出学廪[16]，及率邑之义士，广西庑四楹，增塑左邱明以下三十二位。而主簿广平郝君执礼，县尉张敦复、典史王宏克赞襄之[17]。经始于至正六年三月，落成于明年四月[18]。而后从祀之数，与他郡邑等。

按:《礼》有春秋释奠于先师[19]。开元更定,始以吾夫子为先圣,以颜子配[20]。从祀之位[21],代有所增,则百世之下,得从祀者,安知其止于今日而已哉?先圣之位,吾知其终古而不易矣[22]。说者谓尧、舜、孔子俱大圣人,而夫子独得庙祀[23],曾不知方尧、舜盛时,贤臣满朝,而契独敷教。吾夫子实元王之裔[24],则天之生圣人,固不偶然矣。庸人俗吏,视学校教化为缓政,而不知天叙天秩不可一日之不敦[25]。世道衰微,则三纲沦而九法斁[26]。政之大者,莫重于此。

今县尹泰侯独能以教化为先务,教谕周德、孙义能以学校为己任,可谓知所本矣。主簿郝君自上都学官三转而佐是邑,故凡赞其事以成厥美,又孰非诗书之泽、濡染之化哉[27]?兹用刻诸坚珉,以俟来哲[28]。

至正丁亥孟夏记[29]。

【《京山庙学记》,国子助教陶铸撰,至正七年。碑久佚。(《金石存佚考》)】

题解

本文录自1921年版《湖北通志·卷一百六·金石十四·元》第45页。文末附记为《通志》编者引用的《湖北金石存佚考》中的记载。

庙学:金元时期于孔庙所在地设学从事教育活动。广义指各级各类儒学。

注释

[1]夫子之道与天地相为悠久:指圣人之道与天地同大、同久。夫子:孔门尊称孔子为夫子,后因以特指孔子。相为:相。

[2]契元王敬敷五教于尧舜之世:指舜命令契施行五教之化。

契元王:契玄王。即契,传说契是玄鸟(黑色的燕子)降生,因称玄王,是商之后世对其始祖契的追尊之称。

敬敷五教:对百姓进行五种道德规范教育。五教:五常之教。即父义、母慈、兄友、弟恭、子孝五种伦常道德的教育。

[3]太乙成汤日新盛德:指商汤崇德,天天都有新的进步。

太乙成汤:商汤。儒家推崇的古帝,商朝的建立者。契玄王后裔,自契至汤,共十四世。

日新盛德:语出《易·系辞上》:"富有之谓大业,日新之谓盛德。"包罗万物,无所不有,叫做大业;日日更新,不断增善,叫做盛德。日新:日日更新。相传汤之盘铭文曰:"苟日新,日日新,又日新。"道德修养果真一天能够自新,就要天天自新,永远自新。盛德:大德。

[4]微子:商纣王庶兄。名启,一作开。因封于微,故称微子。与箕子、比干称为殷之"三仁"。商亡后成为宋国始祖。

象贤:谓能效法先人之贤德。

统承:继承。

由来:从来,向来。

[5]庙貌:庙宇及其中的神像。

享祀:祭祀。

[6]颜、曾、闵、冉:颜渊、曾参、闵子骞、冉伯牛。孔子认为弟子中德行最好的是颜渊、闵子骞、冉伯牛、仲弓。

羽翼圣道者至矣:维护孔子之道达到极点了。

[7]嗣:接着,随后。

缉熙:光明。

子思:战国初期思想家。姓孔,名伋,字子思。孔子的孙子,曾参的学生,被后世统治者尊为"述圣"。

左邱明:孔子所称者,古之闻人,姓左邱,名明。郑樵所谓居左邱者也。一说指《春秋传》之鲁史官左丘(邱)明。

公羊高:战国齐人,复姓公羊,名高。旧题《春秋公羊传》为他所撰。

谷梁赤:相传为《谷梁传》的作者。

鲁国人。

[8]阐经:阐明经义。

宋之九贤:《明统一志》称宋代之周敦颐、程颐、程颢、邵雍、张载、司马光、吕祖谦、朱子(熹)、元许衡九人为"九贤"。与本文所称有异。

许先生:当指金末元初著名理学家、教育家许衡。许衡,字仲平,号鲁斋,世称"鲁斋先生"。

[9]国学:即国子监。

郡邑:此处指郡县学。

[10]李唐:即唐朝,以皇室姓李,历史上也叫李唐。

郢:安陆府,古称郢州,治湖北钟祥。

[11]阙:空缺着,没有。

[12]至元丁丑:元至元三年,1337年。

[13]县尹贾侯泰亨:县令贾泰亨。尹:元代时称州、县长官为尹。侯:邑侯,县令的别称。元代县级官员的顺序依次为:知县、县尉、主簿、教谕、典史。

[14]弗克尽容:不能完全显现塑像的威仪。容:威仪,法度,规范。

[15]至正五年:乙酉,1345年。

沈邱:地名。河南沈邱(丘)县。

泰侯伯颜不花:清光绪八年(1882年)版《京山县志·卷之八·秩官》第5页记载,至正县令为"泰伯颜不花"。泰伯颜不花:人名,蒙古族。侯:见本文注释[13]。

下车:旧时官吏初到任为下车。

[16]教谕:清代府学官称教授,州学官称学正,县学官称教谕,负责教育所属生员。

学廪:学校的经费。

[17]主簿广平郝君执礼:时任主簿、广平人郝君主持礼仪。主簿:官名。宋以后各县知县下设主簿,为知县辅佐。广平:古时名城。在今河北永年县东南。明改为广平府。郝君:指郝居。

县尉:古代县一级的军事行政长官。协助县令、长,掌一县军事行政和社会治安。元代县尉掌捕盗之事。

典史:官名。元朝始设此官,为知县的属官,掌管收发公文。

赞襄:佐助。

[18]经始:开始测量营造。

至正六年:丙戌,1346年。

[19]《礼》有春秋释奠于先师:《礼记》有春秋释奠先师的记载。《礼记·文王世子》:"凡学,春官释奠于其先师,秋冬亦如之。"释奠:古代学校的祭奠先师之礼。先师:古时对先代有高深学问或高尚品德老师的尊称。

[20]开元:唐玄宗李隆基年号(713—741年)。

更定:修改订正。

始以吾夫子为先圣,以颜子配:指唐开元二十七年(739年),追谥孔子为文宣王,并以颜渊配祀。先圣:前代的圣人,旧时特指周公、孔子。

[21]从祀:附祭。孔庙祭祀以孔子弟子及历代有名的儒者列在两庑一体受祭,称为配享从祀。

[22]终古:久远。

[23]庙祀:立庙奉祀。

[24]吾夫子实元王之裔:孔子的祖上是宋国的贵族,先祖是商朝开国君主商汤。元王:指契元王。

[25]天叙天秩:上天所定的伦序。语出《尚书·皋陶谟》:"天叙有典,天秩有礼。"

敦:推崇,崇尚。

[26]三纲:儒教奉行的三条基本道德原则,即君为臣纲、父为子纲、夫为妻纲。

九法:泛指治理天下的各种大法。

斁(dù):败坏。

[27]上都:元都城。故址在今内蒙古正蓝旗东。1256年,忽必烈受命驻守此地。

赞:帮助,辅佐。

诗书之泽、濡染之化:指文化教育的影响。

[28]兹用刻诸坚珉(mín),以俟来哲:现在将这篇记刻在石碑上,留待未来的哲人。坚珉:指石碑。来哲:后世高明的人。

[29]至正丁亥:元至正七年,1347年。

鲁　铎（会元，国子监祭酒）

四库全书本《明史·卷一六三·鲁铎传》第 14 页记载："鲁铎，字振之，景陵人。弘治十五年会试第一。历编修。闭门自守，不妄交人。武宗立，使安南，却其馈。正德二年，迁国子监司业，累擢南祭酒，寻改北。铎屡典成均，教士切实为学，不专章句。士有假归废学者，训饬之，悔过乃已。久之，谢病归。嘉靖初，以刑部尚书林俊荐，用孝宗朝谢铎故事，起南祭酒。逾年复请致仕，累征不起。卒，谥文恪。铎以德望重于时。居乡有盗掠牛马，或绐（dài）云：'鲁祭酒物也！'舍之去。大学士李东阳生日，铎为司业，与祭酒赵永皆其门生也，相约以二帕为寿。比检笥，亡有。徐曰：'乡有馈干鱼者，盖以此往。'询诸庖，食过半矣。以其余诣东阳。东阳喜，为烹鱼置酒，留二人饮，极欢乃去。"

皮明麻主编、湖北人民出版社 1984 年版《湖北历史人物辞典》第 156 页记载："鲁铎（1461—1527 年），明代官员。字振之，景陵（今湖北天门）人。好学不倦，不喜交游。弘治十五年（1502 年）中进士高第，授翰林院庶吉士。太子少师李东阳爱其才，任编修，预修《孝宗实录》。正德元年（1506 年），奉命出使安南，赐一品服以行。谢绝一切馈赠，深得安南人的称赞。次年，迁任国子监司业，旋又提升为南京祭酒，不久改调北京。在国子监供职时，教学有方，造就很多从学者。后以病辞官。嘉靖初年，因朝臣推荐，又以原官起用。次年又辞官归籍。后多次征召起用，均被辞绝。"

鲁铎书湘西彭淑人墓志铭署名有礼部右侍郎衔。

谕俗歌

鲁　铎

祖也善，孙也善，该有善报全不见。请君莫与天打算，此翁记得只性缓[1]，积善之家终长远。祖也恶，孙也恶，该有恶报全不觉。请君莫与天激聒,此翁性缓不曾错,积恶之家终灭没[2]。

财也大,产也大,后来子孙祸也大。借问此理是如何?子孙财多胆也大,天来大事也不怕,不丧身家不肯罢[3]。财也小,产也小,后来子孙祸也小。借问此理是如何?子孙无财胆也小,些小生业知自保[4],俭使俭用也过了。

题解

本诗录自《搜韵·影印古籍》中的褚人获《坚瓠五集·卷之一》第2页。诗前云:"鲁文恪公铎有《谕俗歌》云。"清道光帝第七子、咸丰帝异母弟醇亲王奕𫍯(yì xuān)去世前将本诗作为传家格言留给子孙。

谕俗歌:开导普通百姓的歌。

注释

[1]打算:算计。

此翁记得只性缓:指老天爷记得谁善谁恶,只是性子缓慢,没有立马报应。

[2]激聒(guō):谓絮语,烦琐之言。引申为吵闹、烦扰。

灭没(mò):消失,湮没。

[3]身家:家产。

[4]生业:产业,资财。

送友人归武功

鲁 铎

庭皋鸣落木,游人感秋风[1]。援琴起中夜,鲜复襟期同[2]。寒蛩响檐侧,高雁翔云中[3]。鸡鸣戒行李,微日东窗红[4]。游从集盘榼,酒尽情未终[5]。行人难久留,矫首成西东[6]。愿言尺素书,岁岁常相通[7]。

题解

本诗录自四库全书本《御选明诗·卷二十三》第33页。

注释

[1]庭皋:亭皋。水边的平地。庭:通"亭"。平。

[2]援琴:持琴,弹琴。

襟期:心期。指人与人之间的相互期许。

[3]寒蛩(qióng):深秋的蟋蟀。

[4]戒:准备。

[5]盘榼(kē):指杯盘。榼:古代盛酒或贮水的器具。

[6]矫首:昂首,抬头。

[7]尺素:古人以绢帛书写,常长一尺许,故称写文章所用的短笺为尺素。亦用作书信的代称。素:白色的生绢。

昆仑关

鲁 铎

路出昆仑上,中林不见天[1]。巢卑幽鸟护,树老怪藤缠[2]。空翠疑成滴,阴崖戒近边[3]。前驱知不远,觱篥隔苍烟[4]。

题解

本诗录自鲁铎著、李维桢校、明隆庆元年(1567年)方梁刻本《鲁文恪公文集·卷五·使交稿》第9页。

昆仑关:在广西邕宁和宾阳两县交界的昆仑山上。旧有昆仑台,已废。这里山岩峻拔,道路崎岖,素称天险。

注释

[1]中林:树林中。

[2]幽鸟:隐藏的鸟儿。

[3]空翠:指绿色的草木。

阴崖:背阳的山崖。

[4]觱篥(bì lì):古簧管乐器名。

以竹为管,管口插有芦制哨子,有九孔。又称"笳管""头管"。本出西域龟兹,后传入内地,为隋唐燕乐及唐宋教坊乐的重要乐器。

苍烟:苍茫的云雾。

观郑侠流民图

鲁铎

平生看画殊草草,漫若行云度飞鸟。近来偶得流民图,宝爱矜怜看未了[1]。旱风吹沙天地昏,扶携塞道离乡村。身无完衣腹无食,疾羸愁苦难具论[2]。老人状何似?头先于步无生气。手中杖与臂相如,同行半作沟中弃[3]。小儿何忍看?肩挑襁负啼声干。父怜母惜留不得,持标自售双眉攒。试看担头何所有,麻糁麦麸不盈缶[4]。道旁采掇力无任,草根木实连尘土。于中况复婴锁械,负瓦揭木行且卖[5]。形容已槁臀负疮,还应未了征输债[6]。千愁万恨具物色,不待有言皆暴白[7]。熙宁何缘一至斯,主行新法王安石[8]。当年此图谁所为?监门郑侠心忧时[9]。疏奏阁门不肯纳,马递径上银台司[10]。疏言大略经圣眼,四方此类知何限。但除弊政行臣言,十日不雨臣当斩[11]。熙宁天子寝不寐,罢除新法回天意[12]。谁知护法有善神,帝前环泣奸仍遂[13]。同时有图常献捷,赢输事往图随灭。此图世远迹逾新,长使忠良肝胆热[14]。我因披图闲比量,唐宗王会空夸张[15]。愿将此图继无逸,重模国本陈吾皇[16]。

题解

本诗录自鲁铎著、李维桢校、明隆庆元年(1567年)方梁刻本《鲁文恪公文集·卷一·七言古诗》第20页。

郑侠流民图:郑侠,字介夫,福建福清人。宋英宗治平四年(1067年)进士。宋代诗文家。宋神宗时监管安上门。郑侠起初从学于王安石,后极力反对新法。熙宁七年(1074年)大旱,灾民流入京都,郑侠以所见居民流离困苦之状,令画工绘为《流民图》上奏宋神宗。神宗览毕,下责躬诏,停止方田、保甲、青苗诸新法。王安石辞去相职,推荐吕惠卿代替自己。

注释

[1]宝爱:珍爱。

矜怜:怜悯。

[2]疾羸:羸疾。体弱多病。

具论:详细讨论。

[3]相如:相同,相类。

[4]麻糁(shēn):谷类磨成的碎粒。

[5]揭:举。

行且:将要。

[6]征输:征收赋税输入官府。

[7]物色:景色,景象。

暴白:剖白。

[8]熙宁:宋神宗赵顼(xū)年号(1068—1077年)。

一:竟,乃。

[9]监门:禁卫宫门之官。

[10]阁门:阁(gé)门。宋代负责官员朝参、宴饮、礼仪等事宜的机关。

马递:指古代官府文书由驿站派马递送。

银台司:官署名。宋置,掌受天下奏状案牍,抄录其目进御,发付勾检,纠其违失而督其淹缓。因该司设在银台门内,故名银台司。

[11]弊政:不良的政令。此处指王安石施行的新法。

[12]天意:帝王的心意。

[13]护法有善神:护法善神,宋吕惠卿的别称。王安石行新法,及罢相,吕惠卿代之,守其成法,故称。

[14]世远:世事久远。

[15]披图:展阅图籍、图画等。

比量:比较。

唐宗王会:指《王会图》,或称《正会图》。唐代画家阎立本所绘的四夷朝会图。贞观三年(629年),由于唐太宗李世民实施"偃武兴文,布德施惠"的民族政策,各少数民族朝贡使者与外国使者云集长安。远处贵州东南的东谢蛮首领谢元琛亦来长安朝贡。谢元琛头戴乌熊皮冠,以金银络额,身披毛帔,韦皮行滕而著履。中书侍郎颜师古奏请图写《王会图》,以示后人,得到了唐太宗的允许。王会:旧时诸侯、四夷或藩属朝贡天子的聚会。

[16]无逸:《尚书》中的一篇,记载了周公(姬旦)对成王的一段谈话。周公指出,统治者要做到不骄奢淫逸。要求成王学习殷先哲王和周文王的榜样,听到别人的怨言甚至咒骂,把错误承认下来,不要随便地乱处罚人和杀人。

国本:指国家藏本。

三农苦

鲁 铎

癸未四月雨,并遗东作忙[1]。盛夏雨不嗣,连月恣恒旸[2]。邻湖魁数级,安问陂与塘[3]。高秋报淫雨,宵昼声浪浪[4]。山村早焦槁,自无卒岁望。原田所灌溉,糜烂无登场[5]。泽农陷巨浸,什一罹死亡[6]。贫者为耕治,鬻儿营种粮。乃今益穷迫,骨肉矧异方[7]。富者忧盗贼,扑劫群虎狼。向闻司租使,适经川泽乡。芃芃赏禾黍,讵信诉灾荒[8]。三农苦复苦,天高难自明。未论死沟壑,官租何由偿?仰首向天泣,旻天但苍苍[9]。

题解

本文录自鲁铎著、李维桢校、明隆庆元年(1567 年)方梁刻本《鲁文恪公文集·卷一》第 11 页。

三农:古谓居住在平地、山区、水泽三类地区的农民。后泛称农民。

注释

[1]癸未:明嘉靖二年,1523 年。

并遗东作忙:指春雨后农民全都忙于耕作。遗:加给。东作:古人以为岁起于东,而开始耕作,谓之东作。

[2]嗣:接续。

旸(yáng):晴天。

[3]邻湖魁(jū)数级:从邻近的湖里取水抗旱,要分几个梯级。魁:挹,舀。

陂(bēi):山坡。

[4]淫雨:久雨。

宵昼:昼宵。白昼与黑夜。

[5]登场:谷物收割后运到场上。借指收获完毕。

[6]泽农:指在水泽地区耕作的农夫。

巨浸:大湖。

什一:十分之一。

[7]矧(shěn):亦,也。

[8]芃芃(péng):茂盛的样子。

讵:岂。

[9]旻(mín)天:泛指天。

吊姜缙

鲁 铎

　　黄甲新题即剖符，顿令海内说名誉[1]。民从教后浑无讼，吏到闲来亦读书[2]。阙下草麻深眷顾，舟中行李自萧疏[3]。只今便是门墙隔，翘首西风思有余[4]。

题解

本诗录自清道光元年（1821年）版《天门县志·卷之二十·循良》第7页。

姜缙：字玉卿，江西弋阳人。明成化十四年（1478年）进士。成化十六年（1480年）任景陵知县。六年后擢南京监察御史。

注释

[1]黄甲新题即剖符：新中进士就被任命为地方官。

黄甲：科举甲科进士及第者的名单。因书于黄纸上，故名。

新题：唐神龙（唐中宗年号）以后，新进士有题名雁塔之举。故"新题"即新中进士。

剖符：原指帝王分封诸侯或功臣，后泛指任命外官。

[2]浑：简直，几乎。

无讼：杜绝犯罪，不用诉讼断狱。孔子法律主张。

[3]阙下：宫阙之下，帝王所居之处。借指朝廷。

草麻：唐朝用黄麻纸起草诏书，故称起草诏书为草麻。

眷顾：垂爱，关注。

萧疏：稀少。

[4]门墙隔：因隔代而不能以其为师。门墙：喻指师门，老师的门下。孔子的学生子贡说："老师的围墙有几仞高，如果找不到门进去，就看不见那宗庙的富丽堂皇，和那房舍的又多又大。"意思是孔子的学问高不可攀。

翘首：抬头而望。多以喻盼望或思念之殷切。

思：去思。旧时地方绅民对有德政去职官吏的怀念之情。

桃　溪

鲁　铎

世路悠悠已倦游,桃溪深处草堂幽。东风自解幽人意,不遣飞花逐水流[1]。

题解

本诗录自鲁铎著、李维桢校、明隆庆元年(1567年)方梁刻本《鲁文恪公文集·卷四·七言律诗》第4页。

注释

[1]幽人:幽隐之人,隐士。　　　　　不遣:不让,不使。

东　冈

鲁　铎

湖上东冈旧得名,结庐高处作书生[1]。北瞻京国寸心远,下瞰郊原四面平[2]。风景间时皆好况,云霄何日是前程[3]。梧桐生在朝阳里,听取丹山彩凤鸣[4]。

题解

本诗录自清康熙七年(1668年)版《景陵县志·卷之三·舆地志》第12页。

东冈:东冈岭。今天门市干驿镇松石湖东北、华严湖南一带呈东西向高地的统称。1954年,制高点在干驿镇沙嘴村毛家墩。六湾村鲁家八房湾是"东冈鲁氏"的主要世居地。

注释

[1]结庐:构建房子。

[2]京国:国都,京城。

[3]间时:闲时。

好况:好情形,好景况。

云霄:高空。比喻显达的地位。

[4]梧桐生在朝阳里,听取丹山彩凤鸣。寓意贤才逢明时。语出《诗经·大雅·卷阿》:"凤凰鸣矣,于彼高冈。

梧桐生矣,于彼朝阳。"明朱善《诗解颐》卷三:"凤凰者,贤才之喻;高冈者,朝廷之喻;梧桐者,贤君之喻;朝阳者,明时之喻也。"后以丹凤朝阳喻贤才逢明时。

朝阳:指山的东面,因早晨被太阳所照,故称朝阳。

东　庄

鲁　铎

窗外群峰远更佳,吾庐自可号山家[1]。飞来好鸟寻常语,移种新丛次第花。木客每因求石蜜,贩夫频到送溪茶[2]。不妨兼有渔翁乐,秋水东湖一钓槎[3]。

秋交伏穷殊未凉,避暑却过湖东庄[4]。梧桐下影忽复薄,络纬作声何太长[5]?身本无能合教懒,鬓不为愁还自苍。未怕邻翁约做社,香粳紫秫皆登场[6]。

题解

本诗录自鲁铎著、李维桢校、明隆庆元年(1567年)方梁刻本《鲁文恪公文集·卷三·七言律诗》第17页、第21页。后一首原题为《东庄漫述》。

清道光元年(1821年)版《天门县志·卷之十六·古迹》第14页记载:"东庄,东湖之东,亦铎别业也。土人称为莲北庄。"

注释

[1]山家:山里人家。亦指隐士之居。

[2]木客:木工。

石蜜:即白砂糖。用甘蔗炼成的

糖。凝结成块的叫石蜜,轻白如霜的叫糖霜,坚白如冰者为冰糖。

溪茶:生长在溪边的野茶。

[3]钓槎(chá):钓舟。

[4]伏穷:指伏天结束。

殊:犹,尚。

[5]络纬:虫名。即莎鸡。俗称纺织娘。

[6]做社:农家祭祀社神、祈求丰收、求免瘟疫的活动称做社。规模小者数家,多由同姓、同邻里的农户自愿结合。

紫秫(shú):当指可以酿酒的红高粱。

己有园

鲁铎

券署东邻字,囊空旧俸金[1]。廛间分巷陌,城里得山林[2]。重树阴全合,虚堂暑不侵[3]。一台凌百里,野色上吾琴[4]。

题解

本诗录自鲁铎著、李维桢校、明隆庆元年(1567年)方梁刻本《鲁文恪公文集·卷二·五言律诗》第2页。

已有园:原文为"巳有园"。1922年版《鲁文恪公集》(甘鹏云校、沈观斋刻)为"己有园"。清道光元年(1821年)版《天门县志·卷之十六·古迹》记载:"己有园,梦野台旁。鲁铎别业。其中诸胜,详自记。今废。""梦野台,在县治东南城隍庙侧。高而平,一目可尽云梦野。"己有园旧址在今东湖西工人俱乐部南。工人俱乐部广场旧有磬池,后称鲁家湖。

注释

[1]券(xuàn)署:此处指作者别墅己有园。券:通称"拱券"。桥梁、门窗等建筑物上呈弧形的部分。署:本指官舍。

字:爱。

俸金:官吏的薪金。

[2]廛(chán)间:居民区。廛:古代平民一家在城邑中所占的房地。后泛指民居、市宅。

巷陌:街巷。

[3]虚堂:高堂。

　[4]一台凌百里:登上梦野台,可　　园在梦野台南。

瞰百里原野。一台:指梦野台。已有　　野色:郊野之景色。

子在齐闻韶

——会试答卷一道

鲁　铎

　　圣人寓他国而聆圣乐[1],学之诚而感之深也。盖知乐莫深于圣人也,况闻韶乐之盛[2],宜其学之诚而深有所感欤。在昔虞舜封虞而韶乐有自,敬仲奔齐而韶乐有传,继述虽历乎千载之余,情文无异乎当时之盛[3]。是以夫子之在齐也,一闻于耳,即契于心[4]。是九德之歌声,为乐官所谙也[5],吾从而师之,安知其德之于吾有优劣乎? 九韶之舞容,为太师所习也,吾从而玩之[6],庸知其年之于吾有先后乎? 三月之间,仿佛身履乎虞庭,而心之悦也胜于刍豢,虽牛羊杂荐不知其味之美也[7];九旬之内,恍惚足蹑乎蒲坂,而心之嗜也过于珍馐,虽犬豕杂馔不觉其味之甘也[8],所谓学之诚者如此。然身亲其盛则其感之也至,诚发于中则其叹之也深。意以韶之音,吾尝得诸祖述之余[9],然未尝亲闻于吾耳,故音虽美而不尽知也;韶之容,吾尝得诸授受之顷[10],然未尝亲见于吾目,故容虽盛而未尽知也。今越千载而幸得于亲聆,心旷神怡而自不能已矣,曾计韶之音其美一至此耶[11]! 旷百世而幸得于亲炙[12],手舞足蹈而不自知之矣,曾意韶之容其盛一至此耶! 所谓感之深者如此。吁! 韶乐之盛,信非大舜不能作[13],非孔子亦莫能知矣。

题解

　　本文录自田启霖编著、海南出版社1996年版《八股文观止》第279页。

　　子在齐闻韶:语出《论语·述而》,孔子到齐国的城门之外,听到了《韶》的演奏,三个月吃肉都不知道肉的美味。

注释

[1]圣人：指孔子。

聆：听。

[2]韶乐：相传为虞舜时音乐。

[3]虞舜：上古帝王名。姚姓，有虞氏，名重华。

有自：有由来，有根源。

敬仲：田敬仲。陈完，谥敬仲。春秋时齐国大夫。陈厉公少子。陈为虞舜后裔封国，陈国内乱，陈完出奔至齐，改姓田。齐因此而有韶乐。

继述：继承。

情文：质与文。犹言内容与形式。

[4]契：相合。

[5]九德：古人所崇尚的九种德行。九德内容，说法不一。《逸周书·常训》："九德：忠、信、敬、刚、柔、和、固、贞、顺。"

谙：熟悉。

[6]九韶：传说中的虞舜乐名。韶乐九章，故名。

舞容：本指体态轻盈，此处指舞姿。

太师：商、周掌管音乐的乐官。

玩：玩赏，欣赏。

[7]虞庭：亦作"虞廷"。指虞舜的朝廷。相传虞舜为古代的圣明之主，故亦以虞庭为圣朝的代称。

刍豢：牛羊犬猪之类家畜，指供祭祀用的牺牲。

杂荐：各类祭品。荐：进献，祭献。

[8]蒲坂：今山西永济蒲州。相传蒲坂曾为舜都。

珍馐：珍奇美味的食物。

馔：一般的食品、食物。

[9]祖述：效法，仿效。

[10]容：景象，状态。

授受：给予和接受。泛指接触。

[11]一至：竟至。

[12]旷百世：百世绝无仅有。旷：长时间所无。

亲炙：亲自受熏陶、教益。炙：火烤肉。比喻熏陶。

[13]信：果真，的确。

参考译文（引自田启霖、刘秀英编著，黑龙江大学出版社2017年版《明清会元状元科举文墨今译·第一册》第368页）

圣人寄居他国聆听古代圣人的音乐，学习专心而感动深刻啊！

了解音乐深刻不能与圣人相比，况且聆听韶乐而声容盛大，大概因学习专心致志而深深所感动吧？

在昔日虞舜受封于虞地而韶乐自此产生，陈敬仲逃亡齐国而齐国始有韶乐的留传，继承传述虽然历经千年之久，情思与文采却无异于当时的盛大与华美。因此夫子在齐国，一听于耳，即洽于心。

这是九德的歌声，为乐官所熟悉。我跟随他学习韶乐，哪里知道其美德之于我有优劣之分呢？

九韶舞蹈的姿容，为太师所熟悉。我跟随他反复体味，怎么知道其年岁之于我有先后呢？

三月之间，仿佛身置于虞舜的朝廷，而心里的喜悦胜过食用牛羊猪肉，即使进献牛羊和山珍海味也不知其味美啊！

九旬之内，恍惚脚踏于蒲坂之地，而心里的酷爱胜过美味佳肴，即使犬猪及山珍海味一类的菜肴也不觉其味香甜啊！

所谓学习诚心诚意如此。然而亲身体味到其盛大与华美而其感动也最强烈，诚心诚意产生于心中，而其叹息也意味深长。

意想中以为韶乐的声音，我曾在师法韶乐之余得到了，然而不曾亲自听于我耳，所以声音虽然极美而不完全了解啊！意想中韶乐的舞容，我曾在教授乐官之时得到了，然而不曾亲自目睹于我眼，所以舞容虽然极善而不完全了解啊！

今天超越千年而有幸得于亲自聆听，心旷神怡而自己不知所止了，何曾忖度韶乐的声调竟然极美到如此境界呢。

历经百世而有幸得于亲自受到熏陶，手舞足蹈而不自知了，何曾料想韶乐的舞容竟然盛大到如此境界呢。

所谓感动深刻如此。吁，韶乐盛大，实非大舜不能作，非孔子也不能知晓了。

东冈鲁氏谱序

鲁 铎

鲁之得姓为吾祖者，吾不知其何所自也。若其显而见于史传者多矣，其苗裔则始于伯禽之封，后以国为氏，蔓衍滋蕃[1]。今吾敢曰："吾必同所从来乎[2]！"

荆楚之地，自古起事者所必争[3]。戎马蹂践，不知更变凡几，谱牒谁复有可考者[4]？吾宗，自吾所知，则元末红巾之乱，府君讳思旻者，自长林避兵相失[5]，止景陵之东冈，娶于陈氏，遂为东冈鲁矣。东冈府君而下，以至吾先人，中间多蚤世，其详不相授受[6]，耳熟者长林而已。至铎占毕，粗解事，乃考湖南总志，知昔之长林已复省入荆门[7]，水木源本无从而得。正德改元，铎自翰林被旨充正使于安南，道出荆门之后港[8]，试访焉。后港即长林旧治，得鲁姓，遂凡数家，招致相问讯，因得鲁之在荆门者甚夥，皆土著[9]；其先亦多诗书、仕宦，为里正籍者不下十数[10]。呜呼！吾祖之徙自是也无疑。

盖鲁本希姓，询之景陵，才三二家，又或托籍于近岁[11]。长林之境，相去不穷日力[12]，是何鲁之多耶？吾祖之徙自是也无疑，但兵火之余，亦皆亡其世系[13]。不敢必指其一为吾祖之所从出，以起一发不真之羞。今特断自东冈府君以下，次为谱图[14]，以示将来，但使子孙知有长林耳。呜呼！长林之徙未二百载，世系不幸已不可考，则得姓之所从来，吾复敢知乎？

正德六年辛未三月二十日，铎序于梦野台之看鹤亭[15]。

题解

本文录自鲁铎著、李维桢校、明隆庆元年（1567 年）方梁刻本《鲁文恪公文集·卷八·序》第 1 页。

注释

[1]显：旧时称有权势的或有名声地位的。

伯禽：鲁国第一代国君，周公之长子。周初封诸侯，封周公旦于鲁，因留佐武王，故伯禽代为就封。

蔓衍：滋长延伸，广延。

滋蕃：蕃滋。繁衍滋生。

[2]所从来：从哪里来。

[3]起事：倡议举兵，夺取政权。

[4]不知更变凡几：不知变更有多少。凡几：总共多少。

谱牒：记述氏族、家族世系的书籍。

[5]红巾之乱：指元末刘福通等所领导的农民起义。起义军多以红巾裹首，称红巾军，又称红军。

府君：旧时对已故者的敬称。多用于碑版文字。

旻：音 mín。

长林：古县名。东晋隆安五年（401 年）置。以其地有栎林长坂得名。治今湖北省荆门市西北。

[6]蚤世：犹早死。蚤：通"早"。

授受：本指给予和接受。此处指传授。

[7]占毕：诵读，吟诵。此处有初学的意思。

粗解事：略微懂事。

知昔之长林已复省入荆门：知道昔日的长林县又因精简划入荆门。元至元十四年（1277年）升荆门府，十五年又降为州。治长林县。明洪武九年（1376年）降荆门州为荆门县，长林县省入，属荆州府。

[8]正德改元：指明正德元年，1506年。改元：新君即位，改变年号，称为改元。同一个皇帝在位，也可以多次改元。

自翰林被旨充正使：从翰林院编修的职位承奉圣旨，充任正使。正使：外国派来或派往外国的正式使臣。对副使而言。

安南：古地区名和古国名。唐调露元年（679年）改交州都督府为安南都护府。五代晋时独立。北宋、南宋数次册封。明永乐五年（1407年），成为明朝一省，于其地置交趾布政司，明宣德二年（1427年）独立，仍称安南。自宋迄元明清各朝均接受册封。清嘉庆八年（1803年）改国号为越南。1949

年前，我国民间仍沿称其地为安南。

道：取道，经过。

[9]夥（huǒ）：多。

土著：世代居住本地的人。

[10]诗书：指有文化有教养。

里正：古代乡里主管户籍的基层组织小官吏。里为地方基层行政区划名，是最小的地方行政管理单位。

[11]托籍：寄籍。离原籍所在地于异地落户入籍。

近岁：近年。

[12]不穷日力：指一天之内。穷日：尽一整天的时间，终日。

[13]亡：失去。

世系：家族世代相承的系统。

[14]次：编次，编纂。

谱图：记述氏族或宗族世系的图表。

[15]正德六年：1511年。

梦野台：参见本书第一卷鲁铎《己有园》诗题解。

陈侯（陈良玉）重建景陵城记

鲁 铎

景陵旧有卫，盖据襄荆以东、汉沔以北、随郢以南，最广衍，足牲鲜、丝卉、稻粱之利，自古四方有事所争趋也[1]。衣食招徕，备九州之人，虽平时不无蘖芽其间者[2]，是故宜有城。国朝调卫金州，城犹无恙，民所恃如故。洪武己巳[3]，水决堤，城坏。以予所闻见，景泰二年[4]，盗入劫县库。弘治四年[5]，既劫库，复斫狱取剧盗去[6]。正德庚午，盗自狱出，因啸聚屠掠村乡[7]，虏妇女，劫丁壮为徒；昼踏关[8]，呼官府，示将直入状，以挟取所怨。三司长副集官民，宣慰兵[9]。阅数月，仅乃歼之[10]。此皆城坏以后事也。

陈侯以辛未进士下车之明年，适河北盗起，诏有司不得无城[11]。侯慨然欲为永久计[12]，属父老语之。父老曰："所愿也，第如劳费何[13]？"时庾府皆如悬磬[14]。侯乃召富民大贾曰[15]："城，为汝盖藏也。财没于盗，孰与出十一以助吾筑？"召丁壮曰："城，实汝保障也。身没于盗，孰与分力以助吾筑？"皆应曰："惟命！"侯既捐俸若干，僚属所捐又各若干。四境之内，翕然响应[16]。富民以缗钱至，丁壮以畚锸至[17]；樵荻为薪、裂石为灰者[18]，以舟车至。侯悉以籍登记，令公实员役司之[19]。

既乃阙堤涸湖，复旧筑为城趾[20]，窑于县周，凡百一十有二。烟缕四合，上纠为云雾者数月。百尔云具，人匠既集，乃署为十有四工，象以散聚之节[21]。负者蚁升，筑者鳞积。甃则衡从适均[22]，灌则燥湿得所。万手缤纷，歌谣隐耳[23]。知事事而不知劳也。侯旦暮临视，有慰无亟。盖若父兄率子弟治其垣墉室庐，而意及其曾云者也[24]。

戒事于九年之七月[25]，以十年之八月告成。所需以白金计之[26]，为两者三千六百七十有八。民所赴工，积五十一万二千九百四十有二。

城高二丈有奇，厚加于高者五尺，周回六百八十五丈。四门高二丈四尺，其深倍之。楼高不及城者二尺[27]。门扉皆以铁衣。门之内，各为屋三楹于旁，以居门者，辟城内外地各丈许，责所居诃禁污践[28]。增筑外堤，舍民其上，伺不虞也[29]。于南楼，则置钟鼓以警昏晓。

城成，襟湖带河，俨天设隍堑[30]。乡邑民大和会，陟降谛观，举手加额[31]，乃叹曰："今而后，有吾所家而定吾所归矣。"其尝罹盗者，则泣，且曰："向使侯来不莫，吾宁有畴昔？"盖不啻家室成而父子相庆也[32]。

夫天下之事，备害防患以卫民者，莫如为城。其劳费，鲜弗病且怨者[33]。景陵城废百三十年来,失所恃者不知凡几。今侯至才三载,而千百年之功成于期月[34],人惟乐有所恃而不知劳与费焉。非其贤远于人,有是乎?是年,朝廷以台员之缺召侯,县人士攀卧不得留[35]。既去而思之益深,斫石为碑,属汪渊、曾明辈来求予记之。呜呼!吾行天下,见所谓贤守令多矣。求其诚心为民如侯,不多见也。侯之政,廉公明恕,为吾人所思者[36],岂胜纪述!建城,其远且大者也,姑书而镌之石,用慰所思。

侯名良玉,字德夫,蜀之富顺人。与侯协志者,严君辅,胡君洪,孙君炫,蔡君德器,刘君翘,其一时僚佐师宾也[37]。凡预是役者,于碑阴勒之[38]。

题解

本文录自鲁铎著、李维桢校、明隆庆元年(1567 年)方梁刻本《鲁文恪公文集·卷六·记》第 3 页。据 1922 年版《鲁文恪公集》改动几处。

注释

[1]景陵旧有卫:明代初期,景陵县为景陵卫。洪武九年(1376 年)撤卫改县。

卫:明代军队编制名。5600 人为一卫。《明史·兵志二》:"天下既定,度要害地,系一郡者设所,连郡者设卫。大率 5600 人为卫,1120 人为千户所,112 人为百户所。"

襄荆:襄阳、荆州。

汉沔:汉水。

随郧:随州、郧州。

广衍:宽广低平之地。

有事:与本书第一卷鲁铎《东冈鲁氏谱序》"起事"之说义同。起事:倡议举兵,夺取政权。

[2]招徕(lái):招引,延揽。

蘖(niè)芽:草木萌生的新芽。常用来比喻萌发坏事的因素。

[3]洪武己巳:明洪武二十二年,1389 年。

[4]景泰二年:辛未,1451 年。

[5]弘治四年:辛亥,1491 年。

[6]剧盗:剧贼。大盗,强悍的贼寇。亦用以贬称势力大的反叛者。

[7]正德庚午:明正德五年,1510 年。

啸聚:互相招呼着聚合起来。旧时多指盗贼结伙。

[8]踏关:攻陷关口。

[9]三司:明代各省设都指挥司、

布政司、按察司,分主军事、民政、司法,合称三司。此处当指县衙各部门。

宣慰:慰问,安抚。

[10]阅:经过,经历。

仅乃:仅仅才。

[11]辛未:明正德六年,1511年。

下车:旧时官吏初到任为下车。

河北盗起:指明正德七年,河北霸州文安(今河北文安)人刘六(刘宠)领导的农民起义。

有司:官吏和官署泛称。古代设官分职,各有专司,故称。

[12]慨然:感情激昂貌。

[13]第如劳费何:只是所需财力怎么办。劳费:谓耗费人力、精力或财力。

[14]庾府皆如悬磬:府库空虚。

悬磬:房间内空空的,什么也没有。形容空无所有,极贫。磬:古代石制乐器,状如倒悬的瓦盆,中间空空。语出《国语·鲁语上》:"室如悬磬,野无青草,何恃而不恐?"

[15]大贾(gǔ):大商人。

[16]翕(xī)然:一致的样子。

[17]缗(mín)钱:用绳穿成成串的钱。

畚锸(běn chā):挖运泥土的工具。畚:用草绳或竹篾编成的器具。锸:锹。

[18]樵荻为薪:砍荻为柴。荻:多年生草本植物,与芦同类。

裂石为灰:裂解石头烧成石灰。

[19]令公实员役司之:派公正朴

实的吏员来管理他们。公实:公正而朴实。员役:从事某项工作的官员,办事的吏员。

[20]趾:古同"址"。

[21]百尔:犹言百,谓众多。

[22]甃(zhòu):砌,垒。

衡从:纵横。

[23]隐耳:1922年版《鲁文恪公集》(甘鹏云校、沈观斋刻)作"殷耳"。

[24]垣墉:墙。

室庐:房屋的统称。古人房屋内部,前部叫堂,堂后以墙隔开,后部中央称室,室的东西两侧叫房。后引申为房屋。庐:也是房屋之意。

意及其曾云者:想来大概是商量好了的。

[25]戒:准备。

[26]白金:古指银子。

[27]楼高不及城者二尺:此句语义不明。清乾隆乙酉(1765年)初版《天门县志·卷之二·建置》第3页收录本文,无"楼高不及城者二尺门扉皆以铁衣"之句。

[28]诃禁:大声呵斥制止。诃:同"呵"。

[29]不虞:指意料不到的事。

[30]隍堑:城壕。

[31]陟(zhì)降谛观:上下仔细看。

加额:双手放置额前。旧为祷祝仪式之一。亦用以表示敬意。

[32]不莫:不晚,不迟。

畴昔：往日，从前。此处指过去遭遇盗贼之事。

不啻(chì)：无异于，如同。

[33]鲜弗病且怨者：很少有不责备而又埋怨的。

[34]期月：一整年。

[35]台员缺：台职空缺。台：古代官署名，如御史台。又用为对高级官吏的尊称。如：抚台，藩台，学台。员缺：同"员阙"。官职空缺。

攀卧："攀车卧辙"的省略。牵挽车辕，身卧车道，不让车走。指百姓挽留贤明的官吏。

[36]廉公明恕：清廉公正明信宽厚。

思：去思。旧时地方绅民对有德政去职官吏的怀念之情。

[37]僚佐：亦作"寮佐"。长官下属的佐助官员。

师宾：当指不居官职而为人尊重的人。

[38]预：参与。

碑阴：碑的反面。

己有园记

鲁 铎

敝庐之东邻有地焉，由委巷隆然深入城中[1]，自平地视之，高丈许。其上有古台，自其地视之，又高丈许，台曰梦野。《志》谓"于此登望，可尽云梦之野[2]"，故名。台东下为平地，稍南渐下而潴水[3]。以其在委巷，又其半甚下，故静且野而易致[4]。

予缘病得请，买而治之，以为休养之所。于台之西，为屋数楹，儿辈及族子弟读书其中，阁老西涯翁题为"梦野台书院"[5]。于台东平地，植花木，以其色与开之后先相间，盖终岁末有一日不见花者。又蟠水筑而垣之以为池，池颇曲，故以磬名之[6]。林中向池为草亭，吴东湖中丞扁曰"秀芳"[7]。芳言花木，秀言池水也。池中有洲如凫，而凫又尝栖止[8]，故名曰凫洲。作草堂其上，堂名遂亦因之。堂西有红梅，下覆钓石，仿李贺诗意，名红雪矶[9]。洲之南有矶树间，曰午阴，贵其荫也。洲北复有小洲，曰中台，树冬青梧梓，以桃杏夹之；下罨平石，可据而坐，且弈也[10]。又其北复有小池，界以甬而桥其中[11]。桥东西分种红白莲,将渔大池、登草堂,则小舟东西通焉。舟贮以屋水,立池东北隅[12]。古台之东,循地势为阓。行松竹间,凡数折而下,迤逦出池上,菰蒲苹蓼,芙蓉杨柳,鱼凫水虫,色色不种畜而有,盖具江湖之体而微耳[13]。日未下舂,则台周竹树便复蔽亏[14],池水皆阴。翘首西望,不得径路,忽不知其非山林也。

予病废,幸从圣明,得残息归就水土[15]。虽未即愈,已可无忧怖。每风日晴美,扶杖起行。药时复陟降[16],倦则倚树而立,藉草而坐,间闻好鸟语,取琴弄膝上和之,或从童子钓池上。月至则泛舟,缘凫洲,泊莲渚,烹鲜舟中,屈碧筒以自饮[17],儿辈时以楚声歌远游佐之。醉辄就草堂卧,归不归皆得。临池宜蔬,近畦宜鱼。客卒至,水陆味具,不待谋诸妇[18],可留也。自书院以东,别设垣镉,凡予入则童子反扃焉[19],人莫敢呼,虽呼亦复不闻。

故池台林亭,诸处自为一区,总名曰己有园,扁则吾友景前溪所题也[20]。盖吾材类樗[21],而今复病,是加之朽也。樗而朽,益无所用之。无用,则吾其属吾,而吾园始为己有也。苟药物能吾扶[22],孰使吾不乐?

题解

本文录自鲁铎著、李维桢校、明隆庆元年(1567年)方梁刻本《鲁文恪公文集·卷六·记》第24页。

注释

[1]委巷:偏僻简陋、弯弯曲曲的小巷。

隆然:形容背部高耸的样子。此处有"突起"的意思。

[2]志:指县志。

[3]潴(zhū)水:蓄水。

[4]致:达到。

[5]阁老西涯翁:李东阳,字宾之,号西涯,茶陵(今属湖南)人。明天顺进士,官至文渊阁大学士兼吏部尚书。立朝五十年,门生众多,以宰臣地位领袖文坛,是明七子前反对台阁体的大宗派茶陵派首领。阁老:指宰辅。明洪武十三年(1380年)设内阁大学士,称宰辅为阁老。

[6]蟠:盘曲而伏。

磬(qìng):古代石制打击乐器,形状像曲尺。

[7]吴东湖中丞:吴廷举,字献臣,号东湖,梧州(今广西梧州市)人。明成化二十三年(1487年)进士。明正德中历官广东副使,擢右副都御史、南京工部尚书。中丞:明初置都察院,其副都御史之职与前代的御史中丞略同,称为中丞。

[8]凫(fú):野鸭。

栖止:寄居,停留。

[9]仿李贺诗意,名红雪矶:李贺《南园·其八》:"春水初生乳燕飞,黄蜂小尾扑花归。窗含远色通书幌,鱼拥香钩近石矶。"

[10]下罫(guǎi)平石:树下有刻上了围棋格子的平石。罫:围棋上的方格子。此处活用为动词。

弈:下棋。

[11]甬(yǒng):通道。

[12]贮(zhù):收藏。

立池:人工挖掘而成的水池。立:修筑,挖掘。

[13]迤逦(yǐ lǐ):曲折连绵貌。

菰(gū)蒲:茭白与菖蒲,均生于水边。

苹蓼(liǎo):水草。苹:一种水生蕨类植物,也叫田字草、四叶菜。蓼:一种草本植物,生长在水边或水中,味辛辣,花白色或浅红色。

具江湖之体而微:具备江湖之全体而无江湖之广大。意思是,园中水池动植物丰富,就像缩微江湖。

[14]下舂:日落之时。旧习日落时舂米。

蔽亏:遮蔽,覆盖。

[15]病废:因病而成废疾者。

圣明:对当朝皇帝称颂的套词。

得残息归就水土:得以带着一口气回归故里。残息:临死前的喘息。水土:当地。此处指故土。

[16]药时复陟降:指药效时常有升有降。

[17]碧筒:碧筒杯,用大荷叶制成的酒器。碧筒系对荷叶柄形象而有趣的说法。

[18]卒(cù):同"猝"。突然。

谋诸妇:"归谋诸妇"的省略。回家同妻子商量。语出苏轼《后赤壁赋》。

[19]垣镭(jué):院墙门上的锁。

反扃(jiōng):把门反锁上。扃:上门,关门。

[20]景前溪:人名,曾任南京国子监司业。

[21]樗(chū):臭椿。喻无用之材,亦作自谦之辞。

[22]吾扶:护持我。

己有园赋

鲁　铎

　　粤昔余有兹园兮，首宦路而违弃[1]；中罹疢而获请兮，逮芜秽而复治[2]。向幽人之过我兮，谓兹岂应于无名[3]；名余园曰己有兮，矢终老而依凭。繄池台之微具兮，别亭茇以为区[4]。惟卉木之敷华兮，纷色异而气殊[5]。既素积以皓夜兮，亦朱殷而赭曙[6]。或步屧乎其中兮，或席阴于其下[7]。置名花而为坞兮，天实纵夫落花[8]。惟谱牒之有稽兮，悉吾园以为家[9]。嘉树沃其成列兮，夫岂独善夫橘柚。果实苟宜于土性兮，皆新登而时奏[10]。挹池泉以溉余蔬兮，薙繁翳而莳芳草[11]。揽芙蓉于清波兮，阅潜鱼之在藻。沿轻舟于罄渚兮，舣凫洲之草堂[12]。据红雪、午阴之矶兮，信钓缕以相羊[13]。取憩弄之夷犹兮，抚楸枰而试弈[14]。荐鸣琴于石几兮，按古调以自怿[15]。田父相求于松荫兮，语桑麻之有养[16]。吾令荆布任笸兮，菹菘葵而就饷[17]。神魂知由所稔兮，梦翰苑与成均[18]。岂忘情于尧舜之从兮，身赢惫而无因[19]。心营营以谟报兮，将远事乎芹曝[20]。愿闾阎之相与戮力兮，还唐虞之旧俗[21]。朝余纕九畹之兰兮，夕纫夫湘之蕙茞[22]。苟众服之屑余同兮，劳采撷其靡懈[23]。余陟梦野之台兮，望辰极乎帝乡[24]。扃大椿之洞兮，忽尘宇之相忘[25]。安余分之所遇兮，求余心之所好。苟没世其有称兮，奚外身而有校[26]。松柏森其蒙郁兮，篁筿比而若栉[27]。卫槛阑以东下兮，狗坡陀而周折[28]。杳窱出而忽旷虚兮，临明池之可监[29]。俨山林之尽历兮，获江湖之泛泛。取于城市之在兮，亦殊无而仅有[30]。惟余心之所会兮，拟咫尺于千里。时鼓枻于清涟兮，腾群鱼之待饲[31]。睨庳毂之安巢兮，鸣禽竞而将子[32]。侈江梅之朱英兮，皎安榴之素萼[33]。亘月桂之长春兮，候舜华之开落[34]。坐碧梧之层阴兮，陨佳粒于巾舄[35]。披丛桂而袭芬兮，服冠裳其无斁[36]。豫章勃焉峻达兮，势滋务于干霄[37]。杉桧卢橘枝相樛兮，若求友于后凋[38]。善飞潜之得时兮，悦草木之向荣[39]。遭圣哲之在上兮,宜万类之咸成^[40]。惟中林之宜夏兮,逃大暑而迅免^[41]。夫何霄夜之棹游兮,适非遄而若远^[42]。念烟霄之朋旧兮,渺遥阔其难即^[43]。眷林丘之亲故兮,继昕暮而相及^[44]。人生恒亦有涯兮,嗟世事之莫尽。往者幸于免咎兮,来者可诿于余分^[45]。

乱曰^[46]:谓余衣之既渝,制芰荷而重成兮^[47]。谓余岁之可卒,资杞菊之充盈兮。冀形逸而神闲,予兹赖以永龄兮^[48]。苟松乔之不余诬,从玉轪以迥凌兮^[49]。

题解

本文录自鲁铎著、李维桢校、明隆庆元年(1567年)方梁刻本《鲁文恪公文集·卷一·赋》第1页。

注释

[1]粤:古同"聿""越""曰"。文言助词。用于句首或句中。

兮:古代韵文中的助词。用于句中或句末,表示停顿或感叹。与现代的"啊"相似。

首:开端,开头。

宦路:宦途。仕途,做官的经历、路径。

违弃:离弃,丢弃。

[2]罹疢(lí chèn):患病。疢:热病,泛指疾病。

逮:到,及。

芜秽:荒芜。谓田地不整治而杂草丛生。

[3]幽人:幽隐之人,隐士。

过:来访。

[4]繄(yī):句首、句中助词。有时相当于"惟"。

茇(bá):草舍。

[5]敷华:犹敷荣。开花。

[6]素积:腰间有褶裥(zhě jiǎn)的素裳。是古代的一种礼服。

皓夜:月明之夜。

朱殷(yān):赤黑色。

赭(zhě)曙:红黑色、曙红色。

[7]步屧(xiè):行走,漫步。

[8]坞(wù):四面高中间凹下的地方。

[9]谱牒:记述氏族、家族世系的书籍。

稽:查考。

[10]新登:谷物果实新熟。

时奏:按时节奉上(果实)。

[11]挹(yì):舀,把液体盛出来。

薙(tì):芟除,割去(野草等)。

繁翳(yì):犹浓荫。此处指繁杂

茂密的野草。

莳(shì):栽种。

[12]磐渚:石头形成的小洲。

舣(yǐ):停船靠岸。

凫(fú)洲:已有园中的小洲名。

[13]信(shēn):古同"伸",舒展开。

相羊:徘徊,盘桓。

[14]夷犹:从容自得。原文为"犹贤",据四库全书本《御定历代赋汇·卷八十四·室宇》第24页改。

楸(qiū)枰:以楸材制成的棋盘。后亦指棋局。

[15]荐:执。

自怿:自乐。

[16]田父:老农。

[17]荆布:为"荆钗布裙"之省,本指粗陋的服饰。代指贫贱之妻,亦谦称己妻。

任筥(jǔ):化用"未任筐筥载"。指采摘蔬菜。语出苏轼《雨后行菜圃》诗:"霜根一蕃滋,风叶渐俯仰。未任筐筥载,已作杯案想。"筥:竹器,方形为筐,圆形为筥。

菹(zū):做腌菜。

菘(sōng)葵:古代经常食用的两种蔬菜。菘指白菜。葵菜又名"冬葵""冬寒菜",今天已不用作菜看了。

[18]翰苑:翰林院的别称。

成均:相传为五帝时的宫廷学校,西周为国学以教王室子弟的机关。古代的最高学府。唐高宗时曾改国子监为成均监,后人亦称国子监为成均。

[19]羸(léi)惫:瘦弱疲惫。

无因:没有办法。

[20]营营:内心烦躁不安。

谟:谋。

芹曝:谦辞。谓所献微不足道。

[21]闾阎:里巷内外的门。后多借指里巷。

相与:共同。

戮力:协力,通力合作。

唐虞:尧舜。

[22]纕(rǎng):束衣袖的绳索。此处活用为动词。

九畹(wǎn):指兰花。语出《楚辞·离骚》:"余既滋兰之九畹兮,又树蕙之百亩。"我曾经栽培了大片的春兰,又种下了秋蕙百来亩地面。畹:古时面积单位,称三十亩地为畹。

蕙茝(chǐi):蕙:香草名。一指薰草,俗称佩兰。古人佩之或作香焚以避疫。二指蕙兰。茝:古书上说的一种香草,即"白芷"。

[23]屑:认为值得(做)。

[24]陟:登高,登上。

辰极:北斗。

帝乡:传说中天帝住的地方。

[25]扃(jiōng):上闩,关门。

[26]没世其有称:反用"没世无称"之意。死后名声为人所颂扬。指死后有名声,为人所知。

外身:置身事外。

校:计较,考虑。

[27]蒙郁:郁蒙。同"郁憀

(méng)"。壮盛貌。

篁筀(huáng guì):泛指竹子。

比而若枇:像梳齿那样密集排列着。

[28]槛阑:阑槛。栏杆。

狥(xùn):同"徇"。环绕。

坡陀:不平的山坡。或可理解为台阶。

[29]旷虚:虚空,空缺。

监:对着水照自己的形象,照。

[30]在:地方,处。1922年版《鲁文恪公集·卷之一》第2页作"近",四库全书本《御定历代赋汇·卷八十四·室宇》第24页作"墟"。

[31]鼓栧(yì):摇桨。也可以理解为叩击船舷。

[32]庳毂(bēi kòu):当指幼鸟。庳:短小。四库全书本作"痹"。毂:须母鸟哺食的雏鸟。

将子:疑与"将雏"义同。携带幼禽。

[33]侈江梅之朱英兮:原文为"江梅侈朱英兮",据民国版改。四库全书本作"江梅侈夫朱英兮"。侈:过分,过度。此处指花怒放。朱英:红花。

皎:洁白明亮。

安榴:即安石榴,简称石榴。

素萼:素花。

[34]亘:亘地,遍地。

倏(shū):极快地,忽然。

舜华:木槿花。

[35]巾舄(xì):头巾与鞋子。

[36]无斁(yì):不厌。

[37]豫章:木名,樟类。

干霄:高入云霄。

[38]樛(jiū):纠结。

后凋:比喻守正而有晚节。

[39]飞潜:指鸟和鱼。

[40]圣哲:指超人的道德才智。亦指具有这种道德才智的人。并亦以称帝王。此处指帝王。

[41]中林:林野。

[42]霁夜:雨过放晴的夜晚。

[43]烟霄:云霄。喻显赫的地位。

[44]林丘:指隐居的地方。

昕(xīn)暮:朝暮,谓终日。

[45]余分:余留部分。

[46]乱:古代乐曲的最后一章或辞赋末尾总括全篇要旨的部分。相当于尾声。

[47]渝:变污。

制芰(jì)荷:以菱叶和荷叶为衣。语出《楚辞·离骚》:"制芰荷以为衣兮,集芙蓉以为裳。"

[48]永龄:永年。长寿,延寿。

[49]松乔:传说中仙人赤松子与王子乔之合称。后泛指仙人,也用以喻遁迹山林的隐士。

不余诳:不欺骗我。

玉轪(dài):以玉为饰之车轮。轪:古代指车毂上包的铁皮、铜皮。原文为"玉软",据四库全书本改。

迥凌:遥乘。

己有园后赋

鲁铎

苏橘山人既赋己有园[1]，其客取读而意少之，曰："身退未忘爱君，里居犹思善俗，先生之志由是见矣。然自余亦园之梗概、人事、物情，不已略乎[2]？愿请益而博我也。"

山人曰：唯唯。吾园惟旧身，苟违是即非吾有。客乡亦善名，吾园是宜今以为少也夫？吾之经始斯园[3]，以无池为未备。维彼南邻有此洼地，深未足以泳鱼，浅犹妨于种艺[4]。为彼有也，殆于无庸。兹余售也，若其有俟于是[5]。滤浊为清，拥泥成土，高为埭而下泓[6]，收两得于一举。尔乃板筑讫园池[7]，连列嘉树。澄寒泉，郁烟霭，涵云天。凫洲中衡，草堂数椽，亭崎芳秀，洞开大椿。梦野古台前开花坞，真闲小堂背自为所。矶有午阴，亦有红雪。投竿伸缗，可自怡悦[8]。曲阴蒲座，中台石枰[9]，亲求友觅，乃有弈声。

其木，则有松杉、柏栝、樟梓、椿楮、梧桐、女贞、槐构、桑榆、紫楝、乌桕、枫榔、并闾。杨分黄白之类，柳有柽桦之殊[10]。大抵材美者其就用为晚，质苦者免蠹蚀之虞。

其果，则有梅桃李杏、翠梨黄柑、含桃薁棣[11]，色美味甘。若榴皱而锦裂，吴橘小而金攒[12]。棚桃批肤乃及核，卢橘历暑而经寒。柿垂凝柑，栗房如茇[13]。仁杏贵雌而其实仍迟，枣荫靡妨而其功易觑[14]。若乃昨实既繁，今华必疏，虽实不类谚谓歇枝满盈之理[15]，此亦可思。

其花，则天香国色，实惟牡丹，富贵容与[16]，其谁可于？岂无芍药，堪称后进；谓为近侍，讵曰确论[17]。海棠之清，尝拟仙骨[18]；丛桂之馨，宜生月窟[19]。国风咏谖草，佛书称檐蔔[20]。芙蓉拒霜于杪秋，蔷薇贡露闻裔域[21]。葵能自卫，菊有隐德。水仙金凤，质并轻盈；玉簪珠花，肖皆至极。梅红讶泰，榴白称稀[22]。山茶以蕊奇，得名宝珠；石竹惟态雅，合绣宫衣。田荆宜其兄弟，周莲状为君子，其在名教是有取[23]。尔其诸山丹水红,碧桃紫薇,以色为名[24];素馨茉莉,夜合瑞香,以气而称[25]。长春弥岁自足喜,金钱夜落若可矜,然闻齐彭于殇,等鹤于鹏[26]。

其蔬,则有芥白、葵苋、芦菔、菠菘。芥兰获种岭表,山药移根土中[27]。春开剪韭,秋高析葱。豆多豇扁,瓜备西东。瓠校五石为差劣,芋譬蹲鸱而状同[28]。蔗宜渴啖,葛舒酿毒。蒪菹逼于姜芦,致用资梅乃伏[29]。

其草,则毓兰蕙,畦留夷;莳杜蘅,艺江离;揽薜荔,贯葳蕤[30]。芭苴清柔,用足代纸[31];苹白蓼丹,可寄秋思。若夫菲芀、稊芺、夫须、燕麦,细琐众多,不可除灭[32]。夫既务滋其所树,又何遑恤于薙[33]。筡竹自为类,匪草匪木[34],晴雨具宜,风霜从肃。笙善胤以为林,篁好聚而成簇[35]。凤尾肖九苞之形,潇湘表二女之哭[36]。地分虽局于城中,风致何谢乎淇澳[37]?

其药,则羊蹄、狗杞、牛膝、鸡苏、地髓、当陆、山蕲、首乌、马舄、葶苈、香附、蒲公、黄檗、菥蓂、半夏、排风[38]。葳灵间于苓耳,薏苡网于牵牛[39]。怀香、芎劳,用兼食味[40];剪金、百合,名在花畴。岂天实悯夫贫病,使服饵免于购求[41]?

相彼林表,众鸟所家[42];百舌初鸣,桃杏始花。偶曲肱而隐几,乐视听之清华[43]。商庚鸣而流丽,戴鵀降而矜奢[44]。鸠惊徙鷇,鹊牖避辰[45]。鹳能禹步,鸷解符尘[46]。慈乌哺而训孝,布谷叫而勤民。鷾鸸垂囊育子,夭凤盖藏备贫[47]。练禽骞而珍羽罕俪,黑燕巢而恶鸟避邻[48]。翠鹬濒池,时捕小鲜。羽毛特异,焚身之愆[49]。舒凫驯习,波泳沙眠。属玉下止,友于双鸳[50]。乃惟鹳之玄裳,视常失究[51],张自为翼而旁舒,敛则临尾而下覆。鹪鸽就桊,捷于鹦语[52]。惟彼瓦雀、黠鼠之侣,余如白脰、蜡喙之属,皆猥屑而不胜举[53]。若训狐之格格宵鸣,则食于蝠乎是取也[54]。

其鱼,则鲩鲭色辨,鳎鲦队同[55];鲤鲭类蕃,魴白理松[56]。鳟秩序以行游,龟惟守以为功[57]。若黄颊、鮧鳢之流善吞噬者,固所不蓄[58];而不良于池活者,亦非所庸。虫豸之性,异厥所秉[59]。蜂出其衙，致花有等[60]；众酿负于肘臂，上供戴于首领[61]；阍稽其归，惰者有傲[62]。维蚁之穴为彼国都，侦逻四驰，征委是图[63]；相值首聚，若耦语于途[64]；报方乡道，空垒出徒，可以人而昧忠义之谟[65]。大蝶名胡，玄衣绣裳；觳子椒橘，髡梢锻旁[66]。忽蛹立而羽化，又栩栩其飞扬。粉蝶败蔬，其化类是，但肖所生，小大之异。果木之蕃，厥悴奚故？小蜂遗子，蚀实蠹树；蜥蜴致雨，维龙繁祖[67]；菊蜂祸暴，是宜名虎。螽斯有取于锡类之繁，蜻蜓庶亦为织作之补[68]。天马之子，药名螵蛸[69]；在桑为胜，取诸其条。水虫化蜻蜓而远举，粪虫脱污秽而蝉蜩[70]，则斯亦善变者矣。若蝠之利于蚊蚋，是宜其以昼为宵也[71]。

凡兹花木、禽鱼、果蔬、药草在吾园者，吾皆自有而乐之。若夫登台极眺，风物会心，又谁吾禁而夺之也[72]？

客骇而笑曰[73]："先生始者之约鄙人，尚恐其自遗所有。今也之博不已复揽人之有矣乎？"山人曰："嘻！能有吾有，则一膜九垠，岂徒濠濮在想、鱼鸟亲人而已哉[74]！"客曰："前言戏之耳。先生之言，小极么么，远入无涘[75]。小人得其事，君子得其理[76]。鄙人寡识，谨受教矣！"

题解

本文录自鲁铎著、李维桢校、明隆庆元年（1567年）方梁刻本《鲁文恪公文集·卷一·赋》第3页。

注释

[1]苏橘山人：鲁铎曾植橘于己有园真闲堂前，逾岁而悴，因徙植，益槁。后二年，忽萌蘖，故复号苏橘山人。山人：指隐士。

[2]自余：其余，此外。

[3]经始：开始测量营造。

[4]种艺：种植。

[5]售：买。

俟：等待。

[6]埭（dài）：土坝。

[7]尔乃：这才，于是。

板筑讫园池：建设园地、湖池。板筑：筑城或筑墙。讫：完结，终了。

[8]缗（mín）：钓鱼绳。

[9]石枰（píng）：石制棋盘。

[10]栝（kuò）：木名。即桧。

并闾:木名。即棕榈。

柽榉(chēng jǔ):红柳和榉柳。

[11]薁棣(yù dì):即郁李树。薁:同"郁"。

[12]若榴:安石榴的别名。

[13]粟房:栗子的外壳。

[14]觇(chān):看。

[15]歇枝满盈:指果树结果的大年、小年。歇枝:谓果树在大量结果的次年或以后几年内结果很少,甚至不结果。也称养树。

[16]容与:悠闲自得的样子。

[17]近侍:宋代市语指芍药。本指亲近帝王的侍从之人。

确论:精当确切的言论。

[18]仙骨:比喻超凡拔俗的气质。

[19]月窟:月宫,月亮。

[20]国风咏谖(xuān)草:指《诗经·国风·卫风·伯兮》中有"焉得谖草,言树之背"之句。谖草:即萱草。又称鹿葱、忘忧、宜男、金针花。谖:通"萱"。

檐蔔(bǔ):梵语。郁金花。

[21]杪(miǎo)秋:晚秋。

裔域:边缘之地。

[22]诩:通"誉"。称人之美。

[23]田荆:指紫荆树。据南朝梁吴均《续齐谐记·紫荆树》载,京兆田真兄弟三人析产,拟破堂前一紫荆树而三分之,明日,树即枯死。真大惊,谓诸弟曰:"树本同株,闻将分斫,所以憔悴,是人不如木也。"兄弟感悟,遂合

产和好。树亦复茂。

周莲:指莲。周敦颐性爱荷花,曾写《爱莲说》一篇,盛赞此花出污泥而不染的高洁品质。

名教:以儒家思想所定的名分和以儒家教训为准则的道德观念。

[24]尔其:连词。表承接。犹言至于、至如。

水红:水草名。即水荭(hóng)。亦称游龙、红蓼、火蓼。

[25]素馨:植物名。本名耶悉茗,佛书作"鬘(mán)华"。原产印度,后移植于我国南方地区。以其花色白而芳香,故称。

[26]金钱夜落:夜落金钱。花名。

彭、殇:指长寿与夭折。彭:彭祖,长寿的表征。殇:未成年而死。

鹤、鹏:指鹤雀之跃与大鹏之举。

[27]岭表:岭南。指五岭以南的广东、广西一带。

[28]瓠(hù)校五石:典自"五石瓠"。可容五石的大葫芦。语出《庄子·逍遥游》:"今子有五石之瓠,何不虑以为大樽而浮乎江湖,而忧其瓠落无所容,则夫子犹有蓬之心也夫!"

芋魁蹲鸱(chī):大芋。因状如蹲伏的鸱,故称。鸱:古书上指鹞(yào)鹰。

[29]葍(fú)葅(zū):葍:多年生缠绕草本植物,花叶似薤菜而小,对农作物有害。葅:蕺(jí)菜,俗称鱼腥草。

姜芦:芦姜,又称嫩姜、芽姜。

[30] 留夷：香草名。一说，即芍药。

莳(shì)：栽种。

杜蘅：香草名。异名马辛、马蹄细辛、马蹄香。

江离：香草名。

葳蕤(wēi ruí)：草名。即萎蕤。

[31] 芭苴：亦名芭蕉。

[32] 菲芴(wù)：土瓜。

藤荚(tí dié)：稗子一类的草。

夫须：即薹(tái)草。茎叶可编织蓑笠等。

[33] 何遑恤于薙(tì)：哪里顾得上除草。薙：除草。

[34] 籴：音 niè。

[35] 筀(guì)：古书上说的一种竹。

胤(yìn)：本义为子孙相承。此处是繁衍的意思。

篁(huáng)：竹林，泛指竹子。

[36] 九苞：指凤，传说凤有九种特征。

二女：古代传说中尧的两个女儿娥皇、女英。李白《远别离》："古有皇英之二女，乃在洞庭之南，潇湘之浦。"

[37] 地分：地区，地段。

谢：逊，不如。

淇澳：淇澳园，借指竹园。语出《诗经·卫风·淇奥》。该诗共有三章，每章均以"绿竹"起兴，借绿竹来赞颂君子的高风亮节。淇：淇水，源出河南林县，东经淇县流入卫河。澳：奥

(yù)，水边弯曲的地方。

[38] 马舄(xì)、葶(tíng)苈、莃莶(xī xiān)：药用植物名。

[39] 葳灵：中药名。草葳灵。

苓耳：草名。卷耳。

薏苡：植物名。子粒(薏苡仁)含淀粉。供食用、酿酒，并入药。

[40] 芎䓖(xiōng qióng)：药用植物名。

[41] 服饵：服食。古代通过服用药物以求强身健体、益寿延年的一种方法。

[42] 林表：林梢，林外。

[43] 曲肱(gōng)：谓弯曲着胳膊当枕头。比喻清贫而闲适的生活。

[44] 商庚：黄鹂。

戴鵀(rèn)：戴胜。布谷鸟。

[45] 觳(kòu)：待母哺食的幼鸟。

鹊牖(yǒu)避辰：指喜鹊营巢而出入口不会正向太岁。《说文》："鹊，知太岁所在。"《本草·四十九卷》："喜鹊营巢，开户背太岁。"太岁为古代天文学中假设星名，与岁星(木星)相应，又称岁阴与太阴。

[46] 鹳(guàn)能禹步：《北梦琐言·逸文》载："南方有鹳，食蛇，每遇巨石，知其下有蛇，即于石前如道士禹步，其石阽然而转，因得而啖。"禹步：古代方士作法时所用的特殊步法。相传夏禹治水，积劳成偏枯之疾，行走不良。巫师效其跛行姿势，故称。

劦(liè)解符尘：典故待考。明刘

文泰等《本草品汇精要》云:"如鸠之步罡,䴕之画印,鹡䴖(xī chì)之敕,蜾蠃之祝,皆物之有术智者也。"此语可作参考。䴕:啄木鸟。

[47]鹪䳺(jiāo ài):鹪鹩(liáo)。类似画眉的小鸟。

天凤:此处指幼鸟。

盖藏:储藏。

[48]罕俪:少有伦比。

[49]焚身之愆(qiān):导致丧生的过失。愆:罪过,过失。

[50]属玉:水鸟名。即鸀鳿(zhú yù)。山鸟。亦称赤嘴鸟、红嘴山鸦。

[51]玄裳:黑色的下衣。

[52]鸜鹆(qú yù):八哥儿。

[53]白脰(dòu):鬼雀。

蜡嗉:靛青蜡嗉雀。

[54]训狐:鸺的别名。俗称猫头鹰。

[55]鲩鲭(huàn qīng):鲩鱼和青鱼。

鳙鳙(yú yóng):花鲢鱼。

队同:鱼同池。

[56]鲤鲫(jì):鲤鱼和鲫鱼。

类蕃:疑为"庶类蕃盛"的省略。万物茂盛。

鲂(fáng):鳊鱼。

[57]鳟(zūn):鳟鱼。别名赤眼鱼、红目鳟。

[58]鳀鳢(yí lǐ):黑鱼。

[59]虫豸(zhì):小虫的通称。

异厥所秉:秉性不同于其他。

[60]蜂出其衙:群蜂早晚聚集,簇拥蜂王,如旧时官吏到上司衙门排班参见。

[61]上供:唐宋时所征赋税中解交朝廷的部分。

[62]阍(hūn)稽:疑为"昆阍滑稽"的缩略。昆阍、滑稽为《庄子·徐无鬼》中虚构的人名。传说黄帝由方明、昌寓、张若、诣(xí)朋、昆阍、滑稽等扈从,欲赴具茨山,见大隗神。

[63]征委是图:一心只为聚积。

[64]耦(ǒu)语:相对私语。

[65]乡道:指带路,引导。乡:通"向"。

空垒:空壁,空营。

[66]髡(kūn):古代称修剪树枝。

[67]繄(yī):句首、句中助词。有时相当于"惟"。

[68]螽(zhōng)斯:一种生殖力极强的昆虫。

锡类:谓以善施及众人。语出《诗经·大雅·既醉》:"孝子不匮,永锡尔类。"孝子孝心永不竭,神灵赐您好福气。

蜻蛚(liè):即蟋蟀。

[69]螵蛸(piāo xiāo):螳螂的卵块。

[70]远举:犹高飞。

蝉蜩(tiáo):蝉。

[71]蚊蚋(ruì):通常指蚊子。

[72]风物:风光,景物。犹言风景。

会心：领悟，领会。

谁吾禁而夺之：谁能不让我看见又夺走它呢？

[73] 骇：吃惊。

[74] 一膜：指细微的间隔。

九垠：犹九重。指天。

濠濮（pú）在想：濠濮闲想。指高人寄身闲居之所为濠濮，其心与物契的玄言妙想为濠濮闲想。据《庄子·秋水》载，庄子曾游于濠梁之上，与惠子辩论"知鱼之乐"；又曾垂钓于濮水，以龟为喻，表示"吾将曳尾于涂中"，却楚王之聘。

[75] 么么：微细的样子。

无涘（sì）：无边，无限。

[76] 小人得其事，君子得其理：小人看到的是具体的事，而君子洞悉的是其中的理。化用托名姜太公撰的《六韬·文韬·文师第一》："君子乐得其志，小人乐得其事。"君子乐于实现自己的志向，小人乐于做好自己的事情。

附

鲁文恪公（鲁铎）神道碑

黄　佐

公讳铎，字振之。其先，荆之长林人[1]，元季始家景陵。东冈鲁氏[2]，其称盖久，然至公乃大显。公幼学治《尚书》，博通群籍，辞翰复出[3]。成化壬寅，督学薛纲得所试文[4]，深器重之，传示全楚，由是知名。丙午领荐，卒业成均[5]。弘治丙辰归栖南庄[6]，尝赋《梧凤》之诗，闻者壮其志。己未改筑东湖之莲北，静学授徒，时或不爨，欣如也[7]。壬戌举礼部第一人[8]。对大廷，有沮之者抑置二甲第二[9]。改翰林庶吉士，阁试居首，西涯李文正公乃见称赏[10]。甲子冬授编修，预修《孝宗实录》[11]。

武宗即祚，诏谕安南[12]，充正使，赐一品服以行。丁卯正月入交趾关，布仪注[13]，大头目黎能让等请略其节目[14]。公曰："安南素称守礼之国，今乃尔邪[15]！"复固请，公曰："吾奉天子诏，行万里，惟知明此礼而已。"持之益坚。能让等退而肄仪惟谨[16]。国王进逆界上[17]。及如天使馆宣诏命，始终无违礼者。明日大宴殿中，盛陈明珠、金贝。公不少顾,悉谢遣之。又明日,行,王送之富良江上,其臣昇赆,追送三日,固却以归[18]。出入其境,皆命关吏检其行囊,自品服外,无一羡物[19]。明年交人入谢,宣扬于朝人,谓得体。

丁卯冬考绩,晋国子司业[20]。寻以父年逾八袠,恳乞终养,得归,遭艰尽礼[21]。是年冬,邑有犬而角,众以为问。公曰:"兵象也。"未几,剧盗啸聚,大肆剽杀[22],其酋戒下毋犯公家。于是,里人多负襁相依,恃以无恐。或有马牛见掠者,往绐为公物[23],辄还之。

庚午冬有行取之命[24]。辛未复职[25]。甲戌经城外海子上,遇数巨珰[26],呵不得近。公取道其旁,不为动。遂上疏养病,得旨祭扫。

乙亥五月家居被命,晋南京国子祭酒[27]。丙子正月莅任[28],训诸生曰:"隐不违君,仕不遗亲[29],君子之大义也;诚以作圣,思而通神[30],君子之全功也。圣贤明训,布在方策[31],要当力行之尔。若徒侈文辞、劳诵说[32],岂学之道哉?"以士多竞进,乃置精微簿,书其名籍、月日,据簿拨历[33],人不能欺。有旷年不复馆者,尽檄而来,自是六馆凛然[34]。凡岁廪役银与税局月供豕肉,皆出圣祖成宪[35],悉颁给诸生,一无自私,士颂其清。九月改莅北监,约束一如南雍[36],侯伯在弟子列者循礼惟谨[37]。

是年,乡邑大水荡民田庐[38],死亡过半。有司以闻事下户部,公力请大臣往赈。于是敕都御史吴廷举以往,多所存活。八月复以病再疏,得允。比至家,偃息城中梦野台,作己有园书院[39],以教子弟。多莳花木[40],以环亭池,歌啸其间。

嘉靖壬午,今上入承大统[41],征用旧人,公首被诏。以病乞休,明年三月得请。刑部尚书林俊疏言:"经师易得,人师难得。铎,学足以订顽立懦,道足以镇雅黜浮[42],与谢铎人品为类,宜如孝宗用谢铎故事,令吏部以礼部侍郎掌祭酒事[43],起之于家,遣官以速其行。"一时抚按台谏交疏论荐,皆称公庄重浑厚之文、淳懿端悫之行[44]。于是推卿佐者五[45],皆不果用。公尝曰:"大臣同心赞化,无所猜贰[46]。虽唐虞、三代之治[47],可复也。吾老矣,少延日昃之歌,则吾分已足,尚奚望焉[48]?"

丁亥九月十有四日卒于正寝[49]，寿六十有七。

公性恬退，器量深闳[50]。文章节概，见推天下[51]。家居以身率物[52]。作家训，立祠东冈，约伏腊，则合族申命[53]。又作俗言数章[54]，以劝乡人。未尝一造官府，惟野服徒步，行田圃以自娱[55]。尝谕诸子曰："今世儒者，往往取孟子肯綮之说[56]，自立门户。迹其行事，其弗畔者几希[57]，此学者之大戒也！圣贤之道，不离日用。人惟行所无事，则能事毕矣[58]。"又曰："今人出息取利，势不得不为忍人，小民怨讟丛，厥躬不祥莫大焉[59]。尔曹戒之[60]！"

所著诸稿皆藏于家。

嘉靖己丑十月朔，上赐谕祭[61]。十一月四日葬于止林之原，上赐谕葬，谥曰文恪，盖异数也[62]。

公功不及匡济，而高风直节激昂士类[63]；位不至卿相，而荣名重望倾动朝野，亦可谓全归者矣[64]。铭曰：

东冈碧梧挺南荆，俯荫巴丘连洞庭。五华云岫开风城，羲农终古留神灵[65]。化为威凤丹穴生，朝阳雍雍梧上鸣。翩然凌氛仪帝廷，百鸟阒绝啁唶声[66]。九苞扬辉若木英，箾韶协奏闻蓬瀛[67]。于乐辟雍扬二京，坐令函夏皆文明[68]。功成戢羽归景陵，梦野台下沧浪清[69]。峨冠之徒睎濯缨，上林爰止藏仪刑[70]。帝揆天词飨以牲，骏锡文恪受大名[71]。惟公瑞世流芳馨，后千万祀征此铭[72]。

赐进士出身、中顺大夫、詹事府少詹事兼翰林院侍读学士，前南京国子祭酒、经筵讲官兼修国史玉牒，香山黄佐撰[73]。

题解

本文录自黄佐著、清康熙二十一年（1682 年）黄逵卿刻本《泰泉集·卷第四十八》第 1 页。原题为《朝列大夫国子祭酒鲁文恪公神道碑》。清光绪十三年（1887 年）版、天门市干驿镇六湾村《东冈鲁氏宗谱》卷首第 28 页收录此文，篇幅加倍，文末署名据该谱增补。

神道碑：又叫"神道表"。指墓道前的石碑，也指石碑上记录帝王、大臣生前活动的文字。

黄佐：字才伯，号泰泉，香山（今广东中山）人。明正德十五年（1520 年）进士。

擢南京国子监祭酒。卒后赠礼部右侍郎，谥文裕。

鲁铎墓址原称蜡林，鲁铎卜得易名止林，在汉北河左 69 千米+800 米，沿河口闸东五百米，今称凤凰尾巴，西邻蜡林石，属天门市九真镇何场村一组（邵家嘴）。当地长老指认，鲁铎墓址现为河道洲子北沿，旧时墓前有河，人称此地："日有千人捧手（船夫摇橹而过），夜有万盏明灯（北有居民点）。前有烧香台，后有打鼓庙（北约三百米有九真庙）。"

注释

[1] 荆之长林：指荆门州长林县。明洪武九年（1376 年），降荆门州为荆门县，废长林县入荆门县。

[2] 东冈：东冈岭。今天门市干驿镇松石湖东北、华严湖南一带呈东西向高地的统称。1954 年，制高点在干驿镇沙嘴村毛家墩。六湾村鲁家八房湾是"东冈鲁氏"的主要世居地。

[3] 辞翰：文字。

夐（xiòng）出：高超。

[4] 成化壬寅：明成化十八年，1482 年。

督学：督学使者。学政的别称。明清派驻各省督导教育行政及主持考试的专职官员。也称学使。

[5] 丙午：明成化二十二年，1486 年。

领荐：领乡荐。唐代由州县地方官荐举进京师应礼部试者称乡荐。后世亦称乡试中试者（举人）为领乡荐。

成均：相传为五帝时的宫廷学校，西周为国学以教王室子弟的机关。古代的最高学府。唐高宗时曾改国子监为成均监，后人亦称国子监为成均。

[6] 弘治丙辰：明弘治九年，1496 年。

[7] 己未：明弘治十二年，1499 年。

不爨（cuàn）：无米做饭。爨：烧火做饭。

欣如：高高兴兴的样子。

[8] 壬戌：明弘治十五年，1502 年。

举礼部第一人：指参加礼部主持的会试，名列第一（会元）。

[9] 对大廷：指参加殿试。大廷：古代朝廷的外庭，俗称前庭，为帝王朝见或处理政务之所。

沮：终止，阻止。

二甲：殿试第二等。一等为状元、榜眼、探花。

[10] 翰林庶吉士：翰林院庶吉士。明清由新进士中选入翰林院庶常馆学习者。明清科举制度，进士殿试后再经考试，选拔入翰林院深造。明永乐二年（1404 年）始称翰林庶吉士。简称庶吉士，俗称翰林。参见本书第三卷附录《部分科举名词汇释》第 1 条。

阁试：明代翰林院对庶吉士的考试。

西涯李文正公：李东阳，字宾之，号西涯，茶陵（今属湖南）人。天顺进士，官至文渊阁大学士兼吏部尚书。立朝五十年，门生众多，以宰臣地位领袖文坛，是明七子前反对"台阁体"的大宗派"茶陵派"首领。

见称赏：被称赞欣赏。

[11]甲子：明弘治十七年，1504年。

预修：参加撰修。

[12]即阼(zuò)：即位，登基。

诏谕：皇帝命令，皇帝颁布文书以告喻天下。

安南：古地区名和古国名。今越南。参见本书第一卷鲁铎《东冈鲁氏谱序》注释[8]。

[13]丁卯：明正德二年，1507年。

交趾：参见本书第一卷鲁铎《东冈鲁氏谱序》注释[8]。

仪注：制度，仪节。

[14]节目：程序。

[15]乃尔：竟然如此。

[16]肄仪：古代王者因事举行祭祀，例须预习威仪，谓之肄仪。

惟谨：谨慎小心。

[17]逆：迎。

[18]舁赆(yú jìn)：带着礼物。赆：送行时赠送的财物。

固却：坚决拒绝。

[19]羡物：多余的物品。

[20]考绩：古代指年终或一定期限内，按一定标准考核文武官吏的政绩。

国子司业：国子监司业。国子监的副长官。协助祭酒教授生徒和掌管训导之政。

[21]八秩(zhì)：八十岁。十年为一秩。

遭艰：遭逢父母丧事。

尽礼：竭尽礼仪。

[22]剧盗：剧贼。大盗，强悍的贼寇。亦用以贬称势力大的反叛者。

啸聚：互相招呼着聚合起来。旧时多指盗贼结伙。

剽(piāo)杀：犹劫杀。

[23]绐(dài)：谎骗。

[24]庚午：明正德五年，1510年。

行取：明清时，地方官经推荐保举后调任京职。

[25]辛未：明正德六年，1511年。

[26]甲戌：明正德九年，1514年。

海子：即积水潭。在北京城内。

巨珰(dāng)：有权势的宦官。

[27]乙亥：明正德十年，1515年。

被命：奉命，受命。

国子祭酒：古代中央政府官职之一，基本隶属于朝廷最高学府国子监。主要任务为掌大学之法与教学考试。

[28]丙子：明正德十一年，1516年。

[29]遗亲：谓疏远或遗弃双亲。

[30]作圣：做圣人。

通神：通于神灵。形容本领极大、才能非凡。

[31]圣贤明训,布在方策:"文武之政,布在方策"的化用。原意为周文王、武王的施政主张,都展示在典籍之上。意谓国家重大政事,都有陈规可循。语出《礼记·中庸》。明训:明确的训示。布:展布,陈列。方策:典籍。

[32]徒侈文辞、劳诵说:在炫示辞藻、讽诵讲说方面白费心力。

[33]竞进:争进。

拨历:明代国子监实习制度。明制,国子监生完成六堂学业之后,须分拨至在京各衙门历练吏事三个月、半年或一年。

[34]旷年:多年,长年。

檄:泛指信函。

六馆:国子监之别称。唐制,国子监领国子学、太学、四门、律学、书学、算学,统称六馆。宋元以后,渐加合并,以至仅存国子一学,但后世仍以六馆指国子监。

凛然:令人敬畏的样子。

[35]岁廪役银:当指每年发给的廪银和役夫银。

税局:疑指税课司局。明代税课司,府曰司,县曰局。

圣祖:帝王的先祖。多特指开国的高祖。

成宪:原有的法律、规章制度。

[36]北监:明代称设在北京的国子监。

南雍:明代称设在南京的国子监。雍:辟雍,古之大学。

[37]侯伯在弟子列者:在国子监学习的侯伯。侯伯:侯爵与伯爵。

[38]乡邑:家乡,故里。

[39]梦野台、己有园:参见本书第一卷鲁铎《己有园》诗题解。

[40]莳(shì):栽种。

[41]嘉靖壬午:明嘉靖元年,1522年。

今上入承大统:指当今皇上即帝位。

[42]订顽立懦:"廉顽立懦"的化用。使顽劣的人归正,使懦弱的人立志。形容仁德之人对社会的感化力量之大。语出《孟子·万章下》:"故闻伯夷之风者,顽夫廉,懦夫有立志。"订:正,改正。

镇雅黜浮:"崇雅黜浮"的化用。镇服雅正,摈弃浮华。原指在文风上崇尚雅正,摈弃浮华。

[43]谢铎:字鸣治,号方石,浙江太平人。明天顺八年进士。授编修,进侍讲,直经筵。遭丧服除,遂不起。弘治初,以原官召修《宪宗实录》,擢南京国子祭酒,累官礼部右侍郎管祭酒事。卒谥文肃。

[44]抚按:明清巡抚和巡按的合称。

台谏:台官和谏官的合称。台官指监察官。

交疏:(大家)不断上疏。

论荐:议论、荐举。

淳懿:厚美。

端悫(què):正直诚谨。

[45]推卿佐者五:五次被推举为大臣。卿佐:指辅佐国君的执政大臣。

[46]赞化:襄助化育万物。

猜贰:疑忌而有二心。

[47]唐虞:尧舜。

三代:夏商周三个朝代。

[48]日昃(zè):太阳偏西。

奚望:所望为何。

[49]丁亥:明嘉靖六年,1527 年。

卒于正寝:旧时人死后一般停尸于住房正屋。指年老在家安然地死去。正寝:住房正屋。

[50]恬退:淡于名利,安于退让。

深闳:深远宏大。

[51]节概:志节气概。

见推天下:天下公认。推:谓公认。

[52]以身率物:以自身为下属作出榜样。

[53]伏腊:指伏祭和腊祭之日。伏在农历夏六月,腊在农历冬十二月。或泛指节日。

申命:重申教命。

[54]俗言:俗谚。

[55]造:拜访。

野服:村野平民服装。

田圃:田地和园圃。

[56]肯綮(qìng):筋骨结合的地方,比喻要害或最重要的关键。

[57]迹:追踪,追寻。

弗畔者几希:此处指没有违背孟子宗旨的人极少。畔:通"叛"。违背,背离。

[58]行所无事:做着像没事儿一样。形容做得很轻松自然。

能事毕矣:本领都掌握了。能事:能做到的事。此处指本领、才能。毕:齐备。参见本书第一卷李维桢《参知周公(周嘉谟)寿序》注释[28]"天下之能事毕矣"。

[59]出息:收益。

忍人:谓对别人忍心。

怨讟(dú):怨恨诽谤。

厥躬不祥莫大焉:自身的不善没有比这更大的了。

[60]尔曹戒之:你们要戒除啊。

[61]嘉靖己丑:明嘉靖八年,1529 年。

谕祭:谓天子下旨祭臣下。

[62]异数:〈书〉不寻常的礼遇。

[63]匡济:"匡时济世"的省略。谓挽救艰困的局势,使转危为安。

士类:文人、士大夫的总称。

[64]全归:谓保身而得善名以终。

[65]五华、风城、羲农:此处上句云景陵地灵,下句云景陵人杰。本书第二卷程飞云《景陵风俗论》云:"景邑,古风国地也。风氏系出伏羲。"天门市皂市镇旧有风城之称;有五华山,山上原有伏羲殿。

[66]凌氛:疑为乘云驾雾之意。

仪帝廷:意思是,凤凰来仪,朝廷祥瑞。

阒(qù)绝：形容寂静。

嘲哳(zhāo zhā)：形容声音烦杂而细碎。

[67]九苞：凤的九种特征。后为凤的代称。

箫(xiāo)韶：舜乐名。

蓬瀛：蓬莱和瀛洲。此处指瀛洲。唐太宗为网罗人才，设置文学馆，任命杜如晦、房玄龄等十八名文官为学士，轮流宿于馆中，暇日，访以政事，讨论典籍。又命阎立本画像，褚亮作赞，题名字爵里，号十八学士。时人慕之，谓登瀛洲。事见《新唐书·褚亮传》。后来的诗文中常用登瀛洲、瀛洲比喻士人获得殊荣，如入仙境。

[68]于乐辟雍扬二京：指鲁铎先后任南京、北京国子监祭酒。

于乐：疑指士人的教育。《论语·泰伯》云："兴于诗，立于礼，成于乐。"按古人教育制度，诗、礼、乐三者正是士人在成长过程中所受的三大教育的内容。诗以启蒙，礼以立身做人，乐则集成。

坐令：致使。

函夏：全中国。

[69]戢(jí)羽：敛翅止飞。

[70]睎(xī)：仰慕。

濯缨：洗濯冠缨。比喻超脱世俗，操守高洁。

上林爰止：止息于上林。上林：指上文鲁铎葬地"止林之原"。

仪刑：楷模，典范。

[71]掞(shàn)：铺张，发舒。

飨：通"享"。享受。

骏锡：当指帝王的赐予。

大名：谓尊崇的名号。

[72]祀：岁，年。

征：证明，证验。

[73]赐进士出身：参见本书第三卷附录《部分科举名词汇释》第1条。

中顺大夫：明代为正四品初授之阶。

詹事府少詹事：詹事府为官署名，掌太子家事。唐建詹事府，设太子詹事一人、少詹事一人，总东宫内外庶务。历朝因之。明代詹事府名义上有辅导太子之责，实际上与翰林院所掌相同，其设官专门用来容纳文学侍从之臣。

李　淑（广西右布政使）

李淑（1517—1581 年），字师孟，号五华山人，天门市皂市镇人。

清康熙三十一年（1692 年）版《景陵县志·卷之十·人物志》第 8 页记载："李淑，字师孟。由京山县学。嘉靖丙午科举人，庚戌科进士。仕至广西右布政。诰赠礼部侍郎。公履历详《京山县志》。公子维桢，进士，礼部尚书；维极，举人，国子监博士；维柱，举人，蜀同知；维标，进士，国子监典簿；维楫，中书舍人。"

清康熙三十一年版《景陵县志·卷之六》记载："父子进士坊在皂角市，为李淑、李维桢、李维标立。现存。"

山居杂兴

李　淑

风尘颠蹶我从容，日日幽溪访古松[1]。清啸远流空谷响，咏归常到夕阳春[2]。邱中有客能调鹤，世外无人解好龙[3]。冷眼看山情毕露，等闲踏遍两三峰。

题解

本诗录自丁宿章编、清光绪九年（1883 年）版《湖北诗征传略·卷二十六》第 9 页。

杂兴：有感而发、随事吟咏的诗篇。

注释

[1]颠蹶：困顿挫折。

幽溪：因山谷幽深而形成的清幽的溪流。

[2]清啸：清越悠长的啸鸣或

66

鸣叫。

夕阳春:旧习日落时春米。

[3]邱中:丘中。田园,乡邑。《诗经·王风·丘中有麻》中的"丘中"(山丘之中),即为贤人被放逐之地。后世以丘中喻指隐居之地。

调鹤:驯鹤。

梦野公(鲁彭)赞

李 淑

君才凤昔称名家,此日分符远泛槎[1]。海上獠黎归保障,公余琴鹤对烟霞[2]。鲁恭卓异驯郊雉,潘岳风流满县花[3]。莫倚探奇游独壮,伫看飞舄到京华[4]。

题解

本诗录自清光绪十三年(1887年)版、天门市干驿镇六湾村《东冈鲁氏宗谱》卷首第65页。原文无标题。署名"观户部政五华李淑"。

梦野公:指鲁铎长子鲁彭。鲁彭,字寿卿,号梦野,正德朝举人。琼州府乐会县(今海南省琼海县)知县。离任后当地民众立祠纪念。

注释

[1]凤昔:泛指昔时、往日。

分符:犹剖符。谓帝王封官授爵,分与符节的一半作为信物。

泛槎(chá):原指乘筏泛游至天河,后以喻指乘船出远门。槎:木筏,筏子。

[2]獠黎:百越先民的两个族名。

[3]鲁恭卓异驯郊雉:典自"政成驯雉""狎雉驯童"。后汉鲁恭宰中牟,以德化民。时郡国螟蝗伤稼,独不入其境;有母雉将雏过童子旁,童子仁而不捕。事见《后汉书·鲁恭传》。后因以誉人政绩。

潘岳风流满县花:潘岳做河阳县令时,满县栽花。后遂用"河阳一县花""花县"等用作咏花之词,或喻地方之美或地方官善于治理。潘岳:字安仁,西晋荥阳中牟(今河南中牟)人。著名辞赋家、诗人、散文家。

[4]飞舄(xì):舄,原指古代一种

双底鞋，后引申为鞋的通称。旧传东汉叶县令王乔会道术，能使他所穿的官履（舄）化凫（fú），乘飞凫赴京上朝。

钟公南镇（钟山）墓志

李　淑

钟公南镇，原籍吉永丰，御史同裔[1]。延及曾祖琼授重庆判，祖协祚商于景陵皂镇，因家焉[2]。生弘仲，配姚氏；弘仲生公。公生平鲠介，事亲以孝闻[3]。至嘉靖间，当道贤之，立为团练长[4]。公矢心戮力，历四载，里中称治[5]。后受当道奖，欲荣以冠带，公辞[6]。迨丁卯，邑侯方公亦欲与之冠带[7]，公又辞。至于托遗孤、还拾金，排难解纷，皆其余事。抵癸酉年[8]，痰病竟终。

公讳山，字静夫。生弘治乙丑，卒万历癸酉[9]，享年七十。初娶徐氏，继高氏。子二：长一理，次一贯，庠生[10]。女一，室京山太仆寺卿王宗载[11]。孙宪。卜乙亥十二月八日葬于苏山原，丑未兼丁二分为茔[12]。

予与公善，备知颠末[13]，故志焉。第恐山河变迁，后君子遇此，乞哀悯掩覆、阴骘万代矣[14]。

赐进士出身、山西布政使司右布政使、同镇山人五华李淑谨撰[15]。

题解

本文录自钟山墓志。墓志现藏于天门市皂市镇白龙寺。

钟公南镇：钟山，字静夫，别号南镇。钟惺祖父。

注释

[1] 吉永丰：指明代吉安府永丰县。今为江西省吉安市永丰县。

御史同裔：御史钟同的后裔。钟同，字世京，号待时。永丰人。明景泰二年（1451年）进士，次年授贵州道监察御史。诗文家。

[2]判:州判,通判。州府长官的行政助理,分掌粮运、督捕、水利等事务。

皂镇:指今天门市皂市镇。

因家焉:于是定居于此。

[3]鲠介:正直耿介。

事亲:侍奉父母。

[4]嘉靖:明世宗朱厚熜(cōng)年号(1522—1566年)。

当道:指执政者、掌权者。

团练:封建社会地方武装的一种。主要指地方乡绅自行征集壮丁编制成团,施以军事训练,用以捍御盗匪、保卫乡土的武装。

[5]矢心戮力:衷心尽力。

里中:同里的人。

治:安定。

[6]冠带:帽子和腰带,借指做官。

[7]迨:等到。及。

丁卯:明隆庆元年,1567年。

邑侯方公:指时任景陵知县方梁。邑侯:明清县长官别称。

[8]癸酉:明万历元年,1573年。

[9]弘治乙丑:明弘治十八年,1505年。

[10]庠生:明清两代府、州、县学的生员别称。"庠"为古代学校名称。

[11]室:妻子。此处是嫁与的意思。

[12]卜:选择(处所)。

乙亥:明万历三年,1575年。

苏山原:苏家山,在皂市镇西南鲁新村。

丑未兼丁二分:指墓地坐东北向西南的一种朝向。丑未兼丁:当为"丑未兼癸丁"。兼向是指风水罗盘上相对于"正向"而言的一种朝向。二分:当指风水中的"旺、相"两个分金。风水罗盘中的一百二十龙分金是以地盘正针为准,罗盘圆周共二十四山,每山分为五个格子,24×5＝120,所以,每个格子是一个分金。再从罗盘一百二十个格子的分金来看,每山五个格子只标出两个格子的干支,其他三个格子都空着。旺、相这两个格子是吉数,阴阳二宅在立分金线时是必不可少的两个可用之线,孤、虚、空亡三个凶线不能用。

[13]备知颠末:意思是,对墓主的情况了解得很全面。备:全部,完全,尽。颠末:犹始末、本末。前后经过情况。

[14]第:只是。

掩覆:遮盖,庇护。

阴骘(zhì):阴德。

[15]布政使司右布政使:参见本书第一卷王世贞《五华李公(李淑)墓志铭》题解。

山人五华:李淑居天门市皂市镇五华山下,号五华山人。

五华李公（李淑）墓志铭

王世贞

呜呼！是为致仕右布政使李公之所藏魄，而世贞志之。

李公者，讳淑，字师孟，以家五华山之傍，自号五华山人。其先为西平忠武王晟裔，不知所自徙，徙江西之吉水，数十传而转徙楚之景陵。曰公高祖洞渊公九渊，传朋玉公珏，有子曰南台公景瑞，得公封河南左参议。公以诸生荐乡试者十年，成进士，拜工部虞衡主事，稍迁营缮员外郎、都水郎中，出金浙江按察司事，调除山东。甫上，以母杨恭人丧归，久之始复除山东，遂参议河南，迁山西按察副使、浙江左参政，晋山东按察使，转今官。以南台公老上书乞解所居职，侍养者垂八年。而南台公卒，公不胜哀，属疾，久之亦卒。时万历之辛巳正月二十九日也，得寿六十有五。

公所受室曰王夫人，其继曰陈夫人，盖尝以公参议秩封恭人矣，复以子维桢考史官最封，而从公布政秩称夫人。维桢者，公长子也。而举于贰匡，乳于梁，弱冠成进士高第，累官国史修撰、提学副使，以至河南右参政；娶王氏，为嘉靖直臣宗茂女。次维极，举己卯，娶徐氏太学廉女。次维柱，次维标，俱举丙子；其娶吴氏、陶氏，为儒官希元、袁郡丞之肖女。又次维楫，邑诸生，娶夏氏，为贡士宗女。女一，归诸生魏实秀。孙女二，未字。

维桢之状云尔，世贞读而叹曰，於戏盛哉！士自致其分于君臣父子间，未有能不纤憾遗者也。其在我者十而五，其在天者十而五。是故有顺以际，有拂以成，要之不两兼也，兼之自李公始。

公之奏南宫捷也，江西重相严曰："闻楚有才士李某者，吾乡人也，能一见我乎？"公逡巡谢，弗肯往。以故当射策，夏太宰邦谟奇而荐之鼎甲，相严固下之，然于选犹得虞衡。而榷杭州税，则日坐堂皇，别出纳，庭无候人，外尺刺不入，内三尺童子履不践阈外，大要以破窥伺而为缓急重轻者。比公满，商旅拥车阗道不得发，士大夫之觞相属也。故事郎自榷还谒相严，则谒其子蕃，谒必辇重而后得志。公第以两吴缣往曰："小别于徒手者耳！"蕃左顾唾而却之。以是公为郎前后积且六岁而仅得佥事，然竟不能以考功令中公。

公之佥事，时倭寇方躏浙，靡所不垒。而公以一书生当其冲，顾藉自奋曰："此非丈夫毕命时耶！"台告急，公以督府檄提轻兵，蹙之吊崩山，生获酋渠薛柴门、三不郎等数十百人，余溺死者亡算。而会有言矿盗聚徽处山中，阴为倭内主，督府檄公移兵取之。公持不可，曰："饥氓弄竹筅，自救死耳，宁能越重岭作鲸海间耶？且此可抚而兵行籍。开化十余大姓，能得盗命者责而贳之，俾食盗而官稍继其匮。"更为约曰："居恒不得颂共系，若即缓急，为县官奔命，其犯约、不如约者皆死。"贼尽降，散后颇收其用。

而幸臣赵文华者，故亡赖，家慈溪里，里人藉之。挟相严重而来视师，既以砣死两大帅，张甚。藩臬、长吏郊迎，惴惴恐后，而公独谢病弗与，而文华乃间行归慈溪。慈溪，故公部。公至而曰："彼，吾部人也。"文华则曰："彼，吾属也。"居三日，邑令相交关始一还往。当是时，公城慈溪甫半，而郭居者赇文华请广之，不可。乃置酒于城外之某山，使人射矢及城睥睨，曰："城易及矢，乃尔奈何？"公则令人以矢从它山射而至酒所，曰："益城至此，不能使矢无及也。"文华色变罢酒。已又迫其邑令，使徙泮宫，公复不可。会公所获吊崩山酋渠，当上功幕府，文华遂攘之，公仅得赐金帛。而嘉善令犯奸赃，公庭笞之，束以诣吏。御史，令里姻也，欲缓令，不得，愧之，则以蜚语劾公，当调，公归。而文华入，藉重用事。而公故为郎时，御史宗茂尝上疏极论相严罪状，坐贬。御史之父方伯公入贺，居停公邸舍，饮食卧起，如家人亡间。相严与子蕃闻之，弗善也，乃趣通文华，间谋削公籍。而公既已归，无可以媒孽者，而文华自以它罪仰药死，得解。公顾为维桢委侍御女禽，或谓不，难时忌耶。公笑曰："夫侍御者，而岂名在丹书人也？人亦卒，莫能害。"

而公之始补山东，以不及奉杨恭人终自恨，服除久之不肯出。南台公亦以老，乃日趣公曰："乃公啖肉跃马逾少年。若不以时仕宦，庶几侥得金紫被我，而膝下作嗫嚅儿女子态，我何用余生为？"公不获已勉出，自是始复成宦矣。

公之再补山东，治兖东。部中贵人护景恭王丧还，所至榜笞邮传吏胥，货至公部，相戒毋敢犯。郡国举衍圣公孝，而顾与族丈人哄。公曰："己之孝而犯上乎？"即抗三尺，弹治其舍人子纵暴者，曰："而祖，吾师也。非敢以薄报，欲以全而令闻也。"衍圣公为服。

居顷之，乃拜河南命，公愈自励有声。天子覃东宫恩，得推荣所自，而公以娄被旌应格，南台公封如其官，趣命荐金绯，而顾左右曰："强儿出，当笑我今定何若？"

公署司篆，而御史以国赀故括藏金，欲尽得司藏金。公持之曰："诚不惮泽竭，即一旦军兴尺一下，谁任责者？"而无何有寇警，汴兵当入戍，赖公所持赢金以济。南陵王薨，御史录其家财且百万。公复固持之曰："王何罪见籍？且奈何以目前利夺人主亲亲恩。"御史恚甚，具草欲论，公沮挠。而公有山西命，复竟解。

公之治山西，而时所尚裁省，业已尽削邮供，而驰传者不止。邮人困，则相率逃徙。公请无尽削而止，诸滥驰者得毋逃徙，更以其羡供边不乏。公又言，戍蓟于天下征兵不便，征晋兵尤不便，凡十余条，著于书，晋人称之。寻监试事，所得多知名人。

其参政治为浙西，公至是三游浙，悉获其吏民情实，咸以为神明。比迁山东，而送车数倍于榷税时也。当是时，诏复浚山东之泇口河。而公时在议，独身先藩僚行樺橇中，得其窾，力以不可复报获寝。

甫半岁，有广西命，便道归省。南台公迎门谓曰："视吾貌，与曩何似？"公念南台公虽健，然已八十，今幸而尚为吾有，卒一旦不可讳，奈何？则数请于南台公，会有失膝之戚，亡赖于食寝，而后许比上章，天子犹难之，至再，乃报"可"，礼数视大臣。公自是始复称子，三时视瀡瀙必腆，暮则布席于榻旁，中夜候喘息，稍失度则彷徨走医药。既病，口含饭餔之。南台公曰："向者见若之奉若母及我，吾以若壮安之。今老矣，去我何几，而自劳苦乃尔？"公谢曰："吾不能毕效于老母,今犹耿耿也。儿在,安敢一息懈?"盖南台公殁,而噭跳犹婴孺。其殁也,病实自庐墓云。呜呼!公不爱其身,以勤君父,数踬数起,卒用忠孝终。天子之急公与南台公之欲急公用甚于公,然公进而不夺其才,退而不夺其志,其卒底公于忠孝者,天也。夫岂唯兼之,盖亦两相成哉!

公性不好名高,顾于为德不一。所居必先存问高年、旌异、孝子、贞妇、侠烈士,急之若失它。中表戚族有窘而不能存者,割俸以贷,至再三不倦。同年高伯宗卒于景相,亡子,而里中见侮者强。公遇之力,曰:"吾知于伯宗,何益意不欲遽死之耳!"慈溪冯御史者,公所由乡荐者也。按河南而以行宫火逮至郢被杖,公夜橐饘委身血肉间。殁而调棺殡行,服如子弟。闽人林参政倾盖而成莫逆,其疾与其死也,资力皆于公乎取。林且死曰:"畴谓吾终鲜?晚而有兄。"董侍郎元汉为主事,以论纠相严戍,过公治,公不逃诸寮睆,自出尉抚之,觞行酒,橐行金,元汉为忘戍也。公时时屈指言,吾德于人毋论,度德我者谁何,我能报之者何若,必满意乃已。

公性既好施,而尤不苟取。其自山西入贺万寿,台司为治装,皆弗听所受。性耿介,不独于重相幸臣见之;即天下所指最贵而贤者,于公乡人且通家也,公亦自爱,其一姓名札弗肯通。生平端谨,重修容,虽盛暑不裸袒。逾三十始得维桢诸子,而才甚爱之,然未尝示以少狎色,诸子亦亡敢以狎色若华服见者。里中固善公严事公,有冠虎计欲公廛室,麇集恶少数百人,来蹋公第门,椽瓦立尽。亲族不能平,倍其众谋为公报。公止之曰:"诸君幸怜我,乃欲为彼所为耶?"中丞赵公汝贤高公行,扁其门曰"孝廉"。公谢,弗敢当,庋置之室而已。

公少即以艺文著,其应诸生试,亡弗褎然首者。门生执经请质,屦恒满。或贵而叛之,不欲名公经,公弗与校也。家藏书万卷,手校雠若新。居不恒作诗文,有所作必清腴合度。得集如干卷,而秘之以对客,若不尝御觚墨者。呜呼!公之严内行务为长者若此,天报之以令名。若令男子其所两相成,宁独忠孝已哉!

世贞既已志,则又曰,余与李公于郎署时以文字通云,监晋试而幸偕公，公又代余浙西事，相慕也最。后访公里，与艑空山女岩洞间，北眺汉江，南挹三湘，而乐之酒酣，指顾韩山道。今公实葬其下，夫岂偶然哉？今夫江山之所环汇，其炳灵秘深，不发于人不止也，而公父子实当之。呜呼！公已矣，其即安于兹矣。所以继公志者，诸子耳。是故为之铭曰：

惟楚有材璞则良，厥肤温如内坚刚。以陨自矢弗改光，三刖乃荐登荆堂，或刌烧之完弗伤。劐而瑟瓒黄流中，以飨岳伯暨河宗。用之未竟椟乃藏，厥产瑶琨璜琳琅，一一十五连城偿，帝锡女棺韩山阳。孚尹上烛辉天闿，嘘为虹霓噏汉江。万岁千秋夜未央，我裁铭诗与俱长。

题解

本文录自王世贞著、四库全书本《弇州续稿·卷九十七》第1页。原题为《中奉大夫广西等处承宣布政使司右布政使致仕五华李公墓志铭》。

广西等处承宣布政使司右布政使：承宣布政使司为国家一级行政区，名字取自"朝廷有德泽、禁令、承流宣播，以下于有司"，前身为元朝行中书省。在正式文件中，为避免使用元朝的"行省"一词，在地名下加"等处"。明洪武九年（1376年）撤销行中书省，以后陆续分为十三个承宣布政使司，全国府、州、县分属之，每司设左、右布政使各一人，从二品，与按察使同为一省的行政长官。明宣德以后因军事需要，专设总督、巡抚等官，都较布政使为高。

致仕：古代官员年老或因病交还官职，辞官退居，犹近世之退休。

清光绪八年（1882年）版《京山县志·卷二十二》记载："李淑墓在县东南四十里韩家港，地名鹳爪穴。"

王世贞：字元美，号凤洲，又号弇州山人，明太仓（今江苏太仓）人。嘉靖进士。官至南京刑部尚书。与李攀龙同为"后七子"首领。

文中"江西重相严"指严嵩，"天下所指最贵而贤者"指张居正。

吴文佳（福建右布政使）

吴文佳（1539—1607 年），字士美，天门市石家河镇人。

清康熙八年（1669 年）版《安陆府志·卷二十二·宦业》第 37 页记载："吴文佳，字士美。嘉靖乙丑进士。司理徽州，徽多富人，好游郡国守相以为荣。公严杜请谒，讯两造，片言摘款。矿贼起，以计捕禽其魁。寻迁刑部主事，移户曹，司榷临清，以廉戆（hé）闻。召入为给谏，晋工科都。自践垣以来，弹劾不避权势。出为河东参政，擢福建右藩。以前却中考功令应徙官而归。年六十九卒。"

陈文新等主撰《明代科举与文学编年》明嘉靖乙丑科：吴文佳，贯湖广承天府景陵县，军籍。县学附学生，治《易经》。字士望，行一，年二十七，十月二十二日生。曾祖琼，祖政潮，父钧。母丁氏，继母王氏。具庆下。弟文化、文仕、文任、文炳、文位。娶崔氏，继娶黎氏。湖广乡试第二十七名，会试第八十七名。

条陈六事疏

吴文佳

重责成[1]。人臣致身[2]，虽死生莫避。今在外诸司，有等志无担当，计惟规避[3]。事关权势豪富，则避嫌怨[4]，推诿他人。坐失事机[5]，酿成大祸。乞行抚按责成诸司，励精图治，果有任劳任怨、担当大事者，不惑于浮议，特加荐扬[6]。其避事避难、致贻后患者，尽法参治[7]，虽经去任，亦必追论，以为延禄保爵者之戒。

慎更张[8]。天下之事，皆有成法[9]。今在外诸司，不思祖宗之制，不为经久之谋，各行一事，纷纷变更。乞行抚按严谕诸司，事关因革[10]，务求其当。虽守旧不嫌于同，更新不嫌于异。若有妄生事端、擅自纷更者[11]，以浮躁惩之。至于抚按政令条约，当从简便，以一官民之志[12]。

核名实[13]。人臣自效于君，惟其心焉。今之有司，实心干理者固多，然亦有饰伪以要虚名，徇情以投时好[14]，遂称贤良，卒冒奖荐，是非倒置矣。乞行抚按严加查核，如目之为有才，必求其所干理者何事；目之为有守，必求其所执持者何端[15]。果有实政，则不必论其名；徒有虚名，则必处之以法，人将务实而不务名矣。

酌举刺[16]。两直隶、各府既设抚按专摄[17]，又有各差御史兼制之。一年之中，屡行举刺，间有应劾无人，亦必取充其数。其在各省止一抚按，如闽、广、川、楚、云、贵等处悬远地方，巡历卒岁未周，脱有事故，举劾至二三年一行者，则奸贪肆志[18]。乞行抚按应拿问者即时拿问，应参究者即行参究，无俟举劾之期[19]。其两直隶举劾，果应劾有人，虽数人不以为苛；委无其人[20]，虽有举无劾，不以为纵。庶激扬大典，远近惟一也[21]。

豫甄收[22]。盖人才不同，用才贵当。乞行抚按博访贤隽，分别品第，明开举荐[23]。疏内某也负折冲之才，可司武备[24]；某也抱经世之具，可膺文衡[25]。孰优于刑名，孰谙于钱谷[26]；或堪任河道，或堪司海防，各述其所善。一才一艺与兼才兼艺者，通行区别，以俟推补[27]。

慎延访[28]。监司，一人耳目，尽群吏而品题之，其势不能不资之众论[29]。但延访一开，弊端日滋。护亲识者过为引掖[30]，而挟仇怨者暗致中伤，且又多雷同之弊。乞行抚按虚心延访，雷同者不行概听，互异者无即轻置。本道本府开报[31]，必得其人言乃可凭。至于隔府互察，尤贵择人。若概托人，适以滋弊。此延访之不可不慎也。

题解

本文录自《四库全书存目丛书·集108·别集类》第185页、《高文襄公集·卷之十三》（影印本）第21页，清康熙二十六年（1687年）版《掌铨题稿·卷之十八》第22页《覆给事中吴文佳条陈疏》。高拱上疏的时间为明隆庆五年（1571年）八月十三日。高拱时任吏部尚书，他在奏疏中将吏科给事中吴文佳的奏疏分条引用，逐一分析。高拱采纳吴文佳上奏实行事后追究，是对官吏推诿规避、不尽心尽职者的警戒。事后追究确立为一种制度是后来的事，但萌生于吴疏。高拱，字肃卿,号中玄,谥文襄,河南新郑人。明穆宗朝任内阁首辅。

条陈:条奏天子的呈文。

注释

[1]责成:责任,职责。

[2]人臣:臣下,臣子。

致身:原谓献身。后用作出仕之典。

[3]在外诸司:各省布政使司和按察使司。此处指各省布政使、按察使。

有等:有些,有的。

规避:设法躲避。

[4]嫌怨:怨恨,仇怨。

[5]事机:行事的时机。

[6]抚按:明清巡抚和巡按的合称。明代有巡按御史,为监察御史赴各地巡视者。其职权颇重,负责考核吏治,审理大案,知府以下均奉其命。简称巡按。三年一换。

浮议:没有根据的议论。

荐扬:推荐赞扬。

[7]尽法:谓完全依法办理。

参治:此处是"参革"的意思。弹劾并革职。

[8]更张:比喻变更或改革。

[9]成法:既定之法。

[10]严谕:严肃告谕。

因革:犹沿革。包括因袭与变革。

[11]纷更:变乱更易。

[12]一:统一。

[13]核名实:对事物进行综合考核以察其名称和实际是否符合。一般

用于吏治。

[14]有司:官吏和官署泛称。古代设官分职,各有专司,故称。

实心干理:认真做事。干理:治理。

徇情:曲从私情。

时好:世俗的爱好。

[15]执持:操守。

[16]举刺:检举揭发。

[17]两直隶、各府:两直隶:指南北两直隶,即北京和南京。各府:下文有"各省",此处应为"各省"。明朝习惯上称一个直隶区或一个布政使司为一省,南北两直隶加十三布政使司,合称十五省。

[18]悬远:相距很远。

巡历:巡行视察。

脱:倘若,或许。

肆志:纵情而无所顾忌。

[19]拿问:捉拿审问。

参究:弹劾查究。

无俟:不用等待。

举劾:列举罪行、过失加以弹劾检举揭发。

[20]委:确实。

[21]庶:庶几。也许。表示希望。

激扬:激励宣扬。

大典:国家重要的典章、法令。

[22] 豫：宽舒。

甄收：审核录用。

[23] 贤隽：才德出众的人。

品第：品评优劣而定其等级。

明开：明白开列，说清楚。

[24] 折冲：使敌人的战车后撤。即制敌取胜。冲：冲车。战车的一种。

武备：军备。指武装力量、军事装备等。

[25] 经世：治理国事。

膺文衡：谓主持科举考试。科举考试以文章试士取士，评文如以秤称物，故曰文衡。膺：担当，接受重任。

[26] 刑名：即刑名师爷。官署中主办刑事案牍的幕友。

钱谷：即钱谷幕友。官府主持钱粮事务的幕僚。

[27] 通行：行文通知。

推补：谓荐举补缺官员。

[28] 延访：指广为访求。

[29] 监司：监察州、县的地方长官。明清统称布、按两司和各道为监司。

一人：古代称天子。亦为天子自称。

品题：谓评论人物，定其高下。

资：凭借。

[30] 亲识：亲近熟识。

引掖：引导扶持。

[31] 本道本府：道、府指明清时道、府两级地方政府，或两级政府的行政长官。

开报：开列呈报。

附

送吴司谏（吴文佳）参政河南

汪道昆

仙郎朝下拥朱辖，河洛提封汉大藩。谏草已焚青琐闼，使星仍属紫薇垣。来时南国甘棠在【使君起家吾郡司理】，到日东郊秀麦繁。怪得襄帷山色好，阳春先自郢中翻。

延陵国士入中原，宾从都门枥马喧。凤下朝阳原不偶，莺当别后故能言。旧京九鼎归分部，少室三花待驻轩。何物图书千古阏，劳君河上问真源。

题解

本诗录自汪道昆著、明万历辛卯（1591年）刻本《太函集·卷之一百十四》第11页。清康熙七年（1668年）版《景陵县志·卷十二》第36页收录其中八联，且文字有误，题为《送给谏吴凤泉参藩河南》。

汪道昆：字伯玉，号太函，徽州府歙县人。明嘉靖二十六年（1547年）进士。文学家。抗倭名将。官湖广巡抚、兵部侍郎。

吴公（吴文佳）墓志铭

李维桢

嘉靖甲子，邑校举楚闱者三人[1]：谢宗文、周用馨、吴士美，而独吴公位方伯[2]。其子孙贤且多。自闽归二十有八年，不复谒选入[3]。万历三十有五年四月八日卒[4]，年六十有九矣。诸子卜以十有二月十有五日，葬于公所自卜兆邑某隅某山、负某抱某[5]。而季子使使远入晋，乞志墓中石[6]。余与三公同乡举，于今四十四年，尚腼然称人于世[7]；而季子为余少弟婿、于公为佳儿，所论次公行事，皆余所习闻，无虚美[8]。余以同榜兄弟，复为婚姻兄弟，志非余孰任者[9]？

盖吴之先，故三吴望族也[10]。明兴，始祖忠徙景陵。忠生友诚，友诚生琼，琼生政潮，政潮生钧。娶于丁，生二子；继娶于王，生二子。公为长。钧以公贵，封工科都给事中；丁、王赠封皆孺人[11]。

公生为嘉靖己亥十月二十有二日[12]。初，父梦麟自天下其室，绂之[13]，已而生公。曰："麟，祥也。"髫而丧母，慕则孺子[14]，礼则成人。冠而为诸生，读书道靖中[15]，非深夜不就枕，非累月不归舍。声色博弈[16]，一无所好。家火光属天[17]，邻人望见来救，至则非也，异之，吴氏其兴乎？

二十六而举于乡，明年成进士。除徽州推官[18]。徽多富人，好游郡国守相以为荣饰，有事行金钱媚赂[19]。而气决矜奋，讼不胜不止，恒毁家以殉之[20]。公严杜请谒，讯两造，务尽其情，皆欢然就质[21]。

郡狱失囚，迹之，移日而获[22]。矿贼起，诸邑震骇，以计捕禽魁首[23]，散罢其党。尝署黟[24]，黟无城，为城，城已。署歙，当校士，士关说百千人，焚其书，寒畯得自见，知名于时者相属[25]。他郡理按事徽，修边幅，箠楚无辜[26]，民噪而为乱。公闻亟往晓告之[27]，乃已。上官嘉其能，每以大鈲投之[28]，迎刃而解。荐于朝二十许章，考最，貤封亲如令甲[29]。擢刑部四川司主事。部故称"白云司"，有白云楼在焉。登楼徙倚南望，二亲在白云天际，齎咨涕洟也[30]。士大夫闻而咏歌之，有《白云遗思集》。居一岁，所虏以其爱孙阑入塞，拥骑款关，中外戒严[31]。大司农忧饷无所出，简曹郎为司榷，移公户部司榷临清[32]，以廉虆闻，商舟蚁附[33]。未三月，而召入为吏科给事中，商勒石志去思焉[34]。已晋礼科右、兵科左[35]。上初即位，察文武诸大臣。而兵科长适缺，当事谓非公莫能辨[36]，虚其长以付公。公弹劾不避权势，人以为允[37]。已晋工科都给事中，并建两宫，礼成行庆，封父如其官[38]，赠母仍孺人。已视昭陵工[39]，省费累万。上元年，奉使祭玄岳及赐襄王葬，骓从供张简约不烦[40]。已出为河南参政[41]，治洛阳。洛阳吏盗帑金，法当死，令曲庇之，卒拷讯正法[42]。二年，擢贵州按察使[43]，未上，擢福建右布政使。其左入计，公实为政[44]。铢两之奸，无所不纠摘[45]，筦库不得高下其手，诸赎锾羡金一切罢去[46]。闽人诵之，然稍形同事者短矣[47]。大比，司提调[48]，得士三十余人，多贵而贤者。卒以前却中考功令，应徙官，而念封公老矣，誓墓不复出[49]。晋刘司空、吴李中丞、蜀赵司马后先宦楚，檄有司劝驾[50]，不应。

皇太子生，封公应诏从子二品服[51]，性不乐城市，与王孺人及诸子居田中庐。公月往省数四，祁寒暑雨无间[52]。苍头奴子报平安，不绝于途恸[53]。因母蚤世[54]，事继母如之。御三弟庄而和，即后先无违言[55]。三弟以严见惮，事之在父兄间。世父参军公铠怜公失母，拊公而督教之，恩礼有加[56]。公事世父如父、世母如母、从弟如母弟。他从父兄弟十余人，如世父子、从兄弟之子如子弟。若子才者奖进之，有过诃诘之[57]。若宁波守文企，季友兄心者也[58]。其于婚姻、乡党亦然。以便嬖进者，以居间造者[59]，辄勃然变色。共人逡巡而退里居[60]，非公事不入公门。故人干旄过公，鸡黍为款[61]。语及民隐，娓娓不休，绝不涉私。伯子举孙，仲子抱子，而又举季子[62]。食指繁，各治第一[63]。区析箸，季子受室[64]，益不问家人产矣。

公身中人，而面方须垂，腹腹垂腴[65]。好养生家言，少尝病，遇异人，授以吐纳之术[66]，立愈。已游少林寺，见大鞋僧[67]，与之谈，豁然，所得益深。五星六壬、相人相宅、占卜之书，咸有精诣[68]。每以难诸专门名家，莫能对也。而于医尤精，著《脉诀》若干卷，多出人意表。饮酒可数斗不乱，宴会非大故必赴。而不为长夜饮，家召客，漏下二鼓，谢曰："可休矣。吾以是摄生[69]，奈何不爱人以德？"

晚年构别业东郊，颜曰"茹芝"[70]。四时花卉蔬果毕具。所善二三密戚故友，觞咏其中[71]。童子以吴歌管弦侑之[72]，兴尽携手徒步而返。今年微示疾，杜门不见人。宁波守觐过家，命处分后事[73]，召三子授之。又两月，寝食如故。浴佛之日[74]，起坐不言而逝。

公名文佳，士美其字，别号凤泉，已更号二室山人。元配崔孺人，继黎孺人，副之者熊。三子俱邑诸生。伯贵，妇欧阳茂才植女[75]。仲贞，妇戴茂才应女。季赟，妇李，即余弟中书舍人维楫女[76]。二女：一适熊茂才缵子应时；一适嘉定簿朱亨孙运鸿季子[77]。母能娱公[78]，老而善教。其子辞翰之美，为里人所珍，余弟所为女相攸也[79]。孙七人，贵出者：邦彦，妇周茂才僎女[80]；国彦，妇陈右布政使所学女[81]；世彦，妇朱吏部员外郎一龙女[82]。某彦，妇鲁茂才多贤女；某彦，妇某；某彦，妇某。贞出[83]。今三为邑诸生，有俊才，嗣兴未艾也[84]。女孙二人：长适茂才樊，伯贵出；次未聘，贞出。铭曰：

惟鲁文恪，天衢龙跃，九京不作[85]。垂六十年，吴公兴焉，领袖俊贤。内长掖垣，外建大藩，俄中流言[86]。前途何害，行年未艾，蝉脱尘埃[87]。授楚覆楚，变态几许，超然远举[88]。齿德名位，较鲁相次，后坤克嗣[89]。云梦大泽，有丘如罜，于焉窀穸[90]。郁郁葱葱，享祀无穷，第一吴公。

题解

本文录自李维桢著、明万历三十九年(1611年)刻本《大泌山房集·卷之七十九·墓铭》第12页。原题为《福建右布政使吴公墓志铭》。右布政使:参见本书第一卷王世贞《五华李公(李淑)墓志铭》题解。

注释

[1]嘉靖甲子:明嘉靖四十三年,1564年。

邑校举楚闱者三人:县学选派参加湖北乡试中选的共有三人。

[2]谢宗文、周用馨、吴士美:指谢廷敬、周芸、吴文佳。

方伯:古代一方诸侯中的领袖称方伯。明清布政使皆称方伯。

[3]谒选:官吏赴吏部应选。

[4]万历三十有五年:丁未,1607年。

[5]卜兆:指占卜时甲骨上预示的吉凶方面的信息。

负某抱某:指墓穴的某一个朝向。风水罗盘中间有一层是指示二十四山方位的。从北方开始依次序排列分别是壬子癸、丑艮寅、甲卯乙、辰巽巳、丙午丁、未坤申、庚酉辛、戌乾亥,共二十四个方位。每一个汉字表示一"山",占360度中的15度。如甲与庚相对,甲在东北,庚在西南,各占15度。甲山庚向是坐东北朝西南,就会说成"负甲抱庚"。负:背倚。

[6]季子:年龄最小的一个儿子。

乞志墓中石:恳求撰写墓志铭。

[7]乡举:乡试中试。

尚腼然称人于世:尚且愧受世人称道。腼然:惭愧貌。

[8]佳儿:好儿子,称心的儿子。

所论次公行事:所写的吴公的生平介绍。论次:论定编次。行事:行为,事迹。

虚美:凭空加以赞美。

[9]志非余孰任者:撰写墓志铭这件事,除了我还有谁能更合适地担当呢?

[10]三吴:有多种说法,唐指吴兴、吴郡、丹阳,宋以苏、常、湖三州为三吴。或泛指长江下游一带。

望族:有声望的家族。

[11]封工科都给(jǐ)事中:意思是,将吴文佳当时担任的工科都给事中的职务封赐给他的父亲。

封:封建时代朝廷封赐臣僚爵号。以封典给官员本身称为授,给官员曾祖父母、祖父母、父母和妻室,存者称为封,已死的称为赠。

工科都给事中:官名。明设,掌工科事,正七品。工科:官署名,指吏、户、礼、兵、刑、工六科中的工科。都给事中:官名。六科的长官,掌管侍从、规谏、稽察、补阙、拾遗等事。明代六科(吏、户、礼、兵、刑、工科)每科置都给事中一人,正七品。左、右给事中各一人,从七品。给事中若干人。清雍正时改隶都察院。俗称给谏。给事为办事之意,"给事中"三字是在内廷服务的意思。

孺人:明清为七品官的母亲或妻子的封号。

[12]嘉靖己亥:明嘉靖十八年,1539年。

[13]绂(fú):丝带。此处典自"绂麟"。晋王嘉《拾遗记·周灵王》记载:孔子未生时,有麟吐玉书于阙里人家。其母徵在贤明,知为神异,乃以绣绂系麟角,信宿而麟去。

[14]慕则孺子:"孺慕"的化用。对父母的哀悼、悼念为孺慕。

[15]冠:弱冠。古时以男子二十岁为成人,初加冠,因体犹未壮,故称弱冠。

诸生:明清两代称已入学的生员。俗称秀才。

道靖:道观。靖:通"静"。道家修炼之处。

[16]声色:指淫声与女色。

博弈:指赌博。

[17]属(zhǔ)天:接天。

[18]除:拜受官位。

推官:唐宋元明各朝州府所属法官。

[19]好游:喜好游说,作说客。

郡国守相:即郡守国相。此处指

太守。本为汉朝官名,为郡太守和王国相之合称。太守掌治其郡,王国相掌统王国百官,后掌治民。

有事:小官的统称。

[20]气决:谓果敢而有魄力。

矜奋:以勇气自恃,骄傲自大。

恒:经常。

毁家:指用尽全部家产。

[21]请谒:请托。

两造:指诉讼的双方,原告和被告。

就质:伏在刑具上。此处疑指服从判决。

[22]移日:移动日影。指不很短的一段时间。

[23]捕禽:捕擒。

[24]署黟(yī):代理黟县知县。署:代理,暂任。

[25]署歙(shè):代理歙县知县。

校士:考评士子。

关说:代人陈说,从中给人说好话。

焚其书:指吴文佳焚烧请托的书信。

寒畯(jùn):贫穷的读书人。

自见:自我表白,显露自己。

相属(zhǔ):接连不断。

[26]郡理:明代府推官别称。

边幅:规矩,法则。

箠楚:同"捶楚"。本指棍杖之类,引申为拷打。

[27]晓告:告知,晓谕。

[28]上官:上司,长官。

大觚(gū):重任。觚:剑柄。

[29]考最:政绩考列上等。

貤(yí)封:旧时官员以自身所受的封爵名号呈请朝廷移授给亲族尊长。

令甲:第一道诏令,法令的第一篇。后用为法令的通称。

[30]徙倚:犹徘徊,逡巡。

齌(qí)咨涕洟(yí):咨嗟哀叹而又痛哭流涕。涕洟:涕泪俱下,哭泣。

[31]款关:叩塞门,指外族前来通好。

戒严:在战时或其他非常情况下,所采取的严密防备措施。

[32]大司农:指户部尚书。汉代官名,掌管钱粮。东汉末改为大农,魏以后或称司农,或称大司农。

简曹郎为司榷:挑选各部司官去征税。曹郎:即部曹。部属各司的官吏。司榷:征税。

移公户部司榷临清:移文通知吴文佳受户部派遣到临清县征税。移:移文,古时官府文书的一种。与牒相类,多用于不相统属的官署之间。

[33]廉毃(hé):疑指清廉严谨。

蚁附:形容归附或趋附之人多。

[34]商勒石志去思:指临清县的商人树碑,以记载对吴文佳的怀念之情。去思:旧称地方绅民对离职官吏的怀念。

[35]礼科右、兵科左:指礼科右给事中、兵科左给事中。参见上文注释"工科"条。

[36]兵科长:指兵科都给事中。

当事:当权者。

辨:治理。

[37]允:公平。

[38]礼成:仪式终结。

行庆:犹行赏。

封父如其官:指将吴文佳工科都给事中的职务封赠给他的父亲。

[39]视:监视,督察。

[40]玄岳:湖北省武当山,传说真武神人(即玄武神)曾在此修道。河北恒山也称"玄岳"。

驺(zōu)从:古代贵族高官出行时所带的骑马的侍从。

供张:亦作"供帐"。指供宴饮之用的帷帐、用具、饮食等物。

[41]参政:辅佐左右布政使的官员,从三品。

[42]帑(tǎng)金:国库藏的金帛。

曲庇:曲意包庇、袒护。

拷讯:刑讯。

[43]按察使:明时各省提刑按察使司的长官,掌管一省司法,后为巡抚的属官。正三品。

[44]其左入计,公实为政:指左布政使入京听候考核,吴文佳实际上主持福建的工作。入计:谓地方官入京听候考核。

[45]铢两:一铢一两。引申为极轻的分量。

纠摘:督察揭发。

[46]筦库:管库。指保管仓库的役吏。

高下其手:指上边的和下边的串通一气,合起手来营私舞弊。

赎锾(huán):赎罪的银钱。

羡金:羡余。指赋税以外的其他征收。

[47]稍形同事者短矣:与执掌同一事务的人略作比较,则显出别人的不足。

[48]大比:科举考试。明清时特指三年一次的乡试。

提调:明清科举考试中特设之官,又称"提调官"。明制,顺天、应天二府乡试用府尹,各省乡试以布政司官充任,会试则以京官用之。俱设一员。掌理试场帘外一切事务,封闭内外门户,凡送卷、供应物料、弥封、誊录等事,皆跟随点检查封。

[49]以前却中考功令,应徙官:因进退符合考核的规定,理应提拔使用。前却:进退。考功:按一定标准考核官吏的政绩。

封公:封建时代因子孙显贵而受封典的人。

誓墓:在坟前立下誓言。指古代官吏辞官归隐。东晋时,骠骑将军王述与大书法家王羲之齐名,而王羲之很瞧不起王述,因此两人关系一直不好。王羲之曾经做过会稽内史,有一次,王述恰好被派去检查会稽郡的政务。王述给

王羲之出了不少难题,王羲之感到自己受了奇耻大辱,于是假称有病离开郡府来到父母坟前发誓,再也不做官了(见《晋书·王羲之传》)。

[50]檄有司劝驾:用檄文晓谕有司,让有司出面劝人任职。有司:官吏和官署泛称。古代设官分职,各有专司,故称。劝驾:劝人任职或做某事。

[51]应诏:接受诏命。

[52]月往省(xǐng)数四:一个月去看望三四次。数四:犹三四。

祁寒暑雨:冬季大寒,夏天湿热。

[53]苍头奴子报平安,不绝于途恸:从奴仆手中接到报平安的家信,伤感不已。

苍头:奴仆。

奴子:僮仆,奴仆。

途恸:典自"穷途哭"。《晋书·阮籍传》:阮籍"时率意独驾,不由径路,车迹所穷,辄恸哭而反"。魏晋之际,政局混乱,阮籍因不满意司马氏政权,心情愤懑,为遣怀适意,常独自驾车到外面游玩,每逢车到不辙之处,便恸哭而回。后以穷途哭用为伤感人生世道艰难的典故。

[54]蚤世:犹早死。蚤:通"早"。

[55]违言:因语言不合而失和。

[56]世父参军公镗:指吴镗,吴文佳伯父、吴文企之父。吴文企与吴文佳的祖父为吴政潮。世父:大伯父。后用为伯父的通称。参军:古代武职官名。是吴镗的封赠。

抍：抚慰，安抚。

恩礼有加：指厚待或超过正常的礼遇。

[57]诃诘：呵斥责问。

[58]宁波守文企：指吴文企。吴文企时任宁波知府。

季友兄心：典自"王季友兄"。《史记·吴太伯世家》记载：周太王有三子，即太伯、仲雍和季历。太王以季历贤，欲立为太子。兄弟谦让，后太伯、仲雍逃到南方，以让位于弟。此处称颂有兄弟情谊。

[59]以便嬖（pián bì）进者，以居间造者：以邪佞之言相进的人，以两头讨好到访的人。便嬖：邪佞之臣。居间：指居间之人。

[60]共人逡巡而退里居：指吴文佳宽和谦恭，引退回乡居住。共人：宽和谦恭之人。逡巡：退却。里居：古指官吏告老或引退回乡居住。

[61]故人干旄过公，鸡黍为款：指老友仪仗威严地拜访吴文佳，吴以乡间饭菜款待。

干旄：旌旗。以其用牦牛尾装饰在旗杆上而得名。干：通"杆"。

鸡黍：指饷客的饭菜。语出《论语·微子》："止子路宿，杀鸡为黍而食之，见其二子焉。"后来就把"鸡黍"比作招待宾客的饭菜，有情真意切之义。

[62]伯子举孙，仲子抱子，而又举季子：长子生育孙子，次子还抱着儿子，又生育小儿子。

[63]食指繁，各治第一：人口众多，每个小家庭都要修建一处宅第。食指：指家庭人口。治：修建，修缮。

[64]区析箸：谓分家。区析：分析。箸：筷子。

受室：娶妻。

[65]腹腹垂腴：大腹便便的样子。垂腴：腹部肥大下垂。

[66]吐纳之术：气功术语。呼出污浊之气为吐，吸入新鲜之气为纳。总称吐故纳新。其法称吐纳之术。

[67]大鞋僧：相传隋文帝开皇年间，少林寺有个法名叫文载的和尚，他的鞋内可放个七斤重的猪娃，所以外号叫大鞋僧。

[68]五星：古代星命术士以人的生辰所值五星之位来推算禄命，因以指命运。

六壬：动用阴阳五行进行占卜凶吉的方法之一。与遁甲、太乙合称三式。

精诣：精到。谓学养精粹。

[69]摄生：养生，保养身体。

[70]别业：别墅。

颜：题写匾额。

[71]觞（shāng）咏：饮酒赋诗。

[72]侑（yòu）：用奏乐或献玉帛劝人饮食。

[73]宁波守觐过家：指时任宁波知府吴文企登门拜访。

处分：处理，处置。

[74]浴佛：农历四月初八日相传为佛祖释迦牟尼的诞辰，佛教徒于此

日为佛举行浴礼,称浴佛。

[75]妇欧阳茂才植女:娶秀才欧阳植之女为妻。

[76]中书舍人维桢:指时任中书舍人的李维桢,李维桢三弟。

[77]嘉定簿朱亨:嘉定县主簿朱亨。原文为"朱享"。清乾隆乙酉(1765年)初版《天门县志·卷之九·科贡》第24页记载:"朱亨,嘉定主簿。"清乾隆七年(1742年)版《嘉定县志·卷七·县职》第16页记载:明隆庆初主簿,"朱亨,景陵人。贡生。"

[78]母(mó):模仿。

[79]辞翰:文字。

相攸:择婿。

[80]僎:音zhuàn。

[81]陈右布政使所学:指天门进士、时任福建右布政使的陈所学。

[82]朱吏部员外郎一龙:指天门进士、吏部员外郎朱一龙。

[83]贞出:指吴文佳次子贞所生。

[84]嗣兴未艾:子孙传承,没有终止。

[85]鲁文恪:鲁铎,字振之,号莲北,谥文恪。

天衢:帝京。

九京:犹九泉。指地下。

[86]掖垣:唐代称门下、中书两省。因分别在禁中左右掖,故称。后世亦用以称类似的中央部门。

大藩:古代指比较重要的州郡一级的行政区。

俄中流言:一会儿又为流言所伤。

[87]行年未艾:指按当时的年龄,并未到官职终止之时。行年:经历的年岁,指当时年龄。

蝉脱尘埃:指蝉脱皮蜕壳,得到解脱,离开了污秽的环境。比喻离开了官场。

[88]授楚覆楚:时而赋予楚国好运,时而却又颠覆楚国。意思是,命运变化无常。

授楚:赋予楚国好运。语出《左传·桓公六年·季梁谏追楚师》:"天方授楚,楚之赢,其诱我也,君何急焉。"

覆楚:典自"覆楚奔吴"。春秋时,楚国贵族伍子胥因父兄均被平王杀害,立志报仇,只身逃到吴国。后佐吴王伐楚,直破郢都。子胥掘开平王墓,抽了平王尸体三百鞭子。后因以覆楚奔吴用为欲复仇而出走的典故。

变态:谓万事万物变化的不同情状。

远举:谓走避远方。

[89]齿德名位,较鲁相次,后坤克嗣:意思是,论年纪与德行、名誉与地位,吴文佳比鲁铎略低,但鲁铎的遗风,吴文佳作为后辈是可以承继的。

[90]有丘如睪(gāo),于焉窀穸(zhūn xī):有处高高的土堆,吴文佳的墓地就在这里。如睪:睪如。高貌。睪:通"皋"。窀穸:墓穴。

周　芸（福建参议）

清康熙八年（1669年）版《安陆府志·卷二十二》第37页记载："周芸，字用馨。嘉靖乙丑进士。筮仕桐城，多异政。曾断东城西城两女子还魂事，咸称神君。历兵科、户科给事，有直声。穆宗优宠之，入朝不名。自是刚直见忤，谪知大名。神宗践祚，素闻公谊，迁福建参议。偶梦中自撰一联，云：'春山雨过含青色，石洞云深锁翠烟。'遽然觉曰：'梦告我矣！'即具疏乞归。子命，领万历丁酉乡荐。"

清道光十四年（1834年）版《桐城续修县志·卷之九·名宦》第6页记载："周芸，景陵人。以进士令桐。桐自弘治三年后志阙如矣，芸稽往牍，参郡志，谋及邑人，得胡祭酒以下令桐者四十五人，伐石树碑，详其姓名，以为永远计。曰：'畴优畴劣，吾韦弦在是矣！'未逾三载，政成教浃，士民歌之。擢给事中。"

中国第一历史档案馆《明代隆庆年间两淮盐务题本》引述《总理江北等处盐屯右佥都御史庞尚鹏为举劾江南官员以饬吏治事题本》（载2000年2期《历史档案》第8页）："桐城县知县周芸，性敏而器识老成，养邃而才猷畅达。条议数千言罔非便民美意，更革三五事率皆可久良规。省支费，慎审编，合境播青天之颂；惩奸顽，禁习恶，一路腾铁面之谣。当官曲尽乎六事，守己更严于四知……以上数臣虽才质不同，均之廉能公谨，为有司之良，所当荐扬者也。"

清乾隆五十四年（1789年）版《大名县志·卷十二》第1页记载："周芸，景陵人。进士。（万历）元年任（大名知县）。李廷彦，宁夏人。进士。（万历）二年任（大名知县）。"

广西师范大学硕士研究生朱荣所《谢榛行实交游考试论》附录记载："周芸，字用馨，号仰南，湖广景陵人。嘉靖四十四年进士。由桐城令选工科给事中，升福建参议，寻以事降建平县丞。历大名知县，万历三年免官。"

陈文新等主撰《明代科举与文学编年》嘉靖乙丑科记载："周芸，贯湖广承天府景陵县，民籍，江西南昌府南昌县人，景陵县学增广生，治《诗经》。字用馨，行四，年二十七，八月二十七日生。曾祖天德。祖万玉。父轶（yǐ）。嫡母陶氏，生母王氏。慈侍下。兄萱、蘩。娶朱氏。湖广乡试第五十七名，会试第一百七十六名。"

梦中自撰联

周 芸

春山雨过含青色，
石洞云深锁翠烟。

题解

本联录自清康熙八年（1669年）版《安陆府志·卷二十二》第37页。

附

偕乐亭记

赵 钺

桐四塞皆山。其最胜者，东则有浮渡山、白云岩，南则有大龙山、小龙山，皆去县百里。北则有洪涛山、麒麟山，西则有五岭、挂车山，皆去县四五十里。其最近者则龙眠山、凤凰山、灵泉山，然龙眠其山邃，凤凰其山峭，游者岁不能一至。惟灵泉山秀而磅礴，为县之后龙。自仙姑井至王母塔，横亘数里，皆其支也。民枕山为居，为县之右闾。闾之中为正学书院，为辅仁会所。书院之后有山窿然而起，圆上泰下，高不数仞，见可百里。

是年古泉盛亚卿欲移屋其上，力不能就。侯登而四望，见群山垣列，而村居市廛秩秩于白云紫雾之中。龙眠水、桐陂水穿间里左腋，蜿蜒如白龙南下。而练潭、鸭湖、白兔河诸水纬注而络汇之，与山演漾生奇。侯曰："有以也！桐无城郭而安，不贸易而足，岂非山水郁盘、风气完聚故邪？是山诚不可以无亭。"乃廓其巅，为屋三楹，期月始成，一时观者欣忻。如突入层霄，山水骤合，因名其亭曰"偕乐"。其丞李君某、簿张君某、尉丁君某，伐石纪侯建亭日月，求余书其事以传。

余曰：旷哉！侯之见也。今之仕者，喜言忧而忌言乐。故其之官也，与小民言，悯其穷而恤其困，呜呜然如新出汤火而浣濯之，计不十全不已。其与上大夫言，又极言民俗之恶，而吾所以拯之者。若此之勤，使闻者恻然称叹。以故其声日广以大，其擢而去也常不待期。至于山谷之美、溪壑之胜，可以一览而乐者，亦垂睫不顾，叱驭不入，曰："吾暇乎哉？"及考其政，则未必然。此无它，无爱心故也。夫乐生于爱，故爱荫者及树，爱屋者及乌，岂有爱其人民而不及其山川土地哉？吾尝见家人翁过其诸子之舍矣，虽一山一水、一草一木，无不加念。环视其田畴易，陂塘固，林园茂，则陶然乐之，否则怒。及其过他人之舍，则不然矣。故古之人与民偕乐，非真列屋而居之，推甘而食之，悬钟鼓而悦之，各得其情焉尔。夫乐者何情之所适也？吾适人之所适，人亦适吾之适，交相爱者也。知此道者，吾于周侯见之矣。

周侯之至桐也，适万事更新之日，人皆锐于求治。其于民事，犹之比栉发发及之矣。侯询俗察情，曰："民不以为苦，奈何劳之？一切与民休息。"人曰："桐人悍。"侯曰："人畏罪，云何悍？"人曰："桐人诈。"侯曰："猎者狡兔，安得不狡？云何诈？"人曰："桐人多讼。"侯曰："人情不得其平则鸣，云何不讼？"上既安于清净而无征召敲扑之烦，下亦安于闾阎而无奔走震惊之扰，是不伪为忧戚以相誉悦者也。但见以里役至者不及庭而退，以粮税至者不弛肩而退，以告言至者不越宿而退，恬然相安于无事，此亭之所由作也。虽然，吾尝疑古之贤者，喜雨有亭，丰乐有亭，本因一事而作，亭乃至今存，使其意止此。然则雨有时而暵，丰有时而歉，将若之何？审此则知所以为乐矣。

侯以乙丑进士来令桐，年不满三十。以赤心临民，惟其心真，故乐亦真，忧亦真。余爱其与人真也，故乐为之记。侯名芸，字用馨，别号仰南，湖之景陵人。

题解

本文录自赵钺著、明隆庆六年(1572 年)版《无闻堂稿·第五卷》第 40 页。

赵钺(yì):字子举,一字鼎卿,明安庆府桐城人。嘉靖二十三年(1544 年)进士。官至贵州巡抚。

李维桢（礼部尚书）

李维桢（1547—1626年），字本宁，号翼轩，自称角陵里人、大泌山人，天门市皂市镇人。在《乳母高媪墓志铭》中，自称十岁随祖父由皂市徙居京山。明隆庆二年（1568年）戊辰科进士。选庶吉士，授编修，进修撰。出为陕西参议，迁提学副使。明天启初以右布政使致仕家居。荐为南京礼部右侍郎，进尚书。博闻强记，史馆中与许国齐名："记不得，问老许。做不得，问小李。"他的诗学思想为公安派、竟陵派的兴起提供了理论借鉴。文章弘肆有才气，海内请求者如市，负重名近四十年。多著述，有《大泌山房集》一百三十四卷、《史通评释》二十卷、《四游集》二十二卷传世。皂市旧有父子进士坊，为李淑、李维桢、李维标立。

清乾隆乙酉（1765年）初版《天门县志·卷十六·文苑》第1页记载："李维桢，字本宁，庠籍京山。隆庆二年进士。由庶吉士授编修。《穆宗实录》成，进修撰。出为陕西右参议，迁提学副使。浮沉外僚三十年，至布政。家居，七十余矣，召为南太仆，改太常，不就。时修《神宗实录》，给事薛大中、太常董其昌交荐之，以南礼部右侍郎召。三月，进尚书。维桢缘史事起用馆中，惮其前辈压己不令入馆，但迁其官，维桢亦以年衰乞骸骨去，卒于家，年八十。赠太子太保。维桢弱冠登朝，博闻强记，与同馆许国齐名。馆中语曰：'记不得，问老许。做不得，问小李。'为人乐易阔达，爱宾客。其文闳肆负才气，求者能屈曲以副其所望。碑版大篇，照耀一代，裒（póu）然成集。若门下纳富人、大贾金钱，代为丐乞，率意应酬，格不高也。京山郝敬有才名，尝杀人系狱。维桢以故人子援出之，俾馆于家，折节读书，卒成进士，为谏官。多著述。"

南都（选三）

李维桢

旧邦偏霸一隅雄，帝命维新自不同[1]。再辟乾坤清朔漠，双悬日

92

月启鸿蒙[2]。春开苍震青阳后，斗直黄旗紫盖中[3]。率土王臣修职贡，江流万里亦朝东[4]。

亲提三尺渡江来，宇宙东南帝业开[5]。不尽风云生沛泽，方升海日见蓬莱[6]。河山两戒朝宗地，草昧诸臣将相才[7]。高庙神灵时出王，龙文五色正昭回[8]。

旌旗剑佩拥椒除，尚想戎衣革命初[9]。绿草不侵雕辇路，红云常护紫宸居[10]。金银宫阙三山外，烟雨楼台六代余。谁谓长江天作堑，八荒今日共车书[11]。

题解

本诗录自李维桢著、明万历三十九年（1611年）刻本《大泌山房集·卷之四·七言律诗下》第1页。标题下有"丙午后作"几字。原诗四首。

南都：明人称南京为南都。

注释

[1]旧邦偏霸一隅雄，帝命维新自不同：化用《诗经·大雅·文王》："周虽旧邦，其命维新。"周虽是古老的邦国，但却承受天命建立新王朝。偏霸：指偏据一方而称王。

[2]朔漠：北方沙漠地带。

双悬日月：比喻明朝建立，其巨大功绩可与日月同辉。

鸿蒙：宇宙形成前的混沌状态。

[3]苍震：东方之位。

青阳：因春季空气清新，气候温暖，故称春天为青阳。后遂代指春天。

黄旗紫盖：黄旗紫盖状的云气。古人认为是出天子之祥瑞。

[4]率土王臣：天下臣民。语出《诗经·小雅·北山》："率土之滨，莫

非王臣。"四海之内没有一人不是天子臣民。

修职贡：指上贡赋税。修：事。职贡：古代称藩属或外国对于朝廷按时的贡纳。

[5]亲提三尺渡江来：语出朱元璋赐韩国公铁券："朕起自草莱，提三尺剑，率众数千，居群雄肘腋间，未有定期。而善长来谒辕门，倾心协谋，从渡大江。"

[6]沛泽：指古代沛邑的大泽。传说为汉高祖斩白蛇之处。

[7]两戒：本指国家疆域的南北界限。借指两戒之内的全境。

朝宗：古代诸侯春、夏朝见天子。后泛称臣下朝见帝王。

草昧:犹创始,草创。

[8]高庙神灵:死后庙号为"高"的君主。此处指汉高祖刘邦。《汉书》卷六六《车千秋传》记载:西汉时,高寝郎车千秋向汉武帝进言,辩戾太子冤。武帝省悟,立拜车千秋为大鸿胪,迁丞相,封富民侯。汉武帝云:"父子之间,人所难言也,公独明其不然。此高庙神灵使公教我,公当遂为吾辅佐。"

龙文五色:龙有五彩的颜色。

昭回:谓星辰光耀回转。

[9]椒除:宫殿的陛道。

[10]紫宸(chén):宫殿名,天子所居。

[11]八荒:八方荒远的地方。

共车书:指国家政令统一。车书:车、书连用,泛指国家体制制度。车:车轨。书:文字。

立秋日九龙沟观莲

李维桢

径僻山深事事幽,尘情如浣坐夷犹[1]。相看菡萏千花色,不受梧桐一叶秋[2]。带雨香从衣上惹,凌波影入酒中浮。宜人少女风微扇,无数红裙荡小舟。

题解

本诗录自李维桢著、明万历三十九年(1611年)刻本《大泌山房集·卷之三·七言律诗上》第8页。

注释

[1]尘情:情尘。俗情妄念之尘垢。

夷犹:从容自得。

[2]菡萏(hàn dàn):荷花。

郊郢舟雪

李维桢

自天飞白雪,入地布阳春。大造非无意,高歌故有因[1]。荆山千片玉,汉水一流银[2]。不浅王猷兴,孤舟绝四邻[3]。

题解

本诗录自李维桢著、明万历三十九年(1611年)刻本《大泌山房集·卷之二·五言律》第1页。原诗五首,本诗为第一首。

郊郢:春秋战国时期楚国的别邑,系楚国陪都,今湖北省钟祥市郢中街道办事处。

注释

[1]大造:指天地,大自然。

[2]荆山:山名。在南漳和当阳之间,为沮水和漳水的发源地。

[3]王猷:晋王子猷的省称。宋王十朋《剡溪杂咏》:"闲乘雪中兴,唯有一王猷。"

绝四邻:指这里的孤舟是周围四邻所没有的。

王使君东征凯歌(选二)

李维桢

赤甲青羌部下兵,长驱万里事东征[1]。衔枚枕席从容过,惟有风翻大旆声。【右《万里扬旌[2]》】

燐焰张天五火攻,星躔东壁应东风[3]。射波鱼眼浑难辨,为染淋漓战血红[4]。【右《焚舟歼寇》】

题解

本诗录自李维桢著、明万历三十九年(1611年)刻本《大泌山房集·卷之六·

七绝》第2页。原诗十四首，以上两首分别为第二首、第十一首。

使君：尊称奉命出使的人。

注释

[1]赤甲青羌：此处指西部地区的军队。

赤甲：赤甲山。在今奉节县东长江北岸，相近为白帝山。《元和志》逸文卷一之夔州："赤甲山在城北三里。汉时尝取邑人为赤甲军，盖犀甲之色也。"

青羌：三国蜀地方兵之一。以羌族的一支——青羌组成。

[2]衔枚：横衔枚于口中，以防喧哗或叫喊。枚：形如筷子，两端有带，可系于颈上。

大旆：特指军前大旗。

右《万里扬旌》：指上诗标题为《万里扬旌》。

[3]熛（biāo）焰：火焰，光芒。

五火：五种火攻战术。语出《孙子·火攻》。

星躔（chán）：日月星辰运行的位置。也指日月星辰。

东壁：星宿名，即壁宿。因在天门之东，故称。

[4]射波鱼眼浑难辨，为染淋漓战血红：鱼的大红眼与血染的河水混在一起，简直分辨不清。

射波鱼眼：语出王维《送秘书晁监还日本国》："鳌身映天黑，鱼眼射波红。"鳌身之大映黑了天空，鱼眼之大射红了海面的波涛。

茶经序

李维桢

徐微休尚论邑之先贤，于唐得陆鸿渐[1]。井泉无恙，而《茶经》湮灭不可读[2]。取善本覆校，锲诸梓，属余为序[3]。

盖茶名见《尔雅》，而《神农食经》、华佗《食论》、壶居士《食志》、桐君及陶弘景录、《魏王花木志》胥载之[4]，然不专茶也。晋杜育《荈赋》，唐顾况《茶论》[5]，然不称经也。韩翃《谢茶启》云："吴主礼贤置茗，晋人爱客分茶[6]。"其时赐已千五百串。常鲁使西番，番人以诸方产示之[7]。茶之用已广,然不居功也。其笔诸书而尊为经,而人又以功归之,实自鸿渐始。

夫扬子云、王文中,一代大儒,《法言》《中说》自可鼓吹六经,而以拟经之故,为世诟病[8]。鸿渐品茶小技,与经相提而论,人安得无异议?故溺其好者,谓"穷《春秋》,演《河图》,不如载茗一车",称引并于禹稷[9]。而鄙其事者,使与佣保杂作,不具宾主礼[10]。

《泛论训》曰:"伯成子高辞诸侯而耕,天下高之。今之时,辞官而隐处,为乡邑下,于古为义,于今为笑,岂可同哉[11]?"鸿渐混迹牧竖、优伶,不就文学、太祝之拜[12],自以为高,此难为俗人言也。

所著《君臣契》三卷,《源解》三十卷,《江表四姓谱》十卷,《南北人物志》十卷,《占梦》三卷,不尽传,而独传《茶经》。岂以他书人所时有,此为觭长,易于取名,如承蜩、养鸡、解牛、飞鸢、弄丸、削镰之属,惊世骇俗耶[13]?李季卿直技视之[14],能无辱乎哉?无论季卿,曾明仲《隐逸传》且不收矣[15]。费衮云:"巩有瓷偶人,号陆鸿渐。市沽茗不利,辄灌注之,以为偏好者戒[16]。"李石云:"鸿渐为茶论,并煎炙法。常伯熊广之,饮茶过度,遂患风气。北人饮者,多腰疾偏死[17]。"是无论儒流,即小人且求多矣。后鸿渐而同姓鲁望嗜茶,置园顾渚山下,岁收租,自判品第[18],不闻以技取辱。

鸿渐尝问张子同[19]:"孰为往来?"子同曰:"太虚为室,明月为烛,与四海诸公共处,未尝少别,何有往来?"两人皆以隐名,曾无尤悔[20]。僧昼对鸿渐,使有宣尼博识,胥臣多闻,终日目前,矜道侈义,适足以伐其性[21]。岂若松岩云月,禅坐相偶[22],无言而道合,志静而性同。吾将入杼山矣,遂束所著毁之。度鸿渐不胜伎俩磊块,沾沾自喜,意奋气扬,体大节疏,彼夫外饰边幅,内设城府,宁见容耶[23]?圣人无名,得时则泽及天下,不知谁氏;非时则自埋于民,自藏于畔,生无爵,死无谥[24]。有名,则爱憎是非、雌雄片合纷起,鸿渐殆以名海妒耶[25]!虽然牧竖、优伶可与浮沉,复何嫌于佣保?古人玩世不恭,不失为圣;鸿渐有执以成名,亦寄傲耳[26]。宋子京言:"放利之徒,假隐自名,以诡禄仕,肩摩于道,终南、嵩山成仕途捷径[27]。"如鸿渐辈各保其素,可贵慕也[28]。

太史公曰:"富贵而名磨灭,不可胜数,惟倜傥非常之人称焉[29]。"鸿渐穷厄终身,而遗书遗迹,百世之下宝爱之,以为山川邑里重,其风足以廉顽立懦[30],胡可少哉!夫酒食禽鱼、博塞樗蒲,诸名经者夥矣[31],茶之有经也,奚怪焉!

题解

本文录自李维桢著、明万历三十九年(1611年)刻本《大泌山房集·卷之十四·序》第14页。吴履谦编、清道光丙申(1836年)版《竟陵文选》收录此文,第一段为:"温陵林明甫治邑之三年,政通人和。讨求邑故实而表章之,于唐得处士陆鸿渐。井泉无恙,而《茶经》漶灭不可读。取善本覆校,锲诸梓,而不佞桢为之序。"温陵林明甫指温陵(泉州)人林云龙。林为泉州府晋江县人,时任景陵(今天门)知县。

注释

[1]徐微休:徐善,字微休,号巾城,天门人。早弃举业,工古文辞,与李维桢、徐成位交往密切。

陆鸿渐:陆羽,字鸿渐。

[2]漶(huàn)灭:模糊,无法辨识。

[3]善本:珍贵优异的古代图书刻本或写本。

覆校:复查,校对。

锲诸梓:谓刻版印刷。

属(zhǔ):古同"嘱"。嘱咐,托付。

[4]尔雅:训诂学著作。我国第一部词典。《尔雅·释木》云:"槚(jiǎ),苦荼"。

神农食经:本草著作。述饮食宜忌,或疑此即《神农黄帝食禁》。

食论:我国古代食疗本草著作,据说是东汉末华佗所撰。

壶居士《食志》:东汉壶居士写的食疗著作。《食志》说:"苦荼久食为化,与韭同食,令人体重。"壶居士:壶公,传说中仙人名。相传东汉费长房曾见一老人在市场卖药,旁挂一壶,日落后跳进壶内。长房知非普通人,便天天接触他。后壶公带他进入壶中,竟是仙人世界。

桐君及陶弘景录:指桐君的《桐君采药录》及陶弘景的《名医别录》。

桐君:汉族民间崇奉的药神。相传为黄帝时的医师,曾采药于浙江桐庐县东山,结庐于桐树下,人称"桐君",识草木金石性味。《隋书·经籍志》载有《桐君药录》三卷。陶弘景《本草序》:"又云有《桐君采药录》,说其花叶形色。"后常以"桐君录"或"桐君药录"代指中草药典籍。

陶弘景:字通明,丹阳秣陵(今南京)人。南朝齐梁时医学家、道士和道教思想家。陶弘景有感于当时本草著作的混乱情况,参考《神农本草经》和《名医别录》,编成《本草经集注》(七卷)一书,成为我国本草史上一部具有代表性的著作。谢观等编著的《中国医学大词典》解释《名医别录》时,认定为陶弘景撰。

魏王花木志:我国最早的花木专著。据说由北魏宗室元欣撰。元欣平素好营产业,多所树艺,京师名果皆出其园。

胥:全,都。

[5]杜育《荈(chuǎn)赋》:我国最早的茶赋,西晋辞赋家杜育作,惜早已佚。《艺文类聚》卷八二、《北堂书抄》卷一四四、《太平御览》卷八六七所引凡二十七句。

顾况《茶论》:《茶论》当为《茶赋》。《全唐文》卷五二八载唐代诗人顾况《茶赋》。

[6]韩翃(hóng)《谢茶启》:《谢茶启》当为《谢赐茶启》。韩翃字君平,南阳(今河南邓县)人。天宝进士。以诗受知德宗。唐大历间十才子之一。《谢赐茶启》是韩翃为感谢皇帝赐茶而写的书信。

吴主礼贤置茗,晋人爱客分茶:《谢赐茶启》原文为:"吴主礼贤,方闻置茗;晋人爱客,才有分茶。"吴主礼贤置茗:典出《三国志·吴志·韦曜传》,韦曜酒量不大,吴王孙皓在酒宴上密赐茶给他当酒。晋人爱客分茶:东晋陆纳以茶招待谢安事,见房玄龄《晋书》及何法盛《晋中兴书》。

[7]常鲁使西番,番人以诸方产示之:唐代李肇《国史补》记载:西番赞普请唐朝使者常鲁公观赏顾渚、蕲门、寿州、昌明等名茶,可见连西藏、新疆一带的王公贵族家也都珍藏各色名茶了。西番:特指吐蕃。亦为我国古代对西域一带及西部边境地区的泛称。

[8]扬子云、《法言》:扬雄(前53—18年),一作杨雄,字子云,蜀郡成都(今四川成都)人。西汉文学家、哲学家、语言学家。《法言》又名《扬子》《扬子法言》,十三卷,仿《论语》体例而写的哲学著作。

王文中、《中说》:王文中:王通。隋朝思想家。字仲淹。门人私谥文中子,将其言行整理为《中说》。《中说》(亦称《文中子》)一书,十卷,书体文风全拟《论语》。王通也以道统自命,师徒互相标榜,比之孔颜。王通在当时声望很高,是"初唐四杰"之一王勃的祖父。

拟经:摹拟经书。徐陵《让左仆射初表》:"臣闻七十之岁,扬雄拟经。"按,扬雄仿《易》作《太玄》,仿《论语》作《法言》。

诟病：侮辱。后引申为指责或嘲骂。

[9]故溺其好者，谓"穷《春秋》，演《河图》，不如载茗一车"，称引并于禹稷：所以溺爱茶饮的人，说"苦心钻研孔子的《春秋》，殚精竭虑去推演谶（chèn）书《河图》，想出人头地，还不如送上一车茶"，引证陆羽品茶之功堪比夏禹和后稷。《隋书》中曾记有一个颇为怪诞的事：某夜，隋文帝做了个恶梦，梦见有位神人把他的头骨给换了，梦醒以后便一直头痛。后来遇一僧人，告诉他说："山中有茗草，煮而饮之当愈。"隋文帝服之以后果然见效。以后常有进献茶叶的，都给予官职。

溺：沉迷，无节制。

春秋：儒家经典之一。编年体春秋史。相传孔子依据鲁国史官所编《春秋》加以整理修订而成。

河图：传说关于周易八卦来源的图箓，出自黄河，故称。

称引：援引，引证。指援引古义或古事以暗示或证实自己的主张。

禹稷：夏禹和后稷。夏禹、后稷受尧舜命整治山川，教民耕种，称为贤臣。

[10]而鄙其事者，使与佣保杂作，不具宾主礼：指陆羽在江南（扬州）为御史大夫李季卿烹茶受辱事。

佣保杂作：与雇工一起工作。佣保：旧时称受雇于人充当酒保、杂工的人。杂作：一起工作。

[11]泛论训：指《淮南子·泛论训》。

伯成子高辞诸侯而耕，天下高之。今之时，辞官而隐处，为乡邑下，于古为义，于今为笑，岂可同哉：《淮南子·泛论训》原文为："伯成子高辞为诸侯而耕，天下高之。今之时人，辞官而隐处，为乡邑之下，岂可同哉！"过去伯成子高不愿做官，拒绝封为诸侯，情愿归乡隐居种田，天下人都称赞他；如今的人如果拒绝做官，就会被乡里人瞧不起，这哪能相提并论啊！

伯成子高：唐尧时人。《庄子·天地》谓尧治天下，子高立为诸侯。尧授舜，舜授禹时，他认为："德自此衰，刑自此立，后世之乱自此始。"遂隐居耕种。伯成子高，当为伯成氏之始。

[12]鸿渐混迹牧竖、优伶，不就文学、太祝之拜：宋祁《新唐书·陆羽传》记载，陆羽在禅院牧牛，逃离禅院后加入了戏班。"诏拜羽太子文学，徙太常寺太祝，不就职。"

牧竖：牧童。

优伶：古代以歌唱、舞蹈、滑稽、杂技表演为业的艺人之统称。一般认为以表演戏谑为主的称俳优，以表演乐舞为主的称倡优。演奏音乐的艺人称伶人。宋元以来，常称戏曲演员作优伶。

[13]觭（jī）长：偏长，一方面的特长。

如承蜩（tiáo）、养鸡、解牛、飞鸢

(yuān)、弄九、削鐻(jù)之属：这些技艺常常并举，古之所谓神技也。因用以喻娴熟巧妙，轻松不费气力。

承蜩：用顶端涂着黏合剂的竹竿捉蝉。承：通"拯"。《庄子·达生》中说，孔子去楚国，见到一个曲背的人用竿胶蝉，因他经过不断的锻炼，故技艺高超。

养鸡：养斗鸡。据《庄子·达生》载，纪渻(shèng)子为齐王养斗鸡，经四十天的训练，鸡被养得像木鸡一样，别的鸡见了都怯走。

解牛：肢解剔牛之骨。庖丁肢解割切牛肉有神技，见《庄子·养生主》。

飞鸢：放风筝。飞鸢本指原始的风筝。《韩非子·外储说左上》记载："墨子为木鸢，三年而成，蜚一日而败。弟子曰：'先生之巧，至能使木鸢飞。'"这是墨子制的飞鸢。《墨子·鲁问》篇说："公输子削竹木以为鹊，成而飞之，三日不下。"这是鲁班制的飞鹊。

弄九：古代的一种技艺，两手上下抛接好多个弹九，不使落地。春秋时楚国勇士熊宜僚善弄九。《庄子·徐无鬼》："市南宜僚弄九而两家之难解。"

削鐻：刻削木头做成鐻。鐻：古代的一种乐器，夹置钟旁，为猛兽形，本为木制，后改用铜铸。《庄子·达生》："梓庆削木为鐻，鐻成，见者惊犹鬼神。"

[14]直：仅，只。

[15]曾明仲《隐逸传》：曾明仲：名公亮，字明仲，宋泉州晋江(今福建泉州)人。天圣进士。北宋大臣。为宰辅十五年，历三朝。《新唐书》经欧阳修审阅定稿，按照唐朝宰相监修国史的惯例，由时任宰相曾公亮领衔进奏。《旧唐书·隐逸传》没有陆羽传，《新唐书·隐逸传》收录了宋祁撰写的陆羽传。

[16]费衮：字补之，无锡人。南宋学者。约宋光宗绍熙年间前后在世。所撰《梁溪漫志》中"陆鸿渐为茶所累"一篇云："人不可偏有所好，往往为所嗜好掩其他长，如陆鸿渐本唐之文人达士，特以好茶，人止称其能品泉别茶尔。"

巩有瓷偶人，号陆鸿渐，市沽茗不利，辄灌注之，以为偏好者戒：巩地有一种瓷像，名叫陆鸿渐，市上卖茶生意不好时，就把茶往它嘴里灌，以示对偏好饮茶者的警戒。

[17]李石：本名知几，后改名石，反以知几为字，号方舟，资阳人。引文载于他所撰博物学文献《续博物志·卷五》。后句原文为："或云，北人未有茶，多黄病，后饮，病多腰疾偏死。"

[18]同姓鲁望：指唐陆龟蒙。陆龟蒙，字鲁望，长洲人，居松江甫里，唐宣宗审干，举进士不第隐，嗜茶，置园顾渚山下。

品第：品评优劣而定其等级。

[19]张子同：张志和。唐代诗人、

画家,隐士,陆羽之友。本名龟龄,字子同,婺州金华(今属浙江)人。

[20]尤悔:过失和懊悔。

[21]僧昼:指皎然,中唐诗僧,俗姓谢,字清昼,湖州长城(今浙江长兴)人。据说是谢灵运的十世孙。常居吴兴杼山或苕溪草堂,与颜真卿、陆羽为至交,时相唱和。

宣尼:《汉书·平帝纪》:"追谥孔子曰褒成宣尼公。"因以宣尼称孔子。

胥臣:春秋时晋将。字季子,别称司空季子、臼季。曾跟从公子重耳(晋文公)出奔,胥臣于晋文公称霸诸侯之后,论功行赏,官拜司空。冯梦龙《东周列国志》云:"因赵衰前荐胥臣多闻,是以任之。"

终日目前,矜道侈义,适足以伐其性:每天只顾人世的现状,对道义夸夸其谈,恰恰戕害了人的自然本性。

矜道侈义:矜夸圣人之道,侈谈微言大义。

伐:败坏,损伤。

[22]禅坐:谓僧侣端坐静修。

相偶:共处,在一起。

[23]度(duó)鸿渐不胜伎俩磊块,沾沾自喜,意奋气扬,体大节疏,彼夫外饰边幅,内设城府,宁见容耶:揣度陆羽没有趋炎附势的技能,而又沾沾自喜于自己的棱角不平的性格,意气奋扬,包蕴宏大而行节放浪,那些外表装得像正人君子而心思却很深沉的人,岂能对他相容吗?

体大节疏:身体魁梧的人骨骼自然大。语出《淮南子·说林训》:"故小谨者无成功,訾(zī)行者不容于众;体大者节疏,蹄(zhí)距者举远。"所以在小事上处处谨慎的人是不会有大作为的,而那些专爱对别人吹毛求疵的人也大都不为众人所容;身体魁梧的人骨骼自然大,腿长脚大的人步子也必定大。

[24]圣人无名……死无谥:圣人是无名的。能为时所用,则将恩泽普施于天下百姓,而百姓并不知圣人的姓氏。时机不当,则自隐于民,自隐于不起眼的地方,生前没有爵位,死后没有封号。语出《庄子·徐无鬼》:"圣人并包天地,泽及天下,而不知其谁氏。是故生无爵,死无谥,实不聚,名不立,此之谓大人。"而圣人包容天地,恩泽施及天下百姓,却完全用不着人们知道这位圣人的姓氏。所以说,那些生前没有爵位,死后没有封号,货财从不曾敛聚,名声也不曾大噪的人,才可以称作伟大的人物。

畔:指边隅,角落。

[25]爱憎是非、雌雄片合纷起:指后人对待陆羽态度迥异、众说纷纭。语出《庄子·则阳》:"欲恶去就,于是桥起。雌雄片合,于是庸有。"欲求、厌恶、离弃、靠近等现象就开始兴起,雌、雄、分、合等事物就不断出现。片合:分合。

殆以名诲妒耶:鸿渐大概就是由

于有了名气才诱发别人的妒忌之心啊。诲妒：诱发妒忌之心。

[26]鸿渐有执以成名，亦寄傲耳：鸿渐坚持自己的志趣因而成了名，也不过寄托着傲气罢了。

[27]宋子京：宋祁，字子京。卒谥景文。与欧阳修同修唐书。著有《宋景文集》，其中收录《新唐书·陆羽传》。

放利之徒，假隐自名，以诡禄仕，肩摩于道，终南、嵩山仕途捷径：语出《新唐书·隐逸传序》，原文为："然放利之徒，假隐自名，以诡禄仕，肩相摩于道，至号终南、嵩少为仕途捷径，高尚之节丧焉。"但谋利之徒，以假隐居自名，用诡谲的方法获得仕禄，这些人争相仿效，至于说隐终南、嵩少是官场晋阶捷径，高尚气节全丧失了。

放利：放纵自己对于利的追求，一切唯利是图。语出《论语·里仁》："放于利而行，多怨。"

禄仕：居官食禄。

终南：终南山。一名中南山，又称太乙山。位于唐都长安（即今西安市）南八十里，是秦岭山脉自武功到蓝田县境的总称。古时不少名士隐居于此而后做官。"终南捷径"专指求名利最近便的门路，也比喻达到目的的便捷途径。

嵩山：山主体在河南省登封市西北，为五岳之一。嵩山又离东都洛阳很近，不少文人到此来隐居或求仙访道。

[28]各保其素：各自保持本色。语出《新唐书·隐逸传序》："虽然，各保其素，非托默于语，足崖壑而志城阙也。"

贵慕：羡慕。

[29]太史公：后世多以此称司马迁。司马谈为太史令，司马迁尊其父，故称。下句引文出自《史记·报任安书》。

倜傥(tì tǎng)：卓异不凡。

[30]穷厄：困顿，不亨通。

廉顽立懦：同"顽廉懦立"。使贪婪的人廉洁，使懦弱的人立志。形容仁德之人对社会的感化力量之大。语出《孟子·万章下》："故闻伯夷之风者，顽夫廉，懦夫有立志。"

[31]博塞(sài)：即六博、格五等博戏。

樗(chū)蒱：古代一种博戏，后世亦以指赌博。

夥(huǒ)：多。

鲁文恪先生(鲁铎)集序

李维桢

本朝名臣谥文恪者十九人,而楚唯邑鲁莲北先生[1]。余生也晚,不及侍先生函丈席,从长老耳公行事最详[2]。恪之为义,取温恭朝夕、节惠可耳[3];文则词林沿为故常[4],皆未足以尽先生。先生孙太守仕丽江,重校遗集,属余序[5]。

余无能状先生德,又何敢论先生文?然窃谓先生文,非世人文所可及也。文至宋,骫骳繁芜[6]。迄乎本朝,汩没训诂括帖中,调宫徵、理经纬之功缺如[7],才无以尽其变,格无以反其始。而长沙李文正公振之,一时艺苑响臻景赴[8]。先生魁天下,读中秘书,为史臣,独见器于文正[9]。有所吟撰,击节叹赏。自后毡厦之启沃,竹素之编摩,丝纶之宣布,雅馆之诲迪[10]。斧藻帝猷[11],阐明儒术。匪直后进承学,仰如泰山北斗[12]。尝出使安南,片语只字,十袭藏之[13],为传国宝。

先生当孝宗朝。政体无颇,士习还醇,渐染声教,率履周行[14]。尝卒业其集而私评之,譬诸锡銮佩玉、鸣球拊石之音,聆之有余韵,而知幺弦急徵者乖戾矣[15];和羹醴齐、蕙蒸兰藉之章,索之有余味,而知棘喉胶唇者忧郁矣[16];鸡夷蒲勺、两敦四琏之制,按之有余巧,而知雕虫刻楮者浮夸矣[17];茨梁坻京、鱼盐泉布之凑,出之有余蓄,而知短绠狭幅者窘迫矣[18];圭璧珠玑、辉山照乘之珍,敛之有余色,而知剪彩栀貌者浅露矣[19];刮摩搏埴、轮舆梓匠之工,操之有余法,而知凿空角险者奇衺矣[20]。思深而不苦,骨劲而不厉[21],情婉而不荡,事核而不僻,气平而不馁。山林廊庙,各适其体;欢娱伤吊,各当其则。牝牡骊黄[22],所不得象;藩篱蹊径[23],所不得拘。唐之昌黎、河东,宋之庐陵、眉山,其俦也[24]。

先生澡身浴德,夙夜匪懈[25];难进易退,翛然物表[26]。而以贵下贱,以己昭昭,使人昭昭[27];罕譬博喻[28],家户通晓。即妇孺蠢愚,尊之以明神,亲之以慈父。故其文与其人,温厚尔雅,清净朗彻,合符同轨[29]，岂偶然哉？孔子曰："辞达而已矣[30]。"《系易》曰："文明以止[31]。"先生之文，达乎其所当达，止乎其所当止，明体适用，非先进君子，孰能与于斯[32]？

先生子孙多贤，而太守文学、政事，卓有祖风[33]。是集也，绎思绳武之资也[34]，余因而有感焉。今去先生百年，属文之士，屑越经常，窜袭贝典[35]。识者极为人心世道忧，安得起先生九京，如文正，时为世模楷[36]。《诗》云："虽无老成人，尚有典刑[37]。"典刑其在兹乎？

里人后学李维桢撰[38]。

题解

本文录自鲁铎著、李维桢校、明隆庆元年（1567 年）方梁刻本《鲁文恪公文集》。

鲁文恪：鲁铎，号莲北，谥文恪。

注释

[1]邑：此处为本县的意思，指景陵县（今天门市）。

[2]函丈席：常作"席函丈"。谓师生间座位相隔一丈，便于指画。借指讲学。函：容。古代老师讲学时，师生所布两席之间要相隔能容一丈的距离，以便于老师指画。

耳：听说。

[3]恪之为义，取温恭朝夕、节惠可耳："恪"的本义，取的是早晚温文又恭敬、节操美善。语出《诗经·商颂·那》："温恭朝夕，执事有恪。"早晚温文又恭敬，管理祭祀需虔诚。恪：恭敬，恭谨。

[4]词林：文人之群。

故常：旧规，常例，习惯。

[5]先生孙太守仕丽江：指鲁铎之孙鲁佶（jí）任太平府知府。太平府为广西崇左市的古代行政区划，丽江是左江上游龙州河段的别称，此处代指太平府。

属（zhǔ）：古同"嘱"。嘱咐，托付。

[6]骫骳（wěi bèi）：文笔纡曲或萎靡无风骨。

繁芜：繁多，芜杂。

[7]汩（gǔ）没：埋没，湮灭。

括帖：亦作"帖括"。泛指科举应试文章。明清时亦指八股文。

宫徵（zhǐ）：宫、商、角、徵、羽五音中的两个音，泛指五音。

经纬：织物的纵线和横线。比喻条理秩序。

[8]长沙李文正公:明朝李东阳,祖籍湖广长沙府茶陵,为明弘治、正德间大臣,卒谥文正。

响臻景赴:应声而至,如影追随。比喻响应,追随。臻:至。景:"影"的本字。

[9]先生魁天下:指鲁铎会试第一,为会元。

读:籀(zhòu)书,抽释理解书的意义。

中秘书:宫廷所收藏之书。

见器:被看重。

[10]毡厦:毡制的帐篷。古代北方游牧民族以为居室,犹今之蒙古包。

启沃:开诚忠告。旧指以治国之道开导帝王。

竹素:史册的代称。古时以竹简素帛书史,故称。

编摩:谓编订研究。

丝纶:帝王诏书。

雅馆:集雅馆,为教诗之所。南朝梁学府之一。天监五年(506年)置集雅馆,以招远学。集雅之名,取《诗经》大雅、小雅之义。

诲迪:教诲开导。

[11]斧藻:雕饰,修饰。

帝猷(yóu):帝王的谋略。

[12]匪直后进承学:不只是后辈跟随学习。

后进:后辈。亦指学识或资历较浅的人。

承学:继承师说而学习。

泰山北斗:原为对唐代文学家韩愈的赞语。后用以比喻众望所归、令人敬仰的人物。

[13]十袭藏之:义同"什袭而藏""十袭珍藏"。形容郑重地收藏物品。十:同"什"。袭:量词。

[14]无颇:没有偏颇。

士习:士大夫的习气,读书人的风气。

还醇:还淳返朴。恢复到人原来的朴实、淳厚的本性。

渐(jiān)染声教:浸染声威和教化。声教:中国古代文化史名词。指华夏民族孝亲伦常的主体文化向外光大发扬的教化过程。

率履周行(háng):遵循大道。率履:遵循礼法。周行:大路,大道。

[15]卒业:谓全部诵读完毕。

鸣球拊石:敲击玉磬、石磬。《尚书·益稷》记载:"戛击鸣球","击石拊石,百兽率舞"。鸣球:一种乐器,就是玉磬。拊石:敲击石磬。

么(yāo)弦急徽:语出陆士衡(机)《文赋》:"犹弦么而徽急,故虽和而不悲。"么弦:弦乐器上的细弦。宋词中常用以特指琵琶的第四弦,也用以代指琵琶。刘梦得曰,么弦孤韵,瞥入人耳,非大音之乐。急徽:扭紧琴弦。徽:系弦之绳。

乖戾:不和或失调。

[16]和羹:用不同的调味品配制羹汤。

醴齐:甜酒。

蕙蒸兰藉:用蕙草包裹祭肉,用兰草垫底。语出《楚辞·九歌·东皇太一》:"蕙肴蒸兮兰藉,奠桂酒兮椒浆。"以蕙草蒸肉,以兰草垫底,以桂置酒中,以椒置浆中。

棘喉胶唇:芒刺在喉,嘴唇胶封。喻有话碍难出口。

[17]鸡夷蒲勺:两种酒器。语出《礼记·明堂位》:"夏后氏以鸡夷""周以蒲勺"。鸡夷:画有鸡纹的酒尊,古代祭祀所用六器之一。因其在庄重严肃的场合使用,后常用以代指正式宴席。"夷"同"彝"。蒲勺:酌酒之器,刻勺为张口的凫头形。

两敦四琏:虞代祭祀时盛黍稷用两敦,夏用四琏。《礼记·明堂位》:"有虞氏之两敦,夏后氏之四琏,殷之六瑚,周之八簋(guǐ)。"虞代祭祀时盛黍稷用两敦,夏用四琏,殷以六瑚,周代用八簋。敦、琏、瑚、簋都是盛黍稷的器具。

余巧:应付裕如的技能、技巧。

雕虫刻楮(chǔ):义同"雕虫篆刻"。是"秦书"八体中的虫书、刻符两种体势,为儿童初学所习课目。后因以比喻小技末道,也指写文章时雕章琢句。

[18]茨梁坻京:此处比喻学识丰富。语出《诗经·小雅·甫田》:"曾孙之稼,如茨如梁;曾孙之庾,如坻如京。乃求千斯仓,乃求万斯箱。"曾孙的庄

稼堆满场,有的像屋顶,有的像桥梁。曾孙的粮囤真正多,有的像小丘,有的像山冈。于是需要千仓粮库来储藏,于需要万辆车子来载装。茨:屋盖。梁:车梁或桥梁。坻:小丘。京:高丘。箱:车箱。此言收成之后,禾稼既多,则求仓以处之,求车以载之。

鱼盐:鱼和盐。都是滨海的出产。

泉布:古代泉与布并为货币,故统称货币为泉布。一说布也就是泉,一物而两名。

短绠:短井绳。形容浅学者不可与悟至理,或形容力不胜任。语出《庄子·至乐》云:"绠短者不可以汲深。"短井绳不能汲深井之水。

狭幅:形容浅学。

[19]圭璧:玉器名,古代帝王、诸侯用来祭祀日月星辰的礼器,形制为以璧为底,旁为圭形。

珠玑:珠宝。

辉山:当指含有光辉的玉山。"玉蕴山含辉"的化用,群山中蕴藏着美玉,群山自然含有光辉。

照乘:即照乘珠。光亮能照明车辆的宝珠。

剪彩:古代剪纸的早期形式,此处有装饰的意思。南北朝梁宗懔著《荆楚岁时记》:"正月七是为人日。以七种菜为羹;剪彩为人,或镂金为人,以贴屏风,亦戴之头鬓。"

栀貌:"栀貌蜡言"的省称。栀:常绿灌木,果实可以做黄色染料。指伪

装的面貌与虚假的言辞。

[20]刮摩:制玉器、骨器之工。

搏埴(zhí):制陶器砖瓦之工。

轮舆梓匠:梓人、匠人为木工;轮人(造车轮的人)、舆人(造车厢的人)为造车工匠,亦泛称匠人。

凿空:凭空无据,穿凿。

角险:论诗语。指诗歌创作应当避免的一种风格和倾向。王世贞《湖西草堂诗集序》云:"毋凿空,毋角险,以求胜人而判损吾性灵"。即《诗话总龟》所说的"诗尚奇险。"

奇袤(mào):本指巫蛊邪术。有离奇荒诞的意思。

[21]勍(qíng):强。

厉:颜色勍然如战色。

[22]牝(pìn)牡骊黄:《列子·说符》载:伯乐推荐九方皋为秦穆公访求良马。三月而回,说找到了。穆公问"何马",对曰"牝而黄"。取马人回来说"牡而骊"。马取来一看,果然是稀有的良马。伯乐认为挑马不必视其外貌性别,九方皋相马重视的是马的内在本质。后因以牝牡骊黄比喻事物的表面现象。牝牡:雌雄。骊:黑色。

[23]蹊径:门径,路子。

[24]昌黎、河东:指韩愈、柳宗元。

庐陵、眉山:指欧阳修、苏轼。

俦(chóu):同辈,伴侣。

[25]澡身浴德:谓修养身心,使之高洁。

夙夜匪懈:日夜勤劳,始终不懈。

形容忠于职守,勤奋工作。

[26]难进易退:做官前要再三考虑,去官时唯恐不速。

翛(xiāo)然物表:超然于世俗之外。

[27]以贵下贱:以高贵身份而谦恭下士,向那些地位比自己低的人请教。

以己昭昭,使人昭昭:先使自己明白,然后才去使别人明白。语出《孟子·尽心下》。

[28]罕譬博喻:化用"罕譬而喻"。说话不管比方多还是少,都能听懂。形容话说得非常明白。

[29]朗彻:明白透彻。

合符同轨:比喻符合法则。

[30]辞达而已矣:文辞足以表达意思便罢了。意谓为文不必追求华丽的辞藻。语出《论语·卫灵公》。

[31]系易:《易·系辞》的简称。

文明以止:语出《贲(bì)卦的《象(tuàn)传》:"文明以止,人文也。"文章灿明止于礼义,这是人类的文彩。

[32]明体适用:此处意思是,明道存心以为体,经世宰物以为用。

非先进君子,孰能与(yù)于斯:不是先学习礼乐而后再做官的人,谁能同他相提并论呢?

先进君子:语出《论语·先进篇》:"先进于礼乐,野人也;后进于礼乐,君子也。如用之,则吾从先进。"先学习礼乐而后再做官的人,是原来没有爵禄的平民;先当了官然后再学习礼乐的人,是君子。如果要先用人才,那我主张选用先学习礼乐的人。

与:参与,在其中。

[33]祖风:祖上为人处世的作风(多指好的方面)。

[34]绎思:寻思追念。

绳武:继承先人业迹。

资:凭借。

[35]属(zhǔ)文:写作。谓连缀字句而成文章。属:缀辑,撰著。

屑越经常:轻易摒弃常道。屑越:轻易捐弃,糟蹋。

窜袭:修改与袭用。

贝典:佛经。印度贝多罗树(菩提树、觉树)之叶,经处理后可以代纸,古代印度人常用以书写佛经。

[36]识者:有见识的人。

九京:犹九泉。指地下。

模楷:楷模,榜样。

[37]虽无老成人,尚有典刑:本意为,虽然身边没老臣,还有成法可依傍。语出《诗经·大雅·荡》。典刑:同"典型"。指旧的典章法规。

[38]里人:同里的人,同乡。

后学:后进的学人,用为对前辈而言的自谦之称。

玄对斋集序

李维桢

余与钟伯敬孝廉上世皆自江右徙其地,曰皂角市[1]。市当四邑介,可数千家,农十之三,贾十之七[2]。自先通奉始以儒成进士,科第相踵,博士弟子员凡数十人,独于古文辞缺如也[3]。即余尝备位史局,以滥吹斥,今且老,曾无一言窥作者之藩[4]。而伯敬少余二十许岁,能工古文辞。余于古文辞即不能,然窃好之,诸弟与犹子辈亦窃好之,而亟称诵伯敬所为古文辞[5]。余盱衡击节,以为吾里山川灵秀,菀积不知几何年,而始收之伯敬五寸之管、五色之豪[6]。今年,少弟内史复以其《玄对斋集》视余使序[7]。集中诗可百余篇,而汉魏六朝三唐语,若起其人于九京[8],口占而腕书者,余益骇叹非人间物也。

闽于今称海滨邹鲁,然汉以前率名要荒[9]。自唐欧阳詹起温陵,以文受知于常衮、陆贽、韩愈、李翱,造草昧而开文献[10],其功甚伟。

吾里中乃有伯敬矣！伯敬龀而读李长源九岁诗，勃然乡往之，十一而薄塾师举子业[11]，好春秋内外传、《史记》《南华》及昭明文选、青莲、工部诸家言，塾师恚怒[12]，卒不改。又不轻出一语，恐袭前人余唾[13]。逾二十而后为诗，复以善病讽贝典、修禅观[14]。智慧生疢疾，虚空发光明，而所就若此，将释氏所谓宿因耶[15]？欧阳生集行世，陈宓谓其"发身僻远之乡，尚友命世之杰[16]"。举进士者以为称首，盖所重在此不在彼[17]。夫一孝廉，何足为伯敬重也！

　　序竟，余贻书责犹子："伯敬，夫非尽人之子与？无若阿伯悔不可追[18]！"而伯敬复致书余："士立身有本末，岂在浮名？明兴三李，济南、北郡近于仲举性峻，先生近于太丘道广[19]，以故士愿附齿牙者，往往借名之心多于请益[20]。生人大业，经世、出世二物，小子实请事焉[21]。而仅名文人才士，况游大人成名[22]，是谓我不成丈夫也。即不得已而名文人才士，其在何休不窥园十七年、司马子长游万里后乎[23]？"余益壮伯敬志，而为书报之曰："极知是集不足尽子顾[24]。岁不我与矣[25]，他日人谓我，生与子同里同时而不知子，我且有遗憾。第据子今日诗叙之，以子为里杓之人[26]，不亦可乎？"余不佞，何所执而成名[27]？伯敬目我太丘，幸甚！诚愿附伯敬集以行，比于析成子、北宫贞子，生受之也[28]。

题解

本文录自李维桢著、明万历三十九年（1611年）刻本《大泌山房集·卷之二十一·序》第17页。《玄对斋集》为天门进士钟惺中举之后、成进士之前的诗集。

注释

[1]钟伯敬孝廉：钟惺，字伯敬，号退谷。孝廉：明清时对举人的称谓。

江右：古人在地理上以东为左，以西为右，故江西又名江右。

皂角市：今天门市皂市镇。

[2]市当四邑介：指皂角市地处景陵（天门）、京山、应城、汉川四县边界。介：疆界，界限。后作"界"。

贾（gǔ）：作买卖的人，商人。古时特指设店售货的坐商。

[3]先通奉：指作者之父李淑。通奉：通奉大夫。文散官名。明制通奉

大夫为从二品升授之阶。

儒:儒业。谓读书应举之业。

科第:科举考试登第。

博士弟子员:参见本书第三卷附录《部分科举名词汇释》第3条。

古文辞:诗古文辞。它的含义是诗、古文和辞赋,基本概括了中国文学的正宗。古文是与骈文相对的概念。

[4]备位:居官的自谦之词。谓愧居其位,不过聊以充数。

史局:史馆。官修史书的官署名。

滥吹:比喻冒充凑数,名不副实。

斥:充斥。

曾无一言窥作者之藩:竟无一言能窥见自己的艺术境界。藩:喻艺术境界。

[5]犹子:侄子。

称诵:称颂。

[6]盱(xū)衡:扬眉举目。

击节:形容十分赞赏。

菀(yù)积:积蓄。菀:通"蕴"。郁结。

五寸之管:指笔。

五色之豪:传说南朝梁江淹少时,梦人授以五色笔,故文采俊发。后以此比喻杰出的文才或文才出众者。豪:通"毫"。

[7]少弟内史:当指作者弟李维标。李维标中进士后官内史、民部郎,谪国子簿。内史:称中书省的官员。

视余使序:给我看并让我作序。

[8]三唐:诗家论唐人诗作,多以初、盛、中、晚分期,或以中唐分属盛、晚,谓之三唐。

九京:犹九泉。指地下。

[9]邹鲁:邹,孟子故乡;鲁,孔子故乡。后因以邹鲁指文化昌盛之地、礼义之邦。

要荒:古称王畿(jī)外极远之地。亦泛指远方之国。要:要服。古五服之一。古代王畿以外按距离分为五服。相传一千五百里至两千里为要服。荒:荒服。称离京师两千到两千五百里的边远地方。亦泛指边远地区。

[10]欧阳詹:泉州晋江人,字行周。唐贞元八年(756年)进士,与韩愈、李观等联第,时称龙虎榜。

温陵:福建晋江古称温陵。

受知:受人知遇。

造草昧:天造草昧。谓草创之时。

[11]龀(chèn):泛指童年。

李长源:李泌,字长源,唐京兆(今陕西西安)人。七岁能文,为张九龄所知。

乡往:向往,专心想望。乡:通"向"。

薄塾师举子业:师从私塾的教师习应举之业。

[12]春秋内外传:春秋内传指《左传》,春秋外传指《国语》。

南华:《南华真经》的省称。即《庄子》的别名。

青莲:指李白。李白别号青莲居士。

工部：指杜甫。杜甫曾任工部员外郎，称杜工部。

恚（huì）怒：生气，愤怒。

[13]余唾：残剩的唾沫。比喻别人说过的话。

[14]善病：体弱多病。

讽贝典：诵佛经。贝典：佛经。印度贝多罗树（菩提树、觉树）之叶，经处理后可以代纸，古代印度人常用以书写佛经。

[15]疢（chèn）疾：疾病。

释氏：佛姓释迦的略称。亦指佛或佛教。

宿因：前世的因缘。

[16]欧阳生：指欧阳詹。

发身僻远之乡，尚友命世之杰：语出宋代陈宓（mì）《安奉欧阳四门祠文》。发身：成名，起家。尚友：指与高于己者交游。命世之杰：著名于当世的杰出人才，能治国的人才。

[17]称首：第一。

所重在此不在彼：指志在举业的人看重的是文集对应试的示范价值。

[18]夫非尽人之子与：他和别人不都一样是做儿子的人吗。语出《孟子·尽心上》。

无若阿伯悔不可追：不要像我老了追悔莫及。呼应上文"今且老，曾无一言窥作者之藩"。

[19]三李：指李梦阳、李攀龙、李维桢。

济南：李攀龙，字于鳞，号沧溟，山东济南人。与王世贞同为"后七子"首领。

北郡：指李梦阳，字献吉，号空同子，出生于甘肃庆阳。复古派"前七子"的领袖人物。

仲举性峻、太丘道广：语出《后汉书·许劭传》："太丘道广，广则难周；仲举性峻，峻则少通。故不造也。"陈太丘交游太广了，难以周全；陈仲举生性太严厉了，少有通融。所以我不去拜访他们。太丘：东汉陈实，因其曾任太丘长，故称。仲举：东汉陈蕃，字仲举。

[20]齿牙：称誉，说好话。

请益：请求给予更详细、明确的指导。

[21]生人：犹一生，人生。

经世：治理国事。

出世：超脱人世。

请事：谓以私事请托。

[22]游：交游。

[23]何休不窥园十七年：何休是汉初胡毋生、董仲舒以后最大的《公羊》学者。他闭门不出，用功十余年，作《春秋公羊传解诂》十二卷、《春秋汉议》十三卷。窥园："目不窥园"的省略。典自董仲舒少治《春秋》，三年不窥园。后以此形容专心致志的苦学精神。

司马子长游万里：指司马迁二十岁开始游学，遍游全国各地，考察民俗，采集传说。子长：司马迁，字子长。

[24]极知是集不足尽子顾：我深知这本集子不足以尽显您的造诣。

[25]岁不我与：谓时光不等人。

［26］第：只是。

里杓（biāo）：乡里所景仰之人。杓：斗杓。北斗七星中，第五至第七颗星，形如酒斗之柄，是古人用以定时间和季节的依据。

［27］执：用，凭。

［28］析成子、北宫贞子：指春秋时卫国的析朱锄、北宫喜。作者自比于二人，有名大于实之意。《左传·昭公二十年》记载，卫国动乱平定后，卫灵公赐给北宫喜的谥号叫贞子（以灭齐氏故），赐给析朱锄的谥号叫成子（以宵从公故），并把齐氏的墓地给了他们。

生受：犹享受。

赠福建参议周公（周芸）序

李维桢

岁甲子，周用馨举楚，不佞与焉[1]。明年，用馨成进士，拜枞阳令[2]。越三年戊辰，不佞通籍，守著作之庭[3]。又二年庚午，用馨征入为给事中[4]。方是时，郢有六七大夫者同朝，以次过从，月盖三之一，相得欢甚，亡厌也[5]。无何用馨出为福建参议，守延平、邵武二郡。诸大夫聚族而语曰："以用馨之贤，出入禁闼，拾遗补阙[6]，固其所也。使随牒平进，远在闽海，无乃不可乎[7]？"不佞顾谓："诸大夫若以闽为不直用馨意者哉[8]？士离疏释属，而升本朝，发肤以上皆县官所有[9]，恣所使之耳。中世仕人不欲去辇毂，依日月之末光，是以陈子康积恨于京城，张胶东自叹其无奇，两公择官展节，君子无称焉[10]。且也邦畿之外[11]，莫非王土，宁能置不理乎？彼夫厌承明之庐，劳侍从之事[12]，要亦有所长，非苟而已也。用馨不鄙夷为令，治行闻天下，既为天子谏诤之臣，不色喜[13]，今岂以是为不足乎？人言藩臬大吏见御史中丞直指使者，辄诎体却行以为恶，孰与为令时蒲伏候贵人车过，不敢起视也[14]。诸大夫比肩而事主，主上垂拱仰成，朝无缺事，即用馨谔谔安所用之[15]？假令溺其职，墨屎嗜佞，善事当涂，少濡忍，且莫间可坐而致列卿[16]，则用馨不为矣。子言之：'可言也，不可行，君子不言也；可行也，不可言，君子不行也[17]。'比年言者持文墨论议相高,以施于政,譬石田然[18]。用馨在谏垣[19],操大体,明习当世之故。今往矣,见诸行事,令世以此益重言者,顾不伟与? 不佞乡闻闽人言:岛寇起海上犯闽,疆场日骇,独用馨所部未被兵,然军兴一切率倚办二郡,民流冗稍稍众矣[20]。夫驱民以御寇易,使民为寇而御之难。不佞度用馨方难闽[21],何易哉?"诸大夫皆曰:"然。"于是设供张祖道都门,歌《骊驹》之诗既阕[22],某前致辞曰:"不佞宦六载,无论其他,即吾郡人,由朝众扬历四方者凡几,重者领方岳,次不失二千石[23],不佞犹然咄咄饱侏儒囊粟,得无有揶揄我者耶[24]?"诸大夫粲然而笑,用馨亦大噱[25],遂登车去。

题解

本文录自李维桢著、明万历三十九年(1611 年)刻本《大泌山房集·卷之四十六》第 42 页。

赠……序:赠序。文体名。赠言惜别的文章。

参议:明于布政使下设左、右参议,从四品,无定员,分守各道,并分管粮储、屯田、清军、驿传、水利等事。

周公:周芸,字用馨。

注释

[1]甲子:明嘉靖四十三年,1564 年。

举楚:参加湖广乡试中选,成举人。

不佞与(yù)焉:指作者李维桢与周芸为同榜举人。与:参与,在其中。

[2]拜枞(zōng)阳令:任枞阳知县。拜:任官,授职。枞阳:桐城县旧名。

[3]戊辰:明隆庆二年,1568 年。

通籍:指初做官。亦谓做了官,朝中有了名籍。籍:挂在宫门外的名单牌。竹片制成,二尺长,上写姓名、年龄、身份等,出入宫门时查对之用。

著作之庭:文士词臣待诏之地。此处指翰林院国史馆。著作:著述。

[4]给(jǐ)事中:明清掌封驳、纠劾之职,监督六部之官。参见本书第一卷李维桢《吴公(吴文佳)墓志铭》注释[11]"工科都给事中"。

[5]郢:指承天府(由安陆州升)。承天府古称郢州,治湖北钟祥。

过从:往来,交往。

亡厌:不知满足。

[6]禁闼(tà):宫廷门户。亦指宫廷、朝廷。

拾遗补阙:补正别人的缺点过失。

[7]随牒:据以授官的委任状。

平进:谓以次进而不越等。

闽海:指福建和浙江南部沿海地带。

无乃:莫非,恐怕是,岂不是。

[8]不直:不以之为是。

[9]离疏释屩(juē):不再吃粗糙饭食,脱掉脚下的草鞋。比喻与困苦的生活告别。疏:指疏食,粗糙的饭食。屩:通"躟(jué)"。草鞋。

本朝:朝廷。古以朝廷为国之本,故称。

县官:古时天子之别称。

[10]中世:犹中年。

辇毂(niǎn gǔ):皇帝的车舆。代指皇帝。

末光:余辉。比喻余威。

陈子康:疑指陈咸。陈咸,字子康,西汉沛郡浚县(今安徽固镇濠城乡)人。陈咸十八岁时,因父陈万年居高官而当郎官。陈咸才华卓异,为人耿直,多次揭发抨击时弊,批评皇帝身边的大臣,被贬为左曹。

张胶东:疑指西汉张敞。张敞拜胶东相,有治绩,擢守京兆尹。

展节:施展才能。展:施展。节:符节,引申为持节之才。

无称:无可称述或称赞。

[11]邦畿(jī):王城及其所属周围千里的地域。

[12]厌承明之庐,劳侍从之事:语出《汉书·严助传》:"君厌承明之庐,劳侍从之事,怀故土,出为郡吏。"承明之庐:承明庐。汉承明殿旁屋,侍臣值宿所居。后以入承明庐为入朝或在朝为官的典故。

[13]治行:为政的成绩。亦指为政有成绩。

谏诤:直言规劝。

色喜:喜悦流露在脸上。

[14]藩臬(niè):藩司和臬司。明清两代布政使和按察使的并称。布政使主管一省的人事和财政,按察使为一省司法长官。

御史中丞:官名。汉以御史中丞为御史大夫的助理,其权颇重。明初置都察院,其副都御史之职与前代的御史中丞略同,称为中丞。

直指使者:汉武帝时朝廷设置的专管巡视、处理各地政事的官员。因出巡时穿着绣衣,故又称"绣衣直指",或称"直指绣衣使者"。

诎体:屈身拜伏。

却行:倒退而行。

恧(nù):惭愧。

孰与:用于比较询问,相当于"与……相比怎么样""比起……来怎么样"。

[15]垂拱仰成:等待成功。比喻坐享其成。

朝无缺事:圣明的王朝没有过失。

缺事:阙事。失事,误事。

谔谔(è):直言争辩貌。

安所用之:哪有用武之地。

[16]溺其职:失职,不尽职。

墨尿(chī):狡诈,无赖。

唼(qiè)佞:谗言。

当涂:指居要职、掌大权的人。

濡忍:柔顺忍让。

旦莫:旦暮。

列卿:指九卿。

[17]可言也,不可行,君子不言也;可行也,不可言,君子不行也:指言行必须相互照应。语出《礼记·缁衣》:"可言也,不可行,君子弗言也;可行也,不可言,君子弗行也。"

[18]比年言者持文墨论议相高:近年谏官以光凭舞文弄墨、说话议论为高。

石田:多石而无法耕作的田地。

[19]谏垣:指谏官官署。

[20]乡:同"向"。从前。

被兵:遭受战祸。

军兴:军事行动的开始。

流冗:流散,流离失所。

[21]难阃:以官阃为难。

[22]设供张祖道都门:在都(城)门之外的大道旁设帐饮酒相别。此用《汉书·疏广传》"设祖道供帐东都门外"事。供张:亦作"供帐"。指供宴饮之用的帷帐、用具、饮食等物。祖道:古人于出行前祭祀路神,称祖道。后也指饯行。

骊驹:《骊驹》是逸诗篇名,唱告别之意。

阕:终。

[23]扬历:功名、声威远扬。扬:传播,称颂。历:仕宦经历。

方岳:传说尧命羲和四子掌四岳,称四伯。至其死乃分岳事,置八伯,主八州之事。后因称任专一方之重臣为方岳。

二千石:官秩等级,因所得俸禄以米谷为准,故以"石"称之。自汉朝至三国、两晋、南北朝,二千石亦作为州牧、郡守、国相以及地位与之相当的中央高级官员的泛称。

[24]咄咄:感叹声。表示感慨。

饱侏儒囊粟:典自"方朔米(索侏儒米、索长安米)"。《汉书·东方朔传》:"朱儒长三尺余,奉一囊粟,钱二百四十。臣朔长九尺余,亦奉一囊粟,钱二百四十。朱儒饱欲死,臣朔饥欲死。"后因用为生活窘困忍心求索之典。

[25]粲然:笑貌。

大噱(jué):大笑。

参知周公（周嘉谟）寿序

李维桢

　　东方朔从汉武帝游上林[1]，有嘉树焉，以问朔。朔曰："是名善哉！"帝使人阴识之。后数岁，复问朔。朔曰："是名瞿所[2]。"帝曰："欺我！何乃与前殊？"朔对曰："夫大为马，少为驹；长为鸡，小为雏；大为牛，小为犊。人生为儿，长为老。昔为善哉，今为瞿所。万物败成，宁有定耶？"此滑稽之谈，然有至理焉，非朔莫能喻也。当是时，帝方志神仙冲举之事[3]，而以穷奢极欲行之，海内虚耗，几续亡秦，朔言意在讽谏耳。前朔而为《齐物论》之说者，庄生。秋毫太山，彭祖殇子。小大寿夭，殊途同归。淡泊恬愉，得其环中，以应无穷。前庄生而为玄同之说者，老氏[4]。凡物或行或随，或呴或吸，或强或羸，或载或隳[5]，顺其自然，挫锐解纷，和光同尘，以象帝先[6]。此三君可以屈，可以伸；可以潜，可以见。长生久视之道，洵不诬也[7]。

　　吾友周明卿，弱冠举进士，为度支郎[8]，守南雄，迁按察副使，治兵蜀中，寻进其省参知[9]，数有平夷功。而念其两尊人老，弃之归，年才强仕耳[10]。久之，而后称艾[11]。部使者屡荐于朝，明卿谢，不赴。里中戚党艳明卿之蚤贵而名达[12]，急流而勇退，宠辱毁誉，不顷焉干之胸中，故神王而色泽[13]。又以为明卿之勇退，乃所以收其蚤成之誉，以其不用于天下国家，专用之于身，不足于彼则有余于此，似之而实非也。夫明卿即不以少年挂冠解组[14]，富贵何常能长有耶？即岩居川观，终其身布衣，山泽之癯，能作石人耶[15]？昔者，伊尹、召公、卫武之属[16]，或居位数十百年；林类、荣启期、麦丘老人之属，或白首厄穷[17]；太公、鬻熊之属，或衰晚遇合[18]；颛顼、蒲衣、甘罗、介子推之属，或髫龀显名，其数适然耳[19]。贵贱淹速，总之在亡何有之乡[20]。假令可以与为取，可以弱为强，诸君子当至今存矣。明卿行安而节和[21]，不激不随，为诸生如是，为孝廉如是，为郎、为守、为藩臬使者如是[22]，人称之。为诸生、为孝廉、为郎、为守、为藩臬使者，因其位而号之耳。其神王而色泽，弱冠如是，壮有室如是，强仕如是，艾如是，人称之。弱冠、壮有室、强仕、艾，因其年而目之耳。天道不争而善胜，不言而善应，不召而自来，坦然而善谋，老庄、曼倩达天道矣[23]。明卿深于三君之术，不为福招，不为祸囮[24]。游逍遥之墟，立不贷之圃[25]。彼且安知其仕，安知其隐，安知其年之艾耶？

向后束帛贲丘园，开府一方[26]，入为八座九卿，进而称老称耆称耄称期颐[27]，何所加于今日？夫蚤贵而名达、急流而勇退者，其涉世之迹也。善哉、瞿所岂二物乎？《易》始于《乾坤》《屯》《蒙》，终于《未济》，原始反终，天下之能事毕矣[28]。曼倩之滑稽，本之老庄。老庄之学，本于《易》。明卿五十之年，可以学《易》，当必有爽然自失，如向子平之读《损益》者[29]。

秋七月二十有五日，明卿初度之辰，里中戚党酌兕觥为寿，而以余言侑爵[30]。余与明卿同庚，而差少徼天之灵，得见明卿期颐，即更端为侑爵之言[31]，不出此矣。

题解

本文录自李维桢著、明万历三十九年（1611 年）刻本《大泌山房集·卷之三十·寿序》第 22 页。

参知：明代承宣布政使司左、右参政别称。

周公：指周嘉谟。

寿序：祝寿的文章。明中叶以后开始盛行。

注释

[1]东方朔从汉武帝游：此典出自《太平广记》卷一七三引南朝梁殷芸《小说》："又汉武游上林，见一好树，问东方朔。朔曰：'名善哉。'帝阴使人落其树。后数岁，复问朔，朔曰：'名为瞿所。'帝曰：'朔欺久矣，名与前不同，何也？'朔曰：'夫大为马，小为驹；长为鸡，小为雏；大为牛，小为犊；人生为儿，长为老。且昔为善哉，今为瞿所。长少死生，万物败成，岂有定哉？'帝乃大笑。"

[2]瞿所：传说中的木名。

[3]冲举：旧谓飞升成仙。

[4]玄同：谓冥默中与道混同为

一。参见后文注释。

老氏:指老子。

[5]或行或随,或呴(xǔ)或吸,或强或羸,或载或隳(huī):语出《老子·第二十九章》。意思是,万物有的行于前,有的随于后,有的暖,有的寒,有的强,有的弱,有的成,有的坏(对待不同的人和事,方法也不同。所以,圣人治理天下,不过分,不奢侈,不过度)。呴:慢慢呼气。

[6]挫锐解纷,和光同尘:语出《老子·第五十六章》:"挫其锐,解其纷,和其光,同其尘,是谓玄同。"不露锋芒,消解纷扰,含敛光耀,混同尘世,这样就可以不分亲疏、利害、贵贱,让人们可以保持那份天性的质朴,能够在这种"玄同"的状态中自然而然地生活。

以象帝先:语出《老子·第四章》:"吾不知谁之子,象帝之先。"我不知道"道"是谁的儿子,它显象于天帝产生之先。

[7]长生久视之道:长寿之道。语出《老子·第五十九章》:"有国之母,可以长久,是谓深根固柢,长生久视之道。"久视:不老,耳目不衰。形容长寿。

洵不诬也:确实不是虚言。

[8]度支郎:度支郎中。官名。尚书省(台)属司度支司长官。明初曾置度中郎中,后裁撤。

[9]寻:不久,接着,随即。

[10]强仕:四十岁的代称。语本

《礼记·曲礼上》:"四十曰强,而仕。"

[11]艾:老年,对老年人的敬称。《礼记·曲礼上》:"五十曰艾。"

[12]艳:羡慕。

[13]不顷焉干之胸中:语出《荀子·解蔽篇》:"不以自妨也,不少顷干之胸中。"不让它们妨碍自己,不让它们有片刻的时间干扰自己的内心。

神王:谓精神旺盛。王:通"旺"。

色泽:颜色鲜明润泽。

[14]挂冠解组:辞官退隐。挂冠:汉王莽杀逢萌子,逢萌以为祸将累人,乃解冠挂东都城门而去。后比喻辞官。解组:解下系印的丝带,指辞官。组:丝带。

[15]岩居川观:居于山岩之间观看潺潺流水。形容隐者生活简陋,而悠然自得。

山泽之癯(qú):义同"山泽仙癯"。指居住在山泽间的骨姿清瘦的仙人。语出《史记》《汉书》中的《司马相如传》。诗文中常用以比喻闲居的文士。癯:癯然。清瘦的样子。

石人:犹言木石之人,谓其无知觉,亦谓其长久存在。

[16]伊尹:古代名相。伊助商汤伐夏桀,被尊为阿衡(宰相)。

召公:指助周武王灭商的召公奭(shì)。

卫武:古代有名的长寿者。春秋卫国国君,卒年九十五。

[17]林类:《列子·天瑞》记载,林

类年龄将近百岁,到了春天披着皮衣,在收割后的田地上捡遗留的谷穗,一边唱歌,一边前进。

荣启期:春秋末宋国人。孔子游历泰山时曾见他鬓发皆白,鹿裘带索,鼓瑟而歌,行于郕(即成,今宁阳东北)之野,称之为"能自宽者"。

麦丘老人:麦丘之地的老人。后常用作祝寿之辞。春秋时,齐桓公出猎追逐白鹿。追到麦丘这个地方,遇见一位八十三岁的老人。桓公与老人一起饮酒,并要老人以他的高寿来为自己祝寿。麦丘:地名,战国时齐邑,今山东商河县境内。

厄穷:艰难困苦。

[18]太公:姜太公,姜尚,字子牙,西周初年帮助武王伐纣的功臣。

鬻熊:周代楚的祖先。商朝时西周臣。事周文王,封于楚。

衰晚:犹暮年。

遇合:指臣子逢到善用其才的君主。

[19]颛顼(zhuān xū):上古帝王名。"五帝"之一,号高阳氏。相传为黄帝之孙。十岁佐少昊,十二岁而冠,二十登帝位。在位七十八年。

蒲衣:传说中的上古贤人。

甘罗:《史记·樗里子甘茂列传》记载,甘罗十二岁,做了秦相吕不韦的家臣。

介子推:春秋晋国人。从公子重耳(晋文公)流亡十九年。重耳返国即位,随从皆得赏,唯独不及介之推。遂隐居绵上(今山西介休东南)山中而死。或说文公放火逼他出山,不愿,遂烧死山中。

髫龀(tiáo chèn):谓幼年。

其数适然耳:他们的命运理当如此罢了。

[20]淹速:迟速。指时间的长短。

亡何有之乡:指空幻虚无的境界,或借指梦境、醉乡。语出《庄子·应帝王》。亡:通"无"。

[21]节和:节令和顺。此处作"和节"讲,有协调、合适的意思。

[22]藩臬使者:指布政使和按察使。

[23]曼倩:东方朔,字曼倩。

[24]祸囮(é):犹祸阶。谓招致灾祸的因由。囮:媒介。

[25]游逍遥之墟,立不贷之圃:语出《庄子·天运》:"古之至人,假道于仁,托宿于义,以游逍遥之虚,食于苟简之田,立于不贷之圃。"古代道德修养高的至人,对于仁来说只是借路,对于义来说只是暂住,而游乐于自由自在、无拘无束的境域,生活于马虎简单、无奢无华的境地,立身于从不施与的园圃。

[26]向后:后来。

束帛贲丘园:此处有结束田园生活的意思。语出《易·贲》:"六五,贲于丘园,束帛戋戋。吝,终吉。"六五:奔向丘园,送上许多布帛,初遇困难,终则顺利。丘园:家园,乡村。后指隐居之处。

开府:古代指高级官员(如三公、大将军、将军等)成立府署,选置僚属。

[27]八座九卿:泛指显贵的官员,朝廷的重臣。八座:封建时代中央政府的八种高级官员。历朝制度不一,所指不同。隋唐以六尚书、左右仆射及令为"八座"。九卿:古代中央政府的九个高级官职。

耄(mào):年老,八九十岁的年纪。

期颐:一百岁。

[28]《易》始于《乾坤》《屯》《蒙》,终于《未济》:乾坤、屯、蒙、未济,都是《易》的卦名。

原始反终:原始要终。探究事物发展的始末。

天下之能事毕矣:凡天下之事物变化它都能包罗无遗。能事:能做到的事。毕:齐备。语出《易·系辞上》:"引而伸之,触类而长之,天下之能事毕矣。"

[29]向子平之读《损益》:向子平即东汉向长,字子平,慕道不仕。向长读《损益》卦,始悟"富不如贫"。

[30]初度:原指人的生辰。后称人的生日为初度。

兕觥(sì gōng):古时的一种兽形酒器。

侑(yòu)爵:劝酒。在筵席旁助兴,劝人吃喝。

[31]差少徼(jiǎo)天之灵:求天上的神灵眷顾一点点。差少:稍稍。徼:通"侥"。

更端:另一事。

唐处士陆鸿渐(陆羽)祠记

李维桢

唐处士陆鸿渐者,邑人也,其生平具宋子京《唐书·列传》及所自为传中[1]。鸿渐生类子文,收蓄于太师积公禅院[2]。禅院故名龙华寺,或曰龙盖,今邑西湖禅寺,相传谓其遗址。赵璘《因话录》云:"竟陵龙盖寺僧姓陆,于堤上得一初生儿,收育之,遂以陆为姓。聪俊多能,学赡词逸,诙谐纵横,东方曼倩之俦也[3]。"鸿渐遗文独《茶经》行世。而又尝为歌,所深羡者,西江水向竟陵城来而已[4]。以故邑有覆釜洲,有陆子泉或曰文学泉,皆指目渐所品水烹茶处[5]。

嘉靖间，邑人鲁孝廉刻行《茶经》，而以沔阳童庶子传附之[6]。其后沔阳陈廷尉更刻之，豫章为玉山程光禄书[7]。邑人徐茂才复临刻之，校童传、更宋传者十六字，增者十二字，后有童赞，而遂以传童作，或亦《汉书》之用《史记》文耳[8]。

泉久没湖中。隆庆间，某某以治湖堤得之，构亭其上，鸿渐之迹日彰显矣。顾未有为祠，祠之者则自邑人周藩伯始[9]。既新其所托迹寺，更计之曰："寺因鸿渐名至今，而身无地受血食[10]，何耶？闻昔鬻茶者陶鸿渐形，以神事之炀突间[11]。吾党小子尸祝而俎豆之，为邑魁杓[12]，奚所不可？"于是就寺后创祠，为堂某楹，后有台，前有某房，有庑，有庖湢，遂成胜地[13]。既落成，使余记之。

余读《旧唐书·传》，隐逸者二十人，《新唐书·传》亦二十人，其附传者不与焉。新书所不合于旧者五人，所增于旧者九人，鸿渐所增之一也。按《传》，此数十人或仕而隐，或隐而仕。即不仕，而或以征聘至朝，或应辟至公府，染指而去；或取科名不偶而罢；或不就职而食朝禄[14]。而其人，或羽流方士，非吾儒俦伍[15]。其不拜征辟，目不见人主[16]，足不履朝堂，惟秦系、朱桃椎、李元恺、卫大经与鸿渐数人耳！鸿渐少耻为僧役，而好受儒，所蕴藉深醇，实度越诸子[17]。新书出而旧书摈不录，顷为旧书左袒者复扬之太过[18]。余谓二书瑕瑜自不相掩，第以《隐逸传》论，贺知章耄始乞归，而卢鸿一脱其名，如此类新书谬误已甚。旧书不收鸿渐，而烧丹炼药、方技猥杂[19]，则何谓也？子京之论曰：隐有三，概上焉者身藏而德不晦，自放草野，而名往从之。其次挈治世具弗得伸，或峭行不屈于俗，虽有所应，其于爵禄，泛然受[20]，悠然辞。末焉者内审其才，终不可当世取舍，故逃丘园而不返，使人常高其风而不敢加訾[21]。唐遁戢不出者，班班可述[22]，然皆下概。由斯以谈，鸿渐固非子京所深取也[23]。仲尼论逸民，首夷、齐，次柳下惠、仲连、虞仲、夷逸，而曰："我则异于是，无可无不可[24]。"夫无可无不可，惟仲尼能耳。借口仲尼以行其私，而通隐充隐、黄扉随驾、游侠隐士、北山移文之属，为世诟病矣[25]。迹鸿渐生平，降志辱身，隐居放言，身中清，废中权，柳下惠诸人之流亚乎[26]？令仲尼而在论次逸民[27]，必有取焉。子京又谓放利之徒，假隐自名，以诡禄仕，号终南少室为仕途捷径[28]。夫既已知之矣，奈何于鸿渐辈不深取也？子京之下士，乃今之上士乎[29]？余嘉鸿渐，能以鲁男子之不可、学柳下惠之可，要之不倍仲尼所云[30]，虽尸祝俎豆之可矣！

余览《一统志》载裴迪有《茶泉诗》云："竟陵西塔寺，曾经陆羽居。"鸿渐天宝中为县伶师，其时名未著。至与皇甫曾、权德舆、李季卿游，是大历、元和时人[31]。王摩诘与迪酬倡[32]，为盛唐时人，迪即年稍晚，或及缔交[33]。今其诗似咏鸿渐故居，则不相应。岂名氏偶同，或后人伪撰耶？《志》又言：陆子泉在沔阳州治西广教院。竟陵故沔属邑，鸿渐所往来，人或慕而为之名，或误以县为州与[34]？二事无足深辨，然论世亦不可不审也[35]。

周藩伯名芸，登嘉靖乙丑进士。立朝未及十年，悬车未及强仕[36]。放浪山水，雅慕鸿渐为人[37]。性复好施，自两寺外，新丹台、东林二靖，经像钟鼓诸物[38]，费累千金。有子命，弱冠举孝廉，人谓天所以美报也[39]。因附记焉。

题解

本文录自李维桢著、明万历三十九年（1611年）刻本《大泌山房集·卷之五十四上·记》第19页。

处士：本指有才德而隐居不仕的人，后亦泛指未做过官的士人。

注释

[1]邑人：本县人。

宋子京：宋祁，字子京，是《新唐书·陆羽传》的作者。

[2]子文：即春秋时楚国令尹（宰相）斗縠於菟，字子文。相传婴儿时被弃，曾受过母虎哺乳。

太师：称年高有德的大和尚。

[3]学赡（shàn）词逸：学识渊博，文采脱俗。赡：富足。

东方曼倩之俦：东方朔之类。东方朔，字曼倩。汉武帝时人，西汉比较重要的辞赋家，我国历史上的"滑稽之雄"。

[4]西江水向竟陵城来：语出陆羽《六羡歌》："千羡万羡西江水，曾向竟陵城下来。"西江：清道光元年（1821

年）版《天门县志·卷之六·山川》第18页记载："县河至姜家河又东三里，为西江，又曰巾江。在县西门外。陆鸿渐所歌即其处也。"

[5]指目：众人关注。

[6]鲁孝廉：鲁彭，国子监祭酒鲁铎长子，天门市干驿镇人。明正德丙子举人。明嘉靖二十一年（1542年），鲁彭刻本《茶经》刊行。孝廉：明清时对举人的美称。

沔阳童庶子：沔阳（今仙桃）人童承叙。童为明正德十五年（1520年）进士，官进左庶子兼翰林院侍讲，是鲁彭刻本《茶经》重要的参与者。

[7]沔阳陈廷尉更刻之：在江苏金山，由陈文烛撰序、程福生（孟孺）书刻、陈文烛等校勘的《茶经》出版，这就是"万历金山本"或"程福生竹素园本"。清雍正版《湖广通志》收录本文，此处无"之"。沔阳陈廷尉：指陈文烛。陈为沔阳（今属洪湖市）人。明嘉靖四十四年（1565年）进士。大理寺卿。廷尉：官名。北齐至明清皆称大理寺卿。

豫章：古代区划名称。江西建制后的第一个名称，即豫章郡（治南昌县）。

为：的，之。

程光禄：程福生，字孟孺，江西玉山人。万历初官中书。擅书法。

[8]徐茂才：徐同气，秀才。进士徐成位之孙。茂才：岁举常科。原称秀才，因避刘秀讳改称茂才。

童传、宋传、童赞：分别指童承叙修改过的陆羽传，宋祁的陆羽传，童承叙的《陆羽赞》。

或亦《汉书》之用《史记》文耳：意思是，童承叙修改过的陆羽传，袭用了宋祁的陆羽传的文字内容，类似《汉书》使用了《史记》的文字内容，却署名为班固。

[9]祠之者：为之建祠的人。

周藩伯：周芸，天门进士，曾任福建参议。藩伯：明清时指布政使。此处指参议。参议：明于布政使下设左、右参议，从四品，无定员，分守各道，并分管粮储、屯田、清军、驿传、水利等事。

[10]托迹：犹寄身。多指寄身方外，或遁处深山或贱位，以逃避世事。

血食：谓受享祭品。古代杀牲取血以祭，故称。

[11]闻昔鬻茶者陶鸿渐形，以神事之炀突间：听说过去卖茶的人用陶瓷制成陆羽的塑像，放在灶前，像神一样地敬奉。

[12]吾党小子尸祝而俎（zǔ）豆之：我们家乡的这些晚辈崇拜他、奉祀他。尸祝：祭祀。俎豆：俎和豆都是祭祀、宴会用的器具。谓祭祀，奉祀。

邑魁杓（biāo）：乡里所景仰之人。魁杓：北斗星七星中首尾两星的合称。

[13]庖湢（bì）：厨房和浴室。

[14]征聘：以特征与聘召方式任用官吏的制度。

应辟:响应朝廷的征召。辟:征召。

染指:比喻沾取非分利益。

科名:即科举功名。科举考试制度中经乡试、会试录取之称。凡科举中试者即属有科名。

不偶:指命运不好,不顺当。

朝禄:朝廷俸禄。

[15]羽流方士:道士。羽流:指道人、道士。方士:或称方术士、术士、有方之士,道士的前身。

俦伍:相当,相匹。

[16]拜:任官,授职。

征辟:征召,荐举。旧指朝廷或三公以下召举布衣之士授以官职。

人主:(历代)皇帝别称。

[17]蕴藉:宽和有涵容。

深醇:深湛淳厚。

度越:超越。

[18]左袒:谓偏护某一方。汉高祖刘邦死后,吕后当权,培植吕姓的势力。吕后死,太尉周勃夺取吕氏的兵权,就在军中对众人说:"拥护吕氏的右袒(露出右臂),拥护刘氏的左袒。"军中都左袒。

[19]猥杂:繁杂,杂乱。

[20]挈治世具弗得伸:身怀治国才干却不得施展。

峭行:刚正的品行。

泛然:随便,漫不经心貌。

[21]丘园:家园,乡村。后指隐居之处。

加訾(zǐ):加以诋毁。

[22]遁戢:隐匿。

班班:明显貌,显著貌。

[23]深取:犹言竭力取法。

[24]逸民:隐退不仕的人,失去政治、经济地位的贵族。

夷、齐:殷代遗民、不食周粟饿死于首阳山下的隐士伯夷、叔齐的合称。

我则异于是,无可无不可:我与这些人不同,没有什么可以,也没有什么不可以。意思是说,根据客观实际情况的发展变化而考虑怎样做适宜。语出《论语·微子》。

[25]通隐:旷达的隐士。

充隐:冒充的隐士。

黄扉:古代丞相、三公、给事中等高官办事的地方,以黄色涂门上,故称。借指丞相、三公、给事中等官位。

随驾:跟随帝王左右。

北山移文:此处指南北朝孔稚珪《北山移文》嘲讽的周颙(yóng)之类的人。文章借北山山灵的口吻,嘲讽了当时的名士周颙。周故作高蹈而又醉心利禄。北山:即钟山,因在建康城(南朝京都,今江苏南京市)北,故名。移文:古代官府文书的一种,旨在晓喻或责备对方。

诟病:侮辱。后引申为指责或嘲骂。

[26]降志辱身,隐居放言,身中(zhòng)清,废中权:语出《论语·微子》:"柳下惠、少连,降志辱身矣。""虞

仲、夷逸，隐居放言，身中清，废中权。"

降志辱身：被迫贬抑自己的意志，辱没自己的身份。

隐居放言：过隐居生活，说话放纵无忌。

身中清，废中权：能保持自身清白，离开官位而合乎权宜变通。中：符合，合于。

流亚：同一类的人或物。

[27]论次：论定编次。

[28]放利之徒，假隐自名，以诡禄仕，号终南少室为仕途捷径：参见本书第一卷李维桢《茶经序》注释[27]。

少室：少室山在河南登封市北，东、西少室山相距七十里，总名嵩山，为道教仙山之一。

[29]下士：才德差的人。

上士：道德高尚的人。

[30]以鲁男子之不可，学柳下惠之可：语出《诗经·小雅·巷伯》："哆(chǐ)兮侈兮，成是南箕。"张开大嘴，咧开大口，仿佛天上的南箕星宿。毛传：妇人曰："子何不若柳下惠然？姁不逮门之女，国人不称其乱。"男子曰："柳下惠固可，吾固不可。吾将以吾不可，学柳下惠之可。"鲁男子：春秋时鲁国人颜叔子，有坐怀不乱之誉。颜叔子独居一室，一天，一位女子要求投宿，颜叔子整夜点着蜡烛火把照明以避嫌。

要之：总之，重要的是。

不倍：不违背。

[31]大历：唐代宗李豫年号(766—780年)。

元和：唐宪宗李纯年号(806—820年)。

[32]王摩诘：王维，字摩诘。

酬倡：酬唱。用诗词互相赠答唱和。

此处对世人皆云裴迪为盛唐时与王维唱和之人质疑，李维桢的质疑有道理。作者或另有其人。《茶泉诗》原文为："竟陵西塔寺，踪迹尚空虚。不独支公住，曾经陆羽居。草堂荒产蛤，茶井冷生鱼。一汲清泠水，高风味有余。"

[33]缔交：结交。

[34]误以县为州：此处李维桢质疑值得商榷。唐时沔阳郡(州)曾治竟陵，前文"陆子泉在沔阳州治西广教院"记载无误。

与：同"欤"。

[35]审：周密。

[36]立朝：指在朝为官。

悬车：辞去官职。古人一般至七十岁辞官家居，废车不用，故云。

强仕：四十岁的代称。语本《礼记·曲礼上》："四十曰强，而仕。"

[37]放浪：放纵，不受约束。

雅慕：甚为仰慕。

[38]靖：古同"静"。指寺。

经像：佛像。

[39]美报：以美物酬报。

松石园记

李维桢

吾邑自鲁文恪公后,鲜簜羽鹓鹭者[1]。嘉靖末,二三君子继起,历两朝,卿大夫接迹[2]。其以清正著声,则御史大夫周明卿、左丞陈正甫为最。两公比邻,家距邑可六七十里[3]。余尝过明卿园,多幽旷之致,卒卒未有记也[4]。

时正甫奉晋督学,简书且启行,其园尚未有绪。垂二十年,而自七闽予告归[5],园始成。园之所有,有书院曰亲贤,有亭曰绥予、曰既右、曰净植,有庵曰极乐,有轩曰虚籁,有岭曰百果,有山房曰愚公,有斋曰永言,有窝曰燕息,有室曰回向,有圃曰蕙,有坞曰佳实,有林曰宝树,有坊曰长林丰草、曰雨华深隐,有台曰省获,有径曰竹,有桥曰云,有门曰净土、曰道岸、曰又玄,而概之以松石。或取适于花草禽鱼,或取胜于泉石湖山,或取景于烟雨风月,或取事于耕钓樵牧;或以睦宗戚,或以训子孙,或以集朋友,或以叩禅宗,往往与诸为园者同,而其深指殊不在是[6]。

盖正甫尊人葬其王父母于园西南隅,而恒徘徊思慕[7],曰:"他日从先人地下,舍是安归?"会戴夫人卒,遂以祔,而形家率言法不宜[8]。比太公卒,重违其志,暂厝之[9]。正甫之伯兄敬甫先生,日与诸弟旁求善地,拮据几终二星,卜得七甲嘴兆,奉太公、夫人以藏,距王父母墓十许步;园距太公、夫人墓才百余步,所谓既右、绥予、永言者,三致意焉[10]。以为维二人没世不忍忘其亲,天实鉴之。而后窀穸之宫,子事父母,妇事舅姑[11],地下犹地上也。维二人秉德累善,天实胙之,以妥灵于兹[12]。而后其兄弟承藉余庥,以斩艾蓬藋[13],而为园处之也。气候清淑,湖山明秀,动植飞潜,可为耳目之娱,二人若或眺听宴娱也[14]。垂纶于泽,撷蔬于圃,登谷于田[15],一切民生日用之务,二人若或率作兴事也。家之子姓,缨緌相属,伊吾相和,礼义相先,二人若或耳提面命也[16]。"洽比其邻,婚姻孔云。"亲疏远近,恩礼有差等,二人若或往来酬酢也[17]。沙门比丘诵经礼忏,六时不辍;轮回因果,薪尽火传,二人若或有妙喜吉祥,生弥陀净域也[18]。雨露既濡,则心怵惕;霜雪既降,则心凄怆[19]。一举足,一出言,如见二人之容声;伐一木,杀一兽,不敢不时,如见二人之所爱欲。然岂必入宗庙,设裳衣,荐笾豆,骏奔走[20],以其恍惚与神明交哉?

　　公家子姓,驯行孝谨,类万石君[21]。而余内交正甫三十余年,顷得事敬甫先生南雍[22]。先生撙节退让,终日不妄语,不跛倚,使人鄙吝都销[23]。是园也,先生勤垣墉,正甫涂墍茨;先生勤朴斫,正甫涂丹艧[24]。先生不自有而与其弟,弟不自有而从兄与宗人、里人,无长少贵贱,藏修息游,刑仁讲让[25]。《书》云,"惟孝友于兄弟","是亦为政"。正甫孝友之政,于是乎在。广而充之,以领天下国家,为世名臣,不亦宜乎!正甫有园记,略言邑人陆鸿渐以品茶名,去之苕霅以隐[26],而茶非邑所产,惟井泉犹存。先生官苕霅,携种布园中,属善造者造之,补陆鸿渐所未有,为八百年邑中盛事。要之物以人重,此犹未关至极[27]。余推原园所由创,其大归与众人殊,有裨伦常风教如是[28]。昔文恪已有园,载诸邑乘,为名胜故实,自今松石并传矣[29]。

题解

本文录自李维桢著、明万历三十九年(1611年)刻本《大泌山房集·卷五十七·记》第34页。

松石园:陈所学别业,在七甲嘴。故址今称南园、北园,位于干驿镇沙嘴村六组北约一华里,脚鱼壳、乌龟嘴以西,姜家墩以南。

注释

[1]吾邑:指作者的家乡,明称景陵,今天门。

鲁文恪公:鲁铎,卒谥文恪。

笾(zào)羽鹓鹭(yuán lù):比喻朝臣。笾羽:排列齐整,若飞鸟的羽翅。比喻古代百官朝见时仪仗行列整齐。

鹓鹭:鹓和鹭飞行有序,因喻百官朝见时秩序井然。

[2]卿大夫:(历代)朝廷命官泛称。

接迹:足迹前后相接。形容人多。

[3]御史大夫周明卿:指周嘉谟。周嘉谟,字明卿。御史大夫:御史台长官。明时改御史大夫为都御史,以右副都御使为巡抚的加衔。

左丞陈正甫:指陈所学。陈所学,字正甫。左丞:元代三次设立尚书省分理财赋,置丞相及平章、右丞、左丞、参政等宰执官。

邑:此处指县城。

[4]卒卒:仓促急迫的样子。

[5]奉晋督学:任山西提督学政。奉:恭敬地接受。督学:学政的别名。明清派驻各省督导教育行政及考试的专职官员。管理一省教育的最高行政长官。

七闽:指古代居住在今福建省和浙江省南部的闽人,因分为七族,故称。此处指福建。

予告:大臣因病、老准予休假或退休。

[6]深指:深刻的意旨。指:同"旨"。

[7]尊人:父亲。

王父母:古代亲属称谓。祖父母。

思慕:思念(自己敬仰的人)。

[8]祔(fù):合葬。

形家:旧时以相度地形吉凶,为人选择宅基、墓地为业的人。也称堪舆家。

[9]太公:父亲,也用来尊称别人的父亲。

重违其志:再违背他的意愿。

厝(cuò):停枢待葬或浅埋以待改葬。

[10]伯兄敬甫先生:指陈所前。伯兄:旧时对长兄之称谓。陈所前,字敬甫。贡生。通判。

拮据:操作劳苦。

几终二星:几乎用尽两周星的时间。岁星十二年在天空循环一周,一周星为十二年。宋代王十朋《拾荔枝核欲种之戏成一首》:"官满犹为十年计,实成须待二星终。"

七甲嘴:位于天门市干驿镇沙嘴村六组(上湾)北约一华里。今称脚鱼壳。"七甲嘴"一词,今指沙嘴村东北脚鱼壳、乌龟嘴、姜家墩、毛家墩、七屋嘴、席家嘴、曾氏墩、土地台等高地。

兆:墓地。

既右:佑助。

绥予:保佑我。

永言:长言,吟咏。

三致意:再三表达其意。

[11]窀穸(zhūn xī):墓穴。

舅姑:称夫之父母,公公婆婆。

[12]胙(zuò):福佑。

妥灵:安置亡灵。

[13]承藉:凭借。

庥(xiū):庇护,福佑。

斩艾蓬藋(dí):砍伐草莽。蓬藋:蓬草和藋草。泛指草丛、草莽。

[14]动植:动物和植物。

飞潜:指鸟和鱼。

宴娭(xī)：宴嬉，宴饮嬉戏。

[15]垂纶：垂钓。

撷(xié)：摘下，取下。

登谷：收割成熟的谷物。

[16]子姓：泛指子孙、后辈。

缨緌(ruí)：亦作"缨绥"。冠带与冠饰。亦借指官位或有声望的士大夫。

伊吾：象声词。读书声。

耳提面命：形容恳切地教导。

[17]洽比其邻，婚姻孔云：四邻五党多融洽，姻亲裙带联结广。语出《诗经·正月》。

恩礼：旧谓尊上对下的礼遇。

差等：等级，区别。

酬酢(zuò)：饮酒时主客互相敬酒，主敬客称酬，客还敬称酢。泛指应酬。

[18]沙门：原为古印度反婆罗门教思潮各个派别出家者的通称，佛教盛行后专指佛教僧侣。

比丘：指已受具足戒的男性，俗称和尚。

六时：佛教分一昼夜为六时：晨朝、日中、日没、初夜、中夜、后夜。

薪尽火传：比喻师生传授，学问一代一代地流传。

弥陀净域：佛教语。原指弥陀所居之净土，后为寺院的别称。

[19]雨露既濡(rú)，则心怵(chù)惕；霜雪既降，则心凄怆(chuàng)："春露秋霜"的延展。春季雨露日，秋季霜降时，后辈在春秋两季因感于时令而祭祀祖先。濡：沾湿。怵惕：戒惧。凄怆：悲伤，悲凉。

[20]荐笾(biān)豆，骏奔走：进献祭品，急速奔走。语出《尚书·武成》："邦甸侯卫，骏奔走，执豆笾。"笾豆：笾和豆。古代祭祀及宴会时常用的两种礼器。竹制为笾，木制为豆。

[21]驯行：善良的行为。

孝谨：孝顺而恭谨。

万石(dàn)君：指一家有五人官至二千石或一家多人为大官者。西汉石奋以孝谨闻于时，与其子五人皆为二千石，乃号奋为万石君。二千石：官秩等级，因所得俸禄以米谷为准，故以"石"称之。自汉朝至三国、两晋、南北朝，二千石亦作为州牧、郡守、国相以及地位与之相当的中央高级官员的泛称。

[22]内交：结交。

事敬甫先生南雍：指陈所前任南京国子监典簿，李维桢与陈有交往。南雍：明代称设在南京的国子监。雍：辟雍，古之大学。

[23]撙(zǔn)节：抑制，节制。

跛倚：偏向于某一方。

鄙吝：形容心胸狭窄。

[24]先生勤垣墉，正甫涂塈(jì)茨；先生勤朴斫，正甫涂丹雘(huò)：化用《尚书·梓材》："若作室家，既勤垣墉，惟其涂塈茨；若作梓材，既勤朴斫，惟其涂丹雘。"好比建筑房屋，既然辛

勤地筑起高墙和矮墙,那就应当考虑用茅草盖好屋顶,并涂补好屋顶上的漏洞;好比用上等木材制作家具,既然辛勤地把木材加工成家具,那就应当涂上上等颜色,以求美观。垣墉:墙。墍茨:用泥涂饰茅草屋顶。朴斫:砍斫,削治。丹镬:同"丹雘(huò)"。本指可供涂饰的红色颜料,此处是涂饰色彩的意思。

[25]藏修息游:意为隐居修身,停息交游。

刑仁讲让:把合于仁的行为定为法则,讲求谦让。

[26]邑人:同邑的人,同乡的人。

陆鸿渐:陆羽,字鸿渐。

苕霅(tiáo zhá):苕溪、霅溪二水的并称。在今浙江省湖州市境内。

[27]要之物以人重,此犹未关至极:总之,事物因名人欣赏而得到重视,这话只是一般水平的讲述,并不是真正的要言妙旨。意思是,陈敬甫携种种茶,补陆羽之无,也是一大盛事,"物以人重"这种说法不对。

[28]大归:大要,大旨。

有裨伦常风教:有补于建立伦理道德规范、端正社会风气。伦常:人与人相处的常道。特指封建社会的伦理道德。即认为这种道德所规范的君臣、父子、夫妇、兄弟、朋友五种关系,即五伦,是不可改变的常道。风教:指风俗教化。

[29]文恪已有园:指鲁铎的别墅已有园。参见本书第一卷鲁铎《已有园》诗题解。

邑乘(shèng):县志,地方志。

故实:以往的有历史意义的事实。

冲漠馆记

李维桢

　　徐惟得以观察大夫归,久之,而后有城南第[1]。第之旁隙地,衡若干尺,纵若干丈,以其余力为冲漠馆[2]。

　　入馆最南得阁,曰久青。两湖若珥[3],大河若带。负郭滨水而居者[4],户以万计;帆樯之往来者,日以数百千计。环堤而树,榆柳之属无算[5]。其气郁葱暗霭,与邑中炊烟朝夕吐欲也[6]。摩空群峭,在数十里外,作佛髻观[7],而是阁皆得有之。

　　从其下左入为洞,曰白云深处,夏不知有暑。从其下右入为亭,曰四顾,四方多植花树,四时以次妍秀,而编竹藩之[8]。又从其右得石池,池所畜锦鳞累百[9],为石梁其上,击钵施食,人与鱼乐可知也。临池为轩,轩后皆苍筤竹[10],是名水竹居。从竹径右入为阁,曰九玄,藏书万卷。其左室以诵颜曰"适意",其右室以寝颜曰"偃息",而馆之能事毕矣[11]。

客有游于馆者,馆人献疑曰:"观察之经营此也,池亭洞阁,异体而同致;寒暑燥湿,异宜而同适;禽鱼花树,异类而同美[12]。启居惟时[13],吟眺无常。外有宾从,内有子姓[14]。上下论议,啸歌酬酢,耳目玩好备具,此亦天下之极娱也,乌在其名冲漠[15]?"客曰:"观察好养生家言,善养生家言者,无如漆园、柱下,道以冲漠为宗[16]。夫水之性,不杂则清,莫动则宁;郁闭而不流,亦莫能清。人固若是,将盈嗜欲、长好恶,则性命之情病矣;将黜嗜欲、擘好恶,则耳目病矣[17]。故举而归之冲漠,其视物之傥来,寄也,来不可圉,去不可止[18],顺物自然而无容私焉[19]。见素抱朴,以恬以愉[20]。故曰:万物负阴而抱阳,冲气以为和[21]。游心于淡,合气于漠,而天下治矣[22]。是天地之平而道德之质也[23]。释氏亦然,应无所住而生其心,于世法中行出世法,是以不坏世相而成实相[24]。岂必穷闾厄巷,终窭且贫,苦体绝甘,槁项黄馘[25],然后为冲漠也与哉?"馆人曰:"客之言深矣。窃闻之老庄、儒者所不道,况乃贝典[26]。请折衷于孔氏[27]。"

客曰:"孔氏之学,莫精于克复[28]。克复之目,非礼则勿言、勿动、勿听、勿视,非并视听言动而一切绝之,如外道断灭相也[29]。故曰:'素富贵,行乎富贵;素贫贱,行乎贫贱[30]。'颜回箪食瓢饮,居陋巷不改其乐,则贤之[31]。曾点偕童冠,浴风咏归,则与之[32]。舜禹有天下而不与,则亟称之[33]。意必固我,不留其中;仕止久速[34],相时而动。冲漠何大于是?"馆人曰:"客之言正矣。顾犹泛也,请就馆论。"客曰:"琼宫瑶台,章华虒祁,阿房未央,为世炯戒,墨氏矫之[35]。治天下者,裘褐为衣,跂蹻为服,必自苦以腓无胈、胫无毛[36],是非素位,是犹有已也[37]。文王为灵台灵沼,囿方七十里,鱼鸟麋鹿,充牣其中,雉兔、刍荛者悉往焉[38],天下不以为泰。诗人诵之曰:无然畔援,无然歆羡,诞先登于岸[39]；不长夏以革，不大声以色，顺帝之则是则，冲漠者也[40]。以观察之力为是馆，不丰不约，一宅而寓于不得已[41]。彼视夫寒暑燥湿，造化之委和也[42]；池亭洞阁，禽鱼花树，宾从子姓，造化之委形也[43]。取无禁，用无竭；不内变，不外从[44]；不雄成，不患失[45]。因以为茅靡波流[46]，其于冲漠几乎？"

馆人唯唯，以质惟得[47]。惟得卑陬失色，曰："吾今乃为人所窥，如是馆矣[48]。馆人其以客语记吾过[49]，且记吾馆。"

题解

本文录自李维桢著、明万历三十九年（1611年）刻本《大泌山房集·卷之五十八·记》第1页。

清康熙三十一年（1692年）版《景陵县志·卷之六》第42页记载："冲漠馆，在南城内，邑中丞徐成位别业也。李维桢、王穉（zhì）登、陈文烨、费尚伊有序记。自咏十绝，属和者甚众。"冲漠馆旧址在今天门市鸿渐路与元春路交汇处西南，原市邮电局所在地。冲漠：恬静虚寂。

注释

[1] 徐惟得：徐成位，字惟得，号中庵。

观察：明清时道的行政长官别称观察。

大夫：唐宋以后高级文职阶官的称号。

第：官邸，大的住宅。

[2] 余力：余裕的力量。

[3] 珥：珠玉做的耳环。

[4] 负郭：谓靠近城郭。负：背倚。郭：外城。

[5] 无算：不计其数。极言其多。

[6] 郁葱：形容草木苍翠茂盛的样子。

暗霭：亦作"暗蔼"。众多貌。

吐欱（hē）：吐出吸进。

[7] 群峭：许多高陡的山峰。

作佛髻观：看起来像佛髻。佛髻：呈盘曲状发髻的美称。相传佛发旋曲为螺形，故称。

[8] 妍秀：秀丽。此处指按季节开花长叶。

藩：此处是以篱笆屏障的意思。

[9] 锦鳞：鳞片如锦的游鱼。鱼的美称。

[10] 苍筤（láng）：青色，未黄熟。

[11] 颜：题写匾额。

能事毕矣：意思是，冲漠馆功能完

备。能事:能做到的事。参见本书第一卷李维桢《参知周公(周嘉谟)寿序》注释[28]"天下之能事毕矣"。

[12]馆人:古称管理馆舍、招待宾客的人。

异体而同致:形态不同而事理相同。

异宜而同适:所宜不同而合宜相同。异宜:所宜各不相同。

[13]启居:安坐休息。古人坐下休息的两种姿势,以此代指坐下来休息。启:跪。居:坐。

[14]宾从:客人和仆从。

子姓:泛指子孙、后辈。

[15]论议:对人或事物的好坏、是非等表示意见。

啸歌:大声吟咏,歌唱。

酬酢(zuò):主客相互敬酒,主敬客称酬,客还敬称酢。

乌:何。

[16]养生家:指修道者。因其讲究行气功,炼丹药,以求长生,故名。

漆园:战国时庄子为吏之处,后世常引申为庄子或庄子学派的代称。

柱下:相传老子曾为柱下史,后以柱下为老子或老子《道德经》的代称。

[17]黜(chù):摈除。

搴(qiān):除去。

[18]其视物之傥(tǎng)来,寄也,来不可圉(yǔ),去不可止:看待意外得到的东西,应知如同寄托,来时不能防御,去时不能阻止。语出《庄子·缮性》,庄子曰:"轩冕在身,非性命也,物之傥来,寄者也。寄之,其来不可圉,其去不可止。"庄子说:"荣华高位在身,并不是真性本命,外物偶然来到,如同寄托。寄托的东西,来时不能抵御,去时不能阻止。"傥来:亦作"倘来"。意外得的东西。圉:防御。

[19]顺物自然而无容私焉:顺应事物的自然而没有半点儿个人的偏私。参见本文注释[22]。

[20]见素抱朴:现其本真,守其纯朴。谓不为外物所牵。

以恬以愉:恬愉。恬适,安乐。

[21]万物负阴而抱阳,冲气以为和:万物都有背道之阴和向道之阳,二者相互激荡以求平和。语出《道德经·四十二章》。冲:冲突、交融。

[22]游心于淡,合气于漠,而天下治矣:语出《庄子·内篇·应帝王》,原文为:"汝游心于淡,合气于漠,顺物自然而无容私焉,而天下治矣。"意思是,你应处于保持本性、无所修饰的心境,交合形气于清静无为的方域,顺应事物的自然而没有半点儿个人的偏私,天下也就得到治理。

[23]是天地之平而道德之质也:这是天地平易(不偏倚)的本原和道德的实质。语出《庄子·刻意》:"夫恬淡寂寞,虚无无为,此天地之平而道德之质也。"

[24]释氏亦然:佛教也是如此。释氏:佛姓释迦的略称。亦指佛或

佛教。

应无所住而生其心：人应该对世俗物质无所留恋，才有可能生出清净之心。住：指的是人对世俗、对物质的留恋程度。心：指的是人对佛理禅义的领悟。出自《金刚经》的"庄严净土"第十。

世法：对出世法而言，佛教把世间一切生灭无常的事物都叫做世法。

出世法：佛教谓达到超脱生死境界之法。

世相：即世间相。佛教语。谓世上的事物、现象。

实相：佛教语。指宇宙事物的真相或本然状态。

[25]穷闾厄巷，终篓(jù)且贫，苦体绝甘，槁项黄馘(xù)：语出《庄子·列御寇》："夫处穷闾厄巷，困窘织屦，槁项黄馘者，商之所短也。"身居偏僻狭窄的里巷，贫困到自己编织麻鞋，脖颈干瘪面色饥黄，这是我不如别人的地方。穷闾厄巷：身居偏僻狭窄的里巷。篓：贫穷，贫寒。苦体绝甘：劳苦身形、谢绝美食。槁项黄馘：颈项枯瘦，脸色苍黄。形容极不健康的容貌。槁：枯干。馘：脸。

[26]贝典：佛经。印度贝多罗树（菩提树、觉树）之叶，经处理后可以代纸，古代印度人常用以书写佛经。

[27]折衷：取正，用为判断事物的准则。

[28]克复：克己复礼。意谓约束自我，使言行合乎先王之礼。孔子提出的道德修养原则和方法。语出《论语·颜渊》。

[29]如外道断灭相：就像旁门左道所说的什么也没有的空。外道：佛教徒称本教以外的宗教及思想为外道。断灭：灭绝生机，虚妄乌有。佛教认为断灭空是邪见。相：相状。

[30]素富贵，行乎富贵；素贫贱，行乎贫贱：处在富贵的地位，就做富贵人应该做的事；处在贫贱的地位，就做贫贱时应该做的事。指所作所为符合富贵的身份。语出《中庸》。行：所作所为。

[31]颜回箪(dān)食瓢饮，居陋巷不改其乐，则贤之：语出《论语·雍也》："一箪食，一瓢饮，在陋巷，人不堪其忧，回也不改其乐。贤哉回也！"一箪饭，一瓢水，住在简陋的小屋里，别人都忍受不了这种穷困清苦，颜回却没有改变他好学的乐趣。颜回的品质是多么高尚啊！箪：古代盛饭用的竹器。

[32]曾点偕童冠，浴风咏归，则与之：典自《论语·先进》"子路、曾皙、冉有、公西华侍坐章"。曾点回答孔子言志："春服既成，冠者五六人，童子六七人，浴乎沂，风乎舞雩，咏而归。"孔子赞同其志。

[33]舜禹有天下而不与(yù)，则亟(qì)称之：舜和禹真是崇高得很呀！贵为天子，富有四海（却整年地为百姓

勤劳),一点也不为自己。这是《论语·泰伯》中,孔子称赞舜禹的话。与:参与,关联。这里含私有、享受的意思。亟:屡次。

[34]意必固我:语出《论语·子罕第九》:"子绝四:毋意,毋必,毋固,毋我。"孔子杜绝了四种毛病:不凭空猜测,不绝对肯定,不拘泥固执,不自以为是。后人总结为"意必固我"。

仕止久速:语出《孟子·公孙丑章句》:"可以仕则仕,可以止则止,可以久则久,可以速则速,孔子也。"可以做官时就做官,可以隐居时就隐居,可以久留就久留,需要急速离去,就急速离去。这是孔子的风格。

[35]琼宫瑶台:"殷辛琼室"和"夏癸瑶台"的缩略。指商纣王所建的华丽宫室、夏桀所建的华丽楼台。

章华:即章华台,楚之离宫。位置在今湖北潜江西南,古华容县城内。一说湖北监利县西北。

虒(sī)祁:虒祁宫。春秋晋平公筑,在今山西省侯马市西南汾祁村。原文为"虒祈"。

阿房未央:秦筑阿房宫于咸阳,为项羽所毁;汉筑未央宫于长安,今成废墟。

炯戒:明显的鉴戒或警戒。

墨氏矫之:义同"枉墨矫绳"。比喻违背准绳、准则。

[36]治天下者,裘褐(qiú hè)为衣,跂蹻(qí qiāo)为服,必自苦以腓(féi)无胈(bá)、胫(jìng)无毛:治理天下的人,身穿粗布衣服,脚着木鞋草鞋,把自身清苦看作是行为准则,累得腿肚子消瘦、小腿上无毛。语出《庄子·天下第三十三》:"禹亲自操橐耜而九杂天下之川。腓无胈,胫无毛,沐甚雨,栉疾风,置万国。""使后世之墨者多以裘褐为衣,以跂蹻为服,日夜不休,以自苦为极。"裘褐:粗陋的御寒冬衣。多指贫苦或隐逸者所服。跂蹻:木鞋和草鞋。跂:通"屐"。木制鞋子,底部有齿。蹻:草鞋。腓:胫骨后的肉。亦称"腓肠肌",俗称"腿肚子"。胈:大腿上的白肉。胫:小腿,从膝盖到脚跟的一段。

[37]是非素位,是犹有已也:这不是职责的缘故,这是治天下者还能控制自己的奢欲。素位:谓现在所处之地位。

[38]灵台灵沼:周文王召集庶民修台修沼,与民同乐,名其台曰灵台,名其沼曰灵沼。

充牣(rèn):充满。

刍荛(chú ráo):草叫刍,打柴叫荛。指割草打柴的人。引申为草野鄙陋的人。

悉:全,尽。

[39]无然畔援,无然歆羡,诞先登于岸:不要徘徊不要动摇,也不要去非分妄想,渡河要先登岸才好。语出《诗经·大雅·皇矣》。畔援:犹"盘桓",徘徊不进的样子。歆羡:犹言"觊觎",

非分的希望和企图。诞:发语词。先登于岸:喻占据有利形势。

[40]不长夏(jiǔ)以革,不大声以色,顺帝之则是则:语出《诗经·大雅·皇矣》:"帝谓文王:予怀明德,不大声以色,不长夏以革。不识不知,顺帝之则。"上帝告知我周文王:"你的德行我很欣赏。不要看重疾言厉色,莫将刑具兵革依仗。你要做到不声不响,上帝意旨遵循莫忘。"长:挟,依恃。夏:夏楚,刑具。革:兵甲,指战争。大:注重。以:犹"与"。顺:顺应。则:法则。

冲漠者也:说的就是冲漠馆啊。

[41]以观察之力为是馆,不丰不约,一宅而寓于不得已:凭借徐成位观察的实力,营建冲漠馆,不奢华,也不简约,把自己寄托于自然的境域。

一宅而寓于不得已:语出《庄子·人间世第四》:"无门无毒,一宅而寓于不得已,则几矣。"不去寻找仕途的门径,也不向世人提示索求的标的,心思凝聚全无杂念,把自己寄托于无可奈何的境域,那么就差不多合于"心斋"的要求了。一宅:意思就是心灵安于凝聚专一,全无杂念。一:心思高度集中。宅:这里用指心灵的位置。不得已:指自然。

[42]委和:谓自然所付与的和气。

[43]委形:谓自然或人为所付与的形体。

[44]不内变,不外从:不改变内心的持守,不顺从外物的影响,便是遇事的安适。语出《庄子·达生》。

[45]不雄成:不因为成功而自以为是。

[46]茅靡波流:波流茅靡。如水波逐势而流,如茅草随风而倒。比喻胸无定见,趋势而行。茅:茅草。靡:倒下。

[47]馆人唯唯,以质惟得:馆人称是,向主人徐成位求证。唯唯:恭敬的应诺声。

[48]卑郝失色:非常惭愧,面失常态。卑郝:惭愧的样子。

吾今乃为人所窥,如是馆矣:我心里的秘密被人窥伺,就像冲漠馆被人参观一样。

[49]其以客语记吾过:要通过客人的对话记下我的过失。

明处士少津刘君墓志铭

李维桢

竟陵之东六十里,聚曰皂角[1]。据溳水下流,而三澨沧浪,别汇为湖,胁带其左[2]。市可三千家[3]。其人,土著十之一,自豫章徙者七之,自新都徙者二之[4]。农十之二,贾十之八,儒百之一[5]。自豫章徙者,莫盛于吉之永丰[6]。至以名其闾,而永丰莫著于刘氏。

刘氏之先业儒,南宋时有为侍御史者[7]。入明,七代孙纯正贾楚,乐市之土风,因家焉[8]。有子六人,其五曰珙秀[9],贾之余以治农。有子四人,伯曰河,农与贾兼之,而有儒者行。以父称东津居士,君亦号少津云。其母昌,母弟三人渤、池、淳[10]。继母钟,有弟济,女弟适庠生甘桂[11]。父卒而济尚幼,事继母甚谨。兄弟共釜而食,无纤微间[12]。其后食指繁,室湫隘不能容,乃别置第,而朝夕上母食[13]。母往来诸子家,独留君所久。而淳早卒,抱哺子应朝,为娶妇[14],为嫁其女于丘岱。君之卒也,皆为服三年如父母。而先是钟疾甚,君为医药襀袩,忧瘁不胜[15],钟竟无恙。君故健,会溽暑之田间,风袭肌,归而头岑岑也[16]。又强起治家人生产,病乃重[17]。不数日遂卒。母枕尸而哭之,曰:“天乎,何不以老妇易吾儿? 夫系刘氏安危者,儿也。”君孝友[18],大致如此。娶于张,生二子:长应光,娶于钟,即母党孙[19]。次应召,娶于董孝廉历兄文学春女也[20]。君居恒自恨不为儒,以儒课二子甚勤,而皆苦病,不能就其业[21]。

余先世亦徙自豫章,为君同郡人。先王父朝列公与君父素还往,见君兄弟市不二价而善之[22]。余自史官出参陕藩,追丧两子[23]。先王父闻君有息女,因令先君子委禽俾来助篝[24]。

君尝入陕视女。余为督学使者[25],吏有罪受笞数十,君从壁隙窥,大吐舌。吾乃知恶之不可为也。虽然,吾闻阴德可以裕后昆[26],自今请公小宽之。余妇王孺人善病,以家秉授君女[27],然君益自远。孺人重君,岁时走奴婢问,遗君夫妇有加礼[28]。君暴卒,孺人趣余助之棺[29]。余新得傅氏地,距市里许,卜之,吉。孺人复从臾余以葬君负甲抱庚[30]。

君生于嘉靖辛卯十月十有八日,卒于万历戊子闰六月一日[31],年五十有八。葬以庚寅正月三日[32]。铭曰:

谓天之胙,善为可凭,而胡不遐龄[33]? 不尽之福,子孙是承。谓而幽宅之相为有征[34]。而魄既宁，宁而子孙。施及而女，慰而冥冥[35]。

赐进士出身、中大夫、河南布政使司左参政，前奉敕督学陕西、按察司副使，翰林院国史修撰，里人李维桢撰[36]。

题解

本文录自刘少津墓志。墓志现藏于天门市皂市镇白龙寺。李维桢著、明万历三十九年(1611年)刻本《大泌山房集·卷之八十七·墓铭》第23页收录本文，文字有异。

处士：古时称有才德而隐居不仕的人。

注释

[1]竟陵之东六十里，聚曰皂角：李维桢《大泌山房集》(以下简称"李维桢文集")作"竟陵东六十里，聚曰皂角市"。

聚曰皂角：有个叫皂角埠的集镇。聚：聚落，居民集聚定居的地点。皂角：今天门市皂市镇。因镇内五华山盛产皂角树，明代改皂角埠，清代称皂角市，后简称皂市。

[2]溾(āi)水：俗称京山河。流入天门皂市称皂市河。

三澨(shì)：古河名。此处指三澨之一蒐(yuǎn)澨，即京山河。京山河自京山东南流入天门皂市，称长汀河、皂市河。

沧浪：水青色。

胁带其左：指水流环绕镇东。左：面向南时，东的一边，与"右"相对。

[3]可：大约。

[4]土著：世代居住本地的人。

豫章：古代区划名称。江西建制后的第一个名称，即豫章郡(治南昌县)。

新都：地名。汉南阳郡有新都县，故城在今河南新野县东。楚新都或许是其前身。

[5]贾(gǔ)：做买卖的人，商人。古时特指设店售货的坐商。

[6]吉之永丰：指明代吉安府永丰县。今为江西省吉安市永丰县。

[7]业儒：以儒学为业。

侍御史：古代中央执掌监察的官员。

[8]因家焉：于是定居于此。

[9]珙：音gǒng。

[10]其母昌，母弟三人：母亲生育能力强，同母之弟有三个。李维桢文集作"毋昌同产弟"。

[11]女弟:妹妹。

庠生:明清两代府、州、县学的生员别称。"庠"为古代学校名称。

[12]釜:古代的一种锅。

无纤微间:此处指家庭和睦,连一点细小的空隙也没有。李维桢文集无此句。

[13]食指:指家庭人口。

湫(jiǎo)隘:低下狭小。

别置第:另行安置住房。

而朝夕上母食:李维桢文集无此句。

[14]为娶妇:李维桢文集无此句。

[15]禳禬(ráng guì):为消灾除病而祭祀。

忧瘁:指忧虑劳累、身心憔悴的样子。

[16]溽(rù)暑:又湿又热。指盛夏的气候。

岑岑:头昏闷或胀痛的样子。

[17]又强起治家人生产,病乃重:李维桢文集作"又强起治生产,病乃革"。

[18]孝友:孝顺父母、友爱兄弟。

[19]母党:母之亲族。党:家族。

[20]董孝廉历:指董历。董历,字玉衡,天门市胡市镇董大村董家大湾人。明万历十六年(1588年)戊子科举人,第四名;明万历二十三年(1595年)乙未科进士。授蜀富顺令。孝廉:明清时对举人的美称。李维桢作此文时,董历尚未中进士。

兄文学春:指董历长兄董春。文学:指熟通经义的儒生。

[21]恒:经常。

课:讲习,学习。

甚勤:李维桢文集无"甚勤"二字。

就其业:指完成学业。

[22]先王父:已故祖父。

与君父素还往:与他的父亲平素就有往来。李维桢文集作"与君父布衣交"。

市不二价:做买卖没有两种价钱。形容公道诚实,不搞欺诈。市:市场,指交易。

[23]自史官出参陕藩:指作者从翰林院国史修撰外放担任陕西按察司副使。藩:藩参。明代承宣布政使司左、右参政与参议别称。布政使司别称"藩司",故有此称。此处指按察司副使。

追:紧跟着。

[24]息女:亲生的女儿。

先君子:旧时自称去世的父亲。

委禽:古代汉族婚姻礼俗。指求婚以雁作为礼物。

助蒩(zào):指纳为妾。蒩:本义为副。指蒩室,旧时称妾。

[25]督学使者:学政的别称。明清派驻各省督导教育行政及主持考试的专职官员。也称"督学""学使"。

[26]裕后昆:垂裕后昆。为后世子孙留下功业或财产。后昆:后裔,子孙。

[27]以家秉授君女:指将主持家

政之事交给刘少津之女。

[28]岁时:每年一定的季节或时间。指某一节令。

加礼:用厚礼待人,表示特别尊敬。

[29]趣(cù):古同"促"。催促,急促。

[30]孺人复从臾余以葬:李维桢文集作"孺人告余以葬"。

从臾(sǒng yú):即"怂恿",鼓动干某事。

负甲抱庚:风水中的坐东偏北向西偏南的一种朝向。参见本书第一卷李维桢《吴公(吴文佳)墓志铭》注释[5]"负某抱某"。

[31]嘉靖辛卯:明嘉靖十年,1531年。

卒于万历戊子闰六月一日:李维桢文集作"卒万历戊子后六月一日"。万历戊子:明万历十六年,1588年。

[32]庚寅:明万历十八年,1590年。

[33]胙(zuò):福佑。

遐龄:高寿。

[34]幽宅:坟墓,墓穴。

有征:有根有据。

[35]冥冥:高远。

[36]中大夫:散官名。明朝为从三品,升授。

参政:辅佐左右布政使的官员。从三品。

奉敕:奉皇帝的命令。

督学陕西、按察司副使:陕西学政。明提刑按察副使、提督学道,即带提刑按察副使衔提督学道者(由按察副使充任之提督学道),省称"提学副使"。

修撰:元明清时翰林院职官名。主要职责为掌修国史、实录等。

里人:同里的人。同乡。

李公(李维桢)墓志铭

钱谦益

天启初,纂修《神宗显皇帝实录》,朝议歙然,以谓旧史官京山李公,起家隆庆中,早入史馆,四十余年,朝常国故,皆能贮之箧笥,编诸谱牒。且又老于文学,谙识吏事,诚非新进少年所可几及。昔马融三入东观,张华再典史官,并取博闻,咸资旧德。诚令得专领史局,早蒇厥事，于国史有光焉。当国者格其议不果行。久之，起南京太常寺卿，稍迁南京礼部右侍郎，升尚书，名曰录用，实不令与史事。而公遂以年至移疾致仕。天启六年闰六月，卒于家，春秋八十。公卒之五年，而神庙《实录》始告成事。嗟乎！蕉园之削稿，久闷人间；芸阁之署名，未知谁某？群公之金紫已陈，作者之墓木将拱。顾欲执铅墨以相稽，抚汗青而流涕，岂不迂哉！此吾于李公之葬，为之彷徨三叹而不能自已也。

公讳维桢，字本宁，其先豫章人。高祖九渊，徙楚之京山。九渊生珏，珏生景瑞，景瑞生淑，举进士，官至福建左布政，公之父也。公生而夙惠，读书能记他生之所习。年十八举于乡。二十一上进士第，选翰林院庶吉士，除编修。穆庙《实录》成，升修撰。在史馆，与新安许文穆公齐名，同馆为之语曰："记不得，问老许。做不得，问小李。"仁圣皇太后修胡良巨马桥，词臣撰碑进御，江陵公独取公文，同馆皆侧目焉。乙亥内计，遂出为陕西参议，迁提学副使。自是浮湛外僚，凡三十年，始稍迁至南太常。其间居艰者再，左迁量移者再。同时故人，多在台阁。公流滞自如，终不一通殷勤，愿蒙子公力得入帝城也。凡自翰林出为外吏者，多鄙夷其官，不肯习吏事。公官于秦、晋、梁、蜀、江、淮，历参议、副使、参政、按察使以至右布政使。讨虏于鄜、衍，征番于洮、岷，行河于颖，平妖于浙，采木于蜀，精强治理，不敢以词垣宿素，少自暇豫。文人才子，不得志于仕宦，则往往耆声色，纵饮博，以耗雄心而遣暇日。公自读书而外，泊然无所嗜好，帘阁据几，焚膏秉烛，捃摭旧闻，钻穴故纸，古所谓老而好学者，无以逾公也。公初在馆阁有重名，碑版之文，照曜四裔。晚侨居白门、广陵间，洪裁艳辞，既足以沾丐衣被，而又能骫骳曲随，以属厌求者之意。海内谒文者趋走如市，门下士争招要富人大贾，受取其所奉金钱，而籍记其目以请。公栖毫阁笔，次第应之，一无倦色也。其生平俶傥好士，轻财重气，坐客常满。干谒请求，贫者以为橐，而黠者以为市。其或假竿牍，窃名姓，恣为奸利者，穷而来归，遇之反益厚。交游猥杂，咎誉错互，颇以此受人诬染，终不以介意也。天性孝友，遇其诸弟，患难缓急，异面而一身。其傲弟不见德，反辄轹之。家居惧祸，衰晚避地，属有急难，未尝不手援也。公之自翰林出也，刘御史台论江陵罪状，数其忌公而逐之。江陵败，人或谓公当抗论自白。公曰："江陵惜我才，欲以吏事练我。彼未尝厄我，我忍利其死以为赘乎？"杨忠烈唱移宫之议，权幸交嫉，啧有烦言。奋笔为《庚申记事》，人或咻之。公曰："吾老矣，旧待罪末史，不惜以余年为国家别白此事。圣朝不以文字罪人，非所患也。"人知公乐易博达，修长者之行，不知其所期待持择如此。今上四年辛未，其孤国子生营易诣阙请恤于朝，赠太子少保，赐祭葬如令甲。十二月，葬公于游山之原。

公娶王氏，子三人：营易、营室、营国。孙若干人。营易既葬公，持所撰行述及周吏部士显之状谒余而请曰："愿有述也。"余以史馆后进，受知于公。公乞休时，余在右坊，寓书相告曰："能援我以进，又能相我以退者，必子也。"余是以诺营易之请，隐括其事状，举其所知者，以为之志。公有《大泌山房集》及续集若干卷行于世。其文章之声价，固以崇重于当代矣，后世当有知而论之者。铭曰：

穆庙戊辰，馆选聿隆。七相蝉联，猗嗟数穷。煌煌列宿，太微紫宫。嘻彼抱叹，实命不同。沙堤道在，平津阁空。岿然灵光，寿考显融。八座引退，八十考终。挹彼注兹，天之报公。金声玉色，大吕黄钟。铭无愧词，以质幽宫。

题解

本文录自《搜韵·影印古籍》中的钱谦益《牧斋初学集·五十一》第11页。原题为《南京礼部尚书赠太子少保李公墓志铭》。

钱谦益：字受之，号牧斋，晚号蒙叟、东涧老人，江苏常熟人。明末文坛领袖，与吴伟业、龚鼎孳并称为江左三大家。瞿式耜、顾炎武、郑成功都是他的学生。

徐成位（云南巡抚）

徐成位(1544—1614年)，字惟得，号中庵，天门城关人。

清乾隆乙酉(1765年)初版《天门县志·卷十四·宦迹》第5页记载："徐成位，字惟得。六岁始能行就傅，绝出侪辈。二十五成进士。尹舒城，行条鞭投柜法，催科中寓抚字，民便之。移剧宝应。其时，民气嚣动，窥隙伺衅，有揭竿思逞意。至则发帑代输，缓逋弗追。反侧安，流亡集。乃自劾专命罪，台臣以是识其能。最入限于年，不得予台省，进春官郎中，守徽州，歙筐蚖(yuán)丝例独贡。少年瞋目语难曰：'新郡六邑，谁不当供篚者？太守不释我负，有事攻剽已耳！'成位以岁美易丝实篚，罢歙输，收倡者杀以徇，郡中肃然。秉节沂兖，河渚迫泗陵。上怒，罪河员，以事属，成位曰：'惟有导淮分河，河穿陉出峡。'石骱(jiè)磊砢不可铲，梦汉寿侯语以火攻，乃涸水，伐木焚石，煆(xiā)以醯(xī)石解泐。洪波不矶，水杀下趋。会檇(zuì)李民变，朝议以成位名重，移节弭之。外艰归。再起，备兵登莱，习战海上，炮车鼓角之所震宕，岛夷莫敢驾帆窥境。迁蜀藩伯，病免。诏以都御史抚滇，未赴，卒。成位性孝友善，兴除利弊，流惠桑梓。如置义田赡族，增堤障卫邑人，捐金皆以千计，其大者也；若甃(zhòu)路成梁，设塾置刹，不可悉数云。"

1932年版《宝应县志·卷十·宦绩》第9页记载："徐成位，景陵人。由进士授舒城知县，有声望。隆庆三年，宝应饥民告急，三院保荐，转知宝应县事。至则恩威并济，迎刃而解。明年大计，以治行第一赐宴并帛。是春，奉内召入格于年，授仪部主事。"同版县志卷三十一第12页记载："徐成位德政碑，隆庆五年立，今在县署门内东侧。"

中国第一历史档案馆《明代隆庆年间两淮盐务题本》引述《总理江北等处盐屯右佥都御史庞尚鹏为举劾淮安府等地官员以昭劝惩事题本》："又访得……舒城县知县徐成位，温纯和易之度，明朗决断之才。崇俭约以律己而里甲不烦，持镇重以安民而地方有赖。徭役得调停之法，催征适缓急之宜。查侵欺，行丈量，田赋一举可正；黜冗役，清冒滥，经费充然有余。此二臣者履任未深，芳声已著，所宜并荐，以需远效者也。"(载2000年2期《历史档案》第7页)

冲漠馆十咏

徐成位

万劫由来一聚尘,秋风感叹二毛侵[1]。而今自驾柴车转,鱼在深渊鸟在林[2]。

乞得官家梦里身,三湘鱼鸟伴幽人[3]。月团片片清肌骨,满地榆钱未是贫。

占得城隅半亩宫,泠泠松竹四时风。何人解得烟萝意,便是云山一万丛[4]。

百年踪迹付烟霞,三径松风两部蛙[5]。倚杖柴门无底事,书囊药鼎是生涯[6]。

丛花片石暮烟霏,竹径萧萧长蕨薇。手把琼枝独远望,瞳瞳初日照荷衣[7]。

玉林烟薄槿篱空,香径参差待晚风[8]。红翠满庭明月到,自疑身在蕊珠宫[9]。

深巷幽栖半野蒿,白衣柔橹送村醪[10]。开樽洗盏花阴下,旋剪春葱擘蟹螯[11]。

酒痕狼藉杂莓苔,柳暗花明劝举杯[12]。蓬鬓强梳冠未正,夕阳又照玉山颓[13]。

溷样新弘碧玉寒,白榆初坠五云端[14]。鲈鱼正美无由得,斩取龙孙作钓竿[15]。

芒鞋竹杖穿林樾,兰叶荷花香不歇[16]。洞庭春色琥珀光,管领烟霞弄明月[17]。

题解

本诗录自清康熙七年(1668年)版《景陵县志·卷之六·古迹·别墅考》第44页。参见本书第一卷李维桢《冲漠馆记》题解。

注释

[1]万劫由来一聚尘：万世千载，历来犹如一粒尘烟聚合。万劫：万世。佛家称世界从生成到毁灭的过程为一劫。形容时间长久。一聚尘：一堆土。谓人死后埋于坟墓中，终化为尘土。

二毛：指斑白之发。

[2]自驾柴车：典同"柴车堪驾""柴车夺牛"。《后汉书》卷八十三《韩康传》：韩康字伯休，京兆霸陵人。遁入霸陵山中，常柴车幅巾，连征不至。后以此典指隐士不慕荣利。柴车：简陋无饰的车子。

[3]三湘：地区名，说法不一，泛指湖南。此处指楚地。

幽人：泛指避世幽居之人。

[4]烟萝：指山野，林野。借指隐居。

[5]三径：代指隐士的家园。语出陶渊明《归去来兮辞》："三径就荒，松菊犹存。"

两部蛙：两部蛙声。《南齐书·孔稚珪传》载，南朝齐孔稚珪不乐世务，"门庭之内，草莱不剪，中有蛙鸣"。有人问他是否要学陈蕃，他说，"我以此当两部鼓吹"，何必学他。后多用为写逸适生活的典故。

[6]底事：何事，什么事情。

[7]曈曈(tóng)：日月初出明亮的样子。

[8]槿(jǐn)篱：亦称"樊槿"。木槿篱笆。木槿，落叶乔木，夏秋开花，多植庭院供观赏，亦可作篱笆，故称。

[9]蕊珠宫：道教经典中所说的仙宫。

[10]村醪(láo)：乡下人自家酿的酒。

[11]擘(bò)：分开，掰开，剖开。

[12]酒痕狼藉杂莓苔(méi tāi)：化用陆龟蒙的《袭美醉中寄一壶并一绝走笔次韵奉酬》："酒痕衣上杂莓苔，犹忆红螺一两杯。"莓苔：青苔。

[13]玉山颓：形容人风度美好，多指醉态。三国魏人嵇康身长七尺八寸，风姿特秀。山涛称他为人如孤松独立，醉酒时如"玉山之将崩"。

[14]滉(huàng)样：晃动貌。

新弘：当为"新泓"。

碧玉：比喻澄净、青绿色的自然景物。

白榆：亦称"天榆""星榆"，省作"榆"。指星。

[15]龙孙：指新竹。

[16]林樾(yuè)：林间隙地。原文为"林越"，据1929年版、天门市横林镇陶潭村《徐氏宗谱·卷一》第15页改。

[17]管领：领受。

燃灯寺

徐成位

野旷依萧寺,空斋祇短檠[1]。微风生殿阁,疏雨到柴荆[2]。仙梵白云和,樵歌绿树丁[3]。逍遥江色暮,隐几听秋声。

选胜资幽赏,实心仿佛居[4]。摊书闻鸟语,倚杖看农锄。下里黄花满,中尊绿醑虚[5]。穷通君莫问,庄叟已遽遽[6]。

窈窕凌丹壑,淹留倚绛宫[7]。萝轩延素月,苔涧起秋风。入定观三法,翻经解六虫[8]。不须逢惠远,已觉万缘空。

寂寞龙宫外,迢遥一水茫[9]。寒蛩吟绿草,狡兔隐黄梁[10]。涛送风飞雨,沙明月照霜。浮生原不定,随意钓沧浪[11]。

题解

本诗录自清康熙七年(1668年)版《景陵县志·卷之七·享祀志》第65页。

燃灯寺:旧址在今天门市横林镇鄢滩村八组谢家滩。

注释

[1]萧寺:泛指佛教寺庙。南朝梁武帝萧衍崇奉佛教,尝造佛寺,命萧子云以飞白书题额曰"萧寺",因称。

短檠(qíng):矮灯架。借指小灯。

[2]疏雨:稀疏的小雨。

柴荆:指用柴荆做的简陋门户。

[3]仙梵:佛教徒诵经的声音。

樵歌:打柴人唱的山歌。

丁:遭逢。熊士鹏编、清道光癸未(1823年)版《竟陵诗选·卷十四》第1页作"萦"。

[4]选胜:寻游名胜之地。

[5]下里:谓乡里,乡野。

中尊:古代中等容量的酒器。

绿醑(xǔ):唐代对美酒的泛称。绿即绿蚁,原意为酒上泛起的绿色泡沫,多作酒的代称。醑:原意指滤酒去滓,也多作美酒的代称。绿醑既可合称,也可分用以指酒。

[6]穷通:困厄与显达。

庄叟亦遽遽(jù):庄子也是这样物我两忘啊。典自"庄周梦蝶"。庄叟:庄子。遽遽:惊惶。

[7]窈窕:深远貌,秘奥貌。

丹壑:暗红色的山壑。此处疑指水波。燃灯寺滨叫湖。

淹留:羁留,逗留。

绛宫:传说中神仙所住的宫殿。

[8]入定:佛教语。谓安心一处而不昏沉,了了分明而无杂念。多取跌坐式。谓佛教徒闭目静坐,不起杂念,使心定于一处。

三法:教法、行法、证法。教法是释迦牟尼佛一生所说的十二分教。行法是依佛的教示而修行四谛十二因缘与六度等。证法是依修行的功夫而证得菩提涅槃之果。

翻经:读经。

六虫:"六尘"之喻。佛教语。六尘指色、声、香、味、触、法。谓物欲杂念。

[9]龙宫:指佛寺。

迢迢:遥远。

[10]寒蛩(qióng):深秋的蟋蟀。

狡兔:原文为"秋兔"。据廖元度编、湖北省社会科学院文学研究所校注、2019年版《楚风补校注·卷之二十三》第1362页,熊士鹏《竟陵诗选·卷十四》第1页改。

[11]浮生:语本《庄子·刻意》:"其生若浮,其死若休。"以人生在世,虚浮不定,因称人生为浮生。

过留河

徐成位

明河敛秋色,鼓枻兴悠悠[1]。远屿云中尽,孤村水上浮。风凋丞相岭,波涌帝王洲[2]。怀古翻萧索,闲吟断白鸥[3]。

题解

本诗录自清康熙七年(1668年)版《景陵县志·卷之三·舆地志》第20页。

留河:留驾河。清乾隆乙酉(1765年)初版《天门县志·卷之一·地理》第18页记载:"留驾河,县南。今地名羊耳湾。汉昭烈败于长坂,趋汉津,与关某船会得济,留驾于此。今淤。其南为诸葛岭。"

注释

[1]敛:原文为"激",据廖元度编、湖北省社会科学院文学研究所校注、

2019 年版《楚风补校注·卷之二十三》第 1362 页改。

鼓枻(yì):摇桨。也可以理解为叩击船舷。

[2]丞相岭:当指诸葛岭。今天门市横林镇匡岭村二组、三组俗名诸葛岭。诸葛岭北旧有湖名西赵湖,有古河名运粮河。

[3]怀古翻萧索,闲吟断白鸥:秋天踏访古迹,更觉萧条冷落;诗兴大发,闲对白鸥,直到白鸥飞出视野。翻:成倍增加。断:望断。向远看直到看不见。

李本宁宪副(李维桢)入蜀

徐成位

大雅微茫竟莫陈,长庚入梦隐梁岷[1]。一时叱咤无先辈,千载驰驱有后身[2]。彩笔纵横霞作绮,铉言潇洒玉为尘[3]。浣花溪上春无赖,谁是当年携手人[4]?

翩翩旌旆结如云,蜀道材官四队分[5]。万里清风逢杜甫,峨眉明月吊文君[6]。旄头阻险魂犹假,太乙临戎势自焚[7]。白羽渡泸君记取,好驱九折建奇勋[8]。

题解

本诗录自清康熙七年(1668 年)版《景陵县志·卷十二·杂录志》第 40 页。

宪副:按察副使。明朝地方掌管一省司法的长官称为按察使,官居正三品;其下设有按察副使,官居正四品,而“宪副”一词即是对按察副使的敬称,因为按察使又称“宪台”。

注释

[1]大雅微茫竟莫陈:称赞李维桢振文坛之衰。语出李白《古风五十九首·其一》:“大雅久不作,吾衰竟谁陈?”“正声何微茫,哀怨起骚人。”大意是,雅声久矣不起,谁能兴起?舍我其谁。

大雅:《诗经》的组成部分之一。旧训雅为正,谓诗歌之正声。后亦用以称闳雅淳正的诗篇。

长庚入梦隐梁岷：称赞入蜀的李维桢有李白之才。语出李阳冰为李白作品的序言《草堂集序》："惊姜之夕，长庚入梦，故生而名白，以太白字之。"孩子生下来的那天晚上，长庚星进入梦境，所以生下来就命名为"白"，用"太白"来做字。惊姜，用《郑伯克段于鄢》中姜氏生郑庄公的典故。

长庚：古代指傍晚出现在西方天空的金星。亦名太白星、明星。

梁岷：梁山与岷山的并称。代指蜀地。

[2]后身：佛教有"三世"的说法。谓转世之身为"后身"。此处为"太白后身"之省。郭祥正，字功父、功甫，年轻时，梅尧臣有"采石月下闻谪仙"之句称赏他，苏轼也以"李白后身"善意取笑他。

[3]铉(xuàn)言：弦言。琴声。铉：通"弦"。徐成位《题徐微休(徐善)六咏》有"弦言潇洒飞松尘，诗思琳琅下笔床"之句。

[4]无赖：指似憎而实爱。含亲昵意。

[5]材官：西汉初年，地方有经常训练的预备兵。山地或少马的地方多步兵，叫做材官。

[6]文君：卓文君，西汉时蜀郡临邛(今四川邛崃)人。

[7]旄头：古代皇帝仪仗中一种担任先驱的骑兵。此处指官军。

太乙：疑指商朝开国君主成汤的祭名，也作天乙、大乙、高祖乙。

临戎：亲临战阵，从军。

自焚：取意"兵犹火也，不戢将自焚"，此处讲制止战争的必要。

[8]白羽渡泸：语出辛弃疾《满江红·贺王帅宣子平湖南寇》："人道是，匆匆五月，渡泸深入。白羽风生貔(pí)虎噪，青溪路断猩鼯(wú)泣。"白羽：古代军中主帅所执的指挥旗。又称白旄。亦泛指军旗。

九折：九折坂。在今四川荥经县西邛崃山。山路险阻回曲，须九折乃得上，故名。

题徐微休(徐善)六咏

徐成位

栖迟阁[1]

欣将环堵老庚桑，独掩柴门倚隐囊[2]。修竹笼云封石鼎，残花带雨落绳床[3]。五车图籍春光润，三径烟霞晚翠凉。习习清风生户牖，分明尘世到羲皇[4]。

属文馆[5]

萧然生事笑斫桑,书满乌皮茧满囊[6]。问字绳绳来葛屦,草玄默默坐匡床[7]。露凝玉玦三溪湿,风起如椽四座凉。有客吹嘘文似昔,紫泥飞诏入堂皇[8]。

徐徐室

万木萧疏隐柘桑,只将踪迹付奚囊[9]。怀人有赋挥金错,坐客无毡倚石床[10]。寂寂别馆花微落,霏霏孤城雨暂凉[11]。枝头好鸟繁弦急,人境悠悠是邃皇[12]。

市隐亭[13]

谷口沉冥只土床,杖头酤酒满油囊[14]。烟云冉冉春常在,萝月纷纷夏自凉[15]。无邪池塘生浪柳,且将耕稼老空桑[16]。烟霞莫爱吾赓好,早傍彤云捧玉皇[17]。

一塌居

幽居何事倚枢桑,三尺空悬古锦囊[18]。长夜金樽堪避暑,清秋玉笛已生凉[19]。弦言潇洒飞松尘,诗思琳琅下笔床[20]。一日沧江春睡足,长安车马自张皇[21]。

嘉树园

无数寒藤抱绿桑,莓苔满地挂胡床[22]。一溪流水渔樵便,四壁清风枕簟凉[23]。刘去黄云犹在圃,歌来白雪已盈囊[24]。檐前倚树浑无事,击壤还应赞圣皇[25]。

题解

本诗录自清康熙七年(1668 年)版《景陵县志·卷之十二·人物志·隐逸》第

9页。

徐微休:徐善,字微休,号巾城,天门人。早弃举业。工古文辞。与李维桢、徐成位交往密切。

注释

[1]栖迟:游息。

[2]环堵:四周环着每面一方丈的土墙。形容狭小、简陋的居室。

庚桑:庚桑楚,老聃的弟子。语出《庄子·庚桑楚》:"老聃之役,有庚桑楚者,偏得老聃之道,以北居畏垒之山。"庚桑楚是老聃的弟子,他独得老聃之道的精义后,去北方居住在畏垒山中。

隐囊:人倚凭的软囊。犹今之靠枕、靠褥之类。

[3]绳床:一种可以折叠的轻便坐具。以板为之,并用绳穿织而成。又称"胡床""交床"。

[4]户牖(yǒu):门和窗。

羲皇:指上古伏羲时代。

[5]属(zhǔ)文:撰写文章。

[6]生事:指产业。

乌皮:乌皮几。乌羔皮裹饰的小几案。古人坐时用以靠身。

萤满囊:晋代车胤家贫,无力购买灯油,于是在囊袋中放入萤火虫,借着萤火所发出的亮光读书。典出《晋书·卷八三·车胤传》。后用来形容在艰困的环境中,勤奋读书。

[7]问字:据《汉书·扬雄传》载,扬雄多识古文奇字,刘棻(fēn)曾向扬雄学奇字。后来称从人受学或向人请教为问字。

绳绳:戒慎貌。

葛屦(jù):用葛草编成的鞋。

草玄:指扬雄撰《太玄经》。扬雄甘心寂寞,寄意《太玄》。后因用作著述或表示胸襟淡泊的典故。

匡床:古代方形坐具。亦作"筐床"。

[8]紫泥:诏书。古时皇帝诏书的封袋用紫泥封口,上面盖印。

堂皇:广大的殿堂。

[9]奚囊:唐代诗人李贺字长吉,他常常骑一头小驴,带一个童仆,背一个锦囊,外出作诗,得到好句就写下来投到锦囊里去。后因称诗囊为奚囊。奚:小奚奴。年幼的侍童。

[10]金错:金错书。特指中国书法史上一种书体。

[11]别馆:招待宾客的住所。

[12]繁弦:繁杂的弦乐声。

人境:尘世,人所居止的地方。

邃皇:当为"燧皇"之误。"燧人氏"为古代三皇之一,故称。

[13]市隐:指居于城市的隐士。

[14]谷口:借指隐居之地。谷口本为地名,在今陕西泾阳县西北。西

汉隐士郑子真，修身养性，不是自己织布做成的服装就不穿，不是自己种的粮食就不吃。汉成帝时，大将军王凤礼聘郑子真出山，但他始终不改初衷，在谷口岩下耕种庄稼，在京城以清高著称于时。后因作咏隐士之典。

沉冥：指隐居的人。

酤酒：买酒。

[15]萝月：藤萝间的明月。

[16]空桑：空心桑树。

[17]赓好：疑指诗歌唱和，泛指赋诗。

[18]幽居：僻静的居处。

枢桑：桑枢。用桑枝作门枢。比喻贫贱。

[19]金樽：酒樽的美称。

[20]弦言：琴声。

笔床：笔架。

[21]张皇：势盛貌。

[22]莓苔：青苔。

[23]枕簟(diàn)：枕席。

[24]刈(yì)：割草。

黄云：黄色之云，古以为祥瑞。

[25]击壤：相传帝尧时，一老者边击壤，边唱道："日出而作，日入而息，凿井而饮，耕田而食，帝力于我何有哉？"后以击壤指歌颂太平。

六臣注文选校勘记

徐成位

郡斋旧有六臣《文选》刻久而残失[1]。山东崔大夫领郡，重为剞劂[2]。但校雠者卤莽，中多舛讹，甚以俗字窜古文，观者病之[3]。余暇日属二三文学详校，凡正壹万五千余字，庶几复见古文之旧[4]。又以为读书论世必得其人，故略梁史梓昭明小传[5]。钱塘田叔禾旧有《文选叙》一章[6]，足祛世俗之惑，亦以并梓。若司马佳什，则与此选不朽者，是宜冠诸篇首[7]。

万历戊寅季夏吉，云杜徐成位识[8]。

题解

本文录自徐成位重校、明万历戊寅(1578年)刻本《六臣注文选》。标题为本书编者所加。

六臣注文选:唐开元年间,吕延济、刘良、张铣、吕向、李周翰五人为南朝梁萧统《文选》作注,称"五臣注";至南宋,将李善注与五臣注合为一,称"六臣注"。

注释

[1]郡斋:郡守的住所。

[2]崔大夫:指崔孔昕。崔孔昕,字晋明,山东滨州人。进士。曾任徽州知府。官至两淮盐运使。

领郡:指崔孔昕任徽州知府。

剞劂(jī jué):本指刻镂的刀具,此处是雕版、刻印的意思。

[3]校雠(jiào chóu):一人独校为校,二人对校为雠。谓考订书籍,纠正讹误。

卤莽:粗疏,轻率。

舛讹(chuǎn é):错乱,错误。

俗字:即俗体字。旧时指通俗流行而字形不合规范的汉字,别于正体字而言。

古文:古代的文字。

观者病之:读者指责这一行为。

[4]属(zhǔ):委托,交付。

文学:指熟通经义的儒生。

庶几:希望,但愿。

[5]读书论世必得其人:"知人论世"的意思。孟子提出的文学批评方法。若要了解作品,首先必须了解作者其人,以及作者所处的那个社会环境。

梁史梓昭明小传:指《梁书》中的《昭明太子传》。梓:印书的雕版。因雕版以梓木为上,故称。后泛指制版印刷。

[6]田叔禾:田汝成,字叔禾,钱塘(今浙江杭州)人。明中叶文学家。

叙:通"序"。为……作序。

[7]佳什:好诗,优美的诗作。

[8]万历戊寅:明万历六年,1578年。

吉:朔日。旧历每月初一。

云杜:西汉置云杜县,属江夏郡。梁置沔阳郡,省云杜入竟陵,迁竟陵县治于云杜城。云杜城在竟陵西北巾口。此处代指竟陵,今天门。

识(zhì):记。

徐氏宗谱序

徐成位

予褥食数月,无复生意,已处置后事,与家人诀别。而从子咏,子怵、惕，适以宗谱来观，予力疾编订，为之色喜[1]，庶赖子侄之助，有面目得上先人丘陇矣。先人学道不倦，敦复古道，不怠而躬行，故子弟有邹鲁之风[2]。生平欲为家祠、为义田、为族谱，皆以年不配德、治命在耳[3]。予上承考志，忘其弗逮，如愚公之移山、夸父之逐日，永肩一心，拮据弛担，而幸以先人之灵，取次举行[4]，沙聚塔成，若有因缘者。初欲诠述情本，明白须讫，感往切来，弁之首简[5]。而今黄土残魂，奄忽不振，可为叹息。古者百忍坚，七业兴，万石驯谨，吾子孙当以为法守[6]。斯谱者上治祖祢，下治子孙，旁治昆弟[7]，无为鱼散，无为鸟惊，无为鹰击，无为兽斗，无陨越于后，以为先人羞，是谱之大有造于宗也！世岂无谱，累累空为后人窗棂坞壁间一片闲纸者乎？昧雉彼视[8]，莫谓死者无知也。是月也，皇上以滇中节钺起臣田间[9]，而朝露之人亮负国恩，幸从启手足前得竣谱事。书不云乎，惟孝，友于兄弟，施于有政[10]。如皇上使人就家，求茂陵遗草，当以此进御[11]。谱法行，虽治天下可也。

万历甲寅仲春既望，深本公五世孙成位识[12]。

题解

本文录自1929年版、天门市横林镇陶潭村《徐氏宗谱·卷一》第1页。

注释

[1]力疾：勉强支撑病体。

色喜：喜悦流露在脸上。

[2]邹鲁：邹，孟子故乡；鲁，孔子故乡。后因以邹鲁指文化昌盛之地、礼义之邦。

[3]治命：指人死前神志清醒时的遗嘱。与"乱命"相对。后亦泛指生前遗言。

[4]拮据：本指鸟类筑巢，操作劳苦，手口并作。后用拮据比喻艰难困

顿，或境况窘迫。

弛担：放下担子，息肩。

取次：谓次第，一个挨一个地；挨次。

[5]情本：事情的根由。

须讫：此处有"终止"的意思。

弁：放在前面。

首简：犹序言。

[6]百忍：唐代寿张人张公艺，九代同居，高宗问他家族和睦相处的原

因,他在纸上写一百多个忍字。后指能忍,百般忍耐。

七业:七种学业。典自"一门七业"。《晋书·刘殷传》:"殷有七子,五子各授一经,一子授《太史公》(《史记》),一子授《汉书》。一门之内,七业俱兴。"刘殷七个儿子都精通经史专业。用作家学兴盛的典故。

万石(dàn):西汉石奋以孝谨闻于时,与其子五人皆为二千石,乃号奋为万石君。参见本书第一卷李维桢《松石园记》注释[21]"万石君"。

法守:谓按法度履行自己的职守。

[7]上治、下治、旁治:语出《礼记·大传》:"上治祖祢,尊尊也。下治子孙,亲亲也。旁治昆弟,合族以食,序以昭穆,别之以礼义,人道竭矣。"往上端正先祖先父的名分地位,这是尊崇正统至尊。往下确定子孙的继承关系,这是亲爱骨肉至亲。从旁理顺兄弟的手足情谊,用聚食制度来联合全族的感情,用左昭右穆的族规排列辈分,用礼仪来区别亲疏长幼,人道伦常就都体现无遗了。治:正。有规矩,严整。

祖祢(mí):先祖和先父。亦泛指祖先。

[8]昧雉彼视:此处指食言违约。典自"昧雉之盟"。《公羊传·襄公二十七年》载,卫献公与其弟公子鲜约定不杀宁喜,但后来卫献公却食言杀了宁喜。公子鲜愤然携妻离卫,并与妻盟誓曰:"苟有履卫地食卫粟者,昧雉彼视。"汉何休注:"昧,割也。时割雉以为盟。犹曰视彼割雉,负此盟则如彼矣。"

[9]滇中节钺(yuè):此处指云南巡抚之任。节钺:符节和斧钺,古代授予将帅,作为加重权力的标志。

[10]惟孝,友于兄弟,施于有政:把亲和兄弟施与政事。语出《尚书·君陈》:"惟孝,友于兄弟,克施有政。"有政:政事,政治。有:助词。

[11]茂陵遗草:典自"茂陵著书"。《史记·卷一百一十七·司马相如列传》:汉代司马相如病居茂陵,武帝派人求取其书,其妻说,相如时时著书,但都为人取去,只有一卷书了。使者取回,其书所说乃封禅事。后以此典指文人家居从事著述,也借指文人的著作。遗草:遗稿。

进御:进呈。

[12]万历甲寅:明万历四十二年,1614年。

刘邑侯（刘继礼）生祠碑记

徐成位

吾邑为泽国，土田斥卤，民物抗敝[1]。天锡刘侯乃起凋瘵，直指荐剡冠楚令尹[2]。而太夫人春秋且八十。侯泫然曰："椎牛考钟鼓，不如菽水之逮其亲也[3]。"即日上书乞归养。四民震骇，裹粮分辈诣台使挽留[4]，不允。侯遂得请行。邑人遮道号哭，攀辕断靷[5]，侯亦泪涔涔下。长老谓百年未闻也，宣言曰："侯为吾邑，视民如子，抚掌股之上也；爱士如父，训塾垣之内也[6]。导利则时雨溉禾黍也，祛患则鹰扬逐鸟雀也，如之何而弗祠也？世方溷浊，侯揭日月[7]，筐筐绝庭，苞苴不行，古悬鱼留犊[8]，不廉于此矣！奸如鬼蜮，讼所由梦[9]，侯烛照犀燃，舞文股栗，古片言折狱[10]，不明于此矣！深春雨淫，民艰半菽，侯开廪救瘰[11]，司计抵传舍，悬书输将，侯捐俸三百缗充积逋，即漆洧遗爱[12]，不仁于此矣！襄郢水溢，大玗导漾而主曲防，侯奋髯争之遂沮[13]；七邑渔税，例遣中使侵牟万端[14]，侯请休所司转轮，即褫裘直节[15]，不烈于此矣！"予曰："此侯诚心所致也！"当挽辙时，有二市魁前此被鞭笞，至是亦摩肩雨泣[16]，众叹李平、廖立于今复睹[17]。呜呼！斯民直道之心，我侯纯白之诚[18]，古今一也，如之何弗思而祠也？

题解

本文录自清康熙七年（1668年）版《景陵县志·卷之七·享祀志》第35页。

刘邑侯：指刘继礼。清康熙七年（1668年）版《景陵县志·卷之七·享祀志》第35页记载："刘邑侯祠，在古城关庙旁。知县刘公文庭祠也。公讳继礼，字文立。"清乾隆乙酉（1765年）初版《天门县志·卷之十·循良》第5页记载："刘继礼，字公立，四川宜宾人。由进士万历三十五年任。惠爱清廉。岁饥发帑赈困，复捐俸三百代完逋赋。襄郢水大，玗欲曲防，防曲则害景，毅然争之，复请鱼课下所司征解，忤监司，免归。民攀辕号泣，公亦挥涕而别。因立生祠，以志去思。"刘在任三年。邑侯：明清县长官别称。刘邑侯祠旧址在今陆羽广场西。

注释

[1]斥卤:盐碱地。

抗敝:吴履谦编、清道光丙申(1836年)版《竟陵文选·卷上》第19页作"凋敝"。凋敝:民众的财物破败。

[2]凋瘵(zhài):指困穷之民或衰败之象。

直指:绣衣直指。绣衣,表示地位尊贵;直指,谓处事无私。绣衣直指本由侍御史充任,故亦称"绣衣御史"。

荐剡(yǎn):指推荐人的文书。引申作推荐。

令尹:泛称县、府等地方行政长官。尹:元代时称州、县长官为尹。

[3]泫(xuàn)然:水珠向下滴的样子。

椎牛考钟鼓,不如菽水之逮亲也:与其在亲人亡故后杀牛敲钟祭奠,不如趁他们在世时好好奉养。语本《韩诗外传·卷七》:"是故椎牛而祭墓,不如鸡豚之逮亲存也。"

椎牛:椎牛恨。本指击杀牛。指亲人亡殁,不能奉养的痛苦。

考:敲。

菽水:豆与水。指所食唯豆和水,形容生活清苦。常以菽水指晚辈对长辈的供养。

逮亲:谓双亲在世而得以孝养。

[4]裹粮:裹糇(hóu)粮。谓携带熟食干粮,以备出征或远行。

分辈:分批。

台使:六朝时指朝廷使者。

[5]攀辕:泛指百姓眷恋或挽留良吏。典出《东观汉记》:"第五伦为会稽守,为事征,百姓攀辕扣马呼曰:'舍我何之!'"

断鞅(yǐn):借指犯颜直谏。东汉郭宪为人刚直,敢犯颜直谏。光武帝尝车驾西征隗嚣,他阻道谏,并当车拔佩刀断车鞅。鞅:引车前行的革带。

[6]塾垣:当指学宫。

[7]溷(hùn)浊:混乱污浊。

揭日月:形容光明磊落。语出《庄子·达生》:"昭昭乎若揭日月而行也。"揭:高举。

[8]筐篚(fěi):竹器。方曰筐,圆曰篚。用以比喻财礼。

苞苴(jū):古人包裹鱼肉等食物的蒲草包,用以代称送人的礼物。又引申为贿赂之物。

悬鱼:二十四廉故事之一。汉太守羊续,有人送他生鱼,他将鱼挂在中庭,下次再送时即指悬挂的鱼,以杜绝再度送礼。见《后汉书·卷三十一·羊续传》。后即以悬鱼比喻清白廉洁。

留犊:古代为官清廉的故事。三国魏时苗为寿春县令,就任时,驾黄牸(zì)牛,居官岁余,牛生一犊,及其去,留其犊,谓主簿曰:"令来时本无此犊,犊是淮南所生有也。"后用留犊比喻居官清廉。

[9]棼(fén):纷乱,紊乱。

[10]烛照犀燃:犀燃烛照。比喻

洞察事理。

舞文股栗:舞文弄法者恐惧至极。舞文:玩弄文字,曲解法律。股栗:大腿发抖。形容恐惧之甚。

片言折狱:只需简短数语即可了决诉讼。语出《论语·颜渊》:"片言可以折狱者,其由也欤?"

[11]半菽:谓半菜半粮,指粗劣的饭食。

救痱:救济贫弱。

[12]司计:掌财物出纳稽核的官吏。

传舍:即供传递公文的人或往来官员途中暂宿之所。

悬书:张挂书信。

输将:捐献,资助。

缗(mín):穿钱的绳索。借指成串的铜钱,亦泛指钱。

积逋(bū):指累欠的赋税。亦谓积欠赋税。

溱洧(zhēn wěi):《诗经·郑风》的篇名。指赋情侣游乐之诗。此处有爱民之意。

[13]襄郢:古指襄州、郢州,汉江中游一带。此处指汉江。

大珰:明太监之别称,掌权之大阉。

导漾:疏导漾水。语出《尚书·禹贡》:"嶓冢导漾,东流为汉。"从嶓冢山开始治理漾水,向东流形成汉水。

曲防:遍设堤防。

奋髯(rán):指胡须奋张。形容人激动的样子。

沮:阻止。

[14]七邑:指"二州五邑"。时承天府辖荆门州、沔阳州,京山县、潜江县、当阳县、景陵县、钟祥县。

中使:宫中派出的使者。多指宦官。

侵牟:侵害掠夺。

[15]所司:有司。指主管的官吏。

转轮:轮回。

褫(chǐ)裘:典自"纵博褫裘"。据《太平广记·宝六》,武则天把南海郡进献的集翠裘赏赐给男宠张昌宗,让他当面穿上,一起玩双陆游戏。狄仁杰进来奏事,称张昌宗因宠而得集翠裘,与张玩双陆,赢得集翠裘。褫:夺。

[16]挽辙:与上文"攀辕"意思相同。

市魁:管理市场的胥吏。

雨泣:泣下如雨。

[17]李平、廖立:被诸葛亮处分过的两个人。典自《诸葛亮传》:"廖立、李平为亮所废窜,尚能感泣无怨。"

[18]直道:正道。

纯白:纯洁。

先考徐公(徐麟)行状

徐成位

仲子成位泣血书：

先是不孝领大郡，先府君年已七十矣[1]，愿上书乞骸骨归养。府君闻而手书，亹亹百千言[2]，惟本忠孝之旨。不孝捧而流涕，不敢言谢事。其后居东二年[3]，时时心动，思归愈勤。府君手书愈益切，今其言具在。盖壬午秋而有越之役，一夕梦府君偕舅谭公视不孝官舍，谭公久捐馆[4]，心甚恶之，为不寐累夕。及浮家真州[5]，而凶闻果至。呜呼痛哉！府君仕不过文学，储仅余瓶石，顾其义甚高，君子内称不讳[6]，不孝何敢泯没先人之德？府君龀而白首，无饰词，无矫行，不孝又何敢讲谰人耳目为地下羞[7]？乃与二三兄弟饮泣，出所睹记相印证，而不孝稍隐括其语，乞惇史之采焉[8]。

徐之先始于东海郡，衍于箕山邳僮之间，谱蔓延未可据。自南州高士居江右[9]，其后流布三楚。十一世祖、宋大理评事德清公由丰城徙南昌之里田，遂为里田徐氏。游景陵占籍[10]，始于高祖深本公。一传为曾祖逊斋公，再传为祖坦庵公。坦庵公补博士弟子，以文行称。盖自深本公而下，世德廉孝飚于三澨，邑之言家风者归焉[11]。

府君幼警敏，读书一再过即阇诵。总角出试，督学山西杨公击节推赏，即补廪膳生，一时籍甚[12]。后博士刘公小村倡良知之学[13]，受而卒业，举子艺澹如也。邑人鲁先生净潭论大道，颇骇里耳，府君深相结，恒造胜语，至丙夜以为常[14]。其学大抵由道南三公推毂陆子静而溯濂溪，明道以希圣为的[15]，以学颜为务，揖让升降而不诡于正；以操存为本[16]，以践履为功，好恶取舍而不过乎物。然府君耻口说，不欲摽门户召致生徒为名高，独孳孳躬行暗室不息，溽暑未尝见体，便室未尝岸帻[17]，终夕坐必危，终日立不跛，祀器必露盥，祭品必亲和。对子孙必冠，遇僮奴必庄，目不睹靡曼，耳不听淫哇，口不道谑浪，动必遵绳墨。居常语不孝兄弟曰："学者立心机莫大于诚伪，辨莫先于义利。"此道术之大较也[18]。

王母熊不禄，府君八龄，哀毁已逾成人[19]。及王母危之继也，孝谨尤笃。且莫省侍，山立而矢行；岁时上食，馨折而蒲伏。得一甘（旨）必怀而奉，得一文锦必衣而荐。丁年行之[20]，白首无衰。后以仕游浙，王母危老不任行，每悲吟思慕，投劾至四三，及解组之日[21]，而后喜可知也。王母危即世，府君已逾耄，棺椁襚祝[22]，皆手调，无纤微憾，犹然朝夕啼，三年不御酒肉。府君母兄弟四人，王父姱节[23]，不问家人产，王母熊善治生，用以益饶。王父没而伯考为政，府君不问也；伯考没而橐累千金，府君不知也。至调护宗族骨肉之亲，析而不殊，从兄弟以及再从皆一体也，从子弟以及族属皆犹子也。缓急有无，如取诸寄。即诸生时，稍食必以瓜分。宗人婚丧账贷，惶惶如不给。每津津道范公义田，顾力诎不能举[24]。然以礼饬躬[25]，亦以礼教家。不孝辈蚤年侍侧，痒不敢搔，暑不敢箑[26]，中夜命必衣冠而拱立。故族子弟自喜者必毁容冠剑，美丽者必易服而后进见，或底不类履，赵趄户外[27]，彷徨无容。其旦夕课责，不孝兄弟惓惓身心之讨咕毕，取青紫蒇如也[28]。即不孝祇役四方，所遗尺一，未尝不举悬鱼、凝尘事督过[29]。即不孝无似[30]，不能承先德，而徐氏子弟至今称恂谨。此家庭之大较也。

府君初为金华郡博，诸生一切行修岁时问遗[31]，既为谢绝。贫不能嫁娶，如潘承基、徐锦，不下二十辈，遍出俸钱存给之。然宣明德教，昭示准程，不假楚夏[32]，尊严而威故，一时生徒翕然顺轨矣。积劳稍迁天台谕。台故遭倭奴蹂躏，民物凋抚，士风因以萎薾[33]。府君设科条，布大和，视金华尤密。诸生夏兰十余人恒待举火，常于寒月悯夏生衣单，即尽推所服衫襦衣之。诸生饩廪旧供、黉序诸费，具咸为裁损，士人申申，且尊且亲，视金华诸生不啻过之[34]。然府君以王母故，决策治装[35]。诸青衿涕泣卧辕下，知不可挽，又知府君归而垂橐，则出百金为资斧[36]，府君笑而谢。诸生固进，府君固辞。当是时，所亲有仕京口，独念可假贷，至则不可假，竟质衣典半千钱，挐舟而归。然台诸生思慕不已，即庙左隙地以前，邰金为府君缮祠肖像，朔望罗拜祠下，齐民因而祷赛，辄有应语[37]，在黄岩蔡司徒碑及民部郎广西马君记中。此设教之大较也[38]。

府君少年行郊岗，得遗金数筿，询而归之。其人逊一筿，府君目笑却之。常以拓封树为狯者绐去百金[39]，府君终无言。偶横为市狯苦，趋入里门，狯率其孥尾而詈，府君键关听客所为，他日其人肉袒谢。贡士吕没而孤藐然，为经纪家事，继贷有常糈[40]。学博袁公道疾革[41]，为治棺衾华美。学博黄公天柏不任职，为使者所黜。诸生方行修，门可张罗。府君独率先兄执贽[42]，与他博同赠，其行尤厚。袁之瘳、黄之归而感可知矣[43]。府君在考槃[44]，交游甚简，然令德表著。邑侯、郡大夫往往过庐问民疾苦，辄披素无隐情，然绝口不言私家事。有乡人称覆盆[45]，雪涕造请，府君闭阁不闻，然卒与白而伸之，终不令其知。府君故廉，生平不妄取一缕，即戚里筐筥[46]，必反顾而后登受。直谅不以色假人，有过或面诮让，能改即周称项斯[47]，故人虽惮其直而尤乐其易。事性朴俭，不悦靡丽。监门之养，大布之衣，既贵不易其素。不孝或荐甘膬，少尝即令撤去。或进文绣，则棳而不御，即御不崇朝。出入多徒步，或乘一款段，小奚奴在其后，油油与农人称说稼穑[48]，物我无间也。大抵至诚恻怛，不矜不伐[49]。口未尝道人之过，心未尝念人之恶。无藏怒，无宿怨。常自言曰："宁人负我，无我负人。"其为诗文，直抒性灵，不假徽缠，然成多削草[50]，往往不传，其不欲求知如此[51]。此行己之大较也[52]。

夫其内行无亏也，贞教得士也[53]。廉而不列[54]，俭而自守也。宗人曰："其孝类闵损，其教类阳城，其廉类公仪休，而又文学以辅之，忠厚以主之，平康以将之，谓之知道非与。"倘以为谀词，则卒之日，宗族哭于堂；含之日，外姻哭于庭。敛则知交哭于位，殡则素车哭于乡。以至负贩嗟于市，行人恻于道。此可色取而幸致之。盖有后人之口碑在，不孝何敢嗷嗷悲鸣也[55]！

系曰：府君讳麟，字仁卿，别号楚陵。以弘治乙丑二月己卯生，以万历壬午七月戊申卒，享年七十有八。盖自浙归之八年，不孝仕为宗伯郎，以覃恩封礼部仪制司主事[56]。又七年，不孝郡最[57]，进封徽州府知府。盖两叨誉命云。

府君初娶母鲁,未期而殂。次娶先恭人母谭,息子二:长增广生成修,纳熊氏,妇出大学生储[58],先府君逝;次不孝,纳汪氏,妇出主簿侨。息女二:长适廪膳生魏奠,次聘于罗,俱不幸先亡。又次娶恭人母王,息子二:一为庠生成伊,纳唐氏,妇出庠生赜;一为成佐,聘于刘。息女二:一适孝廉郭之祜,是为给谏嵩之长子;一聘孝廉曾曰唯。孙五人:长庠生恬,纳谭氏,妇出庠生可与;次忭,聘尹氏,女出鸿胪良时;三悌,四惺,五惕,幼而未聘。孙女二人:长聘戴庠生宗周子一鹿,是为知县度之冢孙[59];次聘熊鸿胪蕃季子一桢。葬以万历十年十一月十八日,墓在花台乡,抱壬负丙[60]。

呜呼!府君归于土矣。徐氏子弟无虑数十、百,邑父老无虑数千、万人,每聚族而谋、同巷而语,未尝不恸典刑之不存、悼哲人之云亡也。不孝辈茕茕余息,无以光显先德,所赖阐微扬善,敢稽颡乞大君子之一言耳[61]。

婿郭之祜填讳。

题解

本文录自 1929 年版、天门市横林镇陶潭村《徐氏宗谱·卷七·祠墓志》第 46 页。原题为《先考累封中宪大夫直隶徽州府知府徐公行状》。

中宪大夫直隶徽州府知府:此处为将徐成位任徽州知府时的职务呈请朝廷移赠给徐父的封诰。中宪大夫:文散官名。明制中宪大夫为正四品升授之阶。

行状:亲友为死者所写的叙述生平事迹的文章。

注释

[1]大郡:政务繁剧的州郡。原文为"大郫"。

府君:旧时对已故者的敬称。多用于碑版文字。

[2]亹亹(wěi):同"娓娓"。不倦的样子。

[3]居东:此处指徐成位"擢山东副使,治沂州道"(徐成位墓志铭语)。

[4]壬午秋而有越之役:指作者"壬午移嘉兴"(徐成位墓志铭语)。

捐馆:抛弃馆舍。死亡的婉辞。

[5]浮家:浪迹江湖。

[6]文学:教官。

不讳:不隐讳。

[7]谰:谰言。无稽之谈。

[8]隐括:用以矫正邪曲的器具。引申为标准、规范。

惇(dūn)史:有德行之人的言行记录。

[9]南州高士:徐稚,字孺子,东汉豫章南昌人。桓帝时为陈蕃举荐,因不满宦官专权,终隐,时称"南州高士"。南州:指豫章郡。

江右:古人在地理上以东为左,以西为右,故江西又名江右。

[10]占籍:上报户口,入籍定居。

[11]飏:"扬"的古字。

三澨(shì):古河名。今天门河。《史记索隐》云:"今竟陵有三参水,俗云是三澨水。"澨水源出湖北京山之潼关山,又名司马河,西流折南流至天门,名为汊水,又东流至汉川界入汉水。此处指代景陵(今天门)。

归:依归。

[12]补廪膳生:即"补廪"。廪生一般为资历较深、由国家供给饭食的生员。经岁、科两试,成绩优秀,一等前列的,增生可依次升为资历较深的廪生,称补廪。

籍甚:名声远播,广为人知。

[13]良知之学:指明代王守仁提出的"致良知"学说。"致良知"是王守仁提出的伦理学命题,"心学"最根本的道德修养方法。所谓致良知,就是要达到、恢复、实行那种天赋的道德意识,在事事物物中求得与天理的符合。"良知"原出《孟子·尽心上》。

[14]胜语:出众的言语,警句。

丙夜:三更时候,为晚上十一时至望日凌晨一时。

[15]道南三公:指宋代剑州人杨时、罗从彦、李侗。北宋理学奠基人程颢在家乡河南颍川送别他的得意门徒杨时、游酢学成南归福建时说:"吾道南矣!"意思是,"我的理学造诣和成果从此可以向南方传播了!"理学亦称道学。

推毂:荐举,援引。

陆子静:陆九渊,字子静。陆王心学的代表人物。

濂溪:指周敦颐的濂溪学派,实属虚构。

希圣:效法圣人,仰慕圣人。

[16]操存:执持心志,不使丧失。

[17]摽:古同"标"。标榜。

溽(rù)暑:指盛夏气候潮湿闷热。

岸帻:推起头巾,露出前额。形容态度洒脱,或衣着简率不拘。

[18]道术:指学术,学说。

大较:大略,大致。

[19]王母:祖母。

不禄:夭折之称。

哀毁:谓居亲丧悲伤伤异常而毁损其身。后常作居丧尽礼之辞。

[20]丁年:男子成丁之年。明清以十六岁为丁。

[21]投劾:呈递弹劾自己的状文。古代弃官的一种方式。

解组:解下系印的丝带,指辞官。组:丝带。

[22]即世:去世。

禭祱(suì shuì):祭祀。

[23]姱节:美好的节操。

[24]范公义田:皇祐元年(1049年),范仲淹在江苏苏州市范庄创立范氏义庄,购置了义田千亩,作为宗族公产,用以周济族人。并附设书院,供族人子弟免费入学。这是我国历史上最早的义庄。

诎:穷,尽。

[25]饬躬:饬身。警饬己身,使自己的思想言行谨严合礼。

[26]箑(shà):扇子。此处活用为动词。

[27]自喜:自我欣赏。

毁容:此处指去掉粉饰,露出真容。

美丽:此处指衣着华丽。

趑趄(zū jū):想前进又不敢。形容疑惧不决,犹豫观望。

[28]呫(tiè)毕:泛指诵读。

青紫:本为古时公卿绶带之色,因借指高官显爵。

[29]祇役:奉命任职。原文为"祇役"。

尺一:指书信。

悬鱼:二十四廉故事之一。汉太守羊续,有人送他生鱼,他将鱼挂在中庭,下次再送时即指悬挂的鱼,以杜绝再度送礼。见《后汉书·卷三十一·羊续传》。后即以悬鱼比喻清白廉洁。

凝尘:积聚的尘土。《晋书·简文帝纪》:"帝少有风仪,善容止,留心典籍,不以居处为意,凝尘满席,湛如也。"

[30]无似:谦辞。犹言不肖。

[31]问遗:慰劳馈赠。

[32]准程:准则,法式。

楚夏(jiǎ):夏楚。古代学校两种体罚越礼犯规者的用具。后亦泛指体罚学童的工具。

[33]凋抏(wán):凋敝,衰败。

萎薾(ěr):衰落,萎靡。

[34]黉(hóng)序:古代的学校。

申申:反复不休。

不啻(chì):无异于,如同。

[35]治装:整理行装,准备行装。

[36]资斧:旅费。

[37]齐民:平民。

祷赛:祈神报赛。

[38]设教:实施教化。

[39]绐(dài):谎骗。原文为"诒"。

[40]糈(xǔ):粮饷。

[41]疾革:病情危急。

[42]执贽:古代礼制,谒见人时携礼物相赠。原文为"执雉"。

[43]瘗(yì):埋葬。

[44]考槃:喻隐居。

[45]覆盆:喻社会黑暗或无处申诉的沉冤。

[46]筐篚(fěi)：竹器。方曰筐，圆曰篚。用以比喻财礼。

[47]诮让：责问。

周称项斯：到处替人家说好话或讲情。项斯：典自"逢人说项"。逢人说项：比喻到处替人家说好话或讲情。

[48]款段：本指马行迟缓貌，此处代指马。原文为"欵段"。

小奚奴：年幼的侍童。

油油：悠然自得貌。

[49]恻怛(dá)：恳切。

不矜不伐：不夸耀。

[50]徽缠：绳索。比喻束缚，牵累。

削草：削稿焚草。销毁奏章草稿。古时大臣上封事，为防泄露，将草稿销毁。此处指销毁文稿。

[51]求知：希求被人了解。

[52]行己：谓立身行事。

[53]贞教：贞正的教化。

[54]廉而不刿：有棱边而不至于割伤别人。比喻廉正宽厚。语出《老子·五十八章》。

[55]嗷嗷：指悲叫声。

[56]宗伯：职官名。周代六卿之一，掌管礼仪祭祀等事，即后来礼部之职。

覃恩：广施恩泽。旧时多用以称帝王对臣民的封赏、赦免等。

[57]最：古代考核政绩或军功时划分的等级，以上等为最。跟"殿"相对。

[58]妇出大学生储：指该妇为"大学生储"之女。大学生：太学生。在最高学府国子监学习的学生，简称监生，可直接考取举人。

[59]冢孙：长孙。冢：长，大。

[60]抱壬负丙：坐东南朝西北。参见本书李维桢《吴公（吴文佳）墓志铭》注释[5]"负某抱某"。

[61]稽颡：古代一种跪拜礼，屈膝下拜，以额触地。

附

中庵徐公（徐成位）墓志铭

蔡复一

夫子才难一叹[1]。杰人色奋，庸人心孤，盖鼓吹造物之言也。今论者则配德于才，设左右衡[2]。噫！其然乎？古视才深，今谈德腐。深故不受庸人，而腐则不足以识杰人。天下多事，所号为德者，若土鼓之喑、木剑之不割，此岂称骥[3]？本怀哉千里，而驯德即其力，驽亦驯也,恶乎德?才难之感,感骥也。若其真骥,而用之不尽,或欲尽而不赴其年,徒使风云惊骇。虽不识面者,犹按图而追赏,其骨恨不得留,若人则更有彷徨而可叹者矣[4]。

故中丞景陵徐公,吾未识面,闻评开府才者[5],往往许之。及移总闽宪,欣然谓闽能有公矣,公宅忧不果[6]。至吾宦楚,而公以甲寅卒家,声迹始终不谋[7]。楚归之四年己未,公子惕以状介谭子元春[8],来请志铭,且曰,公尝知我,惟楚最文,亦最吾畏[9]。迂而求诸远,且废之[10]。人好尚如此,疑公有以发之。公盖志独立,事独行,名实独树,灼然杰人[11],可倚办多事者。吾于状深观焉,喟然曰:"如徐公者,古之所谓才也。"

徐有初自南州孺子[12],宋大理评事德清公徙南昌之里田,至静渊公占景陵籍家焉[13]。再传坦庵公,补诸生,以文行著[14]。子楚陵公,宗新建学,怀其慧而绌其辩[15],即公父。

公讳成位,字惟得,别号中庵。三岁而母谭恭人见背,鞠于大母危[16]。警敏多暗解,从楚陵公金华受《易》于胡公泉观察[17],而友其子应麟,世所名诗人胡元瑞者,元瑞兄之。业就西归,冠三试[18]。郑屺山太守、颜冲宇学使奇公,曰:"我以上人。"

举丁卯[19]。戊辰除舒城令,滞案风扫,悉捕逐师讼者,三月空其囹[20]。厥土瘠,公自瘠以肉民,恒与婆茕分俸[21]。创行方田,赋有归[22]。条编息赋外,力投柜,汰赋羡[23],民便之。庚午调宝应,宝应豪主逋,有司收之,急蜂起,两台入其疆犹弗威[24]。公至坦然,为不问者,晓譬以祸福,而廉得倡哗十余辈,一夕掩捕,预置飞舸载送郡狱,晨榜示,胁从勿问,恶少年仓猝失其魁,慑伏[25]。乃询父老所疾苦,荡涤繁苛,一主休养,逋者归矣。邑赋漕七千金[26],民困无所出。公便宜以储饷之余给主者,过淮而身请擅发罪,抚醒诸公义而听之[27]。河臣治渠,当宝应千夫[28],雇役银逾万。公驰白,状曰:"瘵而重创之[29],骇而急鼓之,必败。"主者心动,为疏改派,汹汹者始安,久之和劝,所负额输皆足。辛未大计,最诸令,赐特宴金绮,异数也[30]。征拜礼部主事,曹务简,与王公世懋、孙公钅广、唐公鹤征,相劘为古学[31]。

寻长小仪名封奏结，诸例凌杂错出在胥手，胥以意上下囊贿[32]。公先簿正，疏抄至悉，以门条附籍，今所守格眼册是也[33]。其当得不当得，若急缓，郎与宗人共目了之[34]。胥敛其手，而贿窦塞，诸藩翕然贤小仪，有为主祀公者[35]。独不得权贵人心，进拟铨衡、学宪皆报罢[36]。

丁丑出守徽州，仪郎一麾非故事[37]。公曰："龚黄在我[38]。"舟溯新安江，逢巨室舫争度，槊豪奴雨白梃击官舟人，血流两桨间，浣守衣[39]。公入郡，声其事，巨室皇恐，縶伤人浣公衣者来谢[40]，公即杖杀之，豪芒芒然，霜在其背。亡何有丝绢哄事[41]。丝绢办自歙，歙殷大司农正茂奏均之五邑[42]，五邑大哄。公故不喜摊议也，闻变驱入休宁，五邑人环马首泣诉。公揣诸不逞藉口数端，迎为父兄[43]，先发其所欲言，众口塞。阳暹而揭竿立帜[44]，巷聚二万人，曰："必归赋于歙！"内外寇伺之，良民忧乱。公察其进止，咸属帜，密令所司诱帜者至阅场[45]，五邑人皆随出，争论未决。公已选劲卒守城门，无妄入人。昼市坊申讥，束禁偶语、夜行者[46]，城中大定。令曰："绢法不便，姑缓征。而请诸朝噪者有激[47]，散而复本业即无罪过，一日不散以贼论！"明日二万人散尽。公核岁赢数千金及盐茶税百金，代绢输，五邑不加赋数，而歙得减额，益谧无哗。乃以方略缚首恶二十人，论如律[48]，而谄者欲以主噪移坐时相所不悦二人，公解印绶力争得寝[49]。徽今姑藏也，公饮水治水，脂膏下溉，材其秀士，月有课，受检镜者卒为名流[50]。而所杖杀奴之巨室，进谗御史墨公以释憾。御史行徽自稽藏藏清，又采民誉，知守不自润，心薄谗者，而与公深相结[51]。

庚辰擢山东副使，治沂州道。居东心动，谋乞归养[52]，楚陵公以大义诃止之。壬午移嘉兴，渡钱塘江而讣闻，自伤不能奉诀视含，鸡骨三年[53]，绝宦意，筑冲漠馆，营水竹花石。

癸巳，公隐一周星矣，起补登莱兵备，倭在朝鲜[54]，不敢辞。至则群议，舻艎以千[55]，南兵以万，扼倭于海。公曰："北人不习水，客养南兵费多轻去就，不如练土著，省饷而念家便。夫北非南比也，多矶不可泊，无接济不可久。吾坚壁清野，折箠笞之矣[56]。"乃独募义乌兵，简精锐二千余，轻舟绝倭饟道，遇于斧山，登卒大呼，推锋斩千余级[57]。斧山哨乘之捷，卤获多，督府孙公疏为辽功第一，移文慰藉公[58]。登卒曰："我角而彼掎之，乃专其鹿乎[59]？"公戒勿敢言。登大饥，寇盗充斥，辽抚以三万金籴米屯于登[60]。时辽方大熟，公矫檄出米[61]，饥者得济，而收直倍，所活数万人。备陈始末，倍籴金归辽，辽悦。盗怀公仁，夜遇东使曰："是生我者，勿惊[62]。"自是盗亦屏息矣[63]。

进参政[64]，治徐淮河。时海口壅，河大决梗漕，至连坐先行[65]，河大臣与于河者皆惴恐。河漕杨、褚二公议不协，至是一仰公，公主导黄分淮之策[66]。聚粮，缮河具。以什伍法部勒作者[67]，画区别帜，望帜知作手多寡，其力不力，区受赏罚，伤均而实[68]，进退以旅，作苦声劝，十万徒肃然止齐。公暴日卧沙渚十月余，凿新渠百二十里，浚淮口七里，闸高堰三所。又代某水部疏瀹海口淤[69]，如前法。水部之视海也，谓："汇流之冲，建瓴怒下[70]，当自惟浚，吾坐而受水成耳。"久之以篙师行深浅，获尽洲现，诸工畏罪四溃，功危败。而公为补其瑕衅[71]，仍以功予水部。水部虽赖公，而中惭且忌，部叙仅进公一级。公自循其发曰："鬈也，而旦夕幡乎[72]。"移疾予告，主吏以赎锾累千金，饷于涂[73]，呲去之。褚公荐公自代，不行。

既调闽宪，丧继母王恭人，耆年毁瘠如哀楚陵公[74]。庚戌以原官补淮海[75]，旧部欢迎我公。公曰："吾并州也桑柘[76]，乃非昔日。"课守令，蠲宿逋，抚流移，日孜孜[77]。而开洳河，减马直，可佐元元急者，无有爱[78]。

辛亥擢四川右布政使[79]，遂归卧。公藩臬资三十余年，恬家食者半之[80]。兵河功俱中上格，而犹淹常调[81]。人以病主爵，主爵亦自病，荐卿奉常，不报[82]。

甲寅命巡抚云南[83]，公拊枕曰："负国恩奈何！"为疏辞，未上而卒。此予所谓欲尽而不赴其年者也。天耶，人耶？

公内行惇身，视兄弟而子其子，推父产、买宗田、缮祠、订谱[84]，教家无缺。当路问政[85]，娓娓桑梓利害，言不及私。有售瘠田而多浮其米者[86]，公不问。岁清丈，邑令重公为颇损户米，公艴然[87]："我岂有邪德乎？册已登，藩司不可更核之。"则所损如其浮数。公犹邑也，邑堤溃[88]，捐粟二千石筑之，又以私钱修二桥，为邑人改折南粮[89]，勤树德而耻自名。语诸子曰："古人居心尚厚，《舂陵》《濂溪》，元次山未尝殊情[90]，晚近多凉德，勉市惠于官，而薄其闾里，亦恶用岘山之泪为哉[91]？"尤严诚伪、义利之辩[92]，曰："此吾佩之楚陵公，良知指也。"噫！公之才有根矣。

状又云：公尝两梦白衣人接之选仙，言多理最，后令青童以缯裹公顶，若受戒者，玄帝剑而言[93]，曰："与尔会他山之阳。"及谒参上，宛然里中贺叟，尸解曰[94]："中庵公吾侣也，迟日旬了世缘耳。"公弥留，听二子诵张志和《渔父词》，笑而瞑。或疑之。蔡子曰："夫才难者，特人间哉？亦天上所难也！公杰人，去来定非草草者。未始识面而能使闽人为叹，写于数千里外，亦将疑之乎？"

请铭者惕，字乾之，有雅尚，能文，工书法，与谭子善[95]。谭子，楚之文者也，其言信。授以铭，铭曰：

巍山立，川不积[96]。雨以风，松耶柏。云无穷，电一息。意孔间，渊其色[97]。以英魂，载营魄[98]。耿然光，图中识[99]。才全哉，骥称德[100]。

葬之四年，有今铭。铭成，偶读孙公钤集，具志昆岩郑公汝壁有云："徐方伯成位[101]，今时异才。"孙、郑皆僚公宗伯署[102]，郑抚山东特疏留公，公可知也，吾于是无愧词。

题解

本文录自蔡复一著、明绣佛斋钞本、台北图书馆藏《遁庵蔡先生文集》。原题为《中宪大夫都察院右佥都御史中庵徐公墓志铭》。借鉴了郭哲铭校释、2007年版《遁庵蔡先生文集校释》第257页同题文章的整理成果。

蔡复一，字敬夫，号元履，福建泉州府同安县金门人。进士。总督贵州、云南、湖广军务，兼巡抚贵州。

1929年版、天门市横林镇陶潭村《徐氏宗谱·卷七·祠墓志》第109页记载，徐成位葬邑东段家嘴。徐墓滨湖，墓地长二十二弓，宽十四弓五分，一亩六分零四厘。天门市九真镇段场村十组（龚家湾）西南、张家湖徐家汉北，有石马石羊及石质牌坊构件,传为徐墓地表遗物。

注释

[1]夫子才难一叹:孔夫子曾感慨人才难得。

[2]杰人色奋……设左右衡:一般杰出的人表情都较昂扬,普通人心境就比较孤寂,这都是为宣扬造物者的言语。现今议论人才则认为必须要将才能与品德相结合,并且将一职分设左右使之相为制衡。

[3]古视才深……此岂称骥:古代要求才能较为严格,现今则说论品德过甚变得有点迂腐,因为要求严格所以职位不会轻易授予普通人,而论德迂腐则无法辨鉴出秀异的人才。现今正值多事之秋,若还凡事称德,就好像陶土所制的鼓其声喑哑,就好像木制的剑钝而不利,这难道就是驰骋千里的杰出之才?

[4]或欲尽而不赴其年……若人则更有彷徨而可叹者矣:想要使其尽展其才又常常无法配合其年纪,白白使得世局惊恐不安。所以世间之人虽然没见过千里之才的真面目,尚且按照图像努力追求,可是更常感叹即使是连其骨骸也无法获取存留,至于人才更是难以追寻,而徒然令人叹息。

[5]中丞:明清时巡抚别称。明初置都察院,其副都御史之职与前代的御史中丞略同,称为中丞。又因巡抚例兼副都御史衔,也以之为巡抚别称。

后文重复注释时从略。

景陵:天门古称。天门在明称景陵。五代后唐以前称竟陵,五代晋至清雍正四年称景陵。

开府:古代指高级官员(如三公、大将军、将军等)成立府署,选置僚属。

[6]移总闽宪:升迁为福建提刑按察副使。宪:宪台。按察使又称宪台。

宅忧:处在父母丧事期间。

[7]甲寅:明万历四十二年,1614年。

声迹始终不谋:始终未曾见面。声迹:犹言音讯行踪。

[8]己未:明万历四十七年,1619年。

状:行状。亲友为死者所写的叙述生平事迹的文章。

[9]畏:敬服。

[10]迁而求诸远,且废之:因迁回而且要向远处请求认识,所以暂且停止想认识我的念头。

[11]灼然杰人:确实是才智超群之人。灼然:确实,实在。

[12]有初:有个好的开端。

南州孺子:指徐稚,字孺子,东汉豫章南昌人。桓帝时为陈蕃举荐,因不满宦官专权,终隐,时称"南州高士"。南州:指豫章郡。

[13]占:卜居。泛指择地定居。

[14]诸生:明清两代称已入学的生员。俗称秀才。

文行:文章与德行。

[15]宗新建学:尊崇阳明之学。王阳明(王守仁)因平息宁王叛乱有功受封为新建伯,故称其学说为"新建学"。

绌其辩:口才笨拙。

[16]恭人:用以封赠中散大夫以上至中大夫之妻。明清两代,四品官之妻封之。明清如封赠四品官之母或祖母称太恭人。

鞠于大母危:由祖母危氏抚育。鞠:生养,抚育。大母:祖母。

[17]暗解:犹妙悟。

观察:明清时道的行政长官别称观察。

[18]三试:科举考试在乡试之前,需应县、府、道三级考试。

[19]丁卯:明隆庆元年,1567年。

[20]师讼:讼师。亦称讼棍。我国古代专门以替别人进行词讼为业的人。后世亦指唆使别人引诉兴讼的人。

圄(yǔ):囹(líng)圄。监狱。

[21]窭茕(jù qióng):贫穷孤独。

[22]方田:宋神宗熙宁五年(1072年)行方田均税法时,"以东西南北各千步,当四十一顷六十六亩一百六十步,为一方"。

[23]条编:明神宗万历九年(1581年)实行一条鞭法后各项赋役折征银两的总称。一条鞭:明代田赋制度。嘉靖时于地方试行新法,以各州县田赋、各项杂款、均徭、力差、银差、里甲等编合为一,通计一省税赋,通派一省徭役,官收官解,除秋粮外,一律改收银两,计亩折纳,总为一条,称一条鞭法。

息赋:利钱地税。

投柜:自封投柜。明清时期田赋征收方法之一。直隶保定府和浙江绍兴府为防止胥吏在赋税上作弊中饱,曾于隆庆初年在各县分设钱粮柜,由纳税人写明姓名及田赋银数,自行封好投入柜中,随取收据。实行一条鞭法后,此法开始推广施行。

赋羡:盈余的赋税。

[24]逋(bū):拖欠,积欠。

两台:义同"藩臬"。藩司和臬司。明清两代布政使和按察使的并称。布政使主管一省的人事和财政,按察使为一省司法长官。

[25]廉:察考,访查。

榜示:张榜公布。

慑伏:因畏惧而屈服。

[26]赋漕:旧指田地赋税。漕:漕米,漕粮。明清田赋的一种,征收谷米,后亦折银征收。

[27]便宜:谓斟酌事宜,不拘陈规,自行决断处理。

抚醝(cuō):盐使。盐运使、转运使的旧称。

[28]河臣:指河道总督。

[29]瘵(zhài):病。多指痨病。

[30]辛未:明隆庆五年,1571 年。

大计:明清两代考核外官的制度叫大计,每三年举行一次。

最诸令:在县令中,考绩为最好的等次。最:古代考核政绩或军功时划分的等级,以上等为最。跟"殿"相对。

特宴:特宴见。在皇帝公余时被召见。有别于朝见。

金绮:金色的绮衣服。这是皇帝赏赐臣子的衣物。

异数:〈书〉不寻常的礼遇。

[31]征拜:任命。

曹务:谓官署分科掌管的事务。

王公世懋:王世懋,字敬美,别号麟州,时称少美,江苏太仓人。明嘉靖进士,累官至太常少卿,是明代文学家、史学家王世贞之弟,好学善诗文,著述颇富。

孙公𬭎:孙𬭎,字文融,号月峰、湖上散人,浙江余姚人。明万历二年(1574 年)会试第一。官至南兵部尚书。

唐公鹤征:唐鹤征,字元卿,号凝庵,明武进(今属江苏)人。明隆庆进士。历任工部侍郎、南京太常等职。

相劘(mó)为古学:以古学相劘切。相劘:相互切磋。

[32]寻长小仪名封奏结,诸例凌杂错出在胥手,胥以意上下囊贿:一般职掌礼部主事奏报册封诸王名衔的业务,各种事例凌乱杂出,使得胥吏能以自己意思,上下其手收受贿赂。

小仪:唐代礼部别称。此处指礼部主事。

[33]格眼册:指表册之类。因人名、数目等写在格子纸上,望之如格眼,故称。

[34]郎:郎官。

宗人:宗正。掌管皇族亲属事务的官员。

[35]胥敛其手,而贿窦塞,诸藩翕然贤小仪,有为主祀公者:胥吏收手,而贿赂的孔道为之阻塞,各藩王一致称赞这位礼部主事,甚至认为徐公可以主持宗人府业务。翕然:一致貌。

[36]铨衡:此处指吏部郎官。

学宪:即学政。地方专管考试的官。

[37]丁丑:明万历五年,1577 年。

仪郎一麾非故事:太守可不是礼部外放地方官去虚应故事一番的。

仪郎:(明)礼部仪制清吏司郎官省称。

一麾:郡太守、州刺史别称。

故事:旧事,先例。此处指虚应故事,依照成例,敷衍了事。

[38]龚黄:后世把汉代龚遂与黄霸作为封建循吏的代表,称为龚黄。

[39]涴(wò):污,弄脏。

[40]絷(zhí):拴,捆。

[41]亡何:不久,很短时间之后。

[42]歙(shè):歙县。

殷大司农正茂奏均之五邑:歙县籍的户部尚书殷正茂上表奏陈要将此

费用均摊于徽州五县。

大司农:指户部尚书。汉代官名,掌管钱粮。东汉末改为大农,由魏至明,历代相沿,或称司农,或称大司农。

[43]公揣诸不逞藉口数端,迎为父兄:徐公估量各种不满的意见后,接见请愿的乡亲父老代表。不逞:不得志,不满意。数端:几例,多种。

[44]阳暹(xiān)而揭竿立帜:太阳升起来的时候,百姓们举起竿子立起旗子。暹:日升。

[45]阅场:校场。旧时操练或比武的场地。

[46]昼市坊申讥,束禁偶语、夜行者:白天在市集街坊申明,约束禁止私下放话以及夜间出外闲荡。偶语:相聚议论或窃窃私语。

[47]请诸朝噪者有激:早上请愿鼓噪之人有偏激之处。

[48]论如律:依法论处。

[49]移坐:转嫁罪过。

时相:当朝宰相。

解印绶:解下印绶。谓辞免官职。

寝:止息。

[50]姑臧:寓指乐土。《东观汉记·孔奋传》:汉代时,姑臧(今甘肃武威)是贸易集散地,很富饶。在当地做官的不几个月都会发财。但孔奋在武威做官四年,私人财物并没有增加。

脂膏下溉:施惠于民。

材其秀士:重用德才优异的人。材:通"裁"。安排,使用。

检镜:察鉴。

[51]自稽藏藏清:自行私下稽查得知徐公怀抱清廉。

自润:自己得到好处。语出《后汉书·孔奋传》:身处膏脂,不以自润。意指虽然与钱财打交道,却并不为一己沾取。

[52]庚辰:明万历八年,1580年。

归养:回家奉养父母。

[53]壬午:明万历十年,1582年。

奉诀视含:见亲最后一面并亲视含殓。

鸡骨三年:守孝三年,形销骨立。鸡骨:比喻嶙峋瘦骨,瘦弱的身体。

[54]癸巳:明万历二十一年,1593年。

一周星:十二年。周星:即岁星。岁星十二年在天空循环一周,因又借指十二年。

起补登莱兵备:起用补授登莱兵备道。

倭(wō):古代对日本人的称谓,此处指明代经常侵扰我国沿海地区的日本海盗,时称"倭寇"。

[55]艅艎(yú huáng):吴王大舰名。后泛指大船、大型战舰。

[56]坚壁清野:作战时采用的一种策略。转移或隐藏人口和物资,清除野外可资敌的各种设施,使敌人毫无所得。

折棰笞之:比喻轻易制敌。东汉邓禹与赤眉一战失利,刘秀安慰他说,我只需折断马鞭,用短短一截,便可克敌制胜。棰:策马之杖。

[57]馕(náng)道:运输军粮的道路。

推锋:摧挫敌人的兵刃。谓冲锋。泛指用兵、进兵。推:通"摧"。

[58]卤获:掳掠。卤:通"虏"。俘获。

移文:是旧时文体之一,指行于不相统属的官署间的公文,亦泛指平行文书。

[59]我角而彼犄之,乃专其鹿乎:我军正面与敌角力而友军他们只是从旁支援,为何反是友军独享此功。

[60]籴(dí):买进粮食,与"粜(tiào)"相对。

[61]矫檄:矫命。假传命令。

[62]东使:东洋使者。

是生我者,勿惊:这是我的救命恩人,请不要惊扰。

[63]屏息:犹敛迹,消失。

[64]参政:明代中书省废,于各布政区的承宣布政使司(省级地方行政机构)之下,设左右参政和左右参议(均无定员),以辅佐左右布政使(司长官)。左右参政秩从三品。

[65]连坐:旧时一人犯罪,牵连其有关人也受到处罚的一种制度。

[66]导黄分淮:疏通黄河来分摊淮河水量。

[67]部勒:部署,约束。

作者:指工匠、役夫。

[68]饩(xì):给养,俸禄。

[69]水部:唐代工部内设水部郎中、员外郎各一人。明清改为都水司,掌有关水道之政令,水部亦一直相沿为工部司官的一般称呼。

疏瀹(yuè):疏浚,疏通。

[70]建瓴(líng):即"建瓴水"之省,谓倾倒瓶中之水,形容居高临下、难以阻挡的形势。

[71]瑕衅:罅隙。比喻过失。

[72]鬒(zhěn):须发又黑又密。

皤(pó):形容白色。

[73]予告:大臣因病、老准予休假或退休。

主吏:秦汉郡县地方官的属吏。

赎锾(huán):赎罪的金钱。锾:古代重量单位。

[74]耆年:高年。

毁瘠:"哀毁瘠立"的略语。因居丧过哀而极度瘦弱。

[75]庚戌:明万历三十八年,1610年。

[76]并州也桑柘(zhè):语出贾岛《渡桑乾》:"客舍并州已十霜,归心日夜忆咸阳。无端更渡桑干水,却望并州是故乡。"桑柘:桑木与柘木。此处作"桑梓"理解。

[77]蠲(juān)宿逋(bū):免去旧欠。蠲:除去,免除。宿逋:久欠的税赋或债务。

流移:流离失所的人。

孜孜:勤勉,不懈怠。

[78]泇(jiā)河:水名。在山东省。

元元:百姓,庶民。

无有爱:无处不见其仁爱所在。

[79]辛亥:明万历三十九年,1611年。

右布政使:参见本书第一卷王世贞《五华李公(李淑)墓志铭》题解。

[80]藩臬(niè):藩司和臬司。参见本文注释[24]"两台"。

家食:赋闲,不食公家俸禄。

[81]兵河:带兵治河。

淹常调:因选官常规而久久得不到提升。淹:滞,久留。常调:按常规迁选官吏。

[82]主爵:官名。吏部官职之名。

奉常:官名。秦九卿之一,后曰太常。

[83]甲寅:原文为"甲辰",据上文卒年内容改。

[84]内行:平日家居的操行。

惇(dūn)身:劝勉自己。

推:辞让、让与。

[85]当路问政:当权者向他询问政事。当路:身居要津。指掌握政权者。问政:咨询或讨论为政之道。

[86]售瘠田而多浮其米:卖瘠田而又浮报其收成。

[87]邑令重公为颇损户米:县令因敬重徐公想要为他减免报缴数额。

艴(fú)然:恼怒地。

[88]公犹邑也,邑堤溃:前一个"邑"指"邑令",知县。后一个指"景邑",景陵县。

[89]改折南粮:用银两代替粮食缴纳南粮。改折:旧时赋税制度中以其他物品或银两替代原定应交物品的缴纳办法。南粮:明清时从江苏、浙江等南方数省征集并由水道运至京师的粮食。

[90]舂陵:指唐代诗人元结的诗歌《舂陵行》。

瀼(ráng)溪:指元结隐居瀼溪时《与瀼溪邻里》诸诗。

元次山未尝殊情:元结未尝有特殊的情感。元次山:元结,号次山。

[91]凉德:薄德,缺少仁义。

市惠于官:向官员卖好处。

岘(xiàn)山之泪:典自"岘山泪落"。《太平御览》卷五八九引《荆州图记》:"羊叔子(祜)与邹润甫尝登岘山,泣曰:'自有宇宙,便有此山,由来贤达登此望,如我与卿者多矣,皆湮灭无闻,念此使人悲伤。'润甫曰:'公德冠四海,道嗣前哲,令问令望,当与此山俱传。若润甫辈,乃当如公语耳。'后参佐为立碑著故望处,百姓每行,望碑莫不悲感,杜预名为'堕泪碑'。"后以此典追怀已故著名官员政绩,或感慨人世沧桑变化。岘山:山名。在湖北襄阳。

[92]义利之辩:作为中国古代关于道德行为与物质利益的关系问题的争辩。义:指思想行为符合一定的道德标准。利:指利益、功利。儒家主张义重于利。

[93]玄帝:指道教所奉的真武帝。

[94]尸解:道教认为道士得道后可遗弃肉体而仙去,或不留遗体,只假托一物(如衣、杖、剑)遗世而升天,谓之尸解。

[95]谭子:指谭元春。

[96]巍山立,川不积:山高水长的意思。

巍山:九巍山。

[97]雨以风,松耶柏。云无穷,电一息。意孔间,渊其色:意思是,经风沐雨,追云逐电,仍像松柏一样坚挺,像潭水一样沉静。

一息:一呼一吸。比喻极短的时间。

意孔间:此处指宦意极淡。孔:很。间:闲。此处有逍遥闲居、清淡无为的意思。

渊其色:渊色。谓镇静沉着的态度。

[98]以英魂,载营魄:英灵长存的意思。

载营魄:抱持魂魄。同"营魄抱一"。老子关于形神合一而不离的命题。营魄:指魂魄、精神。营:围绕而居。魄:依附于人体存在的精神。

[99]耿然光,图中识(zhì):光彩照耀功臣图册的意思。

耿然光:耿光。光明的样子。

图:古有麒麟阁,画有功臣图像。

识:通"志"。记。

[100]才全哉,骥称德:此处称颂墓主文才武略兼备、品德高尚。

骥称德:语出《论语·宪问》:子曰:"骥不称其力,称其德也。"孔子说:"称千里马叫做骥,并不是赞美它的气力,而是要赞美它的品质。"

[101]昆岩郑公汝璧:郑汝璧,字邦章,号昆岩、愚公,缙云(浙江丽水)县人。明隆庆二年(1568年)进士。官至兵部右侍郎。

方伯:古代一方诸侯中的领袖称方伯。明清布政使皆称方伯。

[102]皆僚公宗伯署:都是徐公任职礼部时的同僚。宗伯:职官名。周代六卿之一,掌管礼仪祭祀等事,即后来礼部之职。

周嘉谟（吏部尚书）

周嘉谟（1547—1630年），字明卿，号敬松，天门市干驿镇月池村人。

清康熙二十三年（1684年）版《湖广通志·卷之第三十四·人物》第9页记载："周嘉谟，字明卿，景陵人。隆庆辛未进士。授户部主事。守韶。备兵泸州，单骑定建武兵变。中珰奉命采矿，所在恣横。至谟属郡邑，独敛迹焉。累司藩臬。寻抚滇。滇民迫于黔国积威，相聚为盗。谟疏请租归有司征解，害乃息。陇寇负固，发兵讨之。疏减滇贡矿金二千有奇。总督两粤，转南司农、北司空，晋掌铨衡。神宗召见御榻前，谟以补诸大僚台省请得温旨。光宗崩，受顾命与杨涟请皇太子至文华殿见诸臣，因朝孝端皇后于慈庆宫，奏曰：'殿下，天地神人所托，须大臣至，方启行。'又请旨乾清宫，躬视小殓。熹宗立，力请选侍移宫。逆珰擅权，疏谏不纳，遂乞退。章十三上，始得请。逆珰借移宫诬陷杨、左诸忠良，谟几及于祸。会崇祯立，诛群奸，起谟南冢宰。甫就职，即请老归。年八十四卒。谕祭葬，赠少保。"

（明）谈迁撰、中华书局1958年版《国榷·卷首之三·部院上》第113页记载："万历庚申，景陵周嘉谟，隆庆辛未进士，六月任（吏部尚书）。""天启辛酉，周嘉谟进太子太保，十一月罢（吏部尚书）。"第137页记载："万历丙辰，景陵周嘉谟十二月任（南京户部尚书）。"

天一阁藏《隆庆五年进士登科录》记载："周嘉谟，贯湖广汉阳府汉川县，民籍，承天府景陵县人。汉川县学生。治《书经》。字明卿。行七。年二十五，七月二十五日生。曾祖侃，祖曰春。父惇，母刘氏。具庆下。兄嘉士、嘉吉、嘉训、嘉祯，弟嘉诏、嘉诲、嘉让、嘉议、嘉谕。娶萧氏。湖广乡试第六十八名，会试第一百四名。"

周嘉谟墓志记载："太子太保、吏部尚书周公，讳嘉谟，字明卿，承天府景陵县人。考讳惇，封太子太保、吏部尚书；母刘氏，封一品夫人。嘉靖丁未年七月二十五日生。历事隆庆、万历、泰昌、天启，以崇祯叁年二月二十四日终于南京吏部公署正寝，时年八十有四。本年十二月十六日庚申葬于松石湖利甲嘴，癸山丁向。承恩赐御祭九坛造坟安葬。赠荫谥以次全给。娶萧氏，封一品夫人，御祭一坛附葬。子男：长玺，官南京工部员外郎；次璧，南京户部员外郎，先父卒。女四，俱适配名门。长孙重庆,次孙方庆,三孙世庆,俱先后承荫。曾孙一人,名铉。"周嘉谟墓在今天门市干驿镇沙嘴村十二组(下湾)正南约四百米处,当地称石马湾。

晴川舟次喜雨独酌

周嘉谟

久被尘氛扰,清江偶一游[1]。云山天外阁,风雨客边舟。绿蚁临空泛,轻鸥背浪浮[2]。所忻甘澍足,早解老农忧[3]。

题解

本诗录自熊士鹏编、清道光癸未(1823年)版《竟陵诗选·卷五》第8页。

舟次:行船途中,船上。

注释

[1]尘氛:尘俗的气氛。

[2]绿蚁:指浮在新酿的没有过滤的米酒上的绿色泡沫。

[3]忻:心喜。

甘澍(shù):甘雨。适时好雨。

和谭友夏(谭元春)韵

周嘉谟

寒河堤上碧梧垂,彩凤翩翩足羽仪[1]。孝友百年心若水,文章千古鬒如丝。龙钟愧我非青眼,马氏多君最白眉[2]。凉月纷纷忻聚首,披襟啜茗细论诗[3]。

题解

本诗录自熊士鹏编、清道光癸未(1823年)版《竟陵诗选·卷五》第9页。

谭友夏:谭元春,字友夏,号鹄湾。

注释

[1]寒河:当指牛蹄支河流经新堰西寒土岭的一段。谭元春世居地在寒河以南,今岳口镇徐越村一组(八二湾)。清道光元年(1821 年)版《天门县志·卷之六·山川》第25 页记载:"寒河在县西南二十五里,汉北小河也。其北有寒土岭,昔谭元春结庐其南,中有蓑桥、柳庵、红湿亭、简远堂诸胜迹。"

羽仪:比喻受人重视为表率。

[2]龙钟愧我非青眼:并非我年迈,倚老卖老,器重年轻人。青眼:指对人喜爱或器重。与"白眼"相对。

马氏多君最白眉:谓谭氏兄弟众多,元春最为优秀。《三国志·马良传》:马良字季常,襄阳宜城人也。兄弟五人,并有才名,乡里为之谚曰:"马氏五常,白眉最良。"良眉中有白毛,故以称之。

[3]凉月:秋月。

披襟:敞开衣襟,多喻舒畅心怀。

啜(chuò)茗:饮茶。

送李本宁太史(李维桢)之南都

周嘉谟

词林宿望重新纶,启事于今又几春[1]。百代文章推执耳,一丘烟雨岂闲身[2]?白门暂借寅清署,黄阁仍须鼎鼐臣[3]。况有编摩青史业,朝堂侧席待咨询[4]。

题解

本诗录自熊士鹏编、清道光癸未(1823 年)版《竟陵诗选·卷五》第9 页。

李本宁:李维桢,字本宁,曾任礼部尚书。

太史:翰林。明清以翰林院为储才之所,在科举考试中选拔一部分人入院为翰林官。每次朝考之后,授部分新进士为翰林院庶吉士,通称为点翰林。被授庶吉士者,即称翰林。另,清代翰林院的修撰、编修、检讨等官也称翰林。以下重复注释时从略。

之:往。

南都：明人称南京为南都。

注释

[1]词林宿望重新纶：谓李维桢为素负重望的翰林，如今奉诏履新。词林：翰林或翰林院的别称。宿望：素负重望的人。

启事：典自"山公启事"。晋山涛甄拔人物的启奏。此处指被征召入朝。

[2]执耳：执牛耳。后世以称人于某方面居领导地位。

一丘："一丘一壑"的略语。一丘可以栖身，一壑可以垂钓。原指古代隐士隐居垂钓之处，后以此典咏寄情山水的情怀。

[3]白门：江苏省南京市的别名。六朝皆都建康（今南京市），其正南门为宣阳门，俗称白门，故名。

寅清：语出《尚书·舜典》："夙夜惟寅，直哉惟清。"早晚都要精诚、洁净地主持祭礼啊。后世多以寅清为官吏箴戒之辞，谓言行敬谨，持心清正。寅：恭敬。清：廉洁。

黄阁：汉代丞相、太尉和汉以后的三公官署避用朱门，厅门涂黄色，以区别于天子。后因以指宰相官署。

鼎鼐（nài）：喻指宰相等执政大臣。

[4]编摩：犹编集。

侧席：正席旁侧的席位。

林虹桥（林若企）宅

周嘉谟

梦魂久绝五云端，搔首狂歌天地宽。选胜不妨窥鸟道，临流常自舞渔竿[1]。纷纭世事醒如梦，荏苒韶光暑复寒[2]。知己频过三径里，坐花浮白罄交欢[3]。

题解

本诗录自清同治十二年（1873年）版《汉川县志·卷十五·名迹》第13页。原文前有记："林虹桥宅，在城内林家巷。知府林若企居。有五云楼，楼倚伏龙山麓。前临官陂塘，略礿（zhuó）通之，号曰虹桥。"

注释

[1]选胜:寻游名胜之地。

[2]荏苒(rěn rǎn):(时间)渐渐过去。常形容时光易逝。

[3]三径:代指隐士的家园。语出陶渊明《归去来兮辞》:"三径就荒,松菊犹存。"

浮白:本义为罚饮一满杯酒,后亦称满饮或饮酒为浮白。

罄交欢:一齐尽情欢乐。

同费给谏(费尚伊)饮栩栩园

周嘉谟

当阳圣主久垂衣,云雾江天有少微[1]。二妙声名夸并重,三朝启事讶何稀[2]。九重宵旰资筹策,半壁西南未改围[3]。经略期君同济世,赢予衰病赋来归[4]。

幽兴从来爱薜萝,名园高峙带江沱[5]。竹间有客携琴入,花里容人载酒过。百里星缘同德聚,一宵话胜读书多。只今春色郊原满,何日相期卧绿莎[6]。

自愧疏狂一老夫,追随杖履非先驱[7]。盈庭花鸟呈天性,半壑烟霞味道腴。水火人情从变幻,风尘世路耻奔趋[8]。招携共醉东山酒,明月白云任有无。

题解

本诗录自清同治十二年(1873年)版《汉川县志·卷十五·名迹》第13页。原文前有古迹记载:"尹乾泰宅,在张池口。中丞尹应元居。有栩栩园。一时吟眺之乐、往还之适,想见遗老林居,胸次脩然远俗。"

费给谏:费尚伊,字国聘,号似鹤,沔阳(今仙桃)人。进士。兵科给事中。

熊士鹏编、清道光癸未(1823年)版《竟陵诗选·卷五》第10页载周嘉谟《和孝廉胡公占韵答谢》,与本诗第二首大同小异:"幽兴从来爱薜萝,名园高峙带江沱。竹间有客携琴入,花里容人载酒过。百里星原因德聚,一宵话胜读书多。只今春色郊原满,何日相期卧绿莎。"

注释

[1]当阳:古称天子南面向阳而治。

圣主久垂衣:圣主垂衣,形容天下太平,无为而治。亦称垂衣裳。垂衣:称颂古代帝王无为而治的套语,意为使宽大的衣服倒垂下来,靠德治天下。

少微:本星座名。称处士。

[2]二妙:称自己推重的二人。

启事:典自"山公启事"。晋山涛甄拔人物的启奏。此处指被征召入朝。

[3]九重宵旰(gàn)资筹策:帝王废寝忘食、日理万机,需要臣下辅助谋划。九重:指帝王。宵旰:宵衣旰食。天不亮就穿衣起床,天晚了才吃饭。宵:夜。旰:晚上,天色晚。筹策:犹筹算。谋划,揣度料量。

[4]经略:筹划,谋划。

[5]幽兴:寻幽访胜之雅兴。幽雅的兴味。

薜萝:薜荔和女萝。均为野生植物,常攀缘于山野林木或墙壁之上。借指隐者的住处。

江沱:古水名。又作沲、沱水。历代学者对于江沱所在有多种说法。

[6]绿莎(suō):泛指绿草地。原文为"绿蓑"。

[7]疏狂:豪放,不受拘束。

杖履:谓拄杖漫步。

[8]奔趋:趋附,追求。

和尹中丞(尹应元)费给谏(费尚伊)登黄鹤楼

周嘉谟

两山遥带势嶙峋,却杖登楼雾湿巾[1]。铁笛余音犹可听,烟波幻态不须嗔[2]。寻踪欲觅千年鹤,作赋谁为百代人?长啸一声天外响,临江酾酒月如轮[3]。

题解

本诗录自熊士鹏编、清道光癸未(1823年)版《竟陵诗选·卷五》第10页。

注释

[1]嶙峋:形容山石峻峭、重叠。

[2]铁笛:铁制的笛管。相传隐者、高士善吹此笛,笛音响亮非凡。

[3]酾(shī)酒:斟酒。

和费侣鹤（费尚伊）韵

周嘉谟

性命何须用蔡蓍，鹓行逐队首阶墀[1]。几年瀚海生波日，此际危樯到岸时[2]。讵谓求贤劳汲引，只因藏拙老栖迟[3]。灌园把钓无多事，回首犹歌天保诗[4]。

南北均叨掌治官，耄年苦历雪霜寒[5]。忠君一念坚持易，吁俊多方鉴别难[6]。且幸苍生安井里，可容黄发老泥蟠[7]。陶唐任洗巢由耳，莫把浮名着意看[8]。

题解

本诗录自熊士鹏编、清道光癸未（1823 年）版《竟陵诗选·卷五》第 11 页。

注释

[1]蔡蓍(shī)：蓍蔡。犹蓍龟，筮卜。

鹓(yuān)行：指朝官的行列。

逐队：谓随众而行。

首阶墀：踏上台阶。阶墀：台阶。亦指阶面。

[2]危樯：高的桅杆。

[3]汲引：从下往上打水。比喻引荐和提拔人才。

藏拙：掩藏拙劣，不以示人。常用为自谦之辞。

栖迟：隐居，息交绝游。

[4]天保诗：指《诗经·小雅·天保》。诗云："君曰卜尔，万寿无疆。"先君说要祝愿您，祝您万寿永无疆。

[5]南北均叨(tāo)掌治官：谓作者承蒙帝王眷顾，先后担任北京、南京吏部尚书。叨：承受。古汉语中用于对受人恩惠及礼物表示感谢的谦辞。治官：周代天官的别称。周代天官掌邦治，总六官之职，故称治官。后世习称吏部为天官。

耄(mào)年：老年。

[6]吁俊：求贤。

[7]井里：乡里。古代同井而成里，故称。

泥蟠：盘屈在泥污中。亦比喻处在困厄之中。

[8]陶唐：指帝尧。尧初居于陶，后封于唐，为唐侯，故称陶唐。

巢由：巢父和许由二人的合称。相传二人均为唐尧时的隐士。尧曾欲让位于二人，皆不受。许由认为自己"志在青云"，做"九州伍长"脏了他的耳朵，便到颍水边洗耳拭目，并将此事告诉巢父。巢父怕许由用过的水"污吾犊口"，乃"牵犊上流饮之"。以上所记即史传之"许由洗耳"。后遂以"巢由"为咏隐居不仕的典故。

送陈志寰司徒（陈所学）还朝

周嘉谟

三晋归来逸兴翩，蹉跎启事几经年[1]。人间岁月飘蓬转，天上星辰曳履旋[2]。松石乍违心膂伴，枫宸常赖股肱贤[3]。老夫涤耳沧浪曲，新绂传宣自日边[4]。

题解

本诗录自丁宿章编、清光绪九年（1883年）版《湖北诗征传略·卷九》第10页。标题中"司徒"二字据熊士鹏编、清道光癸未（1823年）版《竟陵诗选·卷五》第10页补。

陈志寰：陈所学，字正甫，号志寰。

注释

[1]三晋：古地区名。春秋末期，晋国的韩、赵、魏三家贵族瓜分了晋国，建立战国时期的韩、赵、魏三国，史称三晋。今代指山西省。

逸兴：超逸豪放的意兴。

蹉跎启事几经年：指陈所学闲身闲居多年，较之于宣力朝廷，不免虚度光阴。启事：典自"山公启事"。晋山涛甄拔人物的启奏。此处指被征召入朝。经年：年复一年，多年。

[2]飘蓬：比喻漂泊无定。

曳履：指皇帝所亲近的重臣或直臣面谏。典自"汉庭曳履""郑崇曳履"。《汉书·郑崇传》：尚书仆射郑崇多次直颜面谏哀帝的过失，哀帝也能够采纳。郑崇每次朝见都穿着皮履，以至于哀帝每听到皮履声就笑着说："我能分辨出郑尚书的脚步声。"

[3]松石乍违：骤然离别故里。松石：松石湖。松石湖畔有陈所学别业松石园。

心膂(lǚ)：心和脊骨都是人体重要部分，喻重要的部门或职任。

枫宸(chén)：宫殿。宸：北辰所居，指帝王的殿庭。此处指帝王。

股肱(gōng)：比喻左右辅佐之臣。

[4]老夫涤耳沧浪曲，新绂传宣自日边：我在故乡逍遥自在地聆听《沧浪歌》，你则接奉来自京都的履新诏令。

老夫：周嘉谟比陈所学年长14岁，且辞官归里，故自称"老夫"，蕴含隐逸情趣。

涤耳：洗耳。表示恭敬地倾听。

沧浪曲：指战国时楚地流传的古歌谣《沧浪歌》。《孟子·离娄上》："有孺子歌曰：沧浪之水清兮，可以濯我缨；沧浪之水浊兮，可以濯我足。"

新绂(fú)：指新的职务。绂：系印章的带子。

传宣：传令宣召。

日边：原意为天边极远处，后用以喻指京都或皇帝左右。

题陈志寰（陈所学）松石园

周嘉谟

碧水涟漪映远空，龙岗高卧黑头公[1]。松风淅沥钧天乐，石势参差落涧虹[2]。户外渔歌连梵响，竹间茗碗对诗筒[3]。共称极乐蓬莱境，咫尺长楸万载空[4]。

题解

本诗录自熊士鹏编、清道光癸未（1823年）版《竟陵诗选·卷五》第10页。标题下注"上有极乐庵泊太翁封树在焉"。太翁封树：指曾祖父或祖父的坟墓。封树：堆土为坟，植树为饰。古代士以上的葬礼。

注释

[1]涟漪：水面波纹，微波。

黑头公：指少年而居高位者。

[2]钧天乐：指天上的音乐，仙乐。

[3]梵响：念佛诵经之声。

诗筒：盛诗稿以便传递的竹筒。

[4]咫尺长楸万载空：咫尺园林，

接天长楸,千年万载地空对松风、 长楸(qiū):高大的楸树。
石势。

采真园初成用壁间韵

周嘉谟

采真园绕汉江滨,隔岸楼台一水分[1]。隐几坐看移石月,把杯频吸傍花云。参差帆影中流见,欸乃歌声静夜闻[2]。双鹤唳从天外响,顿忘身世在人群[3]。

题解

本诗录自熊士鹏编、清道光癸未(1823年)版《竟陵诗选·卷五》第10页。

采真园:周嘉谟别业,故址在今天门市干驿镇月池村,原属花园村六组。北距牛蹄支河约四百米,西距皂仙公路约三百米。

壁间韵:墙壁上原题诗的诗韵。

注释

[1]采真园绕汉江滨,隔岸楼台一水分:采真园北滨牛蹄支河,与澄江阁(后名文昌阁)隔河对峙。汉江:此处指明代天门境内汉江北派牛蹄支河,今天南长渠。

[2]欸(ǎi)乃:象声词。泛指歌声悠扬。

[3]唳:鹤、雁等鸟高亢的鸣叫。

题熊干甫(熊一桢)浮园

周嘉谟

名园结构近方城,树里南湖一片明。取适渔翁来放艇,探奇仙侣坐班荆[1]。天风谡谡催涛急,山月胧胧隔岸生[2]。自是主人多逸兴,由来此地胜蓬瀛[3]。

题解

本诗录自熊士鹏编、清道光癸未(1823年)版《竟陵诗选·卷五》第9页。

熊干甫浮园:清道光元年(1821年)版《天门县志·卷之十六·古迹》第22页记载:"浮园,吴骥别业,其外父熊一桢所赠。"熊一桢,字干甫,选贡。徐成位女婿或侄女婿,熊开元生父。

注释

[1]取适:寻求适意。

班荆:谓朋友相遇,共坐谈心。

[2]谡谡(sù):劲风声。

[3]蓬瀛:蓬莱和瀛洲。神山名,相传为仙人所居之处。亦泛指仙境。

送长儿北上

周嘉谟

三月长安道,风和日正暄[1]。逡巡离子舍,黾勉答君恩[2]。勤政趋鹓侣,传书近雁门[3]。知交如见问,逸事在江村[4]。

题解

本诗录自熊士鹏编、清道光癸未(1823年)版《竟陵诗选·卷五》第8页。

注释

[1]暄:温暖,太阳的温暖。

[2]逡巡:因为有所顾虑而徘徊不前。

黾(mǐn)勉:勉励,尽力。

[3]鹓(yuān)侣:朝中同僚。

[4]见问:问我。

送次子入安城举曾祖焚黄礼

周嘉谟

楚水连吴地,罗江溯本源。裳衣昭祖德,纶綍宠君恩[1]。南北王臣事,东西游子辕[2]。埙篪吹白下,不必恋晨昏[3]。

题解

本诗录自清光绪二十一年(1895年)版、天门市多祥镇九湖沟村《周氏宗谱·卷二·别录》第20页。

原题为《送次子仲完自北改南齎冠服入安城举曾祖焚黄礼》。仲完:周嘉谟次子,名璧,字仲完,号泸泓。官户部郎中。改:以原官改调新职。齎(jí)冠服:指身着官服。齎:同"赍"。冠服:帽子和衣服。古代服制,官吏的冠服因官爵不同而有别。焚黄:旧时品官新受恩典,祭告家庙祖墓,告文用黄纸书写,祭毕即焚去,谓之焚黄。后亦称祭告祝文为焚黄。

注释

[1]纶綍(fú):称皇帝的诏令。

[2]王臣:君王的臣民。

[3]埙篪(xūn chí):埙、篪皆古代乐器,二者合奏时声音相应和。因常以埙篪比喻兄弟亲密和睦。语出《诗经·小雅·何人斯》:"伯氏吹埙,仲氏吹篪。"

白下:古地名。在今江苏省南京市西北。唐移金陵县于此,改名白下县。后因用为南京的别称。

登海源洞归途遇雨

周嘉谟

洞口秋阴合,衔杯日已斜[1]。海云生暧逮,山月吐光华[2]。酬酢情无极,登临兴未赊[3]。归途风雨急,小队入田家。

题解

本诗录自刘文征纂修、明天启刻本《滇志·卷之二十七·艺文志·第十一之十·五言律诗》第63页。

海源洞:在昆明西郊。"海源"即大海之源,亦即滇池之源。

注释

[1]衔杯:典自"衔杯对刘"。谓与酒友相聚。晋刘伶嗜酒,在文章中抒写痛饮之状及饮酒之乐。

[2]瑷瑃(ài dài):云盛貌。

[3]酬酢(zuò):饮酒时主客互相敬酒,主敬客称酬,客还敬称酢。泛指应酬。

赊:穷尽。

七夕宴魏太史于雄川阁

周嘉谟

高阁登临回彩鹢,城南夕照数峰青[1]。欲从银汉看牛女,先向浮槎问客星[2]。新月影涵秋色淡,远砧声送酒杯停[3]。天边乌鹊何时渡?徙倚庄桥漱晚汀[4]。

题解

本诗录自刘文征纂修、明天启刻本《滇志·卷之二十八·艺文志·第十一之十一·七言律诗》第12页。清同治十二年(1873年)版《汉川县志·卷十五·名迹》第8页收录本诗,题为《万魁台阁》。"酒杯""乌鹊",《汉川县志》分别作"玉杯""鸟鹊"。

魏太史:当指魏广微。魏广微,南乐人,魏允贞之子。明万历三十二年(1604年)进士,由庶吉士历南京礼部侍郎。与魏忠贤勾结,时人称魏忠贤为内魏公,称他为外魏公。官至吏部尚书、建极殿大学士。《滇志》中周嘉谟《登海源洞归途遇雨》诗后为魏广微诗《毛侍御邀饮二殊堂同周中丞赋》。太史:翰林。

雄川阁:在昆明柳坝河畔(今云南纺织厂附近),属昆明"八景"之一。史载此地柳树成林、河水与滇池相通,护河堤上绿柳四垂,双孔石桥横跨河流,旁有高楼名"雄川阁"。

注释

[1]彩鹢(yì):鹢,一种水鸟。古代常在船头上画鹢,着以彩色,因亦借指船。

[2]先向浮槎(chá)问客星:意思是,要看牛郎织女,必须先乘客星槎。客星槎即客槎,指升天所乘之槎。传说世人有乘筏由海至天河见到牛郎织女的故事。

浮槎:木筏。传说中来往于海上和天河之间的木筏。槎:同"查"。

[3]砧:捣衣石。

[4]徙倚:犹徘徊,逡巡。

汀:水边平地,小洲。

都门送族侄惠六南还安成

周嘉谟

廿年辛苦伴征车,废却家园一亩锄[1]。剑阁苍山归指顾,岭云朔雪上襟裾[2]。每从退食甘蔬味,时向晴窗学草书[3]。归去故园秋兴好,还来楚水就鲈鱼。

题解

本诗录自熊士鹏编、清道光癸未(1823年)版《竟陵诗选·卷五》第9页。原题为《都门送族侄惠十六还安成》,据清光绪七年(1881年)版、天门市多祥镇九湖沟村《周氏宗谱·卷八·别录》第17页改。

安成:指今江西省吉安市安福县。

注释

[1]征车:远行人乘的车。

[2]剑阁苍山:代指四川、云南。

剑阁:剑门关,或称剑门,位于四川剑阁北五十里之剑门山,为古蜀道要隘。

苍山:点苍山。位于云南大理西北、洱海之西。

指顾:一指一瞥之间。形容时间

的短暂、迅速。

岭云朔雪：岭南的云、北方的雪。

襟裾（jū）：衣的前襟或后襟。亦

借指衣裳。

[3]退食：退朝就食于家或公余休息。

途次志喜（二首）

周嘉谟

披读汉史羡疏公，祖帐都门事颇同[1]。十五封章天听转，三千驿路主恩隆[2]。梅花斗雪清香远，松干凌霜劲节崇。归去故园春色好，时时回首未央宫[3]。

连章得请赋来归，丹陛陈情泪湿衣[4]。自信心长缘发短，敢云昨是觉今非[5]。兼驱猛兽无长策，闲伴浮鸥有息机[6]。独使至尊劳旰食，难将寸草答春晖[7]。

[HTF]时天启元年辛酉[8]，因皇祖陵工事毕，以原任工部尚书效劳，奉旨加太子少保，荫一子、长孙入监[9]。又以先帝襄祔礼成，加太子太保，颁给三代一品诰命[10]。至十一月，内因给事孙杰疏论例转霍维华事，连上三疏乞休，至十五疏，奉旨："俞允。回籍候召[11]。"以十二月初三日辞朝，大小九卿郊饯于顺成门外[12]。二年壬戌正月初十日抵家。

题解

本诗录自清同治十二年（1873年）版《汉川县志·卷二十一·艺文下·七古》第26页。后一首《湖北诗征传略·卷九》收录，题为《陛辞出朝口占》。

途次：半路上，旅途中的住宿处。

注释

[1]披读：廖元度编、湖北省社会科学院文学研究所校注、2019年版《楚风补校注·卷之二十三》第1368页作"手披"。清光绪七年（1881年）版、天

门市多祥镇九湖沟村《周氏宗谱》中的《余清阁年谱》(周嘉谟自叙)作"曾披"。

疏公:疏广,字仲翁,东海兰陵(今山东苍山西南)人。西汉大臣。宣帝时官至太子太傅。后以年老称病乞归。临走时,宣帝加赐黄金20斤,皇太子赠以50斤。疏广回归乡里后,每日在家置办酒宴,请族人故旧宾客共食取欢娱乐,以尽余生。后人以疏广散金置办酒食用作称美善度告老余年的典故。

祖帐都门:都门帐饮。古时离人饯别多在都(城)门之外的大道旁设帐饮酒相别,叫都门帐饮。此用《汉书·疏广传》"设祖道供帐东都门外"事。

[2]十五封章天听转:指作者连上十五道奏章,终于得到皇帝同意,回籍候召。实为魏忠贤假传圣旨。封章:密封的章奏。天听:古谓天有意志和知觉,因称上天(天帝)的听闻为天听。

[3]未央宫:汉代宫室名,汉高祖时所建,后泛指皇宫宫阙。《余清阁年谱》(周嘉谟自叙)作"帝城中"。

[4]丹墀:古时宫殿前涂上红色的台阶。

[5]心长缘发短:"心长发短"的化用。心长发短:形容老年人见识多,能够深谋远虑。心长:指智慧多。发短:头发稀少,指年岁大。

昨是觉今非:常作"今是昨非"。今天是对的,过去是错的。表示悔悟之意。陶渊明《归去来兮辞》有"实迷途其未远,觉今是而昨非"之语,表示对自己辞官归隐行动的肯定。

[6]长策:《余清阁年谱》(周嘉谟自叙)作"良策"。

息机:摆脱世务,停止活动。

[7]独使:《楚风补校注·卷之二十三》作"独念"。

至尊:至高无上的地位。古多指皇位,因用为皇帝的代称。

劳旰(gàn)食:宵衣旰食。天不亮就穿衣起床,天黑了才吃饭。多指帝王勤于政务。

[8]天启元年辛酉:1621年。

[9]太子少保:明清太子少保皆为正二品。清代中叶以后无太子,太子三太三少作为加衔保留,且视为荣典。即使是一品大官,初次加衔也只加太子少保,其后依次渐进。

监:指国子监。

[10]先帝襄祔(fù)礼成:此处指明万历皇帝丧事办理完毕。

襄:襄事。称下葬。

祔:升祔。升入皇家庙宇内供奉牌位。

礼成:仪式完毕。

[11]俞允:允诺,答应。《尚书·尧典》:"帝曰:'俞。'"俞:应诺之词。后即称允诺为俞允。多用于君主。

[12]大小九卿:九卿为古代九种官名。明代有大小九卿之分,大九卿包括六部(吏、户、礼、兵、刑、工)尚

书、都察院都御史、通政司通政使、大理寺卿。小九卿指太常寺卿、太仆寺卿、光禄寺卿、詹事、翰林学士、鸿胪寺卿、国子监祭酒、苑马寺卿、尚宝司卿。

省月台

周嘉谟

一别韶阳四十秋，何期驻节纪重游[1]。江山依旧堪娱目，士友于今已白头。城郭人民疲榷焰，闾阎灯火动新讴[2]。当年省月台仍在，雨后登临月满楼。

题解

本诗录自清康熙十二年（1673年）版《韶州府志·卷之十六》第19页。

省（xǐng）月台：在韶州古城西北角九成台侧（今韶关西堤北路）。明万历辛巳年（1581年），时任韶州府知府周嘉谟主持修建。

注释

[1]韶阳：即韶州。

驻节：大官停留在外，或使节驻留于外。

纪：清康熙二十六年（1687年）版《曲江县志·卷之四》第79页作"几"。

[2]榷焰：疑指魏忠贤阉党专权的嚣张气焰。榷：专一。

闾阎：里巷内外的门。借指平民。

表忠歌

周嘉谟

衡山岠嵂俯三湘，云梦苍苍水渺茫[1]。天植精忠扶泰运，中丞家世水云乡[2]。少年登第姑苏令，清如止水明如镜[3]。一从簪笔入承明，封事累累多谏诤[4]。先皇御极甫三旬，击壤讴歌遍海滨[5]。一朝不豫渐弥留,中使传宣阁部臣[6]。公劾崔竖先有奏,天威莫测疑穷究[7]。岂意随班入后宫,同承顾命真希觏[8]。周旋御榻睹龙颜,十有三人涕泗溜[9]。旁门倏引东宫入,传言封后诏宜颁[10]。诸臣启奏册储讫,上顾东宫心若忕[11]。仍谕辅佐为尧舜,闻命相看喉哽塞[12]。旋呼左右进红丸,喜似仙家续命丹[13]。昧爽倏传遗诏下,举朝错愕痛心酸[14]。午门首聚奔趋急,遥想冲嗣正孤立[15]。相携排闼入乾清,号泣旻天情孔棘[16]。环侍宫门几许时,长君方得出堂垂[17]。金谋拥护入文华,拜舞嵩呼列陛墀[18]。随请移跸居慈庆,长乐钟迟氛未净[19]。移宫拜疏有公疏,君独慷慨如拼命[20]。芳辰快睹六龙飞,旭日中天万象辉[21]。此际彤廷歌喜起,先期清肃在宫闱[22]。讵知当日移宫事,实为逆珰心所忌[23]。太阿倒柄甫经年,党恶横行太恣肆[24]。公驰一疏九重天,罄竹难书万种愆[25]。胪列款开二十四,恶珰心胆已茫然[26]。不谓灶炀天听远,戆直忠言徒蹇蹇[27]。恨不剚刃公腹中,削夺相沿祸胎本[28]。公旋解绶入江乡,神弓鬼矢遂飞扬[29]。金吾缇骑纷沓至,凄惨如飘六月霜[30]。室有妻孥堂有母,觌面相看泪如雨[31]。地方几有揭竿形,君言剀切始安堵[32]。一入长安进抚司,罗钳吉网日追随[33]。酷拷飞赃逾数万,卖鬻赔偿累亲知[34]。执政逆珰同腑脏,三朝一比魂飞丧[35]。五彪五虎济穷凶,七尺残躯成醢酱[36]。嗟乎天远九重埵,含敛何从问六亲[37]。与君共作囹圄鬼,更有忠贞十数人[38]。此等沉冤何处雪?天网恢恢疏不泄。圣明天子莅朝堂,大憝渠魁同殄灭[39]。群臣表奏显忠良,赠恤从优白骨香[40]。煌煌丹诏辉珂里,七泽三湘倍有光[41]。楚人祇为同闾党,朝市山林罹一网[42]。官诰颁还起废频,阴翳忽开天日朗[43]。思昔同朝共事时,余为首部义难辞[44]。并许赤心扶社稷,微躯何得计安危。突尔无端风浪起,乃以移宫挂人齿[45]。与君并列奸党中,余幸偷生君已死。要典今从一炬焚,葛藤已断净浮云[46]。忠肝义胆难摹写,自有流芳百世文。郡公世讲笃忠义,目击心伤如芒刺[47]。多方优恤广皇恩,捐赀下檄频三四。首倡祠祀洽舆情,余亦涓滴助宏深[48]。生者锡荫没者荣,峥嵘庙貌千秋名[49]。

题解

本诗录自杨涟著、清道光十三(1833年)年版《杨忠烈公文集·表忠录》第46页。

本诗为悼念杨涟而作。杨涟(1572—1625年),字文孺,号大洪,湖广应山(今湖北广水)人。明末著名谏臣,东林党人。万历进士。授常熟知县,举廉吏第一。天启四年(1624年)进左副都御史。上疏劾魏忠贤二十四大罪状,次年受诬陷下狱,受酷刑而死。崇祯初追谥忠烈。

表忠:表彰忠烈的意思。

注释

[1] 屼崒(wù zú):常作"崒屼"。高耸险峻的样子。

[2] 天植:自然赋予,天生具备。

泰运:大运,天道。

中丞:历代御史中丞省称。明初置都察院,其中副都御史的职责与前代御史中丞基本相同。杨涟官至左副都御史。

水云乡:云雾弥漫的水乡。此处指湖广地区。

[3] 登第姑苏令:登进士第后任常熟县令。明洪武二年(1369年),常熟州降为县,隶于苏州府。姑苏:泛指旧苏州府。

[4] 簪(zān)笔:谓插笔于冠或笏,以备书写。古代帝王近臣、书吏及士大夫均有此装束。

承明:承明庐。汉朝皇宫石渠阁外承明殿的旁屋,是侍臣值宿所居之所。

封事:古时臣下上书奏事,防有泄漏,用袋封缄,称为封事。

谏诤:直言规劝。

[5] 先皇御极甫三旬:指泰昌元年(1620年),光宗即位仅一个月就被红丸毒死,左光斗、杨涟等大臣拥朱由校即位。御极:皇帝登极,即位。甫:刚刚。

击壤讴歌:相传帝尧时,一老者边击壤,边唱道:"日出而作,日入而息,凿井而饮,耕田而食,帝力于我何有哉?"后以击壤指歌颂太平。

[6] 不豫:婉称帝王有病。

中使传宣阁部臣:指宦官向内阁大臣传宣诏命。明朝中后期,皇帝大多昏庸,宦官乘机窃权专命。宦官二十四衙门之一的司礼监有批阅章奏、传宣诏命的权力。中使:帝王宫廷中派出的使者,多由宦官充任。此处指魏忠贤。传宣:传达命令。阁部:明清时内阁的别称。

[7] 公劾崔竖先有奏,天威莫测疑穷究:指泰昌元年,杨涟上《劾内官崔文升疏》。光宗登基即病,郑贵妃使中

官崔文升投以利剂,帝一昼夜泻三四十次。杨涟遂劾崔文升用药石状,请推问之。疏上,越三日,帝召见大臣,并及涟。众谓其疏忤旨,必廷杖,嘱大学士方从哲为解。从哲劝其引罪,对曰:"死即死耳,何罪有?"及入,帝温言久,数目之,语外廷毋信流言。遂逐文升,停封太后。崔竖:指崔文升,明朝末期宦官。初为郑贵妃宫中内侍太监。光宗即位,升任司礼秉笔太监,掌管御药房。竖:专指宦官。天威:指帝王的威严。

[8]岂意随班入后宫:指杨涟时任兵科右给事中,却成为顾命大臣,是"自以小臣预顾命"。随班:跟班值勤。

顾命:《尚书》的篇名。取临终遗命之意。后因称帝王临终前的遗诏为顾命,帝王临终前托以治国重任的大臣为顾命大臣。

希觏(gòu):罕见。

[9]潸(shān):流泪。

[10]东宫:太子所居之宫,也代指太子。

传言封后诏宜颁:指郑贵妃据乾清宫,且邀封皇太后。

[11]册储:册封太子。

[12]辅佐为尧舜:辅佐皇上,使之成为堪与尧舜比肩的有道明君。

[13]红丸:指红药丸。泰昌帝朱常洛登基即病,鸿胪寺丞李可灼自称有仙丹妙药,泰昌帝服后驾崩,史称"红丸案"。

[14]昧爽:拂晓,黎明。

错愕(è):因为事出仓促而惊惧。

[15]遥想冲嗣正孤立:指朱由校无生母、嫡母,在泰昌帝朱常洛驾崩后被养母李选侍藏进乾清宫暖阁一事。冲嗣:年幼的嗣君。当指下文"长君"。

[16]排闼(tà):推开门。指杨涟带头闯进乾清宫,逼迫李选侍移出。闼:指小门。

乾清:指乾清宫。明至清初,乾清宫是皇帝的寝宫。

孔棘:极为紧急。

[17]堂垂:垂堂。靠近堂屋檐下。因檐瓦坠落可能伤人,故以喻危险的境地。

[18]金谋:众人谋划。

文华:指文华殿。明为皇太子活动的东宫。

拜舞嵩呼:跪拜皇帝,高呼万岁。拜舞:跪拜与舞蹈。古代朝拜的礼节。嵩呼:旧时臣下祝颂皇帝,高呼万岁,叫嵩呼。

陛墀(chí):宫殿的台阶及台阶上面的空地。

[19]移跸(bì):犹移驾。

慈庆:慈庆宫。按惯例,皇帝必须居于乾清宫。而李选侍还住在那儿,暂不能迁。刘一燝(zhǔ)与诸人商量后请朱由校暂居慈庆宫,等李选侍移出乾清宫后再进去。到了九月初五登基大典前一天,李选侍还没有移宫的意思。杨涟、左光斗等人倡率群臣集中在朱由校居住的慈庆宫门外,要求李选侍马上移宫。杨涟、左光斗当场草疏,揭露李选侍"阳托保护之名,阴图专擅之实。今日宫必不可不移"。朱由校在这种形势下亲笔批下"令选侍即日移宫"。史称"移宫案"。

长乐钟:泛指宫里的钟声。长乐为汉代宫殿名。

[20]拜疏:上奏章。

[21]芳辰:美好的时光。

六龙飞:有日月如梭的意思。古时传说日神乘的车,由六条龙驾驶,后人用六龙喻指太阳。

[22]彤廷:彤庭。汉代皇宫以朱色漆中庭,称为彤庭。后泛指皇宫。

清肃:清平宁静。

宫闱:宫中后妃所居的地方。

[23]讵(jù):岂。

逆珰(dāng):指魏忠贤。珰:汉代武职宦官帽子的装饰品,后借指宦官。

[24]太阿(ē)倒柄:太阿倒持。把太阿宝剑倒着拿,比喻授人权柄,自受其害。

经年:年复一年,多年。

党恶:指结党作恶之徒。

恣肆:放纵,无所顾忌。

[25]愆(qiān):罪过,过失。

[26]胪(lú)列款开二十四:指杨涟疏参魏忠贤犯有二十四大罪行。胪列:罗列,列举。

[27]灶炀(yáng):形容天气极热,如灶前烤火。比喻蒙蔽君主。

天听:古谓天有意志和知觉,因称上天(天帝)的听闻为天听。

戆(gàng)直:刚直。

謇謇(jiǎn):忠正耿直的样子。

[28]剸(tuán)刃:用刀刺。清同治十二年(1873年)版《汉川县志·卷二十一·艺文下》第13页同名诗作"剸(zì)"。

削夺:割削剥夺。

祸胎本:祸根。胎:起因。

[29]解绶:解下印绶,谓辞去官职。

江乡:犹水乡。地近江湖的乡村。

神弓鬼矢:防不胜防的伤害。

[30]金吾缇骑(tí jì):执金吾缇骑。执金吾属吏。明代锦衣卫最高长官为都指挥使,又称缇帅或大金吾,所领校尉又称缇骑。缇骑除掌禁卫、仪仗、卤簿(车驾次第)外,专司侦察、缉捕官民。

六月霜:战国时邹衍在燕,无罪而被拘,他仰天长叹,时当盛夏五六月,天忽为降霜。见汉王充《论衡·感虚》。后以六月霜等喻冤狱。

[31]妻孥(nú):妻子和儿女。孥:子。

觌(dí)面:迎面。

[32]揭竿:举着竹竿或木棍。后引申为武装暴动。

剀(kǎi)切:切实,恳切。

安堵:安定,安居。

[33]抚司:官署名。镇抚司。明

代锦衣卫所属南镇抚司掌管本卫刑名和军匠，北镇抚司专理诏狱，可不经法司，任意处理。

罗钳吉网：唐李林甫重用酷吏罗希奭(shì)、吉温，罗织诬陷不附己者，时称"罗钳吉网"。后以指酷虐诬陷。

[34]酷拷飞赃逾数万：指阉党诬陷杨涟收受熊廷弼贿赂，被逮下狱。酷拷飞赃：严刑拷打，虽无根据，仍定贪赃之罪。

卖鬻(yù)赔偿累亲知：指杨涟为官极清廉，财产入官不及千金，母妻止宿谯(qiáo)楼，二子至乞食以养。杨涟《狱中血书》云："家倾路远，交绝途穷。"鬻：卖。

[35]三朝(zhāo)一比：隔几天一次拷打追逼。实际上是五天一次拷打。杨涟《狱中血书》云："打问之时，枉处赃私(冤枉定为贪赃罪)，杀人献媚，五日一比，限限严旨(限期上缴所谓赃款)。"三朝：谓三日。一比：指拷打追逼一次。

[36]五彪五虎济穷凶：五彪五虎，为虎作伥，非常凶恶。

五彪五虎：指魏忠贤主要爪牙。五彪有田尔耕、许显纯、崔应元、杨寰、孙云鹤，均为武臣。五虎有崔呈秀、李夔龙、吴淳夫、倪文焕、田吉，均为文臣。魏忠贤当政时，许多朝臣和地方官僚投拜在他的门下，主要的有所谓"五彪、五虎、十狗、十孩儿"等。

醢(hǎi)酱：肉酱。

[37]嗟乎天远九重堙(yīn)：有叫天天不应的意思。堙：堵塞。

含敛：古代丧礼，纳珠玉米贝等于死者口中，并易衣衾，然后放入棺中，曰含殓。

[38]囹圄(líng yǔ)：监狱。

[39]大憝(duì)：大恶人。后也泛指罪魁祸首。

渠魁：首领。旧时称叛逆者或敌对方面的首脑。

殄(tiǎn)灭：消灭，灭绝。

[40]赠恤：对死者家属赠送财物加以抚恤。

[41]煌煌：形容光彩鲜明。

丹诏：皇帝所发出的文书称诏，因用朱笔书写，故称丹诏。

珂(kē)里：对别人家乡的敬称。

七泽三湘：指楚地。七泽：相传古时楚有七处沼泽。后以七泽泛称楚地诸湖泊。三湘：地区名，说法不一，泛指湖南。

[42]楚人祗为同闾党：恰好我们都是湖北老乡。祗：恰，刚好。闾党：犹乡里，邻里。

朝市山林罹(lí)一网：无论朝野，都陷入阉党布设的罗网。朝市：朝廷。山林：代指隐居(山林多为隐居之所)。

[43]官诰：皇帝封官或赐爵的文件。

阴翳(yì)：阴霾，阴云。

[44]余为首部义难辞：我是吏部尚书，义不容辞。首部：吏部。隋唐时

为六部之首。

[45]挂人齿:挂在别人的口头上。

[46]要典:指《三朝要典》,明顾秉谦、黄立极、冯铨为总裁,于天启六年(1626年)开馆编纂。辑录万历、泰昌、天启三朝关于梃击、红丸、移宫三案的示谕、奏疏并加按语而成。编者秉承魏忠贤之意,颠倒黑白,以王之寀(cǎi)、孙慎行、杨涟为三案罪首,诬陷东林党人。思宗即位后,于崇祯二年(1629年)焚毁《三朝要典》。

葛藤:葛的藤蔓,比喻缠绕不清,无法摆脱或缠绕不清的事情。

[47]郡公:爵名。明初尚有郡公之封,后废。

世讲:本指两姓子孙世世有共同讲学之谊。后称朋友的后辈为世讲。

[48]首倡祠祀洽舆情:我最先提倡为杨涟立祠,以符合民意。

宏深:宏大渊深,博大精深。指杨涟祠。

[49]锡荫:赐荫。封建时代,因祖先的官职、功劳而赐其子孙以官爵。

峥嵘:高峻深邃,气象非凡貌。

庙貌:《诗经·周颂·清庙序》郑玄笺:"庙之言貌也,死者精神不可得而见,但以生时之居,立宫室象貌为之耳。"因称庙宇及神像为庙貌。

喜胡甥明心方外还俗戏为俚语

周嘉谟

汝今逃墨复归儒,依旧当年一小胡[1]。不向佛坛翻贝叶,却离香积觅醍酥[2]。春来忽感同林鸟,秋至因思故国鲈[3]。定有鸾凤堪作匹,计期幸得掌上珠。

题解

本诗录自胡书田纂、清道光乙巳(1845年)版、天门市干驿镇小河村槐源《胡氏宗谱·卷十二》第3页。本支胡氏由安徽歙县槐源分支迁入天门。诗后附"见《沧浪集》"几字。

注释

[1]逃墨复归儒:化用孟子语"逃墨必归于杨,逃杨必归于儒"。原意为

墨子、杨朱学说皆为异端,避邪归正必回返儒家。

[2]贝叶:贝叶书。本指写于贝叶的佛经,后因以为佛经的代称。印度贝多罗树(菩提树、觉树)之叶,经处理后可以代纸,古代印度人常用以书写佛经。

香积:指佛国、佛寺。

醍酥:美酒。

[3]秋至因思故国鲈:《世说新语·识鉴》载:晋张翰在洛,见秋风起而思故乡所产鲈莼,因辞官归。

贺刘锡瑕寿联

周嘉谟

寿活三甲子,
眼观七代孙。

题解

本联录自清同治十二年(1873年)版《汉川县志·卷十七·列传下·耆寿》第51页。此页记载:刘锡瑕(gǔ),正德时人。居骑龙集刘家台,享寿百三十有七岁。周少保嘉谟颜其堂曰:"永锡难老。"又联云:"寿活三甲子,眼观七代孙。"至今过其处者皆呼老人台。

缴查庄田册疏

周嘉谟

看得镇握兵符[1],世守兹土,禄俸之外,听置庄田,国家所为优待也。查十六年册税粮田地[2],共八千三十一顷三十七亩,共税粮二千四百一十九石,不为不多矣。推而上之,西平入滇,尚未有此,其后岁积代累,乃及此数。以其时万里之勋、非常之眷,岂不能厚自封殖[3],而顾俭于今,其忠君爱民,不犹有可想者乎?

自十六年来,迨兹仅二十四年,又复增加于旧,环滇封内,莫非总庄,有更仆难悉数者[4]。于是乎镇不得不委之参随,分之大小管庄、火头、佃长,正征之外有杂派,杂征之外有亡名,虐焰所加[5],不至骨见髓干不止。嗟嗟!此固朝廷二百余年所休养汉夷,出诸鸟言卉服而归版图者也[6]。饥寒既迫,相率寇盗,抑何惮而不为[7]?拔本塞源,非尽镇庄而属有司,则燎原滔天之势,殆日寻干戈[8],地涂肝脑,虽有智者,不能为滇计已。

幸两院会题,圣明俞旨,司道郡邑,奉以从事,竭半年之力而始犁然[9]。称钦赐者,仍从免科,以广皇仁于亡穷[10];宽投献者,姑不例遣,止令认纳差粮,以开法网于大宥[11];新垦置者,一体齐民,亦弗尽依会典,以昭作贡于任土[12]。且有司征解,其体统崇也[13];户免鱼肉,其输将乐也[14];有参随庄佃向所侵渔,镇弗及知而坐受怨谤者[15],今悉征纳,其收入实也。行之一二年,官民相得,粮粒不逋[16]。将榛莽之区胥成沃壤,夷獠之种悉为良民[17]。绿林之衅自消,素封之瑕不起[18]。宁独六诏千百世平治无事,镇亦永浮于休矣[19]。故愿镇遵明旨,绎祖德,勿听宵小,谓有庄而不得差管,妄觊肆毒于前,致酿西南瓦解之隐祸,于忠爱无当也[20]。凡为有司者,亦各捐成心,靡有异视,数遇水旱则量行捐除,时及催征则亟为督课[21]。盖恤庄民,即所以惠我受廛之民[22];完庄租,即可以杜镇在下之害。事不相背,利均受之,斯尤所切望于镇与有司者也,等因[23]。造册通详到臣[24],覆查无异。

该司会同巡按云南监察御史邓渼看得[25],滇南多盗之源,起于总庄参随人等之肆虐,臣等累疏言之详矣。议改庄田归有司征解,盖稽之会典,询之全滇士民之舆情,无非端本澄源之意,非臣等臆说也[26]。所幸廷臣翕然同心,圣明毅然独断,俯从末议,颁有明纶[27],责臣等以必行。滇人士无不加手举额称庆太平之有待者,真千载一时也。已经檄行该司道府查核明白[28],造册缴报前来。臣等覆加参酌,议处画一,宁从宽政,不敢苛求。其云钦赐田地,俱照万历十六年清丈册籍尽数免科,不必问其逾制也[29]。私置开垦田地,尽数给与管业,征收子粒[30]。既奸民投献者，亦从宽贷[31]，不必咎其既往也。应编粮差者，止照民间则例起科[32]，而小民亦得均沾一分之赐。盖赋役均平，惠泽普遍，皆以广朝廷浩荡之恩也。惟是参随人等无名之科派[33]，下乡之骚扰，庄民平日敢怒而不敢言者，不得不通行裁革，以苏民困、绝盗源，是则庄民踊跃欢呼，而参随人等不无觖望者[34]，似亦不暇顾矣。矧其中有镇臣徒负虚名[35]，未得实惠，利归于下，怨归于上者，今一旦尽数清出，其所利于镇臣尤多乎？

若夫严督有司，及时征解，毋得逋负[36]，使镇臣藉为口实；灾伤并议减免，收纳必须公平，毋得偏累[37]，使庄民永有依归，则又臣等抚按司道之责，无烦庙堂过虑者矣[38]。

题解

本文录自顾炎武辑，《四部丛刊》三编本《天下郡国利病书·卷一百一十二·云南六》第62页，录自刘文征纂修、明天启刻本《滇志·卷之二十二·艺文志第十一·之五》第77页。《天下郡国利病书》无"六诏千百世平治无事……不必咎其既往也。应"计429字，据天启版《滇志》补。

四库全书本《明史·卷二四一·周嘉谟传》第1页记载："黔国公沐昌祚侵民田八千余顷，嘉谟劾治之，复劾其孙启元罪状。"《滇云历年传》卷九"万历四十年，巡抚周嘉谟、巡按邓渼，请以沐镇勋庄田租，归有司代征"，即据此为说者。

庄田：皇室、贵族、地主、官僚、寺观等占有并经营的大片土地。

注释

[1]镇：指黔国公沐昌祚。首封黔国公为沐晟（shèng），始祖为开国功臣沐英，传袭十余世，世代以总兵官挂征南将军印，镇守云南等处地方。

兵符：古代调兵遣将用的一种凭证。借指兵权。

[2]十六年：指明万历十六年，1588年。

[3]厚自：多责备自己。

封殖：谓聚敛财货。

[4]迨：等到。

更仆难悉数：形容事物繁多，数不胜数。原是孔子回答鲁哀公关于儒行的问话，意思是儒行很多，一时说不完，即使换易仆人（指谈话时间长了，换一批招待的人）也未必能说完。

[5]参随：随从人员。

火头：指边疆少数民族地区的小

头领。

亡:古同"无"。没有。

虐焰:残暴的气焰。

[6]鸟言卉服:借指边远地区少数民族。鸟言:说话似鸟鸣。比喻难以听懂的话。古指四夷外国之言。卉服:用绪(chī)葛做的衣服。借指边远地区少数民族或岛居之人。

[7]相率:相继,一个接一个。

何惮而不为:有什么可以忌惮而不做的呢?

[8]非尽镇庄而属有司:指不能将"沐镇勋庄田租"全归有司代征。镇:指黔国公沐昌祚。属:委托。有司:官吏和官署泛称。古代设官分职,各有专司,故称。

日寻干戈:天天动用兵器。指战事连连。

[9]两院:此处指文末"抚按",巡抚和巡按。

会题:即有关衙门共同会衔向皇帝题奏公事。

司道:明代布政司、按察司与分守道、分巡道等之通称。

犁然:明察,明辨貌。

[10]免科:免赋。

皇仁:皇帝的仁德。

[11]投献:谓将田产托在缙绅名下以减轻赋役。

大宥(yòu):泛指赦免。

[12]一体:一样,一同,一律。

齐民:平民。

会典:记载一个朝代官署职掌制度的书。

作贡于任土:依据土地的具体情况,制定贡赋的品种和数量。语出《尚书·禹贡序》"任土作贡"。

[13]征解:指赋税的征收解送。

体统:体制,规矩。

[14]输将:捐献,资助。

[15]侵渔:侵夺,从中侵吞牟利。

坐受:白白地承受。

[16]相得:彼此投合。

逋(bū):欠,多指欠税。

[17]榛莽:丛杂的草木。

胥:全,都。

夷僰(bó):泛指古代西南地区少数民族。僰为中国古代西南地区少数民族名。春秋前后居住在以僰道为中心的今川南以及滇东一带。

[18]绿林之衅:指啸聚山林的祸端。绿林:指聚集山林间的反抗官府或抢劫财物的武装集团。

素封之瑕:指"无爵邑俸禄而富比封君"的缺陷。素封:指无官爵封邑而富比封君的人。

[19]六诏:唐代位于今云南及四川西南的乌蛮六个部落的总称。

平治:太平。

永浮于休:此处有永享平安的意思。语出《庄子·刻意》:"其生若浮,其死若休。"后以浮休谓人生短暂或世情无常。

[20]绎:继续。

宵小：小人，坏人。

妄觊(jì)：非分的希望和企图。

肆毒：任意残杀和迫害。

无当：不相称。

[21]成心：成见，偏见。

异视：异见。

捐除：废除，消除。

督课：督察考核。

[22]受廛(chán)：谓接受居地而为民。廛：一个男劳力所居住的屋舍。

[23]等因：公文用语，用于结束所引来文。意为"各项原因"，用此作引结，使引文起讫分明。

[24]通详：指旧时下级向上级申报文书。

[25]该司：此处指作者自己。

会同巡按云南监察御史邓渼看得：会同……看得：会看得。明清文书中，凡两个或者两个以上机关的主管官员共同审理案件，或对下级上报的事发表自己的意见，会同一起作出判断或结论时，常用"会看得"领起叙述其意见和结论。

[26]舆情：群情，民情。

臆说：主观地毫无根据地叙说。

[27]翕然：一致貌。

末议：谦称自己的议论。

明纶：指帝王的诏令。

[28]檄行：向下发布官方文书。

[29]逾制：超过规定，违反制度。

[30]私置：私自设置。

管业：管理产业，管理事务。

子粒：泛指粮食。

[31]宽贷：宽恕，赦免。

[32]则例：成规，定例。

起科：谓对农田计亩征收钱粮。

[33]科派：谓摊派力役、赋税或索取(钱财)。

[34]苏民困：此处指解除庄民的困苦。

觖(jué)望：不满，怨望。

[35]矧(shěn)：况且。

镇臣：镇守地方的官员。

[36]逋负：拖欠，短少。

[37]偏累：谓负担不均衡，不公平。

[38]庙堂：朝廷。借指以君主为首的中央政府。

南中奏牍叙

周嘉谟

《南中奏牍十六卷》，豫章邓公巡滇且竣，付诸剞劂，命不佞弁诸首简[1]。不佞与公共事三年，诸奏牍皆先后所领略者。今合观斯编，公殆有深意乎？夫削稿焚草[2]，人美其避名，而不知其削与焚，反以邀名，不有毅然攀赤墀之槛、发白兽之樽[3]，而无所忌讳者乎？故存草为功令，是以法遗国也[4]；传草与人，使知则效，是以人事君也。君子所为，岂陋见偏知所能窥乎[5]？

初，公单车从都亭来，睹时事叹曰："滇民无告，隅泣已久，吾且缓埋轮而急在鼎乎[6]。"因上言："臣驰驱万里，为陛下视赤子耳。滇地镂镼交衅，至再至三，孑然遗此痱癖之民，胃脘犹未充也[7]，乃汤镣加增，则扼其吭而夺其粒矣。臣悉其状，有可罢者三，有当罢者五、不得不罢者二。"反复数千言，词危意恳，不啻痛哭[8]。偕不佞至四五请而犹未已。

滇自除元孽后，立西平为镇，垂二百余年，蔓延蚕食。全滇郡邑，苟非不毛，往往据为汤沐[9]。穴寇丛奸，四出为御，有司莫敢问[10]。公乃与不佞合策，遣将吏擒其魁丑，尽祛其所为助虐者。因条列其状，请以总庄归有司[11]，无令驱虎为政。久之而天颜回睇，始得疆里其土田，而螽贼用屏矣[12]。至于章瘅建置，勘武定、陇川功次，弹通海、鹤川二豪绅发丽江，援奥加级，不惜忌器违时[13]。若修政弭灾一疏[14]，备陈灾异由主德失常，尽言极绳，无所隐伏[15]。自言路无折，骨鲠者得以轮轩，而蜂锐者亦借兹扬喙[16]，南北纷然。公虑复有洛蜀、牛李之事，遂上疏请审议论核名实[17]，皆切中当世之弊，伟矣哉！

凡公诸疏，大言裨万国[18]，小言裨一方。虽笔锐干将，而墨含甘液[19]。弛之则开天地所欲苏，张之则刘鬼神所欲杀，皆与元化相关[20]，岂偶然哉？今天下骎骎鸿渐之英，得当圣主，孰不欲以言自见[21]？顾不能求仁自居[22]，而惟求事自显。骇天下以奇，则字皆准绳；标天下以直，则不顾粗翘[23]。公盖求仁而非求名者，忧世切而非忿，爱主笃而非讦[24]。其盛气所溢、余勇所贾，真有贲育不夺、山岳难撼之势[25]。而真实恳恻，又如懿亲之权事，如孝子之干父[26]，绝无飞扬漂浮之意。故奏书一上，九重动容，百僚吐舌[27]。虽说不尽行，膏不尽下[28]，而巨猾神奸忌惮消阻，敛迹束手，则诸疏之为斧钺针砭也[29]，严乎哉！《诗》曰："凤凰鸣矣，于彼高冈；梧桐生矣，于彼朝阳[30]。"处高向明,乘时奏响,天下所以贵鸣凤也。公当蜩螗群噪之候,而独振长离之唱[31],将使交战士奋然兴起,争为正言,不为诡言[32];争为靖共,不为险诐[33]。佐天子精明开泰之治,启国家荡平遵道之风,是疏为之前茅乎[34]?彼避名邀名、陋见偏知,何足以语公[35]!

钦差巡抚云南兼建昌、毕节、东川等处地方赞理军务兼督川贵兵饷,都察院右副都御使周嘉谟撰。

题解

本文录自邓渼著、明万历间云南原刊本、台北图书馆藏《南中奏牍十六卷》。邓渼,字远游,号壶邱,自号箫曲山人,建昌新城(今属江西)人。万历二十六年(1598年)三十岁时进士及第。巡按云南,出为山东副使,历参政按察使,以佥都御史巡抚顺天。《南中奏牍十六卷》为邓渼任云南巡按时的奏疏集。南中:指川南和云贵一带。奏牍:犹奏章。叙:通"序"。

注释

[1]豫章:古代区划名称。江西建制后的第一个名称,即豫章郡(治南昌县)。

巡滇且竣:云南巡按任期将满。明代有巡按御史,为监察御史赴各地巡视者。其职权颇重,负责考核吏治,审理大案,知府以下均奉其命。简称巡按。三年一换。

剞劂(jī jué):本指刻镂的刀具,此处是雕版、刻印的意思。

命不佞弁(biàn)诸首简:请我写一篇序放在卷首。弁:放在前面。首简:指一本书的最前边。

[2]削稿焚草:销毁奏章草稿。削稿:古时大臣上封事,为防泄露,将草

稿销毁。焚草:烧掉奏稿,以示谨严。

[3]攀赤墀(chí)之槛:典自"攀朱槛"。《汉书·朱云传》载,朱云请成帝先斩张禹来警诫他人,成帝大怒,令斩朱云。朱云手攀殿槛,槛折,还尽力强谏。后得左将军辛庆忌解救,免死。后世遂用折槛为臣下敢于直言强谏的典故。赤墀:皇宫中的台阶。因以赤色丹漆涂饰,故称。

发白兽之樽:白兽樽是古代用以奖劝直言者的一种盖有白虎图像的酒器。《晋书·礼志下》:"正旦元会,设白兽樽于殿庭。樽盖上施白兽,若有能献直言者,则发此樽饮酒。案《礼》,白兽樽乃杜举之遗式也,为白兽盖,是

后代所为,示忌惮也。"

[4]功令:法令。

遗(wèi):送交,交付。

[5]陋见偏知:见识浅陋,才智不足。知:古同"智"。

[6]都亭:都邑中的传舍。东汉侍御史张纲于洛阳都亭上书弹劾梁冀。参见下文"埋轮"注释。

无告:有苦无处诉。

缓埋轮而急在鼎:缓于进谏而急于反腐。

埋轮:东汉顺帝时,大将军梁冀专权,朝政腐败。汉安元年(142年)选派张纲等八人巡视全国,纠察吏治,余人皆受命之部,而纲独埋其车轮于洛阳都亭,曰:"豺狼当路,安问狐狸!"遂上书弹劾梁冀,揭露其罪恶,京都为之震动。事见《后汉书·张纲传》。后以埋轮为不畏权贵,直言正谏之典。

在鼎:典自"郜鼎在庙"。《左传·桓公二年》记载,鲁国从宋国运来郜国的大鼎,同月戊申日把大鼎安放在鲁国太庙中。这件事并不合乎礼制。后来用郜鼎在庙讽刺把贿赂物放置神圣肃穆之处所。

[7]鐵錐(kuí qú)交衅:指动乱交替。鐵、錐为古兵器名。衅:祸患,祸乱。

孑然:全体,整个。

胃脘(wǎn):胃的内腔。

[8]词危意恳:正直的话,真诚的心。

不啻(chì):无异于,如同。

[9]汤沐:指汤沐邑。天子赐给诸侯封邑,其邑内收入归诸侯作斋戒沐浴之用。

[10]御:违逆。

有司:官吏和官署泛称。古代设官分职,各有专司,故称。

[11]以总庄归有司:指将"沐镇勋庄田租"归有司代征。庄指"沐氏私庄"。参见本书第一卷周嘉谟《缴查庄田册疏》。

[12]疆里:界限,指定的范围。此处活用为动词,划定界限。

蟊贼用屏:坏人因而退避。蟊贼:原指两种吃禾苗的害虫,后常用来比喻危害人民或国家的人。

[13]章瘅(dàn):"彰善瘅恶"的缩略。表扬好的,斥责恶的。

建置:犹建树。

功次:指功绩的大小、官阶升迁的先后顺序。

援奥:奥援。内援。指在内部暗中支持帮助的力量。

忌器:谓有所顾忌。

违时:不合时令。

[14]修政:修明政教。

弭灾:消除灾害。

[15]尽言极绳:把话说完,极力纠正。绳:纠正。

隐伏:隐瞒,隐晦。

[16]骨鲠:比喻刚直。

轮轩:古代一种供显贵乘的轻便

车。喻禄位。原文为"输轩"。

蜂锐:办事敏锐。

[17]洛蜀:指洛党和蜀党。为宋哲宗时元祐三党中的两党(另一党叫朔党)。洛党以程颐为首,朱光庭、贾谊为辅;蜀党以苏轼为首,而吕陶等为辅。两党交恶,互相攻讦,为北宋朝政一大故实。

牛李:指唐朝以牛僧孺、李宗闵为首和以李吉甫、李德裕父子为首的两个宗派。

论核名实:同"综核名实"。对事物进行综合考核以察其名称和实际是否符合。一般用于吏治。论核:研究考核。

[18]禆万国:补益于天下。禆:原文为"俾"。下文"禆"亦如此。

[19]虽笔锐干将,而墨含甘液:虽笔锋比宝剑干将还要锐利,而初衷却如甜美的汁液。语出刘勰《文心雕龙·奏启》:"笔锐干将,墨含淳酖(dān)。"笔锋比宝剑干将还要锐利,墨汁比浓厚的毒酒还要猛烈。甘液:甜美的汁液。

[20]刈(yì):割草。此处是铲除的意思。

元化:造化,天地。

[21]骖騑(cān fēi):驾在服马两侧的马。泛指车马。

鸿渐:鸿鸟渐飞而进。比喻仕进于朝的贤人。

自见:自我表白,显露自己。

[22]自居:犹自处。

[23]粗翘:委婉地规谏。语出《礼记·儒行》:"粗而翘之,又不急为也。"君上不理解,就略加启发,又不操之过急。

[24]讦(jié):揭发、攻击他人的隐私、过错或短处。

[25]贲(bì)育:战国时期的勇士孟贲和夏育。孟贲,周时齐国的勇士,因秦武王喜欢力士,到秦做了大官。夏育,周时卫国的勇士,力大可拔牛尾。

[26]恳恻:诚恳痛切。

懿亲:特指皇室宗亲、外戚。

榷事:当指商量事情。

干父:"干父之蛊"的略语。谓儿子能继承父志,完成父亲未竟之业。干:办理,担当。蛊:事业,指有才能的人办理的事务。

[27]九重:指帝王。

百僚:百官。

[28]说不尽行,膏不尽下:疑为臣下的奏疏尚未采纳,君主的恩泽尚未遍及。语出《孟子·离娄下》:"谏行言听,膏泽下于民。"臣下在职时有功谏,君主就听从,有建议,君主就采纳,使君主恩泽遍及百姓。

[29]斧钺(yuè):斧与钺。泛指兵器。亦泛指刑罚、杀戮。

针砭(biān):古代用石针治病。后借喻为纠谬、规谏。

[30]凤凰鸣矣,于彼高冈;梧桐

生矣,于彼朝阳:语出《诗经·大雅·卷阿》。明朱善《诗解颐》卷三:"凤凰者,贤才之喻;高冈者,朝廷之喻;梧桐者,贤君之喻;朝阳者,明时之喻也。"

[31]蜩螗(tiáo táng):蝉。蜩:古书上指蝉。螗:古书上指一种较小的蝉。

长离:凤凰一类的鸟。借指有才德的人。

[32]正言:正面的话,合于正道的话。

诡言:诡诈不正之言,怪诞不实之言。

[33]靖共:恭谨地奉守,静肃恭谨。

险诐(bì):阴险邪僻。

[34]精明:光明,晴明。

开泰:亨通安泰。

荡平:平坦。

遵道:遵循正道。亦以比喻遵循法度。

前茅:古代行军时的前哨斥候。遇敌情则举旌向后军示警。

[35]语:谈论。

车田谱序

周嘉谟

余先世居安成之枫塘[1]。大王父以孝廉为楚学博[2],十年不调,遂家楚,去安成不数世耳。余与车田同祖在从公,从公之孙次曰俞十,为车田始祖;长曰俞五,为余始祖之祖。溯从公而上之同祖乌东汾公,则各派之所自出[3]。汾公,隋大业间刺史也。千余年来,庐井未改,邱墓如故[4]。吁!亦异矣。

余忝窃制科,与枭副公同榜[5]。枭副公素性朴直,与余敦昆季之谊甚洽[6]。已而驰驱中外,不相见者数十年。戊申,余奉命抚六诏,则公季子鹤峋公时先持节按滇[7],纠镇宽乱,撤税减金,立平凤孽[8],为滇人造万年之功甚钜。已而,得代去[9]。余目公父子清节畏知,大似胡质父子,而德业勋名又似远过之,时以为知言[10]。嗣后,回翔藩臬,更历绝塞[11],所至著功。诸公卿、台省[12],推卓异第一。庚申,余备位大冢宰,公以廷推晋位大中丞,镇朔方[13]。朔方孤悬环虏,当调发之后，虏眈眈伺便[14]。公振威，实握战款，虏咋指远遁[15]。

一日，以片函讯余。启视之，则家谱在焉。曰："不肖承乏疆吏，赖天子威灵，狡虏崩角款关[16]，以事之闲，得纂修谱牒，且是先大夫之绪也[17]，敢请一言使不朽。"余受而读之，见其自汉以来，至今纪数千年，故实如旦夕间物[18]。世系疆域，剖分厘然[19]，明白在目。余读之，恍如与父老子弟、乡社里饮谈笑相对，又如春秋伏腊躬上茔域时也，余因是而怛焉心动矣[20]。家之有谱，犹国之有史也。别尊卑，防侵轶，慎宗祧，昭惩劝[21]，将于是乎出。余先世羁迹楚邸，派谱缺焉[22]。未讲一抔之土，几为里豪蚕食[23]，赖公力得全，余益怛焉心动矣。公又尝曰："此余一派私谱也，进之则有通谱在，矧汾公旧祠乌东不戒于火[24]。余小子朝夕是念，祠谱之役，愿与世父共之[25]。"余谓："修乘建祠，昭施于有政，此山林中间工课也[26]。余以三朝宠眷，黾勉承乏，今且作归山计矣[27]。公方以盛年处大位，为天子纲纪四方[28]，又安得优游岁月，以了此愿乎？愿公且一心勤职，待麟阁功成，然后乞此闲身于五世四灵之间，以鸠宗而合祠，章乘以明派[29]。余年虽耄，犹能为公诵《葛藟》之什[30]，请执笔而从其后。"

泰昌元年庚申季冬月，赐进士第、光禄大夫、太子太保、吏部尚书、侍经筵讲官，汾公三十世孙嘉谟明卿氏撰[31]。

【安成，即安福。汉安平、安成二县地。东汉改安平为平都，晋改安成为安复，唐改为安福县。】

题解

本文录自清光绪二十一年(1895年)版、天门市多祥镇九湖沟村《周氏宗谱·卷首·原序》第1页。据1917年版、天门市多祥镇九湖沟村《周氏宗谱·卷首·序》第17页改动几处文字。

车田：今江西省吉安市安福县枫田镇车田村。

注释

[1]安成之枫塘：今江西省吉安市安福县枫田镇。

[2]大王父：曾祖父。此处指周嘉谟高祖父、时任湖广荆州府长阳县教

谕周岳。

孝廉:明清时对举人的称谓。

学博:清代州、县学官之别称。

[3]所自出:指诞生圣贤的祖先。此处指祖先。

[4]邱墓:坟墓。

[5]忝(tiǎn)窃:谦言辱居其位或愧得其名。

制科:科举取士非常设科目的统称。由皇帝根据国家需要或自身好尚设置。不拘常格,录取者优予官职。以制科取士称制举。此处指科举。

臬副公:此处指周宪。周宪:江西安福(今江西吉安)人。明隆庆五年(1571年)辛未科进士。其子周懋卿、周懋相为明万历十七年(1589年)己丑科同榜进士。臬副:明代提刑按察副使别称。由按察使别称司臬而来。

同榜:科举考试用语。指科举考试中同科考中的人。

[6]敦昆季之谊:重视兄弟情谊。

[7]戊申:明万历三十六年,1608年。

抚六诏:任云南巡抚。六诏:唐代位于今云南及四川西南的乌蛮六个部落的总称。此处指云南。

鹤峤:周懋相,号鹤峤。

持节按滇:奉旨任云南巡按。持节:官员或使臣外出时持有皇帝授予的节杖,以示其威权。

[8]夙孽:前世的冤孽。

[9]得代:谓可得继任。

[10]清节畏知:语出宋代强至《依韵和郑中立秘丞将替写怀》:"襟怀洒落恬荣进,清节从来畏众知。"畏知:语出《后汉书·杨震传》"赞"言:"震畏四知。"《杨震传》:"王密为昌邑令,夜怀金十斤遗震,曰:'暮夜无知者。'震曰:'天知、神知、我知、子知,何谓无知?'"

胡质父子:胡质为荆州刺史时,其子胡威自京都出发去看他。胡威归时,胡质送他绢一匹,以为路资。胡威问:"大人清白,不知何得此绢?"胡质说:"是我俸禄之余。"胡威乃受之,辞归。胡质一帐下都督,胡威素不相识,先于胡威请假还家,于半路等待胡威同行,一路上每事皆佐助经营之。行数百里后,胡威疑之,乃密相诱问,知其为父亲帐下都督,因此用其父所赐之绢答谢而遣之。后胡威将此事告知其父,胡质乃杖责其都督,除其吏名。事出《三国志·徐胡二王传》裴松之注引《晋阳秋》。

知言:知音。

[11]回翔藩臬:徘徊于布政使和按察使之职。藩臬:藩司和臬司。明清两代布政使和按察使的并称。布政使主管一省的人事和财政,按察使为一省司法长官。

绝塞(sài):极远的边疆。

[12]公卿:三公九卿的简称。

台省:官署名。明都察院、六科通称。都察院称西台,六科称省垣,故有台省之连称。

[13]庚申:泰昌元年,1620年。

备位:居官的自谦之词。谓愧居其位,不过聊以充数。

大冢宰:吏部尚书。

廷推:明代任用高级官吏,凡由在朝大臣推荐,经皇帝批准任用的,称廷推。

大中丞:明清时巡抚别称。明初置都察院,其副都御史之职与前代的御史中丞略同,称为中丞。又因巡抚例兼副都御史衔,也以之为巡抚别称。后文重复注释时从略。

朔方:北方。

[14]调发:调遣,调度。

伺便:等待合适的时机。

[15]战款:战与和。

咋(zé)指:谓咬指出血以自誓。

[16]承乏:所任职位一时无适当人选,暂由自己来充数。旧时在任官吏常用的谦辞。

崩角:指叩头。

款关:叩塞门,指外族前来通好。

[17]先大夫:指已故而又做过官的父亲或祖父。此处犹先父。

绪:前人未完成的事业,功业。

[18]故实:故事,史实。

[19]厘然:清楚,分明。

[20]伏腊:指伏祭和腊祭之日。伏在农历夏六月,腊在农历冬十二月。或泛指节日。

茔域:墓地。

怛(dá):惊恐。

[21]侵轶:侵犯,侵扰。

宗祧(tiāo):指家族世系,宗嗣,嗣续。

惩劝:惩罚邪恶,劝勉向善。

[22]羁迹:羁旅的足迹,指长久羁留地方。

派谱:指字派和谱牒。字派,同宗同谱的族人按事先拟定的一组吉祥字,以之入名并区分辈分、排行,这一组字就叫行辈、字派。字辈派语通常是一些寓意深刻的四言诗、五言诗或七言诗。

[23]一抔(póu)之土:一捧泥土。泛指坟墓。

里豪:乡里的豪绅。

[24]私谱:此处指某一支系的谱牒。

通谱:此处指由各支系组合而成的谱牒。

矧(shěn):况且。

[25]世父:大伯父。后用为伯父的通称。

[26]修乘建祠:修谱牒,建宗祠。

昭施于有政:把修乘建祠这些事施与政事,也就是从事政治。语出《尚书·君陈》:"惟孝,友于兄弟,克施有政。"有政:政事,政治。有:助词。

山林:代指隐居(山林多为隐居之所)。

[27]宠眷:谓帝王的宠爱关注。

黾(mǐn)勉:勉励,尽力。

归山:谓退隐。

[28]纲纪:治理,管理。

[29]麟阁:"麒麟阁"的省称。泛指画有功臣图像的楼阁。

五世:家族世系相传的五代。父子相继为一世。

四灵:指麟、凤、龟、龙四种灵畜。

鸠宗:聚集族众。

章乘以明派:纂修谱牒以明世系字派。

[30]葛藟(lěi):《诗经·王风》篇名。此篇咏乱世家族离散,一个既无父母、又与兄弟失散的流浪者的悲哀。

什:篇什。《诗经》的"雅"和"颂"以十篇为一什,所以诗章又称"篇什"。

[31]泰昌元年庚申:1620年。

光禄大夫:明代的光禄大夫为从一品散官。

太子太保:辅导太子的大臣。《明史·职官一》:"太子太师、太子太傅、太子太保(并从一品),掌以道德辅导太子,而谨护翼之。"其实,太子太保也多为加衔,不任职事。天启元年(1621年),周嘉谟加太子太保。

侍经筵讲官:古代官职名。经筵为皇帝听讲书史之处。宋代凡侍读、侍讲学士均称经筵官。明清以实际进讲之官为经筵讲官,例由翰林出身的大臣兼充。但进讲已渐成空文。

嘉谟明卿氏:周嘉谟,字明卿。氏:古时女子称姓,男子称氏。

上冀道尊(冀光祚)水灾书

周嘉谟

郡属七城,敝邑最称污邪,频年河伯为虐[1],民不聊生久矣。然有水灾未及之处,尚可移民移粟[2],缓须臾无死。乃今岁四郊一壑,目弥天际,匪直野无青草[3],且无寸土矣;匪直室如悬磬[4],且十室九付东流矣;匪直转死沟壑,且泥骴朽骨,委之鱼腹,无隙地可收瘗矣[5]。父老相传为百年异常之变、地方未有之灾。哀哀寡妇,痛哭秋原,即呼天呼父母乎?恐当事公祖,虽有如天好生之仁,亦病博施济众之艰[6]。伏乞老公祖转达两台公祖,速赐题请[7]。即南兑为军国之需,渔课为亲藩之膳[8],亦须大破常格,特为减免,少可摄众志,毋令死徙,来年国课称有赖焉[9]。否则人民离散,土地荒芜,遂成乌有,

宁至国非其国耶！

题解

本文录自清康熙七年（1668年）版《景陵县志·卷十二·杂录志》第33页。原文标题下有"冀讳光祚"几字。

冀道尊：冀光祚，字贻胤，别号奕轩，河北邯郸人。明万历二十年（1592年）壬辰科进士。以刑部郎升宝庆知府，晋沔阳副使。官至云南按察使。道尊：对道一级行政长官的敬称。

注释

[1]郡属七城：时承天府辖荆门州、沔阳州，京山县、潜江县、当阳县、景陵县、钟祥县。

敝邑：谦辞。用来对人称自己所在的县。

污邪：地势低洼。

频年河伯为虐：河水连年肆虐。频年：连年，多年。河伯：传说中的河神。

[2]移民移粟：语出《孟子·梁惠王上》："河内凶，则移其民于河东，移其粟于河内；河东凶亦然。"河内遭遇荒年，就把那里的百姓迁移到河东，把河东的粮食运到河内；河东遭遇荒年也是这样。

[3]匪直：不只是。

[4]室如悬磬（qìng）：房间内空空的，什么也没有。形容空无所有，极贫。磬：古代石制乐器，状如倒悬的瓦盆，中间空空。语出《国语·鲁语上》："室如悬磬，野无青草，何恃而不恐？"

[5]胔（zì）：带有腐肉的尸骨，也指整个尸体。

瘗（yì）：埋葬。

[6]当事：当权者。

公祖：旧时士绅对知府以上地方官的尊称。对地位较高者，亦称老公祖、大公祖和公祖父母。流行于明清。

如天好（hào）生之仁：像天一样有爱护生灵的仁心。

病博施济众之艰：苦于广施恩惠拯救众民之难。

[7]伏乞：向尊者恳求。与"伏祈"相同。

两台：义同"藩臬"。藩司和臬司。明清两代布政使和按察使的并称。布政使主管一省的人事和财政，按察使为一省司法长官。

题请：犹奏请。

[8]南兑：南粮和漕粮（兑军米）。均属税粮，合征分解。天门知县程维楶《覆议改折南粮详上请题文》云："竟陵南、漕二粮，旧例漕粮赋于民而兑于军……谓兑军米。"天门嘉靖举人萧副

《县志总论》云："有州存以备用，有兑军以输省，有存留以给军，有南粮以解京师。"

渔课：旧时历代政府所征的渔业税。元明时设河泊所专收渔税，渔民岁有定额，负担很重，后将渔税转摊与民田。原文为"渔稞"。

亲藩：明代亲王府别称。

[9]少可摄众志，毋令死徙：能够稍稍安定人心，不让他们非死即迁。

国课：犹国赋。国税，国家税收。原文为"国稞"。

上钱按台（钱春）筑泗港书

周嘉谟

某原非公正不发愤者也[1]。泗港一堤，奉旨筑塞。老台台公祖听潜令王生言[2]，妄为开掘，无论田产宅第尽受其害，即先人遗骸亦遭其没。而敝邑若陈所学、若徐成位[3]，素以名义自重[4]，昨迫切相告，皆出于不得已。而祖台乃以公子为名，动加喝叱[5]，皆起于潜令一偏之所致也。昨闻兑军之改、永镇观之作，亦望风承惠矣[6]。但泗港一节，还望再为筑塞。倘其坚执，不佞与敝邑诸君子他有举动，岂不更烦台虑乎[7]？

题解

本文录自清康熙七年（1668年）版《景陵县志·卷十二·杂录志》第31页。原文标题下有"万历癸丑八月事"几字。

钱按台：指时任湖广按察使钱春。按台：明代官名，即按司，提刑按察使司别称。

泗港：明代"汉江九口"之一。当时属潜江，今属天门市张港镇。泗港与小泽口、大泽口的开塞之争，是明清时期两湖平原众多的水利纷争中的三个纷争事件。何谓"汉江九口"？清光绪八年（1882年）版《京山县志·卷之四·堤防》记载："钟邑向有铁牛关口、狮子口、臼口，京山向有张壁口、操家口、黄傅口、唐心口，潜江向有泗港口、官吉口，共九口。明世宗龙飞郢邸，守备太监以献陵风水为名，筑塞九口。"

清同治十二年(1873年)版《汉川县志·卷二十二·杂记》记载:"京山白口、操家口,潜泗港,处襄江北岸上游。白口、操家口早年淤塞。万历甲戌,北岸作提并三口筑之,厥后溃决不时。庚子(万历二十八年,1600年),周少保嘉谟请于朝,连塞九河。时潜人欧阳太仆移书抚按,力主开通泗港,潜令王念祖附之。周偕陈侍郎所学、徐巡抚成位主塞,纷纷争辩不休。癸丑(万历四十一年,1613年),钱巡按春卒从周言堵筑。复有太监某为献陵风水计,图开泗港,令水势北。景人请命中止。"

清康熙三十一年(1692年)版《景陵县志·卷之十二·艺文志》第23页收录钱春《复周敬松先生书》。原文如下:"某以幼冲之年,当兹巡方大任,事多有谬,取罪大方。泗港起自贵县,印官不以一字相闻,而诸父老又止赴抚台告理,故加掘。惟取其有利于潜,而岂知其有害于景,一至此极也!昨捧华翰,愧报无地。永镇观之作,捐俸三千,将功赎罪。而兑折之改,景与潜同,某曾无成心也。惟俟永镇观功完后,即加筑塞泗港,不烦台下过虑也。"

注释

[1]某:自称之词。指代"我",或指代人名。旧戏曲、文学中常用之。

发愤:发泄愤懑。

[2]老台台公祖:同"老公祖台台"。台台:旧时对长官的尊称。公祖:旧时士绅对知府以上地方官的尊称。对地位较高者,亦称老公祖、大公祖和公祖父母。流行于明清。

潜令王生:潜江王姓知县。查康熙版《潜江县志》,明万历三十七年(1609年)至万历四十一年,王念祖任潜江知县。

[3]敝邑:谦辞。用来对人称自己所在的县。

[4]名义:名誉,名节。

[5]祖台乃以公子为名,动加喝叱:指当时潜江县府要求疏通泗港,以利汉水北泄,而泗港民众强力阻止,按察使钱春却以地方豪强滋事的名义呵斥泗港民众。泗港民众因堵塞泗港"滋事",清康熙版《潜江县志》有记载。

祖台:旧时对高级官吏的尊称。

公子:尊称有权势地位的人,称富贵人家的子弟。

永镇观之作:当指永镇观堤防修筑。本书第二卷刘必达《上按台修城书》曾提及此事。

望风:远望,仰望。

喝叱:呵斥。

[6]兑军之改:指明代漕运米粮由地方自运改为官军代运,百姓付予相应的路费和耗米。兑军:兑军米。当指漕粮。天门知县程维楱《覆议改折南粮详上请题文》云:"竟陵南、漕二

粮,旧例漕粮赋于民而兑于军……谓兑军米。"天门嘉靖举人萧副《县志总论》云:"有州存以备用,有兑军以输省,有存留以给军,有南粮以解京师。"

[7]坚执:坚持。

不佞(nìng):谦辞。不才。

他有举动:有别的举动。

台虑:敬辞。思虑。

与鲁四勿书

周嘉谟

　　不佞归田数载,已置浮云身外,何俟褫斥[1]?薄德浅基,叨恩隆重有余不尽,应还之朝廷,何俟追夺[2]?前同五君子为例,处霍维华所螫,蒙恩宽贷[3],知必难杜奸党之口、塞奸党之心。近见刘相国【阁臣刘一燝】复以他事不免,日夕兢兢[4],知必及我,今果然矣。衅端祸胎,总在杨大洪【名涟】疏论魏珰[5]。以不佞与刘相国之去位[6],皆自魏珰驱逐,遂为切骨之恨耳。第旨内"倚庇王安,蔑旨罔上"八字[7],若风马牛不相及,止可付之天地鬼神,不足置辨。若不佞则抱杞忧,别从君父起见[8],不徒一身一家之荣已也。从此钓耕风月,啸傲烟霞,为盛世逸民,仅有余适,何事浮名?祖宗在九原,焚黄之典久已领受[9],自难追夺;子孙非贪非酷,他日自见祖宗于地下,亦未为辱。且科头箕踞长松下[10],白眼看此辈之受用结果耳。东冈戚友素必关心,烦为我转致[11],不劳遣一使、持一札,徒劳往返裁答[12]。他日松石相晤,多以大白浮我[13],共为一笑可也。

题解

　　本文录自清光绪二十一年(1895年)版,天门市多祥镇九湖沟村《周氏宗谱·卷四·艺文》第20页。标题下注"时为魏忠贤矫旨削籍"。

注释

[1]何俟(sì):等什么。

褫(chǐ)斥:革职。

[2]叨(tāo):承受。古汉语中用于对受人恩惠及礼物表示感谢的谦辞。

追夺:追究剥夺。

[3]五君子:疑指"六君子"。明熹宗时杨涟、左光斗、魏大中、周朝瑞、袁化中、顾大章反对宦官魏忠贤,被害死狱中,时称熹宗朝前六君子。

霍维华:明朝河间府东光人。明万历进士。因太监陆荩(jìn)臣之引荐,依附于魏忠贤、崔呈秀。官至兵部尚书。

螫(shì):毒虫或毒蛇咬刺。

宽贷:宽容饶恕。

[4]刘相国:刘一燝(zhǔ),字季晦。明万历进士。东阁大学士兼礼部尚书。相国:古代官名。唐以后成为曾任宰相者之尊称。

不免:无法幸免。

日夕兢兢:日夜小心谨慎。

[5]衅端:争端,事端。

祸胎:致祸的根源。

杨大洪:杨涟,字文孺,号大洪。参见本书第一卷周嘉谟《表忠歌》题解。

魏珰(dāng):魏忠贤。

[6]去位:离开官位,卸职。

[7]第:只是。

倚庇王安,蔑旨冈上:《明实录熹宗实录·卷之五十九》天启五年(1625年)五月甲子记载:"周嘉谟护庇王安,以蔑旨冈上。"

[8]君父:天子,君主。

[9]九原:九泉,黄泉。

焚黄:旧时品官新受恩典,祭告家庙祖墓,告文用黄纸书写,祭毕即焚去,谓之焚黄。后亦称祭告祝文为焚黄。

[10]科头:谓不戴冠帽,裸露头髻。

箕(jī)踞:两脚张开,两膝微曲地坐着,形状像箕。这是一种不拘礼节的坐法。

[11]东冈:东冈岭。今天门市干驿镇松石湖东北、华严湖南一带呈东西向高地的统称。1954年,制高点在干驿镇沙嘴村毛家墩。

转致:转送,转赠。

[12]裁答:作书答复。

[13]松石:松石湖。

以大白浮我:罚我饮一大杯酒。指与人畅饮。大白:古酒器。为一种罚酒所用的大酒杯。

曲江县儒学记

周嘉谟

曲江，韶倚郭邑也[1]。宋绍兴中，学创于城东南大鉴寺之左，胜国沿之[2]。迨明弘治庚申迁府治之东，隆庆己巳复迁于帽峰之麓，越今一纪矣[3]。先是邑庠解额久乏，众溺形家言[4]，请移帽峰。然弃在郭外，去府治一里而遥。地少居民，四顾颠鬅，庙学岿然林薄间，斋庑多为风雨所蚀[5]。邑博士出傺他舍，而弟子员亦鲜至者[6]。

不佞嘉谟叨守是邦，首谒郡学，既稍捐篚葺其垂圮者[7]。间以隙登帽峰，睹邑学鞠为宿莽，黿鼍趾错[8]，心骇之。无何博士率诸弟子为言余曰："是所迁辄易者，如时绌，何盍已之[9]？"既而曰："教化，大务也。学校，贤士所关，至废不可居，与无学同。藉令长吏过，自好博休民省费名，是惜莛弃楹，何称有司[10]？"乃揆方探势，择丰积仓原基，广袤爽垲，据郭中，都阴阳之会[11]，诚一胜地也。会南华寺故有羡缗为衲子所蔽久矣，余廉得之[12]。乃谋诸同寅，佥曰："厘蠹兴儒[13]，义两得也。"遂白监司周公、沈公，二公宣猷秉宪[14]，毅然兴贤为任，咸报可。则又白之总制刘公、侍御梅公，议已克协，乃檄曲江牟尹营焉[15]。涓日鸠工庀费，计庸梓材，陶埴执艺以待，余亦再至董之[16]。既两浃月，则殿建门立，廊环序设[17]。颛经有堂，肆文有舍，仓廥庖湢有所[18]。缭以周垣，涂以丹垩，跂翼翚飞，轮奂完美[19]。余裴回周视，言言如也，将将如也[20]。

邑尹泊博士来告成事，诸弟子肃矜髦济济然，乐规制之弘新，而将大兴起于斯学也，遶巡堂所，若有请者[21]。余谓：

往昔帝王曷尝不以教学首事？故党塾庠序[22]，率视家多寡以定名，而王都侯国则学建焉，凡以作人育才为县官用也[23]。国家右文饬教，视曩加隆玺书，靡岁不入[24]。学宫之布，遍于海隅。士生斯世而有志于学，即居肆是成，匪无地是患矣[25]。昔人谓中州清淑之气，至岭而穷[26]；杨文僖则以南州清淑之气[27]，自韶而始。夫天地之气，磅

礴蜿蜒，至有先后纷员波溢^[28]，岂截然为疆界者？要以士所自树，则
匪以地。今夫中州之美，自若也。然遐傺胥庭轩唐之俗，抑何径庭辽
绝也^[29]。己巳之役，岂不以堪舆赤帜？然星已逾，破荒而起者又何寥
寥也？地何与焉^[30]？二百年来，帽峰、莲山层峦叠巘，高蟠而插天，吐
武翕渶^[31]，澄碧拖蓝，亦岭南一大都会也，韶地足称矣。舞象读往册，
见张文献、余襄公，辄忻忻艳慕之^[32]。今多士亲其乡人也，观法景
行^[33]，孰近焉？且以唐三百年而有一人、宋三百年而有一人历祀，兹
多希乎阔乎^[34]？才诚难矣，匪旦暮遇之也。蕞尔弹丸董倍影国，而二
贤訇焉踵出，名世竞耀，才亦易哉，是比肩而有也^[35]。多士以比肩自
勖，而蕲之旦暮则庶几矣^[36]。余尝考洪永间每下求贤功令，则吏迹满
山蝥水屋，见编民有褒衣博带者，强隶入博士籍中^[37]。彼一时也，列
圣廓培文教，翔洽于水天桂海之疏逖，暗昌得辉于光明，章逢家罔若
轧于暗呃，咸仰流辈出闤闠、声诗书焉，而矧韶为妫圣谐乐过化之地
者耶^[38]！

　　今天子圣神在宥，鼎铉咸有，尝厌士习日靡，屡下明旨，精舍道
庐，一切膺誉不经者亟罢之^[39]；弟子员额率遵旧章，定为限数，不以一
幅察言、一揖观行，务抡真才^[40]，以裨实用，诚重之矣。语曰：贵玉贱
珉^[41]，言多则贱也。又曰：粤铺秦庐^[42]，言不足贵也。多士当兹盛
际，获身游胶黉，语质则玉，不啻瑶般^[43]。又值庙学鼎新之期，固千载
一时已有，不斧藻其德，而矜奋于功名，非夫也^[44]。成周贡得其人曰
适，故好德与贤有功，谓之三适^[45]。多士诚自顾得当于适，而文艺为
筌蹄^[46]，则服官流誉、媲美二贤非难次，虽白盖瓮绳，第克践所诵法者
均之适矣^[47]。苟有徒宴佚燕僻废焉，诋诱突梯荒焉，散篱萧艺委
焉^[48]，视学为赘疣，而自视为瓠瓜，翼以膏沐倚市，则有谈天雕龙之
辩、五侯七贵之荣^[49]，无所用之矣。入庙登堂，宁不腼然面目者
哉^[50]！余待罪守臣，自顾非能张韶文而梲朴之徒，乐观厥成，缓颊而
申此者^[51]，令多士无负兹时与兹地而已。

　　诸弟子皆曰："唯唯^[52]。"遂砻之石^[53]。

　　是役也，计金三百有奇^[54]，一出南华，而嘉肺之锾则三之一^[55]。

费不损公,力不疲下[56]。经始于己卯腊月,落成于庚辰寅月[57]。总制刘公名尧诲,楚之衡州人,以少司马镇两广;侍御梅公名淳,直隶当涂人;监司分守左参政周公名之屏,楚之湘潭人;分巡佥事沈公名植,楚之临湘人。同寅郡前二守:王君命爵,闽漳人,今为太平知府;毛君彬,贵州人,今为姚安知府。今二守:郑君良材,闽人;别驾费君椿,楚之江华人。节推郭君宗磐,闽之晋江人,今为南京刑部主事;曲江牟尹春华,郁林州人,皆始终兹举者也。邑博士则教谕潘楫,训导曾旦、何徕,而县丞吴汝元,主簿林一凤、张铭,典史朱道文,皆与有成劳[58]。附书。

题解

本文录自清康熙二十六年版《曲江县志·卷之三》第64页。标题下署名"明周嘉谟郡守"。清康熙二十六年(1687年)版《韶州府志·卷之十一》第8页、清同治甲戌(1874年)版《韶州府志·卷十六》第28页、清光绪元年(1875年)版《曲江县志·卷九》第3页收录本文。参考以上版本校订。

曲江县儒学:韶关古称韶州,韶州府治为曲江县。周嘉谟于明万历五年(1577年)任韶州知府。曲江县学宫旧址在今韶关风采路104号市公安消防局住宅区。

注释

[1]曲江,韶倚郭邑也:曲江是韶州府治。倚郭:宋元时州、路治所所在之县。

[2]胜国:前朝。

[3]弘治:原文"弘"字空缺,清代修志、刻书者为避康熙帝讳号讳而空缺。下文"弘新"中的"弘"也是如此。其他版本多作"宏",也有作"弘"的。

一纪:岁星(木星)绕地球一周约需十二年,故古称十二年为一纪。

[4]邑庠:明清时称县学为邑庠。

解额:唐制,进士举于乡,给解状有一定名额,故称解额。明清之乡试录取举人的数额亦有定额,又称解额。因举人皆由地方解送京师参加会试,故名。

众溺形家言:众人迷信风水先生的话。形家:旧时以相度地形吉凶,为人选择宅基、墓地为业的人。也称堪舆家。

[5]颠鬘(méng):疑指草木丛生的样子。颠:马的额头。鬘:马垂鬣(liè)。

林薄:交错丛生的草木。

[6]邑博士:指县教谕。"博士"为古代学官的通称。下文"邑博士则教谕潘楫,训导曾旦、何徕"中的"邑博士"则指县教谕及其副职训导。

傀(jiù):租赁。

弟子员:指经本省各级考试取入府、州、县学学习者,通称秀才。参见本书第三卷附录《部分科举名词汇释》第3条。

[7]叨守是邦,首谒郡学:忝为此地知府,最先拜访的地方就是府学。叨:犹忝。表示承受之意。常用作谦辞。

捐饩(xì):捐献薪资。饩:饩廪。古代官府发给的作为月薪的粮食。亦泛指薪俸。

圮(pǐ):毁坏,坍塌。

[8]鞠:通"鞫(jū)"。尽。

宿莽:经冬不死的草。

鼯鼪(wú shēng):同"鼯鼬(yòu)"。指鼯鼠与鼬鼠一类动物。

趾错:履迹交错。比喻来往之多。

[9]无何:不久。

时绌:衰败之时。

[10]藉令:假使。

长吏:旧称地位较高的官员。

休民:谓使人民休养生息。

莛(tíng):同"梃"。棍棒。

有司:官吏和官署泛称。古代设官分职,各有专司,故称。

[11]揆(kuí)方探势:实地考察地形。揆:度量,揣度。

爽垲(kǎi):地势高敞而土质干燥。

都:总,聚集。

[12]羡缗(mín):多余的钱财。

衲(nà)子:僧人。

廉:察考,访查。

[13]同寅:旧称在同一处做官的人。

佥(qiān):都,皆。

厘蠹:治理侵蚀消耗国家财富的人或事。

[14]宣猷:明达而顺乎事理。

秉宪:执掌法令。

[15]檄:檄调。行檄调动。

牟尹:牟姓知县。

[16]涓日:选择吉祥的日子。

鸠工庀(pǐ)费:招聚工匠,准备经费。鸠:聚集。庀:准备。

计庸:计算佣工。

梓材:比喻优异的人才。此处为挑选人才。

陶埴:烧制砖瓦。

执艺:拿着测量的标杆。

董之:主持其事。

[17]浃月:谓一个月。

序:序室。古代幼童读书处。

[18]颣(jiǎng):明。

肄文:习文。读书作文。

仓廥(kuài):贮藏粮草的仓库。

庖湢(bì):厨房和浴室。

[19]丹垩(è):涂红刷白,泛指油漆粉刷。垩:一种白色土。

跂(qì)翼翚(huī)飞:形容建筑物的挺耸和华丽。语出《诗经·小雅·斯干》:"如跂斯翼,如矢斯棘,如鸟斯革,如翚斯飞。"像企望那样站稳,像发箭那样笔直,像鸟飞那样变革,像野鸡那样展翅。跂:企。踮起脚后跟站着。翼:如鸟张翼。翚:五彩的野鸡。

轮奂:形容屋宇高大众多。

[20]裴回:徐行貌。

言言如:高大貌,茂盛貌。

将将如:美盛貌。

[21]邑尹洎(jì)博士:知县及学官。

肃矜:矜肃。端庄,严肃。

髦:誉髦。俊美,俊杰。

济济然:整齐美好貌。

规制:指建筑物的规模形制。

逡(qūn)巡:因为有所顾虑而徘徊不前。

[22]党塾:指乡学。

庠序:古代地方学校的泛称。与天子的辟雍、诸侯的泮宫等大学相对而言。后人通释庠序为乡学,亦以庠序概称学校或教育事业。

[23]王都:天子的都城。

侯国:侯爵的封地。

县官:古时天子之别称。

[24]右文饬教:崇尚文治,重视教育。

玺书:古代以泥封加印的文书。秦以后专指皇帝的诏书。

靡岁:接连几年。

[25]居肆:倨傲放肆。居:通"倨"。

[26]中州:指中原地区。

清淑:清和。

岭:特指大庾岭等五岭。岭南指五岭以南的广东、广西一带。

[27]南州:指两粤。

[28]纷员:犹纷纭。多盛貌。

波溢:液体满而外溢。

[29]胥庭:太古帝王赫胥氏和大庭氏的并称。

轩唐:传说中的古代帝王轩辕、唐尧的并称。

抑何:一何。为何,多么。

径庭辽绝:大相径庭的意思。谓彼此相差极远。辽绝:相去甚远,悬殊。

[30]己巳之役……地何与焉:隆庆己巳年迁建县学,岂不是迷信风水的范例?但时光已过一周星,破天荒的人怎么就寥寥无几呢?这跟得地利又有何相关呢?堪舆:相度地形吉凶,为人选择宅基、墓地。赤帜:比喻榜样,典范。星:周星,即岁星。与上文"一纪"意思相同。

[31]层峦叠巘(yǎn):重峦叠嶂。形容山岭重重叠叠,连绵不断。叠巘:重叠的山峰。

吐武翁浈(zhēn):吐纳武水、浈水。武水发源于湖南临武县三峰岭,经曲江旧城西在城南沙洲尾与浈水汇合,称北江。浈水发源于江西信丰县西溪湾,经曲江旧城东后与武水汇合。

[32]舞象:学象舞。象舞,武舞。古代成童所学。后以指成童之年。

张文献:指张九龄,曲江人。进士。唐代贤相,有文名,谥文献。

余襄:指余靖,曲江人。进士。北宋名臣,官至工部尚书。谥襄。

忻忻:欣喜得意貌。

艳慕:爱慕,羡慕。亦谓使人羡慕。

[33]多士:古指众多的贤士。也指百官。

观法景行:取法于德行高尚的人。观法:佛家语。指探究真理于一心。景行:高尚的德行。

[34]希乎阔乎:希阔。不平常,罕见。

[35]蕞(zuì)尔:形容小。

董倍:守正与背弃。

影国:指附庸国。

二贤:指张文献、余襄。

訇(hōng)焉:訇然。形容声音很大。

踵出:接踵而出。

名世:名显于世。

比肩:一个接着一个。形容众多。

[36]自勖(xù):自勉。

蕲之旦暮则庶几:祈求于短时间内有所成,则是差不多的。庶几:差不多,近似。赞扬之辞。

[37]洪永:指明洪武、永乐年间。

功令:法令。

山螯(zhōu)水屋(zhì):盘曲的山水。山曲曰螯,水曲曰屋。

编民:编入户籍的平民。

褒衣博带:宽衣大带。古代儒者的装束。

强隶入博士籍中:强制入学的意思。博士籍:生员名册。

[38]列圣:诸皇帝。

廓培:扩大、培育。

翔洽:和洽。

桂海:古代指南方边远地区。

疏逖:指荒远之地。

暗曶(hū):指天将亮未亮之时。泛指隐晦,不明。

章逢家罔若轧于喑呃:意思是,儒生或呀呀呜呜,或默默不语,置身于专心学习的境地。

章逢:“章甫缝掖”的省略。指儒者或儒家学说。语出《礼记·儒行》:“丘少居鲁,衣缝掖之衣;长居宋,冠章甫之冠。”

轧于喑呃:此处指或呀呀呜呜,或默不作声,专心学习时的神态。语出李行修《请置诗学博士书》:“后学轧于相语,喑呃相授。”本指学习《诗经》时口传心授的神态。轧于:原文为“轧干”。四库全书本《唐文粹·卷二十六上》第16页李行修《请置诗学博士书》,清光绪元年(1875年)版《曲江县志·卷九》第3页,均作“轧于”。喑呃:喑哑。沉默不言。

流辈:同辈,同一流的人。

阛阓(huán huì):街市,街道。

声诗书:因有文化而有声誉。诗书:指有文化有教育。

矧(shěn):况且。

韶为妫(guī)圣谐乐过化之地:相传虞舜曾在韶州北韶石山奏韶乐。妫圣:指虞舜。《说文》:"妫,虞舜居妫汭(ruì),因以为氏。"过化:谓经过其地而教化其民。

[39]在宥(yòu):指任物自在,无为而化。多用以赞美帝王的"仁政""德化"。

鼎铉(xuàn):举鼎之具。亦借指鼎。

明旨:对帝王旨意的美称。

精舍:佛寺,僧舍。

道庐:道观,道人庐舍。

膺誉:誉:原字上为"月""夂",下为"言"。据清光绪元年(1875年)版《曲江县志·卷九·庙学》第3页改。

[40]率遵旧章:同"率由旧章"。一切按照老规矩办事。率:遵循。旧章:老法规。

抡:选择。

[41]贵玉贱珉(mín):语出《荀子·法行》:子贡问于孔子曰:"君子之所以贵玉而贱珉者,何也?为夫玉之少而珉之多邪?"珉:似玉的美石。

[42]粤镈(bó)秦庐:粤地人人都能制作镈,秦地人人都能制作庐。语出《周礼·考工记·总序》:"粤无镈,燕无函,秦无庐,胡无弓车。"越地没有制作镈的工匠,燕地没有制作铠甲的工匠。秦地没有制作矛戟等长柄武器的工匠,匈奴没有制作弓、车的工匠。镈:古代乐器,大钟。庐:通"簬(lú)"。矛戟等兵器的柄。

[43]胶黉(hóng):学校的旧称。诸本原文皆为"胶横"。

质:质朴无华。

不啻(chì):无异于,如同。

徭般:原文为"徭船",据清康熙二十六年(1687年)版《韶州府志·卷之十一》第8页同题文改。

[44]斧藻:修饰。

矜奋:骄傲自大。

非夫:谓非大丈夫,懦夫。

[45]成周:借指周公辅成王的兴盛时代。

贡:贡士。旧指地方向朝廷荐举人才。

三适:谓好德、贤贤、有功。

[46]文艺:指撰述和写作方面的学问。

筌蹄:比喻达到目的的手段或工具。语出《庄子·外物》:"筌者所以在鱼,得鱼而忘筌;蹄者所以在兔,得兔而忘蹄。"筌:捕鱼竹器。蹄:捕兔网。

[47]服官:为官,做官。

次:接续。

白盖瓮绳:代指出身寒微的读书人。白盖:白茅覆顶的屋。颜师古《汉书注》:"白屋,谓白盖之屋,以茅覆之,贱人所居。"瓮绳:"瓮牖绳枢"的缩略。

以破瓮作窗户，以草绳系户枢。形容家里穷。牖：窗户。枢：门上的转轴。

第克践所诵法者均之适矣：只要能够效法古代贤能，都能进入"三适"的境界。践：实行。诵法：称颂并效法。

[48]宴佚：宴逸。逸乐。闲适安乐。

燕僻：指燕游邪僻。闲游、乖谬不正。

诋诼(tū)：狡猾。

突梯：圆滑。

[49]赘疣：喻多余无用之物。

瓠(hù)瓜：同"匏(páo)瓜"。喻未得仕用或无所作为的人。瓠：葫芦总称，"匏"指一种苦瓠。语出《论语·阳货》："吾岂匏瓜也哉，焉能系而不食？"

翼以膏沐：覆以油脂。膏沐：古代妇女润发的油脂。

谈天雕龙：比喻善于言辞和长于文笔。《史记》卷七十四《孟子荀卿列传》记载：邹衍、邹奭、淳于髡(kūn)都是齐国有名的辩士，因此，齐人称颂他们为"谈天衍，雕龙奭，炙毂过髡"。

五侯七贵：泛指达官显贵。五侯：指公、侯、伯、子、男。七贵：指汉时吕、霍、上官、丁、赵、傅、王七姓。

[50]靦然：惭愧貌。

[51]待罪：古代官吏任职的谦称，意谓不胜其职而将获罪。

自顾非能张韶文而棫(yù)朴之徒：自视并不是能够在韶州兴文教、育贤材的人。棫朴：《诗经·大雅》中的篇名。该篇诗序称是咏"文王能官人也"，故多以喻贤材众多。

缓频：婉言劝解或代人讲情。

[52]唯唯：恭敬的应诺声。

[53]砻：砻刻。磨光雕刻。

[54]有奇(jī)：有余。

[55]嘉肺之镮(huán)：此处指追缴的款项。

嘉肺：指嘉石和肺石。代指刑讼之政。嘉石：有纹理的石头。上古惩戒罪过较轻者时，于外朝门左立嘉石，命罪人坐在石上示众，并使其思善改过。肺石：古时设于朝廷门外的赤石。民有不平，得击石鸣冤。石形如肺，故名。

镮：银钱。

[56]疲下：使百姓疲乏困苦。

[57]经始：开始测量营造。

庚辰：明万历八年，1580年。

寅月：正月。

[58]与有成劳：参与并有功。成劳：成就和功劳。

重修儒学并创建尊经阁魁星楼记

周嘉谟

郢先是为安陆,州学规制湫隘[1]。献皇帝加意文教[2],前后频次捐金修葺。嘉靖十三年始改升为府学[3]。是后院道若府相继事者[4],间有增修,大都因陋就简,稍稍称饰因循。逮今兹焉,若有待也。自肃皇帝龙飞启运[5],山川王气,鼎足两京[6];人文誉髦,彪炳宇内[7]。厥亦被服皇谟,埏埴圣教,士习尊信,有由然已[8]。

兹大藩参高公建节荆郢,首重文学,乃于明伦堂竖二大石,一书"天地纲常",一书"古今名教",则公身任斯文之重也[9]。考览形胜,则喟然叹曰[10]:"嗟夫!是文献之邦,家娴于诵者矣[11]。若乃荫丰芑之灵淑,阐皇极之懿训[12],以六经孔孟之正脉,挹阳春白雪之奇藻[13],郢岂有俪哉[14]?顾何以独无尊经阁?"于是与郡伯李公、郡丞孙公、别驾梅公、司理陈公计定[15],具请两台[16],立允如议。

维时士绅欣跃,百工竞劝[17]。而备监刘公亦捐百金为赠[18],乐观其成。乃庀材程役,卜吉相宜[19],并新文庙自殿堂门庑以及师儒官舍,甃甓丹垩垣缭惟虔[20]。又以文庙巽方宜高[21],文明乃盛,爰创魁星楼。仰插云霄,俯窥江汉,嶙峋峻峭,于龙脉头角得尺木焉[22]。议者谓:"阁之建也,典而崇,公之为心也诚而正;楼之建也,奇而胜,公之为心也精而详。百世当不莫废焉[23]。"役既竣,公乃出所为《尊经阁说》并《魁星楼记》,进多士而诏之曰:"士不知尊经,犹之乎射无的耳。凡吾所为尊经者,尊心也,非必法堂前草深一丈云也[24]。魁星者,元气之精英也;六经者,文章之精英也。植为名教,阐为六经,象为魁星,生为硕儒,大魁亦自六经中出也[25]。顾所为尊之何如耳,吾且以大魁期,诸士勖之[26]!"诸士始洒然知向方云[27]。越翌日,诸生乃洗爵布币诣公[28],顿首称曰:"奕奕藩守,迪我圣经,弘我正学[29],佐我魁文。"公悠然避席,归之贤守令。而守令不有[30],复归之公。诸士退而议曰:"是役也,则无不敏于功矣[31]。抑离娄之明不能及曲岩^[32],贲育之勇不能逆劲风^[33]。披云之烛,顺风之呼,谁实司之哉?仰溯百年,无与任此者而竟待公,时耶,人耶?"

故观郢之学,知郢之士;观郢之士,知公之德郢者深矣^[34]。大抵持身特异,则其竖立不伦^[35]。公生平以纲常名教为己任,其为政也精淳而惇大^[36]。诸若厘奸弊、清刑狱,宽逋赋、核善恶,兴教化、谕民俗,礼寒畯、端蒙教,具载别录不赘^[37],兹为诸生记其不朽者云。若乃志公之教,以无负千载盛美^[38],则在诸生。

公讳第,永平之滦州人^[39]。

题解

本文录自清康熙五年(1666年)刻本《钟祥县志·卷之八》第52页。标题下注"万历丙辰年(万历四十四年,1616年——本书编者)",作者周嘉谟名下注:"尚书。景陵人。"据清康熙八年(1669年)版《安陆府志·卷三十二·上》第34页《重修承天府学尊经阁记》订正。

注释

[1]郢:指承天府(由安陆州升)。承天府古称郢州,治湖北钟祥。

规制:指建筑物的规模形制。

湫(jiǎo)隘:低下狭小。

[2]献皇帝:明非正式皇帝,为明世宗朱厚熜(cōng)之父兴王朱祐杬(yòu yuán)之追称。

[3]嘉靖十三年:甲午,1534年。

[4]院道若府:巡抚、道员和知府。明清抚院(巡抚)与道署连称。道:道署,道署的长官为道员。若:和。

[5]肃皇帝:明世宗朱厚熜之别称。

龙飞:指即天子位。

启运:指皇帝开启世运。

[6]鼎足两京:明朝初期定都于应天府(今南京),永乐十九年(1421年),明成祖朱棣迁都至顺天府(今北京),称京师;而金陵应天府改称为南京,在南京仍虚设了没有太多实权的六部等中央机构,称南京某部。

[7]誉髦(máo):俊美,俊杰。

彪炳:辉耀,照耀。

[8]被服:感受,蒙受。

皇谟(mó):帝王的谋略。

埏埴(shān zhí):和泥土作陶器。引申为陶冶、培育。

圣教:旧称尧、舜、文、武、周公、孔子的教导。

士习:士大夫的习气,读书人的风气。

尊信:尊重信奉,尊重相信。

由然:来由。

[9]藩参:明代承宣布政使司左、右参政与参议别称。布政使司别称藩司,故有此称。

高公建节荆郢:指高第任荆西兵备道。建节:执持符节。古代使臣受命,必建节以为凭信。

斯文:文化。

[10]考览:查考观览。

形胜:美好的山河、楼阁、园林等。

喟然:慨叹的样子。

[11]是文献之邦,家娴于诵者矣:这里是人文荟萃之地,家娴户习,文学风气昌盛。文献:指典籍与宿贤。邦:地区,政区。

[12]若乃荫丰芑(qǐ)之灵淑,阐皇极之懿训:至于庇护子弟的聪慧秀美之气,阐发帝王的施政准则。荫:遮盖。引申为庇护。丰芑:指帝王慎选储君。亦指常人对子孙的教育培养。灵淑:指聪慧秀美之气。皇极:儒家典籍中的政治概念。指帝王施政的最高准则。懿训:完美的法则。

[13]正脉:正统,正宗。

揇(shàn)阳春白雪之奇藻:铺陈阳春白雪一般高雅而奇丽的辞藻。揇:舒展,铺张,发舒。阳春白雪:战国时楚国的高雅歌曲名。语出宋玉《对楚王问》,与郢中有关。后衍变为古代与诗学有关的美学概念,以音乐来譬喻高雅的文学艺术作品。奇藻:奇丽的文辞。

[14]俪:两。

[15]郡伯:官名。明清知府的尊称。因知府掌管一郡,相当于古代的方伯,故称郡伯。

郡丞:官名。明清指同知。知府佐官。

别驾:官名。汉为刺史的佐史,刺史巡视辖境时,别驾乘驿车随行,故名。宋代以后,称通判为别驾。

司理:官名。明代俗称推官。又作司李。

[16]两台:义同"藩臬"。藩司和臬司。明清两代布政使和按察使的并称。布政使主管一省的人事和财政,按察使为一省司法长官。

[17]兢劝:戒慎、努力。

[18]备监:充任工程监理的人。

[19]庀(pǐ)材程役:准备材料,监督工役。庀:准备。程役:监督工役。

卜吉:谓占问选择吉利的日期或风水好的地方。

[20]甃甓(zhòu pì):指砖壁。

丹垩(è):涂红刷白,泛指油漆粉刷。垩:一种白色土。

垣缭:修建围墙。原文为"垣潦"。本书第一卷周嘉谟《重修儒学并创建尊经阁魁星楼记》有"缭以周垣,涂以丹垩"之句。

[21]巽(xùn)方:东南方。

[22]崷崪(qiú zú):高峻的样子。

尺木:古人谓龙升天时所凭依的短小树木。或谓"尺木"是龙头上如博山形之物。唐段成式《酉阳杂俎·鳞介篇》:"龙头上有一物,如博山形,名尺木。龙无尺木,不能升天。"

[23]茀(fú)废:荒废。茀:杂草塞路。

[24]"吾所为尊经者"一句:我所说的"尊经",是出于尊崇儒家经典之心,并不是用"尊经"来吓跑大家。

法堂前草深一丈:形容没有学人的踪迹。语出北宋释道元撰《景德传灯录·卷十》:"我若一向举扬宗教,法堂里须草深一丈。"我如果始终标举禅宗的最高境界,就无人能够领会,法堂里就没有学人的踪迹了。

[25]名教:以儒家思想所定的名分和以儒家教训为准则的道德观念。

大魁:泛指中进士。

[26]顾所以尊之何如耳:反思这样尊经的原因。

勖(xù):勉励。

[27]洒然:了然而悟。

向方:归向正道。方:义方。

[28]诸生乃洗爵布币诣(yì)公:生员们带着酒和钱拜访"大藩参高公"大人。洗爵:古代敬酒时,先洗酒杯。布币:中国古代铸成铲状的铜币。诣:拜访。

[29]奕奕:姿态悠闲,神采焕发。

藩守:此处偏指"藩"。指"大藩参高公"。

正学:谓合乎正道的学说。西汉武帝时,排斥百家,独尊儒术,始以儒学为正学。

[30]不有:表示否定,与"没有"相当。

[31]敏于功:敏于事功。勤敏就会效率高、贡献大。化用《论语·阳货篇》"敏则有功"。

[32]离娄:古代明目之人,传说能视于百步之外,见秋毫之末。比喻好眼力。

曲岩:曲折隐秘的岩穴。岩:岩石突起而形成的山峰、岩石、洞穴、险峻、险要等。

[33]贲(bì)育:战国时期的勇士孟贲和夏育。孟贲,周时齐国的勇士,因秦武王喜欢力士,到秦做了大官。夏育,周时卫国的勇士,力大可拔牛尾。

[34]德:谓受到恩惠。此处指使人受到恩惠。

[35]持身:立身处世。

竖立:树立,建树。

不伦:犹言超凡拔俗。

[36]纲常名教:旧时为维护封建统治而设置的一套规范。纲常:三纲五常的简称。

惇(dūn)大:敦厚宽大。

[37]厘奸弊:端正不良的社会风气。厘:改变,改正。奸弊:诡诈舞弊,欺诈蒙骗。

刑狱:刑罚。

逋(bū)赋:拖欠土地税即田赋。

寒畯(jùn):贫穷的读书人。

蒙教:启蒙教育。

具载:详载,备载。

别录:分别撰述。

[38]盛美:美善。

[39]永平:永平府。

滦州:今河北省滦县。民国初改滦州为滦县。

回向庵记(节录)

周嘉谟

徐惟德先生与余缔姻,情好益笃[1]。嗣是宦辙东西,天涯之感,采真之思[2],两人何念无之。比余抚滇,得先生为代[3]。亡何而先生疾不起。长儿告予云:"先生未易箦时[4],元旦有道人登堂乞晤,岂期会他山之阳者耶?"先生弱冠[5],舟过金山,梦白衣道人引见真武帝,寤而风涛作,舟竟无恙。嗣后守新安,登齐云山,见披发仗剑立岩前者,即梦中像也,故捐金修岩以垂久[6]。后治淮疏河,实仗神力。而先生解组归里[7],即营建回向庵,祀真武帝,额名"感恩所"。先生尝语余云:"庵名回向,示不忘皈依意,心识此语久矣[8]。"先生厚愿酬息,功德自远,他日振振公孙,世感先志,勿忘嗣葺[9],斯庵之不朽云。

题解

本文录自清康熙七年(1668年)版《景陵县志·卷之七·享祀志》第72页。原文为节录。文前云:"回向庵在县北郭外。邑中丞徐成位鼎建。少保周嘉谟记(略)。"

回向庵:庵名。回向:佛教语。谓回转自己的功德,趋向众生和佛果。

注释

[1]徐惟德:徐成位,字惟得,号中庵。

缔姻:联姻,结为婚姻。

情好:感情,交情。

笃:感情深厚。

[2]宦辙:指仕宦之路,为官之行迹、经历。

采真:顺应自然。

[3]比余抚滇,得先生为代:等到我任云南巡抚,恰好是先生的继任。

周嘉谟《余清阁年谱》记载,周嘉谟抚滇是戊申、明万历三十六年(1608 年)。徐成位卒于甲辰、明万历三十二年(1604 年)。

得先生为代:得以成为先生的继任。得……代:谓可得继任。

[4]易箦(zé):病重将死。

[5]弱冠:古时以男子二十岁为成人,初加冠,因体犹未壮,故称弱冠。

[6]岩:当指庵、寺。

[7]解组:解下系印的丝带,指辞官。组:丝带。

[8]皈(guī)依:谓身心归向、依托。

识(zhì):通"志"。记。

[9]振振:众多貌,盛貌。

公孙:对贵族官僚子孙的尊称。

李翁似山(李伋)暨元配马孺人合葬墓志铭

周嘉谟

翁讳伋[1],字廷贤,别号似山。先世为襄阳人,避乱于竟陵之泊江[2],数传而铎生兴仁,兴仁生翁。翁为家督[3],备尝苦辛,产益拓而无自功之色。生平不曳绮縠,居丧衰经[4],三年以为常。终其身以方正见惮于族党[5]。孺人以高门女士曰嫔于李,中道嫠而操凛冰霜,笄袆而烈丈夫哉[6]!

翁生嘉靖甲辰三月三十日,卒万历壬辰五月二十九日。孺人生嘉靖乙巳八月初四日,卒万历庚戌九月初三日。子二:长美文,娶王氏;仲美春,娶梁氏,先孺人卒。女二:长适杨绍尹[7],次适周嘉谕。孙男二:天植,聘周嘉谕女。乙卯十一月二十五日,美文迁翁枢与孺人合葬于黄显祖湖之阴,谒不佞而泣请铭。不佞以末弟谕为翁子婿,于谊当铭,乃雪涕而铭[8]:

翁虽早逝,树德已滋。贞闺之秀,习礼明诗。人伦选俊,女妇称师[9]。死则同穴,汉水之湄。

钦差巡抚总督两广兼理军务、盐法,兵部左侍郎,都察院右都御使,眷侍生周嘉谟顿首拜撰[10]。

万历四十三年乙卯岁仲冬月二十五日良利[11]。

题解

本文录自李翁似山暨元配马孺人合葬墓志。墓志现藏于天门市博物馆。

注释

[1]伋:音 jí。

[2]竟陵之泊江:今天门市麻洋镇鹤江村(原名泊江村)。

[3]家督:谓长子。

[4]绮縠(qǐ hú):有花纹的丝质衣裳。

衰绖(cuī dié):丧服。古人丧服胸前当心处缀有长六寸、宽四寸的麻布,为"衰"。围在头上和缠在腰间的散麻绳为"绖"。是丧服的主要部分,故以此代称丧服。

[5]见惮(dàn)于族党:为同族所惮服。族党:聚居的同族亲属。

[6]曰嫔:出嫁。曰:助词。用于句中。

中道嫠(lí):中途丧夫成为寡妇。

笄袆(jī yī):品德美好的成年女性。

[7]适:嫁。

[8]雪涕:擦眼泪。

[9]人伦选俊,女妇称师:称颂男墓主为人中的出众者,女墓主是妇女的模范。

[10]眷眷侍生:姻眷侍生。旧时用作书信结尾的自称谦辞,表示有亲戚关系的晚辈。

[11]万历四十三年:乙卯,1615 年。

良利:"良利日辰"的省略。吉日良辰。

李　登（解元，大理寺评事）

　　清道光元年（1821 年）版《天门县志·卷之二十二·人物·文苑》第 3 页记载："李登，字伯庸，号华台。儿时目下数千言悉成诵。万历癸酉举乡试第一人，庚辰成进士。谒选得大理评事，不二年，卒于邸。自孝廉至服官，未尝拓一椽舍，增一田圃。旧居北郊外，吟啸其中，于书无不窥。发为诗歌，皆高宕。饮酒数斗不乱，射辄命中，投壶能使矢跃丈许。好借齿牙援人，里中要害，侃侃争于上官。退则萧然，不问家人生产，人称长者。子纯元，进士，陕西参议。又，解元里，在城内十字街傍，邑解元李登所居里也。"

莲台寺

李　登

　　慧日散灵花，慈云霭佛牙[1]。梦残松阁磬，倦醒竹炉茶。有兴宜题壁，重游定护纱。谈空非所事，弧矢是生涯[2]。

题解

　　本诗录自清道光元年（1821 年）版《天门县志·卷之十七·寺观》第 27 页。诗前有文云："莲台寺在县东南二十里，绘有图，有树连理，柯叶参天。邑人李登读书其中，题诗壁间，其子纯元跋之。"莲台寺旧址在小板镇徐岭村八组（赵家大湾）西八百米，西临谭湖沟，寺前旧有古河名运粮河。

注释

[1]慧日：佛教语。指普照一切的法慧、佛慧。　　　　灵花：佛教语。谓神妙绚丽之天花。

慈云:佛教语。比喻慈悲心怀如云之广被世界、众生。

霭:笼罩。

佛牙:传为释迦牟尼的牙齿。

[2]谈空:谈论佛教义理。

弧矢:指男子当从小立大志。古代国君世子生,以桑弧蓬矢射天地四方,期其有志于远大。

万历癸酉乡试启行口占

李 登

举世沉沉不我知,临行遣兴故留题[1]。胸襟海阔三江小,志气天高五岳低。且将平昔惊神笔,暂作今宵步月梯[2]。华台自此襄阳远,寒窗再不听鸣鸡[3]。

题解

本诗录自1918年版、天门李菊后裔小二公支系《李氏宗谱·卷首》第36页。

万历癸酉:明万历元年,1573年。

注释

[1]沉沉:形容深隐沉静的样子。

遣兴:抒发情怀,解闷散心。

[2]步月:暗喻蟾宫折桂。攀折月宫桂花。科举时代比喻应考得中。

[3]华台自此襄阳远:诸葛亮在襄阳隆中躬耕苦读,留意世事,达十年之久。作者借此表达卧龙腾飞的志向。

华台:李登号华台。

中秋赏月

李 登

战罢文场笔阵收,客边不觉又中秋[1]。月明银汉三千界,人倚金峰十二楼[2]。竹叶酒添豪士兴,桂花香扑少年头。今宵暂与嫦娥约,指日蟾宫任我游[3]。

题解

本诗录自 1918 年版、天门李菊后裔小二公支系《李氏宗谱·卷首》第 36 页。

注释

[1]客边:驻足异乡。

[2]三千界:"三千大千世界"的省称。佛教名词。指释迦牟尼所教化的广大范围。

十二楼:泛指高层的楼阁。

[3]桂花香扑少年头、指日蟾宫任我游:暗喻蟾宫折桂。攀折月宫桂花。科举时代比喻应考得中。

蟾宫:月宫,月亮。

大理公（李登）京邸寄子书

李 登

路中相别,有千般言语不及与尔说。大段要尔读书,固望步及第[1],光祖宗,显父母,荣妻子,此乃大丈夫好事。然圣贤教人为学,岂徒袭文章、事章句,组织华藻,为一身富贵计哉？大抵学者学为人也,要尽为人道理。道理安在？孝亲敬长,忠君信友。小而行止语默,大而纲常伦纪[2],事上处下,待人接物,都要安重谦和、详审谨慎[3]。不要轻言,轻言取辱;不要妄动,妄动捐德。凡事存心,广积阴德。仆婢要恩义兼尽,乃能得其依附。乡里要恭谦退逊,乃能不招物议[4]。朋友要观法善士,乃能长德进业[5]。用度要崇尚俭朴[6],乃能兴家足用。酒不宜多饮,事不宜邪行,心不宜外驰。所以重养元气、固性命、保父母遗体[7],为天下国家干事,为男儿一生撑持。特其大概耳[8],余可类推。古人出门见宾,使民承祭[9];参前倚衡[10],行不愧影,寝不愧衾[11]。如此用功,何处不是学,何处不是敬[12],何愁不做好人？

原想除县令,或得南来观尔进益[13]。今授京职,相别许久,不知尔立志勤学何如。观帖中有负我望之语[14],且喜且惧。喜儿之有言,惧儿之无此志也。孔子志学,自十五以至七十,一日不间,此所谓"学而时习之"也[15],时时而学,时时而悦;终身而学,终身而悦。只在知行此道理[16]。道理在心,乐道不倦;义理悦心,举业到此方有贞得[17]。非沉潜理会、静养[18],何能致此?处躁心浮气、虚夸放荡[19],万万无可成之理。观尔帖中,将经书温背读过、诸文讨论寻绎[20],固皆正事,然此特皮毛糟粕耳。犹善用兵者,干戈刀斧,种种咸备,止兵家之器具。至其料敌设奇、深谋秘计则运用之,宰于一心乃能制胜[21]。徒取胜于器具,人人有也,何人不思起蒭颇牧哉[22]?如此可论举业矣。所说数语,惟以备衬料,当使不空疏非真,持此以为举业真传。

令讲看经书、分截主意,要细玩刊文轻重疏密[23];要妥讲章[24],不必多记刊文。当其看书或作文时,闭目澄思,凝神反照,求诸心髓性灵之间[25],体验于身心性情之际,从容涵咏于静一之中,超然觉悟于象数意言之表[26],乃谓真见真闻,是为举业真传。涵养此心,活活泼泼,生而不息。何处不到,何处不通?施之文章,自如万斛之泉[27],随涌随出。何愁"七篇",何愁"三场[28]"?若此心失养,昏昧放逸,口谈邪说,身近邪人;心动邪思,身行邪事,则在醉梦中过了一生,与草木犬豕同。心机枯槁,生意过竭[29]。非残忍刻薄,则放僻邪侈[30]。此圣狂关头[31],岂仅系举业之成败哉?子试思之,吾非虚说迂谈也。

凡观书把玩及作文得题,先将圣贤道理、当时光景恍然于心目,潜探其立意之旨,发其精蕴之趣[32]。凡六经四书所在,无非人身道理,无非日用间事[33],一一以心理会、以身体贴,如作学而时习,节节将注寻玩一番[34],便自思曰:"学者效先觉之人,致知力行,理与心契[35],有一段快乐处,岂不是悦?"看得如此透彻,下笔为文,自不肤浅,自有醋快动人处[36]。若但照题翻为,浮蔓不根[37],犹人有骨而无筋;如剪五彩为花,体裁虽似,生意索然,老儒宿师所以株守终身不见天者也[38]。思之慎之,勿使时光付之流水哉!

题解

本文录自1918年版、天门李菊后裔小二公支系《李氏宗谱·卷首》第36页。

大理公：指李登。李登官至大理寺左评事。此处是修谱者对李登的敬称。

京邸：京都的邸舍。

注释

[1]大段：大凡，大体。

及第：又称"登第"。科举考试及格被录取者称及第，因列榜有等第，故名。

[2]语默：指或说话或沉默。语出《易·系辞上》："君子之道，或出或处，或默或语。"

纲常：三纲五常的合称。封建社会所提倡的人与人之间的道德标准。三纲指君为臣纲、父为子纲、夫为妻纲。五常指仁、义、礼、智、信。

伦纪：伦常、纲纪。

[3]安重：稳重，庄重。

详审：周密审慎。

[4]乡里：同乡的人。

退逊：退让，谦让。

物议：众人的议论，多指非议。

[5]观法善士：取法于品行良好之士。观法：佛家语。指探究真理于一心。善士：品行良好的士。

长德进业：修养德行，使学业有所进益，使事业有所发展。

[6]用度：开支。

[7]遗体：身体为父母所生，所以称自己的身体为父母的遗体。

[8]特：但，仅，只是。

[9]出门见宾，使民承祭：语出《论语·颜渊》：仲弓问仁。子曰："出门如见大宾，使民如承大祭。己所不欲，勿施于人。"出门如同去会见贵宾，役使人民如同面临大的祭典。自己不愿承受的事，也不要强加在别人身上。这里，孔子解释的是仁，说的是"敬之道"，所以下文说"何处不是敬"。

[10]参前倚衡：语本《论语·卫灵公》：子张问孔子，如何才能使自己到处行得通，孔子回答说："言忠信，行笃敬。""立则见其参于前也，在舆则见其倚于衡也，夫然后行。"意指言行要讲究忠信笃敬，站着就仿佛看见"忠信笃敬"四字展现于眼前，乘车就好像看见这几个字在车辕的横木上。泛指一举一动，都要谨慎合礼。参：列，显现。前：指眼前。倚：靠。衡：车前横木。

[11]行不愧影，寝不愧衾（qīn）：走路没有对不起影子，睡觉没有对不起被子。形容日夜扪心自问，毫无愧疚。语本《宋史·蔡元定传》："独行不愧影，独寝不愧衾。"衾：被子。

[12]何处不是敬：此处呼应前文，参见本文注释[9]。

[13]除：拜受官位。

进益：指学业、品德上的进步。

[14]帖：小束，即纸片，后世指短小信札。

[15]孔子志学，自十五以至七十：语出《论语·为政》：子曰："吾十有五而志于学，三十而立，四十而不惑，五十而知天命，六十而耳顺，七十而从心所欲，不逾矩。"孔子说："我十五岁才开始立志学习，三十岁才在社会上站住脚，四十岁时才对社会的一些现象不再感到困惑，五十岁时才明白了对人力所不及的应该听天由命，六十岁时才无论听到了什么都不再逆耳，七十岁时才随心所欲地行事而没有什么违犯规矩之处。"

学而时习之：学了，又时时去温习它。语出《论语·学而》。

[16]知行：认识与实行。

[17]义理悦心：以理义悦心，孟子的自我修养方法。语出《孟子·告子上》："故理义之悦我心，犹刍豢之悦我口。"所以理义使我的心高兴，就像猪狗牛羊肉使我觉得味美一样。

贞得：疑为"得正"之意。谓得正道。

[18]沉潜理会：深刻领会。原文为"沉潜理"。

[19]虚夸：浮夸，虚浮。原文为"虚跨"。

放荡：指言行放纵，不拘形迹。

[20]寻绎：〈书〉反复推求。

[21]宰：主宰。

[22]起翦颇牧：白起、王翦、廉颇、赵牧，战国时秦、赵两国的名将。比喻用兵精妙的人才。

[23]令：假设语气词。

分截：分割，割裂。

刊文：科举时代刊印的八股文章，如《三场闹墨》之类，总称为刊文。后指《会考升学指导》一类书籍。

[24]妥：疑为"妥视"。垂视。古代臣见诸侯，视线低于对方的面。

讲章：书眉上的讲解性文字，供学童深入理解参考，也称高头讲章。

[25]澄思：深思，静思。

心髓：心灵深处。

性灵：内心世界。泛指精神、思想、情感等。

[26]静一：恬静，专一。

象数：《周易》中象与数的合称。《周易》中凡言天日山泽之类为象，言初上九六之类为数。本为占卜用的术语。象，谓灼龟壳成裂纹所显示之象；数，谓用蓍（shī）草分揲（shé）所得之数。

意言：意会之言。

[27]斛（hú）：旧量器名，亦是容量单位，一斛本为十斗，后来改为五斗。

[28]七篇：亦称七艺、七作、七题。明清科举乡、会试应试的八股文篇数。明洪武十七年（1384年）颁科举定式，初场试《四书》义三道，每道二百字以上，经义四道，每道三百字以上，故名。清初因之。

三场:科举时代考试须经三次,叫初场、二场、三场。亦总称三场。

[29]生意:生机,生命力。

过竭:指精神过度使用就要耗尽。原文为"过绝"。

[30]放僻邪侈:谓肆意作恶。放、侈:放纵。僻(辟)、邪:不正。原文为"放僻邪耻"。

[31]圣狂:圣明或狂妄。语出陆游《老学庵自规》诗:"圣狂在一念,祸福皆自求。"圣明或狂妄,常常取决于一念之差;受祸或得福,都是自己的行为招致。

[32]精蕴:精微深奥的内容。

[33]六经:六部儒家典籍。指《诗》《书》《礼》《易》《乐》《春秋》。

四书:指《论语》《大学》《中庸》《孟子》四部儒家的经典。

日用间事:日常生活中间的事。

[34]寻玩:"寻绎吟玩"的略语。即反复推究、探索、体会事理。

[35]学者效先觉之人:孟子有先觉和后觉的说法,后觉效仿先觉而"习",这就是"学"。

致知力行:获得知识并加以身体力行。朱熹云:"大抵学问只有两途,致知力行而已。"(《朱文公文集》卷四十)

契:切合。

[36]酣快:酣畅痛快。原文为"醒快"。

[37]翻为:写作。

[38]宿师:老成博学之士,即大师。此处有讽刺意。宿:大。

所以株守终身不见天者:"所以……者",表示原因的固定短语,意思是"……的缘故""之所以……的原因"。株守:比喻拘泥守旧,不知变通。

附

华台李公(李登)墓表

张懋修

李登,字伯庸,号华台。万历癸酉科解元,庚辰进士。公堕地负奇,目下数十言番成诵。十八补博士弟子员,然数踬于有司。癸酉始领乡荐,为第一人。

曩先生儿时,父龙山公感其梦,睹先生领解状,寤为《喜雨歌》识之,卒应如响。庚辰举进士,高等谒选得大理寺左评事。不二年,被骤恙,卒邸中。自孝廉至服官,未尝拓一丙舍,增瓯脱地。

按:公魁岸丰颐,岳立如仙。于书无不窥,发为诗歌,皆高宕。洪于酒,数斗不乱,酒酣度曲,掩映数座。善射,彻命中。投壶,能使跃丈许。为乐,好偕齿牙人,里中要害,侃侃争于上官。退则萧然不问。筑园北郭外,构亭吟啸其中,时人莫能窥也。

子纯元,进士。陕西参议。

编修、新野马之骐曰:"李先生,高朗君子也。"造化者予以艺材盛名,而抱之使愈壮,而得之复夺以去,何如也?前不难丰之以才,而后不靳赐之佳子弟,天道果真梦梦者哉?昔颜延之诸儿,各得其一斑,独其往谓不可及。余谓先生之二子,或得其逸,或得其文,譬如河深流远矣。

题解

本文录自 1918 年版、天门李菊后裔小二公支系《李氏宗谱·卷首》第 39 页。

张懋修:湖北江陵人。张居正第三子。万历庚辰状元。

华台李公(李登)夫人谭氏合葬墓志铭

闵庭训

景陵李公华台,讳登,字伯庸。由进士任大理评事。以万历壬午八月卒于官,岁癸未二月已卜葬矣。至甲申四月十六日,夫人谭氏卒,以十月七日将附合葬焉。其子纯湛、纯元以余与华台公为垂髫莫逆交,请志与铭余。

按:李公实钟华山之秀以生,生而颖异。其父龙山公珂,母姚氏生公,盖有异兆。公幼,日诵千百言,过目辄不忘;发为文章,落笔千万言,亹亹不绝。见者无不惊服。至其词翰,亦奇绝一世。邑中先哲有文恪公鲁铎,中会试第一,由翰林任祭酒,士类以其勋业属李公。后公果以癸酉领乡书第一,庚辰中会试魁卷,赐进士,任大理评事。未几卒于官。特旨赐乘传归葬。先皇御制诔鲁公曰:"寿不满德,用不竟才。"余于李公亦云,盖二贤一辙也。惜哉!

公初娶延氏,早卒。继娶谭氏夫人,谭公祜女,有内教,贤而能。凡公之所以无内顾忧,得卒业于诗礼,终成大名者,大抵皆夫人力也。生子男二人,即湛、元,皆邃于学,有父风。每一试,辄推重有司。人争传诵其文,然则成父之志、以光先绪者,其在斯欤?昔孔子重季札,而为题其母墓曰:"呜呼!延陵季子之母之墓。"如李氏二子足表其父母之墓矣。公有弟二人,次发,次督,皆学生。长子湛,娶罗氏;次元,娶谭氏。长女嫁吴公三子,次女嫁谭公长子,三女聘殷公长子。

公以庚寅年九月初十日生,至卒年五十有三。夫人以丙申年四月十四日生,至卒年五十,皆附葬于子文庙之麓、曾祖靳公之傍,作壬丙向。兆成,因为之铭,铭曰:

子文之山,风气攸聚。有山如黛,有水如注。青山瘞玉,孔安且固。哲人之藏,鬼神呵护。万有千年,华表如故。后有过者,皆指之曰:"呜呼!此大理李公、夫人谭氏合葬之墓。"

万历甲申岁十月朔,邑中友人闵庭训顿首拜书。

题解

本文录自李登谭氏合葬墓志。原题为《明大理华台李公夫人谭氏合葬墓志铭》。墓志现藏于李姓宗亲家。

李登墓在九真镇子文村村委会东、马李家湾东南,滨乌龙湖。

陈所学（户部尚书）

陈所学（1559—1640年），天门市干驿镇沙嘴村人。官工部尚书、户部尚书。

《大清一统志·人物》记载："陈所学，字正甫。景陵人。万历八年庚辰进士。历官山西巡抚，晋户部尚书。值杨涟疏劾魏忠贤，祸且不测。所学疏救，不报。珰邀阁部议事，所学力折之，忠贤默然。遂告归。"

清乾隆乙酉（1765年）初版《天门县志·卷十四·宦迹》第9页记载："陈所学，字正甫。弱冠成进士。父纂召归，使键户力学三年。再赴廷对，授西曹主事，移虞衡，典试滇南。复命即司榷浙之武林关，珰视眈眈，以廉见惮。由新安守视学三晋，能识士，与其滇中所拔咸速售有名。及分巡冀北，筹边事，足边食，使番戍不以空名縻饷，武事不以宴安废弛，具有条款。会顺义拥众窥边抵城下，知宿备寻盟而去。弥衅靖疆，深得政体。由闽右司转浙左司，旋开府雁门，拥节江表。时天下扰扰，旱蝗能备给饷，多方皆称职。晋大司农，会杨给谏涟以纠珰忤上，震怒赫然。而厂、卫皆奸人党中，旨自魏忠贤标出，上意不可知。所学引诸大臣上疏力救，忠贤深嫉之。适以驾视成均，百官习仪内殿，阁邀执政卿贰议事至司农，辞色颇厉。所学据理应之，不能为难，遂连章乞休。盖自诏起闽藩，每转必具疏力辞，至此凡十二上矣。其居乡也，置堤刬则惠一乡，置义田则惠一宗，请除加派则惠及一邑矣。年八十二，预道卒期，遗命勿得请祭葬，亦尸谏之义云。"

《天一阁藏明代科举录选刊·登科录（点校本·下）》第594页记载："陈所学，贯湖广承天府沔阳州景陵县，民籍。县学附学生。治《书经》。字正甫，行八，年二十五，十月十五日生。曾祖宽。祖守廉。父纂，恩例冠带。母戴氏。具庆下。兄所著、所选、所前。弟所谟、所答。娶成氏。湖广乡试第六十名，会试第一百六名。"

李贽撰、中华书局1961年版《续焚书·卷一·书汇·复陶石篑》第7页云："承天之陈（指承天府陈所学——本书编者），旧日徽州太守也，用世事精谨不可当，功业日见烜赫，出世事亦留心。倘得胜友时时夹持，进未可量。此京师所亲炙胜我师友如此，其余尚多，未易笔谈。"

陈所学编辑《会心集》，袁宏道作《叙陈正甫会心集》，云："余友陈正甫，深于趣者也,故所述《会心集》若干卷,趣居其多。不然,虽介若伯夷,高若严光,不录也。噫! 孰谓有品如君、官如君、年之壮如君而能知趣如此者哉!"

陈心源纂修、1948 年版、天门市干驿镇松石湖《陈氏宗谱·卷六下·艺文》记载:"公著有《检身录》《会心集》《鸿蒙馆集》《鸿蒙馆续集》《松石园诗集》等书。民国癸未年(1943 年)正月初六日,为兵火焚尽,可惜也!"

陈所学墓在今天门市干驿镇沙嘴村六组(上湾)正北约一华里,姜家墩西南侧。

题仙女山

陈所学

天削孤峰抱古台,参差径树接城隈[1]。远烟疑自湘灵绕,绝巘惊从巫峡来[2]。万户遥窥如画里,千帆坐看似云堆[3]。名山佳会忍令负,能不放歌一举杯[4]?

仄径盘纡蹑屐通,登临直欲挽天风[5]。仙人杖节竟何在,玉女箫声恨未逢[6]。坐久昙花云里坠,望来烟景江南空。凭君莫话阳台事,作赋那如宋玉工[7]。

题解

本诗录自明万历癸丑(万历四十一年,1613 年)版《汉阳府志·卷之六·艺文》第 116 页。作者前有"景陵"二字。据武汉市汉阳地方志办公室整理、湖北人民出版社 2014 年版《康熙汉阳府志》、清乾隆三十八年(1773 年)版《汉川县志·卷之五·艺文·诗》中的《仙女山二首》补足缺损文字。

仙女山:山名,在今汉川市城西。传楚怀王于此地梦游阳台与神女相会,又叫"阳台山"。

注释

[1]城隈(wēi):城角,城内偏僻处。

[2]湘灵:古代传说中的湘水之神。

巫峡:宋玉《阳台山高唐赋》记楚襄王游云梦台馆,有楚怀王梦与巫山神女相会的故事,后遂以巫峡称男女幽会之事。

[3]云堆:原文缺"堆"。

[4]佳会:指男女欢会。

[5]仄径:狭窄的小路。

盘纡:回绕曲折。

蹑屐:拖着木屐,穿着木屐。

[6]杖节:原文缺"杖"。

[7]凭君莫话阳台事,作赋那如宋玉工:指宋玉曾作《阳台山高唐赋》和《神女赋》。万历版《汉阳府志》收录两文。凭君:请你。

致仕述怀

陈所学

松石好秋色,湖光无俗氛[1]。钟鸣出浦月,渔唱入冈云[2]。老矣身宜隐,归欤政不闻[3]。扪心犹向阙,何以答吾君[4]?

梓里同心友,先皇顾命臣[5]。一朝蒙贝锦,匹马出城阛[6]。偕隐宁无伴,归休好结邻[7]。凄然谈往事,不觉泪沾巾。

文孺赴东市,严刑五毒深[8]。回天无大力,解组有惭心[9]。北阙萦幽梦,东山豁素襟[10]。个中丝竹趣,何处觅知音?

当年麋鹿性,丰草与长林[11]。簪绂烟云幻,鬓毛岁月深[12]。不言宫里树,惟听座中琴。俯仰宽天地,无庸泽畔吟[13]。

题解

本诗录自陈心源纂修、1948 年版、天门市干驿镇松石湖《陈氏宗谱·卷六下·艺文》第 25 页。熊士鹏编、清道光癸未(1823 年)版《竟陵诗选·卷六》第 9 页收录第一首,题为《归松石园》。

致仕:古代官员年老或因病交还官职,辞官退居,犹近世之退休。

注释

[1]俗氛:指尘俗之气或庸俗的气氛。

[2]浦:水边。

[3]欤:语气词。表示感叹。

[4]向阙:心系朝廷。阙:借指宫廷,帝王所居之处。后也借指京城。

[5]梓里同心友,先皇顾命臣:指作者与顾命大臣周嘉谟是知音,都是天门市干驿镇人,都因得罪魏忠贤阉党而致仕或削籍。

顾命:《尚书》的篇名。取临终遗命之意。后因称帝王临终前的遗诏为顾命,帝王临终前托以治国重任的大臣为顾命大臣。

[6]贝锦:喻诬陷他人、罗织成罪的谗言。

城闉(yīn):城内重门。亦泛指城郭。

[7]偕隐:一起隐居。

归休:辞官退休,归隐。

[8]文孺赴东市,严刑五毒深:指杨涟疏劾魏忠贤,遭致杀身之祸。陈所学曾舍身上疏救杨。

文孺:杨涟,字文孺。

东市:汉代在长安东市处决判死刑的犯人。后以东市泛指刑场。

五毒:古代的五种酷刑。

[9]解组:解下系印的丝带,指辞官。组:丝带。

[10]北阙:古代宫殿北面的门楼,是臣子等候朝见或上书奏事之处。用为宫禁或朝廷的别称。

幽梦:忧愁之梦。

东山:谢安早年曾辞官隐居会稽之东山,经朝廷屡次征聘,方从东山复出,官至司徒要职,成为东晋重臣。又,临安、金陵亦有东山,也曾是谢安的游憩之地。后因以东山为典,指隐居或游憩之地。

素襟:本心。亦指平素的襟怀。

[11]丰草与长林:长林丰草。本谓高大的树林、丰茂的野草,为禽兽栖止之佳处。后用以指隐逸者所居。

[12]簪绂(zān fú):冠簪和缨带。古代官员服饰。亦用以喻显贵,仕宦。

[13]泽畔吟:语出《楚辞·渔父》:"屈原既放,游于江潭,行吟泽畔。"后常把谪官失意时所写的作品称为泽畔吟。

松石园诗(五律四首)

陈所学

鹏息非离海,龙潜且在渊。赤松游有待,黄石略曾传[1]。镇日容萧散,浮云任变迁[2]。不知三径里,谁可共周旋[3]。

日涉园多趣,青松白石同。生成原帝力,位置待人工[4]。偃盖天陵上，支机月宇中^[5]。平泉与金谷，未敢拟豪雄^[6]。

信是经纶手，为园事事宜^[7]。随身无长物，悦目有余姿^[8]。石缀千钟乳，松流万岁脂。于中饶服食，世味亦何其^[9]。

占梦松生腹，谈经石点头^[10]。鸾栖征孝子，鹊印兆封侯^[11]。云雾行看澈，风涛坐听留。名园无不有，何必苦人求。

题解

本诗录自陈心源纂修、1948 年版、天门市干驿镇松石湖《陈氏宗谱·卷六下·艺文》第 14 页。

注释

[1]赤松游：张良辅佐刘邦建立汉王朝之后，无心留恋仕宦利禄，愿功遂身退，明哲自保，故提出愿出世求仙，从赤松子游。后用为咏出世求仙之典。

黄石略：张良年少时，曾在下邳桥上为一位老者拾鞋并给他穿上。老者高兴地拿出一部书给张良，说："如果学会它就可以做帝王的老师。后十年就会兴旺发达。十三年后你到济北见我，穀（gǔ）城山下的黄石就是我。"张良打开书一看，原来是《太公兵法》。后用黄石书、黄公略等指兵书、兵法。

[2]镇日：整天，从早到晚。

萧散：闲散舒适。

[3]三径：代指隐士的家园。语出陶渊明《归去来兮辞》："三径就荒，松菊犹存。"

[4]生成原帝力，位置待人工：松石园的趣味自然形成，仿佛无为而治，但处置却是人力所为。

帝力：帝王的作用或恩德。

位置：处置。

[5]偃盖天陵上，支机月宇中：青松白石的世界，宛若仙境。

偃盖天陵：语出《艺文类聚》卷八八引葛洪《抱朴子》："天陵偃盖之松，太谷倒生之柏，皆为天齐其长，地等其久。"偃盖：形容松树枝叶横垂，张大如伞盖之状。

支机：支机石。传说为天上织女用以支撑织布机的石头。传说汉代张骞奉命寻找河源，乘槎经月亮至天河，在月亮见一女织，又见一丈夫牵牛饮河，织女取支机石与骞。

[6]平泉：平泉庄。唐李德裕游息的别庄。

金谷：为晋代富豪贵官石崇的别墅园林，在今河南洛阳西北金谷涧中。

[7]经纶：整理丝缕、理出丝绪和

编丝成绳,统称经纬。引申为筹划治理国家大事。

[8]长物:多余的东西。

余姿:赏玩不尽的姿容。

[9]饶服食:丰衣足食。

[10]占梦松生腹:典自"丁固生松"。指梦幻成真。传说三国吴丁固梦松生腹上,预言十八年后为公,果如其言。盖松字乃十八公之合字。

谈经石点头:讲经说道能使石头理解开化。《十道四番志》云:"生公讲经于此,无信之者,乃聚石为徒,与谈至理,石皆为点头。"

[11]鸾栖:鸾鸟栖止。比喻贤士在位。

鹊印:晋干宝《搜神记·卷九》载,张颢得山鹊所化的金印,官至太尉,后遂以鹊印指得官的喜兆。

松石园诗(七律四首)

陈所学

　　湖山列绣郁蒸霞,苍翠葱茏水木华。岂事扫除仲举室,争看征辟太丘家[1]。龙根橘叟分云液,雀舌茶颠摘露芽[2]。自是宰君能渡世,双林长转白牛车[3]。

　　家将孝友齐张仲,国以安危仗令公[4]。草木知名惟阃外,烟霞抱癖恋林中[5]。翻经漏滴莲花水,坐钓舟移柳絮风。一啸湖天孤月晓,杖藜矫首羡冥鸿[6]。

　　溪名不似柳州愚,山色浑如辋水图[7]。丈室清凉开净社,丹房阒寂隐方壶[8]。庭栽异土三花树,涧采仙人九节蒲[9]。蜡屐绳床无长物,埙箎迭奏自于于[10]。

　　仗钺每怀南国梦,移文肯负北山灵[11]。逃禅兀坐松堪友,款客微酣石可醒[12]。杂佩幽芳纫蕙茝,长镵间适劚芝苓[13]。武溪遥隔沧浪外,一艇先将老钓汀[14]。

题解

　　本诗录自陈心源纂修、1948年版、天门市干驿镇松石湖《陈氏宗谱·卷六下·艺文》第15页。

注释

[1]岂事扫除仲举室：典自"陈蕃扫一室"。《后汉书·陈蕃列传》记载：后汉陈蕃年少时不爱打扫庭院，他父亲的同僚薛勤问他其中的缘故，他说："大丈夫处世，应当为国家扫除天下，不应在乎扫一间屋子。"仲举：陈蕃，字仲举。

争看征辟太丘家：指东汉陈实屡辞征召。汉蔡邕《陈太丘碑文》："大将军何公，司徒袁公，前后招辟，使人晓喻……皆遂不至。"征辟：征召，荐举。旧指朝廷或三公以下召举布衣之士授以官职。太丘：东汉陈实，德行极高，誉满天下，因其曾任太丘长，故称。

[2]龙根橘叟：典自唐牛僧孺撰《玄怪录》卷三《巴邛（qióng）人巧遇橘中仙》。相传有巴邛人，不知姓名，家有橘园。霜后收橘，有两个橘子大如三斗盘。剖开后，见每个橘子里都有两个老叟，都在相对下象棋，谈笑自若。一个说："我饿了，须龙根脯食之。"就在袖中抽出一草根，形状宛转如龙，因削食之，削了随即又长出来。吃完，以水喷之，化为一龙，四位橘中仙人乘上，不知所在。

云液：古代扬州名酒。亦泛指美酒。

雀舌：古代对嫩芽茶的雅称。

茶颠：古指嗜茶成癖陆羽式的茶痴。

[3]渡世：济世，救助世人。

双林：借指寺院。

白牛车：比喻大乘教法，微妙禅法。按《法华经·譬喻品》中有羊车、鹿车和牛车之喻，以牛车最为上，为菩萨乘坐，故有此语。

[4]张仲：人名。辅佐周宣王管理内政的大臣。《诗经·小雅·六月》六章："侯谁在矣？张仲孝友。"

令公：对中书令的尊称。

[5]阃（kǔn）外：指京城或朝廷以外，亦指外任将吏驻守管辖的地域，与朝中、朝廷相对。

抱癖：抱有某种癖好。

[6]杖藜：持藜茎为杖，泛指扶杖而行。

冥鸿：高飞的鸿雁。

[7]溪名不似柳州愚：湖南省永州市西南有愚溪，本名冉溪。柳宗元谪居于此，改其名为愚溪，并名其东北小泉为愚泉，意谓己之愚及于溪泉。柳州：柳宗元，人称柳河东，又因被贬谪为永州司马，后转柳州刺史，死于柳州，称柳柳州。

浑如：浑似，好似。

辋（wǎng）水图：指唐代诗人王维绘的名画《辋川图》。王绘辋川别业二十胜景于其上，故名。辋水：辋谷水。诸水汇合如车辋环凑，故名。在陕西省蓝田县南，源出秦岭北麓，北流入县南入灞水。

[8]丈室：斗室。

净社:结净行社。共修净业的组织。佛家所称净业,指清净的言行意念等,可以招来善报者。

丹房:道教炼丹的地方。亦指道观。

阒(qù)寂:静寂,宁静。

方壶:腹圆口方的壶。古代礼器的一种。

[9]三花树:即贝多树。一年开花三次,故名。

九节蒲:菖蒲的一种。茎节密,每寸达九节以上,故名。

[10]蜡屐:涂蜡的木屐。

绳床:一种可以折叠的轻便坐具。以板为之,并用绳穿织而成。又称"胡床""交床"。

长物:多余的东西。

埙篪(xūn chí):埙、篪皆古代乐器,二者合奏时声音相应和。因常以埙篪比喻兄弟亲密和睦。语出《诗经·小雅·何人斯》:"伯氏吹埙,仲氏吹篪。"

于于:相属貌。

[11]仗钺(yuè)每怀南国梦:在外官居要职,却常常梦回故乡。仗钺:手持黄钺,表示将帅的权威。引申为统率军队。南国:南方之国,周之南土,即江汉一带地区。

移文肯负北山灵:意思是,我是地地道道的隐者,绝不会有负于北山山灵。南北朝孔稚珪作《北山移文》,借

北山山灵的口吻,嘲讽了当时的名士周颙(yóng)。周故作高蹈而又醉心利禄。移文:古代官府文书的一种,旨在晓喻或责备对方。北山:即钟山,因在建康城(南朝京都,今江苏南京市)北,故名。

[12]逃禅:指遁世而参禅。

兀坐:独自端坐。

款客:亲切优厚地招待客人。

[13]杂佩:总称连缀在一起的各种佩玉。

纫蕙茞(chǎi):把蕙茞这些香草缝在一起作为佩带。蕙:香草名。一指薰草,俗称佩兰。古人佩之或作香焚以避疫。二指蕙兰。茞:古书上说的一种香草,即"白芷"。

长镵(chán):又称踏犁、躏(zhí)铧。由耒耜(lěi sì)演变而来的耕地翻土工具。在一根有铁尖头的横木上,安一根斜的长柄,柄上端有一可手握的短横木,下端左边有一可脚踏的短横木。

间适:闲适。

劚(zhú):古农具名,锄属。此处指以劚松土除草,锄地。

[14]武溪:古河流名。又称武水。泸溪县西有武溪,源于武山,溪自山出,注入沅江。

沧浪:古水名。在今湖北境内。或云汉水之支流,或云即汉水。

论救副都御史杨涟疏

陈所学

户部尚书臣陈所学谨奏,为太监窃权、直臣得罪,恳乞圣明乾断、扶正抑邪事[1]。

该左副都御史杨涟,于先皇大渐之时,自以小臣得预顾命[2],感激图报,誓在忘身,为皇上定移宫之策,为国家建万年之计,优诏褒答[3],直臣快心。

魏忠贤不过内庭奔走之小竖耳[4]。皇上过加宠幸,稍迁司礼[5]。晋掌东厂,专作威福;嫉恶正人,日肆狂吠;收召金壬[6],倚为爪牙;树鹰鹯之威,张罗织之网[7]。使天下皆知有忠贤,不知有皇上;皆知皇上信任忠贤,不知忠贤目无皇上。

杨涟披肝沥胆,直纠其罪,是克尽宪臣之职,不愧陛下法司之寄矣[8]。皇上不责忠贤,反责杨涟,使顾命之忠臣,厄于内庭之小竖,其若先皇何? 其若朝臣何[9]?

忠贤恃皇上之优容,凭颐指之气焰[10]。昨日擅于朝堂参见九卿,意气凶凶,居然梁冀[11]。臣偕缙绅之后,与论杨涟之冤,忠贤噤口结舌,不觉屈服。则杨涟之无罪可知,忠贤之怙恶亦可知矣[12]。皇上宜赦杨涟,以砺直臣敢言之锋;疏退忠贤,以杜内臣窃权之渐[13]。岂惟社稷之福,而实天下之幸!

臣长户部以来,深念国用耗蠹,兵饷烦费[14],移东补西,苦于应付。重以年垂七十,筋力都消;事件遗忘,什恒八九[15]。尝恐溺职遗羞[16],以负先帝,而误皇上。思捐顶踵,其道无由[17]。若得以衰朽之身,易杨涟之命,固臣所甘心者也,臣无任惶恐待命之至,为此专折奏闻[18]。谨奏。

题解

本文录自陈心源纂修、1948 年版、天门市干驿镇松石湖《陈氏宗谱·卷六下·艺文》第 11 页。

副都御史:官名。又称"副宪"。明清都察院之副长官。佐左都御史掌院事。

杨涟:参见本书第一卷周嘉谟《表忠歌》题解。

注释

[1]这句话是本文的真正标题。按照常规,奏议或公呈的标题由具题时间、具题人、具题事等三个要素构成。"为……事"是奏议或公呈题目中表述主题词的一般格式。它提示奏章或公呈的主要内容,是题目的要素之一。

直臣:直言谏诤之臣。

乾断:帝王的裁决。

[2]大渐:谓病危。

自以小臣得预顾命:光宗病危召见大臣,杨涟不属大臣,亦在召见之列,临危顾命。

预:参与。

顾命:《尚书》的篇名。取临终遗命之意。后因称帝王临终前的遗诏为顾命,帝王临终前托以治国重任的大臣为顾命大臣。

[3]移宫:晚明三案之一。泰昌元年(1620 年)光宗死,熹宗即位。抚养他的李选侍与心腹宦官魏忠贤欲趁其年幼把持朝政。杨涟、左光斗等大臣上疏,迫使她移居别宫,以防其窃权。此事后成为派系斗争争论的题目。

优诏:褒美嘉奖的诏书。

褒答:嘉奖报答。

[4]内庭:也写作内廷,指皇宫内。

小竖:鄙陋的小人。

[5]司礼:官署名。明代内官有司礼监,简称司礼,负责宫廷礼节、内外章奏等。

[6]东厂:官署名。明代由太监掌管的负责侦缉和刑狱的最大的特务机关。

金壬:巧言谄媚、行为卑鄙的人。

[7]鹰鹯(zhān):鹰、鹯都是猛禽,比喻凶猛或凶恶的人。

罗织:虚构罪名,陷害无辜。

[8]披肝沥胆:披露肝脏,滴出胆汁。表示以真诚相见。

宪臣:指御史。也泛指执法官吏。

法司:指掌司法刑狱的官署。

[9]厄:使困窘。

其若先皇何:怎么面对先皇。其:语气词。加强反诘语气。若……何:文言文固定句式,如何,怎样。先皇:前代帝王。

朝臣:朝廷官员。

[10]优容:宽容,厚待。

颐指:以脸颊表情示意来指挥人。

常以形容指挥别人时的傲慢态度。

[11]朝堂:汉代正朝左右百官治事的地方。国家有大事,皆于朝堂会议。

参见:以一定礼节晋见上级。此处是接受参见的意思。

九卿:参见本书第一卷周嘉谟《途次志喜(二首)》注释[12]"大小九卿"。

梁冀:东汉顺帝梁皇后兄,袭父商为大将军,擅权达二十年。延熹二年(159年),帝与中常侍单超等谋,勒兵收冀,冀自杀。

[12]缙(jìn)绅:原意是插笏(hù)于带,旧时官宦的装束,转用为官宦的代称。缙:插。绅:古代士大夫束在衣外的大带。笏,古代朝会时官宦所执的手板,有事就写在上面,以防遗忘。

怙(hù)恶:坚持作恶。怙:依仗,凭借。

[13]砺直臣敢言之锋:砺……锋:砺锋,磨砺锋刃。

杜内臣窃权之渐:杜……渐:杜渐,杜绝、堵塞事物的苗头。杜:阻塞。

[14]长户部:任户部尚书。长:做长官,为首领。

国用:国家的费用或经费。

耗蠹:耗费损害。

烦费:大量耗费。

[15]什恒八九:十有八九的意思。恒:总会,总是。什:通"十"。

[16]溺职遗羞:因失职而留下羞辱。

[17]思捐顶踵:义同"顶踵尽捐"。犹言顶踵捐糜。指捐躯,牺牲。顶踵:头顶与足踵。借指全躯。

[18]无任:敬辞。犹不胜。旧时多用于表状、章奏或笺启、书信中。

奏闻:上奏使君主知道。

千一疏序

陈所学

往闻新安有程巨源云,余以尚书民部郎出守其郡,巨源带楄来谒[1]。已读所构古文辞[2],澄澜汪濊,嶕岹踔厉[3],蔚如渊如,具称体贰之才[4]。乃屈首诸生中,头颅不异[5],亡何赍志修文地下[6]。嗟乎!吏部耻吟于东野,孙生寄悼于玄英[7],千载同恨矣。又可十载,而余辖闽,左使范原易先生贻书寓一编[8],曰:"是公所品拔程生遗墨,而檞儿订之、黄令如松镌之者也[9]。"首辞端言之宠,傥有意乎[10]?

既卒业所为《千一疏》者,类析区分[11],渊综载籍,钩玄抉隐,并挈胸情[12]。高之耀魄郁华之乡,卑之块圠幽澋之屈[13];洪之龙伯巨灵之昇,纤之鲲鲕蟭螟之倪[14];迩之里馗逵路之步,远之濮铅网罝之岖[15]。义不必姬孔,柱下漆园,兰陵葱岭足训也[16];书不必典坟,容成亢桑,蛣渊尸佼,长庐随巢足采也[17];事不必故常,灵怪奸蠥,藻廉贰负,彭侯俞儿足纪也[18];理不必高渺,蚕图未经,龙髓禽言,鹤铭九镜,五木足赅也[19]。总之张乐广野,莹露递陈[20];占象灵台,魁杓罗列[21]。斯才情之玄囿,艺文之神皋[22]。已挽近士以才技自声蘖开户牖,成一家言[23]。典则邻迂,高则类诞;繁则捃芜,简则诮刻[24]。《内业》《谰言》、贝书、《天隐》、元笙、《猗犴》、炙輠、乾馔而下[25]。书淫传癖,宁独令升之鬼狐、盈川之算博耶[26]?

巨源学总儒玄,才蓄盛藻[27]。方蜿龙之年,即已抽宛委、二酉之藏,揽竹素、铜浑之闳[28]。扬声博硕,何止染弯鼎、啖鸡跖也者[29]?尔其掩玄亭、濡素业,浸淫百家之言,媾挽千古之思,吐茹二仪之灵,嬴坪三光之轸,跌宕万物之变[30]。栀言或理出前人之未申,撷事或义悉先史之不载;展卷则耳目若濯,入思则端倪在襟[31]。谓巨源今之士安、彦深非与,或者谓其书辨博恍洋,丛异吊诡[32]。亡论奴仆六经,去之益远;即优孟志林,将无弘治、卫虎之讥[33]。曰:"文,贯道之器也[34]。"作者之情见乎辞,与文泳息,与道通回[35]。辨德明术,觉俗牖民,古今一也[36]。是书,亢眇论于群流,续高唱于旷代[37]。坛卷连漫不胶于经,经纬典刑必不畔于经[38]。以言被文,以文纬道,斯几之矣[39]。汉董生梦蛟龙入腹,爰缀繁露[40]。刘氏《鸿烈》二十篇云,字挟风霜[41];《太玄》文义至深,论不诡于圣人[42]。诧其必传疏中千百言,理测渊微,言批隙窾[43]。天人多所听荧,性命时有会妙[44]。玉杯、繁露、竹林之章,俶真、览冥、说山、泰族之训[45]。格以二子,自可联镳[46]。后世晰理者窥其堂奥,敷文者倾其沥液,嗣万古人,规芳来叶[47]。允哉!文斯行远,美而爱传,百世赏音,何必减桓君山也[48]。

盖穆子论古今三立,命之曰不朽[49],巨源于是为不朽。夫疏始化理、卒说铃,汇若干卷[50]。千一,巨源谦辞也。

万历己酉秋日,鄞中松石山人陈所学正甫撰[51]。

题解

本文录自《四库禁毁书丛刊·子部·1 册·千一疏》第 425 页。为明万历三十七年(1609 年)黄如松刻本。

《千一疏》是程涓的一部杂纂之作。程涓,字巨源,安徽省歙(shè)县人。明万历举人,休宁县令。

注释

[1]新安:徽州的古称。

尚书民部郎:指户部郎中。民部:官署名。唐高宗永徽初年,因避太宗李世民讳,改民部为户部,掌全国土地、人口户籍、赋税财政等。明清户部按地域分成若干清吏司,各司的郎中通称户部郎中。

出守:由京官出为太守。

櫑(léi):古代盛酒的器具。此处指酒。

[2]构:构思,草拟。

古文辞:诗古文辞。它的含义是诗、古文和辞赋,基本概括了中国文学的正宗。古文是与骈文相对的概念。

[3]澄澜:清波。

汪濊(wèi):亦作"汪秽"。深广。

嶕岞(qiú zuò):常作"嶕崒(zú)"。山势高峻。

踔(chuō)厉:形容见识高超、精神振奋的样子。

[4]蔚如渊如:文采华美,见识精深。

体贰之才:意为总体旁出的相辅之才。体贰:谓相类似。

[5]屈首:低头。屈服顺从貌。

不异:没有差别,等同。

[6]亡何:同"无何"。不久。

赍(jī)志:谓怀抱着志愿。

修文地下:旧指有才文人早死。典出《太平御览》卷八八引王隐《晋书》:"韶言天上及地下事,亦不能悉知也。颜渊、卜商今见在为修文郎。"

[7]吏部耻吟于东野:《送孟东野序》是唐代文学家韩愈为孟郊去江南就任溧阳县尉而作的一篇赠序。韩愈晚年任吏部侍郎,又称韩吏部。开篇提出"大凡物不得其平则鸣"。孟郊,字东野。

孙生寄悼于玄英:唐末孙郃(hé)曾作《哭方玄英先生》一诗,悼念方玄英。方干,私谥玄英先生。

[8]左使范原易先生:范涞,字本

易,一字原易,安徽休宁人。万历二年(1574年)进士,官至福建左布政使。是明朝中后期著名的新安理学家。

贻书寓:来信。有谦敬的味道。

[9]品拔:品评选拔。

槲(hú)儿:范槲,字惟蕃。范涞次子。邑庠生。

黄令如松:黄如松,安徽休宁人。万历举人。曾任龙溪县令。

镌:凿,雕刻。特指雕刻书版。

[10]端言:正言,直言。

傥:或许,可能。

[11]卒业:谓全部诵读完毕。

类析区分:分门别类。类析:义同"析类"。分类。

[12]渊综:精深综达。

载籍:指书籍、典籍。

钩玄:探求精深的道理。

抉(jué)隐:挖掘出隐微之义。抉:挑出,挖出。

胸情:胸中的情怀。

[13]耀魄:耀魄宝。星名,即天帝星。北极五星的最尊者。

郁华:古代传说中的太阳神。

乡、屈:上下文互文。乡屈:乡曲。此处有"处"的意思。

块圠(yǎng yà):漫无边际貌。原文为"块比"。

幽漻(liáo):清澈幽深。

[14]龙伯:古代传说中的巨人。

巨灵:古代传说中的河神,力大能开河。

纤:细小。

鲲鲕(kūn ér):小鱼。

蟭螟(jiāo míng):焦螟。传说中一种微虫名。

倪:端,边际。

[15]里闬逵路:家乡四通八达的大道。

濮(pú)铅:也作"獽(pú)铅"。我国古代南方少数民族名。

网罠(mín):渔具。此处指渔民。罠:钓鱼绳。

[16]姬孔:周公姬旦与孔子的并称。

柱下:相传老子曾为周柱下史,后以柱下为老子或老子《道德经》的代称。

漆园:指庄子。《史记·老子韩非列传》:"庄子者,蒙人也。名周,周尝为蒙漆园吏。"

兰陵:指荀卿。楚春申君曾以荀卿为兰陵令。

葱岭:语义待考。

[17]典坟:亦作"坟典"。"三坟五典"的省称。指各种古代文籍。

容成:复姓,指容成公,自称是黄帝的老师。主讲谷神不死、守生养气,补导之术。

亢桑:传说中周代人。名楚。老聃弟子。尽传老聃之学。居畏垒之山三年,民人以其为圣者。

蜎(yuān)渊:战国时哲学家。相传为老子弟子。

尸佼：战国时法家。晋国人，一说鲁国人。曾参与商鞅变法的策划。

长卢：长卢子。楚人，属道家流。著书九篇。

随巢：随巢子。墨子弟子。

[18]故常：旧规，常例，习惯。

灵怪：神奇。

蚼蟓（yú xiǎng）：蚼：虫名，即蚰蜒（yóu yán）。蜈蚣的一种。蟓：知声虫。相传它能知声响而辨明方向。

藻廉：亦作"藻兼"。传说中水木之精名。

贰负：古代传说中的神名。人面蛇身。

彭侯：传说中的木精之名。

俞儿：登山之神，长足善走。

[19]高渺（miǎo）：高深渺茫。

蚕图：疑指蚕织图。南宋长卷，所绘内容是宋朝江浙一带的蚕织户，自腊月治蚕开始，到下机入箱为止的养蚕、织帛整套生产工艺流程。

耒经：疑指耒耜经。现存最早农具专书。一卷。唐末陆龟蒙撰。

龙髓禽言：具体指何物，待考。龙髓：龙身上的精髓之处。禽言：本指鸟语。又指诗体名。以禽鸟为题，将鸟名隐入诗句，象声取义，以抒情写态。宋梅尧臣有《禽言》诗四首，苏轼有《五禽言》诗五首。

鹤铭：指《瘗（yì）鹤铭》，大字摩崖，南梁天监十三年（514年）刻，署名为"华阳真逸撰，上皇山樵正书。"这是一篇哀悼家鹤的纪念文章，内容虽不足道，而其书法艺术诚然可贵。

九镜：疑指《九镜射经》。古籍。宋代韦韫著。《宋史·艺文志》著录。南宋陈振孙《直斋书录解题》谓此书："制弓矢法三篇、射法九篇"。元代马端临《文献通考》著录为《九镜射经》。其书已佚。

五木：古代的一种博戏用具，用以掷采。因为是用木头制成，一具五枚，故名。后世所用骰子相传即由五木演变而来。

赅（gāi）：完备，包括。

[20]张乐：置乐，奏乐。

广野：空旷的原野。

莹露：露珠。

[21]占象：占卜观象。象：观测天象。

灵台：古时帝王观察天文星象、妖祥灾异的建筑。

魁杓（biāo）：北斗星七星中首尾两星的合称。刘向《说苑·辨物》："以其魁杓之所指二十八宿为吉凶祸福。"

[22]玄圃：仙人的园圃。

神皋：神明所聚之地。引申为神圣的土地。

[23]挽近：晚近，离现在最近的时代。

蘖（niè）：树木砍去后从残存茎根上长出的新芽，泛指植物近根处长出的分枝。

户牖（yǒu）：门和窗。

[24]捃(jùn)芜:此处有芜杂的意思。

谲(jī)刻:诈、不厚道。

[25]内业:《管子》篇名。战国时期稷下学士的著作。主旨是论说治心修身之道。

谰言:一卷。周孔穿撰。穿字子高,孔子六世孙。《汉书·艺文志》谓儒家《谰言》十篇。

贝书:贝叶书。本指写于贝叶的佛经,后因以为佛经的代称。印度贝多罗树(菩提树、觉树)之叶,经处理后可以代纸,古代印度人常用以书写佛经。

天隐:指《天隐子》。道家养生学著作。唐代司马承祯撰。因卷首司马承祯序言中有云"天隐子,吾不知其何许人"。

元筌(quán):疑指元延祐间陈绎曾所编《文筌》。元延祐间恢复科举,陈绎曾为士子们编著《文说》《文筌》,旨在阐释朱熹学说并论作文之法,作者认为:"文者何? 理之至精者也。"故以筌喻文,以鱼喻理,筌以捕鱼,得鱼则忘筌,告诫人们不要念念于筌,而要去咀嚼六经之鱼。

猗玕(yī gàn):指《猗玕子》。杂录小说。唐元结撰,一卷。元结,字次山,号漫郎、聱叟,因避难于猗玕洞,又号猗玕子。

炙碾:本指炙茶、碾茶。代指茶书。原文为"炙碾"。

乾馔:指《乾馔子》。已佚之唐人说部书。

[26]书淫:旧时称嗜书成癖、好学不倦的人。

传癖:左传癖。喻指勤奋读书,钻研学问。晋杜预喜爱《左传》,著有《春秋左传集解》等。时王济解相马,又甚爱之;而和峤颇聚敛。预尝称济有马癖,峤有钱癖。武帝闻之,谓预曰:"卿有何癖?"预对曰:"臣有《左传》癖。"

令升:干宝,字令升,东晋汝阴新蔡人。勤学博览。著《晋纪》,直而能婉,称良史。好阴阳术数,撰《搜神记》,刘惔(dàn)誉为"鬼之董狐",为我国古代著名小说。

盈川:杨盈川。杨炯,唐初诗人,因曾任盈川令,故有是称。

算憛(tuán):忧思。杨炯《幽兰之歌》:"美人愁思兮,采芙蓉于南浦;公子忘忧兮,树萱草于北堂。"杨炯以幽兰为喻,以屈原自喻,以屈原忠于楚怀王而见疑为证,抒发自己怀才不遇的愤懑。

[27]总:揽。

儒玄:儒学和玄学。

盛藻:华美的辞藻。多用作对别人文章的美称。

[28]蜺(ní)龙:云之有色似龙者也。这里有风华正茂之时的意思。典出"蜺龙节度":唐侯弘实少时,梦为虹饮于河,有僧相之曰:"此蜺龙也。"后为节度使。

宛委:山名。传说禹登宛委山得金简玉字之书,因以借喻书文之珍贵难得。

二酉:指大酉、小酉二山。在今湖南沅陵县西北。《太平御览》引《荆州记》:"小酉山上石穴中有书千卷,相传秦人于此而学,因留之。"后称藏书为二酉。

竹素:史册的代称。古时以竹简素帛书史,故称。

铜浑:即铜仪,指浑天仪。一种观测天体位置的仪器。

闷(bì):掩蔽,隐藏。

[29]扬声:声誉振起。

博硕:大的意思。

胬(luán)鼎:钟鼎里的一块肉。比喻珍贵的美食。胬:切成片或块状的肉。

鸡跖(zhí):鸡的脚掌。《吕氏春秋·用众》:"善学者,若齐王之食鸡也,必食其跖数千而后足。"高诱注:"跖,鸡足踵。喻学者取道众多,然后优也。"比喻为学务求其博,然后有成就。

[30]尔其:连词。表承接。犹言至于、至如。

玄亭:西汉著名文学家扬雄字子云,四川成都人,他在简陋的屋子里写成《太玄经》,后人称为玄亭,或称子云亭。

素业:清高的事业。旧指儒业。

浸淫:涉足,涉及,浸染。

嫥挽(tuán wán):调和。

吐茹:吐纳。此处是吸纳的意思。

二仪:天地。

嬴垀(hū):有包含、旋转的意思。《淮南子·要略》:"傲真者,穷逐终始之化,嬴垀有无之精。"《傲真训》的内容,探求自然界起始终结的变化规律,包含了有无相生的精髓。原文为"嬴垀(liè)"。

三光:同三辰。指日、月、星。

轸(zhěn):弦乐器上系弦线的小柱。可转动以调节弦的松紧。

跌宕:纵情。

[31]栀言:常指伪饰的言辞。此处指修饰言辞。栀:树名,果实可染黄色。又用作动词,染上黄色,涂饰。有成语"栀貌蜡言"。

或:常,时常。

撷(xié)事:取事。

濯(zhuó):洗。

端倪在襟:事情的头绪和轮廓了然于胸。

[32]今之士安、彦深非与:当今的士安、彦深不可比。

士安:疑指徐定夫,字士安,自号嵩阳山樵,海盐人。嘉靖初布衣。诗有风骨,堪与朱陈相伯仲。

彦深:郭浚,字彦深,号默庵,浙江海宁人。明末戏曲作家。年轻时以治《易》名,并善古文辞。著《虹映堂集》《增定评注唐诗正声》十二卷、叙演杜十娘故事的传奇《百宝箱》。

辨博：指学识广博。辨：通"辩"。

恍洋：当为"汪洋"。谓文章义理深广，气势浑厚雄健。

丛异：众多的怪异之事。

吊诡：怪异，奇特。

[33]亡论：暂且不说，不必论及。

奴仆六经：化用典故"奴仆命骚"。唐代诗人李贺，七岁能辞章，文才超卓，为韩愈等人所重，可惜二十七岁即早亡。杜牧评价他，如果不早死，再从文理上加以提高，屈原的《离骚》与他的作品相比，就可以看成奴仆一样了。后以此典指人诗文华美，才华横溢。六经：六部儒家典籍。指《诗》《书》《礼》《易》《乐》《春秋》。

优孟：借指模仿。优孟本指春秋楚国著名优人。常谈笑讽谕，曾谏止楚庄王以大夫礼葬马；又善模仿，着楚相孙叔敖衣冠见楚王，楚王不能辨。

志林：指《东坡志林》。该书大都是苏轼随手所记，内容十分广泛。

将无弘治、卫虎之讥：将没有拿弘治与卫虎比美的讥诮。南朝宋刘义庆《世说新语·品藻》："或问'杜弘治何如卫虎？'桓答曰：'弘治肤清，卫虎奕奕神令。'"

弘治：晋杜乂，字弘治。袭封当阳侯，以貌美为名流所重。东晋王羲之曾称赞杜乂的仪容，说他脸面像凝冻的油脂，眼珠黑亮如漆。成语"弘治凝脂"源于此典。

卫虎：西晋名士卫玠（jiè），字叔宝，小字虎。晋王济对外甥卫玠极为赞赏，将卫玠喻为照人明珠。后因用卫玠作为美称外甥的典故。借指美男子。

[34]贯道：载道。语出李汉《〈昌黎先生集〉序》："文者，贯道之器也。"

[35]泳息：疑为"游息"。游息：犹行止。

通回：通达。

[36]辨德明术：分辨德操掌握制胜门径。

觉俗牗民：常作"觉世牗民"。昌明教化，导民向善。觉世：启发世人觉醒。牗民：诱导人民。牗：通"诱"。

[37]亢：举，兴起。

眇（miào）论：精妙的言论。眇：通"妙"。

群流：同辈。

高唱：指格调高绝的诗歌。

旷代：绝代，世所未有。

[38]坛卷连漫：曲折广博。语出《淮南子·要略》。

坛卷：谓曲折而不通畅。

连漫：蔓延扩展。原文为"连僈"。

胶：固执。

经纬：经书和纬书的简称。经书是儒家的经典，纬书只是托名孔子，而宣扬以神学迷信为中心的书。今文经学与一些学者都把纬书看成阐发圣人微言大义的书，明孙瑴（jué）将所辑纬书称为《古纬书》即是此义。因此，经纬常被合称。

典刑：谓旧法，常规。

畔：通"叛"。背叛。

[39] 以言被文，以文纬道：用文辞表现文采，用文采经纬思想。此句化用南朝时的沈约《宋书·谢灵运传论》中的"以情纬文，以文被质"。依据情志组织文辞，用文辞润饰内容，做到文质相称。

[40] 汉董生梦蛟龙入腹，爰缀繁露：典出"蛟龙入怀"。葛洪《西京杂记·卷二》："董仲舒梦蛟龙入怀，乃作《春秋繁露》词。"

[41] 刘氏《鸿烈》二十篇：即《淮南子》，不计提要性的末篇《要略》，共二十篇。此书原名《鸿烈》，刘向校订此书时名之《淮南》。以后有人将之合称为《淮南鸿烈》。

字挟风霜：比喻文笔褒贬森严。

[42]《太玄》文义至深，论不诡于圣人：语出《汉书·扬雄传下》："今扬子之书文义至深，而论不诡于圣人。"这句话是桓谭对扬雄的评价。

太玄：扬雄模拟《易经》作《太玄》，又称《太玄经》。

文义：文章的义理，文章的内容。

诡：违反。

[43] 传疏：指诠释经义的文字。传以释经，疏以推演传义。

渊微：深沉精微。

言批隙窾（kuǎn）：言语击中要害。化用成语"批隙导窾"。成语的本意谓在骨节空隙处运刀，牛体自然迎刃而

分解。批：击。窾：骨节空处。

[44] 听荧：惶惑。

[45] 玉杯、繁露、竹林之章：董仲舒《春秋繁露》的篇名。

俶（chù）真、览冥、说山、泰族之训：指刘向《淮南子》中的部分篇目《俶真训》《览冥训》《说山训》《泰族训》。

[46] 格以二子：以上句所述董仲舒、刘向二人的文章为标准。格：法式，标准。

联镳（biāo）：谓并骑同行。亦指事业上并进或相等。镳：马嚼子两端露出嘴外的部分，代指乘骑。

[47] 晰理：分辨事理。

堂奥：厅堂和内室的深处，比喻深奥的道理或境界。奥本指室的西南隅。

敷文：铺叙文辞。指作文。

沥液：细微的水流。

规芳来叶：让前贤的遗规垂芳后世。

[48] 行远：传布广远。

赏音：鉴赏，赏识。知音。

减：逊于，亚于。

桓君：桓君山，即桓谭（前23—50年），汉沛国相（今安徽濉溪西北）人。好音律，善鼓琴，博学多能，为汉代著名哲学家、经学家。

[49] 穆子论古今三立：语本《左传·襄公二十四年》："（穆叔曰：）大上有立德，其次有立功，其次有立言。"穆子：穆叔，即叔孙豹。春秋时期鲁国

大夫。

[50]疏:分条记录或分条陈述。

化理:教化治理。

说铃:指琐屑的言论。

[51]万历己酉:万历三十七年，1609 年。

郢中:本为明承天府(明嘉靖十年由安陆州升)府治(今湖北省钟祥市郢中街道办事处)。此处代指承天府。时景陵县(今天门市)为承天府所辖。

松石山人:陈所学自号。

儒医痰火颛门序

陈所学

　　昔范文正公自为秀才时，便以天下为己任。尝闻其幼数数祷于神[1]，有"不得为良相愿得为良医"语，因叹古君子济人利物，心若此其亟。又因以知医之取效捷而用物弘[2]，虽列在方术，功若此其大也。盖天地之大德，曰生王人代天子民[3]，亦不过天下人咸若其生，而生岂易遂? 夫惟太和隆洽之世，六气无侵，而灾眚不依，民乃熙熙焉各正性命[4]。此非贤宰辅提衡燮理，则即有神圣之主，其于条教政令，亦安能罔达而无壅阏[5]? 天壤间精神越渫，霜露冒犯，伐性荡和[6]，何往无之? 彼其品庶，凭生系命在呼吸间，所以多底安全而鲜夭札者，实赖有握胜算、洞隔垣之仁人在[7]。盖不能必遇之之齐，而能必此恻怛心之无不该，是以生人之功与相天下等[8]。顾医书广布，何所不备? 独痰火一证朕隐，而根澜一发[9]，辄不可疗，罕有能究其要领者。

　　友人梁玄诣，少而下帷发愤，顿感劳瘵，病骨立[10]。已得方脉诀于异人，刿心既久，操术遂神，能视于微眇，占于色泽，数起人于阽危[11]。凡抱沉疴、医术单穷者，以叩阍按治[12]，辄奇验如影响。又不欲自私帐中秘，嘉与含生，共跻寿域[13]，爰剖析疑似，参酌玄微，分四气之升沉[14]，撮百家之要指，集久成帙，名曰《痰火颛门》。自是明智之士，循方取效，若冰解冻释，面越人而烛营卫[15]。即庸众之流，率由

263

其成说,审候寻源,按籍投剂,断不至愈为剧而生为死[16],所全活康济安可量? 而庆泽之宏远亦安有涯矣[17]?

余偶携一册入闽,适建阳叶令闻之,因阅其书有合而寿之梓,以广其传,亦仁人锡类意也[18]。

时万历庚戌孟秋月[19],赐进士第、中奉大夫,福建等处承宣布政司右布政使,前山西布按二司两奉敕分巡冀北道右参政提督学校副使,郢中陈所学撰。

题解

本文录自梁学孟著、明万历三十八年(1610 年)余泗泉萃庆堂刻本《痰火颛门》。梁学孟,字仁甫,号玄诣山人,天门人。

痰火:中医术语。体内痰浊与火邪互结或痰浊郁久化火的病理变化。多表现为喘息、咳嗽、怔忡、昏厥等。

颛门:专门。颛:通"专"。

注释

[1]数数:屡次,常常。

[2]用物:耗用物品。

[3]生王人代天子民:产生国君替天治民。

[4]六气:中医术语。或指寒、热、燥、湿、风、火六种症候。

眚(shěng):祸患灾难。

不依:不遵从。

各正性命:此处指万物各自按其特点生存。性命:中国古代哲学范畴。指万物的天赋和禀受。语出《易·乾》:"乾道变化,各正性命。"大自然的运行变化(迎来冬天),万物各自静定精神。

[5]提衡:谓简选官吏。

燮(xiè)理:调和治理。

条教:法规,教令。

鬯(chàng)达:畅达。鬯:通"畅"。

壅阏(è):隔绝,阻塞。

[6]越渫:亦作"越泄"。涣散,散失。语出《文选·枚乘〈七发〉》:"精神越渫,百病咸生。"

伐性:危害身心。

[7]品庶:众人,百姓。

凭生系命:性命之依托维系。

底:此,这。

天札:遭疫病而早死。

洞隔垣:洞鉴隔垣。"隔垣墙而洞五脏"的意思。

[8]恻怛(dá):恻隐。

不该:不兼备。

生人之功与相天下等:救人之功等同于辅佐帝王治理天下。

[9]朕:征兆,迹象。

根澜:当为"根苗"的意思。

[10]下帷:下帷。指闭门苦读。

骨立:形容人消瘦到极点。

[11]刳(kū)心:道教语。谓摒弃杂念。

操术:谓所执持的处世主张或工作方法。

阽危:危险。

[12]单穷:极尽,竭尽。单:通"殚"。

叩阍:吏民因冤屈等直接向朝廷申诉,谓之叩阍。

按治:查问惩办。

[13]嘉与:奖励优待,奖掖扶助。

含生:一切有生命者。多指人类。

寿域:语出《汉书·礼乐志》:"驱一世之民,跻之仁寿之域。"谓人人得尽天年的太平盛世。

[14]四气:指春、夏、秋、冬四时的温、热、冷、寒之气。

[15]面越人而烛营卫:面对扁鹊调和营卫之气。越人:战国时名医扁鹊名。扁鹊,姓秦氏,名越人。烛:洞察。营卫:中医名词。为人体内营气、卫气的合称。

[16]按籍:按照簿籍或典籍。

愈为剧而生为死:语出《汉书·艺文志·方技略》:"拙者失理,以愈为剧,以生为死。"拙劣的医生违背医理,会把轻病误治成重症,把能存活者误治致死。

[17]庆泽:指皇帝的恩泽。此处泛指恩泽。

[18]建阳叶令:指建阳县知县叶大受。叶大受,字茂实,号成我,浙江绍兴府余姚县人。进士。明万历三十五年(1607年)调福建建阳县知县。官终山东右参政。

有合:此处有"合适""合意"的意思。

寿之梓:刻印成书以使其流传久远。

锡类:谓以善施及众人。语出《诗经·大雅·既醉》:"孝子不匮,永锡尔类。"孝子孝心永不竭,神灵赐您好福气。

[19]万历庚戌:明万历三十八年,1610年。

四六积玉序

陈所学

　　盖自玄黄肇判，象数攸分[1]，既奇耦之已陈，自对待之必起[2]。咸阳始创，唐宋相沿。词语庄严，纶綍封章之是籍[3]；体裁整肃，敷陈启状之共需。罗麟凤者，见楮上之珠玑[4]；托鳞鸿者，布毫端之肝胆[5]。古为极盛，今则尤隆。但陋俗之儒，不免杨文公之衲被[6]；而拘挛之士，卒为陶翰林之画葫[7]。或不浚发于巧心，竟同鬼簿之诮[8]；或止剽窃于故套，难逃獭祭之讥[9]。或琐细，而语不尽情，徒为覆酱[10]；或浮蔓，而文难达意，空费镂冰[11]。倘不采诸子之菁华，极其该博[12]；乌得漱群言之沥液，出以精工[13]？是用驰骋古今，犹虑浩繁耳目。欲求体要，当撮宏纲[14]。然梨枣多灾，尽淄渑之不辨[15]；篇章积累，总鼠璞之混收[16]。非其综核典坟，贯穿经史；谁得芟夷烦乱，翦截虚浮[17]？兹武林茂才，章华甫者，玄思泉涌，华翰云生[18]。邹枚词赋谢陶诗，藜燃太乙[19]；左国文章班固史，锦织天孙[20]。乃于习蠹之余，偶露雕龙之技。摘精英于往代，聚作萃盘；集芳润于诸书，凑成簇锦。门分类析，凡人物之胪列者[21]，字字烂赤城之霞[22]；纲举目张，尽天地之包罗者，句句奏湘灵之瑟[23]。色侈绮縠，文徽徽以炫人[24]；声合宫商，音泠泠而盈耳[25]。真使迎机触解，譬丝之付染者，苍素任情[26]；信令得象忘言，恍木之在工者，长短如意[27]。词林冠冕，文囿栋梁[28]。实为一代之奇珍，诚是千秋之至宝。用谋剞劂，溥惠寰区[29]。若夫考索不精，至有蹲鸱之误[30]；见闻未彻，遂多伏猎之昏[31]。私智自用，而擅改金根[32]；灵觉尽蒙，而不明甄盎[33]。莫将狐腋混作羊裘，至使醍醐化成毒药[34]。

　　万历丙辰菊月，景陵陈所学题于浙之公署紫薇堂[35]。

题解

　　本文录自章斐然选辑、陈所学校订，明万历四十四年（1616 年）刻本《新刻分类摘联四六积玉》。四六:文体名。骈文的一体。因以四字六字为对偶,故名。积玉:指精华所聚。

注释

[1]玄黄:黑色与黄色,指天地之色,又借以指代天地。

肇判:初分。

象数:《周易》中象与数的合称。《周易》中凡言天日山泽之类为象,言初上九六之类为数。本为占卜用的术语。象,谓灼龟壳成裂纹所显示之象;数,谓用蓍(shī)草分揲(shé)所得之数。

[2]对待:对偶,对举。

[3]纶绋(fú):称皇帝的诏令。

封章:密封的章奏。

[4]楮:指纸。楮皮可制皮纸,故有此代称。

[5]鳞鸿:鱼雁。指书信。

[6]杨文公之衲被:宋代杨亿写作时,喜以纸片摘录故事,而后缀缉成文,谓之衲被。

[7]拘挛:拘束,拘泥。

陶翰林之画葫:典自"依样画葫芦"。陶翰林指陶穀。

[8]浚发:谓很快显现出来。

鬼簿:唐代张鷟(zhuó)《朝野佥载》卷六:"时杨(杨炯)之为文,好以古人姓名连用,如'张平子之略谈,陆士衡之所记','潘安仁宜其陋矣,仲长统何足知之'。号为点鬼簿。"后用"点鬼簿"讥刺诗文的滥用古人姓名或堆砌故实。

[9]獭祭:獭祭鱼。谓獭常捕鱼陈列水边,如同陈列供品祭祀。比喻罗列故实,堆砌成文。

[10]覆酱:覆酱瓿。西汉刘歆对扬雄评论侯芭,谓其著作只能用来盖酱罐。比喻著作学术价值不高。

[11]镂冰:雕刻冰块。常以喻徒劳无功。

[12]该博:博学多识。

[13]潄:吮吸,饮。

沥液:水滴。

[14]体要:精要,指事物的关键。

宏纲:大纲,主旨。

[15]梨枣:旧时刻版印书多用梨木或枣木,故以梨枣为书版的代称。

淄渑:淄水和渑水的并称。皆在今山东省。相传二水味各不同,混合之则难以辨别。

[16]鼠璞:未腊制的鼠。语本《尹文子·大道下》:"郑人谓玉未理者为璞,周人谓鼠未腊者为璞。周人怀璞谓郑贾曰:'欲买璞乎?'郑贾曰:'欲之。'出其璞视之,乃鼠也,因谢不取。"后用以指低劣的有名无实的人或物。

[17]综核:谓聚总而考核之。

典坟:亦作"坟典"。"三坟五典"的省称。指各种古代文籍。

芟(shān)夷:除草。

翦截:删削。

[18]章华甫者:语义待考。

玄思:远思。

华翰:对他人来信的美称。此处指文采。翰:羽毛,借指毛笔、书信等。

[19]蓺燃太乙:典自"蓺阁家声"。刘向奉命在皇家图书馆——天禄馆校阅经典,后写成中国最早的目录学著作《别录》。传说刘向正月十五在天禄阁校书至深夜,人皆出游,而向不出。有黄衣老人执青蓺杖扣阁而进,见向独坐诵书,乃吹杖端焰,发出光芒,照亮了暗室。请问姓名,云:"我是太乙之精。"后来,蓺阁便成为刘氏家族的代名词,燃蓺便指夜读或勤学。

[20]左国:《左传》《国语》《国策》的并称。

锦织天孙:像仙女那样巧于织造。天孙:指传说中巧于织造的仙女。

[21]胪(lú)列:罗列,列举。

[22]赤城之霞:语出孙绰《游天台山赋》:"赤城霞起以建标,瀑布飞流以界道。"李善注:"孔灵符《会稽记》曰:'赤城,山名,色皆赤,状如云霞。'"

[23]湘灵之瑟:典自"湘灵鼓瑟"。屈原《楚辞·远游》:"使湘灵鼓瑟兮,令海若舞冯夷。"原是说让传说中的湘水之神弹奏瑟。后用为典故,借喻美妙动人的艺术作品或高雅的艺术境界,唐诗中又用以表现悲思。

[24]绮縠(hú):绫绸绉纱之类。

丝织品的总称。

徽徽:灿烂。

[25]泠泠:形容声音清越、悠扬。

[26]迎机:顺应意向,抓住苗头。

苍素:黑白。苍:青黑色。素:白色的生绢。

[27]得象忘言:三国时王弼的《易》学主张,以为《周易》的"言"(卦辞、爻辞)是用来说明"象"(卦画、爻画)的,故通晓其象,则言可忘。犹言得知卦画爻画的本旨,则解说卦爻的卦辞、爻辞含义必迎刃而解,不必拘泥文辞而反塞《易》义。

[28]文囿:指文学之士。

[29]剞劂(jī jué):本指刻镂的刀具,此处是雕版、刻印的意思。

寰区:天下,人世间。

[30]蹲鸱(chī):大芋。因状如蹲伏的鸱,故称。语出《史记·货殖列传》。唐人朱揆《谐噱录》中有一则笑话,张九龄知萧炅(jiǒng)不学,故相调谑。一日送芋,书称"蹲鸱"。萧炅不学无术,说已经收到芋头,却怪张并没有送来"蹲鸱",而且还自作聪明地表示拒受"恶鸟"。九龄以书示客,满座大笑。

[31]伏猎:唐户部侍郎萧炅曾将"伏腊"误读为"伏猎"。后因以伏猎为大臣不学无文之典实。

[32]私智:个人的智慧。常与公法相对,指偏私的识见。

金根:车名。帝王乘用。唐李绰

《尚书故实》:"昌黎生者,名父子也,虽教有义方,而性颇闻劣。尝为集贤校理,史传中有说金根车处,皆臆断之,曰:'岂其误欤? 必金银车。'悉改根字为银字。至除拾遗,果为谏院不受。俄有以故人子悯之者,因辟为鹿门从事。"后因以金根为文字遭谬改之典。

[33]灵觉:谓人对事物领悟理解的智能。

甄盎:《纲鉴易知录》卷七五记载,北宋徽宗时,中书侍郎林摅(shū)寡于学,唱贡士名,不识"甄盎"两字。御史论其寡学,倨傲不恭,失人臣礼,黜知滁州。

[34]醍醐(tí hú):比喻美酒。

[35]万历丙辰:明万历四十四年,1616年。

菊月:农历九月是菊花开放的时期,因称九月为菊月。

奉贺藩伯明卿周公(周嘉谟)六十初度序

陈所学

皇上御宇之三十有四年,诞育元孙,霈降仁诏嘉与,海内更始[1]。于是戴天履地,凡有血气之伦,莫不举手加额[2],惟曰欲至于万年者。秋八月,又当祝厘之期[3]。行省藩臬诸大夫而下,如故事奉贺[4]。蜀以西则左使明卿周公任行,五月发自锦江,再浃旬而憩里门[5]。而是岁适为公六十初度,七月之念五日乃其览揆日也[6]。戚党诸君子,以公昼绣,与诞期会,诩为盛事,谓宜豫以一觞寿[7]。公曰:"不可。人臣之义,无以有己。吾缘寿君行,先其身而后君,义之所不敢出也,敢辞[8]。"诸君子聚族而议,公言良是,请胥后期[9]。而酌者之辞,则佥以属不佞,不佞谢不敏[10]。

窃惟天之生大贤大智不数,生一人焉,而俾之完福完名亦不数[11]。是故始合则终怫,晚达必蚤困[12];尺短或寸长,此信固彼绌[13]。缺陷尘世,往往如此。若乃履顺际和,得全全昌,而生平遭值曾无几[14];微纤介憾,累百千人,不能遘一人[15],而吾今乃得之公。

公之二尊人方艾,而膺褒宠备极,物志之养,优游数十年,而后厌世[16]。兄弟七人,怡怡雁行,垂白无闲言[17]。丈夫子有二,而皆翩翩绳武[18];诸孙兰芬玉润,芃芃未艾[19]。盖人生伦常之盛[20],几得有如公者乎?

燥发而廪学宫,弱冠而登贤书,再计偕而籍公车,甫筮仕而郎民部[21],出典粤郡,旋副蜀宪,即擢其省参知,从田间仍起观察使[22],晋为左右藩伯。凡三考绩、两覃恩,屡以金紫荣被其尊人及王父母[23]。盖人生遇合之隆[24],几得有如公者乎?

当江陵柄政时,环楚而仕者强半踞要津[25]。以公英标峻望,又为其门下士[26],炙手可热,乃避之。若将浼焉,浮沉无竞之地,六载而仅得远郡出[27]。其备兵蜀也,适有得已之戎役,当事者强公在行间为重,公不可,因之触忤[28]。敝屣一官,脱身归时年才强仕耳[29]。而鸿冥凤举,逍遥物外,又可十二周乃起藩臬大僚[30]。逾六七载,片刺不入春明门[31]。积薪居上,油然安之,若羔羊素丝之操,则自通籍以迄今如一日[32]。盖人生出处之节[33],几得有如公者乎?

从口之所发,而皆俊言;衡身之所应,而皆矩行[34]。其忠信笃厚之至,使儇佻者恧焉[35]。而检其肆,耿介明哲之识,使贤者有所规以树立,而不肖者有所辟而自远[36]。在家为孝子,为哲父,为察兄;在乡为端人,为义士[37];在天下为良二千石,为名执法,为社稷臣[38]。子姓象之,闾党仪之,大夫国人矜式之[39]。盖人生名实之粹[40],几得有如公者乎?

造物不能为响应之福、不尽之益[41],而公敛之若赴;举世所祈向、所企幸,不能万分一至者,而公取之若掇,此固真宰之注积、厚德之凝承则然[42]。而忧患不乘易腴也,坎坷不逢易适也[43];淡泊寡营易完也,顺事恕施易慊也[44]。其形神游于恬愉之乡,而其心思智虑日相忘于无何有之境,正所谓深根固蒂、长生久视之道[45]。六十犹其始,基之何足侈焉[46]!

诸君子曰:"子称引良辨,顾是数者皆公所自为寿耳[47]。吾侪奉觞上寿,其奚以效一言之祝[48]?""不佞雅习诗,则请以所诵诗祝。首赋《南山》。《南山》之诗曰:'乐只君子,邦家之基。乐只君子,万寿无期[49]。'夫百年寿之大齐,乃颂祝而极之于万者,何人有身之身、有身外之身[50]?身之身会有穷尽,而身外之身则无涯。无涯之智结为大年[51],长于上古而不为久,后天地终而不为老,固元会运世之所不能拘也[52]。公为园而命名采真,得之矣[53]。以是祝可乎?"诸君子曰:"善。穆矣远矣[54]。"

不佞曰:"未也。请再赋《崧高》。《崧高》之诗曰:'维岳降神,生甫及申。维申及甫,维周之翰。四国于藩,四方于宣[55]。'颂申甫而本之岳神,究之藩翰者,何至人之生[56],虽地灵之所孕毓,而天之笃钟之,则实以调燮茂育之责寄焉[57]。故必通天地万物为一身,乃可语仁[58]。而一夫不获、一物疵疠,犹为吾性之有亏欠[59]。公之泽霈濡群生,久尚有涯也[60]。继自今进握枢要,精心吐茹,将登薄海于春台,而跻举世于寿域[61]。以是祝可乎?"诸君子曰:"善。广矣大矣[62]。"

不佞曰:"未也。请再赋《江汉》。《江汉》之篇曰:'虎拜稽首,天子万年。虎拜稽首,对扬王休。明明天子,令闻不已。矢其文德,洽此四国[63]。'今皇上在宥,圣子神孙,博厚悠远,景福于前代无两[64]。公且益贵重用事,秉国之钧,而浴日膏[65];世扬休明,而敷文德[66]。天子万年无疆,公岁岁献万年之觞。不佞得而与诸君子乐观其盛,尚亦有荣藉哉[67]!"诸君子曰:"善。此吾楚人之咏,而公之志也。至矣尽矣,蔑以加矣[68]。"

遂次第其语,授之简以侑爵[69]。

题解

本文录自陈心源纂修、1948 年版、天门市干驿镇松石湖《陈氏宗谱·卷六下·艺文》第 6 页。据清光绪七年(1881 年)版、天门市多祥镇九湖沟村《周氏宗谱·卷九·艺文》第 29 页改动近十处文字,未一一注明。

藩伯明卿周公:指时任四川布政使周嘉谟。周嘉谟字明卿。藩伯:明清时指布政使。

初度:原指人的生辰。后称人的生日为初度。语出屈原《离骚》:"皇览揆余初度兮,肇锡余以嘉名。"

注释

[1]皇上御宇之三十有四年:指明万历三十四年,丙午,1606年。御宇:谓皇帝统治天下,皇帝在位。

诞育:生育,出生。

元孙:明皇太孙别称。

霈降:帝王恩泽降临。

嘉与:奖励优待。

更始:除旧布新,从头开始。

[2]戴天履地:头顶着天,脚踏着地。指人生存于天地之间,立身处世。

血气之伦:有血性之辈。

举手加额:举起手放在额头上,表示庆幸、景仰、感激或称赏。

[3]祝厘:祈求福佑,祝福。

[4]行省:中国古代的一级行政区划单位,可简称为"省"。金代设"行尚书省",元代设"行中书省"。元代行省成为地方最高的行政区划名。明代改为承宣布政使司,习惯上仍称"行省"。清代恢复行省,现代的"省"制即源于此。

藩臬(niè):藩司和臬司。明清两代布政使和按察使的并称。布政使主管一省的人事和财政,按察使为一省司法长官。

如故事奉贺:依先例赴京祝贺。

[5]左使:指左布政使。

锦江:水名。又名流江、汶江,俗称府河。在四川省成都市南。

浃旬:十天,一旬。泛指十天左右的时间。

里门:乡里之门。古制,同族聚居一里,里有里门。此处指故里。

[6]览揆(kuí):本义为观察、揣测。后以为生日的代称。

[7]戚党:亲族。

昼绣:昼锦。谓白天穿锦绣之衣,喻富贵还乡。

诞期:出生的日期。

诩:夸耀。

豫:同"预"。参与。

以一觞(shāng)寿:用一杯酒祝寿。觞:盛有酒的杯。

[8]义之所不敢出:按照道义的标准,我是不敢去做的。

敢辞:应推辞不受。

[9]请胥后期:请等待日后的会聚时间。胥:通"须"。等待。

[10]酌者之辞,则佥以属(zhǔ)不佞,不佞谢不敏:大家都把写寿序这件事托付给我,我因自己没有才智而辞谢。

[11]不数:数不清,无数。

完福完名:福泽齐全、名节完美。

[12]怫(fèi):通"悖"(bèi)。违反,逆乱。

蚤困:早困。困:困窘,艰难窘迫。

[13]信(shēn):古同"伸"。舒展开。

绌(chù):通"黜"。废除,贬退。

[14]履顺际和:处于顺利的境遇中。际和:境遇和顺。

得全全昌:指人臣事君的礼,能全具无失,则身名获昌。语出《史记·田敬仲完世家》:"得全全昌,失全全亡。"

遭值:遭遇,遭逢。

无几:很少,没有多少。

[15]微纤介憾:没有一点缺憾。纤介:细微。

累:积。

遘(gòu):相遇。

[16]尊人:对他人或自己的父母的敬称。

方艾:正年长。

膺褒宠:受褒赏荣宠。膺:受,得到。

备极:犹言十二分,形容程度极深。

物志之养:养志。涵养高雅的志趣。

优游:悠闲自得。

厌世:厌弃尘世,也指人死。

[17]怡怡:和顺的样子。语出《论语·子路》:"朋友切切偲偲,兄弟怡怡。"朋友间互相勉励,兄弟间和睦相处。后因以指兄弟和睦。

雁行:指兄弟。意即兄长弟幼,年齿有序,如雁之平行而有次序。

垂白:垂发戴白。幼儿与老人。

[18]翩翩:风度、文采优美的样子。

绳武:继承先人业迹。

[19]兰芬玉润:像香兰一样芬芳,像美玉一般温润。比喻子孙优秀。

芃芃(péng)未艾:指子孙兴旺。芃芃:茂盛的样子。艾:停止。

[20]伦常:本指封建伦理道德。此处指天伦,指父子、兄弟等天然的亲属关系。

[21]燥发而廪学宫:小小年纪便入学宫成为秀才。燥发:胎发刚干。指小小年纪。廪:廪生。明清科举制度中生员名目。明初府、州、县学在学生员都给廪膳(由政府发给膳食津贴)。

弱冠而登贤书:成年便中举。弱冠:古时以男子二十岁为成人,初加冠,因体犹未壮,故称弱冠。登贤书:科举考试用语。指乡试中举。贤书:本意指举荐贤能的名单。

计偕:举人赴会试者。

籍公车:本义是记入公车名录。公车:古代应试举人的代称。汉代应举之人均用公家车马接送,后便以公车作为入京举人的代称。

甫筮仕:才做官。筮仕:古之迷信,人将出仕,先占卜凶吉谓之筮仕。借指初次做官。

郎民部:任户部郎中。四库全书本《明史·卷二四一·周嘉谟传》第1页记载,周嘉谟曾任户部主事。

[22]出典粤郡:指周嘉谟担任韶州知府。出典:谓出而执掌某种官职。

旋副蜀宪:随即升任四川副宪。副宪:对按察副使的敬称,因为按察使又称宪台。

参知:明代承宣布政使司左、右参政别称。

观察使:此处指道一级官职。

[23]考绩:古代指年终或一定期限内,按一定标准考核文武官吏的政绩。

覃恩:广施恩泽。旧时多用以称帝王对臣民的封赏、赦免等。

金紫:古代文武官员佩饰之物。即"金印紫绶"的简称。此处指封赠的荣誉。

王父母:古代亲属称谓。祖父母。

[24]遇合之隆:遇到贤君而享受优厚的待遇。遇合:指遇到贤君而得以有用于世。

[25]江陵柄政:指神宗朝首辅张居正执政。张居正(1525—1582年),字叔大,号太岳,江陵(今属湖北)人。张居正整饬吏治,加强边备,改革漕运,清丈土地,推行"一条鞭法"。为相十年,海内称治。这一段时间,史称"江陵柄政"。

环楚而仕者强半踞要津:在朝为官的湖北人大半占据显要的职位。

[26]英标:远大的目标。英:杰出的,非凡的。

峻望:极高的名望。

门下士:指门徒和部属。张居正为周嘉谟会试座师。

[27]浼(měi):恳托。

无竞:不争,没有竞争。

远郡:远方之郡。泛指边远地区。

出:谓离京出任地方官。

[28]备兵蜀:指周嘉谟任四川副使兼兵备道。

戎役:兵役。

强:劝勉。

行间:行伍之间,指军中。

触忤:冒犯。

[29]敝屣:破旧的鞋子。喻无用之物。

强仕:四十岁的代称。语本《礼记·曲礼上》:"四十曰强,而仕。"

[30]鸿冥:鸿飞冥冥。鸿雁飞向又高又远的空际。比喻隐者远走高飞,全身避害。亦比喻隐者的高远踪迹。

凤举:凤鸟高飞。比喻高尚的举止。

逍遥物外:不受拘束,超脱于世事之外。

十二周:十二年。周:周星,指木星。木星每年经过黄道十二宫(即十二次)的一宫,约十二年运行一周天,故称周星。古人用它纪年,故又称岁星。

大僚:大官。

[31]片刺:名刺,名片。古人为介绍自己身份、籍贯而使用的一种名片。明清时也称名帖。

春明门:唐代首都长安,东面有三门,中间的叫春明门。后世便以春明为首都的别称。

[32]羔羊素丝:白丝和羔羊皮。

旧时用以誉正直廉洁官吏之词。

通籍:指初做官。亦谓做了官,朝中有了名籍。籍:挂在宫门外的名单牌。竹片制成,二尺长,上写姓名、年龄、身份等,出入宫门查对之用。

[33]出处:进退,引申指行动、行径。出:犹言登上仕途。处:犹言退隐家居。

[34]俊言:俊美的言辞。

衡身之所应:衡量他的行为。"应身"为佛教语。指佛、菩萨为度化众生,随宜显现各种形象不同的化身。

矩行:行为合乎规范。

[35]笃厚:忠实厚道。

儇佻(xuān tiāo):轻佻。

恧(nù):惭愧。

[36]检其肆:检视他的操守。肆:操持。

耿介:光明正大,不趋附世俗。

明哲:明智,洞察事理。

不肖:不才,不贤。

辟:同"避"。

[37]哲父:明达的父亲。

察兄:疑指明察事理的兄长。

端人:正直之士,正派人。

义士:能维护正义或有侠义行为的人。

[38]良二千石:良宦。二千石:官秩等级,因所得俸禄以米谷为准,故以"石"称之。自汉朝至三国、两晋、南北朝,二千石亦作为州牧、郡守、国相以及地位与之相当的中央高级官员的

泛称。

名执法:名宦。执法:泛指执政官。

社稷臣:身系国家安危的重臣。

[39]子姓象之,同党仪之,大夫国人矜式之:子孙效法他,乡邻把他当作表率,官员和国民把他当作楷模。矜式:楷模。

[40]名实:名誉与事功。

粹:古同"萃"。齐全,集聚。

[41]响应:应验。

[42]祈向:祈求向往,所希望达到的目标或努力的方向。

企幸:企盼,希望。

掇:拾取。

此固真宰之注积、厚德之凝承:这本是造物者的垂爱、德高者的容载。真宰:天为万物的主宰,故称天为真宰。

[43]忧恚(huì)不乘易腴:不经历忧愤,身体容易肥胖。忧恚:忧愁愤恨。

适:满足。

[44]淡泊:恬淡,不追名逐利。

寡营:欲望少,不为个人营谋打算。

顺事恕施:顺乎事理,合乎恕道。

慊(qiè):满足,满意。

[45]恬愉:恬适,安乐。

智虑:指智慧与思虑。

无何有之境:无何有之乡。语出《庄子·逍遥游》。原意为没有任何东

西的地方,后用以转指空想的或虚幻的境界。

深根固蒂、长生久视之道:语出《老子·第五十九章》:"有国之母,可以长久,是谓深根固柢,长生久视之道。"长生久视:长生不老,永久生存。久视:不老。

[46]基之何足侈焉:意思是,六十岁只是起始,哪里值得侈谈呢?

[47]称引:犹援引。指援引古义或古事以暗示或证实自己的主张。

良辨:疑指能言善辨。

所自为寿:自己所做的有益于长寿的事。

[48]吾侪(chái):我辈,我们这类人。

奉觞(shāng):捧杯上前敬酒。

奚以:用什么。

效一言之祝:学说一番话来做祝词。

[49]乐只君子,邦家之基。乐只君子,万寿无期:引自《诗经·南山有台》。大意是,乐哉君子,您是国家的根基。乐哉君子,祝您长寿无期。乐只:和美,快乐。只:语助词。

[50]身外之身:指出壳的阳神。超越肉体的真实自己。

[51]无涯之智结为大年:无穷无尽的智慧聚合为高寿。意思是,大智慧才有长寿命,智者长寿。语出明李攀龙《沧溟集》附录。大年:谓年寿长。

[52]元会运世:北宋邵雍提出的

循环论的历史观。他用天干十、地支十二等数字套到一年十二个月、一月三十日、一日十二个时辰上面,推衍出"元""会""运""世"等天地历史时间单位。由"年"推衍出"元"的概念,把世界从开始到消灭的一个周期叫做一元;由"月"推衍出"会"的概念,一元包括十二会;由"日"推衍出"运"的概念,一会包括三十运;由"时辰"推衍出"世"的概念,一会包括十地世。总括起来,一元之年数为十二万九千六百年。他认为世界的历史以元为周期始而终、终而复始地循环着。族谱原文为"元会世运"。

拘:限制。

[53]采真:道教语。指顺乎天性,放任自然。周嘉谟在天门市干驿镇的别业名采真。

得之:与上述顺应自然则长寿的道理相合。得:合。

[54]穆矣远矣:淳和深远。

[55]维岳降神……四方于宣:引自《诗经·大雅·崧高》。意思是,神明灵气降四岳,甫侯申伯生人间。申伯甫侯大贤人,辅佐王室国桢干(支柱)。藩国以他为屏蔽,天下以他为墙垣。

维:发语词。

甫:国名,此指甫侯。其封地在今河南省南阳市西。

申:国名,此指申伯。其封地在今河南南阳北。

翰:"干"之假借,筑墙时树立两旁以障土之木柱。

于:犹"为"。

藩:藩篱,屏障。

宣:"垣"之假借。

[56]藩翰:喻捍卫王室的重臣。

至人:庄子用语。谓超俗得道之人。

[57]孕毓(yù):孕育。

笃钟:特别厚爱。

调燮(xiè):犹言调和阴阳。古谓宰相能调和阴阳,治理国事,故以称宰相。

茂育:努力育养。

[58]通天地万物为一身,乃可语仁:通晓万物之理,方可谈论仁。

[59]一夫不获:即使只有一个老百姓生活上不能得到安宁。

一物疵疠:即使只有一物遇到病害。疵疠:灾害,疾病。

吾性之有亏欠:我心觉得对保护百姓利益有欠缺。亏欠:犹欠缺,不足。

[60]公之泽霑濡(zhān rú)群生:周明卿公的恩泽惠及百姓。霑濡:沾湿。谓蒙受恩泽、教化。

[61]进握:清光绪七年(1881年)版、天门市多祥镇九湖沟村《周氏宗谱》作"建握"。

枢要:指中央政权中机要部门或官职。

吐茹:比喻为政的宽严。

将登薄海于春台,而跻举世于寿域:"人跻寿域,世登春台"的化用。举世共享太平盛世的意思。

薄海:本指到达海边,泛指广大地区。统称海内外。

春台:语出《老子》:"众人熙熙,如享太牢,如春登台。"谓众人欢乐,如享受盛宴,如春日登台眺望那样畅快。后以登春台比喻盛世和乐气象。

寿域:语出《汉书·礼乐志》:"驱一世之民,跻之仁寿之域。"谓人人得尽天年的太平盛世。

[62]广矣大矣:广大。指内容博大渊深。

[63]虎拜稽首……洽此四国:语出《诗经·大雅·江汉》。节录部分的意思是,下臣召虎叩头伏地:"大周天子万年长寿!"下臣召虎叩头伏地,报答颂扬天子美意。做成纪念康公铜簋(guǐ),"敬颂天子万寿无期!"勤勤勉勉大周天子,美名流播永无止息。施行文治广被德政,和洽当今四周之地。族谱原文"对扬王休"后漏"作召公考,天子万寿"。

稽(qǐ)首:古人行跪拜礼时叩头至地,并在地上停留一会儿。

[64]在宥(yòu):指任物自在,无为而化。多用以赞美帝王的"仁政""德化"。

景福:洪福,大福。

无两:独一无二。

[65]贵重用事,秉国之钧:位高权

重,执掌国政。语出《史记·绛侯周勃世家》:"君后三岁而侯,侯八岁为将相,持国秉,贵重矣,于人臣无两。"贵重:位尊任重。用事:指当权。秉国之钧:执掌国政。钧:制陶器所用的转轮。

浴日膏:沐浴皇上膏泽。

[66]世扬休明,而敷文德:世人称颂明君,称颂明君施行的德政。休明:用以赞美明君或盛世。文德:指礼乐教化。与"武功"相对。

[67]荣藉:分享的荣誉。

[68]至矣尽矣,蔑以加矣:赞美之辞。谓达到了无以复加的地步。《庄子·庚桑楚》:"至矣尽矣,弗可以加矣。"宋代严羽《沧浪诗话·诗辩》:"至矣尽矣,蔑以加矣!"蔑:不,无。

[69]次第其语:把这些话写成文字。次第:编排。

授之简以侑(yòu)爵:奉命作文,以助酒兴。授之简:授简。谓奉命吟诗作赋。南朝宋谢惠连在《雪赋》中讲述了梁王授简札于司马相如,命他即时作赋的故事。

寿徐中庵先生(徐成位)七十序

陈所学

天子御宇之四十一年,是为癸丑,而吾邑徐中庵先生春秋跻七十。先生既屡从田间召起,再观察徐淮,迁蜀右使,还里门,前后所司以御史中丞、光禄奉常卿推者章亡虑数十上,未报,而先生累疏乞休,坚不出。然负公辅闻望久,中外推毂益力[1]。公车启事,岁无虚月,揽揆之度在修禊之前二日[2],其从子礼之、若愚两生过余而言曰:"家先生之为德,于吾徐甚钜。毋论大者如宗祠之鼎建、谱牒之修明、圭田义产之棋置[3],区画周慎,垂芳祀代。即吾宗老稚士女几千百指,有一不肃焉而禀其约,嬉焉而濡其泽,以无虞坠隤者乎[4]?古有千金寿而万年觞者[5],情固不能已已也。今吾宗将效祝于家先生,而家先生之御子姓严,币帛不敢共,觞豆不敢饬,其何抒芹曝[6]?无已,敢徵惠子之一言,奉以为寿卮侑[7]?"

余惟称觞上寿,各于其伦。大之祝以天下,次祝以国,次祝以家,大小不等,其为萃欢心而迓纯嘏[8],一也而知。而先生之为德于家乎,不知其为德于天下也而犹未满也。今请以天下祝,盖言寿必本之天,天所降畀于人者才若福,每有所靳于施而兼完难[9];人所灵承于天者器若识[10],恒患其薄于蓄而宏难远。千万人之中笃钟一人焉,得全全昌,翕受而敷其施,而后可以投艰,可以遗大[11]。先生谋口而言,择武而履,质仁秉义[12],后矩前规。坟索羲姒之藏,皇王帝伯之略,靡不抵掌而尽之,迨收千古之业于所谓七寸管[13],无韵与有韵语,纵横凌厉,咀西京盛唐之华而融其滓,措为事业,彪炳赫奕。两令剧邑,一典名郡,备兵齐鲁,治河徐邳,循能风猷,卓为宇内冠冕。若谈笑靖丝贡之变,胼胝分淮黄之势,尤其较著者[14]。世所艳称德行文章、言语事功[15],何所不擅长焉?其才兼矣。

太翁束修至行[16],典刑邑里,而先生为之子。元配汪夫人媲德齐眉[17]。伯子中翰以博雅典校秘阁,仲子文学暨家孙俱翩翩美秀而文[18];子婿咸世胄名家,群从胥孝友恭谨[19]。外极伦常之盛美,而内无怫郁之撄宁[20]。清歌佐酒,玄言解颐,一觞一咏,优游出王[21]。垂老而五官神明之用矫若少壮。其福完矣。

人英年锐气,率不更事,而先生宇度端凝,自总角已然,弱冠出宰如老吏。人驰骛功名,白首不休,而先生甫强仕养贲丘园[22],屡进屡退。人竞趋要途,竭蹶争先,而先生一闻总督褚公荐代疏,挂冠西归,若将浼焉[23]。操持严峻不可干,而待人温然长者;嫉恶绳奸不少贷,而奖借善类每若不及[24]。身为钜公元老,而接引后进,恂恂共让[25]。震撼盘错,刃游理解,而声色不大;智虑过人,见事风生,而沉浑不露。五父之鼎,百谷之王,万石之簧[26],莫得而窥崖际,其器宏,其识远矣。盖先生邃于二氏之学,精研天人性命之奥,宅心冲漠,命名天放[27],居常以恬养智,摄息忘言,直将芥六合,粟蓬壶,蘧庐天地,而人间虑叹变热之应迹,世途错忤棼纭之幻泡[28],又何足琢其真焉?自非天所单厚,何以有此?

其于寿也,若取水于沧溟,愈挹而愈不竭,而孰穷其纪乎?闻之仙家言:"上士学道辅佐人主,中士度家,下士保身[29]。"至于证大罗,登金格,必三千八百功行乃可几及[30]。先生出而褆福苍赤,为有脚之阳春[31]；处而泽润乡邦,比庚桑之畏垒[32]。君子怀德,小人怀惠,扬历功行,诚不少顾。天下人之望先生如煦日,甘霖絪缊,欲施而未竟其用[33]。先生之用于世,如广薮乔岳,蒸为灵泽,泻为神瀵,而莫测其倪[34]。行即握要秉枢,浴日膏世,(饬)躬裁成辅相之任,修证殆超列仙而上[35]。而区区以一家一身祝者,直中、下士之指,乌足当先生哉?《诗》不云乎:"酌以大斗,以祈黄耇[36]。"又曰:"黄耇骀背,以引以翼[37]。"是所祈于黄耇者,祈其引翼人主以寿天下也。余不佞,请以此为先生祝。

两生曰:"子言及天下,寿吾家先生者大矣。虽然吾所知家先生者,德吾徐者也。吾所祈万寿无疆,以祝家先生者,抑亦为吾家也,而他何知焉?"余无以应,曰:"请为两觞觞焉,以俟先生之举。"

时万历四十一年癸丑岁仲春月,赐进士出身、通奉大夫、陕西等处承宣布政使司右布政使,予告前两任福建、山西等处右布政使,山西布按二司,两奉敕整饬冀北兵备右参政提督学校副使,户部山西清吏司郎中,眷侍生陈所学顿首拜撰[38]。

题解

本文录自 1929 年版、天门市横林镇陶潭村《徐氏宗谱·卷首》第 30 页。

注释

[1]公辅:古代三公、四辅,均为天子之佐。借指宰相一类的大臣。

闻望:声望,名望。

中外:朝廷内外。

推毂:荐举,援引。

[2]公车启事:征召入朝。公车:汉代官署名。天下上事及征召等事宜,经由此处受理。启事:晋山涛甄拔人物的启奏。《晋书·山涛传》:"涛所奏甄拔人物,各为题目,时称山公启事。"

揽揆:生日的代称。揽:通"览"。

修禊(xì):古代民俗于农历三月上旬的巳日(三国魏以后始固定为三月初三)到水边嬉戏,以祓(fú)除不祥,称为修禊。徐成位生于明嘉靖甲辰(1544 年)三月初七日寅时。

[3]圭田:古代卿大夫的祭田。

棋(qí)置:棋布。原文为"綦置"。

[4]千百指:千百口人。

有一不肃焉而禀其约,嬉焉而濡其泽,以无虞坠隤(tuí)者乎:有哪一个不恭恭敬敬凛然于徐公拟定的族规,熙熙融融沾润于徐公给予的恩惠,而无须顾虑徐氏的衰微呢?禀:懔,敬重。坠隤:崩颓,坠下。

[5]千金寿:战国时,鲁仲连为赵国解除秦兵之围。平原君以千金为鲁仲连祝寿。见《史记·鲁仲连邹阳列传》。后因以为祝贺之辞。三国魏曹植《箜篌引》:"主称千金寿,宾奉万年酬。"

万年觞:指向皇帝奉献的寿酒。《后汉书·班超传》:"陛下举万年之觞。"觞:盛有酒的杯。

[6]币饩(xì):此处当指接受礼金并待以盛筵。

共:古同"恭"。恭敬。

觞豆:"觞酒豆肉"之省。泛指饮食,筵席。

芹曝:谦辞。谓所献微不足道。

[7]徼(jiǎo):求。

惠子:即惠施。据说惠子善譬。

卮侑:侑卮。劝酒助兴。

[8]迓(yà):迎接。

纯嘏(gǔ):大福。

[9]畀(bì):给与。

靳:吝惜。

[10]灵承:善于顺应。

器若识:器局与见识。

[11]得全全昌:指人臣事君的礼,能全具无失,则身名获昌。语出《史记·田敬仲完世家》:"得全全昌,失全全亡。"

投艰、遗(wèi)大:遗大投艰。谓赋予重大艰难之任。

[12]谋口而言,择武而履:谓言行严谨,中规中矩。武:足迹。

质仁秉义:秉持仁义。质:体行。秉:持,执行。

[13]坟索:传说中的上古典籍。即三坟、八索。亦泛指古代经典文献。

羲姒:上古圣人。羲:伏羲。姒:虞舜与夏禹的合称。

七寸管:代指笔。

[14]两令剧邑……尤其较著者:此处说的是徐成位的宦迹。参见本书第一卷徐成位墓志铭及传略。

风猷:风教德化。

[15]艳称:美称。

[16]束修:当为"素修"。

至行:卓绝的品行。

[17]媲德:谓婚配于有德之人。

[18]冢孙:长孙。冢:长,大。

[19]群从:指堂兄弟及诸子侄。原文为"郡从"。

[20]怫(fú)郁:忧郁,心情不舒畅。

撄(yīng)宁:庄子用语。指在万物纷繁变化的烦忧中保持内心的安宁。

[21]解颐:欢笑的样子。

出王:出入往来。

[22]强仕:四十岁的代称。语出《礼记·曲礼上》:"四十曰强,而仕。"

养贲丘园:退处家园。语出《易·贲》:"六五,贲于丘园,束帛戋戋。吝,终吉。"六五:奔向丘园,送上许多布帛,初遇困难,终则顺利。丘园:家园,乡村。后指隐居之处。

[23]浼(měi):请托。

[24]少贷:略微宽容。

奖借:称赞推许。

[25]共让:恭敬、谦让。多指态度温和,举止文雅。

[26]五父之鼎,百谷之王,万石(dàn)之簴(jù):称颂徐成位有五鼎之贵、江海之广、钟架之沉。

五父之鼎:典自"五鼎食"。典出《汉书》卷六十四上《严朱吾丘主父徐严终王贾列传上·主父偃》。古代行祭礼时,大夫用五个鼎,分别盛羊、豕、肤(切肉)、鱼、腊五种供品。形容高官贵族的豪奢生活。亦喻高官厚禄。

百谷之王:指江海。百谷之水必趋江海,故称。《老子》:"江海所以能为百谷王者,以其善下之,故能为百谷王。"

万石之簴:万石重的钟架。石:一石一百二十斤。钟:乐器。簴:古代挂钟磬的架子上的立柱。

[27]二氏:指释道两家。

宅心:居心,存心。

冲漠:恬静虚寂。

天放:放任自然。《庄子·马蹄》:"一而不党,命曰天放。"

[28]芥六合,粟蓬壶:就像芥子与天地、粟粒与蓬莱可以互相包容一样。芥为蔬菜,子如粟粒,佛家以芥子比喻极为微小。六合:天地四方。蓬壶:即蓬莱。古代传说中的海中仙山。

蘧(qú)庐天地:视天地如寄宿的一间草房。蘧庐:传舍,即供传递公文的人或往来官员途中暂宿之所。

应迹:符合心迹。

错忤:矛盾,错乱。

棻纭:纷纭。

[29]上士学道辅佐人主,中士度家,下士保身:《太平经》:"上士学道,辅佐帝王好生之德也。中士学道,欲度其家。下士学道,才脱其身。"

上士:道德高尚的人。

中士:指中等德行的人。

下士:才德差的人。

[30]证:参悟,修行得道。

大罗:大罗天。道教所称三十六天中最高一重天。

金格:仙都所藏金制之格,上题得道人名,并放置成仙者之印玺、法服等物。

功行:僧道等修行的功夫。

[31]出:与下文"处"相对。出仕。

禔(zhī)福:安宁幸福。此处为使动用法。

有脚之阳春:有脚阳春。对官吏施行德政的颂词。

[32]处:居家不仕,隐居。

庚桑之畏垒:语出《庄子·庚桑楚》:"老聃之役,有庚桑楚者,偏得老聃之道,以北居畏垒之山。"庚桑楚是老聃的弟子,他独得老聃之道的精义后,去北方居住在畏垒山中。

[33]絪缊(yīn yūn):形容云烟弥漫、气氛浓盛的景象。原文为"絪緼"。

[34]神瀵(fèn):传说中水名。语出《列子·汤问》。

倪:边际。

[35](饬)躬:正己,正身。原文无"饬"。

裁成:犹栽培。谓教育而成就之。

修证:佛教称修行证理为修证。

证理,证悟真理。

而上:原文为"而上之"。

[36]黄耇(gǒu):年老。

[37]骀(tái)背:鲐背。谓老人背上生斑如鲐鱼之纹,为高寿之征。

引、翼:引翼。引导扶持。

[38]万历四十一年癸丑岁:1613年。

眷侍生:姻眷侍生。旧时用作书信结尾的自称谦辞,表示有亲戚关系的晚辈。

松石园记

陈所学

余家世松石里。冈峦委迤,湖水渊泓,人以为占地脉[1]。而七甲嘴当缩毂处[2]。至此,山若迫而迩,水若汇而凑,人又以为据松石之胜云。王父母故[3],葬西南隅。先君性笃孝,往时无不瞻慕其间[4]。遂以先慈祔,有若将依焉之意[5]。而穴在右偏,形家言坏水不宜[6]。不肖兄弟夙兴夜寐,议更诸爽垲者[7],猝难得吉。故先君奄弃,权厝旧茔[8]。而余兄敬甫胼胝重茧以图之,垂二十年而未遂[9]。偶青鸟刘生至,指示七甲嘴善,穆卜习吉,乃决策合窆焉[10]。盖我二人离二十五载而合,始慰同穴之愿,又望王父母茔,尺有咫间,更惬岵屺之怀,遇綦奇矣[11]。

余谢闽藩事归,手植松楸,心痛蓼莪[12],日怦怦营营于其地,初诛茅作丙舍,已乃谋为休老计[13]。去垅之左百余武,构屋数楹,群子姓肄业其中[14],名之曰亲贤书院。入可数十步,有室轩敞,屹于垅之旁,名之曰永言斋[15]。有洞深靓峙于斋之后,名之曰燕息窝[16]。有室邃

283

僻[17]，列于窝之右，名之曰怡云草堂。又右数十步，有亭翼如，缥缈于灌木竹筱间，名之曰绥予亭[18]。从绥予亭下十数级，为涧壑[19]，可以藏舟。从涧上数级，为坊曰长林丰草、曰雨华深隐。堤其洼处，分种菡萏、茭蒲，可以茹采[20]。从堤上数十级，为云桥，为净植亭，为宝树坊，为既右轩[21]。登其处，玲珑翕张，可以揽四面烟霞云物之胜[22]。而梵诵书声[23]，渔歌樵唱，更令人耳目应接不暇。又从亭北辟一门而出，垒土为山，编槿为篱，砻石为几，原田每每可以寓目尽收焉[24]。为台曰省获，亭曰乐只[25]，凡自坨以左，及后观止矣。折而右，界以明堂，直前可千余尺，创为净，以奉如来大士[26]，名之曰常乐庵。庵之内，禅室廊庑具备，延衲子数众，朝夕焚修习净，冀小资二人冥福[27]。庵之外，列树数重，凿池种红白莲花，仿佛西方境界[28]。中为门，曰净土。从此深入，曰玄圃，圃广漠间旷[29]。为堤，以四方绕之，所植皆翠柏青松；为沼，以三方环之，所种皆莲菇菱茨。中为岭曰百果，而内独侈于茶[30]。吾乡方数百里，内外无播茶者。邑人陆鸿渐名为品茶，然以乏产故，竟隐苕雪山中[31]。而余兄敬甫以官苕雪[32]，取其种归而遍布之。吾邑乃今知种茶，亦是希有[33]。当明堂之东渚，建一室，左方与庵对觌面我二人邱坨在焉，名之曰回向[34]。前辟一门曰道岸，后辟一门曰孔迩[35]。

凡自坨以右，及前观止矣，而总命名曰松石园。松石志地，亦余所藉，以署其斋者也[36]。盖余性素疏僻，耽静厌嚣[37]。每浪迹所经，遇山川佳处，必盘礴箕踞[38]，徘徊不能去。每萍踪所至，必葺幽斋，艺花竹自娱[39]。而方典剧郡，时胸臆约结，采古之抗志沈冥者数十人，弁其集曰《会心》，以寄向往[40]。第恒苦驰逐不休，今幸而此身为我有，又幸先坨都山水诇合之区[41]。旁皆寝丘[42]，原平易拓。田可耕，地可蔬，圃可茶，池可渔，林可樵。而余结庐以往，日偃息其中[43]。孔迩二人，皈依至圣；"独寐寤歌，永矢弗过[44]。"有时偕兄弟朋好，徜徉于花晨月夕、松风岚翠之余，焚香瀹茗，轻舠短屐，其为乐可胜计也耶[45]？

客有游于园者，听然而笑曰："始者以子之筑为沈沈矣，而不闻惟心净土、心净土净、一切境界终不可取之旨乎[46]。且夫蘧庐天地,幻妄山河[47];等身世于浮沤,纳须弥于芥子[48]。岂其恋住蜗庐规规,净境而思议之,以此为乐,毋亦洿池垎井之乐耳[49]！子之于道也,其犹醯鸡欤[50]？"

余曰:"不然。区区数亩之宫,以住此七尺躯者,是境也,万境之境一也[51]。境日接于前,虚缘顺应,而我不与焉[52]。尸居龙见,渊默雷声[53];宇泰天光,吉祥止止[54]。是无所住而生其心也,所谓不为境转者也[55]。余将以住,住觅无住,食苟简之田,立逍遥之墟,游于境之所不得遁而道存[56]。而汝乌知之,然绌其解,而不能得其玄。"姑以识之于园[57],作《松石园记》。

万历壬子八月望日,松石居士陈所学正甫识于永言斋[58]。

题解

本文录自陈心源纂修、1948 年版天门市干驿镇松石湖《陈氏宗谱·卷六下·艺文》第 12 页。

注释

[1]委迤:逶迤。绵延屈曲貌。

渊泓:渊深宏大。

地脉:迷信的人讲风水所说的地形好坏。

[2]七甲嘴:位于天门市干驿镇沙嘴村六组(上湾)北约一华里。今称脚鱼壳。"七甲嘴"一词,今指沙嘴村东北脚鱼壳、乌龟嘴、姜家墩、毛家墩、七屋嘴、席家嘴、曾氏墩、土地台等高地。

绾毂(gǔ):统摄,犹如车辐之凑集在毂。比喻扼住要冲。毂:车辐所聚之处。

[3]王父母:古代亲属称谓。即祖父母。

[4]先君:旧时自称去世的父亲。

先:尊称死去的人。

笃孝:十分孝顺。

瞻慕:犹仰慕。

[5]先慈:指已死去的母亲。

祔(fù):合葬。

依:傍着。

[6]形家:旧时以相度地形吉凶,为人选择宅基、墓地为业的人。也称堪舆家。

[7]不肖:不才,不贤。

夙兴夜寐:早起晚睡,言勤勉。

爽垲(kǎi):地势高敞而土质干燥。

[8]奄弃:抛弃,舍弃。犹永别,谓死亡。

权厝(cuò):临时置棺待葬。

[9]胼胝(pián zhī)重茧:手掌、脚掌都长起层层老茧。形容长期参加体力劳动,极其劳倦。胼胝:手脚所生的厚茧。

垂:接近。

[10]青鸟:即青乌。为堪舆家的美称。鸟:系"乌"字之讹。

穆卜:恭敬地卜问吉凶。

习吉:谓再卜重得吉兆。

合窆(cuì):共用墓穴。合葬。

[11]尺有咫间:咫尺之间。

惬岵屺(hù qǐ)之怀:满足父母的心愿。惬……怀:惬怀,内心感到满足。岵屺:常作"屺岵"。山有草曰岵,无草曰屺。借指父母。

綦(qí):极。

[12]谢闽藩事:辞去福建布政使一职。谢……事:谢事,谓辞去官职。闽藩:福建布政使。藩:藩司。明清时布政使的别称。

蓼莪(lù é):长大的莪蒿。莪蒿,一名萝蒿,多年生草本植物,抱根丛生,俗谓之"抱娘蒿"。嫩叶可吃,味香美。语出《诗经·小雅·蓼莪》:"蓼蓼者莪,匪我伊蒿。哀哀父母,生我劬(qú)劳。"《蓼莪》诗以蓼莪起兴,咏叹人子苦于兵役不得尽孝。后世用作悼念亡亲的典故。

[13]怦怦(pēng):忠谨貌。

营营:劳而不知休息,忙碌。

诛茅:茇(shān)除茅草。引申为结庐安居。

丙舍(shè):后汉宫中正室两边的房屋,以甲乙丙为次,其第三等舍称丙舍。泛指正室旁的别室,或简陋的房舍。

休老:使老人得到休养。

[14]武:半步,泛指脚步。

子姓:泛指子孙、后辈。

肄(yì)业:修习课业。古人书所学之文字于方版谓之业,师授生曰授业,生受之于师曰受业,习之曰肄业。

[15]轩敞:喻指住室宽敞明亮,颇有气派。原意房屋高大宽敞。

永言:长言,吟咏。

[16]深靓(jìng):深邃宁静。靓:通"静"。

燕息:休息。

[17]邃(suì)僻:幽深僻静。

[18]翼如:形容姿态端好,如鸟类展翅之状。

竹筱(xiǎo):小竹,细竹。

绥予:保佑我。

[19]涧壑(hè):溪涧山谷。此处指沟壑。

[20]堤:筑堤。

菡萏(hàn dàn):荷花。

茭蒲:茭白与菖蒲。

茹采:像蔬菜一样采摘。

[21]既右:语出《诗经·雝(yōng)》:"既右烈考,亦右文母。"右:

有尊崇、敬祭之意。

[22]翕(xī)张:敛缩舒张。

揽四面烟霞云物之胜:把四面美景尽收眼底。揽……胜:揽胜,把美好景物尽收眼底。烟霞:烟雾与云霞,指山水胜境。云物:犹景物。

[23]梵诵:谓佛家诵经。

[24]槿(jǐn):木名,即木槿。锦葵科,落叶灌木。

砻:磨平。

寓目:过目,看到。

[25]乐只:和美,快乐。只:语助词。语出《诗经·南山有台》:"乐只君子,邦家之基。乐只君子,万寿无期。"乐哉君子,您是国家的根基。乐哉君子,祝您长寿无期。

[26]明堂:此处疑指墓前平坦开阔的地方,或指祖庙。

净:佛教指除净情欲,无所沾染。此处指下文的常乐庵。

奉如来大士:供奉如来菩萨。大士:菩萨的通称。

[27]衲(nà)子:僧人。

梵修:(在寺庙长期)梵香修道。

习净:修习净妙。

冀小资二人冥福:希望对两位先人增福有小的帮助。冥福:迷信谓死者在阴间所享之福。

[28]西方:佛教术语。指极乐净土,因其位于西方,故称。

[29]玄圃:相传昆仑山顶神仙所居处。

广漠间旷:广大空旷。

[30]侈:放纵,过度。此处有大量种植的意思。

[31]苕霅(tiáo zhá):苕溪、霅溪二水的并称。在今浙江省湖州市境内。

[32]余兄敬甫:陈所学长兄陈所前,字敬甫。贡生。通判。

[33]希:同"稀"。

[34]对觌(dí):面对。

邱垅:坟墓。

回向:佛教语。谓回转自己的功德,趋向众生和佛果。

[35]道岸:佛教语。菩提岸,彻悟的境界。

孔迩:很近。此处指供奉近在咫尺的父母。语出《诗经·周南·汝坟》:"虽则如毁,父母孔迩。"虽然差遣如火焚,父母近在需供奉。

[36]松石志地,亦余所藉:以松石给一个地方命名,也寄寓我的情志。志:标记。藉:蕴藉。

署:签名。此处有命名的意思。

[37]疏僻:犹疏忽。

耽静厌嚣:特别好静,嫌恶喧闹。

[38]浪迹:到处漫游,行踪不定。

盘礴:随便席地盘坐。

箕(jī)踞:两脚张开,两膝微曲地坐着,形状像箕。这是一种不拘礼节的坐法。

[39]幽斋:幽静的住处。

艺:种植。

[40]方典剧郡:正当担任知府时。陈所学担任徽州知府时,编辑了《会心集》。典:主持,主管。剧郡:大郡,政务繁剧的州郡。

胸臆约结:内心郁闷。约结:郁结,闷闷不乐。

抗志:指高尚的志向。

沈冥:沉冥。指隐居的人。

弁(biàn):置放。此处是编辑的意思。

向往:理想,追求。

[41]第:只是。

先垅:祖先的坟墓。

都:居。

䜣合:即"熹合"。融洽。

[42]寝丘:陵寝之丘。

[43]偃息:休养,歇息。

[44]皈(guī)依:谓身心归向、依托。

至圣:谓极圣明,超脱凡俗。

独寐寤(mèi wù)歌,永矢弗过:即使独身冷冷清清地度日,誓不忘记隐居的欢乐舒畅。语出《诗经·卫风·考槃》。寐寤:睡眠和觉醒。引申为生活起居。矢:同"誓"。过:失也,失亦忘也。

[45]瀹(yuè)茗:煮茶。

轻舠(dāo):小船。

短屐(jī):轻便的鞋子。屐:木头鞋,泛指鞋。

胜计:计算得尽,算计得清。

[46]听然:笑貌。

始者以子之筑为沈沈矣:起初还以为您的松石园中房子深广气派呢。沈沈:沉沉。宫室深邃貌。

惟心净土:即"唯心净土"。禅宗之唯心净土主张,主要是依据《维摩经》的心净土净之说而来。禅宗以为,若直了心性,则即心即佛。明自心处,即是净土。

心净土净:如果菩萨想得到佛国净土,就应当先使自己的心清净;随着心的清净,佛国净土即在眼前。

一切境界终不可取:境界是事物所达到的程度或呈现出的情况。佛教认为世界上一切事物都是"因缘生法",一切法从心想生。因缘一到、机缘成熟才可悟入。

[47]蘧(qú)庐天地:视天地如寄宿的一间草房。蘧庐:传舍,即供传递公文的人或往来官员途中暂宿之所。

幻妄山河:把山河看成是虚幻的影像。佛教认为天地日月为幻妄。

[48]等身世于浮沤(ōu):把生命看成是水面上的泡沫。浮沤:水面上的泡沫。因其易生易灭,常比喻变化无常的世事和短暂的生命。

纳须弥于芥子:佛门和世俗社会是相通的,就像芥子和须弥山可以互相包容一样。芥为蔬菜,子如粟粒,佛家以芥子比喻极为微小。须弥山原为印度神话中的山名,后为佛教所用,指帝释天、四大天王等居所。佛家以须弥山比喻极为巨大。

[49]岂其:难道。

蜗庐:形圆似蜗牛的简易庐舍。亦泛指简陋的房屋。常用以谦称自己的居处。

规规:浅陋拘泥貌。

净境:除烦恼后的清净之境。

思议:可以心思之,可以言议之。

洿(hù)池:水塘。

埳(kǎn)井:同"坎井"。废井,浅井。

[50]子之于道也,其犹醯(xī)鸡欤:您对于道之认识,就如同醋瓮中的飞虫般渺小。语出《庄子·田子方》:"丘之于道也,其犹醯鸡欤!微夫子之发吾覆也,吾不知天地之大全也。"我对于道之认识,就如同醋瓮中的飞虫般渺小!没有先生揭开我之蒙蔽,我就不知道天地大全之理啊!

醯鸡:瓮中的小蠓虫。古人误以为酒、醋上的白霉变成,故名。借指人孤陋寡闻,见识狭小。

[51]万境之境一:万境归一境。

[52]境日接于前:这种境界一天天地接近所对应的境界。指接近上文说的一境。

虚缘:心无任何杂念,保持天生的自然。

我不与焉:我不会参与其中。意思是顺其自然。

[53]尸居龙见(xiàn),渊默雷声:意谓只有率性而动,从容无为,万物才会欣欣向荣。语出《庄子·在宥(yòu)》:"尸居而龙见,渊默而雷声。"

尸居龙见:形容静如尸而动如龙。居:静居。见:出现,显现。

渊默雷声:古人认为龙经常栖息在深渊,深沉静默,显现时却雷声轰鸣。

[54]宇泰天光:语出《庄子·庚桑楚》:"宇泰定者,发乎天光。发乎天光者,人见其人,物见其物。"心境安泰的人,便发出自然的光辉。发出自然光辉的人,便显现其人的天然本质。

吉祥止止:吉祥来临。语出《庄子·人间世》:"瞻彼阕者,虚室生白,吉祥止止。"看那空明的心境,就会了解,只有把内心空虚起来,才可以产生纯洁的状态,吉祥就来临了。吉祥:美好的预兆。止止:前一个"止"是动词聚集的意思,后一个"止"是语助词。

[55]无所住而生其心:人应该对世俗物质无所留恋,才有可能生出清净之心。住:指的是人对世俗、对物质的留恋程度。心:指的是人对佛理禅义的领悟。出自《金刚经》的"庄严净土"。

不为境转:精神不为境界产生的外在条件而流转。

[56]无住:亦称不住。佛教名词。住,即缚,无住,即无所系缚。指事物不为任何固定的性质所系缚。

食苟简之田,立逍遥之墟:语出《庄子·天运》:"古之至人,假道于仁,托宿于义,以游逍遥之墟,食于苟简之田,立于不贷之圃。"

食苟简之田:食简略的田地,谓简朴的养生之处,实指道家理想中的清静无为境界。苟简:简略不全,草率简陋。田:指饮食条件。

立逍遥之墟:立于自然无为的境地。逍遥:无为也,指自然无为的境地,道家理想中的自由王国。

游于境之所不得遁而道存:语出《庄子·大宗师》:"圣人将游于物之所不得遁而皆存。"圣人闲游在自然中,

无得无失,与道共存。

[57]乌:哪里,怎么。

绌(chù)其解:理解不深。绌:犹"屈"。引申为不足。

玄:奥妙,玄妙。

识(zhì):通"志"。记。

[58]万历壬子:明万历四十年,1612年。

望日:农历每月十五日。

松石居士:陈所学自号。居士:文人雅士的自称。

采真园记

陈所学

友人周明卿氏,谢其参知之三年而乃有园[1],又明年而园成。园去宅之余清阁,步武相望[2],传呼可及。

然介汉以南,盖汉水自鄢郢而下,汇为三澨,播为三汊,迤逦百余里,为吾镇乾滩[3],乾滩固吾邑一大都会也。旋折而下可里许,其流回复斋滢为白云,白云又吾镇乾滩一大襟喉也[4]。而是园适裾带其间,谭者以为占胜地云[5]。顾灌木周遭,篱垣垆塥[6],骤而望之,不知其园之胜也。从荆扉北入萝径[7],宛转数百武而遥,跨池为桥。从桥西入委巷[8],曲折数十武而遥,负池为草堂。堂中杂置经史、贝典、壶博之类[9],以便翻娱。面临孔道[10],车毂击、人肩摩之声,连日夜不休。湖光万顷,平楚苍然,一遥睇可尽收焉[11]。从此东入,则有阁曰冯虚,半履实地半控池[12]。池水环带其后,修竹掩映于前。石几可据,芙蓉可集,平台可步。客至,则选胜斟泉,举网即可获鱼,无俟归谋,何异冯虚御风之致哉[13]?复左旋而深入,若杳然别一天者,则有亭在焉。负阴抱阳,四封苍翠。所植芦橘、梅李、桃杏、梧槐、葵榴、楂

梨、君迁、文欀、棕桂诸果树[14]，以数十百计。而河流之滈瀑也，帆樯之缤纷也[15]；轮囷之虬蟠也[16]，比屋之鳞接也。远近浓澹，寓目可眺[17]，是以寓目名亭耳。未也，复右旋而深入，有室廓如，奇卉、锦鳞、名蔬、嘉谷皆足以供适。幽靓庵蔼，蹊径隔绝，人迹罕有至者，最可以独适，而非君所为适其适者[18]。室之中一几、一榻、一蒲团，闲则科头祖跣、踟蹰其中，合气于漠，游神于玄，是以尚玄名室耳[19]。而总颜之曰采真，则君所自命名，亦其所寓意微也[20]。盖使君素喜旷朗，每岁之中，非疾风厉雨，未尝一日不之园[21]。其规摹意缔，既已出入思表，且映带沧浪，环抱洲渚，夏晔冬茜，于何不敷[22]？

故其园最著闻，四方贤豪往往祈向裹粮[23]，以愿得望见为幸。而君复性好客，客至必备宾主之礼。所交烟霞素心，数相过从[24]。或浮白饮满，或清言解颐[25]。童子唱淮南之曲，榜人奏采菱之歌[26]。胸次气象，容与自得[27]。而天地逆旅，万态泡沫，举不足撄其虑矣[28]。余不佞，雅志寥廓，癖兹园甚[29]，每暇辄过，若不知非吾有也。朝夕与君抵掌纵谭，两无町畦[30]，久之亦忘其园为君有也。一日就质曰："君之以采真名园者何居[31]？"君笑而不答。

客有习于使君者，语余曰："而独不闻之乎？道之真以治身，其绪余土苴[32]，乃以治家国天下。是故历万劫而不坏，塞天地而无介，终始相附，莫知端纪[33]，非真也，且孰为之宗所以？古之至人，才笼一世，不自说也；智络海内，不自虑也[34]。惟是彻志之勃，达道之塞，虽与物为构，而精光常自戢敛；安身立命处[35]，常自有归宿者，此物此志耳。彼夫尊知而火驰，虚骄而乘捷[36]，皆不返其宗、不完其真者也，而独不知之，惜哉！莫有以真人之言，謦欬吾子之侧者[37]。"

余曰："古者采真之游，则既闻命矣[38]。尝闻至人不物，于物安在[39]？采真而托之园为[40]。"

客曰："人身原有真宅，不涂茨而安，不丹漆而华[41]，不修葺而久。故善尊生者[42]，无缚无脱，不即不离；四大六尘皆幻也，枕石漱流皆乐也[43]，奚所假于外物？虽然恬神栖息[44]，亦必有寄。北窗精庐，濠梁濮上，花裀蛙吹，鸢飞鱼跃，孰非吾真机所呈露也[45]？不然，沂水舞霎,何关真我,而孔子喟然与之哉[46]!"

余曰:"既寄之园,则胡不更诸高明爽垲者[47],而仅仅茅斋泥垣为?"

客曰:"是非尔所知也。裴晋公、李太尉功名著于春秋,乃所为绿野之堂、平泉之庄,奇章履道,丽甲天下,卒之不数传,而荡为邱虚[48]。物太华则易敝,此故也。天地之道,惟质乃久[49]。方使君壮游二十载,而其志念无日不在长林丰草间[50]。属典在疆场不得请,既得请而归[51],创构兹园,始不过掌大已。稍稍改辟,而无庸心[52];不雕不饰,而无庸为。素其位而行,聊以寄意云尔[53]。然以比古之坐卧土室、结茆河滨者,大有径庭矣[54]。"

余乃听然而笑曰:"有是哉!君之以采真题园也、命之矣,君其以是园为东山乎[55]?虚缘葆真,蝉蜕物表,于治身计诚得[56]。然中外望君风采久,一旦拶而迫之,其能不以绪余土苴应世求乎[57]?余且出,暂违兹园,君亦安得久羁此[58]?"

姑为之记,以俟他日订盟耳。

题解

本文录自清光绪七年(1881 年)版、天门市多祥镇九湖沟村《周氏宗谱·卷九·艺文》第 22 页,参考陈心源纂修、1948 年版、天门市干驿镇松石湖《陈氏宗谱·卷六下·艺文》第 1 页校订。

注释

[1]周明卿:周嘉谟,字明卿。
参知:明代承宣布政使司左、右参政别称。
[2]余清阁:周嘉谟府邸名。
步武:指相距很近。古以六尺为步,半步为武。
[3]介:疆界,界限。后作"界"。
郢郡:战国时期楚国的都城,在今湖北宜城县南。

三澨(shì):古河名。此处指天门河上游。据清康熙三十一年(1692 年)版《景陵县志·卷之一·地图》。

三汊:天门河西自南河口、黑流渡、石家河口入,故名。干驿亦有同名河。据嘉靖版《沔阳州志·卷六》第 3 页。

迤逦(yǐ lǐ)百余里:此处指牛蹄支河,今天南长渠。迤逦:曲折连绵貌。

乾滩:乾滩驿,今天门市干驿镇。

[4]流回:曲流回环。

瀹瀎(yūn wān):水回旋貌。

襟喉:衣领和咽喉。比喻要害之地。原文为"嗫喉"。

[5]裾(jū)带:义同"襟带"。屏障环绕。

谭:同"谈"。

[6]周遭:周围。

堀塈(qì zhí):累土。

[7]萝径:长满藤蔓的小路。萝是蔓延的藤。径:小路。

[8]委巷:偏僻简陋、弯弯曲曲的小巷。

[9]贝典:佛经。原文为"具典"。

壶博:博壶。投壶所用的矢、壶。投壶是春秋战国时期的一种宫廷娱乐活动。用不去皮的"柘"或"棘"枝制成没有羽镞的箭,前尖后粗。宾主每次各投四枝。以投中次数多寡决定胜负。壶为酒器。

[10]孔道:大道,通道。

[11]平楚:平野。

遥睇:遥望。

[12]冯(píng)虚:凌空。冯:同"凭"。虚:太虚,天空。

控:投,落。

[13]魁(jū):把,舀。

归谋:"归谋诸妇"的省略。回家同妻子商量。语出苏轼《后赤壁赋》。

后人用此作为事欠完美或无酒助兴的典故。

冯虚御风:凌空驾风而行。语出苏轼《前赤壁赋》。

[14]橡(xiāng):古书上说的一种树,树皮中有像白米屑的东西,捣碎,用水淋过后,可以做饼。

[15]滈(xuè)瀑:水翻腾上涌的样子。

[16]轮囷(qūn):盘曲貌。

虬蟠(qiú pán):盘虬,盘曲的虬龙。虬:古代传说中有角的小龙。原文"虬蟠"后无"也"。

[17]浓澹(dàn):浓淡。

寓目:过目,看到。

[18]幽靓(jìng):犹幽静。

庵蔼:茂盛的样子。

最可以独适,而非君所为适其适者:这里最适合自处自安,而不是周明卿君营建此园为的是使人安适。适:指逍遥、安适的精神状态。适其适:谓使人安适。

[19]科头袒跣(xiǎn):光着头赤着脚。科头:不戴帽子。袒跣:谓脱袜赤足。

跏趺(jiā fū):"结跏趺坐"的略称。本指佛教中修禅者的坐法。泛指静坐,端坐。

合气于漠,游神于玄:化用《庄子·应帝王第七》的语句。原文为:"游心于淡,合气于漠,顺物自然而无容私焉,而天下治矣。"把心神遨游在虚静恬淡之内,把形气融和在寂寞无为之中,顺从万物的自然,而不怀半点儿私心,天下自然就会大治了。

尚玄:谓淡泊守志,寄情著述。

[20]颜:题写匾额。

微:精深,精妙。

[21]旷朗:开阔明亮。

不之园:不到园中。

[22]规擘(bò):擘划,擘画。筹划、计划的意思。

意缔:决意建造的念头。

思表:思绪。

映带沧浪:与青色的水相互映衬。映带:景物相互映衬,彼此关联。沧浪:水青色。

夏晔冬茜(qiàn):夏日明媚冬天青葱。晔:光艳华美的样子。茜:青葱的样子。

于何不敷:还有什么不足呢?于何:什么。于:助词。不敷:不够,不足。

[23]祈向:向导,引导。

裹糇:裹糇(hóu)粮。携带熟食干粮,以备出征或远行。

[24]烟霞:指红尘俗世。

素心:心地纯朴。

过从:往来,交往。

[25]浮白:本义为罚饮一满杯酒,后亦称满饮或饮酒为浮白。

清言解颐:清谈间开颜欢笑。

[26]榜人:船夫,划船的人。

[27]胸次:胸中,心里。

气象:气度,气概。

容与:安逸自得的样子。

[28]天地逆旅:空间是万物的旅舍。意思是,人生就像一次旅行,短暂无常,漂泊无定。逆旅:指客舍,旅店。

撄(yīng):扰乱。

[29]不佞(nìng):谦辞。不才。

雅志:平素的意愿。

寥廓:指虚无之境。

癖:嗜好。

[30]抵掌:击掌。指人在谈话中的高兴神情。亦因指快谈。

无町畦(tǐng qí):没有田界。亦以比喻人的言行没有约束。

[31]何居:何故。居:助词。

[32]使君:对人的尊称。本文指周嘉谟。

真:本性,本原。

治身:犹修身。

绪余:本指蚕抽丝后留在茧子上的残丝。引申指理论的一部分或其遗留部分。

土苴(jū):渣滓,糟粕。比喻微贱的东西。犹土芥。

[33]端纪:头绪。

[34]至人:庄子用语。谓超俗得道之人。

才笼一世,不自说也;智络海内,不自虑也:化用《庄子·天道》中的语句。原文为:"知虽落天地,不自虑也;辩虽雕万物,不自说也。"智慧即使能笼络天地,也从不亲自去思虑;口才即使能文饰万物,也从不亲自去言谈。

[35]彻志之勃,达道之塞:毁除意志的干扰,打通大道的阻碍。语出《庄子·庚桑楚》:"彻志之勃,解心之谬,去德之累,达道之塞。"毁除意志的干扰,解脱心灵的束缚,遗弃道德的牵累,打通大道的阻碍。彻:通"撤"。撤除。勃:通"悖"。悖逆,悖乱。达:疏通。塞:阻塞,障碍。

精光:光彩。

弢(tāo)敛:收敛,敛藏。

安身立命:谓生活有着落,精神亦有所寄托。

[36]尊知:重视理智。

火驰:形容急速地奔驰,谓用智之急。

虚骄:虚浮而骄矜。

乘捷:"乘人斗捷"的略称。语出《庄子·人间世》:"若唯无诏,王公必将乘人,而斗其捷。"除非你不去谏诤,否则卫君一定会抓住你说话的漏洞,展开他的辩论。乘人:欺侮人。斗捷:取胜。

[37]莫有以真人之言,謦欬(qǐng kài)吾子之侧者:没有用真人纯朴的话语,在君子身边说笑的人了。语出《庄子·徐无鬼》:"久矣夫,莫以真人之言謦欬吾君之侧乎!"很久很久了,没有谁用真人纯朴的话语在国君身边说笑了啊!謦欬:轻轻咳嗽。借指小声谈笑。

[38]采真之游:指逍遥无为,简略

自足,不损己以为物,天性真实无伪。语出《庄子·天运》:"逍遥,无为也;苟简,易养也;不贷,无出也。古者谓是采真之游。"自由自在、无拘无束,便是无为;马虎简单、无奢无华,就易于生存。从不施与,就不会使自己受损也无裨益于他人。古代称这种情况为采真之游。

闻命:犹言听取教诲。敬辞。

[39]至人不物:至人不为外物所束缚。

于物安在:外物在哪里。

[40]采真而托之园为:将采真之怀寄托于园。

[41]真宅:汉代人谓万物原本的处所,即天地、自然。

涂茨:涂饰墙壁。

丹漆:朱红色的涂漆。此处是涂上丹漆的意思。

[42]尊生:保重生命。

[43]四大:佛教、道家玄理性名词术语。指地、水、火、风四种构成物质世界的基本要素。

六尘:道家以色、声、香、味、触、注为六尘。谓此六尘之境,能由六根而染污浊之尘,故谓六尘也。

枕石漱流:用石头当枕头,用流水漱口齿。指隐居山林的生活。也借指闲逸的生活。

[44]恬神:精神恬淡。

[45]北窗:向北的窗户。借指隐逸自适的情致。典自陶渊明《与子俨

等疏》。

精庐:精舍。佛寺,僧舍。

濠梁濮(pú)上:指高人寄身闲居之所。相传庄子游于濠梁之上,垂钓于濮水之中。

花裀(yīn):用落花当坐垫。

蛙吹:南朝齐孔稚圭门庭之内,草莱不剪,中有蛙鸣,圭对人称此为可当"两部鼓吹"。后因以蛙吹称蛙鸣。

鸢(yuān)飞鱼跃:鹰在天空飞翔,鱼在水中腾跃。形容万物各得其所。鸢:老鹰。

真机:玄妙之理,秘要。

[46]沂水舞雩(yú):指乐道遂志,不求仕进。典自《论语·先进》"子路、曾皙、冉有、公西华侍坐章"。曾点回答孔子言志:"春服既成,冠者五六人,童子六七人,浴乎沂,风乎舞雩,咏而归。"古代求雨祭天,设坛命女巫为舞,故称舞雩。雩:古代求雨的一种祭祀。

真我:真实的自我,指个体在任何时候的真实状况。佛教谓出离生死烦恼的自在之我。

与:赞许。

[47]高明爽垲(kǎi):地势高敞而土质干燥。

[48]裴晋公:唐晋国公裴度,唐代中期杰出的政治家、文学家。

李太尉:唐著名政治家、文学家李德裕,多次任相,武宗朝位为首宰,官至太尉。

绿野之堂:指唐朝裴度别墅绿野堂。

平泉之庄:唐李德裕所筑之平泉山庄,故址在今河南洛阳市南。

奇章:唐朝宰相牛僧孺嗜石,游息时与石为伍,唐敬宗时封奇章郡公。

履道:履道里,洛阳里巷名,白居易的居处。

邱虚:废墟,荒地。

[49]质:朴素,单纯。

[50]壮游:谓怀抱壮志而远游。

长林丰草:本谓高大的树林、丰茂的野草,为禽兽栖止之佳处。后用以指隐逸者所居。

[51]属典在疆场不得请,既得请而归:此处史事四库全书本《明史·卷二四一·周嘉谟传》第1页有记载:"万历十年迁四川副使,分巡泸州。穷治大猾杨腾霄,置之死。建武所兵燔总兵官沈思学廨,单车谕定之。寻抚白草番。督兵邛(qióng)州、灌县,皆有方略。居五年,进按察使,移疾归。"

属典:疑为"典属",典属国为秦汉官名,掌管诸属国及归附之少数民族等事务。

[52]庸:平常的。

[53]素其位:素位而行。安于现在所处的地位,并努力做好应当做的事情。语出《礼记·中庸》。

云尔:语末助词。犹言如此。

[54]结茆(máo):结茅。编茅为屋。谓建造简陋的屋舍。

径庭:差得非常远。

[55]听然:笑貌。

东山:谢安早年曾辞官隐居会稽之东山,经朝廷屡次征聘,方从东山复出,官至司徒要职,成为东晋重臣。又,临安、金陵亦有东山,也曾是谢安的游憩之地。后因以东山为典。指隐居或游憩之地。

[56]虚缘葆真:心无任何杂念,保全人的自然真性。语出《庄子·田子方》:"人貌而天虚,缘而葆真,清而容物。"他的为人十分真诚,平常人的相貌,内心却与自然吻合;顺应外物却保持着天真的个性;清白无瑕又能容人。虚:孔窍,故可释为心。缘:顺着。

蝉蜕:蝉自幼虫变为成虫时脱下的壳。常用来比喻解脱。

物表:犹"物外"。指超脱于世俗之外。

[57]中外:朝廷内外。

望君风采:与"想望风采"义同。谓非常仰慕其人,渴望一见。风采:仪表风度。

捯(zā):逼迫。

[58]余且出,暂违兹园:指作者陈所学即将复出,暂时离别频繁造访的采真园。违:离别。

羁:停留。

周公(周嘉谟)修建马骨泛河渠记

陈所学

吾里中为襄郢尾闾,当汉水下流,故泽国也。盖汉水自郢东而下,播为芦洑,汇为三滏[1]。而支派遂分为两:一由潭湾、仙桃,一由陶溪、乾滩,会合于鲇鱼套,迤逦入江。而是分派之间,于中所包,上帐、下帐、白云、马骨四所地,以湖淤计者无虑数十[2],以道里计者无虑数百,以田亩计者无虑数万。先年,壅防不设,疏泄自如;高低周遭,俱为督亢[3]。嘉、隆以来,合并成垸[4],一值溃潦,高者尽潴于下[5],下者纳而不吐。白云、下帐诸处,漭漭成巨浸,可一苇而杭矣[6]。

封大夫松歧周公悯时伤事,倡率有众,置剽于杨赞、反湾[7],两地填遏,赖以稍稍泄。然是时尚未获要领,譬人有胀癀之疾,受病已深,不于其膝理肯綮处施针灸,遽欲脱然无累[8],得乎?又可十余载,而观察使君解蜀组归，归而端居深念[9]，每蒿目桑梓剥肤之灾，思恢宏前人未竟之功，乃与里中父老博议，暇则操舴艋往来其间，审局面势，相机度宜[10]。以所最急浚之地，无如马骨泛，是可建瓴下者[11]，则以其业属副宪孙公，典客尹公随力恳之[12]，俱许可。适方伯秦川武公访使君于里门，使君以民情控告，方伯唯唯，随达之中丞希宇郭公[13]。旋橄州，刺史全公亲履其地，相视规画，与使君议合[14]。乃属其耆老而诏之，虑财用，兴人徒，计荒度，创为河渠者一，斯为刲渠者二[15]。经始于甲午之冬十月[16]，而以明年春就绪。自是水落土出，原田每每余粮栖于亩矣[17]。

不佞持晋节归里[18]，龙麓胡君、振吾魏君数数过而言曰："吾侪不腆之产，赖使君之储胥[19]，我以毋遂鱼鳖，敢一日而忘使君功？惟吾子之图之也[20]。"盖方议初举，不佞实与闻焉，窃尝以舆情事势度之，而豫决其必有成。乃当时闻诸藉藉之谈、首鼠两端[21]、从旁观望者，既疑为功大，不能卒业；而阴恶害己、从中阻挠者，且谓弊所恃，以事无用，甚至故为蜚语，恫疑虚喝[22]，即所亲昵，意不能无少动。而使君独破拘挛之见[23]，力排纷纭之议；深切痌瘝之怀，躬亲橇樏之劳[24]；不令而共，不疾而速；功成而民永赖之，才识有过人者矣。

嗟乎！自古豪杰建功，未有不苦首事难者也。常人安于故俗，非常之原骇而惧焉，则创议难[25]。苟自规利便、视他人肥瘠若秦越耳，则推心难[26]。甫有所营，为群志携贰，谁其响应者，则孚众难[27]。举大事不惜小费，一木一石，人人得而绳其后[28]，则经费难。况以百余年阡陌之地，日浸月灌，虑殚为河，实由人为梗。乃嗷嗷者，莫谁何已，举而诿之天。今举数十载垫隘之区[29]，且溉且粪，长我禾黍，斯所谓以人力挽天，以天定胜人，难之难者也。自非至诚勤物，视人若己，如使君，其孰能屹然而建之[30]？昔晋人戴束皙而歌曰："我黍以育稷以生，何以酬之报长生[31]。"而谷口无棣之谣，终古舄卤之颂[32]，民一得其利，没世不忘，彼固应有土之责者。且尔使君在比党中，能令河润泽濡，奕世蒙休而诵德[33]，是不可无记，以垂永永矣[34]。不佞故不辞，为之授简[35]。

使君名嘉谟,官四川按察使,赫然负公辅望[36]。出而为德于天下不一,归而为德于乡亦不一,兹特其一端耳[37]。某某皆与劳者,例得并书。

万历三十四年勒石[38]。

题解

本文录自陈心源纂修、1948年版、天门市干驿镇松石湖《陈氏宗谱·卷六下·艺文》第4页。据清光绪七年(1881年)版、天门市多祥镇九湖沟村《周氏宗谱》改动近十处文字。原题为《周嘉谟建修马骨泛河渠记》。

注释

[1]襄郧:古指襄州、郧州,汉江中游一带。

尾闾:泛指事物趋归或倾泻之所。

芦洑:古称潜江芦洑河。

三澨(shì):三澨河。今天门河。参见本书第一卷陈所学《采真园记》注释[3]。

[2]上帐、下帐、白云、马骨:湖泊名。上帐、下帐在沉湖以南、汉江以北,天门境内,明末淤为农田。白云、马骨在沉湖以北、牛蹄支河以南,比上帐、下帐更早淤为农田。

[3]督亢:泛指膏腴之地。亦借指高地或山脉。

[4]嘉、隆:明世宗嘉靖及穆宗隆庆两朝。

垸(yuàn):湖南、湖北两省在湖泊地带挡水的堤圩,亦指堤所围住的地区。

[5]潴(zhū):水聚积。

[6]漭漭(mǎng):广阔无边。

巨浸:大湖。

一苇而杭:用一捆芦苇做成一只小船就可以通行过去。

[7]封大夫松歧周公:指周嘉谟之父周惇(dūn)。周惇字子叙,号松歧。周嘉谟任韶州知府时其父诰封中宪大夫。"松歧"原文为"松溪",据周惇墓志改。

悯时伤事:哀怜时事。

倡率:倡导。

刲(lóu):堤坝下面排水、灌水的口子,横穿河堤的水道。

[8]胀懑(mèn):又胀又闷。

腠(còu)理:中医指皮下肌肉之间的空隙和皮肤、肌肉的纹理。为渗泄及气血流通灌注之处。

肯綮(qìng):筋骨结合的地方,比喻要害或最重要的关键。

脱然无累:超脱无累的样子。

[9]观察:明清时道的行政长官别称观察。实际上,周嘉谟升按察使未任。据周嘉谟《余清阁年谱》记载,万历十六年,戊子,"以叙功加升按察使,仍致仕归"。

使君:对人的尊称。本文指周嘉谟。

解蜀组归:辞去蜀地官职,回到故里。解……组:解组,解下系印的丝带,指辞官。组:丝带。

端居:平居,安居。

[10]蒿目:极目远望。借指忧世爱民之情。

剥肤:伤害肌肤,似割剃肌肤那样的痛楚。形容遭到害及人身的灾难。

博议:全面详尽地讨论或评议。

舴艋(zé měng):小船。

审局面势:同"审曲面执"。指详细审察具体的客观条件,以便根据需要决定如何使用、处置。语出《周礼·考工记》。审:审察。面:仔细观察。

相机度宜:观察时机,谋划适宜的措施。

[11]急浚:水深流急。

建瓴(líng):即"建瓴水"之省,谓倾倒瓶中之水,形容居高临下、难以阻挡的形势。

[12]副宪:对按察副使的敬称,因为按察使又称宪台。

典客:官名。职掌来归的少数民族事务。

[13]方伯:古代一方诸侯中的领袖称方伯。明清布政使皆称方伯。

里门:乡里之门。古制,同族聚居一里,里有里门。此处指故里。

控告:告诉,上告。

唯唯:恭敬的应诺声。

中丞:明清时巡抚别称。

[14]檄:用檄文晓谕。

刺史全公:指全方。全为凤翔人,举人。万历二十年(1592年)至二十三年(1595年)任沔阳州知州。

规画:谋划,设计。

议合:一起商量。

[15]乃属其耆老而诏之:于是集合德高望重的老年人,告诉他们。耆老:老年人,多指在地方上有身份地位的。

财用:财政,用度。

人徒:民众。

荒度:大力治理,通盘筹划。

厮:通"斯"。分,疏。

[16]经始:开始测量营造。

甲午:明万历二十二年,1594年。

[17]余粮栖于亩:传说东户、季子之世,道不拾遗,粮食多得只好栖亩(存放于田头)。见《淮南子·缪称训》《初学记》卷九引《子思子》。后以余粮栖亩等称颂丰年盛世。

[18]不佞持晋节归里:我担任山西巡抚之职,回到家乡。

持……节:持节,官员或使臣外出时持有皇帝授予的节杖,以示其威权。

[19]数数(shuò):屡次,常常。

吾侪：我辈，我们这类人。

不腆：不丰厚，不体面。

储胥：栅栏，藩篱。作守卫拒障之用。

[20]吾子：对对方的敬爱之称。一般用于男子之间。

[21]藉藉：杂乱众多。

[22]恫疑：因恐惧而怀疑。

虚喝：虚声恫喝。虚张声势，威吓对方。

[23]拘挛：拘束，拘泥。

[24]痌瘝（tōng guān）：谓关怀人民病痛、疾苦。

橇樏（qiāo jū）：指对艰苦的劳动能亲力亲为。橇：古代人在泥路上行走所乘之具。樏：上山穿的钉鞋。古语云："泥行乘橇，山行乘樏。"

[25]常人安于故俗：平常的人拘守于老习惯。形容因循守旧，安于现状。语出《史记·商君列传》："常人安于故俗，学者溺于所闻。"

非常之原骇而惧焉：事情的开端不寻常，百姓便会感到惊惧。原：指事初，事情开端。语出《史记·司马相如列传》："非常之原，黎民惧焉。"凡实施某项国事若有一个不寻常的开端，百姓便会因为感到恐惧而格外小心地来对待。

创议：首先提出意见或建议。

[26]视他人肥瘠若秦越：看他人的痛痒与己无关。此句意思与成语"秦越肥瘠"同。秦越：春秋时两个相距很远的诸侯国，一在西部，今陕西一带；一在东南，今浙江一带。肥：形容丰裕。瘠：指苦寒。

推心：以诚相待。

[27]携贰：亲附的人渐生离心，叛离。

孚众：使群众信服。孚：信服，信任。

[28]绳：继。

[29]垫隘：困顿。

[30]自非至诚勤物，视人若己，如使君，其孰能屹然而建之：倘若不是像使君这样，至诚至勤，视人事若己事，还有谁能动员官民声势浩大地建成河渠呢？

自非：倘若不是。

至诚：诚实之至。指道德修养的最高境界。

勤物：勤心物务。用心做事。

屹然：堂堂。

[31]戴：尊奉，推崇，拥护。

束晳：西晋辞赋家、文学家。晋元城人，博学多闻。为邑人祷雨，三日雨降。民歌之曰："束先生通神明，请天三日甘雨零。我黍以育，我稷以生。何以酬之，报束长生。"

[32]谷口：疑与白渠有关。白渠为汉代关中平原的人工灌溉渠道。在今陕西省境。汉白公所开，故名。《汉书·沟洫志》："太始二年，赵中大夫白公，复奏穿渠引泾水，首起谷口，尾入栎阳，注渭中。袤二百里，溉田四千五

百余顷,因名曰白渠。"《古诗源·郑白渠歌》:"田于何所,池阳谷口。郑国在前,白渠起后。"

无棣:疑指无棣沟,在无棣县境内,唐永徽元年沧州刺史薛大鼎开沟引鱼盐于海。唐代河北一带流传民谣:"河北盛传三刺史,首推沧州薛大鼎。"

终古舄卤(xì lǔ):往昔盐碱地。语出《汉书·沟洫志》:"决漳水兮灌邺旁,终古舄卤兮生稻粱。"终古:往昔,自古以来。舄卤:含有过多盐碱成分不适于耕种的土地。

[33]比党:同党。这里作褒义用。

河润:谓施惠恩泽及人,犹河流之浸润土地。

泽濡:濡泽。沾润,喻获得恩惠。

奕世蒙休:一代接一代承受福禄。

诵德:颂德。

[34]垂永永:长久流传。

[35]授简:谓奉命吟诗作赋。南朝宋谢惠连在《雪赋》中讲述了梁王授简札于司马相如,命他即时作赋的故事。

[36]赫然:声威盛大。

公辅:古代三公、四辅,均为天子之佐。借指宰相一类的大臣。

[37]不一:书信末尾用语,表示不详细说。

特其一端:只是提到其中的一点。一端:事情的一方面或一点。

[38]万历三十四年:丙午,1606年。

云中城西十五里观音古刹碑记

陈所学

盖西方十万亿国土有佛名阿弥陀,其佐阿弥陀而行化若宰执储贰然者[1],曰观世音大士,又曰观自在,又曰光世音,称号不一。要以缘德标名,彰显无方之用[2],其义固一也。我大士之得道也,实始于无央数恒河沙劫前一世尊[3],亦号观世音者,度而教之,从闻思修入三摩地,由三空智尽灭谛理[4],因而超越世界,获二殊胜。上合十方诸佛之觉心,同一慈力;下彻六道众生之异境,同一悲仰[5]。自是而成三十二应,入诸国土,变化显现,周满娑婆[6]。自是而令众生获十四种无畏功德,一切兵戈水火、险盗狂鬼之害,以至寿考、贵富、子女之求,莫不罄我愿力,俯顺兆情[7],是以道成。而世尊默许之,为放五体宝光,远灌十方微尘[8]。又为之印证,俾同师号,曰观世音,助以阐法,扬化我大士[9],乃巍巍乎,皦皦乎,若鹫岭之标众峰,望月之夺列宿[10],而此阎浮提之界,四光天之下,一切含识窍而负血气,莫不知尊且亲者[11],其神明之奚啻人臣之于大君,其怙恃之奚啻赤子之于慈父母[12],匪偶然也。

云中城以西越十五里之遥,有观音古刹。流传原地名虾蟆石湾,怪物数扰害其间,民用不宁[13],道路阻塞。金重熙年之六月又九日,忽大士现丈六金身,偕左右菩萨、明王[14],从秦万佛洞飞往水门顶山头,从此妖魔降灭,地方宁谧。父老聚族而议,山势峣屼,不便修庙貌[15],请得移平地便。旋蒙神显灵异,顿徙坦途。由是大众鸠工立寺,每逢六月之十九日,遐迩男女,顶礼朝谒[16],肩相摩于道。盖所传即未谂尽确,而大士之方便拯救刹那显化,政其慈力、悲仰之昭彻处,理或有然者[17]。第时久事湮,勒石漶灭不可考[18]。

余备兵云中四载奇,不时从二三君子瞻谒其下[19]。一日,众王孙来求为记述始末,垂示永永[20]。业已心许,而偶缘南移未果[21]。呜呼!妙音观世音,梵音海潮音,倾耳而聆之,亡闻也[22],然不敢以亡闻议也。八万四千烁迦罗首,八万四千母陀罗臂,八万四千清净宝目,抉睫而察之[23],亡见也,然不敢以亡见议也。观不取色,音不受听,圆通广大,变化灵应,是故谓之观世音,谓之观自在,谓之光世音也。若夫拯难救灾,特其一端耳[24]。余窃不揣,聊因众王孙之请而备及之,以示夫皈心供奉者[25]。同志则先民部、今观察杨公,名一葵[26],闽之漳浦人;元戎焦公,名承勋,本里人。

万历三十五年丁未岁孟春月吉旦[27],赐进士第、通奉大夫、福建布政使司右布政使,前奉敕分巡冀北兵备道、山西右参政、提督学校副使,云杜陈所学顿首拜撰[28]。

云中信士王□□,张仲魁□拜书。

题解

本文录自《云中城西十五里观音古刹碑记》拓片。拓片收入许德合主编、三晋出版社 2014 年 8 月版《三晋石刻大全·大同市南郊区卷》第 91 页。

云中:郡名。唐置。初为云州,不久,改成云中郡,后又复名为云州,治所在山西省大同县。辽代佛教古寺观音堂位于山西大同南郊区佛子湾武周川北岸山上。

注释

[1]十万亿国土:《阿弥陀经》所云东西南北上下各方,均有佛如恒河沙数(经中称"十万亿国土"),而每一佛土内又有不计其数的菩萨。

行化:游方教化。

宰执:指执政的高级官员或宰相。

储贰:被确为君位的继承者,特指皇太子。

[2]标名:题名,显名。

无方:无与伦比。

[3]无央数:无数。佛教用来表示异常久远的时间单位。

恒河沙:恒河沙数。佛经常用恒河中沙子的数量做比喻,形容非常多。

劫:佛教名词。"劫波"的略称。意为极久远的时节。古印度传说世界经历若干万年毁灭一次,重新再开始,这样一个周期叫做一"劫"。

世尊:释迦牟尼佛的称号,意为世间至尊。

[4]度:僧尼道士劝人出家。

闻思修:修学佛法的三大次第。闻,谓听闻佛法,包括研读佛典、听讲经说法等,由此可知晓佛法,得"闻慧"。次则由闻而思,思,谓对所闻法思索理解,由此得"思慧"。次则依思慧而修行,由修行证得"修慧",以修慧断尽烦恼,证得道果。由闻而思,由思而修,由修而证,乃修学通途。语出《楞严经·卷六》:"彼佛教我,从闻思修,入三摩地。"

三摩地:为佛家语,梵文音译而来,也译作三昧,指佛教所说的排除杂念、心定于一的境界。语出《楞严经·卷六》。

三空智:教义名数。即三种智慧。诸经具体所指不一。空智:佛教教理功理性修为名词。即一切智。

灭谛:佛家指断灭世俗诸苦产生的原因,是佛家所要达到的目的。苦谛、集谛、灭谛、道谛,谓之四谛,是释迦牟尼最初说法的主要内容。

[5]因而超越世界……同一悲仰:《观世音菩萨耳根圆通章》云:"忽然超越世出世间。十方圆明,获二殊胜。一者,上合十方诸佛本妙觉心,与佛如来同一慈力。二者,下合十方一切六道众生,与诸众生同一悲仰。"在这寂灭现前的时候,忽然间就超越这个有情世间和器世间了。这时候,和十方

的世界都互相融通而圆融无碍了,就获两种殊胜的境界。第一,就是向上可以和十方诸佛这个本妙觉心相合了,和十方如来的慈悲心是一样的。第二,就是向下可以和十方一切的六道众生都相合了,和一切的众生一样有这种悲仰,这种悲心是仰求于佛的。

殊胜:指特别的胜境。

觉心:佛教语。谓能去迷悟道的心。

六道:佛家泛指生死轮回世界里的众生。具体指地狱、饿鬼、畜生、阿修罗、人间、天上。

[6]三十二应:指观音菩萨为普济众生而示现的三十二种应化身形。

娑婆:佛教语。即娑婆世界。意为忍土、忍界。指释迦牟尼进行教化的现实世界。

[7]罄我愿力:尽我善愿功德之力。愿力:佛教语。誓愿的力量。多指善愿功德之力。

俯顺兆情:指顺从民情。俯顺:顺从。用于上对下。

[8]而世尊默许之,为放五体宝光,远灌十方微尘:《大佛顶首楞严经卷六》云:"尔时世尊于师子座,从其五体同放宝光,远灌十方微尘如来及法王子诸菩萨顶。"大意是,当尔之时,世尊在师子宝座上,从他的五体,即佛的全身(头和二手二足),同时放出宝光,远灌十方世界微尘数的如来、法王子,以及诸大菩萨的顶上。

[9]印证:禅师对于学人的禅悟进行鉴定、证明,称为印证。

俾同师号:指释迦牟尼佛使他与自己同称观世音。

扬化:弘扬、教化。

[10]皦皦(jiǎo):心胸光明。

鹫(jiù)岭:山名,在中印度。以山中多鹫,且山顶形似鹫鸟,故称。为释迦牟尼佛说法之地。

标:突出。

望月:满月。

列宿(xiù):众星宿。特指二十八宿。

[11]阎浮提:此处指尘世。梵文,译为南赡部州,佛经上指印度,后也泛指中国及东方诸国。

四光天:普天。

一切含识窍而负血气,莫不知尊且亲者:凡是明心见性、有血气的众生,没有不尊崇他不爱戴他的。《礼记·中庸》:"凡有血气者莫不尊亲,故曰配天。"凡是有血气的人;没有不尊崇他不爱戴他的。所以说,圣人之德可以与天相配。

含识:佛教语。谓有意识、有感情的生物,即众生。

窍:贯通。

负:仗恃,依靠。

血气:犹血性,骨气。

[12]奚啻:何止,岂但。

大君:天子的古称。

怙恃(hù shì):依靠,凭借。

[13]用：因此。

[14]金重熙年：指辽重熙年。重熙：辽兴宗耶律宗真年号(1032—1055年)。

明王：梵文意译。佛教名词。佛教密宗对示现愤怒威猛相状，或多面多臂，手持各种法物降伏恶魔之诸尊、菩萨的通称。明：即光明，取以智慧之光明破除愚痴烦恼业障的意义。

[15]峣屼(yáo wù)：山高险的样子。

庙貌：庙宇及其中的神像。

[16]鸠工：招聚工匠。鸠：聚集。

顶礼朝谒：指拜谒时五体投地。顶礼：又称"五体投地"，佛教徒最崇敬的礼节。行礼时，双膝下跪，双手伏地，以额头着地进行礼拜。

[17]谂(shěn)：同"审"。详细，周密。

方便：印度佛教术语。指以善巧的种种方法，根据听众的不同需要和天分素质说法，达到便利众生悟入佛智的目的。

显化：指神灵显现化身。

政(zhēng)：通"征"。证明，证验。

昭彻：明彻，清亮。

然：这样，如此。

[18]第：只是。

湮(yān)：埋没。

勒石漶(huàn)灭：石碑字迹模糊。勒石：在石上刻字。此处指石碑。漶灭：模糊，无法辨识。

[19]余备兵云中四载奇(jī)：我在大同担任冀北兵备道四年多。

备兵：担任兵备道。兵备道是整饬兵备道简称。明清道员之一，主治兵备事宜。明弘治年间，以武职不修，议增副佥一人，隶于总兵。自此设兵备道者凡四十三处，分巡道兼兵备道者五处，皆以布、按二司所属参政、参议及副使、佥事充任。

奇：零数。

瞻谒：犹朝见，谒见。

[20]王孙：古代贵族子弟的通称。

垂示永永：长远留传以示后人。

[21]南移：指作者升任福建右布政使。

[22]梵音：诵经声。

亡(wú)：古同"无"。没有。

[23]烁迦罗：梵文音译。意译为轮、金刚、精进。

母陀罗：梵文音译。意为印契。指以手结成的各种印形。

抉睊：抉眦(zì)。目眥欲裂。形容愤怒之极。

[24]特：但，仅，只是。

[25]不揣：没有把自己可笑的想法藏起来。

皈(guī)心：诚心归依。

[26]先民部、今观察杨公，名一葵：杨一葵，先后任户部郎中，总理大同粮储、大同巡道。

民部：户部。隋及唐初置，唐高宗时为避太宗李世民讳改称户部。

观察:明清时道的行政长官别称观察。

[27]万历三十五年:1607年。

吉旦:农历每月初一。

[28]通奉大夫:文散官名。明制通奉大夫为从二品升授之阶。

布政使司右布政使:参见本书第一卷王世贞《五华李公(李淑)墓志铭》题解。

右参政:明代中书省废,于各布政区的承宣布政使司(省级地方行政机构)之下,设左右参政和左右参议(均无定员),以辅佐左右布政使(司长官)。左右参政秩从三品。

提督学校副使:提督学校官。官名。明置,掌学校政令。明初英宗正统元年(1436年)分别派御史为两京的"提学御史",十三布政司以按察司副使、金事充任,称提督学道。故山西学官称"提督学校副使"。

云杜:西汉置云杜县,属江夏郡。梁置沔阳郡,省云杜入竟陵,迁竟陵县治于云杜城。云杜城在竟陵西北巾口。此处代指古竟陵,今天门。

重修中山水陆寺碑记

陈所学

夫古郢水陆寺者有三[1],曰上、中、下。地灵发于大洪,实我世宗肃皇帝龙飞之邸[2]。距东六十里为中山水陆,巉岩砰矶,林菁苍古[3]。左瞻缭屈,隐隐青螺浴日;右眺三峰,如削玉插碧落间[4]。背枕龙凤,巅峰有观曰朝阳。□□瀑布,清泉西流环绕。面瞰磐石,若化城带围宝所[5]。圣水神山,星□□□,俨西竺之灵鹫耳[6]。

征诸文献,古有黄石公者创始斯刹[7],为□延所会□□□,一时取义,故名之无斁[8]。元末兵燹遂废[9]。迨我朝宣德间[10],一世祖讳智圆,号秀峰,乃庐陵巨室李氏子,由彼□□院披剃,云游北都[11],而南憩于此山,徘徊不能去,蹑峡岬,穿翠微,周观清泉漱玉[12],众山拱秀,卓锡居焉[13]。出钵囊资兼募信施,辟草莱,坚殿宇,而弘法之始矣[14]。度徒五[15],以□作派,讳曰用、琏、纲、纪、海。买民田九石,以赡常住[16]。师徒戒行精严,晨夕诵礼《华严》,兼修禅观[17]。但岁值旱魃,诵祷雨□□□□乡利赖之[18],□□□者如云。□□南藩思李方伯桢公与师同籍,嘉乐其行,撰□镌石,遗藻可□而识也[19]。历景泰,二世祖纲、海二师,惟募诸檀越[20],□□□□殿,□□□□廊,□□□□□□金碧辉煌,徒众增盛。兹皆安陆州属□。至我世宗皇帝易州为府[21],宜兴都,设皇庄,其前田遂属皇租,殿宇□□九十。春秋□□□□□□□□□□□□重新。越二十七载,为隆庆初六世兴山师劝郢□□刘□□□独力又新之[22]。比及万历庚寅末[23],又经三十□。各殿渗浸,梁栋□□,住持□□讳兴善,号法庵,徒讳隆寿,号玉亭,皆李姓,出本邑清平里右族[24]。师□□游伏牛、五台、□京,溥海内名山还。目击本寺日渐摧残,持三尺□募化檀越,恢始重修。磊石为基,抡木为材[25]。鼎建正殿,重增佛像,更换钟楼。新增天王殿,并塑四天王伽祖诸像。重修金刚殿为山门,亦塑金刚像。□□而栋宇之翚飞者岢如,金碧之端拱者泽如,月台之流泉曲水蜿蜒殿前者湛如[26]。增砌石垣,新植松桧果木千余株,周山之麓草乔葐松者郁如[27]。历数年而工告成。地献灵,奚翅清梵靡征[28]?上下四彻即泉鸣谷应,风篁堂□□□韵虫吟,无往非演摩诃妙音[29]。故荆襄郧郢之区,论大道场[30],指必屈中山水陆矣!

予宦游两京,愧不能谢国事[31],返初服,逃禅兹山中,以需性灵[32],□□□□闽之后,行车载脂[33]。倏英法师介绍,东禅主师讳清□,偕至索予记之。义既不容辞,亦不暇工。姑揭其颠末,援笔以书[34]。是为记。

赐进士第、通奉大夫、福建布政使司右布政,前奉敕提督山西学校、钦差镇守大同总制紫荆等关军务,户部尚书郎,竟陵陈所学撰[35]。

皇明万历乙卯岁姑洗末浣穀旦立。郢沙门、七十叟灵崑书[36]。

题解

本文录自《重修中山水陆寺碑记》碑。碑立于钟祥市东桥镇马岭村九组凤凰山南坡水陆寺遗址。

注释

[1]郢:指承天府(由安陆州升)。承天府古称郢州,治湖北钟祥。

[2]世宗肃皇帝龙飞之邸:指明嘉靖帝朱厚熜(cōng)出生、发迹之地。1531年,明嘉靖帝朱厚熜以自己出生、发迹于此,取"风水宝地、祥瑞所钟"之意,赐县名"钟祥"。龙飞:指即天子位。

[3]巉(chán)岩:险峻的山岩。

碌砆(lù wù):高耸,突出。

林菁:指丛生的草木。

[4]青螺:喻青山。

碧落:天空,青天。

[5]若化城带围宝所:指佛寺处于神仙幻境之中。化城:佛教名词。指一时幻化的城郭。后称佛寺为化城,亦喻指神仙幻境。宝所:佛教语。本谓藏珍宝之所,喻指涅槃,谓自由无碍的境界。

[6]西竺之灵鹫(jiù):印度灵鹫山,在中印度。以山中多鹫,且山顶形似鹫鸟,故称。为释迦牟尼佛说法之地。

[7]征:证明,证验。

刹:梵语"刹多罗"的简称,寺庙佛塔。

[8]无斁(yì):犹无终,无尽。

[9]兵燹(xiǎn):指因战乱所致的焚烧破坏。燹:兵火。

[10]迨:等到,及。

宣德:明宣宗朱瞻基年号(1426—1435年)。

[11]巨室:旧指世家大族。

披剃:佛教信徒依戒律剃除须发、身披袈裟的一种仪式。亦通称出家为披剃。披:穿僧衣。剃:剃发。

云游:指僧道到处漫游,行踪飘忽,有如行云。

北都:指今北京市。明成祖朱棣永乐十九年(1421年)由应天(今江苏南京市)迁都北京,正统六年(1441年)正式定都北京,故北京亦称北都。

[12]岥岬(bǐ):即山足。

翠微:指青翠掩映的山腰幽深处。

潆(yíng)玉:像玉带一样环绕。

[13]卓锡:称僧人在某地居留。卓:直立。锡:锡杖,僧人出外所用。

[14]信施:谓信者之施物也。

草莱:犹草莽。杂生的丛草。

弘法:佛教语。谓弘扬流通佛法。

[15]度:僧尼道士劝人出家。

[16]赡:资助。

[17]戒行:佛教徒在身、语、意三方面遵守戒律的行为。

精严:精练谨严。

禅观:禅坐以参究佛教的教理,是禅修的一种方法。

[18]旱魃(bá):传说中引起旱灾的怪物,比喻旱象。

利赖:谓依傍,依靠。

[19]方伯:古代一方诸侯中的领袖称方伯。明清布政使皆称方伯。

遗藻:遗文。

[20]景泰:明代宗朱祁钰的年号(1450—1456 年)。

檀越:也作"檀信"。施主,奉佛的善男信女。

[21]易州为府:明嘉靖十年(1531 年)升安陆州为承天府,治钟祥。

[22]隆庆:明穆宗朱载垕(hòu)的年号(1567—1572 年)。

[23]万历庚寅:明万历十八年,1590 年。

[24]右族:古代以右为尊,六朝时重门第,称豪门大族为右族。

[25]抡木:挑选木材。

[26]翚(huī)飞:像翚高飞。形容宫室华丽。翚:五彩的野鸡。

端拱:端坐,拱手致敬。

湛如:安然。

[27]郁如:丛集茂密的样子。

[28]奚翅:同"奚啻"。何止,岂但。

清梵:谓僧尼诵经的声音。

[29]四彻:四达。

风篁:风吹着竹林。篁:竹林。

无往:无论到哪里。

摩诃:梵语音译,意译为大、多、胜。

[30]荆襄郧郢:荆州、襄阳、郧阳、郢州。

道场:亦称"法场"。佛教指诵经礼佛修道成道之处所。

[31]宦游两京:在应天(南京)和北都(北京)做官。宦游:旧谓外出求官或做官。两京:明永乐后指南京和北京。

国事:国家的政事。

[32]返初服:指希望辞官退隐之意。初服:指出任官职前的衣服。

逃禅:指逃避世事,参禅学佛。

需:等待。

性灵:内心世界。泛指精神、思想、情感等。

[33]载脂:抹油于车轴上。谓准备起程。载:发语词。脂:润滑车轴的油脂。

[34]颠末:犹始末、本末。前后经过情况。

援笔:拿起笔来,谓执笔写作。

[35]通奉大夫:文散官名。明制通奉大夫为从二品升授之阶。

户部尚书郎:户部郎中。

[36]万历乙卯:明万历四十三年,1615 年。

姑洗:指夏历三月。本指十二音律之一,与三月相配。

穀旦:良辰,晴朗美好的日子。旧时常用为吉日的代称。

沙门:原为古印度反婆罗门教思潮各个派别出家者的通称,佛教盛行后专指佛教僧侣。

崑:音 kūn。

观音寺福田记

陈所学

　　尝观易卦,先王鼎烹以飨上帝,而大烹以养圣贤,盖古者教养兼隆意也[1]。故卿以下必有圭田,下逮余夫亦授田二十五亩[2]。此又《颐卦》所谓养贤以及万民者乎[3]?佛法入中国,创福田利益之说,言恩田供父母,敬田供佛僧,悲田供贫病,总名曰福也。唐王维诗:"乞饭从香积,裁衣学水田[4]。"盖襞绩袈裟,以象田之义也,或取衣钵兼传者欤[5]?《四十二章经》:"饭持五戒万人,不如饭一须陀洹。饭斯陀含千万,不如饭一阿那含。饭阿罗汉亿万,不如饭一辟支佛。"佛为世尊故也[6]。

　　邑人吴君施田供佛,给食饭僧,岂贪利益而为是哉[7]?夫圣王人情以为田,其弘济宁有待乎[8]?诗云:"岂弟君子,求福不回[9]。"吴君有焉[10]。

题解

本文录自清康熙七年(1668 年)版《景陵县志·卷之七·享祀志》第 65 页。文前记载:"观音寺在县东北,去石堰口不远。庠生吴贵施田。有福田记。司徒陈所学福田记。"司徒:户部尚书别称为大司徒。陈所学官至户部尚书。

福田:佛教语。佛教以为供养布施,行善修德,能受福报,犹如播种田亩,有秋收之利,故称。

注释

[1]鼎烹:贵族古代祭祀盛牲之具,也用为食具。

飨(xiǎng):通"享"。祭祀,祭献。

大烹以养:以丰盛的食品去奉养人。语出《易·鼎》:"而大亨以养圣贤。"

教养兼隆:教化民众与奉养圣贤的意愿都很强烈。兼:同时占有。隆:盛,多。

[2]卿以下必有圭田:语出《孟子·滕文公上》:"卿以下必有圭田,圭田五十亩。"圭田:古代卿、大夫、士供

祭祀用的田地。

下逮余夫亦授田二十五亩：语出《孟子·滕文公上》："余夫二十五亩。"余夫：西周受田制度中非主要受田者。农户中一人为夫，系主要受田者，其余劳动力称为余夫。

[3]《颐卦》所谓养贤以及万民：语出《易·颐卦》："天地养万物。圣人养贤以及万民。"天地养育万物，圣人颐养贤人，养育万民。

[4]乞饭从香积，裁衣学水田：语出王维《过卢四员外宅看饭僧共题七韵》。

香积：香积厨。佛教僧人的食厨。香积，原为佛名。其佛土为众香世界，其间一切都芳香无比。香积厨即取香积佛的世界饭香之意。

水田：水田衣。因袈裟系用多块长方形布缝成，观之如水田分界，故名。

[5]襞(bì)绩：衣服上的褶子。

象田之义：指袈裟系用多块长方形布缝成，观之如水田分界。

衣钵兼传：衣钵相传。佛教禅宗师徒间道法的授受，常付衣钵为信，称为衣钵相传。后泛指师父传法于徒弟，以及思想、学术、技能方面的继承。衣：指僧尼穿的袈裟。钵：食器。

[6]四十二章经：相传为中国第一部汉译佛经。后汉迦叶摩腾和竺法兰共译于汉明帝永平十年(67年)。

"饭持五戒万人"一句：原文为：

"佛言，饭凡人百不如饭一善人，饭善人千不如饭持五戒者一人，饭持五戒者万人，不如饭一须陀洹，饭须陀洹百万不如饭一斯陀含，饭斯陀含千万不如饭一阿那含，饭阿那含一亿不如饭一阿罗汉，饭阿罗汉十亿不如饭辟支佛一人，饭辟支佛百亿不如饭一佛。学愿求佛欲济众生也。"

持五戒者：奉持五戒者。五戒：佛教制定的不杀生、不偷盗、不邪淫、不妄语、不饮酒的戒律。

须陀洹(huán)：佛教名词。意为初入圣道，又译作"入流""预流"。是小乘佛教修行所要达到的四种道果之一，即声闻四果之"初果"。

斯陀含：即"一来"。为小乘佛教修行之"四双八辈"之二。

阿那含：佛教声闻乘(小乘)的四果之三，为断尽欲界烦恼、不再还到欲界来受生的圣者名。

阿罗汉：为小乘佛教修行之"四双八辈"之四，代表小乘佛教修行的最高果位，又称"阿罗汉果"。

辟支佛：指未经佛指导就独自觉悟却又不对人说法或教化的圣者。

世尊：释迦牟尼佛的称号，意为世间至尊。

[7]给食饭僧：向和尚施饭。迷信者修善祈福的行为。

为是：做这件事。

[8]夫圣王人情以为田，其弘济宁有待乎：圣王以人情为本，广为救助，

难道不需要什么凭借吗?

圣王:古指德才超群达于至境之帝王。

人情以为田:语出《礼记·礼运》:"礼义以为器,故事行有考也;人情以为田,故人以为奥也;四灵以为畜,故饮食有由也。"以礼义为工具,所以行为可以考核;以人情为田地,所以人成为主体;以四灵为养畜,所以饮食有来源。

有待:佛教语。谓人身须待食物、衣服等资财而生活。

[9]岂弟(kǎi tì)君子,求福不回:和乐平易好个君子,求福有道不邪不奸。语出《诗经·大雅·旱麓》。岂弟:通"恺悌"。平易快乐。回:奸回,邪僻。

[10]吴君有焉:吴君就是具有这样性情的君子呀。

祭始祖文

陈所学

昆仑渐而为龙门,岷嶓疏而为江汉[1]。自非本原之高厚,何以流衍之浚长[2]。而庇树者即思培其根,饮泉者必务祀其源。飨利既以无涯,笃报其恶可已[3]?恒情固然,无或爽者[4]。而况吾启土肇基之祖,又况吾祖妥灵发祥之地耶[5]!

惟祖秉义质仁,履忠蹈信[6],虚舟不校[7],恒畸于人而侔于天[8]。焚券如忘[9],即阳为贷,而阴为积。爰杖马箠,出贾景、沔,乐松石土风之盛,而相宅居之[10]。筚路蓝缕,以启山林[11]。顾业已缔造夫室家,而终不能忘情于桑梓。时出时入,数往数还。晚乃倦游,终于首邱[12]。而家松石者,一再传而蕃庶,三四传而寝炽[13]。箕裘诗书,代有闻人[14]。即以所学之不肖,亦忝旬宣于八闽[15]。兴门知先德之长,昌世卜观光之远[16]。追念原原本本,何敢一日忘诸。而地分楚越[17],人隔天涯,仅能蒸尝于几筵,无由骏奔于墟墓[18]。呜呼!碑立思贤,仁人犹笃敬于往哲[19];茔禁刍牧,孝子恐贻戾于所亲[20]。矧属玄来,何独无念[21]?敬诹今吉,遣使代申,灌醴崇肴,芜词寄酬[22]。

尚冀牛眠衍庆,马鬣孕灵[23]。二百年来,愈瞻郁郁葱葱之气;一朝封内,更显绳绳振振之祥[24]。石椁铭而佳城开,宅兆叠呈休征;坤轴转而旺气盛,戬谷以莫不增[25]。祖其来歆,施于孙子[26]。

题解

本文录自陈心源纂修、1948年版、天门市干驿镇松石湖《陈氏宗谱·卷六下·艺文》第25页。同版族谱卷四下第17页记载陈所学《与乐安竖碑族人书》云:"祖宗根本之地,何尝不刻刻在念。盖往岁入闽之初,悃忱久积矣。矧辱恭继诸金玉远临,业已面订约于春初。而地方以税务未妥,致费苦心调停。兼之簿书沉迷,胃病许时,因循至今。念兹在兹,未尝一日敢忘也。谨肃千夫长叶正从、舍人卢铠,驰不腆之奠,代申于始祖世贞公之茔。其七尺之石,曾与来衔之几位言之详悉,托妥人竖立矣。别具竖碑及祭品之费,共计三十金。希诸丈与族长计议办祭,择于八月初七或十一日致祭。同差官以芜词面告。如不肖亲行,对越至感至恳。外具修谱公费二十余两,统希付与当事者收照。余别不宣。"

始祖:本文取以在某地最初立宗有后代繁衍的世祖为始祖意,特指天门市干驿镇松石湖陈氏始迁祖。

注释

[1]昆仑渐而为龙门:化用李白《公无渡河》:"黄河西来决昆仑,咆哮万里触龙门。"渐:疏导。龙门:即禹门口。在山西省河津县西北和陕西省韩城市东北。黄河至此,两岸峭壁对峙,形如门阙,故名。

岷嶓(bō):岷山与嶓冢山的并称。

[2]流衍:广泛流布。

[3]飨(xiǎng)利既以无涯,笃报其恶(wū)可已:既然已经享受到先人无边的利益,哪可停止笃诚的报本反始呢?飨:通"享"。享受。报:报本。受恩思报,不忘本源。恶:古同"乌"。疑问词。哪,何。

[4]恒情:常情,一般的情理。

无或爽:不含有差错。

[5]启土肇基:开拓疆域始创基业。

妥灵:安置亡灵。

发祥:泛指开始建立基业或兴起。

[6]秉义质仁:同"质仁秉义"。秉持仁义。质:体行。秉:持,执行。

履忠蹈信:躬行忠信之道。行为忠诚而有信义。蹈:实行,信守。

[7]虚舟不校:空船撞了别人的船,虽性子不好的人也不会发怒。可用于虚心地处世的意思。典出《庄子·山木》。虚舟:空船。形容将世事

看得很淡,不予挂心。不校:不计较。

[8]恒畸于人而侔(móu)于天:语出《庄子·大宗师》:"畸人者,畸于人而侔于天。"所谓畸人,就是不同于世俗而又等同于自然的人。畸人:即奇异的人,此处指不合于世俗的人。侔:齐等,相当。

[9]焚券:即焚烧债券。典自《战国策·齐策》。冯谖代表孟尝君烧掉薛地的债券。喻指免除债务的义举。

[10]爰杖马箠(chuí):于是执马鞭。

出贾(gǔ)景、沔:外出到景陵、沔阳一带做官。贾:贾正,古官名,掌管城市商业,调节物价。据陈氏宗谱记载,始祖曾在沔阳、景陵一带做武官。

松石:指今天门市干驿镇松石湖一带。

土风:地方风俗习惯。

相宅:以阴阳、五行、八卦等学说观察分析住宅好坏的方术。

[11]筚路蓝缕,以启山林:驾着简陋的车,穿着破烂的衣服,去开辟山林。形容创业的艰苦。筚路:柴车。蓝缕:破衣服。语出《左传·宣公十二年》。

[12]倦游:对在外游历或做官感到厌倦。

首邱:同"首丘"。传说狐死时,头依然朝着巢穴的方向。比喻归葬故乡。

[13]蕃庶:繁殖人口。

寝炽:有家道兴旺的意思。

[14]箕(jī)裘:家传的事业。源自《礼记·学记》:"良冶之子必学为裘,良弓之子必学为箕。"良匠的儿子,想必也能学习补缀皮衣;良弓的儿子,想必也能制作畚箕。因为工艺相近。

闻人:有名望的人。

[15]忝(tiǎn)旬宣于八闽:忝列福建承宣布政使。忝:辱,有愧于,常用作谦辞。旬宣:巡视各地,代宣王命。指承宣布政使一职。八闽:福建省的别称。福建于宋分为八个府、州、军,元分八路,明清分八府。

[16]兴门知先德之长,昌世卜观光之远:兴旺的家族可以推知先人的恩德之长,昌盛的时代可以预卜国家的盛治之远。观光:谓观仰一国盛治之光。

[17]楚越:楚国和越国。喻相距遥远。

[18]蒸尝:本指冬秋二祭。后泛指祭祀。

无由:没有门径,没有办法。

骏奔:急速奔走。参见本书第一卷李维桢《松石园记》注释[20]"荐笾豆,骏奔走"。

[19]笃敬:春秋孔子用语。指行为忠厚严肃。

往哲:先哲,前贤。

[20]茔禁刍牧:坟地禁止割草放牧。

贻戾:获罪。

所亲：亲人。

[21] 矧(shěn)：况且。

玄来：玄来礽(réng)，泛指远代子孙。玄：玄孙。来：来孙。礽：礽孙。

何独：犹何谁，谁人。独：犹孰。

[22] 敬诹今吉，遣使代申，灌醴崇肴，芜词寄酬：大意是，我恭谨地选择吉日，派遣使者转达对始祖的敬意，斟满甜酒，摆满佳肴，寄赠这篇祭文。敬诹今吉：诹吉，选择吉日。芜词：芜杂之词。常用作对自己文章的谦称。寄酬：酬寄。犹寄赠。

[23] 牛眠：即牛眠地，指风水好的墓地。语出《晋书·周光传》：“前冈见一牛，眠山污中，其地若葬，位极人臣矣。”

衍庆：绵延吉庆。常用作祝颂之词。

马鬣(liè)：本指马鬃。孔子坟墓封土状如马鬣，后即代指坟墓。此典入诗多用于悼亡。

[24] 封内：天子或诸侯的领地之内。

绳绳：无边际貌，连续不断貌。

振振：众多貌，盛貌。

[25] 石椁(guǒ)铭而佳城开：得到了石椁铭也就找到了墓地。张华《博物志·卷七·异闻》：“汉滕公(夏侯婴)薨，求葬东都门外，公卿送丧，驷马不行，踣(bó)地悲鸣。跑蹄下地，得石有铭，曰：‘佳城郁郁，三千年，见白日，吁嗟滕公居此室！’遂葬之。”石椁：古代套在棺材外的石棺材。佳城、宅兆：墓地。

休征：吉祥的征兆。

坤轴：古人想象中的地轴。

戬(jiǎn)谷：意为福禄。语出《诗经·小雅·天保》：“天保定尔，俾尔戬谷。”上天保佑你安定，降你福禄与太平。后世沿用为祝颂之词。

以莫不增：没有一样不增添。《诗经·小雅·天保》：“如川之方至，以莫不增。”恩情如潮忽然至，一切增多真幸运。

[26] 祖其来歆(xīn)：祖宗啊，请歆享供品吧。来歆：前来接受祭祀，歆享供品。

施(yì)于孙子：语出《诗经·大雅·皇矣》：“既受帝祉，施于孙子。”已经接受天帝赐福，延及子孙受福无穷。施：延续。

熊　寅（婺源知县）

清康熙三十一年(1692年)版《景陵县志·卷之十·人物志·进士》第19页记载:"熊寅,字国亮,号念塘。万历癸酉科举人,壬辰科进士。少客京师,遇异人,超然有出世志。登第后,疏请养母,得予归子舍。感乌鹤之异,母安之,为加餐,色喜。【吴郡王稚登送公归养诗:'已将三策对公车,疏请还乡慰倚闾。颇似报刘同令伯,非关谕蜀拟相如。黄金正市燕台骏,白发须供丙穴鱼。君出国门人共惜,不知谁上治安书。'】逾十年,太夫人捐养。始释褐为婺源令,惠爱洽民,功绩茂著。"

1928年版、天门市岳口镇邬越村《熊氏宗谱·卷二·寅公世系》第2页记载:清公三房第四世熊寅,生子熊庆。熊庆住殷家河团湾(旧地名)。

芙蓉岭

熊　寅

回首长安已十年,相逢岭上两茫然。愧予俗骨还为吏,羡尔丹容合是仙[1]。世事无凭蕉鹿梦,玄谈空堕野狐禅[2]。渔郎不久风波里,烟雨桃花一钓船。

题解

本诗录自清康熙三十一年(1692年)版《景陵县志·卷之十·人物志·进士》第19页。

注释

[1]俗骨:尘世中人的资质或禀赋。

[2]蕉鹿梦:《列子·周穆王》载,春秋时,郑国樵夫打死一头惊跑的鹿,

怕被人看到，把鹿藏在干涸的濠沟里，盖上蕉叶。不久，当他要取鹿时，却忘掉藏鹿的地方，他便以为是一场梦。后以蕉鹿指梦幻。

玄谈：佛教语。对佛教义理的阐述。

空堕：佛教语。谓偏执"空"义，不能融通。

野狐禅：禅宗对一些妄称开悟而流入邪僻者的讥刺语。据说从前有一老人谈因果，因错对一字，就五百生投胎为野狐。后遇百丈禅师点化，始得解脱。见《五灯会元·马祖一禅师法嗣·百丈怀海禅师》。

鉴湖鲁公（鲁鲤）墓志铭

熊　寅

赐进士出身、任婺源县知县、眷晚生念塘熊寅撰文[1]。

鉴湖鲁公以丁亥九月终于正寝，其孤从等持所为状泣涕谓不佞[2]："先君逝矣。所图不朽地下者，惟君子一言[3]。"不佞于公为姻家子，不敢以不文辞。

谨按[4]：公讳鲤，字洛卿，别号鉴湖居士。其先，为荆之长林人[5]。元至正间，思旻公避红巾乱，徙景之东冈，四传而为封翰林编修仕贤公[6]。仕贤公有二子：长处士镇，次文恪公[7]。处士公温恭慈惠，禀禀德让君子[8]。而文恪公文章德行，卓为儒宗，举弘治壬戌第一人，入翰林，读中秘书，两师成均，盖弘、正间称名臣云[9]。处士有子八人，举鉴湖公最晚[10]。甫九龄而孤，依文恪公。居奉教惟谨，与乐会公、观复公兄弟自相师友，咿唔声丙夜不辍[11]。已试有司[12]，不得志乃罢去。

服家政，事母刘孺人，孝敬笃至，先意承欢[13]。遇疾，亲尝汤药进之。孺人之亡也，友爱诸兄弟，情好无间。宗族匮乏，调护尤厚。生而养，死而赗[14]，有无与共，即倾囊无难色。公所不足非财，然犹尚节啬，无侈靡俸。昧爽而起，夜分而寐[15]。部署诸臧获，任职分功，家人罔有偷惰者[16]。用是日拓先业，以赀雄里闬[17]。里人望公称贷举火,公仅责母钱不较,里中德之[18]。景号泽国,松石湖成巨浸,不可艺[19]。公乃相地宜为堤捍之,滨湖人始有稼穑,称沃壤矣。邻有以盗议注误者[20],众冤之,莫敢白。公挺身公府,为讼冤状,得更爱书从末减云[21]。

公虽隐于稽事,然其人故儒者,晚嗜山水,与二三知己陟东冈,泛石湖,把酒谈诗,飘然风尘之外。

丈夫子八,爱不废劳,居恒谆谆戒语,谓:"吾鲁,代有隐德。至叔氏始亢宗而少替于吾,所不坠先绪、庶几代兴者[22],其在孺子乎?孺子勉之!"

公仁心为质[23],富而好行其德,至老不倦。有司廉公行谊授三老爵,而邑诸生推毂耆年渊德者率首公[24]。诸子姓说诗书,敦礼乐,彬彬胶序,有储公辅器者,公之世泽远矣[25]。公起自名家,孝友仁恕,有汉万石、宋三槐风[26]。而大其里熙熙然,行其庭断断然,所谓一乡一家之三代非耶[27]。夫公遁迹山林,不出阛阓,八索、九邱之精,托为郭驼、汉阴之愚[28]。桑林、经首之音[29],不以鸣清庙、奏郊祀,乃与欸乃大堤之歌,响答于云林山水之间[30]。其壅阏益固,而流衍益长,与文恪公比隆而埒美矣[31]。

距生正德辛未年正月十八日[32],享年七十有七。娶梁孺人,继向孺人,贞懿淑恭,妇道母仪[33],兼举并美。子男八:长循,早卒;次从、御、徙,俱庠生;胤,省掾听选[34],梁母出。复,庠生。道、待,通经,向母出。女三:长适庠生刘湖清,次适周宗解,三适何敏才。孙男二十有一,曾孙六十二。孙女十二,曾孙女十一。以万历丁亥岁十二月十九日吉时,袝葬于东冈大埠嘴祖茔之原[35]。於戏!硕德贻谋,螽斯衍庆[36],可以铭矣。铭曰:

惟鲁得姓肇东方,荆之长林厥璞藏。珪璋特达自东冈,东冈典型鉴湖旁[37]。公有隐德韫其光,宜尔玉叶世弥昌[38]。

万历丁亥岁嘉平月吉日撰[39]。

题解

本文录自清光绪十三年(1887年)版、天门市干驿镇六湾村《东冈鲁氏宗谱》卷首第77页。

鉴湖鲁公:鲁鲤,字洛卿,别号鉴湖居士。鲁铎侄子。

注释

[1]眷晚生:旧时姻亲互称,对平辈自称"眷弟",对长辈自称"眷晚生",对晚辈自称"眷生"。

[2]丁亥:明万历十五年,1587年。

终于正寝:旧时人死后一般停尸于住房正屋。指年老在家安然地死去。正寝:住房正屋。

孤从:本指幼年丧父的人。此处指丧父的人。

所为状:所写的行状。状:行状。亲友为死者所写的叙述生平事迹的文章。

不佞(nìng):谦辞。不才。

[3]不朽地下者:使逝者不朽。

惟:愿,希望。

[4]谨按:引用论据、史实开端的常用语。

[5]荆之长林:指荆门府长林县。长林:古县名。东晋隆安五年(401年)置。以其地有栎林长坂得名。治今湖北省荆门市西北。

[6]至正:元惠宗顺帝妥欢贴睦尔年号(1341—1368年)。

景:景陵。天门市在明称景陵。五代后唐以前称竟陵,五代晋至清雍正四年称景陵。

东冈:东冈岭。今天门市干驿镇松石湖东北、华严湖南一带呈东西向高地的统称。1954年,制高点在干驿镇沙嘴村毛家墩。六湾村鲁家八房湾是"东冈鲁氏"的主要世居地。

封翰林编修:鲁铎父仕贤,号松石,以鲁铎贵,封翰林编修。翰林编修是鲁铎当时的官职。

[7]处士:古时称有才德而隐居不仕的人。

文恪公:鲁铎,谥文恪。

[8]廪廪:谓有风采。廪:通"凛"。

德让:本谓为人的品德应谦让。后即指礼让。

[9]儒宗:儒者的宗师。汉以后亦泛指为读书人所宗仰的学者。

举弘治壬戌第一人:指鲁铎参加明弘治十五年(1502年)壬戌科会试,名列第一,称会元。

中秘书:宫廷所收藏之书。

两师成均:指鲁铎先后担任南京国子监和北京国子监祭酒。成均:相传为五帝时的宫廷学校,西周为国学以教王室子弟的机关。古代的最高学府。唐高宗时曾改国子监为成均监,后人亦称国子监为成均。

弘、正间：指明弘治、正德年间。

[10]举：生育。

[11]居：平时。

丙夜：三更时候，为晚上十一时至翌日凌晨一时。

[12]有司：官吏和官署泛称。古代设官分职，各有专司，故称。

[13]笃至：深厚到了极点。

先意承欢：谓孝子善于体会父母的心意而侍奉父母，让他们欢喜。

[14]赙(fù)：赠送财物助人治丧。

[15]昧爽：拂晓，黎明。

夜分：夜半。

[16]臧获：古代对奴婢的贱称。

偷惰：苟且怠惰。

[17]用是：因此。

以赀(zī)雄里闬(hàn)：凭借财富而称雄乡里。赀：同"资"。货物，钱财。里闬：代指乡里。

[18]称贷：举债，告贷。

母钱：指用来增殖的本钱。传说古代有种虫，名叫青蚨。捉它的小虫，母虫会飞来，而且不计远近。如果以母虫的血涂钱八十一文，又以小虫血涂钱八十一文，拿去买东西，不管先用母钱或先用子钱，钱都会飞回来。见晋干宝《搜神记·卷十三》。

德：感激。

[19]巨浸：大湖。

艺：种植。

[20]注：用于钱款、交易等。相当于"笔""桩"。

[21]爰书：古代记录囚犯供词的文书。

末减：谓从轻论罪或减刑。

[22]亢宗：能光宗耀祖。

替：衰微，衰落。

不坠：不辱，不失。

先绪：祖先的功业。

庶几：希望，但愿。

代兴：谓更迭兴起或盛行。

[23]仁心为质：以仁心为本性。

[24]廉：察考，访查。

行谊：品行，道义。

三老：泛指有声望的老人。

邑诸生推毂耆年渊德者率首公：推举年老而德高望重的县学生员，鲁公都是第一个。推毂：荐举，援引。耆年渊德：耆年硕德。年老而德高望重。

[25]说：古同"悦"。

敦：崇尚，注重。

胶序：殷学名序，周学名胶，后即用为学校的通称。

公辅：古代三公、四辅，均为天子之佐。借指宰相一类的大臣。

世泽：祖先的遗泽。

[26]汉万石(dàn)：西汉石奋以孝谨闻于时，与其子五人皆为二千石，乃号奋为万石君。参见本书第一卷李维桢《松石园记》注释[21]"万石君"。

宋三槐：北宋王祐于庭院植槐树三株，曰："吾之后世，必有为三公者。"世因以三槐为王氏之代称。

[27]大其里：疑指称扬于乡里。

大：赞美，称扬。

熙熙然：和悦的样子。

行其庭：行走在庭院里也看不出邪恶。语出《周易·艮卦》："行其庭，不见其人，无咎。"譬如行走在庭院里也两两相背，互不见对方被抑制的邪恶，这样抑制就不致咎害。

断断然：专诚守一的样子。

三代：指自祖至孙。

[28]阛阓(huán huì)：街市，街道。

八索、九邱：泛指古代典籍。八索：古书名。后代多以指称古代典籍或八卦。九邱：九丘。古书名，是传说中我国最古的书籍之一。为避孔丘讳，将"丘"写作"邱"。

托：假托。

郭驼：郭橐驼，是柳宗元《种树郭橐驼传》中的人物。郭橐驼种树能顺应树木生长的自然规律，认为做官治民，命令不能太烦，干涉不能过多。

汉阴：此处指汉阴丈人。《庄子·外篇·天地》载，子贡游学归，经汉阴时见一丈人（长老之称）掘井取水浇菜，费力大，而收效小。子贡就向他建议，用机械桔槔(jié gāo)提水。汉阴丈人斥笑其为"机心"。

[29]桑林、经首之音：语出《庄子·养生主》："合于《桑林》之舞，乃中《经首》之会。"符合《桑林》之舞和《经首》之乐的节奏。

桑林：商汤时的乐曲名，配合该乐曲的舞蹈即为桑林之舞。

经首：传说是尧时《咸池》乐中的一章。

[30]清庙：指古帝王祭祀祖先的乐章。

郊祀：古代于郊外祭祀天地，南郊祭天，北郊祭地。

欸(ǎi)乃：象声词。摇橹声。

[31]壅阏(è)：隔绝，阻塞。

流衍：广泛流布。

比隆：同等兴盛。

埒(liè)美：比美，媲美。

[32]正德辛末年：明正德六年，1511年。

[33]贞懿：贞洁懿美。多指妇德。

淑恭：贤淑谦恭。

妇道：为妇之道。旧多指贞节、孝敬、卑顺、勤谨而言。此处指守为妇之道。

母仪：人母的仪范。

[34]庠生：明清两代府、州、县学的生员别称。"庠"为古代学校名称。

掾(yuàn)：古代官府属员的通称。

听选：明清对已授职而等候选用者之称。

[35]祔(fù)：合葬。

[36]硕德：指大德之人。

贻谋：指父祖对子孙的训诲。

螽(zhōng)斯衍庆：像螽斯那样庆贺着子孙的繁衍。旧时比喻子孙众多，是祝颂的话。语出《诗经·周南·螽斯》。螽斯：一种生殖力极强的昆虫。衍：繁衍，延续。庆：庆贺。

[37]珪璋特达:指古代特出的、贵重的玉制礼器。后用以喻指特殊高贵的人品。珪璋:古代贵重的玉制礼器。特达:特出,特殊。

[38]韫(yùn):藏,蕴藏,怀藏。

宜尔:宜然。应该这样。

玉叶:喻皇家子孙。

[39]嘉平:腊月的别称。本为腊祭的异名。腊祭,每年十二月八日举行的年终祭祀,以祭先祖百神为主,故十二月称嘉平。

附

书熊婺源公(熊寅)逸事

胡承诺

公名寅,字念塘。万历中进士。官婺源令。

少有弱疾,因讲辅体延年术。客京师,徘徊长安街,有道人修髯伟貌,神采清炯。公知其骨青髓绿士也,辄目之入饭肆。铺饪馈馏炊于釜者,气浮浮然,释不取,掇宿饭所,余冰糜啖之,俄,数升都尽。公谓之曰:“弃彼取此,宁有意乎?”道人曰:“此中冷之为愈耳。”公益旨其言,从之不舍。遂相随至隐屏处,北面长跽:“愿受教。”道人喜,踦间而语,日下舂未已,大抵皆练魄行气法也。语秘,人莫能知。出袖中方寸缄,有赫蹏书,封题甚固。授公曰:“子异日有厄,方发此缄,当相助于险阻。我,邹月宾也。他年,芙蓉岭上复与子期。”言讫而去。

公素好道,及遇异人得秘术,益超然有遗世志。计偕公车举进士,念太夫人春秋高,得请长假侍养,栖迟里间。久之,太夫人捐色养。公既免丧,始释褐得婺源。舟行入彭蠡,飓风大作,樯折帆摧,济川之具皆废,得胶浅洲不溺。公曰:“此真破冢出矣。”取道人缄发视之,有“告汝婺源”数字,余仍秘语也。居未几,以公事之郡传遽,出于峻岭高峰,翼云长松,昔日忽见。月宾空中相与,道旧故如平生欢。公舆中举袖揖之,时吏人夹毂者、厮徒举舆者,若竦身而起、凌虚而步,不知足之附地。即公所乘舆,亦不丽于肩而丽于空,咸洒然异之。问其地,则芙蓉岭也。公有诗云:“回首长安已十年,相逢岭上两茫然。愧余俗骨还为吏，羡尔丹容合是仙。世事无凭蕉鹿梦，元谈空堕野狐禅。渔郎不久风波里，烟雨桃花一钓船。"

公精理学，尤耽道味。乐清净而远荣利，屏虚名而崇实政。惠爱洽于民心，功绩书于计簿。竟以疾卒于官舍。临终作偈曰："我外原无我，吾今却见吾。世间多少事，曾了一些无。"识者知其蜕脱轻举，从月宾子游也。

初，道人戒公曰："吾法，非促促欲有所见者，慎勿轻语人！有愿学者，致斋七日，立坛场盟誓而后授之。非是，吾遣汝矣！"公家居日，中丞徐公，邑先达也，从容语次，问："传异人术，可得闻乎？"公重违其请，稍举示徐公。夜梦月宾诘之，曰："嘱子勿泄吾言，抑何语之深也？罪当笞。"取大荆笞之，五发而后止。公痛痦，取火视之，臀间隐起若笞痕者五。亟谒徐公，复设坛场，斋戒如道人指云。

故曰：聚则成形，散则成气。真气见形，谓之阳神。性命双修乃合道，真神仙中人。夫何常之有哉！

题解

本文录自吴履谦编、清道光丙申（1836 年）版《竟陵文选·卷中》第 54 页。

朱一龙（吏部考功司郎中）

清乾隆乙酉(1765年)初版《天门县志·卷十四·宦迹》第17页记载:"朱一龙,字虞言。神宗壬辰进士。司理苏州,材敏断,谳(yàn)决多所平反。时太守朱燮元、郡佐朱芹,咸著卓异,有'一郡三朱'之誉。庚子分考南畿,明年迁吏部,终考功郎中。"

杨公（杨凤翥）去思碑记

朱一龙

杨公为政期年,化维新而民丕变[1]。邑人惟恐公一日去,不得终奉事以利益我桑土。而亡何公当太夫人忧[2]。邑人仰天而拊号曰:"嗟乎! 使公奉内召,人民犹以献皇帝之灵请强留公[3],而不幸公当大痛;请命于天子,夺公之情而与之民。"公方寸乱矣,亦何情及于民耶? 于是公谢邑事,朝闻讣而夕届行。杖躄徒跣,号哭出国门[4]。邑人冕衣裳者及缝掖跗注之士暨诸父老田氓[5],自南郭属之境外,无虑数千、万人,相与壅塞郊关遮留公[6]。度不可留,乃亦号泣而随公行。素车白马,络绎数十、百里不绝。又醵金就南郭为特祠祀公[7],而乃征记于不佞。不佞敬问状,则合辞以对曰:公善众大,更仆不易数[8]。其精微又未易测,姑陈其显者——

邑故敝,重以山陵,集内外使者一城内,皆令所严事。稍脂韦,辄诎辱;见伉直,又速尤矣[9]。公贞心直道,济之以和,第无失其所以事之者[10];而一切取给,无后时,亦无失已[11]。久之而诸使者皆服公清真,敬日益隆也。

邑当要道，车马舳舻相衔，而悉馆谷于令[12]。令无他入，公自减损服御以充交际[13]，尝苦不足。即不足，客亦谅公清苦，不苟责，而声誉益藉甚。

赋，以田程也[14]。而民或有无田之赋。豪有力者借他族以复其家，又食不赋之田。公慨然曰："敝极矣！"为之清正，得匿赋千余斛[15]，并去其浮赋。即胥吏无所上下其手，闾左无所容其奸[16]。民输赋，戒司柜者如额。尝发柜，百钱赢一，立黜其赢者还民[17]。岁当审丁，去其所谓枯丁者，而核实丁。民感其诚，无敢隐。即隐，公悉得之，惊以为神，而丁亦增几及千矣。

庠序故辖于府，令惟子弟视诸生若客耳[18]。而郡诸生咸亲就公若明师，凡执经来者辄请正，公无虚日[19]，莫不虚往实归。于是士民化而从礼乐、习逊让，莫有以讼至。即以讼，公判其牒，是非而曲直之，民皆心服去。裹粮而至，粮未及炊，而讼已平。然而猾顽武健，又未尝不痛抶矣[20]。

辛、壬之际大水[21]，民不得食。公尽缓其征，求急发以赈其穷人，出俸多买粟实预备仓。曰："得请而发，民不食矣。仓又不可虚，令自为救民计，故急也。"公悯民困，又无敢奸国赋，酌国与民两利之。公犹曰，未也。水以为灾，堤防之不善，郡故有永镇堤遏水，而无使浸于其邑，水涨辄圮，有司之过也。倡诸民而筑之，佐以赎粟，遂永为民利焉。

他若葺学舍、恤诸生，部署同官分曹受事[22]，平市价、剔神奸、理民舫、禁民自杀诸大政，不可殚举，则公所以修事、而民所以慕公者也[23]。

不佞佯为抑之曰："公亦惟修举常政耳。"则又合词进曰："不然也。即古圣贤，亦惟修举其常者耳[24]。"不佞振冠肃容作而曰："常则可久。此天地不言而化成、帝王无为而就理者[25]。夫令非以刻异，惟期安民。至于安民，而令之事毕矣[26]。公不能外于民与政，惟以实心敷政、以实政治民。推行不见其迹，变化不以为扰[27]。载其清静，抵于宁壹[28]，即诗书所称，何以加兹？夫公宰百里，未尝私于百姓，而百姓莫不谓公贤也；未尝狥于缙绅学士[29]，而缙绅学士莫不以公为贤也。又上之未尝从欲以奉诸部使，而诸部使不谋而贤公，其荐剡未尝不首公也[30]。且也公在，邑人若不知有公[31]；公去，而盈庭呜咽、倾国走哭，送公逾境，攀辕腾颂，若免赤子于怀而不忍离，又若梦寐神明而若或睹者，且为尸祝报享，此岂声音笑貌可袭取哉[32]？"

公为政，心日夜无不在民者。及闻太夫人丧，皇皇焉如有求而不得，毁容骨立[33]。吏民就公而吊慰者，公若罔知。岂非仁心至性，不以外遇易孺慕耶[34]？公不忘太夫人以成其孝，邑人不忘公以成其忠，上下交相尽于以征公之政矣[35]。

不佞邻于邑，又尝觐公清光[36]，故详公之大者。遂因邑人之请而次之，以泐诸石[37]。并以告夫令民者，常道自足为政，乌容刻异为哉[38]！

公讳凤翥，号卷阿。登万历辛卯贤书[39]。蜀之巴县人。

万历癸卯年[40]。

题解

本文录自清同治六年(1867年)版《钟祥县志·卷之十八·记》第43页。李权编、1933年版《钟祥金石考·卷三》第16页收录本文，注明："朱一龙，字虞言，景陵人。"

杨公：杨凤翥，巴县人。举人。明万历二十九年(1601年)任钟祥知县。

去思：旧称地方绅民对离职官吏的怀念。

注释

[1]期(jī)年：一年。期：时间周而复始，一年过去即将开始新的一年，故称期年。

丕变：大变。

[2]亡何：同"无何"。不久。

当太夫人忧：值母亲之丧。

当……忧：丁忧。古代官员遇父母亡故，一般均解除官职，守丧三年(实际为二十七个月)，称为丁忧。丁：当。

太夫人：汉朝规定只有列侯的母亲可称太夫人。后世成为对官员母亲的尊称。

[3]拊号：捶胸号哭。

奉内召：奉旨内召。古时称大臣

被皇帝召见为内召。

献皇帝:明非正式皇帝,为明世宗朱厚熜(cōng)之父兴王朱祐杬(yòu yuán)之追称。朱祐杬就藩湖广安陆州(州治钟祥)。

[4]杖躄(bì):扶杖躄踊。因哀痛而扶杖而行、椎胸顿足。

徒跣(xiǎn):赤足步行。

国门:泛指一般城门。

[5]缝掖:大袖单衣,古儒者所服。亦指儒者。

跗(fū)注:古代的一种军服。

田氓:田夫。

[6]遮留:拦阻挽留。

[7]醵(jù)金:集资,凑钱。原文为"聚金"。

[8]善众大:善待大众。众大:即大众。表示数量很多的人。

更仆不易数:形容事物繁多,数不胜数。原是孔子回答鲁哀公关于儒行的问话,意思是儒行很多,一时说不完,即使换易仆人(指谈话时间长了,换一批招待的人)也未必能说完。

[9]脂韦:油脂和软皮。比喻阿谀或圆滑。

诎(qū)辱:委屈和耻辱。

伉(gāng)直:刚直。

速尤:招致过错。

[10]贞心:坚贞不移的心地。

第无失其所以事之者:却不失去做人的根本原则。

[11]无后时,亦无失已:无失时之

叹,也就没有差错了。后时:失时,不及时。

[12]馆谷:居其馆舍而食其粮谷。

[13]服御:乘马驾车。

[14]程:计量,考核。

[15]斛(hú):量器,容十斗。

[16]上下其手:有关楚国大臣串通作弊的历史典故。向上抬手、向下垂手示意以诱供舞弊。后遂称诱供、舞弊而枉法为上下其手。

闾左:秦代居住于里门之左的贫民。闾指里门。

[17]赢:古同"赢"。满,有余。

[18]庠序故辖于府:学校以前为安陆州所辖。庠序:古代地方学校的泛称。与天子的辟雍、诸侯的泮宫等大学相对而言。后人通释庠序为乡学,亦以庠序概称学校或教育事业。

诸生:明清两代称已入学的生员。俗称秀才。

[19]执经:手持经书。谓从师受业。

请正:请求指正。多用为敬辞。

虚日:空闲的日子,间断的日子。

[20]猾顽:奸狡凶恶之人。

武健:勇武刚健之人。此处是贬义。

抶(chì):用鞭、杖或竹板之类的东西打。

[21]辛、壬之际:此处指明万历辛丑、壬寅之际,万历二十九年、三十年之间。

[22]分曹:犹今之分部门,分科。

[23]修事:指治理政事。

[24]修举:推行。

[25]天地不言而化成:天地有极大的功德而不言,却能成功教化万民。化成:教化万民以成礼俗。

帝王无为而就理:帝王无为而治,天下却治理得很好。理:治理得很好。

[26]至于安民,而令之事毕矣:意思是,县令的职责全在于安民。

[27]推行不见其迹,变化不以为扰:施政看不到严厉的措施,革故鼎新却不扰民。

[28]载其清静,抵于宁壹:清静无为、休养生息的政策使老百姓过上了安宁的生活。语出《汉书》"画一歌":"萧何为相,讲若画一。曹参代之,守而勿失。载其清静,民以宁壹。"宁壹:安定统一。

[29]狥:曲从。

[30]从欲:犹言"遂愿",顺合心愿。

部使:部使者。

荐剡(shàn):古代荐举人才的公用文书。

[31]且也公在,邑人若不知有公:称颂对方施行德政,无为而治。

[32]攀辕:泛指百姓眷恋或挽留良吏。典出《东观汉记》:"第五伦为会稽守,为事征,百姓攀辕扣马呼曰:'舍我何之!'"

腾颂:腾舆颂。沸沸扬扬,即使在道路上人们的称颂也不绝于耳。舆颂:民众的称颂之声。

免赤子于怀:与怀中的小孩分开。免:别离。

尸祝:祭祀。

报享:谓上帝酬答祭享。

袭取:沿袭取用。

[33]毁容骨立:常作"哀毁骨立"。形容因居亲丧悲损其身,瘦瘠如骨骸支立。

[34]至性:多指天赋的卓绝的品性。

孺慕:对父母的哀悼、悼念为孺慕。

[35]征:证明,证验。

[36]不佞(nìng)邻于邑:指作者故里天门与钟祥接壤。

觐(jìn):进见,访谒。

清光:清美的风采。多喻帝王的容颜。

[37]次:编次,编纂。

泐(lè):同"勒"。刻。

[38]乌容:不用。

[39]登万历辛卯贤书:明万历十九年(1591年)辛卯科中举。登贤书:科举考试用语。指乡试中举。贤书:本意指举荐贤能的名单。

[40]万历癸卯年:明万历三十一年,1603年。原文在标题下。

吴文企（宁夏兵粮道）

吴文企(1564—1624年)，字幼如，一字士行，一字季骊(guā)，号白雪，天门市石家河镇人。明万历十九年(1591年)辛卯科举人第二名。万历二十六年(1598年)戊戌科进士。官终宁夏兵粮道。著有《絮庵惭录》。

清道光元年(1821年)版《天门县志·卷之二十三·人物宦迹》第11页记载："吴文企，字幼如，一字士行，号白雪。万历戊戌进士。幼读书三一庵，与同邑李纯元相淬厉，俱成名。初授南户部主事，榷武林北新关，减杂税三千金。擢守宁波府，再守湖州。以监司起官，观察秦中，视学宁夏，纳款塞外。最闻，赍金赐秩，卒于官。其威望著于西北，风采整于东南。当守吴兴，于郡斋掘地得石，为元丰时物，镌曰玉笋。去官无长物，携之归。吴兴至今称'风流太守'，肖像祠之。"

登巾子山望海

吴文企

壮阔有如此，苍茫天汉浮。疑将空作岸，真有芥为舟[1]。波撼鱼盐国，云蒸蛟蜃楼[2]。何须问身世，泡影在中流。

高楼万里色，轻衫三月时。凭阑一送目，郁岛如纤眉[3]。龙女波间隐，鲛人石上窥[4]。三山明更灭，仿佛见安期[5]。

城下大瀛海，城头姑射山。乾坤烟影外，日月浪沤间[6]。久坐成佳聚，忙来得暂闲。王乔频送酒，此兴未应删[7]。

酌酒临沧海，论兵到武城[8]。龙旗高日月，犀炬骇鲲鲸[9]。飓色惊随定，岚烟黯复明。当年遣方士，飘泊向东瀛。

便欲乘潮去，登临小白华[10]。凭谁辨灰劫，算数等河沙[11]。开士原居海，仙姬旧姓麻[12]。蓬莱几清浅，何处觅浮槎[13]？

题解

本诗录自清乾隆四十五年(1780年)版《镇海县志·卷之八·艺文》第54页。署名为"郡守吴文企"。据清光绪五年(1879年)版《新修镇海县志·卷六·山川上》第2页订正。四库全书本《明诗综·卷六十三》第31页收录本诗第5首,题为《登定海八面楼望海》,文字有异:"便欲乘潮去,登临小白华。凭谁辨灰劫,无术算河沙。开士元居海,仙姑旧姓麻。蓬莱几清浅,好问蔡经家。"

巾子山位于镇海古城东北,因"山形卓立如巾帻"而得名。

注释

[1]芥为舟:语出《庄子·逍遥游》:"覆杯水于坳堂之上,则芥为之舟,置杯焉则胶,水浅而舟大也。"陆德明释文:"芥,小草也。"后因以芥舟比喻小舟。

[2]蛟蜃(shèn):蛟与蜃。亦泛指水族。

[3]郁岛:传说是能移动的仙山。

[4]鲛人:神话传说中的人鱼。

[5]三山:传说中的海上三神山。晋王嘉《拾遗记·高辛》:"三壶,则海中三山也。一曰方壶,则方丈也;二曰蓬壶,则蓬莱也;三曰瀛壶,则瀛洲也。"

安期:安期生。仙人名。

[6]浪沤(ōu):浪花。

[7]王乔:传说中的仙人名。

[8]武城:讲武城。古城名。在河南临漳漳河上。三国魏曹操所筑。

[9]犀炬骇鲵鲸:化用陆游《航海》:"鬼神骇犀炬,天地赫龙火。"

犀炬:燃犀列炬。排列的犀牛角火炬。燃犀:《晋书·温峤传》载:传说温峤曾至水深而多灵怪的牛渚矶,他点燃犀牛角照向水面,看到了很多水中怪物。列炬:排列火炬。

鲵(ní)鲸:即鲸。雄曰鲸,雌曰鲵。

[10]小白华:普陀山别名。旧属浙江定海。

[11]凭谁:疑问语气。正面意谓"没谁"。

灰劫:佛教语。指大三灾中火劫后的余灰。

算数:计算。

河沙:恒河沙数。佛经常用恒河中沙子的数量做比喻,形容非常多。

[12]开士:菩萨的异名。以能自开觉,又可开他人生信心,故称。

仙姬旧姓麻:指麻仙姑。传说中的古代仙女。据葛洪《神仙传》载,麻姑是豫章郡建昌府人。东汉桓帝时,她降于蔡经家,年十八九,能掷米成珠,自言曾见东海三次变为桑田,蓬莱之水也浅于旧时。传说三月三日,为西王母寿诞,麻姑曾以灵芝酿酒为西王母祝寿,名曰"麻姑献寿"。

[13]浮槎(chá):木筏。传说中来往于海上和天河之间的木筏。槎:同"查"。

题资福寺同僚友作

吴文企

行到寺边寺,坐看山外山。讲堂分户牖,野席对溪湾[1]。暗水香厨引,高云绝顶还[2]。茶瓜深话久,欲起更牵攀[3]。

题解

本诗录自四库全书本《明诗综·卷六十三》第31页。

资福寺:在今浙江湖州弁山云峰南麓。

同僚:同在一衙门为官者的互称。

注释

[1]户牖(yǒu):门窗。

[2]香厨:僧家的厨房。

[3]牵攀:牵拉。

游道场山

吴文企

白塔高悬山寺,青林不远人家[1]。载出村庄儿女,折来杨柳桃花。

树暝云归山寂,花飞客至春闲。候吏从他溪口,老僧伴我松间[2]。

白石香泉相引,青袍柳色平分[3]。家在桃源湘水,几时带得归云?

短屋青山轻霭,小舟碧浪柔风[4]。归到郡城春望,湖山只在楼中[5]。

郢人吴文企书[6]。

题解

本诗录自黄宾虹、邓宝编,神州国光社 1947 年版《美术丛书四集第 8 辑》中的《湘管斋寓赏编·卷二》第 124 页,原题为《游道场山抵归云庵暮矣翌日庵僧索诗得六言四绝》。注为录自吴文企书法作品:"白鹿纸,行草书十九行,有白文'吴文企'印。"注明吴文企为湖州知府,湖广景陵人。吴文企简历后附吴绮、施润章等人和诗。四库全书本《御选明诗·卷一百十八》第 18 页收录该诗其中第一首、第四首,题为《泛舟碧浪湖(二首)》,正文文字有异。碧浪湖:位于今浙江省湖州市南。

注释

[1]白塔:《御选明诗》作"绀(gàn)塔"。绀塔:寺前佛塔。

青林:《御选明诗》作"兰舟"。

[2]候吏:即候人。古代掌管整治道路稽查奸盗,或迎送宾客的官员。此处指迎送宾客的官员。

[3]青袍:比喻包围在树干上的苔藓。

[4]短屋青山轻霭:《御选明诗》作"小棹白苹洲渡"。轻霭:轻淡的云雾。

小舟碧浪柔风:《御选明诗》作"轻帆碧浪湖风"。

[5]郡城:指当时湖州府治乌程,即今湖州市。

只在:《御选明诗》作"尽在"。

[6]郢人:承天府(清复名安陆府)古称郢州,治湖北钟祥郢中。时景陵(今天门)为承天府所辖,吴文企为景陵人,故云。

憩挂瓢堂并吊孙太初之墓

吴文企

松风谡谡鸟关关,一派归云茂草间[1]。抛却玉瓢埋却杖,好因名姓唤孙山。

寒食后同司李李生培游道场山归[2]，路憩挂瓢堂，并吊孙太初之墓。时万历乙卯[3]。吴文企。

题解

本诗录自黄宾虹、邓宝编，神州国光社 1947 年版《美术丛书四集第 8 辑》中的《湘管斋寓赏编·卷二·归云庵明人墨迹卷》第 144 页。原文无标题。注为录自吴文企书法作品："淡碧笺，大行书十四行。"

挂瓢堂：浙江湖州城南道场山南麓有归云庵，原是唐代诗人阎士和的隐居之地，因皎然来访，诗中有"空见归云两三片"句而得名。庵中有挂瓢堂，这是明代高士孙太初(一元)的隐居处，太初过世后即葬庵旁。挂瓢：相传许由饮水无杯，有人赠以一瓢，由饮毕，悬于树上。后以挂瓢为隐居或隐者傲世的典故。

孙太初：孙一元，字太初，号太白山人，别称关中，别称秦人。明代诗人。卒年37。

注释

[1]谡谡(sù)：劲风声。

关关：鸟类雌雄相和的鸣声。后亦泛指鸟鸣声。

归云：指归云庵。

[2]司李：官名。即司理。狱官也。李：通"理"。

[3]万历乙卯：明万历四十三年，1615 年。

初至朔方南塘公宴

吴文企

受降城外兰山远，细柳营边晚翠多[1]。白屋万烟邻紫塞，青天一雁渡黄河[2]。马嘶芳草群罴虎，鱼丽长波起鹮鹅[3]。莫以哀筇恼胡拍，铙歌吹罢听吴歌[4]。

题解

本诗录自吴文企著、天津图书馆藏、明末刻本《絮庵惭录》。

朔方:北方。

南塘:在宁夏银川老城南熏门外、永通桥西南。明代为缙绅士民休闲娱乐的风景胜地。

注释

[1]受降城:城名。汉唐筑以接受敌人投降,故名。

细柳营:西汉名将周亚夫屯守的军营,后世因称纪律严整的军营作细柳营。细柳:在今陕西咸阳市西南。

晚翠:日暮时苍翠的景色。

[2]紫塞:北方边塞。晋崔豹《古今注·都邑》:"秦筑长城,土色皆紫,汉塞亦然,故称紫塞焉。"

[3]鱼丽长波起鹳(guàn)鹅:指战阵变换。语出张衡《东京赋》:"鹅鹳鱼丽,箕张翼舒。"

鱼丽:古代车战阵法。《左传·桓公五年》:"为鱼丽之阵,先偏后伍,伍承弥缝。"杜预注引《司马法》:"车战,二十五乘偏,以车居前,以伍次之,承偏之,而弥缝阙漏也。五人为伍,此盖鱼丽阵法。"

鹳鹅:鹅鹳阵。春秋时的一种阵法。见载于《左传》。此阵以中军为鹳军,以两翼及外围为鹅军。作战时互相配合、互相掩护。

[4]哀笳:悲凉的胡笳声。

胡拍:《胡笳十八拍》,古琴曲。词曲皆为汉末蔡琰(文姬)所作。胡笳十八拍是蔡文姬返回汉朝的路上创作的。胡笳,原来是古代西北少数民族的一种吹奏乐器;十八拍,就是十八段歌词。

铙歌:凯歌。

吴歌:吴地之歌。亦指江南民歌。

对　酒

吴文企

贺兰山下古边头,冰泮黄河水北流[1]。座客尽倾桑落酒,游人只少木兰舟[2]。闭关此日无骄虏,系颈他年想胜筹[3]。寄语诸公各努力,五云直北是神州[4]。

题解

本诗录自吴文企著、天津图书馆藏、明末刻本《絮庵惭录》。

注释

[1]边头：边塞，边境。

冰泮：冰冻融解。

[2]桑落酒：古代美酒名。

木兰舟：船的美称，并非实指木兰木所制。

[3]骄虏：骄横的胡虏。

系颈：把绳套在颈上，表示伏罪投降。

[4]五云直北是神州：将要收复正北"骄虏"所占之地。五云：五色瑞云。多作吉祥的征兆。

秋兴八首（巡关西作）

吴文企

一丸束指潼关险，半壁西撑太华雄[1]。行尽秋原骋秋望，平凉城外即崆峒[2]。

远山行到又前山，朔气蛮烟指顾间[3]。度水褰衣过筝峡，马蹄今夜宿萧关[4]。

暑当绤衫人忘暑，秋到罗帏麦未秋[5]。逆旅空囊俱挟弹，朱门赀酒正藏钩[6]。

一带空山绝鸟迹，六盘何处有钟声？马从高岭岭边下，云在中峰峰外迎。

偏多流水无人听，胜有青山不解看。牧女驱羊立衰草，羌童吹管咽西湾。

荞涩殷红燕麦黄，草低风冷见牛羊。行人尽说边头恶，神水滩高虏骑狂[7]。

山攒万领大湾川，斗揭高寒欲到天。肯信峰巅澄小海，冰天鼓角动龙渊[8]。

八塞烽烟连帝关,六师旗鼓尽张皇[9]。请金惆怅烦中使,说药殷勤谢虏王[10]。

题解

本诗录自吴文企著、天津图书馆藏、明末刻本《絮庵惭录》。

关西:古地区名。汉、唐时泛指函谷关或潼关以西地区为关西。包括今陕西、甘肃两省。

注释

[1]一九:"一丸泥"的省略。《东观汉记·愧嚣载记》:"元(王元)请以一丸泥为大王东封函谷关,此万世一时也。"谓函谷关地势险要,易于防守。后用于比喻以极少的力量,可以防守险要的关隘。

太华:又作"泰华"。山名,即西岳华山。

[2]平凉:春秋秦地,汉时为北地郡。东晋、前秦时置平凉郡,治所在平凉(今甘肃平凉西北)。金元以后置府,府治在平凉。

崆峒(kōng tóng):山名。在今甘肃平凉市西。相传是黄帝问道于广成子之所。也称空同、空桐。

[3]指顾:一指一瞥之间。形容时间的短暂、迅速。

[4]褰(qiān)衣:手提着衣裙。

筝峡:弹筝峡。在今甘肃平凉市西北。泾水至此,过都卢山,常如弹筝之声,故名。为关中通往陇右交通孔道。

萧关:古关名。故址在今宁夏固原东南,为自关中通向塞北的交通要冲。

[5]绨袗(chī zhěn):穿单衣。

罗帏:罗帐。

[6]逆旅:客舍,旅馆。

挟弹:持弓。

贳(shì)酒:赊酒。

藏钩:古代的一种游戏。相传汉昭帝母钩弋夫人少时手拳,入宫,汉武帝展其手,得一钩,后人乃作藏钩之戏。

[7]边头:边塞,边境。

[8]小海:内陆广阔的湖泊。

龙渊:深渊。古人以为深渊中藏有蛟龙,故称。

[9]帝关:天帝、天子的宫门。

六师旗鼓尽张皇:语出《尚书·康王之诰》:"张皇六师,无坏我高祖寡命。"孔传:"言当张大六师之众。"六师:周天子所统六军之师。张皇:张大,壮大。

[10]中使:宫中派出的使者。多指宦官。

题陆舟亭联

吴文企

快矣水天阆苑，
居然陆地仙舟[1]。

题解

本联录自清道光元年（1821年）版《天门县志·卷之十六·古迹》第21页。此页记载："陆舟亭，谢侍御奇举与弟中书谢庆举所构也。在北城上，面临重湖，殊有佳致。邑人吴文企赠联云……"

注释

[1]阆(làng)苑：传说中的神仙住　　处。常用指宫苑。

题大中丞徐公（徐成位）祠联

吴文企

汉水东流归保障，
泰山北斗见仪型。

题解

本联录自清康熙七年（1668年）版《景陵县志·卷之七·享祀志》第41页。此页记载："大中丞徐公祠，在古城内。公为邑中兴除利弊，阖邑德之，殁世不忘，特建祠。观察吴公文企祠联……"

大中丞徐公祠：指徐成位祠。徐成位祠旧址在今陆羽广场中部偏东。大中丞：明清时巡抚别称。明初置都察院，其副都御史之职与前代的御史中丞略同，称为中丞。又因巡抚例兼副都御史衔,也以之为巡抚别称。

术蛾稿序

吴文企

今学士大夫,率用经术起家,用诗古文辞名当世而志不朽[1]。能诗古文辞者类数能经术,能经术未必能诗古文辞,此大较也[2]。士有追逐时好,学一先生之言,机适逢世,立致通籍,遂敝书置高阁,求谭旧业,发新义,能了了者几人哉[3]?久之,心计转粗,未谙国能,安问故步[4]?作者既难为工,解人又不可得[5],则经术亦何容易谈也!

同舍龙大夫君御[6],腹贮全书,目无千古。既以诗古文辞妙天下矣,尔其志陋赢金,兴来命笔,以睥睨一世之才,作游戏三昧之语[7]。奇正相生,而游乎无端之纪也[8];千转万变,而未尝出乎其宗也。措大家谓,此物三日不拈弄[9],即舌卷意结。藉令龙大夫对垒诸少年场[10],谁为雄者?无惑乎大夫之一蹴而致青云[11],其为措大之日浅也,故又能以诗古文辞名当世、志不朽也。

友弟吴文企拜撰。

题解

本文录自龙膺著、清光绪十三年(1887年)重锓、国家图书馆藏《纶𤀹文集·卷首·原序》第13页。

术蛾稿:龙膺的文集。术蛾:蛾术。语出《礼记·学记》:"蛾子时术之。"郑玄注:"蛾,蚍蜉也。蚍蜉之子,微虫耳,时术蚍蜉之所为,其功乃复成大垤(dié)。"小蚂蚁经常学习嘴里衔着土,所以才能堆成土堆。后因以"蛾术"比喻勤学。龙膺,字君御,号朱陵,湖广武陵(今湖南常德)人。明万历八年(1580年)进士。曾为徽州府推官,官至南太常寺卿。剧作家,诗人。

注释

[1]学士:明代设翰林院学士及翰   林院侍读、侍讲学士,学士遂专为词臣

之荣衔。

大夫：唐宋以后高级文职阶官的称号。

率用经术起家：一般说来由经学起家。

用诗古文辞：凭诗文。诗古文辞的含义是诗、古文和辞赋，基本概括了中国文学的正宗。古文是与骈文相对的概念。

[2]类数能经术：大都通经学。类：大抵，大都。

大较：大略，大致。

[3]时好：世俗的爱好。

学一先生之言：语出《庄子·徐无鬼》："所谓暖姝者，学一先生之言，则暖暖姝姝而私自说也，自以为足矣，而未知未始有物也。"所谓沾沾自喜的人，懂得了一家之言，就沾沾自喜地私下里暗自得意，自以为足够了，却不知道从未曾有过丝毫所得，所以称他为沾沾自喜的人。

机适逢世：碰巧遇到盛世。化用《礼记·儒行》中的"适弗逢世"。

通籍：指初做官。亦谓做了官，朝中有了名籍。籍：挂在宫门外的名单牌。竹片制成，二尺长，上写姓名、年龄、身份等，出入宫门查对之用。

谭旧业：谈经术。谭：同"谈"。

了了：明白，清楚。

[4]心计转粗：指士人做官后内心考虑的不再是作为敲门砖的经学了。典自"穷唱渭城"。唐韦绚《刘宾客嘉话录》："本流既大，心计转粗，不暇唱《渭城》矣。"一个卖饼人每天早起歌唱，后得人资助，生意扩大，便不再有功夫唱唐代诗人王维的《渭城曲》了。后因以比喻文人在穷困时才能写出好的诗文来。

国能：指著名于一国的技能。

故步：旧踪，原路。

[5]作者：开始，创作者。

解人：见事高明、通解理趣的人。

[6]同舍：同僚。

[7]尔其：连词。表承接。犹言至于、至如。

志陋赢金：轻视财富的意思。赢金：一籯之金。古人常用籯存放贵重金银财宝，故亦用以喻指财富。赢：通"籯"。

睥睨(pì nì)一世：指看不起一切人或事物。形容人傲慢过分。也作"睥睨一切"。睥睨：斜视。有厌恶、傲慢等意。

游戏三昧：佛家谓自在无碍，而常不失定意。指得趣于某事或懂得其中奥妙而以游戏出之。三昧：梵文音译。又译"三摩地"。意译为"正定"。谓屏除杂念，心不散乱，专注一境。

[8]奇正相生：奇正，古代兵法术语，奇指特殊的作战方法，正指常规的作战方法。特殊的作战方法与常规的作战方法，视情况而交互运用。语出《孙子·势》："奇正相生，如循环之无端，孰能穷之。"

无端之纪：指大道循环无穷而又推移日新之纲纪。语出《庄子·达生》："彼将处乎不淫之度，而藏乎无端之纪，游乎万物之所终始。"那样的人处在本能所为的限度内，藏身于无端无绪的混沌中，游乐于万物或灭或生的变化环境里。

[9]措大：旧指贫寒失意的读书人。

拈弄：摆弄。

[10]少年场：年轻人聚会的场所。

[11]一蹴：一举步、抬脚。

贺中庵徐先生（徐成位）七十初度序

吴文企

方都人禊饮之初，正先生岳降之始[1]。问年七秩，为寿千春[2]。集飞盖于龙门，乱嘤声于歌颂[3]。鳞松薛石，俱入清文[4]；川至日升，备陈华简[5]。煌煌乎，泱泱乎[6]，盛矣！

羽寿未阑，歌钟甫阕[7]。有目吴生而起谋为先生私祝者，则汪夫人外家儿，于先生为妻之族者也[8]。汪多寿长者文。少年问[9]："何以祝先生？"则曰："自先生登庸之日以至今日，吾家诸父而上，鲜不乘坚刺肥者，诸昆弟、昆弟子鲜不给于居食者，即诸昆弟有连无冻馁者[10]。我有田庐，先生殖之[11]；我有子弟，先生教之。先生万年，我永赖之。此可以寿先生乎？"

吴生听然而笑[12]："子之德先生则大矣，知先生则小[13]。岂其岁时于綦履，月夕于函丈，未之尝奉教乎[14]？老氏曰天地不自生，佛氏曰慈悲众生，儒氏曰其德好生[15]。不自生故长生，慈悯众生故无生无不生，其德好生故芸然并生[16]，而吾得与之俱生。小衍之则百有十岁、千二百岁，极之则无量寿，巧历不能得矣[17]。先生会三氏之异同，揽万物之终始。时其消息，而有其粹精所至[18]。羔羊之节风于有位，露冒之惠兼于陨落[19]。一子之想，逮于蠢动；方寸之地，通于帝所[20]。其于物莫知其亲，莫知所疏，亦不可得而亲，亦不可得而疏。

九里不足,方其润三族,讵能限其施[21]？君不见荒土功[22],千丈之防,以保城邑;万家之聚,此岂必先生之三族乎？游江海者不言濡沫[23],则泽利施于万世,天下莫能知,岂直太息而语仁义乎哉？以此知先生之道甚广,其深难测量也。先生乘物以游心,入无而出有[24]。为蠖为蛰,莫究其施;为龙为蛇,莫窥其始[25]。问之在朝,则什九林中[26];迹之林,则简在帝眷[27]。徘徊俶舍人之装,星言命山中之驾[28],人曰:先生出矣。而先生无宦情,赋归返荷芰之裳,把臂欣入林之侣,人曰[29]:先生隐矣。而先生无世情,标冲漠于华馆,怀真人于天际,人以为耽执戟之玄[30],心不在是也;严化城于北里,回壮心于初地,人以为逃右丞之禅[31],心不在是也。可仙可佛,可张可驰。可以祭酒于乡,可以大隐于市[32]。嗒焉一室[33],而人可来;百人高会,而身可往[34]。终宴可以忘疲,申旦可以无寝[35]。冥心太古,启期荣叟可与争席[36];妙契玄通,壮缪关侯可与共语[37]。无住而生其心,无可而无不可[38]。不刻意而高,不导引而寿[39]。无不忘也,无不有也。淡然无极,而众美从之,此邃古之至人、天下之大老,焉用一家言眤眤儿女子,私心向往,鸣其觏缕者乎[40]？"

于时汪之寿长者文,少年欣然有会,呼而相赏辨矣哉。"吴先生之识其大也。小知不及大知,小年不及大年[41]。吾乃今知大人长者之所以寿,又知所以寿大人长者。幸先生遵养已久,潜伏逾昭;升论有归,征贲且至[42],在旦晚为张苍仕汉之期,又十年而为尚父入周之岁[43]。日引月长,触类以往[44],吾皆知所祝矣。"

吴生曰:"未也有说焉。先生于不佞为忘年友,两人相视莫逆为淡友,衔杯乐圣为文酒友[45]。会蒲柳姿,今年及艾[46],妄意后先生二十年,幸得如先生今日,异时赖诸君提奖,无虞颠错[47]。计先生业已杖而造于朝,不佞庶几老而休居,犹当贾余勇从诸君后,结撰数千百言,而请以抑之诗为先生佐酒[48]。"

赐进士出身、中宪大夫、知浙江宁波府,前南京户部云南清吏司郎中,眷侍教生吴文企撰[49]。

题解

本文录自 1929 年版、天门市横林镇陶潭村《徐氏宗谱·卷首》第 35 页。

注释

[1] 都人：京都的人。

禊(xì)饮：修禊之饮。修禊：古代民俗于农历三月上旬的巳日(三国魏以后始固定为三月初三)到水边嬉戏，以祓(fú)除不祥，称为修禊。徐成位生于明嘉靖甲辰年(1544 年)三月初七日寅时。

岳降：称颂诞生或诞辰。语出《诗经·大雅·崧高》。

[2] 千春：寿辰。

[3] 飞盖：高高的车篷。亦借指车。

龙门：喻声望高的人的府第。也可以理解为众望所归者。

嘤声：鸟和鸣声。

[4] 清文：清新俊雅的诗文。

[5] 华简：对人信函之美称。

[6] 煌煌：显耀，盛美。

决决：气势宏大。

[7] 羽寿：疑指贺寿舞。羽：古代用雉羽制成的舞具，文舞者所持。

阑：将尽，将完。

歌钟：歌乐声。

甫：刚刚。

阙：缺乏，稀少。

[8] 吴生：指作者吴文企。

外家：泛指母亲和妻子的娘家。

[9] 少年：指上文说的"吴生"。

[10] 登庸：指科举考试应考中选。

诸父：指伯父和叔父。

乘坚刺肥：乘好车，食肥肉。形容生活奢华。刺："齿"的讹字，同"啮"。

昆弟：兄弟。

有连：有姻亲关系。

冻馁：谓饥寒交迫。

[11] 我有田庐，先生殖之：我有田地房屋，是先生为我购置的。语出《左传·襄公三十年》："我有田畴，子产殖之。"我有士田，子产栽培。殖：生长，繁殖。

[12] 听然：笑貌。

[13] 德：感激。

知：通"智"。

[14] 岂其：难道。

綦(qí)屦：鞋子下面的饰物。

函丈：原谓讲学者与听讲者坐席之间相距一丈。后用以指讲学的坐席。

奉教：接受教导。

[15] 老氏曰天地不自生：老子说天地不为自己追求生存。语出《老子·七章》："天地所以能长且久者，以其不自生，故能长生。"天地之所以能够长而久，是因为它不为自己追求生存，所以能长久生存。

佛氏曰慈悲众生：佛家谓对一切

众生给予欢乐,叫"慈";拔除苦难,叫"悲",合称"慈悲"。

儒氏曰其德好生:儒家谓心怀仁义而爱惜生命为美德。《尚书·大禹谟》:"好生之德,洽于民心。"《孔子家语》第十章"好生"云:孔子曰:"舜之为君也,其政好生而恶杀。"

[16]长生:长久生存。

无生:佛教语。谓没有生灭,不生不灭。

[17]小衍:谓以天数五与地数五相合而推衍卦义。

无量寿:极言高寿,长生不老。

巧历:精于历算的人。

[18]时其消息:指根据时势,决定进退。

粹精:精粹。精华。指事物最精美的部分。

[19]羔羊之节风于有位,露冒之惠兼于陨落:意思是,居官时正直廉洁,感化官吏;行政时披霜冒露,惠及枯骨。语出王廷陈《七申》:"自母之子中丞公抚楚也,羔羊之节风于下僚,露冒之惠兼于陨落,汪濊(wèi)之泽逮于昆虫,怀来之政被于荒廓。"见四库全书本王廷陈《梦泽集·卷十六·文》第5页。王廷陈为湖广黄冈人,明正德十二年(1517年)进士。

羔羊:羔羊皮。旧时用以誉正直廉洁官吏之词。

风:比喻感化。

有位:指居官之人。

兼:尽,竭尽。

陨落:死的婉称。

[20]一子:典自"一子不事"。此处指90岁。《汉书·贾山传》载,西汉文帝即位,实行轻徭薄赋、疏缓民力的政策。贾山颂扬说:"陛下即位,振贫民,礼高年。九十者,一子不事;八十者,二算不事。"一子不事,指九十岁的老人之家,独生子可免兵役徭役。八十岁的,可减免两个人的算赋。用作尊老、免役的典制。

蠢动:出于本性的自然的行动。

帝所:天帝或天子居住的地方。

[21]九里不足,方其润三族:语出《庄子·列御寇》:"河润九里,泽及三族。"像黄河能够浸润广大区域那样,有亲戚关系的人都因有人显贵而获得利益。九里:约数,泛指宽广的范围。方其:介词。引介时间。可译为"当……的时候"。三族:父族、母族、妻族。亲属统称。

[22]荒土功:沉溺于治水保土的事业。语出《列子·杨朱篇》:"禹纂业事仇,惟荒土功,子产不字,过门不入。"禹继承治水事业,事奉仇人虞舜,沉溺治水事业,孩子生了不抚养,路过家门不进去。

[23]濡沫:用唾沫来湿润。比喻同处困境,相互救助。语出《庄子·天运》:"泉涸,鱼相与处于陆,相呴(xǔ)以湿,相濡以沫。"

[24]乘物以游:顺应事物的自

然而遨游自适。语出《庄子·人间世》:"且夫乘物以游心,托不得已以养中,至矣。"乘物:顺应物情。游心:心灵自由活动。

入无而出有:出入于有无之中。形容修道得仙者本领非凡。

[25]为蠖(huò)为蛰,莫究其施;为龙为蛇,莫窥其始:意思是,像尺蠖屈伸,像龙蛇隐现,无从捉摸。语出《易·系辞下》:"尺蠖之屈,以求信也;龙蛇之蛰,以存身也。"

[26]什九林中:绝大多数时间在民间。徐成位因父母去世离职回乡守孝、家居逾二十年。什九:十分之九。指绝大多数。

[27]迹之林:在民间寻找他的踪迹。

简在帝眷:为皇帝所知晓眷顾。简:在,存留。

[28]俶(chù)舍人之装:整理舍人的行装。应征入朝的意思。舍人:官名。俶……装:整理行装。

星言:星焉。谓披着星星。

命山中之驾:命人驾着隐者的车马立即动身。命……驾:命驾,命人驾车马。谓立即动身。

[29]宦情:做官的志趣、意愿。

赋归:指"赋归去来"。陶渊明辞彭泽令赋《归去来兮辞》。此处指辞官归田。

荷芰(jì)之裳:用以比喻隐士的服装。语出屈原《离骚》:"制芰荷以为衣分,集芙蓉以为裳。"

把臂欣入林:挽着手臂,欣然进入竹林。借指与友归隐。

[30]世情:世俗之情。

标冲漠于华馆:指徐成位将自建别业命名冲漠馆。

真人:道家称存养本性或修真得道的人。亦泛称"成仙"之人。

耽执戟之玄:指喜好老庄之道,自甘身份低下。执戟:秦汉时的宫廷侍卫官。因值勤时手持戟,故名。《史记·滑稽列传》:"官不过侍郎,位不过执戟。"官位只不过是个执戟的侍从官罢了。

[31]严化城于北里,回壮心于初地:指徐成位解组归里,在县北郭外营建回向庵,以示皈依。严:整饬,整备。化城:指佛寺。回壮心:指皈依之意。初地:佛教寺院。

逃右丞之禅:指像王维那样遁世而参禅。右丞:唐代诗人王维。王维字摩诘,唐玄宗时曾任尚书省右丞,故称王右丞。王晚年逃禅入佛。

[32]祭酒于乡:指身居乡间为位尊者。祭酒:古代飨宴时酹酒祭神的长者。后亦以泛称年长或位尊者。

大隐于市:指身居朝市而志在玄远。王康琚(jū)《反招隐》诗:"大隐隐朝市,小隐隐薮泽。"古代文人将"隐遁避世"分为三种层次:在朝市居官,却思想不入溷浊之世道,坚守隐遁志向者,此者最难,故称大隐。逃避山林的

"真隐"最易，故称小隐。隐于下位，似出似处，似隐似仕者，谓中隐。

[33]嗒(tà)焉：嗒然。形容身心俱遣、物我两忘的神态。

[34]高会：盛大宴会。

身：代词。第一人称，相当于"我"。

[35]申旦：自夜达旦。犹通宵。

[36]冥心：泯灭俗念，使心境宁静。

太古：远古，上古。

启期荣叟：指春秋时隐士荣启期。

[37]妙契：明悟自心，契合禅理。

玄通：老子用语。谓与天相通。玄：指天地造化，自然奥秘。

壮缪关侯：指关羽。关羽死后后主景耀三年(260年)追谥为壮缪侯。

[38]无住而生其心：应无住而生其心，这是《金刚经》中的名句。意思是说应该不执著于六尘而生清净之心。这里的清净之心就是人之纯真本性之心，亦即佛心。这也是学佛修持的第一要义。

无可而无不可：语出《论语·微子》："我则异于是，无可无不可。"我与这些人不同，没有什么可以，也没有什么不可以。意思是说，根据客观实际情况的发展变化而考虑怎样做适宜。

[39]不刻意而高：不克制意念就能清高。语出《庄子·刻意》。

不导引而寿：仁者不须养生却能长寿。语出苏轼《贺欧阳少师致仕启》。导引：古医家的一种养生术。指呼吸俯仰，屈伸手足，使血气流通，促进身体健康。

[40]至人：庄子用语。谓超俗得道之人。

大老：指在某一方面负有盛誉的人。

昵昵：亲热的样子。

儿女子：犹言妇孺之辈。

觏(luó)缕：详述。

[41]小知不及大知，小年不及大年：小的识见想不到大的识见是怎样，寿命短的想不到寿命长的会是如何。语出《庄子·逍遥游》。

[42]遵养：谓顺应时势或环境而积蓄力量。

潜伏逾昭：指虽隐于草野，仍旧被看得很分明。《诗经·小雅·正月》："鱼在于沼，亦匪克乐，潜虽伏矣，亦孔之炤。"鱼儿潜伏在水中，也能看得很分明。《礼记·中庸》引作"亦孔之昭"。

升论有归：论功升赏，自有归宿。

征贲(bēn)：谓征聘。

[43]旦晚：早晚。比喻短时间内。

张苍仕汉：张苍，名一作仓。秦时为御史，后随刘邦攻南阳，入武关，至咸阳。文帝时，为丞相。卒年过百。谥文侯。原文为"张詹"，系"张苍"之误。

尚父入周：相传姜子牙八十岁时在渭水边垂钓，被周文王请出，拜为相,尊为尚父,后辅佐武王,打败殷纣王,完成兴周灭商的大业,使周成为统一全国的政权。

[44]日引月长:谓事物随时光流逝而日渐增长。

触类以往:接触以往的相类事物。

[45]相视莫逆:谓彼此友谊深厚,无所违逆于心。

衔杯乐圣:指耽于饮酒,不问国事。

[46]蒲柳姿:晋顾悦与简文帝同年,头发早白。简文帝问为什么会这样,他说:"蒲柳之姿,望秋而落;松柏之姿,经霜弥茂。"见《世说新语·言语》。后以蒲柳喻衰弱的身体。蒲柳姿:原文为"蒲柳恣"。

及艾:指男子年满五十。艾:指五十岁。

[47]妄意:臆测。

提奖:提拔奖励。

无虞:没有忧患,太平无事。

颠错:颠倒错乱。

[48]已杖而造于朝:语出《礼记·王制》:"八十杖于朝。"谓八十岁可拄杖出入朝廷。

结撰:结构撰述。

抑:压。此处有"浓缩"的意思。

[49]云南清吏司郎中:明清户部按地域分成若干清吏司,各司的长官称郎中,通称户部郎中。清吏司:明清两代中央各大衙署的内设机构皆称清吏司,以示清正廉洁之意。

眷侍教生:"眷侍教"为旧时书信结尾自称谦词,表示亲戚关系并侍候承教。生:晚生。旧时文人在前辈面前的谦称。

寿贤嫂杨孺人七十初度叙

吴文企

我生未脱乳,而嫂归吾兄[1],举子元常后[2],啼犹及饮其乳也。嫂今者春秋七十,而我亦飒然衰相,称老翁矣。人生一世间,如飞鸟行空、良骥走坂,直俄顷事耳[3]。忆先子中宪公见我举茂才,母君谢恭人见我登孝廉科,兄见我成进士,起家南省为郎[4]。我母毛恭人暨庶母顾见我一麾千骑,典东方海郡[5]。嫂则见我至于今日,见仕见隐、见童见老也。忆吾兄幼而娇怜我,成童奇我,稍长特达知我,玉友金昆,乡人羡我,比来不相见者已二十余年[6]。安得他生劫中在在处处为兄弟乎[7]？酌酒酹吾兄，举酒寿吾嫂[8]。綦履既错，笙镛以间[9]。若子子妇，若孙孙妇；若子婿，若子子婿，不下数十余，人人为一祝辞，而余独称引圣善，事不外索[10]。

盖嫂于吾母至孝。母惟三事之一。吾母两恭人春秋皆八十有奇[11]，顾母亦八十有奇，合之得二百五十有奇。天锡孝妇，畀三寿于一人[12]。景福有加，神明无替[13]。不肖文企虽植德无殊邀，愿教养子孙愈益退谦厚让[14]，以不辱其家世。倘徼天之幸，久延视息，得如张苍饮乳状[15]，嫂更见我老而童也，亦快矣哉！

万历四十有八年庚申仲秋[16]，具官小叔文企顿首拜祝[17]。时六十四翁仲兄文俊，八十翁从兄文化，逾艾从兄弟文位、文全，共集家宴[18]。

题解

本文录自吴文企著、天津图书馆藏、明末刻本《絮庵惭录》。

初度：原指人的生辰。后称人的生日为初度。

注释

[1]归：出嫁，嫁。

[2]举子：生育子女。

[3]良骥走坂：骏马跑下坡。比喻迅疾。

直俄顷事：只不过是一会儿的事。

[4]先子中宪公：我的被封为中宪大夫的先父。先子：亲属称谓。旧时用于自称去世的父亲。中宪：中宪大夫。文散官名。明制中宪大夫为正四品升授之阶。

茂才：岁举常科。原称秀才，因避刘秀讳改称茂才。

恭人：用以封赠中散大夫以上至中大夫之妻。明清两代，四品官之妻

封之。明清如封赠四品官之母或祖母称太恭人。

登孝廉科：举人中试。

起家南省为郎：指作者任南京户部云南清吏司郎中。南省：南京。

[5]庶母：旧时嫡出子女称父妾为庶母。

一麾（huī）千骑：出任太守。一麾：一面旌麾。旧时作为出为外任的代称。千骑：唐刺史、太守之典故称。南朝时州牧或太守外出有千骑随从。

典东方海郡：疑指作者出任宁波知府。典……郡：典郡。本义是主管一郡的政务，也代指郡守。

[6]奇我:对我的才能感到惊异。

达知我:认为我是通达智命之人。

玉友金昆:谓一门兄弟才德并美。昆:兄弟。

比来:原来。

[7]他生:来生,下一世。

劫:佛教名词。"劫波"的略称。意为极久远的时节。古印度传说世界经历若干万年毁灭一次,重新再开始,这样一个周期叫做一"劫"。

在在处处:佛教术语,各处各方。

[8]酹(lèi):把酒洒在地上表示祭奠或起誓。

寿:祝人长寿。

[9]綦(qí)履既错:鞋子已经装饰。綦履:鞋子下面的饰物。错:金涂饰,镶嵌。

笙镛以间:笙和编钟穿插着演奏。语出《尚书·益稷》:"笙镛以间,鸟兽跄跄。"笙和编钟穿插着演奏,鸟兽随着音乐起舞。

[10]称引:犹援引。指援引古义或古事以暗示或证实自己的主张。

圣善:聪明贤良。后用为母亲的美称。

事不外索:这样的事不用到外面去找。外索:外求。

[11]吾母两恭人:我的荣封恭人的生母、继母。

[12]锡:赏赐。

畀:赐与,给予。

[13]景福:洪福。景:大。

神明无替:精神常在。替:停止。

[14]虽植德无殊邈,愿教养子孙愈益退谦厚让:即使立德并不特别的高尚,我还是要教育子孙更加谦逊。语出《晋书·王羲之传》:"虽植德无殊邈,犹欲教养子孙以敦厚退让。"植德:立德。邈:远。这里引申为高尚。退谦厚让:谦逊厚道、谦让。

[15]徼(jiǎo)天之幸:靠老天的保佑获得幸运。徼:通"侥"。

久延视息:将性命苟且长久地延续下去。视息:眼仅能视,鼻仅能呼吸,形容苟活性命。

张苍饮乳:《史记·张丞相列传》:"苍之免相后,老,口中无齿,食乳,女子为乳母。妻妾以百数,尝孕者不复幸。苍年百有余岁而卒。"葛洪《抱朴子·至理》:"汉丞相张苍,偶得小术,吮妇人乳汁,得一百八十岁。"

[16]万历四十有八年:1620年。

[17]具官:官爵品级的简称。唐宋以后,在公文函牍或其他应酬文字的底稿上,常把应写明的官爵品级简写为"具官",以表谦。

[18]仲兄:次兄,二哥。

从兄:旧时对堂兄之称谓。

逾艾:年过五十。艾:苍白色。古人认为,男子到了五十岁,气力已衰,头发苍白,如艾之色。

赠刘明府（刘黄中）摄政去思序

吴文企

景陵，褊小邑也[1]。一城如掌，物情人理，瞭然易见如十指。岁输金钱，不足当东南一巨室也[2]，宇内如此其大也。我生发未燥，至于今日，荏苒五十年中，君子之令于斯者，未尝数数然也[3]。居是邦，不非其令也[4]，不可道也。令不时去，摄令而来者，益不可道也；所可道也，言之丑也[5]。孔子摄鲁相，三月而道不拾遗[6]；子之不欲，虽赏不窃也[7]。泗上环山刘公于孔子为乡人，明春秋经起家，判沔阳[8]，摄令此中。甫数月，教化大行，官府若无吏，亭落若无民[9]。胡床东壁，实不持一钱去，吾以为刘宠之清[10]，不过如此。而公恂恂然，自署腐儒也[11]。吁嗟乎！腐儒谈何易也！人皆巧宦，我独无营，则无营者腐[12]；人皆虎而冠，我为牛羊牧[13]，则牛羊牧者腐。彼溪壑无厌而托之流水不腐[14]，吾安见夫罪臣之为通儒也[15]？公安其官若静女，士若民望公，如姑射神人，吸风饮露，不食五谷[16]。而公明日遂行也。天乎！景人奚罪而不能长有公，纾旦夕之惊魂也[17]？黯然别，惓然慕也[18]；中心藏之，何日忘之也[19]！

题解

本文录自吴文企著、天津图书馆藏、明末刻本《絮庵惭录》。

赠……序：赠序。文体名。赠言惜别的文章。

刘明府：指沔阳州通判刘黄中。清光绪二十年（1894年）版《沔阳州志·卷七·秩官》第27页记载："刘黄中，泗水人。贡生。（万历）四十五年任（州判）。"该志记载：万历四十七年，王文敏任州判。刘黄中代理景陵知县事，清康熙三十一年（1692年）版《景陵县志·卷之九·秩官志·知县考》无此记载。该志记载：万历四十五年，朱洧任知县，本年卒。万历四十六年，李良卿任知县，未久去职。万历四十七年，程维楏任知县。刘黄中可能在此期间代理景陵知县。

明府：汉有以明府称县令，唐以后多用以专称县令。

摄政:本指代国君处理国政。此处谓代行政事。

去思:旧称地方绅民对离职官吏的怀念。

注释

[1]景陵:天门古称。五代后唐以前称竟陵,五代晋至清雍正四年称景陵。

褊(biǎn)小:土地狭小。

[2]输:征输。征收赋税输入官府。

巨室:旧指世家大族。

[3]生发未燥:胎发尚未干。谓孩童之时。

荏苒(rěn rǎn):(时间)渐渐过去。常形容时光易逝。

数数然:犹汲汲追求也。

[4]非:责怪。

[5]摄令而来者,益不可道也;所可道也,言之丑也:来这里代行知县事的,更不好说了;如果真要说出来,那话就难听死啦。化用《诗经·鄘风·墙有茨》:"中冓(gòu)之言,不可道也。所可道也,言之丑也。"你们宫中私房话,实在没法说出口。如果真要说出来,那话就难听死啦。

摄令:代行知县事。

[6]孔子摄鲁相,三月而道不拾遗:孔子年五十六,由大司寇代理相国职务,几个月,社会风气良好,路上没有人拾取别人丢失的东西。语出《韩非子·内储说下》:"仲尼为政于鲁,道不拾遗,齐景公患之。"

[7]子之不欲,虽赏不窃:语出《论语·颜渊》:"苟子之不欲,虽赏之不窃。"是孔子提出的弭盗之法。倘若你不贪求财物,即使奖励人去盗窃财物,也没有人会去盗窃。

[8]泗上环山刘公于孔子为乡人:泗上刘环山公与孔子是同乡的人。

泗上:指泗水之滨。因春秋时代孔子曾在泗上讲学授徒,所以后世常用来指学术之乡。

明春秋经:本义为明于《春秋》者。指明经。自汉代开始设立的选举科目之一。被推举者须明习经书,故名。明清时称贡生为明经。

判:任州判。

[9]教化:儒家用语。特指以民为主要对象的政治教育和道德感化。

亭落:庭院。

[10]胡床东壁:借指为官廉洁,生活俭朴。语出李白《寄上吴王》诗之二:"去时无一物,东壁挂胡床。"三国魏裴潜,家境清贫,后虽升官,清省恪然。任兖州刺史时,制一胡床,调任时将其挂于柱间而去。胡床:一种可以折叠的轻便坐具,也叫交椅、交床。由胡地传入,故名胡床。

一钱、刘宠:典自"一钱太守"。《后汉书·刘宠传》载,会稽郡太守刘宠,做官清正,严于法治。宠离任时,有几个须眉皓白的老人,带着一百个大钱赠与他。刘宠谦虚了一番后,只"选一大钱受之",总算受了他们的人情。到出境的时候,就把这个钱丢在河里。后人因此把这条河叫做钱清。以后用"一钱太守"作为地方官的廉洁和不扰民的典故。

[11]恂恂然:温顺恭谨貌。

腐儒:迂腐之儒者。

[12]巧宦:善于钻营谄媚的官吏。

无营:无所谋求。

[13]虎而冠:虎冠。谓虎而戴冠。喻指凶恶残暴之人。

为牛羊牧:牛羊牧夫。

[14]无厌:不满足,没有节制。

[15]通儒:指通晓古今、学识渊博的儒者。

[16]安其官若静女:像娴静的少女一样安处官位。静女:娴静的女子。

士若民:此处"若"是"和"的意思。

姑射(yè)神人:原指姑射山的得道真人,后泛指美貌女子。语出《庄子·逍遥游》:"藐姑射之山,有神人居焉,肌肤若冰雪,淖(绰)约若处子;不食五谷,吸风饮露。"

[17]景人奚罪而不能长有公,纾旦夕之惊魂也:景陵人有什么罪过而不能让刘公长久地做景陵知县,解除他们终日的惊恐呢?纾:解除。

[18]黯然:感伤沮丧貌。

绻(quǎn)然:眷恋的样子。

[19]中心藏之,何日忘之:心中对他有深深的爱意,哪天能够忘记?语出《诗经·小雅·隰(xí)桑》。

桑苎园记

吴文企

吾于东西浙再来人也[1]。行山阴道,已饱应接之奇。来苕雪间[2],又极登临之胜。向青山绿水中,作二千石[3],大有清缘。加以岁丰人乐、吏久民信,在公多暇日焉。然溪边荫美,舟子云劳;郭外峰青,僎人不易[4]。吾所甘,人所苦。孰与咫尺围城之内、烟月万家之景?无烦双屐,坐揽千峰。登平台而岩视,俯流沚以川观[5]。水自清漪,缀之以板桥人迹;林木翳桑,收之以曲磴精栏。为者不劳,取之无禁。何必彭泽仰公田之酒,成都树八百之桑[6],然后公私取给、进退宴如者哉[7]！

园以万历乙卯新秋作[8]。不列垣，以城为垣；不凿池，以河为池。逍遥者其堂，鹳鹤者其亭，乐度者其梁，语载各小记中。在唐中叶，陆鸿渐亦竟陵人，流寓此中[9]，自号桑苎翁。与吾生同里，游同地，山水同情，吾园翁园也。作《桑苎园记》。

题解

本文录自清乾隆四年(1739年)版《湖州府志·卷八·古迹》第1页。篇首注："在府治东北飞英塔院前，明知府吴文企置。"

注释

[1]吾于东西浙再来人也：指吴文企先任浙东宁波知府，丁忧家居五年，补浙西湖州知府。

[2]苕霅(tiáo zhá)：苕溪、霅溪二水的并称。在今浙江省湖州市境内。

[3]二千石：官秩等级，因所得俸禄以米谷为准，故以"石"称之。自汉朝至三国、两晋、南北朝，二千石亦作为州牧、郡守、国相以及地位与之相当的中央高级官员的泛称。

[4]傔(qiàn)人：随从人员。

[5]登平台而岩视，俯流沚以川观：成语"岩居川观"的化用。居于山岩之间观看潺潺流水。形容隐者生活简陋，而悠然自得。

[6]彭泽仰公田之酒：像陶渊明那样依赖公田上高粱酿造的酒。

彭泽：指陶渊明，因曾任彭泽令等职，故称。

公田之酒：典自"公田种秫"。据南朝梁萧统《陶渊明传》，陶潜任彭泽县令时，让人在公家田里都种上高粱，以便用来酿酒。他常对人说："只要饮酒能得一醉，我就感到心满意足。"

成都树八百之桑：像诸葛亮那样在成都栽植八百株桑树。《三国志·蜀志·诸葛亮传》：诸葛亮一生事蜀先主刘备及后主刘禅，鞠躬尽瘁。他向刘禅奏表，称"成都有桑八百株，薄田十五顷"，足以自给，他日死后，也不应当有多余的财产。

[7]宴如：安定平静貌。

[8]万历乙卯：明万历四十三年，1615年。

[9]流寓此中：寄居这里。流寓：寄居他乡。

东林寺碑记

吴文企

　　景陵北郭,东踞太湖,凌睥睨望之[1],四面削成、百尺直上者,涌光楼也。其直北,玉皇阁;其南,放生台;而合之为三一庵。具乾明之闳秀,而缥缈过之;兼龙盖之静窈[2],而明媚胜之。水木助其清华,日月涤而开朗。南浦轻鸥,乱行飞白;西窗远岫[3],百里来青,此天然一段画思也。庵在胜国至正间称东岳庙[4]。碑载道士居之,不知何故称东林寺。按废宇梁上题名"弘治三年僧圆镜修"意[5],寺得名以此。不知何故而道士邱和明居之,其弟子不绝如发。至万历戊午,众缘福集[6],再新庵成。而议守始分呶矣,或称帝所,或曰佛庐[7];或引黄冠,或推白足[8]。余衷其说[9],两存之。诸道家土木像,仍崇祀玉皇阁【阁,布政文佳建】;迎西塔古佛入涌光楼【楼,则文企新建】,释道备矣。而余以孔氏弟子左手执《楞严》,右手执《黄庭》《老子》,徜徉其间,称"三教"焉[10],则函三为一,可乎?秣陵故有三一庵[11],今适袭其嘉名。彼自秣陵,此自竟陵,乾天坤地,亦自假合释种道流[12],曾如实相二氏,香火眷侣,耦俱无猜[13]。而吾更与诸子姓,向此中凿匡壁而布董帷[14]。护法欢喜上真见福,亦或在此[15]。《诗》曰:"永言配命,自求多福[16]。"敬哉! 敬哉!

题解

本文录自清道光元年(1821年)版《天门县志·卷之十七·寺观》第32页。

注释

[1]凌睥睨(pì nì):登上城墙上的小墙。睥睨:城墙上的小墙。

[2]乾明:禅院名。在天门旧县城二里外东湖中。宋代已有此名,崇祯末毁于兵。

　　龙盖:禅院名。位于天门旧县城西西湖覆釜洲。

[3]南浦:南面的水边。《屈原·

九歌·河伯》:"予交手兮东行,送美人兮南浦。"

远岫:远处的峰峦。

[4]胜国:前朝。

至正:元惠宗顺帝妥欢贴睦尔年号(1341—1368年)。

[5]弘治三年:庚戌,1490年。

[6]万历戊午:明万历四十六年,1618年。

众缘:佛教指众多的因缘条件。

[7]分呶:纷呶。纷乱喧哗。分:通"纷"。乱,杂。

帝所:天帝或天子居住的地方。

佛庐:指佛寺。

[8]黄冠:即道士。据说道士的衣冠尚保留黄帝的衣冠形色,故称。

白足:原指北魏世祖时高僧惠始,后泛指僧人。

[9]衷:正中不偏。折中。指调和不同意见或争执。

[10]楞严:即《楞严经》。佛教经典。

黄庭:道教经典著作《上清黄庭内景经》《上清黄庭外景经》的统称。

老子:又名《道德经》,因分《道经》和《德经》两篇,故名。其书不是老子本人亲著,但基本上保存了老子的学说,其中也间杂有后人的文句。

三教:儒教、道教、佛教的统称。

[11]秣(mò)陵:南京旧称。秦于此置秣陵县。

[12]释种:佛教创始者释迦牟尼是古印度释迦族人,简称为"释种"。后亦泛指佛教信徒。

道流:学道者流。原指道家,后因道教所祖即道家,故多指道教。

[13]实相:佛教指宇宙中事物的真相或事物的本然状态,并非肉眼所能见到的事物或现象。

二氏:指释道两家。

眷侣:伴侣、情侣。

耦(ǒu)俱无猜:两方面都不至于疑恨。耦:通"偶"。指双方。

[14]子姓:泛指子孙、后辈。

凿匡壁:典自"匡衡凿壁"。相传汉时匡衡凿壁借光以读书,后比喻刻苦读书。

布董帷:典自"董生下帷"。汉代董仲舒教授弟子,放下帷幔讲诵,三年不窥园。后指讲学或就学。董帷:借指闭门苦读之处。

[15]护法:佛家语。称拥护佛法的人为护法,护持自己所得之法也叫护法。

[16]永言配命,自求多福:一个人要使自己的命运永远与天命相配合,而不一味地违反天命,自己才能寻求到更多的幸福。语出《诗经·大雅·文王》。配命:配合天命而行事。

鹤屿周公（周懋相）去思祠碑记

吴文企

病臣文企起泽中，备兵关西，移佐宁夏[1]。宁负其官，絮败丝梦，理纕冈克绩[2]。揖塞翁而问之，多可少怪瑕之匿，乃更谀瑜已[3]。自惟"不习吏，视成事[4]"，其告予畴昔之能为宁夏军者，一时诸将吏、国人袊子，雕雕跄跄[5]，跻于公堂，如□焉，如□焉。不思议以成词，若宿构而有待[6]。其大略曰："夏之土高寒，河实润余也。我稞我粒，河伯之予，匪因河治，亦藉人吏。吏不勤于职而民乃觖饥。浊河可清，惠吏难俟。使君幸辱问焉[7]，愿得如周公惠。夏之土五民杂处[8]。甲士寒卧沙场，聚粟以望其腹，军吏不时告粟且后。期氓之蚩蚩，仰机利而食[9]。无财作力，少有斗智[10]。一朝之忿，饮食以讼，质讼于庭[11]，输金于府，吏急追呼不遑启处[12]。此夫朘民以自殖也[13]，廉者不为。使君幸辱问焉，愿得如周公廉。夏之土三面邻虏。黄河衣带之水，讵称天堑[14]？饮马长城之窟[15]，空有其名。毡帐相望，雏生内地，岁吸金缯，阴阳万端，习熟见闻，以为故常[16]。此时也，虽粟支数十年，积甲与贺兰山齐，犹不得须臾帖席卧而可无算乎[17]？使君幸辱问焉，愿得如周公精。乃志握，乃筹章皇朔气，以对扬天子休命[18]。"语既卒，余矍然避席谢。美哉！渊乎颂而箴其称，夏之风乎[19]？

然周公为谁？曰："我公，安福人也。讳懋相。由己丑进士高第为李官[20]，为名御史，为秦诸路观察，为宁夏河西道，为都御史[21]。抚我夏人，殁于夏。夏人哭未休，思未替也[22]。"余曰："死而不忘者，唯思子之于父母也。生事尽孝，事死尽思焉耳矣。"都人孔思云："胡不祀？曰，吾侪小人，馈于斯，粥于斯，岁时伏腊，酹周公而后尝食[23]，吾祀之勤矣，匪朝伊夕矣，无专祠耳[24]。"余再拜，避席起，喟然叹："前事不忘，后事之师。周公，我师也。祠诚在我。"以质之大中丞南乐介石李先生[25]，先生曰："吾死友也，是尝理长沙，与吾相提证，莫逆于心者也[26]。今此夏民实获我心。祠诚在我。"又以请于河东廉访使曙海张公[27]，公曰："君何闻之暮也？余所闻三年往矣。不愆不忘，率由旧章[28]。遵周公之法，而过者未之有也。祠诚在我。"于是度地考室，置几布筵，箫鼓豆笾[29]，告处以静。集诸将吏、国人衿子，即位以祀之，而相与叹人心之神明也。在《祭法》曰："法施于人则祀之[30]。"无其施而食报于民[31]，未之尝闻。汉史纪良吏，所至无赫赫名，去后常见思[32]。

嗟乎！名之厚，实之薄也。"人之无良，相怨一方[33]。"呜呼！思，其思也可纪，其去后思也可传[34]。采民之风，著公之概，而公天际真人也[35]。代夏人作幽思之辞焉[36]，辞曰：

杞子丹兮秋叶薄，肴蔬陈兮理觞酌。公在天兮为法星，星影黄河天半落[37]。落月满梁天欲曙，云上天兮公将去。去兮来兮出入我祠，是耶非耶以慰我思。我所思兮秋昊鹤，指公骑鹤然疑作。朔方父老兮扶健儿，千秋万春兮公无我违。福我兮寿我，磔枭狼兮兰山之左[38]。罗池神异兮自今始，我民服事兮钦世世[39]。

题解

本文录自吴文企著、天津图书馆藏、明末刻本《絮庵惭录》。原题为《明故巡抚宁夏赞理军务都察院右佥御史鹤峋周公去思祠碑记》。

鹤峋周公：周懋相，字弼甫，号鹤峋，江西吉安府安福县人。明万历十七年（1589年）己丑科进士。万历末，以佥都御史任宁夏巡抚。周嘉谟《车田谱序》曾提到周懋相。周懋相与周嘉谟均为车田周姓始迁祖之后。

注释

[1]泽中：如同水乡。

备兵：担任兵备道。兵备道是整饬兵备道简称。明清道员之一，主治兵备事宜。明弘治年间，以武职不修，议增副佥一人，隶于总兵。自此设兵备道者凡四十三处，分巡道兼兵备道

者五处，皆以布、按二司所属参政、参议及副使、佥事充任。

关西：古地区名。汉、唐时泛指函谷关或潼关以西地区为关西。包括今陕西、甘肃两省。

移佐：指作者"调宁夏兵粮，兼督

学政"(语出谭元春《观察使吴公白雪墓志铭》),且加副使衔。移:调动。佐:指副职或任副职者。

[2]负其官:有失官守,失职。

絮败丝棼(fén):比喻政局紊乱。

理纕(rǎng):纕:捋袖出臂。故亦为攘除。

罔克绩:没有成果。罔克:不能。

[3]塞翁:指塞上老翁。

多可少怪:多所许可,少所责怪。

瑕之匿:匿瑕。隐藏不足。比喻人器量大能包容。

[4]不习吏,视成事:"不习为吏,而视已事"的化用。指如果不懂得如何当官,多看看以前的事例,就能学会。

[5]畴昔:往日,从前。

国人:古代指居住在大邑内的人。

衿子:青衿子。指学子,青年书生。

雝雝(yōng):和悦的样子。

跄跄:步趋有节貌。

[6]宿构:预先构思、草拟。多指诗文。

[7]使君幸辱问焉:有幸让您询问。使君:对人的尊称。辱问:表示对方询问让对方受辱,是一种谦虚的表现。

[8]五民:指士、农、工、商贾、兵。

[9]氓之蚩蚩:憨厚之人。语出《诗经·卫风·氓》:"氓之蚩蚩,抱布贸丝。"

[10]无财作力,少有斗智:没有钱财只能出卖劳力,稍有钱财便玩弄智巧。语出《史记·货殖列传》。

仰机利而食:依赖投机取巧过日子。语出《史记·货殖列传》:"中山地薄人众,犹有沙丘纣淫地余民,民俗懁(xuān)急,仰机利而食。"机利:以机巧牟利。

[11]饮食以讼,质讼于庭:人们为了满足饮食需求,必然产生争执,诉讼于公堂。语出《易·序卦传》:"饮食必有讼,故受之以讼。"

[12]不遑启处:没有空闲的时间过安宁的日子。指忙于应付繁重或紧急的事务。不遑:无暇,没有闲暇。

[13]朘(juān)民以自殖:剥削民众以肥己。朘:剥削。

[14]衣带之水:一衣带水。谓像一条衣带那么宽的河流,形容其狭窄或逼近。后亦泛指江河湖海不足为阻。

讵:岂。

[15]饮马长城之窟:古乐府有《饮马长城窟行》。宋郭茂倩题解:"长城,秦所筑以备胡者,其下有泉窟,可以饮马。"后世文人常拟作,诗中大都描述边境寒冷荒凉、征戍之苦。因以"饮马窟"比喻边境地区或北方寒冷荒凉及战火频仍之处。

[16]故常:旧规,常例,习惯。

[17]粟支数十年:积累的粮食可以吃几十年。

积甲与贺兰山齐:义同"积甲山

齐"。兵器铠甲等军需品堆积得像山一样高。甲：铠甲。这里并指兵器。语出《后汉书·刘盆子传》。

帖席：贴卧席上。喻安稳。

[18]章皇：当为"张皇"。张皇：张大，壮大。

朔气：指北方人的气质。

对扬天子休命：接受和宣扬天子的伟大光明美好的命令。对扬：对答颂扬。休命：美善的命令。语出《尚书·说命下》："敢对扬天子之休命。"

[19]渊乎颂而箴其称：意思是，大家对周鹤峋公的称颂发自肺腑而又足以规劝他人。

[20]己丑：明万历十七年，1589年。

高第：科举考试名列前茅。

李官：古代的法官。李：通"理"。

[21]观察：明清时道的行政长官别称观察。

道：道台。

都御史：此处指周懋相任宁夏巡抚时的加衔"佥都御史"。

[22]替：停止。

[23]吾侪(chái)：我辈，我们这类人。

小人：旧时男子对地位高于己者自称的谦辞。

饘(zhān)于斯，粥于斯：意思是，生活在这个地方。饘粥为古代主食之一。此处活用为动词。饘：煮或吃(稠粥)。

岁时伏腊：岁时：一年四季，即春夏秋冬。伏腊：指伏日和腊日。指一年中的重大节日或四季时节更换之时。

酹(lèi)：把酒洒在地上表示祭奠或起誓。

[24]匪朝伊夕：不止一日。匪：不，不是。伊：文言助词。

专祠：为特定的人或神设立的祠宇。旧以有大功德于民者，得敕封神号专立祠庙。以身殉职或亲民之官，亦得在立功或原任地方建立专祠。

[25]质：评断。

大中丞南乐介石李先生：指李从心。李从心，号介石，南乐人。天启二年(1622年)四月至天启三年，任右佥都御史、宁夏巡抚。大中丞：明清时巡抚别称。

[26]莫逆于心：指内心情意相投。莫逆：没有抵触。语出《庄子·大宗师》："三人相视而笑，莫逆于心，遂相与为友。"

[27]廉访使：按察使因与元代肃政廉访使职掌略同，故有对按察使尊称为"廉访使"者。

[28]不愆(qiān)不忘，率由旧章：不敢有过错，不敢忘本，都因循旧制。《孟子》所引《诗经·大雅·假乐》语，借以论证为政者须谨遵先王法度，行仁爱之王政。率由：沿袭，遵循。旧章：过去的法度典章。

[29]箫鼓：箫乐与鼓乐的合称，是一种庆典仪礼中以箫鼓演奏为主的音乐，属当时的雅乐，异于俗乐。

豆笾（biān）：笾豆。笾和豆。古代祭祀及宴会时常用的两种礼器。竹制为笾，木制为豆。

[30]法施于人则祀之：语出《礼记·祭法》："夫圣王之制祭祀也，法施于民则祀之。"圣明帝王规定祭祀对象，其良政善法施行于人民的，就祭祀他。

[31]无其施而食报于民：不能施行良政善法于人民却又要人民报答。食报：受报答或受报应。

[32]汉史纪良吏，所至无赫赫名，去后常见思：汉史为循良官吏立传，这些官吏在位时无赫赫之名，离职后却常常被地方士民怀念。语出《汉书·何武传》："其所居亦无赫赫名，去后常见思。"后遂以去思指地方士民对离职官吏的怀念。

[33]人之无良，相怨一方：人（指统治者）不善良，人民就在一旁怨恨他们（指统治者）。语出《诗经·小雅·角弓》第四章。

[34]纪、传：上下文互文。这句话

的意思是周鹤峋公在位时和离职后，民众对他的思念都应该大书特书。

[35]概：风概。

天际真人：天上仙人。

[36]幽思：幽幽的思念。

[37]法星：星名。北斗七星第二星天璇的别名。《晋书·天文志上》："北斗七星在太微北……石氏云：'第一曰正星，主阳德；天子之象也。二曰法星，主阴刑，女主之位也。'"说天帝座旁有法星，掌执法用刑，是朝廷司法官的象征。

[38]磔（zhé）：斩杀，捕杀。

枭狼：枭与狼。比喻凶恶之徒。

兰山之左：宁夏位于贺兰山东侧，即左侧，故云。

[39]罗池神异：唐文学家柳宗元因参与革新运动，失败后被贬谪为永州司马，后转柳州刺史，死于柳州。当地人民在罗池为之建庙。韩愈为之撰《柳州罗池庙碑》，文中记述了柳宗元死而为神的传说。

送户部同僚长至节启

吴文企

伏以一元乍转，万品昭苏；亚岁迎祥，从长纳庆[1]。爰稽宣尼之赞《易》："商旅不行，后不省方[2]。"载考文王之系辞："出入无疾，朋友无咎[3]。"总谓律天时者不可无惠政，甚言有官守者必须求胜友也[4]。弟以懒慢之性,疏拙之调,作客武林,抱关海上,亦既旬朔于此矣[5]。嗟乎!期月而可,以何者为尺寸之奇;七日来复,于何处见天地之心乎?才久谢于八能,功无裨于一得[6]。所冀直谅多闻之友,过失相规,不吝书云之笔[7];庶令至愚极陋之人,闻义则徙,奉为测景之圭[8]。迷复堪羞,玄明可畏;输心霡霂,拜手回遑[9]。

题解

本文录自李自荣辑、浙江图书馆藏、明末刻本《四六宙函·卷五》第42页。

同僚:旧时称同在一个官署任职的官吏。

长至节:冬至节。自冬至以后白昼渐长,故称冬至为长至。

启:书信。

注释

[1]亚岁迎祥,从长纳庆:冬至节,我们迎纳祥瑞。语出曹植《冬至献履袜颂表》:"亚岁迎祥,履长纳庆。"亚岁、履长:冬至。汉魏时流行的"履长之贺",即妇女于冬至节向长辈敬献鞋袜的习俗。

[2]宣尼:汉平帝元始元年(公元1年)追谥孔子为褒成宣尼公,后因称孔子为宣尼。

赞《易》:孔子十分重视《易经》,赞扬《易经》中包含的哲理而废黜就八卦而求其理的迷信说法。因为他相信天道与人事是互不相干的。

商旅不行,后不省方:《易·复卦》的《大象传》语。意思是,(冬至之日)商贾旅客不外出远行,君主不省巡四方。后:泛指君主。省方:指省视四方。

[3]出入无疾,朋友无咎:《易·复卦》的卦辞,原文为:"亨。出入无疾,朋来无咎。"咎:灾祸。

[4]律天时:遵循天道。

惠政:仁政,德政。

官守:居官守职。

胜友:犹良友。

[5]疏拙:谦辞。谓文辞粗疏拙劣。

武林:杭州的别称。以武林山得名。

抱关:守门。借指小吏或职务卑微的人。抱:持守。关:门闩。

海上:指湖滨。此处指吴兴。作者曾任吴兴(今浙江湖州)太守。吴兴北滨太湖。

旬朔:十天或一个月。亦泛指不长的时日。

[6]八能:谓能调和阴阳律历五音等。

一得:一点可取之处,一点长处。

[7]直谅:正直诚信。

过失相规:见过失相互规劝。

书云:古时人观天象变化迹象以附会为世事的预兆。每于春分、秋分、夏至、冬至及四时之立日,登台望云,书于简册,附会吉凶,称为书云。后用以称冬至、夏至。

[8]闻义则徙:听到合乎义理的事就心动神往,虚心相就。语出《论语·述而》。

测景之圭:古代测日影的器具,长一尺五寸。比喻典范、表率。景:古同"影"。

[9]迷复:《易·复卦》上六爻辞之语。迷入歧途不知回复。

玄明:神明。

输心:表示真心。

霡霂(mài mù):小雨。此处指微细貌。

拜手:亦称"拜首"。古代男子跪拜礼的一种。跪后两手相拱,俯头至手。

回遑:游移不定,彷徨疑惑。

西塔寺施田疏

吴文企

景陵西塔禅院自积公、季疵后千余年[1],僧真公浮浔阳,谒庐阜,延师讲律此中[2]。犹恐师去堂空,烟消厨冷,非得常住,福田将转眼不闻佛律,檀施有田数亩[3],今施常住,愿此功德圆成饱满,洗钵纳履而去,其本誓如此[4]。时则有东海行脚僧烧香谢罗山,道经兹土,感梦入西垧,愿充化主,而无希取意[5]。菩萨戒弟子会在一处可异也,居士闻其风而悦之[6]。施田矣,不念其供,是名真施;出力矣,不取其直,是名渡施[7]。诸君子、再来人于此能无施乎[8]?

题解

本文录自清道光元年(1821年)版《天门县志·卷之十七·寺观》第20页。

西塔寺:清道光元年(1821年)版《天门县志·卷之十七·寺观》第14页记载:"西塔寺在西湖,即旧志所云覆釜洲也。"《清一统志·安陆府》:西湖"在天门县西门外,广次于东湖。有洲曰覆釜洲,唐陆羽所居,后葬此,即建塔焉。有西塔寺。寺有陆子茶亭"。东晋名僧支道林驻锡于此,唐代陆羽少年时居住于此。

疏:文体名。疏引。旧时募捐簿前简短的说明文字。

注释

[1]积公:唐代僧人。竟陵(今天门)龙盖寺僧。曾见陆羽孤苦无依,乃收养为子。

季疵:陆羽,一名疾,字鸿渐,又字季疵,号东冈子、竟陵子,自称桑苎翁。

[2]真公:僧名。清康熙七年(1668年)版《景陵县志·卷十二·人物志·仙释》第24页记载:"照真,字一如。结社匡庐,(归)建西林塔。"

延师讲律:聘请教师讲宣佛教戒律。

[3]福田:佛教语。佛教以为供养布施,行善修德,能受福报,犹如播种田亩,有秋收之利,故称。

檀施:布施。

[4]本誓:诸佛菩萨在因地时所建立的根本誓约。

[5]行脚僧:云游四方的和尚。

化主:佛家指掌管化缘的僧徒。

希取:企望求取。

[6]菩萨戒:大乘菩萨僧之戒律。

可异:令人诧异。

居士:未出家而信奉佛法的人称居士。

[7]不取其直:不要钱。直:同"值"。即价值。

渡施:疑指佛教"施度三行"中的"财施"。谓以己所有财物,施与他人,令其安乐。

[8]再来人:佛教称再度转世皈依佛门的人。

附

吴白雪(吴文企)遗集引

钱谦益

万历中,竟陵吴白雪为吴兴守[1],掘地得石于郡斋茂树下,为元丰时物,镌"玉笋"二字,最奇古。退公之暇,摩挲竟日。去官无长物,携之以行。吴兴至今称风流太守,有杜牧之、苏子瞻之余韵。其后屡迁,备兵佐宁夏军,用胡僧招降银定,出平虏塞,登抚夷台,虏罗拜帐下，进名马数千蹄，命画工作《银定归款图》，为诗记之。杜牧之好论兵，注孙武书，自谓因而用之，如盘中走丸，而不得一试以死。吴公视牧之，可以雄矣。

余最爱吴兴山水，尝与范东生、程孟阳再泛夹山漾，咏欧阳公"吴兴水晶宫，楼阁在寒鉴"之句，倚棹扣舷，徘徊不忍别。今读白雪遗集，吴兴山水，轻清寒碧，恍忽在卷帙中。楚人之文，以豪放跌宕为主，而吴公独不然。岂文章山水，故有宿缘，吴公之风流，故当与牧之、子瞻长留于岘山、雪水间，而斯文为之魄兆耶？

公之子孝廉既闲，访余山中，奉其遗文乞叙，为书其篇首如此。

题解

本文录自《搜韵·影印古籍》中的钱谦益《牧斋初学集·卷四十》第12页。
钱谦益：参见本书第一卷钱谦益《李公（李维桢）墓志铭》题解。

吴公白雪（吴文企）墓志铭

谭元春

吴公白雪，天启甲子卒于宁夏，既舆榇归家五年，二子寅、骥将以崇祯二年正月二十三日，葬公于北郭香稻园。园，公所营也，其中绿篆幽石、水榭烟路，皆公平日耽玩徙倚之地。又其北为三一庵，旧为东林寺，公少与李少参长叔读书处。两君先后通籍。公湖州归，葺之，灯火青荧，烟水空冥，公魂魄必往来是中，卜吉固宜矣。而二子以其状乞铭于元春。记公家居日，予常过公贝阁，爱其天机铿宏，道心超忽，固尝以公为韵人也。而读其状，想其居官，又不得以一韵而掩之，乃作志曰：

公讳文企，字幼如，白雪其号，又号厔庵老人，又号絮庵。毛恭人孕公时，从兄方伯公文佳举于乡，旗至而公生，故小字旗生。其先世自三吴徙吾竟陵，曾祖讳琼，祖讳政潮，父讳镗，赠公也。赠公有四子，而公为季。赠公早殁，伯兄文炳督之学，辛卯乡举第二人，戊戌成进士。

初除南户部主事,即矫然以清节自治,往榷武林北新关,公慨然曰:"珰为虎,官为狼,商不可为也。"澄心察之,度其利病所在,而一以商为命,于是减纤杂税三千金。有翼珰而虎者,抵于法,除其蠹殆尽。少冢宰史公叹曰:"亭亭哉,斯人乎!"疏荐之。

后六年,出守宁波,曰:"吾今日东海太守,惟知有法耳。"定海邑为防汛驻节之地,郡城闽常虚其地以贮戎马,豪者夺之为市肆,而输金赂守号公用钱。吏抱牍进,公叱之:"岂有是乎?"撤其屋,即相国家奴不得庇。盖沈相国,郡人也,又公座主,先是,守令以折腰见,公曰不可,入而揖,揖而请毡下拜,相国答拜。有横于市者,相国家奴也。民讼相国,公械击之,朱书其上:"讼相国者,罪勿赦。"一郡人见械上书相国无所讳,莫不股栗失色。郡中以滨海防倭,有水陆兵饷数十万金,向饱人腹,不得问。公身自支算,秋毫不受人渔,务使国家兵饷出于实用而后已。大司马青雷薛公作《抚戎碑》载其事,曰:"安得九边皆若人乎? 岂忧南倭北虏哉?"

岁丁未上计毕,取道还家,觞毛恭人八十,再赴郡。寻丁母忧去职,家居五年,始补郡,得湖州。湖州与四明壤相接,清栗之声达于境外。旧多寇盗,出没千流万屿中,闻公至,皆解去。予尝过吴兴,郡人誉之不容口。韩太史求仲导予寻公故迹,由桑苎园上鹳鹤亭,因谒白雪祠,祠塑公像,予不觉失笑:"何其似使君甚也!"因为予谈在郡卧治,琴书悠悠,当置公颜清臣、柳文畅间。会太守秩满,迁江西副使去郡。郡斋有石一片,宋元丰间物,公从林薄中出之,笑曰:"太守落落如此石,石应太守将去。"遂归里,与石相对,掷饶南节不赴。

偃仰八年,始起家秦中,备兵关西。尝署"守道""苑马"两印,一以考核虚实,约身束下,墨吏皆望风而避。蠹有根冗,不尽搜剔不快。由是平凉、固原之间,兵饷皆有纪经。平凉宗室万家,禄饩不均,不以时给,常聚族而哗。公曰:"此非宗人哗也,在我而已。"衷益之,去其害,宗人以悦。

未几,调宁夏兵粮,兼督学政。宁夏,古朔方地,虏在篱落间,叛服荒忽不常，宾兔、宰僧、松柏、黄台吉十有三种，其部落款贡效顺，独银定黠不服者三十年，降夷或欲窥边，则用为口实。公移宁夏后，是时有一老胡，弃家熏修，胡人宗信之，号为佛僧，即兵事亦咨焉。佛僧教银定降，边吏具以闻，督抚臣请于上，报"可"，乃以公出塞平虏。银酋初哗，议赏不合，公持之力，命撤去款宴，即草檄饬兵以待，酋见公不可夺，乃意绌。公于是登抚夷台，宣命受降，是日贡名马数千蹄，乃给文锦、金钱、牛酒劳之，酋皆罗拜呼万岁去。公在宁夏，修敌楼，易战马，造石闸百余里，不为一切衰世苟且之计，贺兰细柳，耸然改观。巡按高公曰："民失一寇，军得一韩。"非虚语也。忽梦有幡幢鼓吹来迎者，觉而异之。有顷端坐而逝。

公为人清通灵警，妙整风格，而临事先发制奸，迎见逆决，尤其所长。每到官，辄呼吏胥问年久近，年深者辄罢之，吏胥自言无罪，不当罢，公笑遣之曰："恋恋公家，即汝罪也。"

公清冽，固其天性，然亦由嵚崎成之。官吴越时，家人舟舶往来，凡粳秫旨畜皆自家中潜赍到廨，僮婢闲暇，日从署后园刈草攀枝为薪，不时时向外采给。民皆骇服，私相谓曰："吴府君不食脯鲝犹可也，无薪何以炊？世固有清廉吏，能令釜自热者乎？"其忍情迈俗，不令人测，皆此类也。所著有《絮庵惭录》《读书大义》《耳鸣集》，藏于家。

公以嘉靖甲子九月初六日生，以天启甲子八月初六日卒，得年六十有一。嗣子寅、骥皆诸生。寅朴雅能继其志，骥有俊才，从予游。初，公艰嗣息。一日梦赠公谓曰："无忧也。有子考，视其足，则着重屐。"没以二子为后，始知考，寅小字也，屐、骥音类，梦竟验。

谭子曰："吾邑自鲁振之祭酒后，德业名实相踵不绝，而公于其间，具胜因，标佳事，有锡杖胡床之思，古鼎奇字之好，可谓韵矣，纪之亦足以传。"然观公关西款塞，恩威相辅，非但人不敢以韵尽公，即公亦若耻以文士廉吏尽，而思以宗泽、种世衡之奇抱，一施用于当世者，予尤愧其未足以尽公，是宜铭。铭曰：

俊合道，巧中理。典两郡，心如水。倚长剑，拭髯几。黠者服，降者喜。旄头落,马惊起。绯衣迎,长吉死。独乐园,通德里。我作铭,公瘗此。似吴天,烟月美。

题解

本文录自《搜韵·影印古籍》中的《新刻谭友夏合集·卷十二·志铭》第8页。原题为《观察使吴公白雪墓志铭》。

胡承诏（南太仆寺卿）

清康熙三十一年(1692年)版《景陵县志·卷之十·人物志·进士》第22页记载："胡承诏，字君麻，号侍黄。万历庚子科举人，甲辰科会魁第五名。养利学正胡早子也。读书西塔寺，风晨雪夜，怡然自得。庚子始入闱，登贤书。经文刻程式论孟二义，为黄贞父、汤霍林所赏。甲辰中南宫，授蜀夹江令，召集逋亡，民以乐业。三月，调内江，壹意爱民，兼喜造士；而又平盐课、议马价，诸善政申饬为令。升南仪制主事，调南验封主事，随晋稽勋郎中。南士子问奇者，趾相错也，公概谢之。锁署，严冷□□森墨，以所识士请质，乃受之。嗣是门人以文投品题，皆如意去。旋丁艰，服阕，除祠祭郎。升蜀宪副，督学政，端士习，正文体。试课三年，持衡独裁，不假于他人。所得奇篇辄缄其稿，以示弟承诺（丙子举人，知县），同相参订，并勉其子俊、儒共究之。迁河南大参，未发而奢难作，分捍东城，躬擐(huàn)甲胄，亲冒矢石，縋士取胜。乃辞诣任。是年冬，以蜀守城功，晋秩按察使，兵备如故。随擢山东右辖，转四川左辖。洁己率属，其所殿最，天官信为去取。迁留都太仆，驻节滁州，督完岁会，莫由弛负。辛未，奉旨致仕，以焚黄登垄，冲冒风雪，甫成礼而卒。子来俊，荫太学生，拟授庐州府推官。按：公入乡贤祠。分守宪吴公尚默勘语曰：'扬历中外三十年，何以铭竹帛曰社稷臣？砥节始终如一日，何以贻子孙曰清白吏？'又，督学宪水公佳胤勘语曰，'文搌巍科，政成卓异。裕国佐县官之急，孤城著捍围之功。温饱不图于生前，清白独贻于死后'云。"

四库全书本《四川通志·卷七上·名宦·直隶资州》第74页记载："胡承诏，天门人。万历甲辰进士。知夹江县，以治最调繁内江，不畏强暴，待人有礼，作士有法，为政务大体。邑人至今思之。"

《续修四库全书·945·子部·儒家类》中的胡承诺《绎志·卷十九·自叙》记载："太仆，吾长兄也。居官大节，莫如拒绝珰祠一事。明天启丙寅、丁卯间，所在为魏珰立祠。兴都之祠，鸱吻与泰禋殿挐其飞翔。蜀抚，珰私人也，讽两司趣具役。太仆时为左藩，班次居前。首对以蜀方用兵，帑藏空虚，不敢誉公家财，给私门役；若配诸民间，则度一钱、役一人，皆得罪朝廷，不敢以身试法也。倡言者默然止，思所以中之。微是翁宁渠不祠者，拟以罪斥去，更用他人为蜀。太仆亦奉是年计最入都,期以静受流斥,而珰败矣,所以天下皆祠,独蜀无祠。"

戏题山居效白乐天体

胡承诏

一亩山堂半亩塘,一塘横带数重堂[1]。塘侵堂上云摇水,塘连堂中月照梁。月下云间多物色,看云步月弄壶觞[2]。平常物色壶觞里,兴极青山绿水傍。

题解

本诗录自清同治十年(1871年)版《内江县志·卷十二·艺文》第18页。署名下注"邑令"。

白乐天体:白居易,字乐天,南宋严羽《沧浪诗话》标举其诗为"白乐天体"。白诗现实主义色彩鲜明,基本风格为平易通俗、质朴浅切。

注释

[1]山堂:山中的寺院。　　　　　　　壶觞(shāng):酒器。

[2]物色:景色,景象。

题西林上寺

胡承诏

清虚直上野云收,独立浮图之上头[1]。转练横披天竺国,垂帘俯视海蜃楼[2]。乾坤浩荡皆长物,身世遭逢即胜游[3]。却笑如来空说法,折芦飞锡为谁留[4]?

题解

本诗录自清同治十年(1871 年)版《内江县志·卷十二·艺文》第 18 页。清光绪间刻本《内江县志·卷之一·寺观》第 32 页记载:"西林寺,治北二里许。宋咸淳五年建,嘉靖间增修,历四十年,上下两寺,金碧辉煌,万松郁郁。"

注释

[1]清虚:指风露。

浮图:指佛塔。

[2]天竺国:古印度别称。此处指佛国。

[3]长物:多余的东西。

胜游:快意的游览。

[4]折芦:相传初祖达摩于金陵和梁武帝问答不契,便折下一枝芦苇,脚踩之,渡江北上。据《五家正宗赞·卷一》。

飞锡:佛教语。谓僧人等执锡杖飞空。

题西林下寺

胡承诏

诸法无边一藏收,登临遥忆旧心头[1]。要知吾道渊如海,且看僧家经满楼。玉垒高浮天地老,锦江长注古今游[2]。邺侯万卷神呵护,不与山云共去留[3]。

题解

本诗录自清同治十年(1871 年)版《内江县志·卷十二·艺文》第 18 页。

注释

[1]一藏:梵语"藏"有包蕴意,故佛教谓一切教法为"一藏"。

[2]玉垒:指玉垒山。在四川省理县东南。多作成都的代称。

锦江:水名。又名流江、汶江,俗称府河。在成都市南。

[3]邺侯:唐李泌于贞元三年(787年),拜中书侍郎、同中书门下平章事,累封邺县侯,家富藏书。后用为称美他人藏书众多之典。

读李年伯端淑集述旧

胡承诏

　　先生有世德,迈种而弥芳[1]。衣钵传经远,箕裘肯构长[2]。建牙新事业,挥制旧文章[3]。休道埙篪奏,桂兰且未央[4]。

　　又:

　　一览龙门李,风闻已昔年。剖符来大国,展墓谒高贤[5]。玉瘗气犹紫,书留草更玄[6]。口碑盈载道,采取付如椽[7]。

题解

　　本诗录自《中国地方志集成·四川府县志 1》中的熊承显 1962 年抄本《天启新修成都府志·卷之五十·艺文》第 5 页。作者名下注:"提学副使、前祠部郎中。"

注释

　　[1]迈种:勉力树德。

　　[2]箕(jī)裘:家传的事业。参见本书第一卷陈所学《祭始祖文》注释[14]。

　　肯构:"肯堂肯构"的省略。语出《尚书·大诰》:"若考作室,既底法,厥子乃弗肯堂,矧肯构?"原意是儿子连房屋的地基都不肯做,哪里还谈得上肯盖房子。后反其意而用之,比喻子能继承父业。堂:立堂基。构:盖屋。

　　[3]建牙:古代武官级别到达一定高度可以有自己的警卫部队,建立警卫部队叫做建牙。

　　[4]埙篪(xūn chí):埙、篪皆古代乐器,二者合奏时声音相应和。因常以埙篪比喻兄弟亲密和睦。语出《诗经·小雅·何人斯》:"伯氏吹埙,仲氏吹篪。"

　　桂兰:兰桂。比喻子孙。

　　[5]剖符:东汉新郡太守上任,与原任太守须合符交接。故郡太守有剖符之称。

　　大国:古指大诸侯国。

　　展墓:省视坟墓。

　　[6]玉瘗(yì):古代祭山礼仪。治礼毕埋玉于坑。

　　草更玄:西汉学者扬雄不求荣名,著书《太玄经》以垂后世。后遂用草玄为称誉著书撰文之典。

七里沔

胡承诏

如游富春濑，定发沧浪啸[1]。东皋亦以望，水木何清妙[2]。问谁濯缨来，一鼓渔父棹[3]。

题解

本诗录自丁宿章编、清光绪九年(1883年)版《湖北诗征传略·卷二十八》第23页。

七里沔：清道光元年(1821年)版《天门县志·卷之六·山川》第21页记载："七里泛，即七里沔。在县东七里。"

注释

［1］富春濑(lài)：东汉初年，高士严光不愿为官，隐居于富春山，其垂钓之处后人名为严陵濑，又名富春濑。

沧浪啸：沧浪歌。《楚辞补注·卷七·渔父》：渔父莞尔而笑，鼓枻(yì)而去。歌曰："沧浪之水清兮，可以濯吾缨；沧浪之水浊兮，可以濯吾足。"遂去，不复与言。

［2］东皋：田地。

清妙：清新美妙。

［3］濯缨：洗濯冠缨。

鼓……棹：鼓棹，划桨。

送真公请藏序

胡承诏

环景皆水也。波腾壁立，望若海市。而西塔尤胜，唐裴迪题诗在焉[1]。寺僧真公，幼通三乘[2]，长汇百川。予昔年读书圆通阁，与穷讨内典、历二十余年所矣[3]。真公持一册以进曰："将之金陵请全藏[4]。"余曰："西塔之兴,其始积公乎? 然未闻以衣钵传也[5]。自吾子浮浔阳,谒庐阜,吾里始有毗尼事[6]。子能以西塔兴矣,而又汲汲全藏[7]。昔慧远言:'白莲重开,吾当再来。'安知真非积再来乎?"

题解

本文录自清康熙七年(1668年)版《景陵县志·卷十二·人物志·仙释》第25页。文前有关于"真公"的记载:"照真,字一如。结社匡庐,(归)建西林塔。"

请藏(zàng):当指请经。藏:道教、佛教经典的总称。据本书第二卷王鸣玉《律堂碑文》文意。另据照真崇祯四年(1631年)立《西塔寺律堂常住愿碑》,西塔寺藏经八柜,正、续总计六百七十七函。照真"重跰(jiǎn)请藏,庀(pǐ)材建阁,结构之难,如集河沙"。

序:赠序。文体名。赠言惜别的文章。

注释

[1]裴迪题诗:晚唐五代时裴迪《西塔寺陆羽茶泉》云:"竟陵西塔寺,踪迹尚空虚。不独支公住,曾经陆羽居。草堂荒产蛤,茶井冷生鱼。一汲清泠水,高风味有余。"裴迪:字升之,河东闻喜人。宰相裴垍玄孙。晚唐五代时人。与盛唐裴迪同名,史书多以此诗为早于陆羽数十年的盛唐裴迪作,误。

[2]三乘:佛教语。一般指小乘(声闻乘)、中乘(缘觉乘)和大乘(菩萨乘)。三者均为浅深不同的解脱之道。亦泛指佛法。

[3]内典:佛教徒称佛经为内典。

[4]之:往。

全藏:此处疑指大藏经。

[5]积公:唐代僧人。竟陵(今天门)龙盖寺僧。曾见陆羽孤苦无依,乃收养为子。

衣钵传:佛教禅宗师徒间道法的授受,常付衣钵为信,称为"衣钵相传"。后泛指师父传法于徒弟,以及思想、学术、技能方面的继承。衣:指僧尼穿的袈裟。钵:食器。

[6]吾子:对对方的敬爱之称。一般用于男子之间。

浮:水上航行。

浔阳:今江西九江。

庐阜:庐山。

毗尼:佛教语。又译作"毗奈耶"。意为律,此处指佛事。

[7]汲汲:心情急切貌。

南社仓赎买基房小记

胡承诏

　　社仓之设以备民也,而守仓者有陪累耗谷之苦[1]。一人不可独累,则听令派之户族[2]。滋多弊矣,浸假不已[3]。管钥随其收掌,启闭任其干没[4]。交盘不足,则尽诿于所应折之耗也[5]。而通派于户族,奸者射利,愚者剜肉[6],是何以备民者?递年为民祟无已时哉[7]!余从任后询知其故,亦既收诸管钥而亲掌之。启闭必亲临,升合必亲入,交代必亲盘,诸弊绝而频年所派累者遂以大省[8]。然其所应折之耗,固不能为民鬼运而神输也[9]。仓故有门房五间,中为官道,而两二间皆民舍也。余甚怪焉,询之,则先邑侯以官地鬻之于民[10],以佐仓费者也。呜呼!鬻以佐仓费,赎以佐仓累,总之以为吾民,则先后何间焉[11]?余乃捐俸八两六钱,给各买主龚贵芳等,悉还所鬻直及所造房费,而归房地于官。岁所入者计银三二钱,新旧交代则给守者,以为籴补耗谷之资,禁其派族,庶备民或无累民乎[12]!要之积谷渐多,则折耗渐甚,吾不无虑涓涓者之有穷于后世也[13]。

题解

本文录自清同治十年(1871年)版《内江县志·卷十一·艺文》第23页。

社仓:古时窖贮粟麦,以备荒年赈灾之用的仓库。

注释

[1]备民:保民。

陪累:做买卖损失了本钱还欠下债。陪:用同"赔"。

[2]听令:听命于人。

派:分摊。

户族:宗族。

[3]浸假:亦作"寖假"。逐渐。原文为"侵假"。

[4]管钥:钥匙。

干没:古代表述将公有财产或他人财物据为己有的法律用语。"干没"喻指将公有财产或他人财物据为己有,如同以水淹没物品,物品沉入水中而不留任何痕迹,但侵吞公有财产或他人财物,无须水淹,物品亦沉没无迹,故名干没。

[5]交盘:谓前任卸职时把账目、公物、文书等清点明白,移交给后任。

尽诿于所应折(shé)之耗:把原因全部推托给应有的损失消耗。

[6]射利:谋取财利。谓见利所在,即如猎者发矢取之。

剜(wān)肉:"补疮剜肉"的略语。比喻以彼补此,只顾眼前,不顾将来。

[7]递年:一年又一年,年年。

崇:原文为"崇"。

[8]升合(gě):一升一合,比喻极微小的量。升、合,都是古代量粮食的度量单位,相对较小,10合=1升,10升=1斗。

交代:指前后任相接替,移交。

派累:指上文"通派于户族""陪累耗谷"。

[9]鬼运而神输:成语"神运鬼输"的活用。以喻偷漏。

[10]邑侯:明清县长官别称。

鬻(yù):卖。

[11]赎:用财物换回抵押品。

间(jiàn):差距,区别。

[12]籴(dí):买进粮食,与"粜(tiào)"相对。

庶:庶几。也许。表示希望。

[13]要之:表示下文是总括性的话,要而言之,总之。

积谷:储存谷物。

不无:有些。

戴伯母赞

胡承诏

先大夫尝道戴伯母守节状[1]。呜呼!妇人为忍死难耳。衾穴相盟,踵顶可捐,特恐虑人后者未悉也[2]。先君易箦而委之,亡人茹檗而任之[3]。夫乃可以死,可以无死,而生有益于人家也。母勤苦力作,岁不能凶。而且梅转芳于摽有,雉不待于矢亡[4],举天地间物,尽灵通于一身。若母者又存孤立节之矫矫者矣,先大夫不忘有以哉[5]!

题解

本文录自清康熙七年(1668年)版《景陵县志·卷十一·人物志·节妇》第24

页。原文无标题。署名"邑太仆胡公承诏"。文前有戴氏传略:"戴氏,年十六嫁夫胡东谷,为继室。夫年已四十七矣。前室有子三,氏抚如已出。夫寝疾,祈祷请代。卒不瘳(chōu),抚孤守志。岁偶俭,氏苦节支持。会大病,梦神人啖以梅实,果愈。已,又病,思雉膏,不获。忽天雨,雉入室,烹而食之,亦愈。远近传为神异。按,氏二十四而寡,七十二而殁。冰玉自矢,五十年如一日也。"

注释

[1]先大夫:先父。

[2]衾穴:生同衾,死同穴。

踵顶:从足跟到头顶。

特:只。

[3]先君:已故的父亲。此处当指伯父。

易箦(zé):病重将死。

亡人:此处同"未亡人"。

茹檗(bò):"饮冰茹檗"的省略。喝凉水,吃黄檗。比喻生活清寒,心情悲苦。檗:黄檗。落叶乔木,树皮可入药,味苦。

[4]梅转芳于摽(biāo)有:此处指戴氏年轻可以改嫁。语出《诗经·召南·摽有梅》:"摽有梅,其实七分;求我庶士,迨其吉分。"有,助词。摽梅,谓梅子成熟而落下。后以摽梅比喻女子已到结婚年龄。

[5]存孤立节:恤养孤儿、树立节操。

矫矫:卓然不群貌。

有以:犹有因。有道理,有规律。

李纯元（陕西左参议）

清道光元年（1821年）版《天门县志·卷之二十二·人物·文苑》第4页记载："李纯元，字长叔，号空斋。幼歧嶷不凡，读书日数千言。万历庚子举人，庚戌成进士。授工部主事，督修皇极殿，升陕西布政司左参议。上疏乞休，家居二十年。高咏自适，晚喜禅悦，不预户外事。憩宝树庵前，构烟水园、濠上亭，超然有出尘之意。谭元春赠诗云：'六旬鬓黑四旬斑，自是输君淡与闲。频喜帝师黄叔度，不须亲见白香山。官宜水部梅花里，身在沙门贝叶间。更欲抠衣重下拜，日纵歌笑学朱颜。'"

明万历庚戌科登科录记载："李纯元，湖广承天府景陵县。官籍。学生。字长叔，号增华。治《诗》。行八。丁丑十月初七日生。庚子乡试十五名，会试一百三十九名，廷试二甲十八名。吏部观政。授工部屯田司主事，管台基厂。乙卯升都水司员外郎，管节慎库。丙辰升都水司郎中，调营缮司。戊午升陕西参议。告病。"

旧谱题辞

李纯元

伯兄靖廷负不羁之才，擅多学之誉[1]；气若奔马，文如贯虹；每试辄冠曹偶[2]。先廷尉绝爱怜之，比于骥子凤雏，而竟不能博一弟子员[3]。一旦喟然叹曰："名教中自有乐地，何必纡金拖紫、朱丹其毂哉[4]？"遂扬眉高步，携妻子入山中，筑土为垣，诛茆为室[5]。所居枕大湖之滨，波涛莽互，岩阿深窅[6]；虾鱼麋鹿之与同堵，而田父野老匏尊相属[7]。而数十年不入城府，五侯七贵[8]，不足当其一快。而纸窗木榻，时时手一编，闻有异书购求抄写，君山之积富于猗顿之财矣[9]，偶谓余曰:"吾宗胜国来,世居此土,簪组蝉联,颇称著姓[10]。而谱牒蔑有,世系无稽[11],族之人渐有忘先民之训,而恣横凌犯,忝尔所生者[12]。不以此时障既倒之狂澜,伊于胡底耶[13]?"乃遍访穷搜,考遗文于长老。上世若有若无者阙之,传信实录,断自小二公为始,弈业相承[14],瞭然指掌。又为训诫之文,原本风雅,编珠贯玉,真可光祖考、昭来许矣[15]。

余展玩周复,浩叹不已[16]。以伯兄奇抱,不获修天禄石渠之业,仅于家乘少许露豹纹之一斑[17]。才士奇穷,古今一体。然古来文士真有彩笔能传世者,固不在多。杜牧赋阿房,李华吊战场,和靖之梅花,商隐之锦瑟[18],结撰至微,皆悬日月而射珠斗[19],则伯兄之谱为不朽盛事矣。宋儒谓"家难而天下易[20]"。管幼安在辽东,躬田自嘿[21],人皆化之;王彦方端介自持,乡人畏为所知甚于刑罚[22]。此两者,伯兄不难方驾而未能[23],必行于族。即缪彤之掩户自挝,石奋之对案不食,付之莫可谁何[24]。祖父孝友雍睦之风已觉渐尽[25],李氏其衰乎,余与伯兄有深惧焉。

今者谱牒既出,褒贬逾于衮钺,严冽甚于霜霰[26]。族之人或有不畏科条而畏名义者,伯兄嘉与更始,偕之大道[27]。吾宗之正风俗者,流而传之,族而谱之。

时天启五年乙丑仲春月[28],赐进士出身、陕西布政使司左参议,前工部营缮司郎中纯元书于空斋[29]。

题解

本文录自1918年版、天门李菊后裔小二公支系《李氏宗谱》。标题为后世修谱者改。

注释

[1]伯兄:旧时对长兄之称谓。

负不羁之才:怀高远之才。不羁:谓才行高远,不可拘限。

擅:独揽,占有。

[2]曹偶:侪辈,同类。

[3]先廷尉:指作者的父亲李登。李登生前任大理平章,故称廷尉。廷尉:廷尉平,亦作"廷尉评"。官名。此

处指"大理寺评事"。明代大理寺分左、右寺,并废大理寺司直,其评事地位上升,左、右寺各置评事六人,分理天下刑狱。

爱怜:疼爱,喜爱。

骥子凤雏:常作"麟子凤雏"。麒麟之子,凤凰之雏。比喻俊秀的后代。

弟子员:指经本省各级考试取入府、州、县学学习者,通称秀才。参见本书第三卷附录《部分科举名词汇释》第3条。

[4]名教:以儒家思想所定的名分和以儒家教训为准则的道德观念。

纡(yū)金拖紫、朱丹其毂(gǔ):原文为"纡金抛紫、丹朱其毂"。两句描写汉代贵族佩带青紫色的绶带,乘坐朱红色车轮的车子。形容高官显宦。语出扬雄《解嘲》。纡:系结。金、紫:指高官所佩印绶的颜色。毂:车轮的代称。

[5]扬眉:形容快活得意的神情。

高步:本指阔步,大步。远行隐遁,高蹈。

妻子:妻子和儿女。

诛茅(máo):同"诛茅"。芟(shān)除茅草。引申为结庐安居。

[6]莽互:疑为"莽莽"之意。

岩阿:石窟边侧,指隐士所居。

深窅(yǎo):幽深,深邃。

[7]同堵:同居。

田父野老:同"田夫野老"。泛指乡野父老。

鲍(páo)尊相属(zhǔ):端起葫芦做的酒樽来互相敬酒。语出苏轼《前赤壁赋》。

[8]五侯七贵:泛指达官显贵。五侯:指公、侯、伯、子、男。七贵:指汉时吕、霍、上官、丁、赵、傅、王七姓。

[9]君山之积富于猗(yī)顿之财:语出王充《佚文篇》:"玩杨子云之篇,乐于居千石之官;挟桓君山之书,富于积猗顿之财。"欣赏杨子云的文章,比当了年俸一千石的大官还要高兴;拥有桓君山写的书,比猗顿积聚的财富更富有。猗顿:春秋时鲁国的大富翁。

[10]胜国:亡国,谓已亡之国,亡国为今国所胜,故称胜国。后亦称前朝为胜国。

簪(zān)组蝉联:世代为官。簪组:官吏的冠饰。喻指做官。组:冠带。

著姓:旧称有显著名声的世家。

[11]蔑有:没有。

无稽:无从查考,没有根据。

[12]恣横:恣肆专横。

凌犯:侵犯,侵扰。

忝(tiǎn)尔所生:愧对自己的父母。

[13]障既倒之狂澜:义同"力挽狂澜"。阻挡奔泻狂澜。

伊于胡底:不知将弄到什么地步为止。伊:句首语助词。于:往。胡:何。底:尽头,终极。

[14]传信:把确信的事实传告

于人。

小二公：据该家谱记载，李菊生小一、小二、小八，三子后裔多居于京山、天门、枣阳等地。

弈业：大业。弈：通"奕"。

[15]光祖考、昭来许：光耀祖宗，昭示后代。语出《诗经·大雅·下武》："昭兹来许，绳其祖武。"光明显耀好后进，遵循祖先的足迹。昭：彰明，显扬。来许：来世，后世。

[16]展玩周复：反复赏玩。

浩叹：长叹，大声叹息。

[17]修天禄石渠之业：本指研读天禄石渠所藏书籍，指修举业到极致。天禄与石渠皆汉代宫内阁名，相传是萧何所造，以藏秘书，以处贤才，国内著名学者还可在石渠阁内讨论经书之异同。后人以此比喻皇家藏书之所，或比喻有学问的人。明代徐元《三元记》三一："状元乃天禄石渠之贵客，小姐是瑶台阆苑之神仙。"

家乘（shèng）：原指家事的记录，此处指家谱。

[18]杜牧赋阿房：指唐代文学家杜牧的《阿房宫赋》。

李华吊战场：指唐代文学家李华的《吊古战场文》。

和靖之梅花：指北宋诗人林和靖的《山园小梅》诗。

商隐之锦瑟：指唐代诗人李商隐的《锦瑟》诗。

[19]结撰：安排篇章结构，加以撰述。

悬日月：像太阳和月亮高高挂在天空一样。形容作品有永恒的生命力。

射珠斗：文采直射北斗。珠斗：亦称"玉斗""瑶斗"。北斗星之美称。其色明朗如珠玉，故称。

[20]家难而天下易：治家难于治天下。语出朱熹、吕祖谦合编《近思录·卷八》引周敦颐《通书·家人睽复无妄》。

[21]管幼安：汉末管宁字幼安，值天下战乱，闻辽东一带平静，于是率家属友人等往辽东避难，隐居于山谷间。至魏文帝即位，征召他，才与家人又渡海返回家乡，在辽东共住了三十七年。后以此典指人离家漂泊在外，或指淡泊隐居。

蹊（xī）田自嘿（mò）：典自"蹊田夺牛"。人家的牛践踏了田禾，也默不作声，更不会强夺人家的牛。指民风淳朴、耻于诉讼。嘿：同"默"。

[22]王彦方：典自"遗布""君子乡"。《后汉书·王烈传》："王烈字彦方，以义行称乡里。有盗牛者，主得之，盗请罪曰：'刑戮是甘，乞不使王彦方知也。'烈闻而使人谢之，遗布一端。或问其故，烈曰：'盗惧吾闻其过，是有耻恶之心，既怀耻恶，必能改善，故以此激之。'"

乡人畏为所知甚于刑罚：指同乡的人宁可受刑罚也不肯让王烈知道这

件事。

[23]方驾：比肩，媲美。

[24]掩户自挝(zhuā)：关起门户自己打自己。形容一种不好对外人说的自责的心情。《后汉书·缪肜(miào róng)传》：缪肜字豫公，汝南召陵人也。"少孤，兄弟四人，皆周财产。及各娶妻，诸妇遂求分异，又数有斗争之言。肜深怀愤叹，乃掩户首挝曰：'缪肜，汝修身谨行，学圣人之法，将以齐整风俗，奈何不能正其家乎？'弟及诸妇闻之，悉叩头谢罪，遂更为孰睦之行。"缪肜：原文为"缪肜"。

对案不食：面对饭食而不吃。比喻教导子孙。也泛指郁闷不乐或愁思不食。汉万石君石奋为人谨慎小心，对子女要求更是严格。子女犯有过失，他并不当面责备，而是自己不入正室，并且面对饭食而不吃，以示不满。直到有错的人到他面前去承认错误，表示悔改，他才开始进食。见《史记·万石张叔列传》。

莫可谁何：没有谁比得上。

[25]孝友雍睦：孝顺父母、友爱兄弟，与人相处和睦。孝友：孝顺父母、友爱兄弟。雍睦：和睦。

[26]谱牒：记述氏族、家族世系的书籍。

衮钺(gǔn yuè)：谓褒贬。古代赐衮衣以示嘉奖，给斧钺以示惩罚，故云。

严冽：凛冽。

霜霰(xiàn)：霜雪。喻艰难的处境。霰：雪粒。

[27]科条：法令条规。

嘉与：奖励优待。

更始：重新开始，除旧布新。

偕之大道：共走一条大路。指和睦友好。

[28]天启五年乙丑：1625 年。

仲春月：农历二月。

[29]参议：明于布政使下设左、右参议，从四品，无定员，分守各道，并分管粮储、屯田、清军、驿传、水利等事。

读先君子莲台寺诗跋

李纯元

予为童子时，业闻邑东南有寺在苍莽间，曰莲台。先君子曾冷毡教授其中[1]，有诗题壁，缙绅、学士皆传诵之。而足迹竟未至，招提境也[2]。庚戌成进士，始同吴使君白雪随喜其中[3]，泫然流涕者久之，思先君子攻苦食贫、断齑画粥光景也[4]。寺栋宇传自隋唐，罗汉皆唐塑。有树连理,柯叶参天[5]。居然古封而年久荒颓,大苾刍结众缘,舍旧而新是,图撤壁间诗板见贻[6]。窃惟此寺居广莫沮洳之乡,每野水回环,寺若浮盂,蒹葭极目,平楚苍然[7]。故累世以来,灾害不及,所托者善也。因重录旧作而悬之。先君子松风桐韵,庶与双树共不朽乎[8]!

崇祯乙亥重九日书[9]。

题解

本文录自清康熙七年(1668年)版《景陵县志·卷之七·享祀志》第62页。

先君子莲台寺诗:指作者父亲李登《莲台寺》诗。先君子:旧时自称去世的父亲。

注释

[1]冷毡教授:形容学习清苦。教授:本为传授学业之意。此处指学习。

[2]招提:梵语,译义为四方,后省作拓提,误为招提。四方之僧为招提僧,四方之僧的住处为招提房。

[3]庚戌:明万历三十八年,1610年。

吴使君白雪:指天门进士、时任知府的吴文企。使君:尊称州郡长官。白雪:吴文企,号白雪。

随喜:佛教语。谓欢喜之意随瞻拜佛像而生。因用以称游谒寺院。

[4]泫(xuàn)然:水珠向下滴的样子。

断斋(jī)画粥:分开切碎的腌菜,划分凝结的粥块,按量分顿来吃。形容生活的艰苦。断:断开。斋:切碎的腌菜。画:划分。宋代释文莹《湘山野录》载:范仲淹少年时很穷,在长白山僧舍读书,他每天把二升小米煮成粥,让粥疑结成块,用刀划分为四块,再分好切碎的腌菜,按早晚分顿来吃。

[5]柯叶:枝叶。

[6]古封:古旧尘封。

苾刍(bì chú):即比丘。本西域草名,梵语以喻出家的佛弟子。为受具足戒者之通称。

见贻:犹见赠。

[7]广莫:广漠。辽阔空旷。

沮洳(rù):指低湿。原文为"沮茹"。

蒹葭(jiān jiā):蒹是荻,葭为芦苇。

平楚:平野。

[8]庶:庶几。也许。表示希望。

[9]崇祯乙亥:明崇祯八年,1635年。

李公义台先生（李倍）墓志铭

李纯元

时岁在丙寅冬十一月，余方闲居谢客，欠伸昼睡[1]，偶宗侄孙上进、上迪斩然衰绖谒余，持币涕泣，长跽而前曰[2]："孤先君以去冬良月见背，两孤肃题辕于寝者期月矣[3]，顷形家卜是月望日之吉，厝于山椒[4]，同嫡母氏之垗。风木怆神，乌鸟含思，茕茕集蓼，意满口重[5]，不能状一语以文先君之寂。恃先君生存左右大父前非昕夕矣，敢丐片言以不朽白骨，且奉先君治命也[6]。"余泫然曰："而翁，三代之遗民也[7]。元风夏德，生荣死哀，碑腾道上，风呈太史[8]。余愧不文，安能为而翁重[9]？"进兄弟泣下固请，义不容辞，乃呼其灵爽而质之曰[10]：

侄乎，尔音容遗响，仿佛如在；懿行高躅，搦管茫然，余何从状子耶[11]？追溯尔高王父公轼，国子上舍，余曾王父靳同胞兄弟也[12]。轼生明，明生仕仪，并有隐德[13]。仕仪公生子三，尔翁其长也，讳桥，姚田氏，别号斗山，跌宕美丰仪[14]，千金一掷，不侵为然诺；排难解纷，不收其功伐[15]，盖侠烈奇丈夫也。惜寿不蒙德，五十而卒。生子三：长君仗，娶张氏；仲君偕，娶卢氏，续张氏；季即公也。斗山公死，而政属家督，仗性跅弛不羁[16]。虽入粟为掾而耻侔刀笔，日游青楼酒肆，昏西骂坐，即窦婴、程不识[17]，不值一纹矣。用是先资日旁落[18]，兄弟分异而四壁萧然矣。公最少，倜傥不群，与人若公瑾之醇酒[19]，而泾渭不少假。吾先君廷评抚之曰[20]："吾阅宗党，尔陈义高，别号尔义台，欲使尔顾名思义，此王昶、何胤所以命其子也[21]。"故自髫年以至盖棺，无适而非义，人以此多先君子人伦之鉴云[22]。初，邑人梁公楣，素封著族也，奇公，以女妻之，资奁颇饶。而梁妇益善下，事姑田氏，惟谨甘毳之奉，身独任之，一无藉娣姒菽水矣[23]。公于两兄，取索如寄。即戚里之称贷而不克偿者[24]，折焚契券以为常。晚年两兄暨诸嫂岁给脯资，死为求椊旁，封鬣寒原[25]，哭之以礼，如子事父母然。两兄之子若孙待而举火者数家,皆安其居处,时其婚娶,察之无难色。虽公之多藏,而亦缘天性之仁洽足任其谡诟[26]。因是度公之启家,盖天授非人力也。故望杏瞻蒲,种戒骏发,或治生者之正道[27];金穰木饥,粟生金死,亦心计者之滥觞[28]。而公揣摩如向无遗策,收责增偿如承蜩[29]。数十年生聚,埒朱顿之间,沟塍脉散,原隰龙鳞[30],庾廪之储堪摽阿六之榜,高明之丽沉沉者,蛰动而风生也,操何术而臻此[31]?

彼邑遭水涨,东西两堤危于累卵,邑侯俛耆老任筑。公披星戴月,不惮暑雨,有捐助而无割匮[32]。顷令君任奉文赈恤民饥,谛问耆硕可倚托者[33],众推公。公悉出私囊,不费公家黍丝,以所给还,乞别补征解[34]。邑乡饮大宾博士及弟子员,敦请者数矣,公谢凉德,凿坏而遁[35]。制高年赐爵一级,公受而不拜,日课督两子钻励求学[36]。所执贽而请还贽[37],而相事者必名士。而后快曰:"兰茝藁本,渐于蜜醴[38]。君子之隐栝,不可不谨也[39]。"

长君上进,积学补胶庠[40];次君上迪,英英殊有凤毛。岂吾宗之多奇,抑公所钟毓也[41]?第劬劳之恩,食报未究于今日,而膺褒纶于泉台;附床之息,含饴少娱于目前,而遗孙谋于丰芑[42]。人以此为公或未惬,而翁夷然曰:"吾于造物亦多取矣。"庶几含笑而入,实乎达哉卓识之君子,虽百世凛凛尤有生气也。

公行四,名倍,号义台。妻梁氏,次尹氏,次朱氏,次宋氏。生二男:长上进,媳鄢氏。进,尹之骨而梁肉之,抚摩鞠育百于所生[43]。进不知有尹,尹不得而有进,垂三十年。刀尺余泽,巾箱旧封[44],无适非梁之遗。进之有今日也,进之所痞瘵而不忍忘者也。次上迪,媳刘氏。迪,朱所生。朱,继梁者也。生女二:长适邑庠士吴三重,次适邑庠士曾作圣。男孙二:长庆余,次泽余。女孙二,长聘吴,即女姒外,生吴可权[45];次聘庠士陈肇樸子五美。

公生于嘉靖己酉年十二月三十日,卒天启乙丑年十月十六日,享年七十有八。葬于丙寅年十一月十五日,合元配梁氏之垄,抱甲负庚为茔[46]。铭曰:

惟孝友于兄弟,惟德之基。任恤姻睦[47],遗者其谁？更孰有擅益盆泽量之积,而独不阶尺寸之裨;比一都千户之饶,而愈不亏岩穴处士之奇[48]？於戏噫嘻[49]！

赐进士出身、朝议大夫、陕西布政使司左参议,前工部营缮清吏司郎中[50],叔纯元顿首拜撰。

题解

本文录自李倍墓志。墓志现藏于天门市博物馆。标题原为《明端谨李公义台先生墓志铭》。

注释

[1]欠伸:打哈欠,伸懒腰。疲倦的表示。

[2]斩然:整肃貌,整齐貌。

衰绖(cuī dié):丧服。古人丧服胸前当心处缀有长六寸、宽四寸的麻布,为"衰"。围在头上和缠在腰间的散麻绳为"绖"。是丧服的主要部分,故以此代称丧服。

长跽(jì):长跪。

[3]良月:十月的代称。

见背:谓父母或长辈去世。背:离开。

题辏:应为"题凑"。古代天子的椁制,也赐用于大臣。椁室用大木累积而成,木头皆内向为椁盖,上尖下方,犹如屋檐四垂,谓之题凑。

期月:一整年。

[4]形家:旧时以相度地形吉凶,为人选择宅基、墓地为业的人。也称堪舆家。

望日:农历每月十五日。

厝(cuò):停柩待葬或浅埋以待改葬。

山椒:山顶。

[5]风木:比喻父母亡故,不及奉养。

怆神:伤心。

乌鸟:乌鸦一类的鸟。古称乌鸟反哺,因以喻孝亲之人子。

茕茕(qióng):孤单。

集蓼:谓遭遇苦难。

口重:语言太直,使人难以接受。

[6]大父:祖父。此处指死者之子对作者的称呼,实际上应称叔祖父。

昕(xīn)夕:朝暮,谓终日。此处指一朝一夕。

治命:指人死前神志清醒时的遗嘱。与"乱命"相对。后亦泛指生前遗言。

[7]泫(xuàn)然:水珠向下滴的

样子。

而翁:你的父亲。用于称人父亲,或为父者自称。

三代:夏商周三个朝代。

[8]元风夏德:高风盛德。元、夏:大。《百子全书·於陵子·大盗》:"庖義之下,元风夏德,至人有而不矜。"

碑腾道上,风呈太史:行人称颂不绝,风范载入史册。腾:腾與颂。沸沸扬扬,即使在道路上人们的称颂也不绝于耳。太史:此处指史官。

[9]不文:对自己的谦称,犹不才。

安能为而翁重:意思是,怎能为你的父亲撰写墓志铭呢?

[10]灵爽:灵魂。

[11]懿行:善行。

高躅(zhú):崇高的品行。

搁管:握笔,执笔为文。

状子:此处指陈述你的(善行美德)。

[12]䩄(yù):"緎"的异体字。原文左为"革",右为"或"。

国子上舍:指在国子监上学的上舍生。太学生分外舍、内舍、上舍三等,其中上舍最优,内舍次之,外舍又次之。学生在一定的年限和条件下,可依次而升。

[13]隐德:不为人知的美德。

[14]跌宕:放荡不拘。

丰仪:丰盛的礼仪。

不倍为然诺:不背弃自己的许诺。

[15]功伐:功劳,功勋。

[16]家督:谓家长,户主。

跅(tuò)弛不羁:放荡不受拘束。

[17]入粟为掾(yuàn):用谷物来买得佐官。

耻侔刀笔:耻于谋求刀笔之吏。

昏酉:黄昏酉时。

骂坐:骂座。漫骂同座的人。

窦婴:西汉大臣。窦太后侄。

程不识:西汉名将。曾任边郡太守,治军严谨。

[18]用是:因此。

旁落:衰落。

[19]倜傥不群:形容洒脱豪放与众不同。

公瑾之醇酒:《三国志·周瑜传》云,程普:"与周公瑾交,若饮醇醪(láo),不觉自醉。"

[20]吾先君廷评:指作者的父亲李登。李登生前任大理平章,故称廷评。廷评:廷尉平,亦作"廷尉评"。官名。此处指"大理寺评事"。明代大理寺分左、右寺,并废大理寺司直,其评事地位上升,左、右寺各置评事六人,分理天下刑狱。

[21]王昶(chǎng):三国曹魏时期王昶为兄弟的孩子和自己的孩子取名字,都依据谦虚和诚实,用以显示他的志趣。

何胤:南朝齐梁之际礼学名家。竟陵王萧子良"置学士二十人,佐胤撰录"新礼。何胤子名何撰。

[22]无适而非义:无论做什么都

归于义。

人伦之鉴:相面的镜子。人伦:指相面术,根据人的相貌占卦祸福。

[23]资奁:嫁妆。

善下:善于屈己尊人。

姑:称夫之母,公婆。

甘毳(cuì)之奉:儿子侍奉母亲的饮食。含有恭维的口吻。甘毳:美味的食物。奉:侍候。

娣姒(sì):古代妯娌间,以兄妻为姒,弟妻为娣;相谓亦曰姒。

菽水:豆与水。指所食唯豆和水,形容生活清苦。常以菽水指晚辈对长辈的供养。

[24]称贷:举债,告贷。

[25]脯资:干肉和粮食。亦泛指食物。

椫(shàn)旁:棺材。

封鬣(liè):坟墓封土的一种形状。亦指坟墓。

[26]多藏:"多藏厚亡"的省略。聚积得多,损失或耗用也多。

仁洽:仁爱和睦。

足:此字原文缺损,存疑。

諰(xǐ)诟:辱骂。

[27]望杏瞻蒲:掌握农时及时耕种。望杏:指劝耕的时节。瞻蒲:"瞻蒲劝穑"的略语。看见菖蒲初生,便督促农民及时耕种。

种戒:播种的准备工作。

骏发:使民疾耕发其私田。

治生:经营家业,谋生计。

[28]金穰(ráng)木饥:古代根据太岁星运行的方位来预测年成的丰歉。太岁星运行至酉宫(正西方)称"岁在金",预示农业丰收。语出《史记·天官书》:"然必察太岁所在:在金,穰;水,毁;木,饥;火,旱。此其大较也。"

粟生金死:此处指有粮有钱。战国秦商鞅论述粮食与钱财的关系时指出:买来粮,花了钱;售出粮,得到钱。

心计:内心考虑。

滥觞(làn shāng):本指江河发源处水很小,仅可浮起酒杯。后比喻事物的起源、发端。

[29]遗策:失策。

收责:收债。责:古同"债"。

承蜩(tiáo):用顶端涂着黏合剂的竹竿捉蝉。

[30]生聚:繁殖人口,聚积物力。

埒(liè)朱顿之间:财富可比陶朱公(范蠡)和猗顿。朱顿:春秋时富豪陶朱公(范蠡)和猗顿的并称。埒:等同,比并。

沟塍(chéng):沟渠和田埂。

脉散:水道分流。犹如血脉分散,故名。

原隰(xí):平原和低下的地方。

[31]庾廪:粮仓。

摽(biāo):古同"标"。

阿六:语义待考。

沉沉:宫室深邃之貌也。

蛰动而风生:比喻有识之士得时

奋起,奋发有为。蛰动:蛰伏冬眠的动物苏醒。

臻此境:达到这样的境界。

[32]割匿:割舍和藏匿。

[33]令君:对县令的尊称。

耆硕:高年硕德者。

[34]黍丝:古代指极轻微的重量单位。

征解:指赋税的征收解送。

[35]大宾:古乡饮礼,推举年高德劭者一人为宾,称大宾。

博士及弟子员:博士弟子员。参见本书第三卷附录《部分科举名词汇释》第3条。

凉德:薄德,缺少仁义。后世多用为王侯的自谦之词。

凿坏而遁:鲁国君听说颜阖贤德,想封之为相,派使者带重礼前去聘请。颜阖闻知使者即将到来,就凿开后墙逃跑。

[36]制:按制度惯例。

课督:督责,督促。

[37]执贽:执挚。古代礼制,谒见人时携礼物相赠。

[38]兰茝(chén)藁(gǎo)本,渐于蜜醴:兰芷、稿本等香草,如果浸在蜂蜜和甜酒中,一经佩戴就要更换它。语出《荀子·大略篇》。

[39]君子之隐栝,不可不谨也:君子对于正身的工具,不能不谨慎地对待啊!隐栝:同"隐括"。用以矫正邪曲的器具。引申为标准、规范。

[40]胶庠:泛指学校。胶为周之大学,庠为周之小学。

[41]钟毓(yù):"钟灵毓秀"的缩略。凝聚。指天地间所凝聚的灵秀之气。钟:汇聚,凝聚。毓:养育。

[42]第:只是,只。

劬(qú)劳:劳累,劳苦。

食报:受报答或受报应。

膺褒纶于泉台:指死后受到褒奖。膺:接受,承当。褒纶:本指降旨褒奖。此处指善报。

含饴:"含饴弄孙"的省略。意为含着糖浆逗弄孙儿,后沿用此语形容老年人的闲适生活。

遗孙谋于丰芑:为子孙谋划。丰芑:指帝王慎选储君。亦指常人对子孙的教育培养。

[43]进,尹之骨而梁肉之,抚摩鞠育百于所生:上进,尹氏所生,梁氏视为己出;梁氏抚育之劳,百倍于尹氏。鞠育:抚养,养育。

[44]刀尺余泽,巾箱旧封:语出刘禹锡《伤往赋》:"阅刀尺之余泽,见巾箱之故封。"刀尺:剪刀和尺。裁剪工具。巾箱:古人放置头巾的小箱子。

[45]姒(zhōng):丈夫的姐姐。

[46]抱甲负庚:指墓穴的朝向。风水罗盘中间有一层是指示二十四山方位的。从北方开始依次序排列分别是壬子癸、丑艮寅、甲卯乙、辰巽巳、丙午丁、未坤申、庚酉辛、戌乾亥,共二十四个方位。每一个汉字表示一"山",

占 360 度中的 15 度。甲与庚相对,甲在东北,庚在西南,各占 15 度。甲山庚向是坐东北朝西南,就说成"抱甲负庚"。负:背倚。

[47]孝友、任恤、姻睦:六种善行。语出《周礼·地官·大司徒》:"二曰六行:孝、友、睦、姻、任、恤。"

孝友:孝:孝顺父母。友:友爱兄弟。

任恤:任:信于友道。恤:振忧贫者。

姻睦:姻:亲于外亲。睦:亲于九族。

[48]擅:独揽,占有。

益:通"溢"。

泽量:即用泽来计量,形容满泽都是。

不阶尺寸之禅:不凭借些许的禅补。不阶:不凭借。

一都:一城。也可以将"都"理解为行政区划。宋元明清县级以下行政区划。《宋史·袁燮传》:"合保为都,合都为乡,合乡为县。"

千户:千户侯。食邑千户的侯爵,有向一千户以上的人家征税的权力。

岩穴处士:隐士。岩穴:古时隐士多山居,故称岩穴之士也为岩穴。处士:古时称有才德而隐居不仕的人。

[49]於戏(wū hū):呜呼。

[50]营缮清吏司:明清工部的第一司。简称营缮司。掌各项营缮工程。明制设郎中一人,正五品。员外郎一人,从五品。主事二人,正六品。

钟　惺（福建提学佥事，竟陵派创始人）

钟惺（1574—1625年），字伯敬，号退谷，天门市皂市镇人。明代文学家。万历三十八年（1610年）庚戌科进士。初授行人，改工部主事，升南京礼部郎中。擢福建提学佥事，未及半年，以父忧归。晚年逃禅，临终受戒，卒于家。周嘉谟题其墓曰"钟灵毓秀"。钟惺在前后七子和公安派之后，力图矫正复古派的肤熟格套和公安派的俚俗莽荡，另辟"幽深孤峭"之径，与同邑谭元春编选《诗归》数种，其诗喜用奇字险韵，时称"钟谭体"或"竟陵体"，风靡一时。有《隐秀轩集》等传世。

邺中歌

钟　惺

城则邺城水漳水，定有异人从此起[1]。雄谋韵事与文心，君臣兄弟而父子[2]。英雄未有俗胸中，出没岂随人眼底[3]？功首罪魁非两人，遗臭流芳本一身[4]。文章有神霸有气，岂能苟尔化为尘[5]？横流筑台拒太行，气与理势相低昂[6]。安有斯人不作逆，小不为霸大不王[7]？霸王降作儿女鸣，无可奈何中不平[8]。向帐明知非有益，分香未可谓无情[9]。

呜呼！古人作事无钜细，寂寞豪华皆有意[10]。书生轻议冢中人，冢中笑尔书生气[11]。

题解

本诗录自《搜韵·影印古籍》中的《翠娱阁评选钟伯敬全集·卷之二》第22页。罗贯中著、人民文学出版社1980年版《三国演义》第78回"治风疾神医身死，传遗命奸雄数终"，引用此诗。

注释

[1]城则邺城水漳水,定有异人从此起:雄伟的邺城啊围绕着漳河水,一定有卓异不凡的人从此兴起。罗贯中著、人民文学出版社 1980 年版《三国演义》作"邺则邺城水漳水"。

邺城:曹魏、后赵、冉魏、前燕、东魏、北齐之都城。遗址在河北省临漳县西南,为南北毗连的两个城址。北邺城大部在今漳河北,始建于齐桓公时。东汉末建安九年(204 年),曹操营此城为国都,曹丕移都洛阳后,以其为北都。

漳水:卫河支流,在今河南、河北两省边界。漳河水流经邺城。

[2]雄谋韵事与文心,君臣兄弟而父子:曹操文才武略兼而有之,他与曹丕、曹植兄弟是君臣,又是父子。

雄谋:宏大的谋略。

韵事:风雅之事,指文人诗歌吟咏及琴棋书画之类的活动。此处指诗歌吟咏之事。

文心:指文章或文思。

[3]英雄未有俗胸中,出没岂随人眼底:英雄他没有粗俗的心胸,出没怎么会像常人那样?

[4]功首罪魁非两人,遗臭流芳本一身:他是安定汉室之能臣、篡权立魏之奸雄,遗臭也好流芳也好都集于他一身。

功首罪魁:功劳最大而罪过也最重。

[5]文章有神霸有气,岂能苟尔化为尘:他的文章神采霸气,怎么能随便湮没在平常之中?罗贯中著、人民文学出版社 1980 年版《三国演义》作"岂能苟尔化为群"。

霸有气:有霸气。霸气:旧指象征霸主运数的祥瑞之气。此处当理解为曹操统一中国的雄心。

苟尔:随便的意思。

[6]横流筑台拒太行,气与理势相低昂:横跨漳河啊筑起铜雀台与远处的太行山对峙,气势与地理契合啊铜雀台起伏有致、变化参差。

横流:此处指横跨漳河。《水经·谷水注》:"武帝引漳流自邺城西东入,经铜雀台下伏流,入城东注。"

气与理势相低昂:意思是台阁与地势相配合,起伏有致,变化多端。气:楼台阁廊的气势。理:地形的走势。低昂:起伏变化。

[7]安有斯人不作逆,小不为霸大不王:哪里有这样的英雄啊,不为逆反,权势无论大小都不称王称霸。这句诗的意思是,权势小也罢大也罢,都不行王霸之事,即指曹操未称帝。

作逆:背天意而行。

小、大:指权势的大小。

为:成为,变成。

霸、王:指天子事。

[8]霸王降作儿女鸣,无可奈何中不平:英雄也有儿女情,无可奈何之中

他的心里不平静。

儿女鸣：儿女情。鸣：抒发或表示情感。

[9]向帐明知非有益，分香未可谓无情：要求姬妾们归向帷帐啊，其实也明明知道没有多大益处，"分香"实在是人间真性情。

向帐：归向帷帐之中。指曹操临死前命诸妾多居铜雀台中一事。

分香：曹操临终前留下遗令，将所藏余下的名香分与诸夫人。后以此典形容霸业已空，风流云散，凭吊怀古。

[10]呜呼！古人作事无钜细，寂寞豪华皆有意：唉！古人成就事业心思缜密事无大小，寂寞也好豪华也好都是有志向的。

[11]书生轻议冢中人，冢中笑尔书生气：书生轻狂地议论已经躺在坟墓中的人，墓中的英雄会嘲笑你书生气！

书生气：指只知读书，脱离实际，看问题单纯、幼稚的习气。

桃花涧古藤歌

钟　惺

吾闻藤以蔓得名，身无所依不生成。看君偃卧如起立，雅负节目不自轻[1]。昂藏诘屈自为树，傍有长松义不附[2]。春来影落涧水中，不与桃花同其去。

题解

本诗录自《搜韵·影印古籍》中的《翠娱阁评选钟伯敬全集·卷之二》第28页。

注释

[1]雅负：素有。

节目：树木枝干相接的地方和纹理纠结不顺的地方。此处喻人的名节操守。

[2]昂藏：挺拔。

诘屈：曲折，弯曲。

舟　晚

钟　惺

　　舟栖频易处,水宿偶依岑。岸暝江愈远,天寒谷自深。隔墟烟似晓,近峡气先阴。初月难离雾,疏灯稍著林。渔樵昏后语,山水静中音。莫数归鸦翼,徒惊倦客心[1]。

题解

本诗录自四库全书本《御选明诗·卷九十四》第 20 页。

注释

[1]倦客:指对客居外乡的生活感　　到厌倦之人。

宿乌龙潭

钟　惺

　　渊静息群有,孤月无声入[1]。冥漠抱天光,吾见晦明一[2]。寒影何默然,守此如恐失。空翠润飞潜,中宵万象湿[3]。损益难致思,徒然勤风日[4]。吁嗟灵昧前,钦哉久行立[5]。

题解

本诗录自《搜韵·影印古籍》中的《翠娱阁评选钟伯敬全集·卷之一》第 30 页。袁行霈主编、中华书局 2007 年版《中国文学作品选注·第四卷》收录此诗。

乌龙潭:在江苏省南京市盘山前。相传晋时常有乌龙出现,故名。

注释

[1]渊静:幽深静谧。　　　　　　息:止息。

群有:佛教语。犹众生或万物。

[2]冥漠:昏暗幽寂。

天光:天色与湖光。

晦明:从暗夜到天明。

一:一致,无区别。

[3]空翠:指青色的潮湿的雾气。

飞潜:飞禽和鱼类。

中宵:半夜。

[4]损益:增加和减少,指得失。

致思:谓集中心思于某一方面。

勤:忧虑、愁苦。

风日:风光。

[5]吁嗟(xū jiē):表示有所感触的嗟叹词。

灵昧:神异的昏暗。

钦哉:同上文"吁嗟"。

行立:行走站立。

夜归联句

钟　惺　林古度

落月下山径,草堂人未归[1]【林古度】。砌虫泣凉露,篱犬吠残辉[2]【惺】。霜静户逾皎,烟生墟更微[3]【古度】。入秋知几日,邻杵数声移[4]【惺】。

题解

本诗录自《搜韵·影印古籍》中的《翠娱阁评选钟伯敬全集·卷之三》第4页。

联句:旧时上层饮宴及朋友应酬所用的作诗方式,由两人或多人共作一诗,相联成篇。

林古度:字茂之,号那子,别号乳山道士,福建福清人。明末清初著名诗人。诗文名重一时。

注释

[1]草堂:简陋的住宅。此处指作者的住处。

[2]砌虫泣凉露:蟋蟀在轻寒薄凉的露水中哀鸣。砌虫:指生活在阶基下的蟋蟀之类。

篱犬:被篱笆关住的狗。

[3]烟:夜晚的雾气。　　　　　　　　　[4]邻杵(chǔ):邻近的杵声。此
墟:村落。　　　　　　　　　　　　　　　处指捣衣的声音。
微:微茫,朦胧。

秣陵桃叶歌(选一)

钟　惺

女儿十五未知羞,市上门前作伴游。今日相邀伴不出,郎家昨送
玉搔头[1]。

题解

本诗录自《搜韵·影印古籍》中的《翠娱阁评选钟伯敬全集·卷之五·七言绝
句》第23页。《秣陵桃叶歌》共七首,序云:"予初适金陵,游止不过两三月,采俗观
风十不得五,就闻见记忆杂录成歌。此地故有桃叶渡,借以命名,取夫俚而真、质
而谐,犹云《柳枝》《竹枝》之类,聊资鼓掌云尔。"本诗为第二首。

秣(mò)陵:南京旧称。秦于此置秣陵县。

注释

[1]玉搔头:即玉簪。古代女子的　　　一种首饰。

江行俳体(选二)

钟　惺

虚船也复戒偷关,枉杀西风尽日湾[1]。舟卧梦归醒见水,江行怨
泊快看山[2]。弘羊半自儒生出,馁虎空传税使还[3]。近道计臣心转
细,官钱曾未漏渔蛮[4]。

村烟城树远依依,解指青溪与翠微[5]。风送白鱼争入市,江过黄

鹄渐多矶[6]。家从久念方惊别，地喜初来也似归[7]。近日江南新涝后，稻虾难比往年肥。

题解

两首诗录自《搜韵·影印古籍》中的《翠娱阁评选钟伯敬全集·卷之四·七言律》第 14 页、第 15 页。

俳（pái）体：古以游戏笑乐为内容的诗文，称俳谐体。简称俳体。

注释

[1]虚船也复戒偷关，枉杀西风尽日湾：税卡正在对过往船只进行盘查收税，为严防偷漏关税，凡属未经验查的船只一律不得放行，客船也不例外。客船整日停泊在港湾，真是有屈了西风。虚船：空船。戒偷关：严戒偷税过关。尽日湾：整日停泊待检。"湾"是俗话，泊舟之谓也。

[2]舟卧梦归醒见水，江行怨泊快看山：无聊之中在船上白日睡觉，梦中归家，醒来才看见船还停在老地方，一场空欢喜；希望船只早日放行，很快看到两岸青山。

[3]弘羊半自儒生出，馁虎空传税使还：儒家本来主张薄税敛，施仁政，但搜刮民财的官吏原本不少是读书人出身。即令税已收去，也不可高兴太早，饿虎般的税使，随时可以"光顾"。弘羊：桑弘羊。汉代以理财著名的历史人物，征收舟车税是由他和孔仪等始作俑。馁虎：饿虎。此处指税使。

[4]近道计臣心转细，官钱曾未漏渔蛮：听说官吏盘剥无孔不入，连渔民也不放过。计臣：主管财政的官吏。官钱：税钱。渔蛮：渔民。

[5]依依：隐约。

解指：辨认。

青溪与翠微：泛指沿江的名山胜迹。青溪：指三国东吴在建业城东南所凿东渠，发源于今南京市钟山西南，流经南京市区入秦淮河，曲折达十余里，亦名九曲青溪。翠微：翠微亭。在贵池南齐山。始建于唐。

[6]黄鹄：山名，今武昌蛇山，其西北有黄鹄矶。

[7]家从久念方惊别，地喜初来也似归：沿途美景相伴，离家虽久却如方才惊别。而此地民风淳朴好客，初来之人有如归之感。

西陵峡

钟 惺

过此即大江,峡亦终于此[1]。前途岂不夷,未达一间耳[2]。辟入大都城,而门不容轨[3]。虎方错其牙,黄牛喘未已[4]。舟进却湍中,如狼疐其尾【虎牙、狼尾俱滩名[5]】。当其险夷交,跳伏正相踦[6]。回首黄陵没,此身才出匦[7]。不知何心魂,禁此七百里[8]。梦者入铁围,醒犹忘在几[9]。赖兹历奇奥,得悟垂堂理[10]。

题解

本诗录自《搜韵·影印古籍》中的《翠娱阁评选钟伯敬全集·卷之一》第12页。

西陵峡:即巴峡。长江三峡之一。兵书宝剑峡、牛肝马肺峡、灯影峡、宜昌峡的总称,是三峡中最长的峡。

注释

[1]过此即大江,峡亦终于此:此句承前一首《新滩》而来。峡江出南津关,三峡到此为止。

[2]夷:平。

未达一间:相差一点。一间:谓相距极近。间:间隙。

[3]不容轨:无法行车。谓甚为狭窄。

[4]黄牛:西陵峡有黄牛山。

[5]却湍:回旋的急流。

如狼疐(zhì)其尾:语出《诗经·豳(bīn)风·狼跋》:"狼跋其胡,载疐其尾。"狼进碍于颔下悬肉,退绊于尻后大尾。后以"跋胡疐尾"喻进退两难。疐:古同"踬"。绊倒。

[6]当其险夷交,跳伏正相踦(yǐ):船由急流跃入平波,如狼退伏抵住后尾起跳。踦:抵住。

[7]黄陵:指黄陵庙。位于西陵峡内长江南岸。

匦(guǐ):匣子,小箱子。

[8]不知何心魂,禁此七百里:回想七百里峡江,如此险峻,不知心魂何以禁得住。

[9]梦者入铁围,醒犹忘在几:梦入铁围山,醒时惊魂未定,忘记自己伏

在几上。铁围:佛教认为南赡部洲等四大部洲之外,有铁围山,周匝如轮,故名。

[10]赖兹历奇奥,得悟垂堂理:幸赖经历峡江之险,得悟慎入险境之理。垂堂:靠近堂屋檐下。因檐瓦坠落可能伤人,故以喻危险的境地。

秋海棠

钟 惺

墙壁固吾分,烟霜亦是恩[1]。光轻偏到蒂,命薄幸余根[2]。笑泣谁能喻,荣衰不敢论[3]。年年秋色下,幽独自相存[4]。

题解

本诗录自《搜韵·影印古籍》中的《翠娱阁评选钟伯敬全集·卷之三》第33页。

注释

[1]墙壁固吾分,烟霜亦是恩:海棠生长在墙角,承受着烟霜。

[2]幸余根:叶子经霜均已凋零。

[3]喻:明白。

[4]幽独自相存:独处而顾影自怜的意思。幽独:独处。存:顾恤。顾念怜悯。

将访苕霅

钟 惺

鸿渐生竟陵,茶隐老苕霅[1]。袭美亦竟陵,甫里有遗辙[2]。予忝竟陵人,怀古情内挟[3]。十载吴越心,水烟未遑接[4]。谁知苕上路,可用甫里楫。迎送非俗情,山水分夙业[5]。吴淞始有江,天远流渐叠。未揖桑苎翁,皮陆迹先蹑[6]。苟可添佳游,取途何必捷[7]。二公居游地,一身逝将涉[8]。

题解

本诗录自《搜韵·影印古籍》中的《翠娱阁评选钟伯敬全集·卷之二·五言古二》第4页。原题为《将访苕霅许中秘迎于金阊导往先过其甫里所住有皮陆遗迹》。

苕霅(tiáo zhá):苕溪、霅溪二水的并称。在今浙江省湖州市境内。

许中秘:许自昌,字玄祐,号霖环,长洲甫里人。明末戏曲作家。中秘:中秘书。翰林院校书官的别称。

金阊:苏州有金门、阊门两城门,故以金阊借指苏州。

甫里:今苏州市吴中区东南甪(lù)直镇。

皮陆:皮日休与陆龟蒙齐名,世称皮陆。

注释

[1]鸿渐:陆羽,字鸿渐,一名疾,字季疵,号桑苎翁、东冈子、竟陵子。下文"桑苎翁"亦指陆羽。

[2]袭美:皮日休,后字袭美。

遗辙:指留下的车辙。此处指遗迹。

[3]忝(tiǎn):辱,有愧于。常用作谦辞。

[4]吴越心:游览吴越山水的心愿。

水烟:明天启二年(1622年)沈春泽刻本《隐秀轩集·卷第四·五言古三》同名诗作"风烟"。

未遑:表示没有时间或不可能做某件事情。可译为"没有空闲""来不及"等。

[5]夙业:前世的罪业、冤孽。此处指漫游山水是作者的夙愿。

[6]揖:拱手行礼。

[7]取途:选取经由的道路。

[8]一身:谓独自一人。

白门逢周明卿大司农(周嘉谟)诞辰赋赠

钟　惺

　　进履今年北斗边,国称元老里推贤[1]。人欣私愿尊亲合,天笃公家理数专[2]。鱼菽他乡三党会,桑蓬夙昔四方缘[3]。苍松莫道风霜肃,处处垂阴岁岁然[4]。

题解

　　本诗录自《搜韵·影印古籍》中的《翠娱阁评选钟伯敬全集·卷之四》第28页。

　　白门:江苏省南京市的别名。六朝皆都建康(今南京市),其正南门为宣阳门,俗称白门,故名。

　　周明卿大司农:指时任南京户部尚书周嘉谟。周嘉谟,字明卿。大司农:指户部尚书。汉代官名,掌管钱粮。东汉末改为大农,由魏至明,历代相沿,或称司农,或称大司农。

注释

　　[1]进履今年北斗边:疑指周嘉谟荣升南京户部尚书,得近天子。周嘉谟《余清阁年谱》记载:"万历四十五年,丁巳,七十一岁。秋,移南计部。"北斗:喻帝王。

　　[2]人欣私愿尊亲合,天笃公家理数专:意思是,人们欣喜于周明卿公位居尊显,大家的心愿十分契合;朝廷独厚于周明卿公,这样的恩遇顺应天理。

　　私愿:个人的愿望。

　　尊亲:使双亲处于尊贵的地位。

　　理数:道理,事理。

　　[3]鱼菽:鱼和豆,常用食品。

　　三党:父族、母族、妻族。此处指乡亲。

　　桑蓬:"桑弧蓬矢"的略语。古代诸侯生子后举行的一种仪式,用桑木做的弓和蓬梗做的箭射向四方,象征长大后能守疆固土,抵御四方之难。后用来勉励人要树立远大志向。

　　夙昔:泛指昔时、往日。

　　[4]然:这样,如此。

陈中丞正甫（陈所学）自晋贻书白门

钟　惺

十年遂渐陆沈间，屡见时情国步艰[1]。如某一官何足道，惟公千里亦相关[2]。图书颇愧封疆苦，花鸟微沾岁月闲[3]。重地安危元老在，暂容流寓不须还[4]。

题解

诗录自《搜韵·影印古籍》中的《翠娱阁评选钟伯敬全集·卷之四》第30页。原题为《陈中丞正甫自晋贻书白门极为相念感答时将以南少司农莅任于此》。

陈中丞正甫：陈所学，字正甫。中丞：明清时巡抚别称。

南少司农：南京户部侍郎（户部尚书的佐官）。

注释

[1]遂渐：当为显赫闻达之意。与后文"陆沈"相对。遂：四通八达的大道。渐：入。

陆沈：陆沉。陆地无水而沉。比喻隐居。此处指陈所学几度辞官，在天门市干驿镇或养病或守丧。

[2]相关：给与关怀。

[3]图书颇愧封疆苦，花鸟微沾岁月闲：自己在这里看看图书画画花鸟，悠闲度日，与封疆大吏的辛勤劳苦相比，颇觉惭愧。

[4]流寓：寄居他乡。此处意思是，既然您来此地，我也不想回故乡了。

访友夏（谭元春）不值自朝坐至暮始归

钟　惺

名士身难静，幽居事渐稀[1]。约曾烦折柬，到尚喜留扉[2]。敢以偕来众，而疑先去非。阶庭如有待，笔墨得相依[3]。热客寻声返，寒吟抱影微[4]。劳生分暇日,举体在清机[5]。乍雨陂塘气,浮凉草树晖[6]。此时坚坐意,不为迟君归。

题解

本文录自《搜韵·影印古籍》中的《翠娱阁评选钟伯敬全集·卷之五·五言排律》第11页。

友夏:谭元春,字友夏,号鹄湾。

不值:没遇到。

注释

[1]幽居:僻静的居处。

[2]折柬:指书札或信笺。

[3]有待:有所期待,要等待。

[4]热客:常来常往之客。

寒吟:谓于清冷环境中长吟。

[5]劳生:语出《庄子·大宗师》:

"夫大块载我以形,劳我以生,佚我以老,息我以死。"后以劳生指辛苦劳累的生活。

清机:清净的心机。

[6]陂(bēi)塘:蓄水的池塘。

秦淮灯船赋(有序)

钟 惺

小舫可四五十只,周以雕槛,覆以翠帷[1]。每舫载二十许人,人习鼓吹,皆少年场中人也[2]。悬羊角灯于两旁,略如舫中人数,流苏缀之[3]。用绳联舟,令其衔尾,有若一舫。火举伎作,如烛龙焉[4]。已散之,又如凫雁蹒跚波间,望之皆出于火,直得一赋耳[5]。

集众舫而为水兮,乃秦淮之所观。借万炬以为舟兮,纵水嬉之更端[6]。波内外之化为火兮,水欲热而火欲寒。联则虬龙之蠢动兮,首尾腹之无故而交攒[7]。散则鹳鹅之作阵兮,羌左右下上于其间[8]。观其蜿蜒与喋唼兮[9],载万光而往还。俄箫鼓怒生于鳞羽之内兮[10],

楼台沸而虫鱼欢。彼舟中人之惘恍而不知兮[11]，乃居高者之悉其回环。嗟景光之流而不居兮，群动去而一水自安[12]。

重曰：火水沓兮[13]，生星月兮。声光杂兮，晴澜压兮。照幽泬兮，潜怪怛兮[14]。晦明达兮，作津筏兮[15]。彼楚魄兮，冤滞豁兮[16]。

题解

本文录自《搜韵·影印古籍》中的《翠娱阁评选钟伯敬先生合集·卷之一·赋》第4页。文尾附陆文龙评语："灯船，金陵一奇也。此赋摹索亦无语不奇。观者领之，观者不能言之。读此觉笙歌灯烛，交呈于耳目。"

注释

[1]小舫：小船。

雕槛：雕镂的栏杆。

[2]少年场：少年人聚集作乐的地方。

[3]羊角灯：用羊角熬制成半透明的薄片而做罩子的灯。也叫明角灯。

流苏：下垂的穗子，凡下垂曰苏。用五彩羽毛或丝线制成。

[4]火举伎作：灯火燃亮，音乐响起。

烛龙：亦称"龙烛"。本为传说中衔火照天之神龙。

[5]凫(fú)雁：野鸭、大雁。这里泛指水鸟。

蹒跚(pán shān)：走路缓慢，摇摆的样子。

直：通"值"。

[6]更端：另一事。

[7]交攒：接合、聚集。

[8]鹳(guàn)鹅之作阵：就像鹳、鹅布阵。作阵：排成阵势。亦形容均匀密布。

羌：乃。用于后面小句之首，或用于句中，有承接上文的意味。

[9]喋唼(zhá shà)：同"唼喋"。形容成群的鱼或水鸟吃食的声音。

[10]鳞羽：泛指鱼类和鸟类。

[11]惘恍：迷惘，恍惚。

[12]景光：光阴。

不居：不停留。

群动：所有的动物。

[13]重曰：赋后再赋的意思。

沓：重叠。

[14]幽泬(xuè)：幽深空旷。泬：空旷虚静貌。

怪怛(dá)：令人惊恐的妖怪。

[15]晦明：从夜到明。

津筏：渡河的木筏。

[16]楚魄：即楚魂，指屈原之魂。屈原投汨罗江死，故亦称楚江沉魄。

秦淮灯船之俗原有悼念屈原的意思。　　　得以开解。

　　冤滞豁：意思是，郁结的烦冤今夜

诗归序

钟　惺

　　选古人诗而命曰《诗归》，非谓古人之诗以吾所选为归[1]，庶几见吾所选者以古人为归也[2]。引古人之精神以接后人之心目，使其心目有所止焉[3]，如是而已矣。昭明选古诗[4]，人遂以其所选者为古诗，因而名古诗为选体、唐人之古诗曰"唐选[5]"。呜呼！非惟古诗亡，几并古诗之名而亡之矣。何者？人归之也。选者之权力能使人归，又能使古诗之名与实俱徇之[6]，吾其敢易言选哉？

　　尝试论之，诗文气运，不能不代趋而下[7]。而作诗者之意兴，虑无不代求其高[8]。高者，取异于途径耳[9]。夫途径者，不能不异者也，然其变有穷也[10]。精神者，不能不同者也，然其变无穷也[11]。操其有穷者以求变，而欲以其异与气运争，吾以为能为异而终不能为高[12]。其究途径穷而异者与之俱穷[13]，不亦愈劳而愈远乎？此不求古人真诗之过也[14]。

　　今非无学古者，大要取古人之极肤、极狭、极熟，便于口手者，以为古人在是[15]。使捷者矫之[16]，必于古人外自为一人之诗以为异。要其异，又皆同乎古人之险且僻者[17]，不则其俚者也，则何以服学古者之心？无以服其心，而又坚其说以告人曰："千变万化，不出古人[18]。"问其所为古人，则又向之极肤、极狭、极熟者也[19]。世真不知有古人矣！

　　惺与同邑谭子元春忧之，内省诸心，不敢先有所谓学古不学古者，而第求古人真诗所在[20]。真诗者，精神所为也。察其幽情单绪，孤行静寄于喧杂之中，而乃以其虚怀定力，独往冥游于寥廓之外[21]。如访者之几于一逢，求者之幸于一获，人者之欣于一至[22]。不敢谓吾之说,非即向者"千变万化,不出古人"之说,而特不敢以肤者、狭者、熟者塞之也[23]。

书成,自古逸至隋[24],凡十五卷,曰《古诗归》。初唐五卷,盛唐十九卷,中唐八卷,晚唐四卷,凡三十六卷,曰《唐诗归》。取而覆之[25],见古人诗久传者,反若今人新作诗。见己所评古人语,如看他人语。仓卒中,古今人我,心目为之一易,而茫无所止者[26],其故何也? 正吾与古人之精神,远近前后于此中,而若使人不得不有所止者也[27]。

明万历四十五年丁巳岁八月朔日[28],景陵钟惺撰。

题解

本文录自《搜韵·影印古籍》中的《唐诗归·卷一》第1页。

注释

[1]命:命名。

归:归向、趋从。

[2]庶几:希望,但愿。

[3]精神:此处指古人作品中的意旨,亦即下文"真诗""幽情单绪"。

心目:指触于目而会于心,通过思维对事物作出评价,亦即思想观点。

止:归附,归依。

[4]昭明选古诗:昭明指昭明太子萧统(501—531年),南朝梁文学家,字德施,南兰陵(今江苏常州西北)人,梁武帝长子。武帝天监元年(502年)立为太子,未及即位而卒,谥昭明,世称昭明太子。曾召集文士编纂《文选》三十卷,世称《昭明文选》,是我国现存最早的诗文总集。

[5]选体:"文选体"的简称。过去称梁萧统《文选》所选的诗歌风格体式为选体。因《文选》所选诗多为五言,因亦有人称五言诗为选体。它与唐以后的近体诗相对称。也有将仿照《文选》所录古诗风格的诗称为选体。

[6]徇:通"殉"。消亡。

[7]气运:时序的转移和变迁。此处指诗文的发展方向。

代趋而下:指诗文创作一代不如一代。

[8]作诗者之意兴,虑无不代求其高:作诗者的心愿,都想超过古人。

[9]取异于途径耳:从形式上求变化罢了。

[10]夫途径者,不能不异者也,然其变有穷也:意思是,形式是肯定要变化的,但变化是有限的。

[11]精神者,不能不同者也,然其变无穷也:意思是,古今精神实质相同,但有所变化,且这种变化是无限的。

[12]操其有穷者以求变,而欲以其异与气运争,吾以为能为异而终不能为高:从形式上求变化,以此来挽回代趋而下的命运,虽然能做出形式各异的诗文来,但终究高不过古人。

[13]其究途径穷而异者与之俱穷:这样的结果是,有限的形式变化写完了,这些求变者也就无计可施了。

[14]真诗:诗之真谛。

[15]今非无学古者……以为古人在是:前后七子及其末流,他们虽然学古,但大体上把对古人的理解局限在那些肤浅、褊狭、俗套、烂熟,便于口读手写的诗文上,以为这些就是古人的所在。

学古者:指明代中叶倡言"文必秦汉,诗必盛唐"的前后七子。

口手:指诵读抄写。

古人在是:意思是,古人的精华在这里。

[16]捷者:善于取巧走近路的人。指变古创新的公安派。有讽刺意。

矫之:矫正学古者所犯的毛病。

[17]要其异,又皆同乎古人之险且僻者:意思是,他们所做的"异",大体上又和古人那些押险韵、用冷僻词和俚俗的差不多。

险且僻:指大量采用险韵、怪僻字。

[18]无以服其心,而又坚其说以告人曰:"千变万化,不出古人":公安派不能让学古的七子心服,反而让他们从中坚定了自己的看法,从公安派的诗文可以看出,公安派再怎样变化,都脱自古人,都回到古人那里去了。

[19]问其所为古人,则又向之极肤、极狭、极熟者也:问他们什么是所谓的"古人",他们又举以前所说的那些"肤、狭、熟"的东西来。

[20]同邑:同乡。

内省(xǐng)诸心:在内心自我检查。省:反省。

不敢先有所谓学古不学古者,而第求古人真诗所在:不敢像前后七子和公安派那样,标榜自己学古或不学古,只是想寻求古人作诗的精神所在。第求:只求。

[21]幽情单绪:幽深孤独的情怀。指一种幽深、凄清、虚无缥缈、超世脱俗的审美心境。钟惺认为这种审美心境才是"真诗"的实质所在。这一观点与谭元春《诗归序》首提的"孤怀孤诣"含义相同,钱谦益将其概括为"幽深孤峭",成为古代诗学概念。单:单独。

孤行静寄:超然脱俗、孤寂静默的寄托。

虚怀定力:谦虚的情怀和坚定的毅力。定力:佛教语。五力之一。伏除烦恼妄想的禅定之力。

独往冥游于寥廓之外:独自在广

阔的精神世界里自由回翔。冥游：
远游。

[22]几于一逢：期望一次相逢。

入者之欣于一至：想到达某一地
方的人欣喜于到达目的地。入者：想
到达某一地方的人。欣：欣喜。至：到
达想到的地方。

[23]向者：从前。

特：但，仅，只是。

塞：敷衍。

[24]古逸：先秦时代未被《诗经》
收录之诗。

[25]取而覆之：拿来细看。覆：

详察。

[26]仓卒：通"仓促"。

一易：完全改变。

茫无所止：茫茫然不知所在何处。

所止：所归。

[27]正吾与古人之精神，远近前
后于此中：从这本书中发现，我与古人
的精神已经非常接近。

若使人不得不有所止者也：好像
让人明白了应该遵循的道理。

[28]明万历四十五年：1617 年。

朔日：农历每月初一。

参考译文（引自夏传才著、清华大学出版社 2007 版《古文论译释·下》第 248
页）

选古人诗而名叫《诗归》，不是说古人的诗，以我们所选的眼光为归，而是我们
所选的眼光，以古人的作品为归。引述古人的精神，供后人鉴赏，使读者了解诗歌
的最高成就，如是而已。《昭明文选》选古诗，人们因为他所选的是古诗，便把古诗
叫做选体，而把唐人的古诗叫唐选。唉！这样不但古诗消亡，几乎连古诗的名称
也消亡了。为什么会这样？这是以个人眼光为归的原因。编选者的权利，能以个
人的眼光为归，又能使古诗的名和实一同消灭，我怎么敢轻易地谈选诗呢？

曾经试论，诗文随时代发展变化，不能不一代低于一代，而诗人的意兴，恐怕
没有人不希望高于上一代。要高，就要取其与众不同的创作途径。所以创作的途
径，不能不求奇特，然而它的变化有一定的止境。精神，是不能同的，然而它的变
化是没有止境的。在有一定止境的范围内求变化，而与时代的变迁相争，我们以
为能做得奇特，而结果总不能高于古人。探求的途径穷尽了，那些奇异之处也随
之穷尽，这不是越费力距离越远吗？这是不求古人真诗而造成的错误。

现在不是没有学古诗的人，而大多都是取古人极肤浅、极狭窄、极熟悉，便于
诵读抄写的作品，以为古人的精华就在这里。让走"捷径"的人来矫正这个毛病，
必然在古人之外，自己制作一人的诗表现与众不同，而它的与众不同，又都是模仿

古诗中险的僻字,而不效法古诗中的通俗辞句;这怎么能使学古诗的人心服! 不能使人心服,而又坚持自己的主张,对人说千变万化都没有离开古人。问他所学的古人是谁,就又指出那些极肤浅、极狭窄、极熟悉的作品。世上真不知道还有古人了。

我与同乡谭元春为此担忧,在内心省察,不敢先论所谓学古不学古问题,而但求古人的真谛。真诗,是精神的创造。细看其情致幽深,意绪孤峭,在喧杂的市寰中孤独而寂寞地行进;而又以其胸怀中坚定的信念,独自冥游于宇宙之外,如同来访者期望于一次相逢,探求者庆幸于一次获得,入门者欣喜终于来达。不敢说我们的观点,就与从前千变万化仍离不开古人的观点不同,不过我们的选本不敢以肤浅、狭窄、熟悉的作品来充塞。

书成,从古逸诗到隋代,一共十五卷,名《古诗归》;初唐五卷,盛唐十九卷,中唐八卷,晚唐四卷,一共三十六卷,名《唐诗归》。取来仔细看一下,见长期流传的古人诗,反而像现在的人新作的诗。见自己评论古人的话好像别人的话。仓促中,古和今、人和我,在心目中换了一下,而茫然不知所在何处,这是什么缘故呢? 正是我们与古人的精神,远近前后融汇在一起,于是好像使人不知所在何处了。

陪郎草序

钟 惺

《陪郎草》者,同年魏定如自题其作陪郎时草也[1]。钟子序之曰:夫诗,道性情者也[2]。发而为言,言其心之所不能不有,非谓其事之所不可无,而必欲有言也。以为事之所不可无,而必欲有言者,声誉之言也。不得已而有言,言其心之所不能不有者,性情之言也。今天下无人不诗矣。即自予有知以来,郡邑中不为诗者几人哉? 定如于其时,退然不与人争,默然若有所待[3]。及向之为诗者兴尽而返,属厌而自止[4]。定如且成进士,作令,而陪都仪部郎[5]。予适止其地,山水之清丽,花月之绰约,宾朋之婉娈[6],幽独之闲适,予鲜不与定如俱,而诗随之。始予言诗,定如虚心相听。及定如一语之获,一境之会,而予自愧其言之无当也。

夫诗,以静好柔厚为教者也[7]。今以为气不豪,语不俊,不可以为诗。予虽勉为豪,学为俊,而性不可化,以故诗终不能工。定如,恬朴人也。于世所谓豪与俊之义,皆不相近,而定如诗独工。世固有不必豪,不必俊,而能工诗者,吾请以定如实之[8]。非独如此而已,豪则喧,俊则薄;喧不如静,薄不如厚。定如之诗所以合于静与厚者,正以其不豪不俊也。

今之言诗者,始以为事之所不可无,无故而诗以之兴;终绌于心之所未必有[9],无故而诗以之自废。其兴其废,不出于性情而出于声誉,于诗何与哉[10]? 定如之退然默然也,其诗固久已足于中。其出而为诗,言其心之所不能不有者而已。言其心之所不能不有者,固未有尽而返、属厌而自止之时也。予与定如同里,矢相与以诗老[11],肯听定如之尽而返、属厌而止哉? 然则定如之诗,未可以《陪郎草》量也。其曰《陪郎草》者,自题其作陪郎时草也。

题解

本文录自北京师范大学图书馆藏、明天启二年(1622 年)沈春泽刻本《隐秀轩集·文·昃集·序又二》第22 页。

《陪郎草》是钟惺的进士同年、同里好友魏士前的诗集。魏士前,字瞻之、华山、定如,天门市马湾镇人。

注释

[1]草:作诗文的集名,意犹未定稿。

[2]夫诗,道性情者也:作诗是为了表达性情。性情指个人的真实情感。

[3]退然:谦卑,恬退。

默然:沉默不语貌。

有待:有所期待,要等待。

[4]属厌:饱览。

[5]作令:指魏士前任芜湖、吴江知县。

陪都仪部郎:指魏士前任南礼部祠祭清吏司郎中。清乾隆乙酉(1765 年)初版《天门县志·卷十四·宦迹》第13 页记载为"南祠祭主事"。陪都:在首都以外另设的首都。明代指旧都南京。仪部:礼部。

[6]予适止其地:指作者钟惺任职于南礼部,恰好也在南京。

婉娈:柔顺,柔媚。

[7]夫诗,以静好柔厚为教者也:指诗应以含蓄蕴藉、温柔敦厚为教育宗旨和风格。静好:安静和美。指创作时情感纯粹、思虑澄明的心理状态。柔厚:温柔敦厚。教:规矩。

[8]实:察实,核实。

[9]诎(qū):折服,屈服。

[10]与:帮助。

[11]矢:通"誓"。

浣花溪记

钟 惺

出成都南门,左为万里桥[1],西折纤秀长曲[2],所见如连环、如玦、如带、如规、如钩[3],色如鉴、如琅玕、如绿沉瓜[4],窈然深碧、潆回城下者,皆浣花溪委也[5]。然必至草堂,而后浣花有专名,则以少陵浣花居在焉耳[6]。

行三四里为青羊宫[7],溪时远时近,竹柏苍然,隔岸阴森者尽溪,平望如荠[8],水木清华,神肤洞达[9]。自宫以西,流汇而桥者三[10],相距各不半里。舁夫云通灌县,或所云"江从灌口来"是也[11]。

人家住溪左,则溪蔽不时见,稍断则复见溪,如是者数处,缚柴编竹,颇有次第[12]。桥尽,一亭树道左,署曰"缘江路[13]"。过此则武侯祠[14],祠前跨溪为板桥一,覆以水槛,乃睹"浣花溪"题榜[15]。过桥,一小洲横斜插水间如梭,溪周之[16],非桥不通,置亭其上,题曰"百花潭水[17]"。由此亭还度桥,过梵安寺[18],始为杜工部祠[19]。像颇清古,不必求肖,想当尔尔[20]。石刻像一,附以本传,何仁仲别驾署华阳时所为也[21]。碑皆不堪读。

钟子曰[22]:杜老二居,浣花清远,东屯险奥,各不相袭[23]。严公不死,浣溪可老[24],患难之于友朋大矣哉!然天遣此翁增夔门一段奇耳[25]。穷愁奔走,犹能择胜,胸中暇整,可以应世[26],如孔子微服主司城贞子时也[27]。

时万历辛亥十月十七日,出城欲雨,顷之霁[28]。使客游者,多出监司郡邑招饮[29]，冠盖稠浊，磬折喧溢，迫暮趣归[30]。是日清晨，偶然独往。楚人钟惺记[31]。

题解

本文录自北京师范大学图书馆藏、明天启二年(1622年)沈春泽刻本《隐秀轩集·文·辰集·记一》。《原国立北平图书馆甲库善本丛书》第879册收录该刻本，本文页码为2981。

浣花溪：一名濯锦江，又称百花潭，是当时成都西郊著名的郊游胜地。唐肃宗乾元二年(759年)冬天，杜甫由同谷(今甘肃成县)流亡到成都，借住在浣花溪边的草堂寺里。第二年春天，杜甫在寺旁修建草堂并居住了四年，留下二百余首诗篇。浣花溪由此闻名。

明万历三十九年(1611年)，钟惺奉命使蜀，当年十月到达成都。作者在游览成都浣花溪杜工部祠后，于十月十七日写下此文。

注释

[1]万里桥：在成都市南锦江上，旧名长星桥。传说三国时蜀国费祎(yī)出使吴国，诸葛亮在这里替他饯行。费祎感叹："万里之路，始于此桥。"因此改称万里桥。

[2]纤秀：纤细秀丽。

[3]连环：连成串而不可解的玉环。

玦(jué)：似环而有缺口的玉佩。

规：画圆形的工具。此处指圆弧。

[4]色如鉴、如琅玕(láng gān)、如绿沉瓜：颜色像镜子，像美丽的石头，像绿沉瓜。

鉴：铜镜。

琅玕：似珠玉的美石。

绿沉瓜：一种深绿色的瓜，史载梁武帝西苑食绿沉瓜。绿沉：在深底色

上显示的绿色。

[5]窈(yǎo)然：幽深的样子。

潆(yíng)回：水流回旋的样子。

委：水流所聚。

[6]少陵：指杜甫。

浣花居：在浣花溪的住宅，指草堂。

[7]青羊宫：道观名，在今成都市西南浣花溪附近。传说老子牵青羊过此。

[8]苍然：幽深碧绿的样子。

平望如荠：平望过去，树木像荠菜一样。平望：平视。荠：一种野菜。

[9]水木清华，神肤洞达：水光树色清幽美丽，使人感到神清气爽。

水木清华：水很清澈，树木繁盛。指园林景色清朗秀丽。

神肤洞达:指精神和形体清新舒
爽。洞达:通达。指清爽之气贯通
肤神。

[10]流汇而桥者三:溪水所流经
的桥有三座。

[11]舁(yú)夫:轿夫。舁:抬。

灌县:旧县名。今都江堰市。

江从灌口来:这是杜甫《野望因过
常少仙》中的诗句。江,指锦江。锦江
发源于郫(pí)县,流经成都城南,是岷
江的支流。岷江发源于岷山羊膊岭,
从灌县东南流经成都附近,纳锦江。
故上文说"通灌县"。

灌口:灌县县城古称灌口。战国
秦李冰治水,江水自此以灌平陆,为灌
之口,故名。

[12]溪左:溪东。古以东为左。

缚柴编竹:用柴竹做门墙。

次第:规模,秩序。

[13]缘江路:取自杜甫诗句"缘江
路熟俯青郊"。

[14]武侯祠:即武侯庙,祀三国蜀
武乡侯诸葛亮。原址在成都少城,西
晋末年十六国李雄建。明时改与刘备
昭烈祠合,今在成都西南。

[15]覆以水槛:桥上加了临水的
栏杆。

题榜:题写匾额。

[16]周:环绕。

[17]百花潭水:此四字取自杜甫
《狂夫》诗:"百花潭水即沧浪。"

[18]梵安寺:在今成都市南,本名

浣花寺,宋改梵安寺,因与杜甫草堂相
近,俗称草堂寺。

[19]杜工部祠:宋人吕大防就杜
甫草堂故址建祠,因杜甫曾任工部员
外郎,称杜工部祠。

[20]清古:清癯古朴。

不必求肖,想当尔尔:不求逼真,
想象中的大概是这个样子。尔尔:
如此。

[21]本传:见于正史的人物传记。
此处指唐书中杜甫的传记。

何仁仲:万历时为夔州通判。

别驾:官名。汉为刺史的佐史,刺
史巡视辖境时,别驾乘驿车随行,故
名。宋代以后,称通判为别驾。

署:代理,暂任。

华阳:古县名,明时为成都府治,
今并入双流县。

[22]钟子:钟惺自称。

[23]二居:指下文浣花溪、东屯两
处住所。

东屯:在四川奉节(分属重庆)白
帝山东瀼(ràng)溪畔。公孙述曾屯田
于此,故名。杜甫曾耕于此。

相袭:相同。

[24]严公:指严武,字季鹰。曾任
剑南节度使兼成都尹。杜甫漂泊四
川,受严武照拂,在浣花溪构筑草堂。
代宗永泰元年(765年)四月,严武死,
杜甫离成都至夔州(今重庆奉节),居
留近二年。

浣溪可老:指杜甫可以在浣溪

[28]万历辛亥:明万历三十九年，1611年。

顷之霁(jì):一会儿天晴了。霁:天放晴。

[29]使客:使者。

监司:负有监察之责的官吏。明代布政使、按察使通称监司。

郡邑:指郡县长官。

[30]冠盖:仕宦的代称。

稠浊:繁多杂乱。

磬折:打躬作揖，弯腰似磬。指热衷于官场的人。

喧溢:声音嘈杂。

迫暮:接近黄昏。

趣(cù):通"促"。急速。

[31]楚人:钟惺为竟陵人，战国时竟陵为楚地，因此钟惺自称楚人。

终老。

[25]然天遣此翁增夔门一段奇耳:可是老天爷又让杜翁人生中平添夔门东屯客居这段奇特经历。天遣:谓天意驱使。

[26]穷愁奔走，犹能择胜。胸中暇整，可以应世:在漂泊不得意时，能够洁身退隐在风景幽胜的地方，心怀安详镇静，随时可以出来救世济民。

暇整:即"好整以暇"，形容遇事从容不迫。

应世:应对世间万事。

[27]如孔子微服主司城贞子时也:正像孔子避居在司城贞子家里的时候一样。

司城贞子:陈国大夫。孔子流亡陈国时，曾住司城贞子家。司城:掌管土木建筑的官员。

夏梅说

钟　惺

梅之冷易知也，然亦有极热之候[1]。冬春冰雪，繁花粲粲，雅俗争赴[2]，此其极热时也。三四五月，累累其实，和风甘雨之所加，而梅始冷矣。花实俱往，时维朱夏[3]，叶干相守，与烈日争，而梅之冷极矣。

故夫看梅与咏梅者，未有于无花之时者也。张谓《官舍早梅》诗所咏者，花之终，实之始也[4]。咏梅而及于实，斯已难矣，况叶乎！梅至于叶而过时久矣。廷尉董崇相官南都在告[5]，有《夏梅》诗始及于叶。何者？舍叶无所为夏梅也[6]。予为梅感此谊,属同志者和焉[7],而为图卷以赠之。

夫世固有处极冷之时之地,而名实之权在焉[8]。巧者乘间赴之[9],有名实之得,而又无赴热之讥。此趋梅于冬春冰雪者之人也,乃真附热者也[10]。苟真为热之所在,虽与地之极冷而有所必辩焉[11]。此咏夏梅意也。

题解

本文录自北京师范大学图书馆藏、明天启二年(1622 年)沈春泽刻本《隐秀轩集·文·成集·说一》。《原国立北平图书馆甲库善本丛书》第 879 册收录该刻本,本文页码为 3149。

注释

[1]梅之冷易知也,然亦有极热之候:梅的冷是人所熟知的,但它也有极热的时节。

[2]粲粲(càn):明亮、鲜艳的样子。

雅俗争赴:风雅之士、粗俗之人都争先恐后地前往观赏。

[3]花实俱往:花和果实都已枯萎凋谢。

时维朱夏:时值盛夏。维:助词。相当于"在"。朱夏:盛夏,阴阳家以四时配五行、五色,夏于五行为火,于五色为朱,故曰朱夏。

[4]张谓:唐代诗人。其《官舍早梅》诗云:"阶下双梅树,春来画不成。晚时花未落,阴处叶难生。摘子防人到,攀枝畏鸟惊。风光先占得,桃李莫相轻。"

花之终,实之始:梅花已开完,梅子刚结果。

[5]廷尉:秦汉掌司法的官员,为九卿之一。明代称为大理寺卿。

董崇相:名应举,福建人。时任南京大理寺丞,所以称他为廷尉。

南都:明人称南京为南都。

在告:在"告归"期间。古时官吏告假回乡叫告归。

[6]无所为:无所谓。

[7]属:集合。

[8]夫世固有处极冷之时之地,而名实之权在焉:世上本来就有处于极冷之时、极热之地的事物,而冷与热的名实之通变也存于其中。权:权变,通变。

[9]巧者:投机取巧的人。

乘间(jiàn):趁这个空隙。

[10]趋梅：追逐欣赏梅花。

附热：趋炎附势。

[11]热之所在：指夏梅所处的炎热季节。

与：于。

地之极冷：指夏梅遭到赏梅和咏梅者的冷落。

有所必辩焉：这是必须加以辨明的事情。

白云先生传

钟　惺

白云先生陈昂者，字云仲，福建莆田黄石街人也。所居所至，人皆不知其何许人。自隐于诗，性命以之[1]。独与马公子用昭善[2]，先生诗所谓"自天亡我友"者，即其人也。

其后莆田中倭，城且破，先生领妻子奔豫章，织草屦为日，不给，继之以卜[3]。泛彭蠡，憩匡庐山，观陶令之迹[4]，皆有诗。已入楚，由江陵入蜀，附僧舟佣爨以往[5]。至亦辄佣于僧，遂遍历三峡、剑门之胜，登峨眉焉。所佣僧辄死，反自蜀，寓江陵、松滋、公安、巴陵诸处[6]。至金陵，姚太守稍客之[7]，给居食。久之，姚太守亦死，无所依，仍卖卜秦淮，或自榜片纸于扉[8]，为人佣作诗文。其巷中人，有小小庆吊[9]，持百钱、斗米与之，辄随所求以应。无，则又卖卜，或杂以织屦。

而林古度与其兄楸者，闽人，林孝廉初文子[10]，寓居金陵者也。一日，兄弟过其门，见所榜片纸于扉者色有异，突入其室，问知为莆田人，颇述其平生。一扉之内，席床缶灶，败纸退笔[11]，错处其中。检其诗诵之，是时古度虽年少，颇晓其大意，称之[12]。每称其一诗，辄反面向壁，流涕悲咽，至于失声[13]。其后每过门，则袖饼饵食之，辄喜，复出其诗，泣如前。居数年，竟穷以死。其子仓皇出觅棺衣，舁之中野[14]。古度兄弟急走索其集，无所得，得先生手书五言今体一帙。五言今体者，五言律、排律也。其诗，予莫能名[15]。其自序略云："昂壮夫时,尤嗜五言。第家贫无多古书,得王右丞即诵读右丞,得杜工部即诵读工部[16]。间取其所中规中矩者,时或一周旋之,又时或一折旋之[17]。含笔腐毫,研精殚思[18]。"今观其五言律七百首,则先生所学所得,实录实际[19],尽此数言矣。其云末一卷为排律,亦不存。盖谢生兆申云:"先生有集十六卷,在江浦族人家。"或亦有据。今刻其存者,以次购之[20]。

论曰:明自有诗,而二三君子者,自有其明诗,何隘也[21]?画地为限,不得入[22]。自缙绅士夫诗,的的有本末者,非其所交游品目,不使得见于世者多矣,况老贱晦辱之尤如陈昂者乎[23]?近有徐渭、宋登春,皆以穷而显,晦于诗[24],诗皆逊昂,然未有如昂之穷者也。予尝默思,公织屦卖卜、佣爨佣书时,胸中皆作何想?其视世人纷纷藉藉,过乎其前者,眼中皆以为何物[25]?求其意象所在而不得[26]。吾友张慎言曰:"自今入市门,见卖菜佣皆宜物色之,恐有如白云先生其人者。"甚矣,有激乎其言之也[27]!

题解

本文录自《搜韵·影印古籍》中的《翠娱阁评选钟伯敬先生合集·卷之九·传》第4页。

注释

[1]自隐于诗,性命以之:他自己隐居在诗中,把诗当作自己的性命。

[2]独与马公子用昭善:只与公子马用昭交好。马公子用昭:马荧,字用昭,福州人。

[3]中(zhòng)倭(wō):受到倭寇的攻击。倭:古代对日本人的称谓,此处指明代经常侵扰我国沿海地区的日本海盗,时称倭寇。

豫章:豫章郡,今江西省南昌市。

草屦(jù):草鞋。

不给:供给不足,匮乏。此处指难以维持生计。

卜:占卜。

[4]彭蠡(lǐ):鄱阳湖。

匡庐山:庐山。相传周有匡姓七兄弟结庐隐居于此,故名。

陶令:陶渊明。陶曾为彭泽令。

[5]附僧舟佣爨(cuàn)以往:他是附乘和尚的便船,并受雇于和尚,为他们烧火做饭前往的。爨:烧火做饭。

[6]巴陵:巴陵郡。今湖南省岳

阳市。

[7]金陵:今南京市的别称。

稍客之:渐渐地把他当作宾客。

[8]榜片纸于扉:在门上贴着一小张字纸。榜:书写张贴。

[9]庆吊:庆贺与吊慰。亦指喜事与丧事。

[10]林古度:字茂之,号那子,别号乳山道士,福建福清人。明末清初著名诗人。

楙:音 mào。

闽人,林孝廉初文子:此句原文无,据其他版本补。

[11]席床缶灶:以竹席为床,以瓦缸作灶。

败纸退笔:破旧的纸、掉毛的笔。退笔:用旧的笔,秃笔。

[12]称:赞许。

[13]失声:悲痛过度而泣不成声。

[14]舁(yú)之中野:把他抬到荒野安葬。舁:抬。中野:原野之中。

[15]予莫能名:我难以说出它的妙处。妙不可言。名:称说。此处有称许的意思。

[16]第:只是。

王右丞:唐代诗人王维,王维曾任尚书右丞。

杜工部:指杜甫,杜甫曾任检校工部员外郎。

[17]间取其所中规中矩者,时或一周旋之,又时或一折旋之:意思是,间或挑选符合五言今体格律的诗,琢

磨王维、杜甫的诗法,写作五言今体诗。化用《礼记·玉藻第十三》:"周还中规,折还中矩。"周旋、折旋本指古代行礼时进退揖让的动作。周旋(退行)时要做到圆,折旋(曲折而行)时应做到方。

[18]含笔腐毫,研精殚思:指长时间地用尽心力构思。腐毫:司马相如作赋"控引天地,错综古今,忽然如睡,焕然而兴,几百日而后成"。见《西京杂记·卷二》。后遂以为行文迟巧、笔毫为枯之典实。

[19]实录实际:此处指白云先生的创作实践。

[20]以次购之:此处的意思是,其余的逸稿再收购刻印。以次:其他。

[21]论曰:明自有诗,而二三君子者自有其明诗,何隘也:有评论说:人因为诗而显名传扬,可是只有两三个君子因为诗歌而显名,诗歌这条路是多么的狭窄啊!

[22]画地为限,不得入:界定好诗的范围太狭窄,许多真正的好诗被埋没了。

[23]自:即使。

的的有本末者:显然有所继承和发展的诗。的的:分明。

况老贱晦辱之尤如陈昂者乎:谁的情形能有比陈昂年老低贱、晦气屈辱更坏的呢?

[24]近有徐渭、宋登春,皆以穷而显,晦于诗:近有徐渭、宋登春,都是因

为穷困而显扬,在诗歌方面却得不到显扬。

徐渭:徐文长,名渭,文长是他的字。明代著名的诗人、戏曲家,又是一流的画家、书法家。

宋登春:字应元,号海翁、鹅池。明代诗人、画家。

[25]其视世人纷纷藉藉过乎其前者,眼中皆以为何物:看到纷纷攘攘从面前经过的世人,眼中都把他们看成

什么东西呢?

[26]求其意象所在而不得:探求他的内心所思却不能知晓。

[27]自今入市门,见卖菜佣皆宜物色之,恐有如白云先生其人者:从今天去集市,看见卖菜的人都应该好好看看,唯恐有像白云先生这样的人。

甚矣,有激乎其言之也:还有比这更让人激励的话吗?

附

退谷先生(钟惺)墓志铭

谭元春

退谷先生者,吾友钟学使伯敬先生也[1]。退谷既葬,其弟曰快者,谓元春知独深,可不须状而铭,又地下人偏嗜其文字[2],不宜舍所嗜,乞他人铭。元春唯唯[3]。居数月,其嗣陔夏,复以母黄宜人之命申焉[4]。元春返其币而哭,使予不为文则已,使予而尚为文也,舍是奚述焉[5]?虽然,退谷异人也,不夺其形影精光,使必传于世,徒絮絮然为志墓之言[6],彼其诗文撰述虽传矣,而形影精光终不能行于天地之间,则是志墓者之罪也。元春伏思累日夜[7],至不寐达旦。

退谷初在神宗时,官行人,思有用于当世,与一二同官讲求时务,厌呻吟不从病起,玄黄水火,终日聒渎[8]。以为吾若居给事、御史,务求实用,不兢末节小名、爱恋身家,如鸡鹜之争食,妇女之简狎[9]。庶不令主上厌极大创[10],祸流缙绅。然其要惟在读书,读书而后实忠、实孝,实用出矣。先机蚤见,已若知有熹庙之末年,与今上之神圣者[11],是其人真可大用。会有忌其才高者厄之,使不得至台省,后遂偃仰郎署,衡文闽海,终不能大有所表见,而仅以诗文为当时师法[12],

418

亦可惜也。

退谷羸寝,力不能胜布褐[13]。性深靖如一泓定水,披其帷[14],如含冰霜。不与世俗人交接,或时对面同坐起若无睹者,仕宦邀饮,无酬酢主宾,如不相属[15],人以是多忌之。而专积思于书史,斋头亦致法书名画,瓶几布设[16]。不数日,翻阅功深,尘堆砚表,卷帙正倒参差。常从尘砚中磨墨一方,头眼入于纸笔,作书生家纸格细字。居官垂老,无一日间。尝恨世人闻见汩没,守文难破,故潜思遐览,深入超出,缀古今之命脉[17],开人我之眼界。故其所著书,出贤者通志,而钝夫长根[18]。虽甚仇怨者,意欲投之于厕,而不能禁其不行[19]。

万历甲寅、乙卯间,取古人诗,与元春商定,分朱、蓝笔,各以意弃取,锄莠除砾[20],笑哭由我,虽古人不之顾,世所传《诗归》是也。几以此得祸者数矣,小儒辈侏侏暖暖,刻为书破之[21]。退谷笑谓我曰:"是何见之晚也[22]?吾辈除此书外,自有可传后者,正不须护之。使人不妒我辈,护此书而必欲其兴,与世之妒此书而必欲其废,广隘深浅,相去几何?"予深高其言[23]。

退谷改南时,偲秦淮一水阁[24],闭门读史,笔其所见,题曰《史怀》。孤衷静影,常借歌管往来,陶写文心[25]。每游人午夜棹回,曲倦酒尽,两岸寂不闻声,而犹有一灯荧荧,守笔墨不收者,窥窗视之,则嗒然退谷也[26]。东南人士以为真好学者,退谷一人耳。所至名山川必游,游必足目渊渺[27],极升降萦缭之美。使巴蜀,历三峡;入东鲁,观日出;较闽士,陟武夷[28]。东南之久客如家,吴越之一游忘返。山川豫待,人士欢迎,其诗文未尝不勇进而勤徙也[29]。

年四十八九,始念人生不常,佛种渐失,悲泪自矢,以为读书不读内典,如乞丐食,终非自爨[30],男子住世数十年,不明生死大事,贸贸而去,一妄庸人耳[31]。乃研精《楞言》,眠食藩溷,皆执卷熟思[32],著《如说》十卷,病卧犹沾沾念之,曰:"使吾数年视息人间,犹得细窥妙庄严路也[33]。"

退谷简易如扬子云、刘子政一流人,敝车羸服,挟双僮出,不治威仪[34]。尝游虎丘,遭两公子见侮于途,醉状欹倾,作捉搦蹴踏势[35]。

同行客怒欲殴之,退谷急止之曰:"此恶少也,吾趋避之耳!"明日传刺,有两书生求见,肃衣冠,书币恭谨,以文来贽[36],称弟子者。退谷出舟相见,则向人也[37]。为细阅其文,不复言。两人惭无措。

退谷虽严冷,然待友接士,一以诚厚,荐人惟恐其知。曾答当路书[38],至半,停笔思曰:"彼方有何士?为一言之。"久之,思得一人,喜而书,汩汩然若有所请属者[39]。其后所荐人多雌黄退谷[40],彼特未知前书中语耳。使以书中语告之,惭当何如也!性喜择士,凡一见而知其人,卒以成名者甚众。遇有真赏[41],虽其人在千里之外,心忆口追,常如隔邻。人有佳文妙谈,日自寻味[42],以润泽其胸臆,不问所逢贵贱,皆执其裾而详告之。故往往才人成就[43],欢悦无量。但以爱人慧巧,不肖者因而呈身,滥入交游,询怼齮龁[44],皆丛于此,亦可为士大夫不慎之戒矣。

退谷内行过人[45]。凡大父以下,先世贻家孝爱、为生艰难,事皆回环于心,未尝一日忘生嗣父母,恩养教诲[46],言之哽咽,不能竟其词。弟侄相依,孤寡盈前,欢笑痛苦,一往无绪[47]。然居丧作诗文、游山水,不尽拘乎礼俗,哀乐奇到,非俗儒所能测也[48]。余尝记其一事:生父训导公以受礼部郎中封,去毗陵,退谷亦秩满,迁闽中督学,侍亲还家[49]。舟泊九江,岁除,明晨服吉贺正[50]。训导公素严,忽中继室之言[51],不听上舟。退谷衣冠立岸上良久,长年厮役,错愕不知所谓,已而上舟跪拜,训导公咄咄促之起[52]。问妪安在,则犹床上卧。退谷复衣冠拜床下,曰:"太夫人安否?谨再拜贺太夫人正。"后侍童为予道如是。予尔时问之,叹仰而已[53]。

退谷为诸生十二年,常不利,癸卯举孝廉,至庚戌始为夷陵雷公简讨所深赏[54],中第十七人,成进士。为行人者八年,中间使四川、山东,及典贵州乙卯乡试者凡三差,拟部者二年[55],改授工部主事,上疏愿改南曹部,持不覆者又二年,授南礼部仪制司主事[56],转祠祭司郎中者又一年,升福建提学佥事,考较兴化、延平、福州三府者一年,寻丁父忧去职[57]。大计中人言,服阕居家者凡三年[58],而退谷卒,寿盖五十有二矣。生于万历甲戌七月二十七日,没以天启四年六月二十一日，葬以天启末年丁卯十月十二日[59]，茔去皂市十里笑城之南。所著书有《隐秀轩全集》，评阅诸书，俱行于世。

退谷讳惺，字伯敬。先世江西永丰人，正德中始徙景陵之皂市[60]。曾祖讳弘仲。祖讳山，最有隐德[61]。山生二子，长即公嗣父，讳一理，号裕斋公，嗣母陈宜人，次即公生父，讳一贯，号鲁庵公，武进县训导，生母冯宜人，皆以公贵，拜大夫、宜人[62]。妻黄氏，亦封宜人。妾广陵女吴氏，以过悲继公死。黄宜人所生子肆夏，年十四为诸生，颖迈早卒[63]。嗣子陔夏[64]，亦诸生，娶谢氏，有孙矣。母弟四人：憬早卒，恮诸生，诗文甚奇，先退谷卒，悌又先恮卒，独五弟快在耳。快真朴，长斋事佛[65]，通书画，事予如兄。侄二人：昭夏、纳夏。昭夏亦诸生。

元春既已为志，忆昔年退谷之作魏长公铭也，曰："后死者之墓之志，乌知夫谁手[66]？"予戏谓退谷："有如我一旦填沟壑，所谓君虽恨于臣，无可奈何也[67]。"当时戏言耳，岂意一片幽石[68]，真落予手乎？悲夫！何以铭？铭曰：

餐幽猎秀无终极，冰性霜豪真宰匿[69]。得意静书不再饰，海岳如从君受职[70]。驱烟排雾待拂拭，纷纷余子不相识[71]。强来君前谈法式，鞭笞凤麟加裁抑[72]。尔曹蠢蠢徒失色，勤农尧汤费稼穑[73]。汗流至踵没籍湜，大勇猛人归莲域[74]。厌多闻障宣慈力，海印放光只顷刻[75]。发棺求之不可得，茫茫衣履我铭侧[76]。

题解

本文录自《搜韵·影印古籍》中的《新刻谭友夏合集·卷十二·志铭》第1页。钟惺墓在天门市皂市镇鲁新村八组（新家湾）钟家坟头。墓碑上刻"明福建学宪退庵钟公之墓，大清道光十九年合族重沏"，二十世纪八十年代初墓碑尚存。

本文部分注释引自吴调公、王骧、祝诚《竟陵派钟惺谭元春选集》。

注释

[1]学使：即学政。地方专管考试的官。

[2]可不须状而铭：可以不须提供死者的行状而写墓志铭。状：行状。

亲友为死者所写的叙述生平事迹的文章。

地下人：指已经过世的钟惺。

[3]唯唯：恭敬的应诺声。

[4]其嗣陔(gāi)夏：钟惺的嗣子钟陔夏。

复以母黄宜人之命申焉：又以母亲黄宜人的旨意申述这一请求。宜人：明清五品其母或妻封宜人。

[5]返其币：退回撰写墓志铭的润笔酬金。

舍是奚述焉：除此还写什么文章呢？

[6]不夺其形影精光：不丧失他的形貌和精神。

志墓：撰写墓志铭。

[7]伏思：敬辞。谓念及，想到。

[8]神宗：明万历帝朱翊(yì)钧庙号。1572—1620年在位。

行人：官名。明代设行人司，有行人之官，掌传旨、册封等事。

同官：同僚，旧时称在同一部门做官的人。

厌呻吟不从病起，玄黄水火，终日聒(guō)渎：厌恶那些无病呻吟的人，各执一端，互不相让，整天争吵，彼此轻慢。玄黄：黑色与黄色，指天地之色，又借以指代天地。聒：吵扰。渎：轻慢。

[9]居给(jǐ)事、御史：处于给事、御史的职位。给事：给事中的略称。明清掌封驳、纠劾之职，监督六部之

官。参见本书第一卷李维桢《吴公(吴文佳)墓志铭》注释[11]"工科都给事中"。

兢：小心谨慎。

鸡鹜(wù)：鸡和鸭。二者均为家禽，旧常用以比喻平庸的人。

简狎：轻忽。

[10]厌(yā)极大创：视听堵塞之极，元气大伤。厌：堵塞。

[11]先机蚤见：早已看到事物的苗头。先机：事之端倪。蚤：通"早"。

熹庙之末年：指明熹宗末期，极受宠信的宦官魏忠贤，排除异己，专断国政，造成的黑暗统治。熹庙：熹宗朱由校代称。年号天启。

今上之神圣：指明思宗朱由检即位后罢黜魏忠贤、魏自缢一事。

[12]厄：使困窘，为难，迫害。

台省：官署名。明都察院、六科通称。都察院称西台，六科称省垣，故有台省之连称。

偃仰：犹"俯仰"。指随从时俗而无主张。这里有安处的意思。

郎署：明清两朝称京曹为郎署。在朝廷各部衙门内任职的属官，司官以下，泛称京曹。

衡文：品评文章。特指主持科举考试。

闽海：指福建和浙江南部沿海地带。

师法：师承效法之谓。

[13]羸(léi)寝：瘦弱、丑陋。

[14]深靖:沉静、安定。

披其帷:拨开他的帷幕。见面的意思。

[15]酬酢(zuò):饮酒时主客互相敬酒,主敬客称酬,客还敬称酢。泛指应酬。

相属:相互有关系。

[16]专积思:专精积神,聚精会神。

书史:典籍,指经史一类书籍。

法书:指有一定书法成就的作品。

布设:陈设。

[17]闻见泪没:缺乏见识。泪没:埋没,湮灭。

守文难破:遵守成法,难以破除。

潜思遐览:深思博览。

缀古今之命脉:缀辑从古至今的重要人事。

[18]贤者通志:贤明之人感到志意通达。

钝夫:蠢人。

根:佛学名词。佛家指能产生感觉、善恶观念的机体或精神力量。

[19]不行:不行之于世。

[20]甲寅、乙卯:明万历四十二年、四十三年,1614年、1615年。

锄莠除砾:锄掉恶草,剔除沙砾。比喻选编诗归时剔除劣质诗作。

[21]数(shuò):屡次。

侏侏暖暖:幼稚无知而又自以为是的样子。

破:这里有推翻说法、观点的

意思。

[22]晚:落后。

[23]深高其言:认为这一见解很高明。

[24]改南:指钟惺由行人迁工部主事后,改任南京礼部郎中。改:以原官改调新职。

僦(jiù):租赁。

[25]陶写:谓怡悦情性,消愁解闷。

[26]荧荧:微光闪烁的样子。

嗒(tà)然:形容身心俱遣、物我两忘的神态。

[27]足目渊渺:涉足深远、观察细致。

[28]较闽士,陟武夷:此句史事指,钟惺曾任福建提学佥事,考校兴化、延平、福州三府文士,登武夷山。

[29]豫待:预备接待。

勤徙:勤于变化。此处指创作有新意。

[30]佛种:佛教谓成佛之因。

自矢:犹自誓。立志不移。矢:通"誓"。

内典:佛教徒称佛经为内典。

自爨(cuàn):自己烧火做饭。

[31]住世:谓身居现实世界。与"出世"相对。

贸贸:目眩貌。引申为不明方向或目的,就是昏庸糊涂的意思。

妄庸:狂妄无知。

[32]楞言:《楞言经》,佛教经名。

藩溷(hùn):厕所。

[33]视息:生存。

细窥妙庄严路:仔细窥探到清净庄严的佛国妙土。

[34]扬子云:扬雄(前 53—18 年)。一作杨雄。字子云,蜀郡成都(今四川成都)人。西汉文学家、哲学家、语言学家。扬雄不好与人结交,清心寡欲。

刘子政:即刘向。刘向(前 77—前 6 年)。西汉经学家、目录学家、文学家。本名更生,字子政,沛(今江苏沛县)人。刘向为人朴质。

敝车羸服:乘坐破旧的车子,穿着破旧的衣服。形容清廉俭约。

不治:不修整。

[35]欹(qī)倾:歪斜,歪倒。

作捉搦(nuò)蹴蹋(cù tà)势:做出手捏脚踢的姿势。捉搦:捉弄,嘲戏。蹴蹋:蹴踏。踢。

[36]明日传刺:第二天传来名帖。刺:名帖,名片。

书币:书信与钱财。

贽(zhì):执物以求见。

[37]向人:指前一天见到的恶少。

[38]当路:当仕路,掌握政权。犹言"当权""当政"。

[39]汩汩然:水疾流的样子。比喻文思勃发。

请属:请托。

[40]雌黄:信口胡说。雌黄原是抄校书籍时用来涂抹文字的一种矿物质。

[41]真赏:指真能赏识的人。

[42]寻味:探求体会。

[43]才人成就:才子有了成就。

[44]爱人:友爱他人。

慧巧:聪明灵巧。

不肖:不才,不贤。

呈身:自荐求仕。

诟怼(gòu duì):辱骂怨恨。诟:通"诟"。

齮龁(yǐ hé):本义是咬。引申为毁伤,陷害,倾轧。

[45]内行:平日家居的操行。

[46]贻家孝爱:留下孝敬长辈、友善晚辈的家风。

生嗣父母:亲生父母和过继父母。

恩养:养育之恩。

[47]弟侄相依,孤寡盈前:指钟惺弟钟慺、钟悌早卒,两弟媳守寡抚养后代。

一往无绪:一直承受,不计苦乐。

[48]居丧作诗文、游山水:指钟惺离职为父亲守丧期间,携姬妾游武夷山一事。

奇到:奇特。

[49]训导公:钟惺生父钟一贯,号鲁庵,曾任武进训导。训导:学官名。明清府、州、县学皆设训导,为府学教授、州学学正、县学教谕的副职。

毗(pí)陵:武进县古名。

秩满:古代官吏任期届满。亦称"俸满"。

督学:明代提学道别称。指钟惺

担任的"提学佥事"。

侍亲:侍奉父母。

[50]岁除:除夕。

服吉贺正(zhēng):穿着吉服,庆贺新年。正:农历每年第一个月。

[51]中:中伤。

继室:指元配死后续娶的妻子。

[52]长(zhǎng)年:船工。

厮役:旧称干杂事劳役的奴隶。后泛指受人驱使的奴仆。

错愕(è):因为事出仓促而惊惧。

咄咄:气势汹汹。

[53]尔时:那时,当时。

叹仰:赞叹仰慕。

[54]诸生:明清两代称已入学的生员。俗称秀才。

不利:不顺利,不能取胜。

癸卯举孝廉:万历三十一年(1603年)癸卯科乡试,钟惺中举。孝廉:明清时对举人的称谓。

庚戌:万历三十八年,1610年。

夷陵雷公简讨:指时任翰林院检讨的夷陵人雷思霈。雷为钟惺座师。简讨:明代翰林院史官名。本作"检讨"。避崇祯帝朱由检讳改。

[55]典贵州乙卯乡试:主持贵州万历乙卯科乡试。典:掌管,从事。乙卯:万历四十三年(1615年)。乡试:明清科举考试之一。乡试取中者称举人,俗称孝廉,第一名称解元。

拟部:留部待任。

[56]南:"南曹部""南礼部"中的

"南"均指南京。

[57]提学佥事:明代提学佥事全称为提督学道、按察佥事,即以提督学道带提刑按察司按察佥事衔之连称。

考较:考核,考试。

丁父忧:值父之丧。丁忧:古代官员遇父母亡故,一般均解除官职,守丧三年(实际为二十七个月),称为丁忧。丁:当。

[58]大计:明清两代考核外官的制度叫大计,每三年举行一次。

中(zhòng)人言:被他人恶言中伤。指天启四年(1624年)二月十八日,福建巡抚南居益上疏纠劾钟惺,言辞甚为激烈。

服阕:古丧礼规定,因父母死亡,服丧三年,期满除服,称服阕。阕:终。

[59]万历甲戌:万历二年,1574年。

天启四年:甲子,1624年。据徐波《隐秀轩遗稿序》、谭元春《甲子除夕和伯敬岁暮感怀之作因示弟辈》《乙丑岁除夕感蔡敬夫钟伯敬之亡赋十二韵示弟》《丧友诗三十首》,钟惺卒年应为天启五年,乙丑,1625年。

天启末年丁卯:天启七年,1627年。

[60]正德:明武宗朱厚照的年号(1506—1521年)。

[61]隐德:不为人知的美德。

[62]大夫:文散官名。明代从五品以上为大夫。此处指钟惺之父所受的封赠。

宜人:封建时代命妇的一种封号。

明代用以封赠正五品、从五品官的母亲、妻子。

[63]颖迈:才能超群,卓然不凡。

[64]嗣子:承嗣的儿子。

[65]长斋:谓佛教徒长期坚持过午不食。后多指长期素食。

[66]后死者之墓之志,乌知夫谁手:这是钟惺所作《魏长公铭》中的一句话。意思是,我是后死之人,墓志不知出于谁之手。

[67]有如我一旦填沟壑,所谓君虽恨于臣,无可奈何也:假如我一旦死去,正如所谓国君尽管有遗恨于臣子,却也无可奈何。填沟壑:死亡的婉言。人死埋于地下,故称填沟壑。

[68]幽石:墓石。

[69]餐幽猎秀无终极:钟惺永远在幽微隐秀的境域中汲取一切。

冰性霜豪真宰匿:他以严冷的性格形之于纯洁的笔墨,造物主似乎都要躲藏起来。真宰:天为万物的主宰,故称天为真宰。

[70]受职:接受上级委派的职务。

[71]拂拭:修饰。

余子:其余的人。指攻讦(jié)竟

陵派的人。

[72]鞭笞凤麟加裁抑:钟惺对那些自命为凤麟的人物,加以鞭笞、制裁和贬抑。

[73]尔曹:你们。指上文的"余子"。

勤农尧汤费稼穑:只有勤于农事的帝尧和成汤才是致力于推广栽种收割之业的。意思是,只有钟惺才是执着追求艺术真谛的人。

[74]汗流至踵没籍湜(shí):"余子"们汗流脚跟,也没追上钟惺,到底还是灭没了。籍湜:唐代文学家张籍和皇甫湜的并称。两人都是韩愈的学生。苏轼有诗"汗流籍湜走且僵,灭没倒景不得望。"

莲域:青莲域。指寺院佛舍。

[75]厌多闻障宣慈力:压抑制服因多闻而生的魔障,宣扬大慈大悲的佛法。

海印:亦作"海印定""海印三昧"。《华严经》等所说佛所入的一种定。意谓如大海,能影现一切众生形相等,能容纳一切诸法。

[76]发棺:打开灵柩,叩问死者。

魏士前（榆林道）

魏士前(1584—1648年)，天门市马湾镇华一村魏家七湾人。

清康熙二十三年(1684年)版《湖广通志·卷之第三十四·人物》第11页记载："魏士前，字瞻之，景陵人。万历庚戌进士。授芜湖令，调吴江，迁南户部主事。备兵颍州，会龙华变起，不数月戡定之。及奸珰开屯江淮汝颍，所在骚动。士前调剂有法，全活多人。以忤珰免归。崇祯初，补冀宁道，平渠贼神一魁等。转川北道，劾蜀藩御门僭(jiàn)制事，再迁榆林道。寻疏乞休。卒年六十五。"

清康熙八年(1669年)版《安陆府志·卷二十二·宦业》第41页记载，卒年为戊子，即清顺治五年(1648年)。

清光绪十六年(1890年)版《寿州志·卷十六·名宦》第19页记载："魏士前，字华山，湖广景陵人。进士。天启间任兵备道佥事。肃吏诘戎，课士恤民。去任后，捐田六百二十亩入循理书院，至今蒙惠。祀名宦(祠)。"

曹生火攻书序

魏士前

苏眉山谓"光黄间多异人[1]"。异人者，扃户读书，则枯蝉抱树[2]；搦管为文[3]，则春蚕竞巧；提刀横槊，则怒兕出山、惊蛟腾海[4]。彼其人，自不可以龌龊窠臼相目也[5]。

予所善黄梅曹长卿，文学祭酒也[6]。垂髫用铅椠屡试辄诎其侪偶，俯首破万卷，为诗文，时流见之皆辟易，意亦不可一世[7]。独时从其妇翁聘君瞿先生游，钩校发墨守之痼，褰衣登大觉之坛，涉览获山水之助[8]。乃娄踬风檐，忽发愤去故业，欲兼固超之所长，而通随绛之所短，就武试一举得俊[9]。一时直指知长卿侠烈，疏上之，得旨录用,除一衔[10]。在文武之间[11],自刻《阵法》一书。曾从石中丞、汪司马历行九边,周旋于部勒[12],得用火法最精,遂著《火攻》书。

余雅慕长卿,今年值妖讧,徐颍戒严,长卿忽见客[13]。余视其议论方略,聚米借箸,固不减渔阳老将[14]。自《阴符》《素书》而下[15],直叩胸中所储,以佐其舌端,一似杨雄《羽猎赋》。而谈时事,刻中机宜,令人鼻尖出火[16]。真光黄间异人也。

余观五火之用,以火助攻者明,以水助攻者疆[17]。闻今虏所畏,惟吾烈焰、霆击,当之者靡[18],中之者碎。然读汉晁错所列兵事,中国之长技,何以不此及也[19]?岂后之人更番新制[20],天所以资中国与?顾胡虏之害,晋唐以来,金烈于汉[21],其故又何也?曰:"孙子之火攻篇,自可绎也[22]。"曰:"助有主之者矣。道者,令民与上同意[23]。"望其帜而色变,闻鼓而坠车中,撚火具则股栗[24],神勇者几人?阵法、火攻皆其助也。长卿所制火具奇妙,良裨实用,然此特其婆心一叶耳[25]。姑漫语以识之[26]。

竟陵魏士前撰。

题解

本文录自魏士前选、曹飞集,明天启三年(1623年)版《观察魏先生选刻火攻纪要》。魏士前时任直隶颍州兵备道。

曹生:曹飞,字长卿,湖广黄梅人。武举。兵部参谋。

注释

[1]苏眉山:指苏轼。

光黄间多异人:语出苏轼《方山子传》。光黄:即光州和黄州。光州和黄州毗邻,宋时同属淮南西路。

[2]扃(jiōng)户:关门。

枯蝉:蝉蜕的别名。

[3]搦(nuò)管:握笔,执笔为文。

[4]横槊(shuò):横持长矛。形容气概豪迈。

兕(sì):古代兽名。皮厚,可以制甲。

[5]以龌龊窠臼相目:以器量局促和俗套来看待。

[6]所善:要好的朋友。

祭酒:本为官名,后亦以泛称文坛、艺坛或学术界、文化界的首脑人物。

[7]垂髫(tiáo):指儿童或童年。髫:儿童垂下的头发。

用铅椠(qiàn)屡试辄诎(qū)其侪(chái)偶:凭借文章写得好屡次应试总是折服同辈。铅椠:指文章。诎:折服,屈服。侪偶:同辈,同类的人。

时流:世俗之辈。

辟易:拜服,倾倒。

不可一世:谓自视甚高,对天下人极少赞许推重。可:称是。

[8]独:副词。表转折。犹却。

妇翁:妻父。

聘君:犹征君。聘士的尊称。

游:求学。

钩校:查对,查考。

墨守:谓固执保守,不思进取。

褒衣:宽大的衣服。"褒衣危冠"为古代儒生的装束。

大觉:大梦觉醒。道家比喻了悟大道。

涉览:浏览,泛读。

[9]娄踬(zhì)风檐:指科考屡屡失利。娄:假借为"屡"。多次。踬:谓事情不顺利,处于困境。风檐:指科举时代的考试场所。

欲兼固超之所长,而通随绛之所短:要兼通班固、班超所擅长的,随何、周勃所缺少的。上下文互文,就是兼通文才武略的意思。

固超之所长:固超指班固、班超。班固为东汉著名史学家、文学家。班超为东汉军事家、外交家。

随绛之所短:典自"随陆无武,绛灌无文"。随:指随何,刘邦谋士,说英布归汉。陆:指陆贾,从刘邦定天下。绛:指周勃,西汉大将,平定七国之乱。灌:指灌婴,西汉猛将,曾攻杀项羽。随何、陆贾有文无武,周勃、灌婴有武无文。形容文武不能双全,才能有缺欠。随绛:原文为"隋绛"。

就武试一举得俊:指参加武乡试及第,为武举人。得俊:谓及第。

[10]直指:绣衣直指。绣衣,表示地位尊贵;直指,谓处事无私。绣衣直指本由侍御史充任,故亦称绣衣御史。

除:拜受官位。

[11]间(xián):空闲,闲暇。

[12]九边:本谓明代设在北方的九个边防重镇,后为边境的泛称。部勒:部署,约束。

[13]雅慕:甚为仰慕。

见客:做客。

[14]聚米:东汉马援堆米成山,以代地形模型,给皇帝分析军事形势、进军计划,讲得十分明了。后因以聚米比喻指划形势,运筹决策。借箸:张良借用刘邦吃饭用的筷子为他指画当时的形势。后因以借箸指为人谋划。

渔阳老将:指晚唐诗人张为《渔阳将军》中描写的长期在外戍边、毕生为国操劳的老将军。渔阳:地名。唐玄宗天宝元年改蓟州为渔阳郡,治所在渔阳(今天津市蓟县)。

[15]阴符、素书:古兵书名。

[16]刻:形容程度极深。

鼻尖出火:形容意气风发,情绪激昂。

[17]五火:五种火攻战术。语出《孙子·火攻》。

疆:通"彊"。强大,强盛。

[18]霆击:雷霆轰击。

靡:倒下。

[19]中国之长技,何以不此及:中国之长技中为什么没有提及火攻。晁错《言兵事疏》云:"匈奴之长技三,中国之长技五。"长技:擅长的本领。

[20]更番:轮流替换。

[21]佥:都,皆。

[22]绎:寻绎,理出事物的头绪。引申为解析。

[23]道者,令民与上同意也:所谓"道",是使民众与国君的意愿相一致。语出《孙子兵法·计篇》。

[24]撚(niǎn):执,持取。

[25]裨:补助。

特:仅,只是。

婆心:指仁慈之心。

[26]漫语:泛语,空话。

识(zhì):通"志"。记。

中清堂野愤篇序

魏士前

自乾灵式微,桀夷怒螳臂以哮于穴,凌华欲夏,惨簸环海[1]。天子扫宇宙之甲,倾储而畀之抚臣[2]。匪弗茹焉,又滋长而益之毒,安难贪祸,陟梁蔑黠,凭臆驱十万之众为双崦之续[3]。边郡黔黎,用罔遗龇,疆围之削滋甚[4]。虽桀夷衰凶鞠顽,睢盱有积,亦我之遵养而炽其焰也[5]。今之弁者、戈者扞敌而固吾围者,皆锋镝之余命[6]。啖以厚糈,饮以美秩[7],日铎鼓而进退之,犹虑其旁皇缩朒,况虚廪焉,草菅焉,后至而跳者漏焉,尚安望其不固生而兴坚城之心[8]?蛊靡崩溃,莫可底止[9]。故愤于夫玄黄,块轧璇象,为之懆懆奔走,而献其咎乖[10]。愤于地,川尘岳流,飞走动植,卉异曾叠,而不安其居。愤于朝,枢笔工瞽,斤声合叫,不息昼夜,而琼林大盈犹屯其泽,尚方剑犹韬于囊,而不血衰杨蠹李之颈[11]。愤于鬼,四将军、文武吏士以忠义之骨尘辽阳之坂,不即观歼厥渠魁以复怨于沙场[12]。愤于属国,三韩、宰兔、金白,其父兄子弟不敢爱死,以仇其类,而不克博皇华之一恤[13]。

吾友潘无隐氏,敛裾紫壑[14],哀感于心,事伤其目,爰著为赋、为文,为诗若干首,而标之曰《野愤》。淋漓悲壮,出入天地幽明之间,而宣之经纬,贻之规宪[15],所谓"考四海而为隽,当中叶而擅名[16]",允金匮石室、不朽之业,岂第藻常源、备记载而已[17]! 予蒿目郎署,忧不去心[18]。读斯篇,觉云雷之气、金石之声勃勃齿颊间而不可止也。

竟陵友人魏士前撰。

题解

本文录自潘一桂著、明崇祯刻本《中清堂集·魏序》第23页。《中清堂集·卷七》有《野愤诗》十四首。

中清堂:指潘一桂所著《中清堂集》。潘一桂,字木公,一字无隐。江苏吴江人,迁居京口。诸生。好学能文,有赋数十篇,为时所称。

注释

[1]乾灵式微:指国家的名望声威衰微。潘一桂《野愤诗·其十四》:"国威久已失,野愤安能销?"乾灵:阳刚的精气。式微:衰微,衰败。

桀夷:此处指努尔哈赤建立的后金。桀:凶悍,横暴。

凌华欿(hē)夏:侵犯华夏。欿:受,收。

籤(bǒ):摇动,颠动。

环海:四海,普天之下。

[2]畀(bì):付托,委派。

抚臣:称巡抚。

[3]匪弗茹焉:当指"桀夷"自不量力,铤而走险。此处"弗茹"化用"匪茹"。匪茹:《诗经·小雅·六月》:"狁

(xiǎn yǔn)匪茹,整居焦获,侵镐及方,至于泾阳。"狁太不自量力,竟然占据焦获,侵犯宁夏和朔方,一直扩展到泾阳。匪:非。茹:度也。后常用为盗匪铤而走险的典故。

安难:谓不避祸难。

贪祸:喜作祸乱。谓不肯安分守己。

陟梁蒺黠:窜上跳下,丧失理智。

凭臆:谓凭主观推测立说。

双崤(xiáo):指东西崤山。在今河南省西部。借秦晋崤之战的史事,说后金发动的不义之战。

[4]黔黎:黔首黎民。指百姓。

用罔遗龀(chèn):因而没有年少

之人。

疆圉(yǔ):犹边防。

[5]裒(póu)凶鞠顽:聚集凶顽。裒:聚集。鞠:养育。

睚眦(yá zì):发怒时瞪眼睛。借指极小的仇恨。

遵养:谓顺应时势或环境而积蓄力量。

炽其焰:使其焰猛烈。

[6]弁者:徒手搏斗者。

戈者:持戈者。

扞(hàn):抵御。

锋镝:指战争。

余命:幸存的性命。

[7]厚糈(xǔ):此处指充足的粮饷。糈:粮饷。

美秩:此处指高官。秩:官职,品位。

[8]铎鼓:鼓铎。鼓与铎。古代军中所用的乐器。

缩朒(nù):行动迟缓貌,退缩不前貌。

草菅:野草。此处是"把人命当作野草"的意思。

跳(táo)者漏焉:指士兵临阵脱逃。跳:古同"逃"。逃走,逃亡。漏:脱逃。

固生:以生命为先。固:通"姑"。姑且,先。

坚城:坚守城池。

[9]蛊靡:像虫群一样靡散。

底止:尽头,止境。

[10]玄黄:黑色与黄色,指天地之色,又借以指代天地。

坱轧(yǎng yà):漫无边际貌。

璇象:星象。

懆懆(cǎo):忧愁貌。

[11]枢筦:同"枢管"。掌管中央政务。

工瞽(gǔ):古代乐官。

琼林:唐内库名。德宗时设,以藏贡品。

大盈:极其充盈。

屯其泽:谓恩泽不施于下。屯:吝惜。

尚方剑:俗称"尚方宝剑"。皇帝用来封赐大臣的剑,表示授权,可以便宜行事。

韬于囊:指藏于囊中。

袁杨蠹李:疑指明末萨尔浒之战明军总指挥杨镐、两度出任辽东总兵的李成梁。

[12]阳:原文为"易"。"易"之误。

渠魁:即渠帅,首领,多用于地方少数民族头领或敌军主将。

[13]三韩:汉时朝鲜南部有马韩、辰韩、弁辰(三国时亦称弁韩),合称三韩。后以指朝鲜。

宰兔:宰、兔分别指宰赛、暖兔。二者均属蒙古部营。

金白:金、白分别指叶赫那拉·金台吉(锦台什)、叶赫那拉·布扬古(白羊骨)。二者均为海西女真叶赫部首领。

爱死:惜死。

皇华:皇华使。皇帝的使臣。语出《诗经·小雅·皇皇者华》。

[14]氏:古时女子称姓,男子称氏。

敛裾紫鏊:此处指隐居山林而不仕。敛裾:提着衣襟。

[15]经纬:指文章结构的纵横条理。

规宪:宪规。法规。

[16]考四海而为隽,当中叶而擅名:身居四海为俊杰,生在大汉扬英名。语出左思《蜀都赋》。擅名:享有名声。

[17]允:确实。

金匮石室:古代国家收藏重要文献的地方。

第:只是,只。

藻:品藻。品评,鉴定。

[18]蒿目:极目远望。借指忧世爱民之情。

郎署:明清两朝称京曹为郎署。在朝廷各部衙门内任职的属官,司官以下,泛称京曹。

去心:放心,心里丢开。

请剿胡正寿呈

魏士前

请剿胡正寿呈,为草寇反形已著,缓剿滋蔓难图,乞速奋天威,歼灭丑类,以存国体,以培士脉,以苏民生,以成恢复事[1]。

痛惟邦家多故,法纪凌夷,是非颠倒,以故亡命之徒借隙狂逞[2],肆行无忌。而最毒最苦者,莫景邑为甚[3]。景邑自板港而上,为逆贼盘踞已久,其遵王化、为王民、饷王师者,仅此乾镇前后一隅耳[4]。自癸未以来,前等自率佃民,勤劳王家[5],一方万目共睹记也。乃有万死之大逆胡正寿,性同梼杌,贪过穷奇[6]。欲因乱以为乱,遂借贼而作贼。假札呼群,不啻附翼之虎[7];依水为泊,顿成漏网之鲸。钱胆包天,窃秦君甫逐贼之功为己有;阴谋匦地,聚胡正孚不羁之徒为爪牙[8]。焚烧则一方尽赤,杀戮乃千门流血。掳掠则杀其夫而掳其妇,人莫敢问;奸淫则对其父而辱其女,目不忍睨[9]。邀人于路则抉腹屠肠,而道路一空;薄人于水则斩缆截樯,而商贾尽扫[10]。歌童舞女数百,皆系良人子女;铜山金穴百万,俱是赤子脂膏[11]。又甚者诈称官兵,夜半屠掳,使冤民归怨王师。又甚者假充乡兵,挑衅贼营,使妖骑泄愤无辜。自署伪官,口称虎贲三千[12];妄附图存,自拟犀首八百[13]。尤显然者,托鄹峒远而致书杨贼,阴泄大兵进剿之期;借鞫斋公而具呈潞逆,明为率众从叛之阶[14]。聚盗党以行掠,不过数百,诳报五营四哨;杀良民以冒功,何止数千,原未临阵睹贼。兵进则先声而打捞,贼来则缩首以潜逃。浚民吸髓[15],使兵食已削已尽;驱民入贼,使逆党日增日盛。孤人子,寡人妻,怨气积成飞雪;家家啼,路路哭,冤魂化作愁云。万民甘死怨生,士绅度刻如年。倘两孽之不除,将斧柯以难寻[16];况乱绪之错出,恐恢复亦难就。伏乞天台救民水火,早彰天法,灭此丑类,扫荡巢穴,小丑授首[17],遂大逆荡平,振新朝之纪纲[18],雪人鬼之奇冤,则陵园幸甚。为此具呈。

题解

本文录自1918年重镌,天门冠盖、华湖、龙河《魏氏宗谱·卷之一·艺苑》第1页。《魏氏宗谱·卷之二·贤能》第5页记载:"再迁榆林道。丁艰归。会剧寇流毒湖泊,公请师歼之,里党始安。"

注释

[1]请剿胡正寿呈……以成恢复事:这句话是本文的真正标题。按照常规,奏议或公呈的标题由具题时间、具题人、具题事由三个要素构成。"为……事"是奏议或公呈题目中表述主题词的一般格式。它提示奏章或公呈的主要内容,是题目的要素之一。

反形:反叛的形迹。

天威:指帝王的威严。

[2]凌夷:衰落,衰败。

狂逞:犹放肆。

[3]景邑:景陵县(今天门市)。

[4]板港:清康熙三十一年(1692年)版《景陵县志·卷之三·舆地志》第15页记载:"板港,在县东二十里,又名板港河,有大小二渡。"今天门市小板镇旧有小板港、大板港地名,其地均在天门河南岸。

遵王化、为王民、饷王师:遵照天子的教化,甘为国君统属的臣民,向官军输送粮食。王化:天子的教化。饷:运送军粮。王师:天子的军队,国家的军队。

乾镇:今天门市干驿镇,古称乾

镇驿。

[5]癸未:明崇祯十六年,1643年。

前:作者魏士前自称。

勤劳:指功劳。此处是建功的意思。

王家:犹王室,王朝,朝廷。

[6]梼杌(táo wù):传说中的凶兽名。

穷奇:古代恶人的称号。谓其行恶而好邪僻。

[7]不啻(chì):无异于,如同。

[8]匝:布满,遍及。

[9]睨(nì):斜视。

[10]薄:搏击,拍击。

[11]铜山金穴:比喻极其富有。原文为"铜山穴"。

赤子:比喻百姓,人民。

[12]虎贲:勇士之称。贲:通"奔"。

[13]犀首:战国魏官名。

[14]潞逆:当指万历皇帝的胞弟潞王朱翊镠(liú)第三子常淓(fāng),后袭潞王,为末代潞王。

[15]浚:索取,榨取。

[16]斧柯:斧柄。

[17]伏乞:向尊者恳求。与"伏祈"相同。

天台:对太守、县令等地方行政官的尊称。

天法:上天的法度。

授首:谓投降或被杀。

[18]新朝:指清朝。

与张总镇书

魏士前

敬启:前等自景贼肆害以来[1],匿迹湖泽两载余矣。乃贼氛披猖,苦难必命[2]。不意札付官胡正寿借名勤王兴兵[3],实则纳叛剧盗。未能探虎[4],惟是鲸吞。奸掳烧杀之行,惟日不足;百千亿万之赃,计岁有余[5]。前等目击心伤,欲声讨而未逮[6];即被害者茹荼饮憾,亦叫阍而无从[7]。幸遇老公台台敕罚擒拿,槛车已就[8];地方欢声雷动,顶焚星驰,政可为景、沔、汉三邑遗黎更生之会也[9]。然八百洲界,在百蒲、马骨二湖之一隅。此辈恃水为险,两湖生灵亦依水为命。希老公祖督发安抚榜示于本洲,一以安戢良民,一以诛暴务本[10],庶使盗党敛息,良善落业,则老公祖无量之德矣。总之虿蜂有尾,即蛰伏亦惧毒噬[11];百足不僵,少偷息定酿大叛[12]。如旧秋京山之周风子,与正寿同一行径,只以乡兵围诛,至今竟为贼将谢应龙之应骑,时而京、竟,时而襄、承[13],祸国殃民,可为前车也。冒死泣进伏楮,曷胜悚仄之至[14]。

题解

本文录自1918年重镌,天门冠盖、华湖、龙河《魏氏宗谱·卷之一·艺苑》第4页。

总镇:总兵的别称。清代于各省置提督,提督下分设总兵官及副总兵官。总兵所辖者为镇,故亦称总镇。

1918年重镌,天门冠盖、华湖、龙河《魏氏宗谱·卷之三·余简》第4页收录《张总镇复华山书》。原文如下:

不佞景仰诸位老台翁久矣,特以寇氛孔亟,不得亲炙楷模,竟使咫尺天涯,每溯游以泳也。昨者需饷驻师,惟以不能朝灭郢凶是恨,而乃有枭獍(jìng)之正寿毒惨一方,使彼御暴而为暴,是养虎豹于麑(ní)场,而蓄豺狼于春圃。不得已闻之上台而计获之,缚虎尚虞不紧,肯使为出柙越槛之兽乎?第元凶既获,而余焰犹存。非漏网之游魂,必惊弓之鸿雁。昨虽差官晓谕,出榜抚绥,彼蠢尔之民,信官府不如信巨室,犹祈诸位台翁从里社开解,明指正寿无生还,则攻之者气必锐,为党恶者羽自铩矣。弭盗安民,莫此简要,胜勤兵于洗也。

注释

[1]前:作者魏士前自称。

景:指景陵(今天门)。

[2]贼氛:指敌人的气势、凶焰。

披猖:猖獗,猖狂。

[3]札付官:当为官职名。札付:官府中上级给下级的公文。

勤王:多指君主的统治受到威胁而动摇时,臣子起兵救援王朝。

[4]探虎:比喻不畏艰难。

[5]惟日不足、计岁有余:成语"日计不足,岁计有余"的化用。每天算下来没有多少,一年算下来就很多了。比喻积少成多。

[6]未逮:不及,没有达到。

[7]茹荼:比喻受尽苦难。荼:苦菜。原文为"茹茶"。

叫阍(hūn):旧时吏民因冤屈等原因向朝廷申诉称叫阍。

[8]老公台台:从下文"老公祖"看,当为"老公祖台台"的省略。称老,

表示尊敬。台台：旧时对长官的尊称。

敕罚：严明刑罚，整饬法度。

槛车：囚车。

[9]顶焚：焚香顶礼。

星驰：连夜奔走。

景、沔、汉：指景陵（今天门）、沔阳（今仙桃）、汉川。

遗黎：劫后残留的人民。

更生：新生，重新获得生命。

[10]老公祖：旧时士绅对知府以上地方官尊称公祖。对地位较高者，亦称老公祖、大公祖和公祖父母。流行于明清。

安戢：安抚。

诛暴务本：诛灭凶暴如同除掉杂草务求根绝。

[11]虿（chài）蜂：蝎和蜂。

毒噬：谓毒虫咬噬。

[12]百足不僵：百足之虫，死而不僵。比喻势力雄厚的集体或个人一时不易垮台。

偷息：此处为偷闲喘息的意思。

[13]谢应龙：李自成余部攻陷汉川后任命的知县。据1921年版《湖北通志·卷六十九·武备七》第2页。

京、竟：指京山、竟陵（今天门）。

襄、承：指襄阳府和承天府（安陆府）。

[14]楮：指纸。楮皮可制皮纸，故有此代称。

曷胜：不胜。

悚仄：惶恐不安。

胡龙麓公（胡春光）家传

魏士前

公讳春光，字隆麓，一字龙麓。隆庆庚午乡贡进士[1]，候选教谕，士前外祖也。负性恬退，与物无忤[2]。居家和睦，兄弟五人无私蓄积，戚党中有寒微者常称贷之[3]。寡言笑，慎取与，不妄交结。非公事不入城市。事有关利病，辄身任之。即如支河以南，地势洼下[4]，淫雨时作，辄苦浸没。公与大司农陈公志寰商诸少保周公明卿，于最洼之马骨泛修建河渠，以资消泄，周围百余里悉成腴壤，里党至今赖之，盖公之筹度者深矣[5]。

士前垂髫时随母太恭人时一省觐，颇蒙奇爱，曰："此子器宇不凡，真吾家宅相也[6]。"至今回忆，其丰神秀擢[7]，目炯炯动人，岂非古之有德君子乎？

生平喜谈忠孝节义事。禄命堪舆之说斥为不经，以为当信理不当信数也[8]。其嗜书也若性命。弟春旦，子学中、觐中，课程綦严，漏数下犹占毕不辍[9]，讲解无少懈。以故先后俱列胶庠[10]，士林争推重之，皆公训迪力也。

著有《虚白斋遗训》《读史管见》，藏于家。

赐进士出身、颍州兵备道、外孙魏士前拜撰。

题解

本文录自胡元勋等纂修、1925 年版、天门市干驿镇小河村槐源《胡氏宗谱·卷三·家传》第 18 页。

注释

[1]乡贡进士：明清以此作为"举人"之别称。天门旧志无胡春光中举的记载。

[2]恬退：淡于名利，安于退让。

与物无忤：谓处世态度随和，与人无所抵触。

[3]戚党：亲族。

称贷：举债，告贷。

[4]窳（wā）下：洼下。低下。

[5]大司农陈公志寰：指户部尚书陈所学。

少保周公明卿：指吏部尚书周嘉谟。

筹度：谋划，想办法。

[6]太恭人：明清如封赠四品官之母或祖母称太恭人。

省觐（xǐng jìn）：探望父母或其他尊长。

宅相：用为将出贵甥之典。《北齐书·李绘传》："河间邢晏，即绘舅也。与绘清言，叹其高远。每称曰：'若披云雾，如对珠玉，宅相之寄，良在此甥。'"

[7]丰神：风貌神情。

秀擢：秀美挺拔。

[8]禄命：禄食命运。古代宿命论者谓人生的盛衰、祸福、寿夭、贵贱等均由天定。

堪舆：相度地形吉凶，为人选择宅基、墓地。

斥为不经：原文为"斥为不经"。

数：命运，命数。

[9]綦（qí）：极。

漏数下：漏刻（古计时器）的水面屡次下落。

占毕：诵读，吟诵。

[10]胶庠:泛指学校。胶为周之　　大学,庠为周之小学。

附

循理书院置田记

邹元标

　　余读白鹿书院置田诸规则,而知书院之不可无田也。书院者,儒学之离宫别墅也。儒学阶序煌煌,理法森备,所以尊师道。书院为藏修游息之所,深衣博带之士谈仁义而践伦常,见之者肃然起敬,闻其风者亦莫不善长而恶消,知此中有人可以助明主维持之治,而补化育辅相之能。但书院与学宫有异。书院非朝廷之额设,无动支之缗钱,浸久而圮,谁为葺治?请业之士,咿唔讨论其中,饔飧无策,易成离索。是欲书院之完旦夕,非置田莫为功也。

　　寿春友人方生震仲、刘生复生谒余问学,持黄博士书来,言:"寿近创书院,兵宪华山魏公捐俸成之。复于去任时罄俸,请于大中丞,置田六百二十亩,俾书院得以永久。愿先生一言纪之。"余耸然而喜,曰:"世有魏公其人乎!"杨石首之坦雅、戴浮梁之介铼、王三原之正大,合为一人。公盖以身注经者也。世之官一郡、镇一方者,只能买田宅自益耳,孰肯为书院买田者!即有之,亦未有不笑其迂者。且将夺其院而馆舍之,侵其田甚而干没焉,任书院之就圮而不顾。视魏公之捐俸置田也,奚啻天壤耶!吾愿书院中诸生其体魏公之心以益励,并愿后之主是书院者,其推广魏公之心而永之于无穷也。

　　公讳士前,号华山,湖广景陵人。万历庚戌科进士。

题解

本文录自清乾隆三十二年(1767年)版《寿州志·卷之五·学校》第49页。

邹元标:字尔瞻,号南皋,江西吉水人。进士。官至左都御史。

文中黄博士指寿州学正黄奇士。顷:田地面积的单位,等于一百亩。